卷2

General Collection of Eight Great Literators' Essays of the Tang and Song Dynasties

唐宋八大家散文总集

新版校评 修订本

郭预衡 郭英德◎主编

欧阳修（一）

刘德清 萧东海 刘伙根◎校评

河北出版传媒集团
河北人民出版社

欧阳修散文集

刘德清　萧东海　刘伙根　校评

前　　言

欧阳修，字永叔，号醉翁，晚号六一居士，吉州永丰（今江西永丰）人。宋真宗景德四年（1007）六月二十一日，欧阳修生于四川绵州（今四川绵阳），父亲欧阳观时任绵州军事推官。

欧阳修青少年时期是在贫寒中度过的。四岁时，父亲卒于泰州（今属江苏）军事判官任所。母亲郑氏年方三十岁，携带年幼的子女，前往随州（今属湖北）投奔亡夫的弟弟欧阳晔。母亲及叔父是欧阳修的启蒙教师。家贫无钱买纸，母亲以荻画地，教欧阳修读书写字，这就是古今盛传的“欧母画荻”的故事。

随州城南有大姓李氏，家中藏书丰富，欧阳修常往借书抄读。他读书刻苦，天资聪颖，往往抄书未毕，已能成诵。学作诗赋文章，文笔老练，有如成人。十岁那年，欧阳修在李家偶尔获得韩愈古文六卷，“读之，见其言深厚而雄博，……浩然无涯若可爱”。（《记旧本韩文后》）这一偶然的机缘，为日后北宋古文运动播下了种子。

为了应举入仕，欧阳修不得不学习骈四俪六的“时文”。宋仁宗天圣元年（1023），欧阳修十七岁，首次参加随州州试，所作《左氏失之诬论》是典型的四六文，其中的名句“石言于晋，神降于莘。外蛇斗而内蛇伤，新鬼大而故鬼小。”传诵一时。但是，由于赋诗脱逸了官韵，遭到黜落。三年后，他顺利通过随州州试，被荐名于礼部，却在次年春天的礼部贡举中落选。天圣六年（1028），欧阳修投书拜谒汉阳知军胥偃，受到赏识，被留置门下，悉心教诲，时文写作大有长进。天圣七年春试国子监、秋赴国学解试以及次年正月礼部应试，欧阳修三举榜首，并在天圣八年御试中获甲科第十四名进士，授将仕郎、试秘书省校书郎、充西京留守推官。

天圣九年（1031）三月，欧阳修来到西京（今河南洛阳）就职。西京留守钱惟演是西昆派首领之一，喜文爱才。幕府里萃集众多文人名士，谢绛、梅尧臣、尹洙、尹源、张先等皆为僚属。欧阳修与尹洙等人相互倡作古文。这是他从政生涯的肇始，也是他涉足文学的起步。

景祐元年（1034）三月，欧阳修秩满还京，经考试，任命为馆阁校勘，参与编纂《崇文总目》。景祐三年五月，权知开封府范仲淹因讥切时弊，与权相吕夷简发生冲突，被贬官饶州。身居谏职的高若讷，曲从宰相旨意，诋毁范氏为人。欧阳修激于义愤，挥笔写下著名的《与高司谏书》，替范仲淹辩护，严辞斥责高若讷，结果被贬为峡州夷陵（今湖北宜昌）县令。

庆历三年（1043）三月，欧阳修由滑州（今河南滑县）通判任召回汴京，担任谏官。不久，升为知制诰，进入文学侍从行列。当时，宋廷对西夏用兵失利，京东、京西民变纷起，仁宗迫于内忧外患，决心更新朝政。老相吕夷简被罢免，范仲淹出任参知政事，韩琦、富弼为枢密副使，全面实施庆历新政。

在庆历新政中，欧阳修踔厉风发，奋不顾身。他积极追随范仲淹，请立按察法，澄清吏治；修改磨勘法、荫补法，精选官吏；改革科举考试，复古兴学，决心以刷新吏治、优选人才为突破口，对朝政进行综合治理。他上朝进谏，退朝草制，同以吕夷简、夏竦为代表的守旧派展开坚决斗争，成了新政派的代言人和辩护士。

庆历四年（1044）四月，欧阳修被派往河东路，考察存废麟州以及民间私铸铁钱、官府自炼熟矾的利弊得失。在河东三个月，他依照新政要求，脚踏实地兴利除弊。同年八月，出任河北都转运按察使，为妥善处理保州兵变善后事宜、加强河北边防作出了贡献。

翌年初，新政主持者范仲淹、杜衍等人相继罢政，欧阳修急切上奏《论杜衍、范仲淹等罢政事状》，驳斥守旧派诬奏的“朋党”、“专权”论，矛头所指，不仅是构陷忠良的守旧派，也包括惑于流言的宋仁宗。结果招致守旧派的更大诬陷，有人罗织所谓“张甥案”，诬告欧阳修与外甥女张氏关系暧昧。经由朝廷再三查实，诬陷没有得逞，却以别的名目将欧阳修贬知滁州（今安徽滁县）。

这次贬逐，时间近十年。欧阳修先后知滁州、颍州（今安徽阜阳），知应天府（今河南商丘）兼南京留守司事，接着是回颍州守母丧，一直到至和元年（1054）除丧服，才重返京师。关于这段经历，欧阳修《述怀》诗自述为“十年困风波，九死出槛阱。”

庆历新政迅速失败，给欧阳修以强烈的刺激，他开始体味到世事艰难和改革不易。他一方面为改革受挫深感痛心，一方面以顺处逆，寄情山水，表现出旷达自放的情怀。在滁州的岁月里，他年方四十，自号“醉翁”，实有自我揶揄之意。他的《题滁州醉翁亭》诗，声称要忘却现实：“醉中遗万物，岂复记吾年？”然而，面对守旧派残酷迫害新政派的严酷现实，内心深处怎能平静？庆历五年（1045）七月，好友石介受守旧派头目夏竦迫害，死于家中。政敌们制造谣诼，扬言要掘墓斫棺。欧阳修连续写作《读徂徕集》、《重读徂徕集》诗，为改革志士鸣不平，愤怒声讨守旧派的反攻倒算行径，展示欧阳修的真实内心世界。

皇祐元年（1049）二月，欧阳修移知颍州，开始迷恋西湖风景绝胜，更爱此地水土美好、物产丰饶、民风淳朴，慨然萌发居家颍州、终老西湖的念头。三年后，母亲郑氏逝于南京官所，欧阳修扶母丧回颍州守制。

至和元年（1054）五月，欧阳修丧服期满，奉诏还京，担任吏部流内铨，遭到政敌们的谗害和反对。经过一番周折，留在京师修撰《新唐书》，不久，升为翰林学士，兼史馆修撰。

嘉祐五年（1060）七月，《新唐书》修成上奏，欧阳修转官礼部侍郎。同年十一月拜枢密副使，次年闰八月任参知政事，成为显赫的朝廷执政大员。

这个时期的欧阳修，地位蒸蒸日上，忧国忧民、革弊兴利的政治初衷没有改变，依然坚守进步的政治理想，坚持革新朝政的主张。至和年间的《论权贵子弟冲移选人札子》、《论使臣差遣札子》，反对朝廷“曲恩滥赏”，力主限制贵族特权。嘉祐三年（1058）《乞定两制员数札子》，主张择优选才，解决滥官冗员现象。由于此时宋廷内外矛盾缓和，朝政危机减弱，晚年的仁宗安于苟且。受此形格势禁，欧阳修由前期的激进改革转为谨慎从事、稳健求变。他既不甘心因循守旧、养尊处优，又不能够无所顾忌，奋身报国，内心时常陷入矛盾与痛苦之中。

英宗即位后，朝廷爆发“濮议”之争。英宗是已故濮安懿王赵允让之子，过继仁宗为嗣子。围绕英宗该如何称呼生父，朝臣之间发生激烈争论。韩琦、欧阳修等执政派引经据典，主张英宗称呼赵允让为“皇考”，御史吕诲等台谏派则认为应该称“皇伯”。执政派最终争取到曹太后改变态度，“濮议”以台谏派失败而告终。台谏派指斥欧阳修“首开邪议”，并由此引发“长媳案”。

英宗去世后，神宗上台，御史蒋之奇、中丞彭思永劾奏欧阳修“帷薄不修”，与长媳吴氏有私情。诬枉最终得到澄清，肇事者也因此遭受贬黜。可是身居宰辅，又是一代儒宗的欧阳修，蒙此奇耻大辱，再也无心在朝执政，决意求退，以全晚节。治平四年（1067）三月，他终于自罢参政，出知亳州（今安徽亳县）。

在赴亳州途中，欧阳修获准“枉道过颍”，在颍州西湖畔扩建房舍，准备退路。亳州任上，他连上五表四札子，自陈衰残，乞请致仕。神宗不许，且于熙宁元年（1066）八月将欧阳修改知青州（今山东益都），充任京东东路安抚使。

熙宁二年（1069）二月，王安石出任参知政事，雷厉风行地推行变法，在朝廷掀起论辩风波。欧阳修蛰居青州，没有卷入这场论争。然而，变法的大潮毕竟波及到了他所管辖的京东东路。目睹青苗法实施中的某些弊端，他连上两道奏疏，发表异议。其中《言青苗钱第一札子》，批评朝廷不应收取青苗钱利息，不应连续发放青苗钱，更不应强行摊派；《言青苗第二札子》则请求停发秋料青苗钱，还没待朝廷表态，他擅自下令在京东东路停止发放，结果遭到朝廷诘责。

熙宁三年（1070）四月，朝廷任命欧阳修为检校太保、宣徽南院使、判太原府、河东路经略安抚监牧使，兼并代泽潞麟府岚石路兵马都总管。人们竞相传说，神宗准备让欧阳修出任宰相。欧阳修深知自己的政治理想与王安石变法主张甚有距离，尽管两者的改革方向基本一致，但实现目标的方法大相径庭。欧阳修不赞成以“理财”作为变法的主题，反对重国计、轻民生的变法方针，反对激烈变法手段。因此，他六上札子，恳辞新命，请知“淮颍间小郡”。神宗见他实在难以勉强，只得让他改知蔡州（今河南汝南）。

赴蔡州途中，欧阳修滞留颍州一个多月，更号“六一居士”，作《六一居士传》，自述晚年生活情趣，向往读书、鉴赏碑铭、弹琴、弈棋、饮酒，以消度余光晚景。在蔡州任上，变法风潮汹涌澎湃，欧阳修健康状况日趋恶化。他再一次进章告老，终于在熙宁四年（1071）六月获得恩准，以观文殿学士、太子少师的荣衔致仕，归居颍州西湖。遗憾的是，这种泛舟垂钓、啸傲湖光山色的悠闲生活，只过了一个春秋，次年闰七月二十三日，欧阳修病逝于颍州西湖畔的私第，享年六十六岁。

在我国古代历史上，欧阳修是一位著名的富有创造精神的人物。重创造，是宋朝的时代精神之一，欧阳修则是这一时代精神的首倡风气者。他思想活跃，勇于开拓，具有创造性思维，为北宋中期的文坛、学坛和政坛，奉献了许多新的观点，开启了许多新的门径。在政治上，他是宋代学者型政治家的杰出代表。他宽政爱民，力戒因循，为改变宋王朝积贫积弱局面，为建树新一代世风和士风，作了不懈努力。在经学研究上，他首创疑经惑传风气，自出议论，使经学研究摆脱名物训诂的束缚，转入讲求义理的方向，对宋代理学形成具有草创和奠基之功。在史学著述上，他主持编纂《新唐书》，独力撰著《新五代史》，不没其实，论辩正统，反对祥瑞，标举名节，丰富并发展我国史书义例。此外，他的《集古录跋尾》、《崇文总目叙释》、《欧阳氏谱图》、《诗话》等著作，对我国古代金石学、目录学、谱牒学、诗话学的形成与发展，有着极其重要的贡献。

毫无疑问，欧阳修对后世贡献最大、影响最烈的，是他的文学创作。他的文学理论和创作实践，都表现出强烈的创造性。他的文学思想，散见于各类文章和随笔之中，概括地说，它包括以下三个方面的内容：

在文与道的关系上，欧阳修主张“文与道俱”、“道胜文至”。他强调道对文的决定作用：“我所谓文，必与道俱。”（苏轼《祭欧阳文忠公文》引）针对宋初西昆派文人重文轻道的弊端，他大声疾呼提倡“道”，甚至表现出矫枉过正的倾向：“圣人之文，虽不可及，然大抵道胜者文不难而自至也。”（《答吴充秀才书》）与此同时，欧阳修摆脱了唐代古文运动的偏颇观点，注意到文学创作的文道区别，肯定“文”的独立价值，认为道不可以取代文，道与文二者缺一不可。他的《代人上枢密求先集序书》，赞同孔子“言之无文，行而不远”的话，并且指出：

“君子之所学也，言以载事，而文以饰言，事信言文，乃能表见于后世。”强调文学作品既要内容充实，又要讲究文采，达到思想与艺术、内容与形式的完美统一。

在文学与现实的关系上，欧阳修主张经世致用，文学要走向社会，接触现实生活，作家要关心百事，针砭时弊。他的《与张秀才第二书》强调君子为学，必须“知古明道，而后履之以身，施之于事，而又见于文章而发之，以信后世。”在《答吴充秀才书》中，欧阳修反对作家“终日不出于轩序”、“弃百事不关于心”，主张不溺于文。他还提出“文章系乎治乱之说”，倡导“其文博辩而深切，中于时病而不为空言”。(《与黄校书论文章书》) 主张以文学反映社会现实和民生疾苦，服务于现实政治。也正是基于对文学与现实关系的深刻认识，欧阳修提出了著名的诗文“穷而后工”的理论。

在继承与创新的关系上，欧阳修主张在批判继承前人文学遗产的基础上推陈出新。他重创造，也重继承，既反对一味因袭模仿，也反对刻意标新立异。他的古文创作，继承韩愈的“文从字顺”，扬弃其尚奇好险，提倡平易自然。欧阳修提倡并领导诗文革新运动，是从批判西昆体揭开帷幕的。然而，他以冷静的客观分析态度，扬弃西昆体浮薄空洞、晦涩难懂的文弊，吸收西昆诗人自觉的艺术性追求。他改造骈文，使四六格的骈文走上散文化的道路；在散文创作中，则吸收骈文的句式、章法，讲究文章的立意和情韵，开创宋代散文的新风格。鉴于唐代古文运动失败的历史教训，欧阳修在创新的旗帜下，既反对浮艳纤弱文风，也反对艰涩怪僻倾向。北宋诗文革新取得初步胜利以后，一些作家学古务奇，追求简要平拙，流入艰涩怪僻，形成“太学体”新文弊。欧阳修力排流俗，借用嘉祐二年（1057）知贡举的机会，采取毅然措施，予以沉重打击，把文风平易的举子拔在高第，将写作险怪奇涩文章者尽情黜落，保证了北宋古文运动健康发展。

欧阳修不仅为北宋诗文革新提供了正确而系统的理论，而且创作了大量堪称典范的优秀文学作品。他的文学创作成就，以散文为最著。他的散文作品，数量巨大，仅以《欧阳文忠公集》一百五十三卷统计，就有两千三百余篇，尚不包括《诗本义》、《新五代史》以及《新唐书》“本纪”、“志”的有关篇目。欧阳修散文内容丰富，体裁多样，前人誉为“文备众体”、“各极其工”。下面按论说、记叙、书简、序跋、赠序、传记、赋颂、奏议、诏册、墓志、祭吊、杂体等十二类项，将其主要思想内容逐一简要介绍：

论说类八十九篇，大部分为政论、史论和哲论，还有一部分杂说、字序、策论及策试题。此外，如《上杜中丞论举官书》、《书梅圣俞稿后》、《送曾巩秀才序》及《通进司上书》等文章，详其内容，均为论说，因为本书另有类项，故分别辑入“书简”、“序跋”、“赠序”、“奏议”等类。记叙类的辑录也有类似情况，循依此例。

欧阳修的政论直陈时事，阐述政治见解，具有鲜明的时代特色和强烈的战斗精神。其中一个重要内容，就是针砭时弊，宣扬改革思想。如《原弊》剖析时局，揭露政弊，推究宋王朝积贫积弱的根源；《本论》针对朝政积弊，发表“治本之论”；《为君难论》上篇论国君用人之难，下篇论国君听言之难，旨在倡导言事之风。这些文章都可以视为庆历新政的舆论准备。另外一个重要内容，就是坚持真理，是是非非，同守旧派作坚决斗争。《朋党论》就是诞生在庆历新政的斗争风暴之中，它驳斥守旧派的恶语中伤，破除仁宗疑虑，为大胆进用新政派提供了理论武器。

欧阳修的史论，主要见于《新五代史》等史学著述。本书所辑史论中，有一组值得注意的论辩正统的文章。所谓“正统”，指封建统一王朝对其一脉相承的系统的确定与认可。欧阳修康定元年（1040）撰写过《正统论》七篇，晚年将其改写为

《正统论序论》、《正统论上》、《正统论下》三篇。他认为真正的正统，必须是“居天下之正，合天下于一”，并创立“绝统说”，以为“正统有时而绝”，不必乖离史实，强求正统。“绝统说”赋于历史学家较大的灵活性，有利于历史著述切合客观实际，影响了南宋朱熹“无统说”的建立，是史学上的重要观点。欧阳修的这组文章，标志了封建正统论的理论成熟，受到历代史学家的重视。

欧阳修的哲论，疑经辨伪，訾议毛、郑，质诸人情，讲求义理，促进北宋经学思想激烈嬗变。景祐年间，他有《诗解》十篇，揭示《诗经》统要。同时开始撰著的《诗本义》，直至晚年才修订定稿，代表作者成熟的诗经观。其中《时世论》、《本末论》以及《豳问》、《鲁问》、《序问》等专论辑入本书。这些论文辨析《毛传》、《郑笺》得失，质疑《诗序》，引导人们突破汉唐注疏的束缚，排斥异端邪说，从《诗经》本文出发，探求《诗经》本义。欧阳修《易童子问》、《易或问》等著述，质疑《系辞》、《文言》、《说卦》等，揭露其并非孔子作品，又大胆地将《易经》内容分成“圣人之言”与“大衍之数”，黜其杂乱之说，纯洁经义，开创辨伪尊经新风气。《易童子问》被视为宋儒疑经惑传的滥觞之作，在当时具有振聋发聩的积极影响。

记叙类三十九篇，大都以“记”名篇。纯粹的山水游记几乎没有，大都是亭园楼阁记。这些记体文突破前人单纯表现客体的藩篱，对亭园楼阁的废兴始末鲜有记载，即便有一些山水风光描写，也决非文章重点，只是作为媒介物，由此生发议论，引出抒情，强烈表现作者自我形象，具有浓厚的主观感情色彩。如《丰乐亭记》记亭写景，都服务于议论。文章要旨在于歌唱太平气象，称颂丰乐世道，表现作者与民同乐的情怀，并告诫人们珍惜和平安乐生活，感怀大宋王朝恩德。《真州东园记》凭藉想象，描绘东园绮丽风光，主题却是称颂真州主持漕运的三位东园主人，宣扬作者的宽政爱民思想。

欧阳修的另一部分记体文，抓住亭园楼阁的命名大做文章，抒写作者的思想情趣，《非非堂记》、《至喜亭记》、《昼锦堂记》、《画舫斋记》无一不是如此。《非非堂记》全文紧扣“非非”堂名发表议论，阐述自己的是非观，表明自己“是是非非”、“宁讪无谄”的做人原则。作者处世为人之大节，在此文当中自表无遗。

还有一种寓言小品式的记体文，记叙作者亲身经历的或是虚构假托的一件小事，说明某种深刻道理。欧阳修的这类文章多为感时伤事而作，篇幅短小，耐人寻味，兼具形象性、现实性和哲理趣味。如《伐树记》，以修治东园伐樗留杏写起，感悟事物的幸运与不幸取决于客观环境和主观条件，驳正庄子“以无用处无用”的消极思想，表达自己锐意进取的人生观。《养鱼记》借用大鱼“不得其养”，小鱼“有若自足”的描写，讽刺人才难以进用的现实社会，表达作者怀才不遇的苦闷。

书简类六百五十余篇，除少量为皇帝代撰的外交礼仪书信外，绝大多数是作者平生社交往来的忠实记录。本书将散见在文集中的书简按写作年月编次，原属《表奏书启四六集》中的书启，依旧集中辑录。由周必大等人编定的《书简》十卷，则按原貌保留。这些书简素来不为人们注意，其实，作者在书简中自述生平交际，时而论及政治与学术，由衷之言，直抒己见，展示其内心世界，表现其处世人格，是不可多得的生平资料。如《上范司谏书》论述谏官在国家政治生活中的重大作用，鼓励并切责范仲淹直言进谏，表现早期的欧阳修对政治时事的深切关注，展示其拳拳爱国之心。而《与韩忠献王稚圭书》四十五篇、《与梅圣俞书》四十六篇，它们几乎覆盖作者人生旅途的全部，言及个人生活道路上的遭际感遇，是考察作者生平思想最可靠的第一手资料。

序跋类四百七十余篇，其中文序六十六篇，其余为《集古录跋尾》。欧阳修的文学思想，他对北宋诗文革新运动的指导与总结，他的政治观、经学观、史学观，以及从事学术研究的心得体会，往往渗透在这类文章当中。如《苏氏文集序》高度肯定亡友苏舜钦的文学才华与高尚人格，对苏氏的不幸身世，深表痛惜与悲愤，同时，回顾诗文革新的历程，总结经验教训，极具史料价值。《记旧本韩文后》追忆自己三十多年来学习韩文、倡导古文运动的过程，总结自己学习古文的切身体验，是研究北宋诗文革新运动和作者创作道路的珍贵资料。《集古录跋尾》是作者考释金石铭文的学术成果，内容涉及史事、书法和文章艺术等。其中考订史实、补充史料、考索典章制度，开启了我国古代金石学之先河。

赠序类十六篇，均是为朋辈赠别勉慰而作。此类文章情意真挚，感慨多气，往往不是为一人一事而发，寓意婉曲，寄慨遥深。如《送徐无党南归序》以议论代抒情，用“三不朽”之说劝勉徐氏，旨在批判弃道求文的浮艳文风，表达作者文道并重的思想。《送曾巩秀才序》抨击不合理的科举考试方法，赞扬曾巩落第后“不非同进，不罪有司”，仍然“思广其学而坚其守”的志趣，委婉表现作者志在改革的思想。

传记类四篇，欧阳修所撰人物传记，主要见于《新五代史》等著述。文集当中以传名篇的，只有《六一居士传》、《桑怿传》两篇。严格地说，《六一居士传》只是自传以明志，表述晚年生活情趣，是一篇议论性的抒情散文，算不上传记。《桑怿传》则是一篇典型的人物传记。它为一介武夫立传，浓墨重彩记叙其捕捉盗贼的奇功险遇。桑怿的所作所为，有除暴安良的一面，也有镇压农民起义、维护封建秩序的一面。文章暴露了北宋社会的黑暗腐朽，具有一定的批判意义和认识价值。所附“行状”两篇，记叙蔡齐、许狄生平事迹，人物形象鲜明，颇具传记特色。

赋颂类二十七篇，其中赋作二十四篇，颂一篇、像赞两篇。欧赋基本上可分古赋、律赋两大类。在古赋当中，有的是典型的古赋，如《红鹦鹉赋》、《病暑赋》、《述梦赋》、《螟蛉赋》等；有的倾向于骈俪化，有似骈赋，如《黄杨树子赋》、《荷花赋》等；有的偏向散文化，有似文赋，如《鸣蝉赋》、《秋声赋》等。律赋大都是作者青年时代科举考试的考卷，或是考场的模拟作、示范作。

欧赋内容比较丰富。古赋以咏物为主，咏赋对象包括红鹦鹉、螟蛉、苍蝇、蝉、黄杨树、荷花等。受唐代咏物赋的影响，大都借物咏怀，寄意深远。如《黄杨树子赋》咏叹黄杨树“负劲节以谁赏，抱孤心而谁识?”赞美其“节既晚而愈茂，岁已寒而不易”。从孤独而坚贞的黄杨树子身上，可以看到作者自身形象。《鸣蝉赋》闻蝉兴感，联想到人类可以留传文字而长鸣百世，寓含着立言不朽的意义，表现作者对自己文章的重视和自信。

律赋是宋代以策赋取士的科场产物。它拘守四六文的格局，讲究骈词俪句。一般的应试赋，恪守板滞的形式，内容上只求切题，不太注意思想性。欧阳修的一些应试赋作联系现实，针对性强，言之有物。如《殿试藏珠于渊赋》、《进拟御试应天以实不以文赋》指陈朝政，揭露时弊，语词剀切，开启了应试赋体改革的新路。

奏议类近四百篇，这是欧阳修经邦济世的作品。它们展示作者从政生涯的轨迹，表现其政治理论与实践，反映庆历新政、嘉祐之治、熙宁变法的真相实情。本书分三部分辑录。第一部分表章，大都是作者仕途升降沉浮的辞状、谢表，是考察作者生平事迹的原始资料。如治平四年（1067）春，欧阳修《乞根究蒋之奇弹疏》八札子、《乞罢政事》三表、《又乞外郡》三札子，为我们坦露了“帷薄”受辱的真情实况。第二部分奏札，作于庆历至熙宁年间，是北宋中期政坛改革风云的纪实。如《论按察官吏札子》、《论吕夷简札子》、《论乞主张范仲淹、富弼等行事札子》、《论杜衍、范仲淹等罢政事状》等，反映了庆历新政从发生、发展、高潮到失败的全过程。第三部分是作者出使河东、河北的奏草。欧阳修在庆历新政中奉命考察河东、出使河北，上呈八十余道奏状。由这些文章可知，他按照新政要求，脚踏实地兴利除弊，实施爱民宽政，为澄清吏治，宽弛民力，发展漕运，充实边备，妥善处理保州兵变善后事宜，做了大量卓有成效的工作。

诏册类约四百篇，除嘉祐、治平年间少量诏书、册文外，绝大多数作品原存《外制集》与《内制集》。《外制集》是作者庆历三年（1043）十二月就任知制诰至次年四月出使河东前所撰的制诰，包括敕文、除官制和致仕制等。这些文章代仁宗立言，褒奖贤良，指斥冗滥，整饬道德，标举名节，宣传朝政改革思想。《内制集》的作品，作于至和元年（1054）九月至嘉祐五年（1060）十一月，时作者任翰林学士。文章内容，上自朝廷，内及宫禁，下暨蛮夷海外，无所不载。按时间顺序编次，颇具史料价值。

碑志类一百余篇，包括神道碑铭十二篇，墓表十四篇，墓志铭八十二篇。其中写得最好的，是那些哀悼知心好友的作品，如《资政殿学士户部侍郎文正范公神道碑铭》、《石曼卿墓表》以及为梅尧臣、苏舜钦、石介、黄注、张先、江休复等人所撰的墓志铭。这些文章不仅写出朋友的品德、才华、个性及不幸身世，而且笔锋挟带感情，抒写追思与悲愤，表达惋惜与同情，感伤交游零落，常常声泪俱下，情文并茂。

欧阳修也为一些达官贵人或朋友家属撰写过墓志，这些人大都在政绩、人品或文才等方面有值得称道的地方，可以在某些方面作为世人的楷模，是作者心目中的循吏贤者形象。如《尚书户部郎中赠右谏议大夫曾公神道碑铭》，表彰曾致尧正道直行，具有先见之明与君子之勇。《南阳县君谢氏墓志铭》记载梅尧臣妻安贫乐道、通达世务、忧国忧民的事迹，描写了一位善行美德、远见卓识的妇女形象。

祭吊类一百七十篇，包括二十七篇祭奠师友的文章，十六篇求雨祈晴文，为仁宗代撰的一百余篇祭文、斋文、青词、祝文、密词以及《圣节五方老人祝寿文》等。其中感人至深的是为亲友所作的哀祭文。作者的这些文章叙事怀人，情致哀婉。文笔纡徐往复，一往情深，不仅赞颂逝者的品行业绩，而且交织作者对社会人生的看法。如《祭谢希深文》追叙谢绛为人大节，赞美逝者的道德文章足以垂留后世，在自慰之中寓含无限感伤。《祭尹师鲁文》赞扬尹洙的学识修养，同情其怀才不遇，痛惜其英年早逝，又咏叹逝者生死祸福不系于心的达观态度，反复慨叹声中充溢着悲愤之情。

杂体类七十余篇，荟萃欧阳修的各种笔录杂著。其中《洛阳牡丹记》是一部关于牡丹品类、观赏及栽培技术的专著；《州名急就章》是一篇童蒙读物；《笔说》、《试笔》杂录欧阳修手书墨迹，内容涉及书法、文学、经学及艺术等，开启宋人笔记创作先河；《奏事录》记载作者担任参知政事时与英宗的对语，极具史学价值；《濮议》只节录欧阳修撰著部分，删芟原著所辑的其它历史文献。这些文章记述“濮议之争”的缘起始末，驳斥台谏派加于自身的诬蔑不实之词；《欧阳氏谱图》是记载欧阳家族世系和人物事迹的历史图籍。图籍以时间为经，以人物为纬，采用“五世则迁”的小宗之法，创制家谱新体例，成为明清新谱牒的规范之作。

欧阳修的散文创作不拘成规，追求新意，富于创造性。他以推尊韩愈古文开步，大胆变古创新，开创自己的独特风格，无论议论、记叙或抒情，都能做到语言平易晓畅，文意纡余委备，结构跌宕，情韵绵邈，后人誉称为“六一风神”。

“风神”一词，本指人的风度、神采，宋人孙奕曾经用来形容欧阳修文章的风格：“欧文学韩，神骨皆似，而风貌不类。但观惟俨、秘演诗文集二序，推远浮屠之意与韩同，能不为险语，而风神自远，则学韩真不类韩矣。”（《履斋示儿编》卷七）明代茅坤《唐宋八大家文钞·欧阳文忠公文钞引》以“风神”概称司马迁文风，说：“西京以来，独称太史公迁，以其驰骤跌宕，悲慨呜咽，而风神所注，往往于点缀指次，独得妙解，譬之览仙姬于潇湘、洞庭之上，可望而不可近者。”同时又指出：“史迁风神”既豪迈雄放又遒劲清逸，传之后世，韩愈得其“雄”，欧阳修得其“逸”，韩文风骨峥嵘，欧文风神摇曳。到了清代桐城派古文家手上，“六一风神”之语被广泛使用，成为欧阳修散文美学特征的概称。

所谓“六一风神”，指欧阳修散文婉曲遒逸的艺术风格。它具有内容和形式的双重要求，既指文章不可言传的风度和神韵，也指建筑在充实思想内容基础上的风骨与神髓。欧阳修的记叙文俯仰今昔，感叹淋漓，多慷慨呜咽之音，素以风神著称；议论文逻辑严密，一唱三叹，亦显风神萧飒；抒情文沉吟哀乐，跌宕吞吐，尤是多具风神。

欧阳修散文美学特征之一：平易自然，婉曲多致。欧文是在同典雅华丽的“西昆体”和生僻险怪的“太学体”作斗争中发展起来的，是平易自然的典范。为文平易，并不排斥文采，欧阳修将平易与文采统一于“自然”。他在《与渑池徐宰书》中说道：文章要“精择”、“峻洁”，但是“不必勉强”，“须待自然之至”。他的散文创作，注重“事信言文”。“事信”，指文章内容真实；“言文”，指语言艺术性强。真挚的情感，由衷的言语，表现在文章中往往是自然的美。欧阳修的《唐元结阳华岩铭跋》总结前人为人为文之道，指出：“君子之欲著于不朽者，有诸其内而见于外者，必得于自然。”

平易自然，并不意味着平铺直叙。在欧阳修笔下，平易自然往往与婉曲多致相结合。即便是《朋党论》这类义正辞严的政论文，本可理直气壮，声色俱厉，作者却化为平实从容的措词，侃侃而谈。文章有气势，有锋芒，但不剑拔弩张，说理周详透彻。可以说，欧阳修文是在理智的节制下，将炽热的情感，纳入平易纡余的节奏和曲折俯仰的定势，显得平易而有致，这是“六一风神”的神髓所在。

《读李翱文》更是以行文婉曲著称。文章从阅读李翱其文、认识李翱其人的曲折过程下笔，继而将李翱与韩愈作比较，肯定李氏为人为文。行文到此，似乎山穷水尽，难以为继了。谁知作者笔锋一宕，又见柳暗花明。文章以“然翱幸不生今时”领起，转入对现实政治的批判，愤怒指斥当今执政者“在位而不肯自忧，又禁他人使皆不得忧”。全文不足四百字，七折八转，大开大合，抒发了作者深沉而慷慨的忧国忧政思想。清人林云铭《古文析义》卷十四评述此篇“曲折感怆”，可谓抓住了文章思想和艺术的肯綮。

欧阳修散文美学特征之二：吞吐抑扬，寄慨遥深。欧阳修《论尹师鲁墓志》自述作文标准为“言简而意深”，即在“简而有法”的基础上达到寄意深远。他往往在构思上着力，谋篇布局，惨淡经营。抒发情感不是一泻无余，而是一唱三叹，吞吐离合。清人方东树《昭昧詹言》卷十二说：“欧公情韵幽折，往反咏唱，令人低回欲绝，一唱三叹，而有遗音，如啖橄榄，时有余味。”所揭示的正是这一特征。

令人叹为观止的是，一些实用性的文体，如墓志、祭吊文，在欧阳修笔下也成了情辞并茂、寄慨遥深的文字。尤其是为挚友亲朋撰写的墓志、祭文，往往从虚处着笔，抚今追昔，俯仰盛衰哀乐，感叹存亡离合，有无穷的情韵意趣。因此，有人把“六一风神”的神韵所在，全都归结于一个“追”字。林纾《选评古文辞类纂》指出：“欧公之多神韵，盖得一追字诀。追者，追怀前事也。”又说：“欧公一生本领，无论何等文字，皆寓抚今追昔之感。”这种说法虽然有失于以偏概全，却也言中了欧文的一个重要特色。

《黄梦升墓志铭》就是一篇抚今追昔，俯仰盛衰，感情吞吐抑扬的名作。文章追述自己与黄注三次会面的不同情景，展示墓主一生的悲剧命运。通过对往昔几个对比鲜明的生活片断的勾画，一个恃才自负，屈居下位、穷困潦倒、最终被封建社会庸官俗吏扼杀的士大夫形象跃然纸上。文章中的作者自我形象与墓主形象对映生辉，强化了抒情色彩，读之令人回肠荡气，泪下沾巾。《祭石曼卿文》是作者晚年于亳州任上所写的著名祭文之一。文章打破一般祭文的格局，没有细写逝者石延年的生前事迹，而是借助想象，对比亡友的英灵形象与墓地荒凉，抒写人生感慨。作者三呼曼卿，逐层深入，感念畴昔，慨叹盛衰之理。文意吞吐反复，从人死不足悲下笔，最终还是落入“临风而陨涕”的悲境。全文饱含对石氏的深沉怀念和哀悼，也表露对亡友怀才不遇的惋惜与同情，更寄寓作者对自身饱经忧患的身世感伤，真可谓寄慨遥深。

欧阳修散文美学特征之三：情合阴柔，神韵绵邈。文章有阳刚阴柔的区别，此说最早见于刘勰《文心雕龙·体性》。清人姚鼐《复鲁絜非书》对文章的阴柔之美作了形象描绘，并揭示欧文偏于阴柔之美。章学诚《文史通议》指出：“气得阳刚，而情合阴柔。”以为文章阳刚之美在于气势，阴柔之美在于情韵。情合阴柔的文章，一定神韵绵邈。

《醉翁亭记》就是一篇偏于阴柔、神韵缥缈的作品。文章着墨于记“亭”，更着力于描写“醉翁”。它以物美人乐为中心，展示一幅风光绮丽的画卷。开章一步一景，步步推进，推入到对醉翁亭的正面描写，并引出作品主人公"醉翁"，引出主人公的"山水之乐"，又提升到与民同乐的更高层次。结尾的议论，进一步深化了"与民同乐"的题旨。全文一环紧扣一环，赏心悦目的画面当中蕴含绵绵情韵。明人茅坤评述本文为"文中之画"，并指出："昔人读此文谓如游幽泉邃石，入一层才见一层。路不穷，兴亦不穷。读已，令人神骨翛然长往矣。此是文章中洞天也。"（《欧阳文忠公文钞》卷二十一）这里所揭示的，正是文章移情摄魄的艺术魅力之所在。

欧阳修散文美学特征之四：含蓄蕴藉，诗味醇浓。欧文大都具有深邃隽永的诗歌韵味，响着一种咏叹调，读后有余音绕梁，不绝于耳的感觉。曾巩称赞欧文"辞穷卷尽，含意未卒"（《祭欧阳少师文》），正是指这种审美感受。《送杨寘序》就是一篇含蓄蕴藉、宛转致意的赠序。朋友杨寘郁郁不得志，即将远行福建，欧阳修为作此序，从自身体验，引出学琴疗病一事，然后是一大段琴理分析，论述琴声可以陶冶性情，净化灵魂，疏导胸中郁闷，渲泻心头忧愤。这些话似乎与送行的主题毫不相干。结尾则指出主人公以多病之身、不平之心，万里投荒，勉励他寄情于琴，乐而忘忧。至此，作者一番琴说的用意方才和盘托出。全文无一字叙及友情，而朋友之间的挚爱之情溢于言表。

欧文的诗味醇浓与行文含蓄有关。朱熹说过："欧公不尽说，含蓄无尽。"（《朱子语类》卷一三九）魏禧《魏叔子集·日录》卷二《杂说》指出："欧公之妙，只在说而不说，说而又说，是以极吞吐往复、参差离合之致。"《岘山亭记》就是欧文中含蓄吞吐的名作。史中辉以光禄卿守襄阳，扩建岘山亭，将新建的后轩命名"光禄堂"，托名襄阳人要为他立碑记功，请求欧阳修为之作记。欧阳修并不赞成朋友的趋时邀誉、汲汲于声名，文章却不点破，而是以惋叹羊祜、杜预的"汲汲于后世之名"作微言讥讽，且蕴含劝勉激励之意。姚鼐评述说："欧公此文神韵缥缈，

如所谓吸风饮露、蝉蜕尘壒者，绝世之文也。”（《古文辞类纂》卷五十四）

有趣的是，欧阳修的某些诗味醇浓的散文作品，本人同时赋有诗作。如《醉翁亭记》，作者同时写有《题滁州醉翁亭》诗，诗文意义可以相互发明。就《醉翁亭记》而言，有人将原文稍加改删，便成为词曲作品，《诗人玉屑》卷二十所载黄庭坚《瑞鹤仙》词，《风雅遗音》所载林正大《贺新凉》词以及《元人小令集双调》所载庾天锡《折桂令》曲，都是此类作品。这虽然只是一种文字游戏，却也反证原文所具有的醇厚诗味。

欧阳修生活在北宋中期，作为北宋诗文革新的领袖，他继承并享用了宋初以来诗文革新的成果。北宋开国之初，柳开、王禹偁对卑弱浮艳“五代体”的攻击；大中祥符以后，孙复、石介、穆修等人对华丽空疏“西昆体”的批判，加上天圣七年（1029）、明道二年（1033）和庆历四年（1044）仁宗一再下达革除文弊、恢复古道的诏令，到欧阳修主盟文坛时，文风已经大有改观。就如欧阳修所说的“学者稍趋于古焉”（《苏氏文集序》），“今时之士大夫所为，彬彬有西汉之风矣。”（《与荆南乐秀才书》）欧阳修在这种历史条件下领导诗文革新，从事古文创作，比起韩愈“文起八代之衰”、“挽狂澜于既倒”的严峻形势，困难和阻力显然小得多。正是这种特定的历史背景，加上作者宽厚爱人的品性特征，孕育了欧阳修散文婉曲清逸、美在阴柔的风格特征。

欧阳修的散文，在同时代的作家当中，影响了曾巩、苏辙等人的创作。尤其是曾巩的文章，委婉平和，雍容醇雅，深受欧阳修文风影响，后人往往将他们合称“欧曾”。明代中叶以后。归有光的抒情小品文，平易流畅，情真意挚，深得欧阳修“风神”。清代方苞、姚鼐等桐城派古文，讲究雅洁、神韵和义法，风格偏于阴柔，与欧阳修散文一脉相承。在我国散文史上，韩愈、柳宗元，改革六朝文弊，自是功绩卓著，但是，唐代古文运动的成果被晚唐李商隐、段成式、温庭筠的骈文成就所掩盖。只有经过欧阳修的再提倡，才彻底结束了骈文统治文坛的历史。欧阳修散文不仅风靡宋代，而且衣被整个封建社会后半期。欧阳修是我国文学史上当之无愧的文章大师。

欧阳修的散文作品，有《新唐书》、《新五代史》、《诗本义》等单行本行世，此外，大都保存于《欧阳文忠公集》。欧阳修文集，在北宋后期和南宋前期有多种版本流行。南宋周必大跋《欧阳文忠公集》指出："《欧阳文忠公集》，自汴京、江浙闽蜀皆有之。"当时著名的版本，有绵州本、祠堂本、宣和吉州本、庐陵本、京师旧本、苏州本、闽本等。诸本并传，讹舛不一，正如陈振孙《直斋书录解题》所说："修集遍行海内，而无善本。"

鉴于上述情况，自南宋光宗绍熙二年（1191）春，至宁宗庆元二年（1196）夏，庐陵乡贤周必大、曾三异、孙谦益、丁朝佐等人，广泛搜集海内《欧集》刻本，相互校正，并参照《文纂》、薛齐谊编年《庆历文粹》、《熙宁时文》、《文海》、《文薮》、京本《英辞类稿》、《缄启新范》、《仕途必用》、《京师名贤简启》等书籍，详加考证校订，编刻成《欧阳文忠公集》一百五十三卷、附录五卷。此书代表了宋代文人别集整理的最高成就，成为今传《欧阳文忠公集》的唯一正本。《欧阳文忠公集》别本由此绝迹。清嘉庆二十四年欧阳衡重刻《欧阳文忠公集·叙略》指出："先文忠公集，自周益公始总一百五十三卷、附录五卷，历代摹刻，悉所依据。《四库全书》即以是书著录。考核之精，远有端绪，与随手掇拾者迥殊，故自周本出而当时诸刻俱废。"值得庆幸的是，今传《欧阳文忠公集》保存了部分异文，使我们仍可由此窥见别本《欧集》的概略。

本书所辑欧阳修散文，以《四部丛刊》影印元刻本《欧阳文忠公集》为底本，参校影印文渊阁《四库全书》本及《四部备要》"乾隆丙寅祠堂本"。删芟书中《崇文总目叙释》、《于役志》、《归田录》、《诗话》等杂著，增补欧阳衡重刻《欧阳文忠公集》所辑《诗本义》有关篇目，增补欧阳修铁文若干，其断章残篇则未加采录。所辑文章原无标题者，参用《全宋文》所拟题目添补。对所辑文章划分段落，撰写题解，以便阅读。

校评者分工情况如下：前言及文章题解，由刘德清撰写；全书校点、段落划分，由萧东海、刘伙根合作完成。校评者学术水平有限，另加成书仓促，缺漏错讹在所难免，欢迎国内外专家学者批评指正。

刘德清

1994年11月8日

目　　录

一、论　　说

二、记　　叙

三、书　　简

四、序　　跋

五、赠　　序

六、传　　记

七、赋　　颂

八、奏　　议

九、诏　　册

十、碑　　志

十一、祭　吊

十二、杂　　体

一　论说

杂说三首序

夏六月，暑雨既止，欧阳子坐于树间，仰视天与月星行度，见星有殒者。夜既久，露下，闻草间蚯蚓之声益急。其感于耳目者，有动乎其中，作《杂说》。

杂　说　一

蚓食土而饮泉，其为生也，简而易足。然仰其穴而鸣，若号若呼，若啸若歌，其亦有所求邪？抑其求易足而自鸣其乐邪？苦其生之陋而自悲其不幸邪？将自喜其声而鸣其类邪？岂其时至气作，不自知其所以然而不能自止者邪？何其聒然而不止也！吾于是乎有感。

【解题】

此三篇原无系年，详其内容，当为欧阳修早期之作。韩愈曾有《杂说四首》，本文似受其影响，以感悟的方式，抒写人生理想。其一嘲讽世人无病呻吟，主张有为而发；其二批判庸人追名逐利，倡导建功立业；其三揭示实现人生理想的途径，强调自强不息，死而后已。各篇缘物起兴，基调昂扬。笔法灵活，寓意深刻。三篇之间章法谨严，浑然一体。

杂　　说 二

星殒于地，腥矿顽丑，化为恶石。其昭然在上而万物仰之者，精气之聚尔；及其毙也，瓦砾之不若也。人之死，骨肉臭腐，蝼蚁之食尔，其贵乎万物者，亦精气也。其精气不夺于物，则蕴而为思虑，发而为事业，著而为文章，昭乎百世之上而仰乎百世之下，非如星之精气，随其毙而灭也，可不贵哉！而生也利欲以昏耗之，死也臭腐而弃之，而惑者方曰："足乎利欲，所以厚吾身。"吾于是乎有感。

【解题】

见《杂说一》。

杂　　说 三

天西行，日月五星皆东行。日一岁而一周。月疾于日，一月而一周。天又疾于月，一日而一周。星有迟有速，有逆有顺。是四者，各自行而若不相为谋，其动而不劳，运而不已，自古以来未尝一刻息也。是何为哉？夫四者，所以相须而成昼夜、四时、寒暑者也。一刻而息，则四时不得其平，万物不得其生，盖其所任者重矣。人之有君子也，其任亦重矣，万世之所治，万物之所利。故曰"自强不息"，又曰"死而后已"者，其知所任矣。然则君子之学也，其可一日而息乎！吾于是乎有感。

【解题】

见《杂说一》。

正统辨 上

正统曰："统天下而得其正，故系正焉；统而不得其正者，犹弗统乎尔。继周而后，帝王自高其功德，自代统而得其正者，难乎其人哉！必不得已而加诸人，汉、唐之主乎？"曰："甚哉，吾子之说其隘也！以汉、唐之盛烈，犹曰不得已而加之焉，为魏、晋之主，则将奈何乎？"曰："不然。是乌得苟加诸人？一箪食，一瓢饮，其义弗直而取诸人，君子且从而恶之。以天下之广，而被乎太公之实，苟非其人，则阙之可已。必若曰应天而顺人，则继周之后，桀、纣之恶常多，而汤、武之仁义未尝等也。若是，其苟加诸人，何哉？予以谓正统之不常在人，率与言神圣者相类，必待择人而后加焉。是仁王义主不足贵，而奸雄篡弑之臣得以济也。"

【解题】

此二篇写作年月失考，据其内容，当作于《原正统论》之前。欧阳修论正统，以此二篇立论最严。秦朝依靠暴力夺取天下，晋、隋以篡位继承篡位，此篇都不列为正统，舍汉、唐、我宋，非正统也。至《原正统论》问世，立论大为放宽；晚年删订成《正统论》三篇，折中于两者之间。

正统辨 下

秦之裔罪暴于桀，莽、炀方于纣，汉、唐之主仗义而诛变以取天下，其可谓之正统欤，犹未离乎憾也！秦之得天下也，以力不以德。晋之承魏也，以篡继篡。隋亦若是，而徒禅云尔。晋、隋，盗也。或者以为正统，兹非误欤！圣人不生，而暴伪代兴，名与实自重久矣，必待后世之明者断焉。断而不以其势，舍汉、唐、我宋，非正统也。

【解题】

见《正统辨上》。

原正统论

《传》曰："君子大居正。"又曰："王者大一统。"正者，所以正天下之不正也；统者，所以合天下之不一也。由不正与不一，然后正统之论作。尧、舜之相传，三代之相代，或以至公，或以大义，皆得天下之正，合天下于一，是以君子不论也，其帝王之理得而始终之分明故也。及后世之乱，僭伪兴而盗窃作，由是有居其正而不能合天下于一者，周平王之有吴、徐是也；有合天下于一而不得居其正者，前世谓秦为闰是也。由是正统之论兴焉。

自汉而下，至于西晋，又推而下之，为宋、齐、梁、陈。自唐而上，至于后魏，又推而上之，则为夷狄。其帝王之理舛，而始终之际不明，由是学者疑焉，而是非不公。非其不公，盖其是非之难也。自周之亡迄于显德，实千有一百一十二年之间，或理或乱，或取或传，或分或合，其理不能一概，是以论者于此而难也。大抵其可疑之际有四，其不同之说有三，此论者之所病也。

何谓可疑之际？周、秦之际也，汉、魏之际也，东晋、后魏之际也，朱梁、后唐之际也。秦亲得周而一天下，其迹无异禹、汤，而论者黜之，其可疑一也。王莽得汉而天下一，莽不自终其身而汉复兴，论者曰伪，宜也。魏得汉而天下三分，论者曰正统，其可疑二也。以东晋承西晋则无终，以周、隋承元魏则无始，其可疑三也。梁之取唐，无异魏、晋，而梁为伪。刘备汉之后裔，以不能一天下而自别称蜀，不得正统，可也。后唐非李氏，未尝一天下，而正统得之，其可疑四也。

何谓不同之说三？有昧者之论，有自私之论，有因人之论。

正统之说肇于谁乎？始于《春秋》之作也。当东周之迁，王室微弱，吴、徐并僭，天下三王，而天子号令不能加于诸侯，其《诗》下同于列国，天下之人莫知正统。仲尼以为周平虽始衰之王，而正统在周也。乃作《春秋》，自平王以下，常以推尊周室明正统之所在。故书王以加正月而绳诸侯。王人虽微，必加于上，诸侯虽大，不与专封，以天加王，而别吴、楚。刺讥褒贬，一以周法。凡其用意，无不在于尊周。而后之学者不晓其旨，遂曰黜周而王鲁。或曰起鲁隐之不正，或曰起让国之贤君，泥其说于私鲁。殊不知圣人之意在于尊周，以周之正而统诸侯也。

至秦之帝，既非至公大义，因悖弃先王之道，而自为五胜之说。汉兴，诸儒既不明《春秋》正统之旨，又习秦世不经之说，乃欲尊汉而黜秦，无所据依，遂为三统五运之论，诋秦为闰而黜之。夫汉所以有天下者，以至公大义而起也。而说者直曰以火德当天统而已。甚者至引蛇龙之妖，以为左验。至于王莽、魏、晋，直用五行相胜而已。故曰昧者之论也。自西晋之灭，而南为东晋、宋、齐、梁、陈，北为后魏、后周、隋。私东晋者，曰隋得陈，然后天下一。则推其统曰晋、宋、齐、梁、陈、隋。私后魏者曰统必有所授，则正其统曰唐授之隋，隋授之后周，后周授之后魏。至其甚相戾也，则为《南史》者诋北曰虏，为《北史》者诋南曰夷。故曰自私之论也。夫梁之取唐，无异魏、晋之取也，魏、晋得为正，则梁亦正矣。而独曰伪何哉？以有后唐故也。彼后唐者，初与梁为世仇。及唐之灭，欲借唐为名，托大义以窥天下，则不得不指梁为伪，而为唐讨贼也。而晋、汉承之，遂因而不改。故曰因人之论也。以不同之论于可疑之际，是以是非相攻而罕得其当也。《易》曰："天下之动，正夫一。"夫帝王之统，不容有二。而论者如此，然搢绅先生未尝有是正之者，岂其兴废之际，治乱之本难言欤？

自《春秋》之后，述者多焉，其通古今、明统类者希矣。司马子长列序帝王而项羽亦为《本纪》，此岂可法邪？文中子作《元经》，欲断南北之疑也，绝宋于元徽五年，进魏于太和元年。是绝宋不得其终，进魏不得其始。夫以子长之博通，王氏之好学，而有不至之论，是果难言欤！若夫推天下之至公，据天下之大义，究其兴废，迹其本末，辨其可疑之际，则不同之论息，而正统明矣。

【解题】

作于康定元年（1040）。以下七篇，即作者早年写作的《正统论》七首，晚年又将其删为三篇。本文规范"正统"定义，论辩史界正统，立论较为宽松，承认魏及五代为正统。晚年修改成《正统论》三篇，立论又与此不尽相同。

明正统论

凡为正统之论者，皆欲相承而不绝，至其断而不接，则猥以假人而续之，是以其论曲而不通也。

夫居天下之正，合天下于一，斯正统矣。天下虽不一，而居得其正，犹曰天下当正于吾而一，斯谓之正统可矣。始虽不得其正，卒能合天下于一，夫一天下而居其上，则是天下之君矣，斯谓之正统可矣。天下大乱，其上无君，僭窃并兴，正统无属。当是之时，奋然而起，并争乎天下，有功者强，有德者王，威泽皆被于生民，号令皆加乎当世。幸而以大并小，以强兼弱，遂合天下于一，则大且强者谓之正统，犹有说焉。不幸而两立，不能相兼，考其迹则皆正，较其义则均焉，则正统者将安与乎？其或终始不得其正，又不能合天下于一，则可谓之正统乎？不可也。然则有不幸而丁其时，则正统有时而绝也。夫所谓正统者，万世大公之器也，有得之者，有不得之者。而论者欲其不绝而猥以假人，故曰曲而不通也。

或曰：可绝，则王者之史何以系其年乎？曰：欲其不绝而猥以假人者，由史之过也。夫居今而知古，书今世以信乎后世者，史也。天下有统则为有统书之；天下无统则为无统书之，然后史可法也。昔周厉王之乱，天下无君，周公、邵公共行其政十四年，而后宣王立。是周之统，尝绝十四年而复续。然为周史者，记周、邵之年，谓之共和，而太史公亦列之于《年表》。汉之中衰，王莽篡位，十有五年而败。是汉之统，当绝十五年而复续。然为汉史者，载其行事，作《王莽传》。是则统之绝，何害于记事乎？正统，万世大公之器也；史者，一有司之职也。以万世大公之器假人，而就一有司之记事，惑亦甚矣。

夫正与统之为名，甚尊而重也。尧、舜、三代之得此名者，或以至公，或以大义而得之也。自秦、汉而下，丧乱相寻。其兴废之迹，治乱之本，或不由至公大义而起，或由焉而功不克就，是以正统屡绝，而得之者少也。

正统之说曰：尧、舜、夏、商、周、秦、汉、魏、晋而绝。由此而后，天下大乱。自东晋太建之元年，止陈正明之三年，凡二百余年。其始也，有力者并起而争，因时者苟偷而假冒，奋攘败乱，不可胜纪，其略可纪次者十六七家。既而以大并小，以强兼弱，久而稍相并合，天下犹分为四：东晋、宋、齐、梁、陈，又自分为后梁而为二；后魏、后周、隋，又自分为东魏、北齐而为二。是四者，皆不得其统。其后，后周并北齐而授之隋。隋始并后梁，又并陈，然后天下合为一，而复得其统。故自隋开皇九年，复正其统，曰隋、唐、梁、后唐、晋、汉、周。夫秦，自汉而下皆以为闰也。今乃进而正之，作《秦论》。魏与吴、蜀为三国，陈寿不以魏统二方，而并为三《志》。今乃黜二国，进魏而统之，作《魏论》。东晋、后魏，议者各以为正也。今皆黜之，作《东晋论》、《后魏论》。朱梁，四代之所黜也。今进而正之，作《梁论》。此所谓辨其可疑之际，则不同之论息而正统明者也。

【解题】

作于康定元年。本文提出“正统有时而绝”的观点。此“绝统说”影响了南宋朱熹“无统说”的创立，成为封建社会史学界的重要观点。清人何焯指出：“正统有时而绝，欧公千古特出之见，而朱子所谓三国、南北、五代皆无正统之时，实因之也。”（《义门读书记》欧文卷上）

秦论

谓秦为闰者谁乎？是不原本末之论也，此汉儒之私说也。其说有三：不过曰灭弃礼乐、用法严苛与其兴也不当五德之运而已。五德之说，非圣人之言，曰昧者之论详之矣。其二者，特始皇帝之事尔，然未原秦之本末也。

昔者尧、舜、夏、商、周、秦，皆出以黄帝之苗裔，其子孙相代而王。尧传以舜，舜传于禹；夏之衰也，汤代之王；商之衰也，周代之王；周之衰也，秦代之王。其兴也，或以德，或以功，大抵皆乘其弊而代之。初，夏世衰而桀为昏暴，汤救其乱而起，稍治诸侯而诛之，其《书》曰“汤征自葛”是也。其后卒以放桀而灭夏。及商世衰而纣为昏暴，周之文、武救其乱而起，亦治诸侯而诛之，其《诗》所谓“昆”、“崇”、“共”、“密”是也，其后卒攻纣而灭商。推秦之兴，其德固有优劣，而其迹岂有异乎？

秦之《纪》曰：其先大业，出于颛顼之苗裔。至孙伯翳，佐禹治水有功，唐、虞之间，赐姓嬴氏。及非子为周养马有功，秦仲始为命大夫。而襄公与立平王，遂受岐、丰之赐。当是之时，周衰固已久矣，乱始于穆王，而继以厉、幽之祸，平王东迁，遂同列国。而齐、晋大侯，鲁、卫同姓，擅相攻伐，共起而弱周，非独秦之暴也。秦于是时，既平犬夷，因取周所赐岐、丰之地。而缪公以来，始东侵晋地至于河，尽灭诸戎，拓国千里。其后关东诸侯强僭者日益多，周之国地日益蹙，至无复天子之制，特其号在尔。秦昭襄五十三年，周之君臣稽首自归于秦。至其后世，遂灭诸侯而一天下。此本末之迹也。其德虽不足，而其功力尚不优于魏、晋乎？

始秦之兴，务以力胜。至于始皇，遂悖弃先王之典礼，又自推水德，益任法而少恩，其制度文为，皆非古而自是，此其所以见黜也。夫始皇之不德，不过如桀、纣，桀、纣不能废夏、商之统，则始皇未可废秦也。

【解题】

作于康定元年。宋真宗大中祥符年间成书的《册府元龟》，贬黜秦朝为闰统，本文斥之为“不原本末之论”。作者着重论辩秦朝“灭弃礼乐、用法严苛”之说，认为夏桀、商纣不能废夏、商正统，则秦始皇也不可废秦的正统。文章列举史实，对比论证，层层剖析，入情入理。

魏　　论

新与魏皆取汉者，新辄败亡，魏遂传数世而为晋。不幸东汉无贤子孙，而魏为不讨之雠。今方黜新而进魏，疑者以谓与奸而进恶，此不可以不论也。

昔三代之兴也，皆以功德，或积数世而后王。其亡也，衰乱之迹亦积数世而至于大坏，不可复支，然后有起而代之者。其兴也，皆以至公大义为心。然成汤尚有惭德，伯夷、叔齐至耻食周粟而饿死，况其后世乎？自秦以来，兴者以力，故直较其迹之逆顺、功之成败而已。彼汉之德，自安、和而始衰，至桓、灵而大坏，其衰乱之迹，积之数世，无异三代之亡也。故豪杰并起而争，而强者得之。此直较其迹尔。故魏之取汉，无异汉之取秦、而秦之取周也。

夫得正统者，汉也；得汉者，魏也；得魏者，晋也。晋尝统天下矣。推其本末而言之，则魏进而正之，不疑。

【解题】

作于康定元年。晋朝以来，史学家对魏的正统地位颇有疑义。本文运用类比法，由汉取代秦得其正统，晋取代魏也得其正统，从而论定魏的正统地位。

东　晋　论

周迁而东，天下遂不能一。然仲尼作《春秋》，区区于尊周而明正统之所在。晋迁而东，与周无异，而今黜之，何哉？是有说焉，较其德与迹而然尔。

周之始兴，其来也远。当其盛也，瓜分天下为大小之国，众建诸侯以维王室，定其名分，使传子孙而守之，以为万世之计。及厉王之乱，周室无君者十四年，而天下诸侯不敢侥幸而窥周。于此然后见周德之深，而文、武、周公之作，真圣人之业。故虽天下无君，而正统犹在，不得而改。况平王之迁，国地虽蹙，然周德之在人者未厌，而法制之临人者未移。平王以子继父，自西而东，不出王畿之内。则正统之在周也，推其德与迹可以不疑。

夫晋之为晋，与夫周之为周也异矣。其德法之维天下者，非有万世之计、圣人之业也，直以其受魏之禅而合天下于一，推较其迹，可以曰正而统尔。自惠帝之乱，晋政已亡，愍、怀之间，晋如线尔，惟嗣君继世，推其迹曰正焉可也。建兴之亡，晋于是而绝矣。夫周之东也，以周而东。晋之南也，岂复以晋而南乎？自愍帝死贼庭，琅邪起江表，位非嗣君，正非继世，徒以晋之臣子，有不忘晋之心，发于忠义而功不就，可为伤已！若因而遂窃万世大公之名，其可得乎？《春秋》之法，“君弑而贼不讨”，则以为无臣子也。使晋之臣子遭乎圣人，适当《春秋》之责，况欲以失国共立之君干天下之统哉？

夫道德不足语矣，直推其迹之如何尔。若乃国已灭矣，以宗室子自立于一方，卒不能复天下于一，则晋之琅邪，与夫后汉之刘备、五代汉之刘崇何异？备与崇未尝为正统，则东晋可知焉尔。

【解题】

作于康定元年。本文立论与《册府元龟》相反，以东晋为非正统。文章运用对比法，以东晋与周朝类比，又与西蜀、后汉类比，论证其非正统地位。

后魏论

魏之兴也，自成帝毛至于圣武，凡十二世。而可纪于文字，又十一世。至于昭成而建国改元，略具君臣之法，幸遭衰乱之极，得奋其力，并争乎中国。又七世至于孝文，而去夷即华，易姓建都，遂定天下之乱，然后修礼乐、兴制度而文之。考其渐积之基，其道德虽不及于三代，而其为功何异王者之兴？今特以其不能并晋、宋之一方，以小不备而黜其大功，不得承百王之统，而不疑焉者，质诸圣人而可也。

今为魏说者，不过曰功多而国强尔。此圣人有所不与也。何以知之？以《春秋》而知也。春秋之时，齐桓、晋文可谓有功矣。吴、楚之僭，迭强于诸侯。圣人于书齐、晋，实与而文不与之，以为功虽可褒，而道不可以与也。至书楚与吴，或屡进之，然不得过乎子爵。则功与强，圣人有所不取也。

或者以谓秦起夷狄，以能灭周而一天下，遂进之。魏亦夷狄，以不能灭晋、宋而见黜。是则因其成败而毁誉之，岂至公之笃论乎？曰：是不然也，各于其党而已。周之兴也，与秦之兴，其说固已详之矣。当魏之兴也，刘渊以匈奴，慕容以鲜卑，苻生以氐，弋仲以羌，赫连、秃发、石勒、季龙之徒，皆四夷之雄。其力不足者弱，有余者强。其最强者苻坚之时，自晋而外，天下莫不为秦，休兵革，兴学校，庶几刑政之方。不幸未几而败乱。其后强者曰魏，自江而北，天下皆为魏矣。幸而传数世而后乱。以是而言，魏者才优于苻坚而已。就使魏兴世远，不可犹格之夷狄，则不过为东晋比也。是皆有志乎天下而功不就者，前所谓不幸两立而不能相并者。故皆不得而进之者，不得已也。

【解题】

作于康定元年。本文立论与《册府元龟》相反，以北魏为非正统。运用类比法，列举史实，论辨北魏有似东晋，不得为正统。

梁　论

黜梁为伪者，其说有三：一曰后唐之为唐，犹后汉之为汉，梁盖新比也；一曰梁虽改元即位，而唐之正朔在李氏而不绝，是梁于唐未能绝，而李氏复兴；一曰因后唐而不改。因后唐者，是谓因人之论，固已辨矣。其二者宜有说也。

夫后唐之自为唐也，缘其赐姓而已。唐之时，赐姓李者多矣，或同臣子之异心，或怀四夷而縻之，忠臣、茂正、思忠、克用是也。当唐之衰，克用与梁并起而争之，梁以强而先得。克用耻争之不胜，虽忍臣敌之惭，不得不借唐以自托也。后之议者，胡谓而从之哉？其所以得为正统者，以其得梁而然也。使梁且不灭，同光之号不过于河南，则其为唐，与昪、璟等耳。

夫正朔者何？王者所以加天下而同之于一之号也。昔周之东，其政虽弱，而周犹在也。故仲尼以王加正而绳诸侯者，幸周在也。当唐之亡，天祐虚名与唐俱绝，尚安所寓于天下哉？使幸而有忠唐之臣，不忍去唐而自守，虽不中于事理，或可善其诚心。若李氏者，果忠唐而不忍弃乎？况于唐亡，托虚名者，不独李氏也。王建称之于蜀，杨行密称之于吴，李茂正亦称之于岐，大抵不为梁屈者，皆自托于虚名也。初，梁祖夺昭宗于岐，遂劫而东，改天复四年为天祐。而克用与王建怒曰："唐为朱氏夺矣。天祐非唐号也。"遂不奉之，但称天复。至八年，自以为非，复称天祐。此尤可笑者，安得曰正朔在李氏乎？

夫论者何？为疑者设也。尧舜三代之终始，较然著乎万世而不疑，固不待论而明也。后世之有天下者，帝王之理或舛，而始终之际不明，则不可以不疑。故曰由不正与不一，然后正统之论兴者也。其德不足以道矣。推其迹而论之，庶几不为无据云。

【解题】

作于康定元年。唐末五代以来，史学家黜梁为伪，宋初《册府元龟》也将梁列入闰位。作者驳斥其持论理由，列举史实，论证其正统地位。

正统论序论

臣修顿首死罪言：伏见太宗皇帝时，尝命薛居正等撰梁、唐、晋、汉、周事为《五代史》，凡一百五十篇，又命李昉等编次前世年号为一篇，藏之秘府。而昉等以梁为伪。梁为伪，则史不宜为帝纪，而亦无曰五代者，于理不安。今又司天所用崇天，承后唐，书天祐至十九年，而尽黜梁所建号。援之于古，惟张轨不用东晋太兴而虚称建兴，非可以为后世法。盖后唐务恶梁而欲黜之，历家不识古义，但用有司之传，遂不复改。至于昉等，初非著书，第采次前世名号，以备有司之求，因旧之失，不专是正，乃与史官戾不相合，皆非是。

臣愚因以谓正统，王者所以一民而临天下。三代用正朔，后世有建元之名。然自汉以来，学者多言三代正朔，而怪仲尼尝修《尚书》、《春秋》，与其学徒论述尧、舜、三代间事甚详，而于正朔尤大事，乃独无明言，颇疑三代无有其事。及于《春秋》得“十月陨霜杀菽”，二月“无冰”，推其时气，乃知周以建子为正，则三代固尝改正朔。而仲尼曰“行夏之时”，又知圣人虽不明道正朔之事，其意盖非商、周之为，云其兴也，新民耳目，不务纯以德，而更易虚名，至使四时与天不合，不若夏时之正也。及秦又以十月为正。汉始稍分后元、中元，至于建元，遂名年以为号，由是而后，直以建元之号加于天下而已，所以同万国而一民也。而后世推次，以为王者相继之统。若夫上不戾于天，下可加于人，则名年建元，便于三代之改岁。然而后世僭乱假窃者多，则名号纷杂，不知所从，于是正闰真伪之论作，而是非多失其中焉。

然尧、舜、三代之一天下也，不待论说而明。自秦昭襄讫周显德，千有余年，治乱之迹不可不辨，而前世论者，靡有定说。伏惟大宋之兴，统一天下，与尧、舜、三代无异。臣故曰不待论说而明。谨采秦以来讫于显德终始兴废之迹，作《正统论》。臣愚不足以知，愿下学者考定其是非而折中焉。

【解题】

作者康定元年撰写《正统论》七首，晚年重加改定，删成以下三篇。本文论“正统”缘起。正统之说，六经无言，圣人不道，宋初因袭晚唐旧习，斥梁为伪，作者当时正撰著《新五代史》，不满其说，撰成此论。

正统论 上

《传》曰：“君子大居正。”又曰：“王者大一统。”正者，所以正天下之不正也；统者，所以合天下之不一也。由不正与不一，然后正统之论作。尧、舜之相传，三代之相代，或以至公，或以大义，皆得天下之正，合天下于一，是以君子不论也，其帝王之理得而始终之分明故也。及后世之乱，僭伪兴而盗窃作，由是有居其正而不能合天下于一者，周平王之有吴、徐是也；有合天下于一而不得居其正者，前世谓秦为闰是也。由是正统之论兴焉。

自汉而下，至于西晋，又推而下之，为宋、齐、梁、陈。自唐而上，至于后魏，又推而上之，则为夷狄。其帝王之理舛而始终之际不明，由是学者疑焉，而是非又多不公。自周之亡迄于显德，实千有二百一十六年之间，或理或乱，或取或传，或分或合，其理不能一概。大抵其可疑之际有三：周、秦之际也，东晋、后魏之际也，五代之际也。秦亲得周而一天下，其迹无异禹、汤，而论者黜之，其可疑者一也。以东晋承西晋则无终，以隋承后魏则无始，其可疑者二也。五代之所以得国者虽异，然同归于贼乱也，而前世议者独以梁为伪，其可疑者三也。夫论者何？为疑者设也。尧、舜、三代之始终，较然著乎万世而不疑，固不待论而明也。后世之有天下者，帝王之理或舛而始终之际不明，则不可以不疑。故曰由不正与不一，然后正统之论作也。

然而论者众矣，其是非予夺，所持者各异，使后世莫知夫所从者，何哉？盖于其可疑之际，又挟自私之心，而溺于非圣之学也。

自西晋之灭，而南为东晋、宋、齐、梁、陈，北为后魏、北齐、后周、隋。私东晋者曰隋得陈，然后天下一，则推其统曰晋、宋、齐、梁、陈、隋。私后魏者曰统必有所受。则推其统曰唐受之隋，隋受之后周，后周受之后魏。至其甚相戾也，则为《南史》者诋北曰虏；为《北史》者诋南曰夷。此自私之偏说也。

自古王者之兴，必有盛德以受天命，或其功泽被于生民，或累世积渐而成王业，岂偏名于一德哉？至于汤、武之起，所以救弊拯民，盖有不得已者，而曰五行之运有休王，一以彼衰，一以此胜，此历官、术家之事。而谓帝王之兴必乘五运者，缪妄之说也，不知其出于何人。盖自孔子殁，周益衰乱，先王之道不明，而人人异学，肆其怪奇放荡之说。后之学者，不能卓然奋力而诛绝之，反从而附益其说，以相结固。故自秦推五胜以水德自名，由汉以来，有国者未始不由于此说。此所谓溺于非圣之学也。

惟天下之至公大义，可以祛人之疑，而使人不得遂其私。夫心无所私，疑得其决，则是非之异论息而正统明。所谓非圣人之说者，可置而勿论也。

【解题】

上、下两篇始作于康定元年，晚年重加改定。上篇申述《春秋公羊传》经义，揭示“正统”定义。下篇论辨正统之序，提出“正统有时而绝”的论点，认为正统可断可续，不必强立正统，以乖史实。“绝统说”的创立，标志封建正统论理论臻于成熟。清人何焯评述本文说：“古今论正统者，当以公为第一。”（《义门读书记》欧文上卷）

正统论 下

凡为正统之论者，皆欲相承而不绝，至其断而不属，则猥以假人而续之，是以其论曲而不通也。

夫居天下之正，合天下于一，斯正统矣，尧、舜、夏、商、周、秦、汉、唐是也。始虽不得其正，卒能合天下于一，夫一天下而居上，则是天下之君矣，斯谓之正统可矣，晋、隋是也。天下大乱，其上无君，僭窃并兴，正统无属。当是之时，奋然而起，并争乎天下，有功者强，有德者王，威泽皆被于生民，号令皆加乎当世，幸而以大并小，以强兼弱，遂合天下于一，则大且强者谓之正统，犹有说焉。不幸而两立不能相并，考其迹则皆正，较其义则均焉，则正统者将安予夺乎？东晋、后魏是也。其或终始不得其正，又不能合天下于一，则可谓之正统乎？魏及五代是也。然则有不幸而丁其时，则正统有时而绝也。故正统之序，上自尧、舜，历夏、商、周、秦、汉而绝，晋得之而又绝，隋、唐得之而又绝，自尧、舜以来，三绝而复续。惟有绝而有续，然后是非公，予夺当，而正统明。

然诸儒之论，至于秦及东晋、后魏、五代之际，其说多不同。其恶秦而黜之以为闰者谁乎？是汉人之私论，溺于非圣曲学之说者也。其说有三，不过曰灭弃礼乐、用法严苛与其兴也不当五德之运而已。五德之说，可置而勿论。其二者特始皇帝之事尔，然未原秦之本末也。

昔者尧传于舜，舜传于禹。夏之衰也，汤代之王；商之衰也，周代之王；周之衰也，秦代之王。其兴也，或以德，或以功，大抵皆乘其弊而代之。初，夏世衰而桀为昏暴，汤救其乱而起，稍治诸侯而诛之，其《书》曰“汤征自葛”是也。其后卒以攻桀而灭夏。及商世衰而纣为昏暴，周之文、武救其乱而起，亦治诸侯而诛之，其《诗》所谓“崇”、“密”是也。其后卒攻纣而灭商。推秦之兴，其功德固有优劣，而其迹岂有异乎？

秦之《纪》曰：其先大业，出于颛顼之苗裔，至孙伯翳，佐禹治水有功，唐、虞之间，赐姓嬴氏。及非子为周养马有功，秦仲始为命大夫。而襄公与立平王，遂受岐、丰之赐。当是之时，周衰固已久矣，乱始于穆王，而继以厉、幽之祸，平王东迁，遂同列国。而齐、晋大侯，鲁、卫同姓，擅相攻伐，共起而弱周，非独秦之暴也。秦于是时，既平犬夷，因取周所赐岐、丰之地。而缪公以来，始东侵晋地至于河，尽灭诸戎，拓国千里。其后关东诸侯强僭者日益多，周之国地日益蹙，至无复天子之制，特其号在尔。秦昭襄王五十二年，周之君臣稽首自归于秦。至其后世，遂灭诸侯而一天下。此其本末之迹也。其德虽不足，而其功力尚不优于魏、晋乎？

始秦之兴，务以力胜。至于始皇，遂悖弃先王之典礼，又自推水德，益任法而少恩，其制度文为，皆非古而自是，此其所以见黜也。夫始皇之不德，不过如桀、纣，桀、纣不废夏、商之统，则始皇未可废秦也。

其私东晋之论者曰：周迁而东，天下遂不能一。然仲尼作《春秋》，区区于尊周而黜吴、楚者，岂非以其正统之所在乎？晋迁而东，与周无异，而今黜之，何哉？

曰：是有说焉，较其德与迹而然耳。周之始兴，其来也远。当其盛也，规方天下为大小之国，众建诸侯以维王室，定其名分，使传子孙而守之，以为万世之计。及厉王之乱，周室无君者十四年，而天下诸侯，不敢侥幸而窥周。于此然后见周德之深，而文、武、周公之作，真圣人之业也。况平王之迁，国地虽蹙，然周德之在人者未厌，而法制之临人者未移。平王以子继父，自西而东，不出王畿之内。则正统之在周也，推其德与迹可以不疑。

夫晋之为晋，与乎周之为周也异矣。其德法之维天下者，非有万世之计、圣人之业也，直以其受魏之禅而合天下于一，推较其迹，可以曰正而统耳。自惠帝之乱，至于愍、怀之间，晋如线尔，惟嗣君继世，推其迹曰正焉可也。建兴之亡，晋于是而绝矣。夫周之东也，以周而东。晋之南也，岂复以晋而南乎？自愍帝死贼庭，琅邪起江表，位非嗣君，正非继世，徒以晋之臣子，有不忘晋之心，发于忠义而功不就，可为伤已！若因而遂窃正统之号，其可得乎？《春秋》之说“君弑而贼不讨”，则以为无臣子也。使晋之臣子遭乎圣人，适当《春秋》之诛，况欲干天下之统哉？若乃国已灭矣，以宗室子自立于一方，卒不能复天下于一，则晋之琅邪，与夫后汉之刘备、五代汉之刘崇何异？备与崇未尝为正统，则东晋可知焉耳。

其私后魏之论者曰：魏之兴也，其来甚远。自昭成建国改元，承天下衰弊，得奋其力，并争乎中国。七世至于孝文，而去夷即华，易姓建都，遂定天下之乱，然后修礼乐、兴制度而文之。考其渐积之基，其道德虽不及于三代，而其为功，何异王者之兴？今特以其不能并晋、宋之一方，以小不备而黜其大功，不得承百王之统者何哉？

曰：质诸圣人而不疑也。今为魏说者，不过曰功多而国强耳，此圣人有所不与也。春秋之时，齐桓、晋文可谓有功矣。吴、楚之僭，迭强于诸侯矣。圣人于《春秋》，所尊者周也。然则功与强，圣人有所不取也。

论者又曰：秦起夷狄，以能灭周而一天下，遂进之。魏亦夷狄，以不能灭晋、宋而见黜。是则因其成败而毁誉之，岂至公之笃论乎？

曰：是不然也，各于其党而已。周、秦之所以兴者，其说固已详之矣。当魏之兴也，刘渊以匈奴，慕容以鲜卑，苻生以氐，弋仲以羌，赫连、秃发、石勒、季龙之徒，皆四夷之雄者也。其力不足者弱，有余者强，其最强者苻坚。当坚之时，自晋而外，天下莫不为秦，休兵革，兴学校，庶几刑政之方。不幸未几而败乱，其又强者曰魏。自江而北，天下皆为魏矣，幸而传数世而后乱。以是而言，魏者才优于苻坚而已，岂能干正统乎？

五代之得国者，皆贼乱之君也。而独伪梁而黜之者，因恶梁者之私论也。唐自僖、昭以来，不能制命于四海，而方镇之兵作。已而小者并于大，弱者服于强。其尤强者，朱氏以梁，李氏以晋，共起而窥唐，而梁先得之。李氏因之借名讨贼，以与梁争中国，而卒得之，其势不得不以梁为伪也。而继其后者，遂因之，使梁独被此名也。夫梁固不得为正统，而唐、晋、汉、周何以得之？今皆黜之。

而论者犹以汉为疑，以谓契丹灭晋，天下无君，而汉起太原，徐驱而入汴，与梁、唐、晋、周其迹异矣，而今乃一概，可乎？

曰：较其心迹，小异而大同尔。且刘知远，晋之大臣也。方晋有契丹之乱也，竭其力以救难，力所不胜而不能存晋，出于无可奈何，则可以少异乎四国矣。汉独不然，自契丹与晋战者三年矣，汉独高拱而视之，如齐人之视越人也，卒幸其败亡而取之。及契丹之北也，以中国委之许王从益而去。从益之势，虽不能存晋，然使忠于晋者得而奉之，可以冀于有为也。汉乃杀之而后入。以是而较其心迹，其异于四国者几何？矧皆未尝合天下于一也。其于正统，绝之何疑！

【解题】

见《正统论上》。

或 问

或问：子于史记本纪，则不伪梁而进之，于论正统，则黜梁而绝之。君子之信乎后世者，固当如此乎？

曰：孔子固尝如此也。平、桓、庄之王，于《春秋》则尊之，书曰“天王”；于《诗》则抑之，下同于列国。孔子之于此三王者，非固尊于彼而抑于此也，其理当然也。梁，贼乱之君也。欲干天下之正统，其为不可，虽不论而可知。然谓之伪，则甚矣。彼有梁之土地，臣梁之吏民，立梁之宗庙社稷，而能杀生赏罚以制命于梁人，则是梁之君矣，安得曰伪哉？故于正统则宜绝，于其国则不得为伪者，理当然也。岂独梁哉？魏及东晋、后魏皆然也。尧、舜、桀、纣，皆君也，善恶不同而已。凡梁之恶，余于史记不没其实者，论之详矣。

或者又曰：正统之说，不见于六经，不道于圣人，而子论之，何也？

曰：孔孟之时，未尝有其说，则宜其不道也。后世不胜其说矣，其是非予夺，人人自异，而使学者惑焉，莫知夫所从。又有偏王一德之说，而益之五胜之术，皆非圣之曲学也。自秦、汉以来，习传久矣。使孔、孟不复出则已，其出而见之，其不为之一辨而止其纷纷乎？此余之不得已也。呜呼，尧、舜之德至矣！夏、商、周之起，皆以天下之至公大义。自秦以后，德不足矣，故考其终始，有是有非，而参差不齐，此论之所以作也。德不足矣，必据其迹而论之，所以息争也。

或者又曰：论必据迹，则东周之时，吴、徐、楚皆王矣，是正而不统也，子独不论，何也？

曰：东周正统，以其不待较而易知，是以不论也。若东晋、后魏，则两相敌而予夺难，故不可以不论。吴、徐、楚非周之敌，虽童子之学，犹知予周也，何必论哉！

【解题】

写作年月失考，据文意，当作于《正统论》七篇之后。据《欧集》卷十六编者后跋：初有《正统论》七篇，后有《或问》、《魏梁解》等篇，“当编定《居士集》时，删《原正统》等论为上、下篇，而继以《或问》、《魏梁解》。”本文以设问形式，列出非议《正统论》七篇者的观点，然后一一予以驳论，阐述自己的正统观。

魏 梁 解

予论正统，辨魏、梁不为伪。议者或非予大失《春秋》之旨，以谓魏、梁皆负篡弑之恶，当加诛绝而反进之，是奖篡也，非《春秋》之志也。予应之曰：是《春秋》之志耳。鲁桓公弑隐公而自立者，宣公弑子赤而自立者，郑厉公逐世子忽而自立者，卫公孙剽逐其君衎而自立者，圣人于《春秋》皆不绝其为君。此予所以不黜魏、梁者，用《春秋》之法也。魏、梁之恶，三尺童子皆知可恶，予不得圣人之法为据依，其敢进而不疑乎？

然则《春秋》亦奖篡乎？曰：惟不绝四者之为君，于此见《春秋》之意也。圣人之于《春秋》用意深，故能劝戒切，为言信，然后善恶明。夫欲著其罪于后世，在乎不没其实，其实尝为君矣，书其为君，其实篡也，书其篡，各传其实而使后世信之，则四君之罪，不可得而掩耳。使为君者不得掩其恶，则人之为恶者，庶乎其息矣。是谓用意深而劝戒切，为言信而善恶明也。

凡恶之为名，非徒君子嫉之，虽为小人者，亦知其可恶也。而小人常至于为恶者，盖以人为可欺，与夫幸人不知而可掩耳。

夫位莫贵乎国君，而不能逃大恶之名，所以示人不可欺而恶不可掩也。就使四君因圣人诛绝而其恶彰焉，则后世之为恶者，将曰彼不幸遭逢圣人黜绝而不得为君，遂彰其恶耳，我无孔子，世莫我黜，则冀人为可欺而恶可掩也。如此，则侥幸之心启矣。

惟与其为君使不得掩其恶者，《春秋》之深意也。桀、纣，不待贬其为王，而万世所共恶者也。今匹夫之士比之颜、闵则喜，方之桀、纣则怒，是大恶之君不及一善之士也。《春秋》之于大恶之君不诛绝之者，不害其褒善贬恶之旨也。惟不没其实以著其罪，而信乎后世，与其为君而不得掩其恶，以息人之为恶。能知《春秋》之此旨，然后知予不黜魏梁之是也。

【解题】

写作年月失考，据文意，当作于《正统论》七篇之后。自晋朝以来，史家对魏的地位颇有争议，宋初史学界大都否定梁为正统。欧阳修论辨正统，不黜魏、梁，引起人们的非议，因此撰本文予以答辩，申述承认魏、梁正统，正是秉承孔子作《春秋》的旨意，“不没其实”，“使后世信之”。

原　　弊

孟子曰：养生送死，王道之本。管子曰：仓廪实而知礼节。故农者，天下之本也，而王政所由起也，古之为国者未尝敢忽。而今之为吏者不然，簿书听断而已矣，闻有道农之事，则相与笑之曰鄙。夫知赋敛移用之为急，不知务农为先者，是未原为政之本末也。知务农而不知节用以爱农，是未尽务农之方也。

古之为政者，上下相移用以济，下之用力者甚勤，上之用物者有节，民无遗力，国不过费，上爱其下，下给其上，使不相困。三代之法皆如此，而最备于周。周之法曰：井牧其田，十而一之。一夫之力，督之必尽其所任；一日之用，节之必量其所入；一岁之耕，供公与民食，皆出其间而常有余。故三年而余一年之备。今乃不然，耕者不复督其力，用者不复计其出入，一岁之耕，供公仅足，而民食不过数月。甚者，场功甫毕，簸糠麸而食秕稗，或采橡实、畜菜根以延冬春。夫糠覈橡实，孟子所谓狗彘之食也，而卒岁之民不免食之，不幸一水旱，则相枕为饿殍。此甚可叹也！

夫三代之为国，公卿士庶之禄廪，兵甲车牛之材用，山川宗庙鬼神之供给，未尝阙也。是皆出于农，而民之所耕，不过今九州之地也。岁之凶荒，亦时时而有，与今无以异。今固尽有向时之地，而制度无过于三代者。昔者用常有余而今常不足，何也？其为术相反而然也。昔者知务农又知节用，今以不勤之农赡无节之用故也。非徒不勤农，又为众弊以耗之；非徒不量民力以为节，又直不量天力之所任也。

何为众弊？有诱民之弊，有兼并之弊，有力役之弊。请详言之。今坐华屋享美食而无事者，曰浮图之民；仰衣食而养妻子者，曰兵戎之民。此在三代时，南亩之民也。今之议者，以浮图并周、孔之事曰三教，不可以去；兵戎曰国备，不可以去。浮图不可并周、孔，不言而易知。请试言兵戎之事。国家自景德罢兵，三十三岁矣，兵尝经用者老死今尽，而后来者未尝闻金鼓、识战阵也。生于无事而饱于衣食也，其势不得不骄惰。今卫兵入宿，不自持被而使人持之；禁兵给粮，不自荷而雇人荷之。其骄如此，况肯冒辛苦以战斗乎！前日西边之吏，如高化军、齐宗举两用兵而辄败，此其效也。夫就使兵耐辛苦而能斗战，惟耗农民为之，可也。奈何有为兵之虚名而其实骄惰无用之人也？

古之凡民长大壮健者，皆在南亩，农隙则教之以战。今乃大异。一遇凶岁，则州郡吏以尺度量民之长大而试其壮健者，招之去为禁兵，其次不及尺度而稍怯弱者，籍之以为厢兵。吏招人多者有赏，而民方穷时争投之，故一经凶荒，则所留在南亩者惟老弱也。而吏方曰：“不收为兵，则恐为盗。”噫！苟知一时之不为盗，而不知其终身骄惰而窃食也。古之长大壮健者任耕，而老弱者游惰；今之长大壮健者游惰，而老弱者留耕也。何相反之甚邪！然民尽力乎南亩者，或不免乎狗彘之食，而一去为僧、兵，则终身安佚而享丰腴，则南亩之民不得不日减也。故曰有诱民之弊者，谓此也。其耗之一端也。

古者计口而受田，家给而人足。井田既坏，而兼并乃兴。今大率一户之田及百顷者，养客数十家。其间用主牛而出己力者，用己牛而事主田以分利者，不过十余户。其余皆出产租而侨居者曰浮客，而有畬田。夫此数十家者，素非富而畜积之家也，其春秋神社、婚姻死葬之具，又不幸遇凶荒与公家之事，当其乏时，尝举责于主人，而后偿之，息不两倍则三倍。及其成也，出种与税而后分之，偿三倍之息，尽其所得或不能足。其场功朝毕而暮乏食，则又举之。故冬春举食则指麦于夏而偿，麦偿尽矣，夏秋则指禾于冬而偿也。似此数十家者，常食三倍之物，而一户常尽取百顷之利也。夫主百顷而出税赋者一户，尽力而输一户者数十家也。就使国家有宽征薄赋之恩，是徒益一家之幸，而数十家者困苦常自如也。故曰有兼并之弊者，谓此也。此亦耗之一端也。

民有幸而不役于人，能有田而自耕者，下自二顷至一顷，皆以等书于籍。而公役之多者为大役，少者为小役，至不胜，则贱卖其田，或逃而去。故曰有力役之弊者，谓此也。此亦耗之一端也。

夫此三弊，是其大端。又有奇邪之民去为浮巧之工，与夫兼并商贾之人为僭侈之费，又有贪吏之诛求，赋敛之无名，其弊不可以尽举也。既不劝之使勤，又为众弊以耗之。大抵天下中民之士富且贵者，化粗粝为精善，是一人常食五人之食也。为兵者，养父母妻子，而计其馈运之费，是一兵常食五农之食也。为僧者，养子弟而自丰食，是一僧常食五农之食也。贫民举倍息而食者，是一人常食二人三人之食也。天下几何其不乏也！

何谓不量民力以为节？方今量国用而取之民，未尝量民力而制国用也。古者冢宰制国用，量入以为出，一岁之物三分之，一以给公上，一以给民食，一以备凶荒。今不先制乎国用，而一切临民而取之。故有支移之赋，有和籴之粟，有入中之粟，有和买之绢，有杂料之物，茶盐山泽之利有榷有征。制而不足，则有司屡变其法，以争毫末之利。用心益劳而益不足者，何也？制不先定，而取之无量也。

何谓不量天力之所任？此不知水旱之谓也。夫阴阳在天地间腾降而相推，不能无愆伏，如人身之有血气，不能无疾病也。故善医者不能使人无疾病，疗之而已；善为政者不能使岁无凶荒，备之而已。尧、汤大圣，不能使无水旱，而能备之者也。古者丰年补救之术，三年耕必留一年之蓄，是凡三岁，期一岁以必灾也。此古之善知天者也。今有司之调度，用足一岁而已，是期天岁岁不水旱也。故曰不量天力之所任。是以前二三岁，连遭旱蝗而公私乏食，是期天之无水旱，卒而遇之，无备故也。

夫井田什一之法，不可复用于今。为计者莫若就民而为之制，要在下者尽力而无耗弊，上者量民而用有节，则民与国庶几乎俱富矣！今士大夫方共修太平之基，颇推务本以兴农，故辄原其弊而列之，以俟兴利除害者采于有司也。

【解题】

此文原系于康定元年，恐误。据文中“国家自景德罢兵，三十三岁矣”等语，当作于景祐三年（1036）。原弊，即推究本朝积贫积弱的原因。文章着重论述农民问题，强调“以务农为本，以节用为方”，揭露“诱民”、“兼并”、“力役”、“不量民力”等时弊。明人茅坤指出：“中多切当时情弊。”（《宋大家欧阳文忠公文钞》卷十三）全文陈词痛切，立论精当，通过古今对比、引数据、举事例等论证方法，表现除弊兴利、富国强民的改革思想，可视为“庆历新政”的舆论准备。

纵囚论

信义行于君子，而刑戮施于小人。刑入于死者，乃罪大恶极，此又小人之尤甚者也。宁以义死，不苟幸生，而视死如归，此又君子之尤难者也。方唐太宗之六年，录大辟囚三百余人，纵使还家，约其自归以就死，是以君子之难能，期小人之尤者以必能也。其囚及期而卒自归无后者，是君子之所难，而小人之所易也。此岂近于人情？

或曰：罪大恶极，诚小人矣，及施恩德以临之，可使变而为君子。盖恩德入人之深而移人之速，有如是者矣。曰：太宗之为此，所以求此名也。然安知夫纵之去也，不意其必来以冀免，所以纵之乎？又安知夫被纵而去也，不意其自归而必获免，所以复来乎？夫意其必来而纵之，是上贼下之情也；意其必免而复来，是下贼上之心也。吾见上下交相贼以成此名也，乌有所谓施恩德与夫知信义者哉！不然，太宗施德于天下，于兹六年矣，不能使小人不为极恶大罪，而一日之恩，能使视死如归而存信义，此又不通之论也。

然则何为而可？曰：纵而来归，杀之无赦，而又纵之，而又来，则可知为恩德之致尔。然此必无之事也。若夫纵而来归而赦之，可偶一为之尔，若屡为之，则杀人者皆不死，是可为天下之常法乎？不可为常者，其圣人之法乎？是以尧、舜、三王之治，必本于人情，不立异以为高，不逆情以干誉。

【解题】

作于康定元年（1040）。针对《旧唐书·太宗本纪》所载李世民纵囚一事，作者一反常见，主张立法治民应本于人情，“不立异以为高，不逆情以干誉”，揭露唐太宗的做法不情不实，不足为训。全文以普通人情立论，层层深入，明快酣畅。正如清人吴楚材、吴调侯所指出的：“通篇雄辩深刻，一步紧一步，全无可躲闪处。此等笔力，如刀斫斧截，快利无双。”（《古文观止》卷九）

怪竹辩

谓竹为有知乎，不宜生于庑下；谓为无知乎，乃能避槛而曲全其生。其果有知乎？则有知莫如人。人者万物之最灵也，其不知于物者多矣。至有不自知其一身者，如骈拇、枝指、悬疣、附赘，皆莫知其所以然也。以人之灵，而不自知其一身，使竹虽有知，必不能自知其曲直之所以然也。竹果无知乎？则无知莫如枯草死骨，所谓蓍龟者是也。自古以来，大圣大智之人有所不知者，必问于蓍龟而取决，是则枯草死骨之有知，反过于圣智之人所知远矣。以枯草死骨之如此，则安知竹之不有知也？遂以蓍龟之神智，而谓百物皆有知，则其他草木瓦石，叩之又顽然皆无所知。然则竹未必不无知也。由是言之，谓竹为有知不可，谓为无知亦不可，谓其有知、无知皆不可知，然后可。

万物生于天地之间，其理不可以一概。谓有心然后有知乎？则蚓无心；谓凡动物皆有知乎，则水亦动物也。人兽生而有知，死则无知矣；蓍龟生而无知，死然后有知也。是皆不可穷诘。故圣人治其可知者，置其不可知者，是之谓大中之道。

【解题】

作于康定元年。文章论辩竹蓍有知及无知，貌似执中立论，而最终归结为“圣人治其可知者，置其不可知者”，表现了作者

始终一贯的务实思想。茅坤评述本文写法说："只看他空中设相，相外归空。"（《宋大家欧阳文忠公文钞》卷三十二）

本　论 上

佛法为中国患千余岁，世之卓然不惑而有力者，莫不欲去之。已尝去矣，而复大集，攻之暂破而愈坚，扑之未灭而愈炽，遂至于无可奈何。是果不可去邪？盖亦未知其方也。

夫医者之于疾也，必推其病之所自来，而治其受病之处。病之中人，乘乎气虚而入焉。则善医者，不攻其疾，而务养其气，气实则病去，此自然之效也。故救天下之患者，亦必推其患之所自来，而治其受患之处。佛为夷狄，去中国最远，而有佛固已久矣。尧、舜、三代之际，王政修明，礼义之教充于天下，于此之时，虽有佛无由而入。及三代衰，王政阙，礼义废，后二百余年而佛至乎中国。由是言之，佛所以为吾患者，乘其阙废之时而来，此其受患之本也。补其阙，修其废，使王政明而礼义充，则虽有佛无所施于吾民矣，此亦自然之势也。

昔尧、舜、三代之为政，设为井田之法，籍天下之人，计其口而皆授之田，凡人之力能胜耕者，莫不有田而耕之，敛以什一，差其征赋，以督其不勤。使天下之人，力皆尽于南亩，而不暇乎其他。然又惧其劳且怠而入于邪僻也，于是为制牲牢酒醴以养其体，弦匏俎豆以悦其耳目。于其不耕休力之时，而教之以礼。故因其田猎而为蒐狩之礼，因其嫁娶而为婚姻之礼，因其死葬而为丧祭之礼，因其饮食群聚而为乡射之礼。非徒以防其乱，又因而教之，使知尊卑长幼，凡人之大伦也。故凡养生送死之道，皆因其欲而为之制。饰之物采而文焉，所以悦之，使其易趣也。顺其情性而节焉，所以防之，使其不过也。然犹惧其未也，又为立学以讲明之。故上自天子之郊，下至乡党，莫不有学，择民之聪明者而习焉，使相告语而诱劝其愚堕。呜呼，何其备也!

盖尧、舜、三代之为政如此，其虑民之意甚精，治民之具甚备，防民之术甚周，诱民之道甚笃。行之以勤而被于物者洽，浸之以渐而入于人者深。故民之生也，不用力乎南亩，则从事于礼乐之际，不在其家，则在乎庠序之间。耳闻目见，无非仁义，乐而趣之，不知其倦。终身不见异物，又奚暇夫外慕哉？故曰虽有佛无由而入者，谓有此具也。

及周之衰，秦并天下，尽去三代之法，而王道中绝。后之有天下者，不能勉强，其为治之具不备，防民之渐不周。佛于此时，乘间而出。千有余岁之间，佛之来者日益众，吾之所为者日益坏。井田最先废，而兼并游惰之奸起，其后所谓蒐狩、婚姻、丧祭、乡射之礼，凡所以教民之具，相次而尽废。然后民之奸者，有暇而为他；其良者，泯然不见礼义之及已。夫奸民有余力，则思为邪僻；良民不见礼义，则莫知所趣。佛于此时，乘其隙，方鼓其雄诞之说而牵之，则民不得不从而归矣。又况王公大人往往倡而驱之，曰佛是真可归依者。然则吾民何疑而不归焉？幸而有一不惑者，方艴然而怒曰："佛何为者，吾将操戈而逐之!"又曰："吾将有说以排之。"何其不思之甚也！夫千岁之患遍于天下，岂一人一日之可为？民之沈酣入于骨髓，非口舌之可胜。然则将奈何？曰：莫若修其本以胜之。

昔战国之时，杨、墨交乱，孟子患之而专言仁义，故仁义之说胜则杨、墨之学废。汉之时，百家并兴，董生患之而退修孔氏，故孔氏之道明而百家息。此所谓修其本以胜之之效也。

今八尺之夫，被甲荷戟，勇盖三军，然而见佛则拜，闻佛之说则有畏慕之诚者，何也？彼诚壮佼，其中心茫然无所守而然也。一介之士，眇然柔懦，进趋畏怯，然而闻有道佛者则义形于色，非徒不为之屈，又欲驱而绝之者，何也？彼无他焉，学问明而礼义熟，中心有所守以胜之也。然则礼义者，胜佛之本也。今一介之士知礼义者，尚能不为之屈，使天下皆知礼义，则胜之矣。此自然之势也。

【解题】

上、下篇均作于庆历二年（1042）。全文以反对佛教，弘扬儒学为主旨，继承并发展韩愈《原道》的辟佛思想，提出“修其本以胜之”的新主张，认为饰礼乐、兴仁义，才是战胜佛教的根本。文章立论平实，论证严密，采用对比、比喻等手法，颇具说服力。

本论 下

昔荀卿子之说，以为人性本恶，著书一篇，以持其论。予始爱之，及见世人之归佛者，然后知荀卿之说谬焉。

甚矣，人之性善也！彼为佛者，弃其父子，绝其夫妇，于人之性甚戾，又有蚕食虫蠹之弊，然而民皆相率而归焉者，以佛有为善之说故也。呜呼！诚使吾民晓然知礼义之为善，则安知不相率而从哉！奈何教之谕之之不至也！

佛之说，熟于人耳、入乎其心久矣，至于礼义之事，则未尝见闻。今将号于众曰：“禁汝之佛而为吾礼义。”则民将骇而走矣。莫若为之以渐，使其不知而趣焉可也。盖鲧之治水也障之，故其害益暴，及禹之治水也导之，则其患息。盖患深势盛则难与敌，莫若驯致而去之易也。今尧、舜、三代之政，其说尚传，其见皆在，诚能讲而修之，行之以勤而浸之以渐，使民皆乐而趣焉，则充行乎天下，而佛无所施矣。《传》曰“物莫能两大”，自然之势也，奚必曰“火其书”而“庐其居”哉！

昔者戎狄蛮夷，杂居九州之间，所谓徐戎、白狄、荆蛮、淮夷之类是也。三代既衰，若此之类并侵于中国，故秦以西戎据宗周，吴、楚之国皆僭称王。《春秋》书用鄫子，《传》记被发于伊川，而仲尼亦以不左衽为幸。当是之时，佛虽不来，中国几何其不夷狄也！以是而言，王道不明而仁义废，则夷狄之患至矣。及孔子作《春秋》，尊中国而贱夷狄，然后王道复明。方今九州之民，莫不右衽而冠带，其为患者，特佛尔。其所以胜之之道，非有甚高难行之说也，患乎忽而不为尔。

夫郊天祀地与乎宗庙社稷朝廷之仪，皆天子之大礼也，今皆举而行之。至于所谓蒐狩、婚姻、丧祭、乡射之礼，此郡县有司之事也，在乎讲明而颁布之尔。然非行之以勤，浸之以渐，则不能入于人而成化。自古王者之政，必世而后仁。今之议者将曰："佛来千余岁，有力者尚无可奈何，何用此迂缓之说为？"是则以一日之功不速就，而弃必世之功不为也，可不惜哉！昔孔子叹为俑者不仁，盖叹乎启其渐而至于用殉也。然则为佛者，不犹甚于作俑乎！当其始来，未见其害，引而内之。今之为害著矣，非待先觉之明而后见也，然而恬然不以为怪者何哉？

夫物极则反，数穷则变，此理之常也。今佛之盛久矣，乘其穷极之时，可以反而变之，不难也。昔三代之为政，皆圣人之事业，及其久也，必有弊。故三代之术，皆变其质文而相救。就使佛为圣人，及其弊也，犹将救之，况其非圣者乎！

夫奸邪之士见信于人者，彼虽小人，必有所长以取信，是以古之人君惑之，至于乱亡而不悟。今佛之法，可谓奸且邪矣，盖其为说，亦有可以惑人者。使世之君子，虽见其弊而不思救，岂又善惑者欤？抑亦不得其救之之术也？救之，莫若修其本以胜之。舍是而将有为，虽贲育之勇，孟轲之辩，太公之阴谋，吾见其力未及施，言未及出，计未及行，而先已陷于祸败矣。何则？患深势盛难与敌，非驯致而为之莫能也。故曰修其本以胜之，作《本论》。

【解题】

见《本论上》。

本　论

天下之事有本末，其为治者有先后。尧、舜之书略矣，后世之治天下。未尝不取法于三代者，以其推本末而知所先后也。三王之为治也，以理数均天下，以爵地等邦国，以井田域民，以职事任官。天下有定数，邦国有定制，民有定业，官有定职。使下之共上勤而不困，上之治下简而不劳，财足于用而可以备天灾也，兵足以御患而不至于为患也。凡此具矣，然后饰礼乐、兴仁义以教道之。是以其政易行，其民易使，风俗淳厚，而王道成矣。虽有荒子孱孙继之，犹七八百岁而后已。

夫三王之为治，岂有异于人哉？财必取于民，官必养于禄，禁暴必以兵，防民必以刑，与后世之治者大抵同也。然后世常多乱败而三王独能安全者，何也？三王善推本末，知所先后，而为之有条理。后之有天下者，孰不欲安且治乎？用心益劳而政益不就，谡谡然常恐乱败及之而辄以至焉者，何也？以其不推本末，不知先后而已。

今之务众矣，所当先者五也。其二者有司之所知，其三者则未之思也。足天下之用，莫先乎财，系天下之安危，莫先乎兵，此有司之所知也。然财丰矣，取之无限而用之无度，则下益屈而上益劳。兵强矣，而不知所以用之，则兵骄而生祸。所以节财、用兵者，莫先乎立制。制已具备，兵已可使，财已足用，所以共守之者，莫先乎任人。是故均财而节兵，立法以制之，任贤以守法，尊名以厉贤。此五者相为用，有天下者之常务，当今之世所先，而执事者之所忽也。

今四海之内非有乱也，上之政令非有暴也，天时水旱非有大故也，君臣上下非不和也。以晏然至广之天下，无一间隙之端，而南夷敢杀天子之命吏，西夷敢有崛强之王，北夷敢有抗礼之帝者，何也？生齿之数日益众，土地之产日益广，公家之用日益急，四夷不服，中国不尊，天下不实者，何也？以五者之不备故也。

请试言其一二。方今农之趣耕，可谓劳矣；工商取利乎山泽，可谓勤矣；上之征赋榷易商利之臣，可谓纤悉而无遗矣。然一遇水旱如明道、景祐之间，则天下公私乏绝。是无事之世，民无一岁之备，而国无数年之储也。以此知财之不足也。古之善用兵者，可使之赴水火。今厢禁之军，有司不敢役，必不得已而暂用之，则谓之借倩。彼兵相谓曰官倩我，而官之文符亦曰倩。夫赏者所以酬劳也，今以大礼之故，不劳之赏三年而一遍，所费八九百万，有司不敢缓月日之期。兵之得赏，不以无功知愧，乃称多量少，比好嫌恶，小不如意，则群聚而呼，持梃欲击天子之大吏。无事之时其犹若此，以此知兵骄也。

夫财用悉出而犹不足者，以无定数也。兵之敢骄者，以用之未得其术。以此知制之不立也。夫财匮兵骄，法制未一，而莫有奋然忘身许国者，以此知不任人也。不任人者，非无人也。彼或挟材蕴知，特以时方恶人之好名，各藏畜收敛，不敢奋露，惟恐近于名以犯时人所恶。是以人人变贤为愚，愚者无所责，贤者被讥疾，遂使天下之事将弛废，而莫敢出力以为之。此不尚名之弊者，天下之最大患也。故曰五者之皆废也。

前日五代之乱可谓极矣，五十三年之间，易五姓十三君，而亡国被弑者八，长者不过十余岁，甚者三四岁而亡。夫五代之主岂皆愚者邪，其心岂乐祸乱而不欲为久安之计乎？顾其力有不能为者，时也。当是时也，东有汾晋，西有岐蜀，北有强胡，南有江淮、闽广、吴越、荆潭，天下分为十三四，四面环之。以至狭之中国，又有叛将强臣割而据之，其君天下者，类皆为国日浅，威德未洽，强君武主力而为之，仅以自守，不幸孱子懦孙，不过一再传而复乱败。是以养兵如儿子之啖虎狼，犹恐不为用，尚何敢制？以残弊之民人，赡无赀之征赋，头会箕敛，犹恐不足，尚何曰节财以富民？天下之势方若敝庐，补其奥则隅坏，整其桷则栋倾，枝撑扶持，苟存而已，尚何暇法象、规圆、矩方而为制度乎？是以兵无制，用无节，国家无法度，一切苟且而已。

今宋之为宋，八十年矣。外平僭乱，无抗敌之国；内削方镇，无强叛之臣。天下为一，海内晏然。为国不为不久，天下不为不广也。语曰："长袖善舞，多钱善贾。"言有资者其为易也。方今承三圣之基业，据万乘之尊名，以有四海一家之天下，尽大禹贡赋之地，莫不内输，惟上之所取，不可谓乏财。六尺之卒，荷戈胜甲，力彀五石之弩、弯二石之弓者数百万，惟上制而令之，不可谓乏兵。中外之官居职者数千员，官三班吏部常积者又数百，三岁一诏布衣，而应诏者万余人，试礼部者七八千，惟上之择，不可谓乏贤。民不见兵革者几四十年矣，外振兵武，攘夷狄，内修法度，兴德化，惟上之所为，不可谓无暇。以天子之慈圣仁俭，得一二明智之臣相与而谋之，天下积聚，可如文、景之富；制礼作乐，可如成周之盛；奋发威烈以耀名誉，可如汉武帝、唐太宗之显赫；论道德，可兴尧、舜之治。然而财不足用于上而下已弊，兵不足威于外而敢骄于内，制度不可为万世法而日益丛杂，一切苟且，不异五代之时，此甚可叹也。是所谓居得致之位，当可致之时，又有能致之资，然谁惮而久不为乎？

【解题】

作于庆历二年。针对时弊，论述治国之本。主张"均财"、"节兵"、"立法"、"任贤"、"尊名"五者相互为用，解决政治上补偏救弊。采用对比手法，既对比三代之治，又对比五代之乱，分析深刻透彻，是作者庆历初年政治改革思想的代表作。

《本论》原有上、中、下三篇，此为上篇。作者晚年自编《居士集》，删去此篇，将原中、下篇，改作上、下篇。

为君难论　上

语曰“为君难”者，孰难哉？盖莫难于用人。

夫用人之术，任之必专，信之必笃，然后能尽其材，而可共成事。及其失也，任之欲专，则不复谋于人而拒绝群议，是欲尽一人之用，而先失众人之心也。信之欲笃，则一切不疑而果于必行，是不审事之可否，不计功之成败也。夫违众举事，又不审计而轻发，其百举百失而及于祸败，此理之宜然也。然亦有幸而成功者，人情成是而败非，则又从而赞之，以其违众为独见之明，以其拒谏为不惑群论，以其偏信而轻发为决于能断。使后世人君慕此三者以自期，至其信用一失而及于祸败，则虽悔而不可及。此甚可叹也。

前世为人君者，力拒群议，专信一人，而不能早悟以及于祸败者多矣，不可以遍举，请试举其一二。

昔秦苻坚地大兵强，有众九十六万，号称百万，蔑视东晋，指为一隅，谓可直以气吞之耳。然而举国之人，皆言晋不可伐，更进互说者不可胜数。其所陈天时人事，坚随以强辩折之，忠言谠论皆沮屈而去。如王猛、苻融老成之言也，不听；太子宏、少子诜至亲之言也，不听；沙门道安，坚平生所信重者也，数为之言，不听。惟听信一将军慕容垂者。垂之言曰：“陛下内断神谋足矣，不烦广访朝臣，以乱圣虑。”坚大喜曰：“与吾共定天下者，惟卿尔。”于是决意不疑，遂大举南伐。兵至寿春，晋以数千人击之，大败而归，比至洛阳，九十六万兵亡其八十六万。坚自此兵威沮丧，不复能振，遂至于乱亡。

近五代时，后唐清泰帝患晋祖之镇太原也，地近契丹，恃兵跋扈，议欲徙之于郓州。举朝之士皆谏，以为未可。帝意必欲徙之，夜召常所与谋枢密直学士薛文遇问之，以决可否。文遇对曰："臣闻作舍道边，三年不成。此事断在陛下，何必更问群臣。"帝大喜曰："术者言我今年当得一贤佐助我中兴，卿其是乎！"即时命学士草制，徙晋祖于郓州。明旦宣麻，在廷之臣皆失色。后六日而晋祖反书至，清泰帝忧惧不知所为，谓李崧曰："我适见薛文遇，为之肉颤，欲自抽刀刺之。"崧对曰："事已至此，悔无及矣。"但君臣相顾涕泣而已。

由是言之，能力拒群议专信一人，莫如二君之果也，由之以致祸败乱亡，亦莫如二君之酷也。方苻坚欲与慕容垂共定天下，清泰帝以薛文遇为贤佐助我中兴，可谓临乱之君各贤其臣者也。

或有诘予曰：然则用人者，不可专信乎？应之曰：齐桓公之用管仲，蜀先主之用诸葛亮，可谓专而信矣，不闻举齐、蜀之臣民非之也。盖其令出而举国之臣民从，事行而举国之臣民便，故桓公、先主得以专任而不贰也。使令出而两国之人不从，事行而两国之人不便，则彼二君者其肯专任而信之，以失众心而敛国怨乎？

【解题】

两篇均作于庆历二年（1042）。上篇论国君用人之难，下篇论国君听言之难。全文主旨在于提倡言事之风。文章议论风生，说理透辟。正如茅坤指出的："二篇并引传记原文以为议论，而于中略点缀数言，自是一体。"（《宋大家欧阳文忠公文钞》卷十二）

为君难论 下

呜呼！用人之难难矣，未若听言之难也。

夫人之言非一端也，巧辩纵横而可喜，忠言质朴而多讷，此非听言之难，在听者之明暗也。谀言顺意而易悦，直言逆耳而触怒，此非听言之难，在听者之贤愚也。是皆未足为难也。若听其言则可用，然用之有辄败人之事者；听其言若不可用，然非如其言不能以成功者，此然后为听言之难也。请试举其一二。

战国时，赵将有赵括者，善言兵，自谓天下莫能当。其父奢，赵之名将，老于用兵者也，每与括言，亦不能屈。然奢终不以括为能也，叹曰："赵若以括为将，必败赵事。"其后奢死，赵遂以括为将。其母自见赵王，亦言括不可用。赵王不听，使括将而攻秦。括为秦军射死，赵兵大败，降秦者四十万人，坑于长平。盖当时未有如括善言兵，亦未有如括大败者也。此听其言可用，用之辄败人事者，赵括是也。

秦始皇欲伐荆，问其将李信，用兵几何？信方年少而勇，对曰："不过二十万足矣。"始皇大喜。又以问老将王翦，翦曰："非六十万不可。"始皇不悦，曰："将军老矣，何其怯也！"因以信为可用，即与兵二十万，使伐荆。王翦遂谢病，退老于频阳。已而信大为荆人所败，亡七都尉而还。始皇大惭，自驾如频阳谢翦，因强起之。翦曰："必欲用臣，非六十万不可。"于是卒与六十万而往，遂以灭荆。夫初听其言若不可用，然非如其言不能以成功者，王翦是也。

且听计于人者宜如何？听其言若可用，用之宜矣，辄败事；听其言若不可用，舍之宜矣，然必如其说则成功。此所以为难也。

予又以谓秦、赵二主，非徒失于听言，亦由乐用新进，忽弃老成，此其所以败也。大抵新进之士喜勇锐，老成之人多持重。此所以人主之好立功名者，听勇锐之语则易合，闻持重之言则难入也。

若赵括者，则又有说焉。予略考《史记》所书，是时赵方遣廉颇攻秦。颇，赵名将也。秦人畏颇，而知括虚言易与也，因行反间于赵曰："秦人所畏者，赵括也，若赵以为将，则秦惧矣。"赵王不悟反间也，遂用括为将以代颇。蔺相如力谏，以为不可。赵王不听，遂至于败。由是言之，括虚谈无实而不可用，其父知之，其母亦知之，赵之诸臣蔺相如等亦知之，外至敌国亦知之，独其主不悟尔。

夫用人之失，天下之人皆知其不可，而独其主不知者，莫大之患也。前世之祸乱败亡由此者，不可胜数也。

【解题】

见《为君难论上》。

朋党论

臣闻朋党之说自古有之，惟幸人君辨其君子小人而已。

大凡君子与君子以同道为朋，小人与小人以同利为朋，此自然之理也。然臣谓小人无朋，惟君子则有之。其故何哉？小人所好者禄利也，所贪者财货也。当其同利之时，暂相党引以为朋者，伪也。及其见利而争先，或利尽而交疏，则反相贼害，虽其兄弟亲戚不能相保。故臣谓小人无朋，其暂为朋者，伪也。君子则不然，所守者道义，所行者忠信，所惜者名节。以之修身，则同道而相益，以之事国，则同心而共济，终始如一。此君子之朋也。故为人君者，但当退小人之伪朋，用君子之真朋，则天下治矣。

尧之时，小人共工、驩兜等四人为一朋，君子八元、八凯十六人为一朋。舜佐尧，退四凶小人之朋，而进元、凯君子之朋，尧之天下大治。及舜自为天子，而皋、夔、稷、契等二十二人并列于朝，更相称美，更相推让，凡二十二人为一朋，而舜皆用之，天下亦大治。《书》曰："纣有臣亿万，惟亿万心；周有臣三千，惟一心。"纣之时，亿万人各异心，可谓不为朋矣，然纣以亡国。周武王之臣，三千人为一大朋，而周用以兴。后汉献帝时，尽取天下名士囚禁之，目为党人。及黄巾贼起，汉室大乱，后方悔悟，尽解党人而释之，然已无救矣。唐之晚年，渐起朋党之论。及昭宗时，尽杀朝之名士，或投之黄河，曰此辈清流，可投浊流，而唐遂亡矣。

夫前世之主，能使人人异心不为朋，莫如纣；能禁绝善人为朋，莫如汉献帝；能诛戮清流之朋，莫如唐昭宗之世。然皆乱亡其国。更相称美推让而不自疑，莫如舜之二十二臣，舜亦不疑而皆用之。然而后世不诮舜为二十二人朋党所欺，而称舜为聪明之圣者，以辨君子与小人也。周武之世，举其国之臣三千人共为一朋，自古为朋之多且大莫如周。然周用此以兴者，善人虽多而不厌也。

夫兴亡治乱之迹，为人君者可以鉴矣。

【解题】

作于庆历四年（1044），作者时任谏官。在庆历新政中，仁宗进用范仲淹、韩琦、富弼等革新派人物，引起守旧派嫉恨，"朋党"之说喧嚣尘上。作者进奏此论，予以驳斥。文章论述"退小人之伪朋，用君子之真朋，则天下治矣"的观点，为大胆进用新政派提供理论武器。观点鲜明，气势沉雄。引证史实，层层对比，说理透彻。茅坤称赞本文："破千古人君之疑。"（《宋大家欧阳文忠公文钞》卷十四）

《易》或问　一

或问："大衍之数，《易》之缊乎？学者莫不尽心焉。"

曰："大衍，《易》之末也，何必尽心焉也。《易》者，文王之作也，其书则六经也，其文则圣人之言也，其事则天地、万物、君臣、父子、夫妇、人伦之大端也。大衍，筮占之一法耳，非文王之事也。"

"然则不足学乎？"

曰："得其大者可以兼其小，未有学其小而能至其大者也，知此然后知学《易》矣。六十四卦，自古用焉。夏、商之世，筮占之说略见于书。文王遭纣之乱，有忧天下之心，有虑万世之志，而无所发，以谓卦爻起于奇耦之数，阴阳变易，交错而成文，有君子、小人、进退、动静、刚柔之象，而治乱、盛衰、得失、吉凶之理具焉，因假取以寓其言，而名之曰'易'。至其后世，用以占筮。孔子出于周末，惧文王之志不见于后世，而《易》专为筮占用也，乃作《彖》、《象》，发明卦义，必称圣人、君子、王后以当其事，而常以四方万国、天地万物之大以为言，盖明非止于卜筮也，所以推原本意而矫世失，然后文王之志大明，而《易》始列乎六经矣。《易》之沦于卜筮，非止今世也，微孔子，则文王之志没而不见矣。夫六爻之文，占辞也；大衍之数，占法也，自古所用也。文王更其辞而不改其法，故曰大衍非文王之事也。所谓辞者，有君子、小人、进退、动静、刚柔之象，治乱、盛衰、得失、吉凶之理，学者专其辞于筮占，犹见非于孔子，况遗其辞而执其占法，欲以见文王作《易》之意，不亦远乎！凡欲为君子者，学圣人之言；欲为占者，学大衍之数，惟所择之焉耳。"

【解题】

此三篇作于景祐四年（1037）。作者疑经惑传，旨在黜落杂乱之说，纯洁经典本义。其一将《易经》一分为二，分成"圣人之言"与"大衍之数"，重占辞而非占法；其二质疑《系辞》，论其并非孔子所作；其三探讨王弼易学得失，主张由王学上求孔子之意及文王用心。文章大胆立说，倡导宋人辨伪尊经新风气。

《易》或问 二

或问："《系辞》果非圣人之作，前世之大儒君子不论，何也?"

曰："何止乎《系辞》。舜之涂廪、浚井，不载于六经，不道于孔子之徒，盖俚巷人之语也。及其传也久，孟子之徒道之。书固有出于缪妄之说。其初也，大儒君子以世莫之信，置而不论。及其传之久也，后世反以谓更大儒君子而不非，是实不诬矣。由是曲学之士，溺焉者多矣。自孔子殁，周益衰，王道丧而学废，接乎战国，百家之异端起。十翼之说，不知起于何人，自秦、汉以来，大儒君子不论也。"

或者曰："然则，何以知非圣人之作也?"

曰："大儒君子之于学也，理达而已矣。中人已下，指其迹、提其耳而譬之，犹有惑焉者，溺于习闻之久，曲学之上喜为奇说以取胜也。何谓'子曰'者?讲师之言也，吾尝以譬学者矣。'元者，善之长；亨者，嘉之会；利者，义之和；贞者，事之干'，此所谓《文言》也。方鲁穆姜之道此言也，在襄公之九年，后十有五年而孔子生。左氏之传《春秋》也，固多浮诞之辞，然其用心，亦必欲其书之信后世也。使左氏知《文言》为孔子作也，必不以追附穆姜之说而疑后世，盖左氏者，不意后世以《文言》为孔子作也。孟子曰：'尽信书，不如无书。'孟子岂好非六经者?黜其杂乱之说，所以尊经也。"

【解题】

见《易或问一》。

《易》或问 三

或问："大衍，筮占之事也，其于筮占之说，无所非乎？"

曰："其法是也，其言非也。用蓍四十有九，分而为二，挂一，揲四，归奇，再扐，其法是也。象两，象三，至于乾坤之策，以当万物之数者，其言皆非也。《传》曰'知者创物'，又曰'百工之事，皆圣人之作也'。筮者，上古圣人之法也。其为数也，出于自然而不测，四十有九是也。其为用也，通于变而无穷，七八九六是也。惟不测与无穷，故谓之神，惟神，故可以占。今为大衍者，取物合数以配蓍，是可测也，以九六定乾坤之策，是有限而可穷也，矧占之而不效。夫奇耦，阴阳之数也；阴阳，天地之正气也。二气升降，有进退而无老少。且圣人未尝言，而虽《系辞》之厖杂，亦不道也。"

问者曰："然则九六何为而变？"

曰："夫蓍四十有九，无不用也。昔之言大衍者，取四揲之策，而舍挂扐之数，兼知卦扐之多少，则九六之变可知矣。蓍数无所配合，阴阳无老少，乾坤无定策，知此，然后知筮占矣。呜呼！文王无孔子，《易》其沦于卜筮乎！《易》无王弼，其沦于异端之说乎！因孔子而求文王之用心，因弼而求孔子之意，因予言而求弼之得失，可也。"

【解题】

见《易或问一》。

《易》或问

或问曰："王弼所用卦、爻、《彖》、《象》，其说善乎？"

曰："善矣，而未尽也。夫卦者，时也。时有治乱，卦有善恶。然以《彖》、《象》而求卦义，则虽恶卦，圣人君子无不可为之时。至其爻辞，则艰厉悔吝凶咎，虽善卦亦尝不免。是一卦之体而异用也。卦、《彖》、《象》辞常易而明，爻辞常怪而隐，是一卦之言而异体也。知此，然后知《易》矣。夫卦者，时也；爻者，各居其一位者也。圣人君子道大而智周，故时无不可为。凡卦及《彖》、《象》，统言一卦之义，为中人以上而设也。爻之为位有得失，而居之者逆顺六位，君子小人之杂居也。君子之失位，小人之得位，皆凶也。居其位而顺其理者吉，逆其理者亦凶也。六爻，所以言得失逆顺而告人以吉凶也。爻辞兼为中人以下而设也。是以论卦多言吉，考爻多凶者，由此也。卦、《彖》、《象》辞，大义也。大义简而要，故其辞易而明。爻辞，占辞也。占有刚柔进退之理，逆顺失得吉凶之象，而变动之不可常者也。必究人物之状以为言，所以告人之详也。是故穷极万物以取象。至于臀腓鼠豕皆不遗，其及于怪者，穷物而取象者也。其多隐者，究物之深情也。所以尽万物之理，而为之万事之占也。"

或曰："《易》曰：'君子顺天休命。'又曰：'自天祐之，吉无不利。'其《系辞》曰：'天垂象，见吉凶，圣人象之。'《易》之为说一本于天乎？其兼于人事乎？"

曰："止于人事而已矣，天不与也，在诸《否》、《泰》。"

"然则天地鬼神之理可以无乎？"

曰："有而不异也，在诸《谦》。知此，然后知《易》矣。《泰》之《彖》曰：'君子道长，小人道消。'《否》之《彖》曰：'小人道长，君子道消。'夫君子进，小人不得不退；小人进，君子不得不退。其势然也。君子盛而小人衰，天下治于泰矣；小人盛而君子衰，天下乱于否矣。否、泰，君子小人进退之间尔，天何与焉？"

问者曰："君子小人所以进退者，其不本于天乎？"

曰："不也。上下交而其志同，故君子进以道；上下不交而其志不通，则小人进以巧。此人事也，天何与焉？"

又曰："《泰》之《象》不云乎'天地交而万物通'，《否》之《象》不云乎'天地不交而万物不通'乎？"

曰："所以云者，言天地也。其曰上下之交不交者，言人事也。呜呼！圣人之于《易》也，其意深，其言谨。《谦》之《彖》曰：'天道亏盈而益谦，地道变盈而流谦，鬼神害盈而福谦，人道恶盈而好谦。'圣人之于事，知之为知之，不知为不知，所以言出而万世信也。夫日中则昃之，月缺则盈之。天，吾不知其心，吾见其亏盈于物者矣，物之盛者变而衰落之，下者顺而流行之。地，吾不知其心，吾见其变流于物者矣，贪满者多损，谦卑者多福。鬼神，吾不知其心，吾见其祸福之被人者矣。若人，则可知其情者也。故天地鬼神不可知其心，而见其迹之在物者，则据其迹曰亏盈，曰变流，曰害福。若人则可知者，故直言其情曰好恶。故曰其意深而言谨也。然会而通之，天地神人无以异也。使其不与于人乎，修吾人事而已；使其有与于人乎，与人之情无以异也，亦修吾人事而已。夫专人事，则天地鬼神之道废；参焉，则人事惑。使人事修则不废天地鬼神之道者，《谦》之《彖》详矣。治乱在人而天不与者，《否》、《泰》之《象》详矣。推是而之焉，《易》之道尽矣。"

或问曰："今之所谓《系辞》者，果非圣人之书乎？"

曰："是讲师之传，谓之《大传》，其源盖出于孔子，而相传于《易》师也。其来也远，其传也多，其间转失而增加者，不足怪也。故有圣人之言焉，有非圣人之言焉。其曰'《易》之兴也，其于中古乎？作《易》者其有忧患乎？'其'文王与纣之事欤？殷之末世周之盛德欤？'若此者，圣人之言也，由之可以见《易》者也。'河出图，洛出书'，'圣人幽赞神明而生蓍'，'两仪生四象'，若此者，非圣人之言。凡学之不通者，惑此者也。知此，然后知《易》矣。”

【解题】

作于景祐四年。据《欧集》卷十八编者后跋，此篇本为《易或问三首》第二首，后被删去，另撰一篇论《系辞》代之。后人将此篇编入《居士外集》卷十。本文探讨王弼关于卦、爻《彖》、《象》等解说，论辨得失，倡导疑经惑传风气。

明　用

《乾》之六爻，曰“初九，潜龙勿用。九二，见龙在田。九三，君子终日乾乾，夕惕若厉，无咎。九四，或跃在渊。九五，飞龙在天。上九，亢龙有悔”，又曰“用九，见群龙无首，吉”者，何谓也？谓以九而名爻也。《乾》爻七、九，九变而七无为，《易》道占其变，故以其所占者名爻，不谓六爻皆常九也。曰“用九”者，释所以不用七也。及其筮也，七常多而九常少，有无九者焉。此不可以不释也。曰“群龙无首，吉”者，首，先也，主也，阳极则变而之他，故曰“无首”也。凡物极而不变则弊，变则通，故曰“吉”也。物无不变，变无不通，此天理之自然也，故曰“天德不可为首”，又曰“乃见天则”也。

《坤》之六爻，曰：“初六，履霜，坚冰至。六二，直方大，不习无不利。六三，含章可贞，或从王事，无成有终，六四，括囊，无咎无誉。六五，黄裳元吉。上六，龙战于野，其血玄黄”，又曰“用六，利永贞”者，何谓也？谓以六而名爻也。《坤》爻八、六，六变而八无为，亦以其占者名爻，不谓六爻皆常六也。曰“用六”者，释所以不用八也。及其筮也，八常多而六常少，有无六者焉。此不可以不释也。阴柔之动，或失于邪，故曰“利永贞”也。阴阳反复，天地之常理也。圣人于阳，尽变通之道；

于阴，则有所戒焉。六十四卦，阳爻皆七九，阴爻皆六八，于《乾》、《坤》而见之，则其余可知也。

【解题】

作于景祐四年。文章论述《乾》卦“用九”，《坤》卦“用六”之义，敢于议前儒所未议，发前儒所未发。后来朱熹考变占，即本欧氏此说。可参见朱熹《易学启蒙》卷四。

《春秋》论 上

事有不幸出于久远而传乎二说，则奚从？曰：从其一之可信者。然则安知可信者而从之？曰：从其人而信之可也。众人之说如彼，君子之说如此，则舍众人而从君子。君子博学而多闻矣，然其传不能无失也。君子之说如彼，圣人之说如此，则舍君子而从圣人。此举世之人皆知其然，而学《春秋》者独异乎是。孔子，圣人也，万世取信，一人而已。若公羊高、穀梁赤、左氏三子者，博学而多闻矣，其传不能无失者也。孔子之于经，三子之于传，有所不同，则学者宁舍经而从传，不信孔子而信三子，甚哉其惑也！

经于鲁隐公之事，书曰“公及邾仪父盟于蔑”，其卒也，书曰“公薨”，孔子始终谓之公。三子者曰：“非公也，是摄也。”学者不从孔子谓之“公”，而从三子谓之“摄”。其于晋灵公之事，孔子书曰“赵盾弑其君夷皋”。三子者曰：“非赵盾也，是赵穿也。”学者不从孔子信为赵盾，而从三子信为赵穿。其于许悼公之事，孔子书曰“许世子止弑其君买”。三子者曰：“非弑之也，买病死而止不尝药耳。”学者不从孔子信为弑君，而从三子信为不尝药。其舍经而从传者何哉？经简而直，传新而奇，简直无悦耳之言，而新奇多可喜之论，是以学者乐闻而易惑也。予非敢曰不惑，然信于孔子而笃者也。经之所书，予所信也；经所不言，予不知也。

难者曰："子之言有激而云尔。夫三子者，皆学乎圣人，而传，所以述经也。经文隐而意深，三子者从而发之，故经有不言，传得而详尔，非为二说也。"予曰："经所不书，三子者何从而知其然也？"曰："推其前后而知之，且其有所传而得也。国君必即位，而隐不书即位，此传得知其摄也。弑君者不复见经，而盾复见经，此传得知弑君非盾也。君弑贼不讨，则不书葬，而许悼公书葬，此传得知世子止之非实弑也。经文隐矣，传曲而畅之。学者以谓三子之说，圣人之深意也，是以从之耳，非谓舍孔子而信三子也。"予曰："然则妄意圣人而惑学者，三子之过而已。使学者必信乎三子，予不能夺也。使其惟是之求，则予不得不为之辨。"

【解题】

上、中、下三篇均作于景祐四年。此三篇为作者《春秋》研究的代表作。上篇总论《春秋》三传多误，列举三传失误事例；中篇论辨鲁隐公非摄；下篇论辨赵盾弑君、许世子止非不尝药。立论本于《春秋》经文，质疑三传，提倡舍传从经风气。清人何焯评述上篇"劲健"，"公文之至者"。（《义门读书记》欧文上卷）茅坤评述中篇"发首篇所未尽，更明透"，下篇"又发次篇所未尽，更洗发辨析"。（《宋大家欧阳文忠公文钞》卷十四）

《春秋》论　中

孔子何为而修《春秋》？正名以定分，求情而责实，别是非，明善恶，此《春秋》之所以作也。

自周衰以来，臣弑君，子弑父，诸侯之国相屠戮而争为君者，天下皆是也。当是之时，有一人焉，能好廉而知让，立乎争国之乱世，而怀让国之高节，孔子得之，于经宜如何而别白之？宜如何而褒显之？其肯没其摄位之实，而雷同众君诬以为公乎？

所谓摄者，臣行君事之名也。伊尹、周公、共和之臣尝摄矣，不闻商、周之人谓之王也。使息姑实摄而称号无异于正君，则名分不正而是非不别。夫摄者，心不欲为君而身假行君事，虽行君事而其实非君也。今书曰“公”，则是息姑心不欲之，实不为之，而孔子加之，失其本心，诬以虚名，而没其实善。夫不求其情，不责其实，而善恶不明如此，则孔子之意疏而《春秋》缪矣。

《春秋》辞有同异，尤谨严而简约，所以别嫌明微，慎重而取信，其于是非善恶难明之际，圣人所尽心也。息姑之摄也，会盟、征伐、赏刑、祭祀皆出于己，举鲁之人皆听命于己，其不为正君者几何？惟不有其名尔。使其名实皆在己，则何从而知其摄也。故息姑之摄与不摄，惟在为公与不为公，别嫌明微，系此而已。且其有让桓之志，未及行而见杀。其生也，志不克伸；其死也，被虚名而违本意。则息姑之恨，何申于后世乎！其甚高之节，难明之善，亦何望于《春秋》乎！

今说《春秋》者，皆以名字、氏族、与夺为轻重，故曰“一字为褒贬。”且“公”之为字，岂不重于名字、氏族乎？孔子于名字、氏族，不妄以加人，其肯以“公”妄加于人而没其善乎？以此而言，隐实为摄，则孔子决不书曰“公”，孔子书为“公”，则隐决非摄。

难者曰：“然则何为不书即位？”曰：惠公之终，不见其事，则隐之始立，亦不可知。孔子从二百年后，得其遗书而修之，阙其所不知，所以传信也。

难者又曰："谓为摄者，左氏耳。公羊、穀梁皆以为假立以待桓也，故得以假称公。"予曰：凡鲁之事出于己，举鲁之人听于己，生称曰"公"，死书曰"薨"，何从而知其假？

【解题】

见《春秋论上》。

《春秋》论　下

弑逆，大恶也，其为罪也莫赎，其于人也不容，其在法也无赦。法施于人，虽小必慎，况举大法而加大恶乎？既辄加之，又辄赦之，则自侮其法而人不畏。《春秋》用法，不如是之轻易也。

三子说《春秋》书赵盾以不讨贼，故加之大恶，既而以盾非实弑，则又复见于经，以明盾之无罪，是辄加之而辄赦之尔。以盾为无弑心乎，其可轻以大恶加之？以盾不讨贼，情可责而宜加之乎，则其后顽然未尝讨贼。既不改过以自赎，何为遽赦，使同无罪之人？其于进退皆不可，此非《春秋》意也。赵穿弑君，大恶也。盾不讨贼，不能为君复仇，而失刑于下。二者轻重，不较可知。就使盾为可责，然穿焉得免也？今免首罪为善人，使无辜者受大恶，此决知其不然也。

《春秋》之法，使为恶者不得幸免，疑似者有所辨明，所谓是非之公也。据三子之说，初灵公欲杀盾，盾走而免。穿，盾族也，遂弑。而盾不讨，其迹涉于与弑矣。此疑似难明之事，圣人尤当求情责实以明白之。使盾果有弑心乎，则自然罪在盾矣，不得曰为法受恶而称其贤也。使果无弑心乎，则当为之辨明。必先正穿之恶，使罪有所归，然后责盾纵贼，则穿之大恶不可幸而免，盾之疑似之迹获辨，而不讨之责亦不得辞。如此，则是非善恶明矣。今为恶者获免，而疑似之人陷于大恶，此决知其不然也。若曰盾不讨贼，有幸弑之心，与自弑同，故宁舍穿而罪盾。此乃逆诈用情之吏矫激之为尔，非孔子忠恕、《春秋》以王道治人之法也。孔子患旧史是非错乱而善恶不明，所以修《春秋》，就令旧史如此，其肯从而不正之乎？其肯从而称美，又教人以越境逃恶乎？此可知其缪传也。

问者曰："然则夷皋孰弑之？"曰：孔子所书是矣，赵盾弑其君也。今有一人焉，父病，躬进药而不尝。又有一人焉，父病而不躬进药。而二父皆死。又有一人焉，操刃而杀其父。使吏治之，是三人者，其罪同乎？曰：虽庸吏犹知其不可同也。躬药而不知尝者，有爱父之孝心而不习于礼，是可哀也，无罪之人尔。不躬药者，诚不孝矣，虽无爱亲之心，然未有杀父之意，使善治狱者，犹当与操刃殊科。况以躬药之孝，反与操刃同其罪乎？此庸吏之不为也。然则许世子止实不尝药，则孔子决不书曰"弑君"，孔子书为"弑君"，则止决非不尝药。

难者曰："圣人借止以垂教尔。"对曰：不然。夫所谓借止垂教者，不过欲人之知尝药耳。圣人一言明以告人，则万世法也，何必加孝子以大恶之名，而尝药之事卒不见于文，使后世但知止为弑君，而莫知药之当尝也。教未可垂而已陷人于大恶矣，圣人垂教，不如是之迂也。果曰责止，不如是之刻也。

难者曰："然则盾曷为复见于经？许悼公曷为书葬？"曰：弑君之臣不见经，此自三子说尔，果圣人法乎？悼公之葬，且安知其不讨贼而书葬也？自止以弑见经，后四年，吴败许师，又十有八年，当定公之四年，许男始见于经而不名。许之书于经者略矣，止之事迹，下可得而知也。

难者曰："三子之说，非其臆出也，其得于所传如此。然则所传者皆不可信乎？"曰：传闻何可尽信？公羊、穀梁以尹氏卒为正卿，左氏以尹氏卒为隐母，一以为男子，一以为妇人。得于所传者盖如是，是可尽信乎？

【解题】

见《春秋论上》。

《春秋》或问　一

或问："《春秋》何为始于隐公而终于获麟？"

曰："吾不知也。"

问者曰："此学者之所尽心焉，不知何也？"

曰："《春秋》起止，吾所知也。子所问者，始终之义，吾不知也，吾无所用心乎此。昔者，孔子仕于鲁。不用，去之诸侯。又不用，困而归。且老，始著书。得《诗》自《关雎》至于《鲁颂》，得《书》自《尧典》至于《费誓》，得鲁史记自隐公至于获麟，遂删修之。其前远矣，圣人著书足以法世而已，不穷远之难明也，故据其所得而修之。孔子非史官也，不常职乎史，故尽其所得修之而止耳。鲁之史记，则未尝止也，今左氏经可以见矣。"

曰："然则始终无义乎？"

曰："义在《春秋》，不在起止。《春秋》谨一言而信万世者也。予厌众说之乱《春秋》者也。"

【解题】

作于景祐四年。其一论辨《春秋》始于隐公而终于获麟并无特殊意义，驳斥众说淆乱《春秋》经义；其二论辨《春秋》三传不可废弃，其解经时有所得。运用对答体，言简意明。茅坤称赞本文"识好"。

《春秋》或问 二

或问："子于隐摄，盾、止之弑，据经而废传。经简矣，待传而详，可废乎？"

曰："吾岂尽废之乎？夫传之于经勤矣，其述经之事，时有赖其详焉，至其失，传则不胜其戾也。其述经之意，亦时有得焉，及其失也，欲大圣人而反小之，欲尊经而反卑之。取其详而得者，废其失者，可也；嘉其尊大之心，可也；信其卑小之说，不可也。"

问者曰："传有所废，则经有所不通，奈何？"

曰："经不待传而通者十七八，因传而惑者十五六。日月，万物皆仰，然不为盲者明，而有物蔽之者，亦不得见也。圣人之意皎然乎经，惟明者见之，不为他说蔽者见之也。"

【解题】

见《春秋或问一》。

《泰誓》论

《书》称商始咎周以乘黎。乘黎者西伯也，西伯以征伐诸侯为职事，其伐黎而胜也，商人已疑其难制而恶之。使西伯赫然见其不臣之状，与商并立而称王，如此十年，商人反晏然不以为怪，其父师老臣如祖伊、微子之徒，亦默然相与熟视而无一言，此岂近于人情邪？由是言之，谓西伯受命称王十年者，妄说也。

以纣之雄猜暴虐，尝醢九侯而脯鄂侯矣，西伯闻之窃叹，遂执而囚之，几不免死。至其叛已不臣而自王，乃反优容而不问者十年，此岂近于人情邪？由是言之，谓西伯受命称王十年者，妄说也。

孔子曰："三分天下有其二，以服事商。"使西伯不称臣而称王，安能服事于商乎？且谓西伯称王者，起于何说？而孔子之言，万世之信也。由是言之，谓西伯受命称王十年者，妄说也。

伯夷、叔齐，古之知义之士也，方其让国而去，顾天下皆莫可归，闻西伯之贤，共往归之。当是时，纣虽无道，天子也。天子在上，诸侯不称臣而称王，是僭叛之国也，然二子不以为非，依之久而不去，至武王伐纣，始以为非而弃去。彼二子者，始顾天下莫可归，卒依僭叛之国而不去，不非其父而非其子，此岂近于人情邪？由是言之，谓西伯受命称王十年者，妄说也。

《书》之《泰誓》称"十有一年"，说者因以谓自文王受命九年，及武王居丧二年，并数之尔。是以西伯听虞、芮之讼，谓之受命，以为元年。此又妄说也。古者人君即位，必称元年，常事尔，不以为重也。后世曲学之士说《春秋》，始以改元为重事。然则果常事欤，固不足道也；果重事欤，西伯即位已改元矣，中间不宜改元而又改元。至武王即位，宜改元而反不改元，乃上冒先君之元年，并其居丧称十一年。及其灭商而得天下，其事大于听讼远矣，又不改元。由是言之，谓西伯以受命之年为元年者，妄说也。后之学者，知西伯生不称王，而中间不再改元，则《诗》、《书》所载文、武之事，粲然明白而不诬矣。

或曰："然则武王毕丧伐纣，而《泰誓》曷谓称十有一年？"对曰：毕丧伐纣，出于诸家之小说，而《泰誓》，六经之明文也。昔者孔子当衰周之际，患众说纷纭以惑乱当世，于是退而修六经，以为后世法。及孔子既殁，去圣稍远，而众说复兴，与六经相乱。自汉以来，莫能辨正。今有卓然之士，一取信乎六经，则《泰誓》者武王之事也，十有一年者武王即位之十有一年尔，复何疑哉？司马迁作《周本纪》，虽曰武王即位九年，祭于文王之墓，然后治兵于盟津，至作《伯夷列传》，则又载父死不葬之说，皆不可为信。是以吾无取焉，取信于《书》可矣。

【解题】

作于景祐四年。《尚书·泰誓》："惟十有一年，武王伐殷。"说经者释为"西伯受命称王十年"。作者斥之为妄说，并本诸人情，论辨西伯未尝称王，"《泰誓》者，武王之事也"。立论与驳论相结合，论述精辟。清储欣评论说："千余年承讹传谬，得公之论，如日再中，有功经学不小。"（《唐宋八大家类选》卷四）何焯《义门读书记》也称赞本文"明辨不冗"。

石鹢论

夫据天道，仍人事，笔则笔而削则削，此《春秋》之所作也。援他说，攻异端，是所是而非所非，此三传之所殊也。若乃上揆之天意，下质诸人情，推至隐以探万事之元，垂将来以立一王之法者，莫近于《春秋》矣。故杜预以谓经者不刊之书，范宁亦云义以必当为理。然至一经之指，三传殊说，是彼非此，学者疑焉。

鲁僖之十六年："陨石于宋五。六鹢退飞，过宋都。"《左氏》传之曰："石陨于宋，星也。六鹢退飞，风也。"《公羊》又曰："闻其磌然，视之则石，察之则五，故先言石而后言五。视之则鹢，徐而视之则退飞，故先言六而后言鹢。"《穀梁》之意，又谓先后之数者，聚散之辞也。石、鹢犹尽其辞，而况于人乎？左氏则辨其物，公、穀则鉴其意。噫！岂圣人之旨不一邪？将后之学者偏见邪？何纷纷而若是也。

且《春秋》载二百年之行事，阴阳之所变见，灾异之所著闻，究其所终，各有条理。且左氏以石为星者，庄公七年“星陨如雨”，若以所陨者是星，则当星陨而为石，何得不言星而直曰陨石乎？夫大水、大雪，为异必书。若以小风而鹢自退，非由风之力也。若大风而退之，则众鸟皆退，岂独退鹢乎？成王之风有拔木之力，亦未闻退飞鸟也。若风能退鹢，则是过成王之风矣，而独经不书曰大风退鹢乎？以公羊之意，谓数石、视鹢而次其言。且孔子生定、哀之间，去僖公五世矣，当石陨、鹢飞之际，是宋人次于旧史，则又非仲尼之善志也。且仲尼隔数世修经，又焉及亲数石而视鹢乎？《穀梁》以谓石后言五、鹢先言六者，石、鹢微物，圣人尚不差先后，以谨记其数，则于人之褒贬可知矣。若乃“西狩获麟”不书几麟，“鸜鹆来巢”不书几鸜鹆，岂独谨记于石、鹢，而忽于麟、鸜鹆乎？如此，则仲尼之志荒矣。殊不知圣人纪灾异，著劝戒而已矣，又何区区于谨数乎？必曰谨物察数，人皆能之，非独仲尼而后可也。噫！三者之说，一无是矣。

而周内史叔兴又以谓阴阳之事，非吉凶所生。且天裂阳，地动阴，有阴陵阳则日蚀，阳胜阴则岁旱。阴阳之变，出为灾祥，国之兴亡，由是而作。既曰阴阳之事，孰谓非吉凶所生哉？其不亦又甚乎！

【解题】

原无系年，当作于景祐年间。《春秋·僖公十六年》有“石五”、“六鹢”的记载，三传各自为说。作者依据经文逐一辩驳，揭示左氏的失误及公羊、穀梁的穿凿。宋人黄震概括本文大意说：“《石鹢论》谓左氏以石陨为星、鹢退为风，公羊言视石数鹢而次其言，穀梁言微物而谨纪其数，皆非也。”（《黄氏日抄》卷六十一）

辨左氏

左丘明作《春秋外传》，以记诸国之语，其记柯陵之会曰："单襄公见晋厉公视远而步高，且告鲁成公以晋必有祸乱。成公问之曰：'天道乎？人事也？'单子曰：'吾非瞽瞍，焉知天道。吾见晋侯之容矣。'又曰：'观其容，知其心。'后卒如单子之言。"

甚矣，丘明之好奇而欲不信其书以传后世也！若单子之言然，则夫单子者，未得为笃论君子也，幸其言与事会而已。不然，丘明从后书之，就其言以合其事者乎？

何以论之？观其容，虽圣人不能知人之心，知其必祸福也。夫礼之为物也，圣人之所以饰人之情而闲其邪僻之具也。其文为制度，皆因民以为节，而为之大防而已。人目好五色，为制文物采章以昭之；耳乐和声，为制金石丝竹以道之；体安尊严，为制冕弁衣裳以服之。又惧其佚而过制也，因为之节。其登车也，有和銮之节；其行步也，有佩玉之节；其环拜也，有钟鼓之节。其升降周旋，莫不有节。是故有其服，必有其容。故曰正其衣冠，尊其瞻视，俨然人望而畏之，则外闲其邪，而使非僻之心不入而已。衣冠之不正，瞻视之不尊，升降周旋之不节，不过不中礼而已，天之祸福于人也，岂由是哉？人之心又能以是而知之乎？夫喜怒哀乐之动乎中，必见乎外，推是而言犹近之。单子则不然，乃以绝义弃德因其视瞻行步以观之，又以谓不必天道，止于是而祸福于是皆可以必。此故所谓非笃论君子，而其言幸与事会者也。

《书》曰："象恭滔天。"又曰："巧言令色孔壬。"夫容之与心，其异如此。故曰观其容，虽圣人不能知其心。尧、舜之无后，颜回之短命，虽圣人不可必。夫君子之修身也，内正其心，外正其容而已。若曰因容以知心，遂又知其祸败，则其可乎？

【解题】

原无系年，当作于景祐年间。《国语》相传为左丘明所作。本文针对左氏《国语》的“好奇”记事，质疑论辨，批评左氏尚好神秘奇异，表现作者坚持独立思考、不肯盲从古人的可贵精神。

三年无改问

或问：“传曰‘三年无改于父之道，可谓孝矣’，信乎？”

曰：“是有孝子之志焉，蹈道则未也。凡子之事其亲，莫不尽其心焉尔。君子之心正，正则公。尽正心而事其亲，大舜之孝是也。盖尝不告而娶矣，岂曰不孝乎？至公之道也。惟至公，不敢私其所私，私则不正。以不正之心事其亲者，孝乎？非孝也。故事亲有三年无改者，有终身而不可改者，有不俟三年而改者，不敢私其所私也。衰麻之服，祭祀之礼，哭泣之节，哀思之心，所谓三年而无改也。世其世，奉其遗体，守其宗庙，遵其教诏，虽终身不可改也。国家之利，社稷之大计，有不俟三年而改者矣。禹承尧、舜之业，启嗣之，无改焉可也。武王继文之业，成王嗣之，无改焉可也。使舜行瞽之不善，禹行鲧之恶，曰俟三年而后改，可乎？不可也。凡为人子者，幸而伯禹、武王为其父，无改也，虽过三年，忍改之乎？不幸而瞽、鲧为其父者，虽生焉犹将正之，死可以遂而不改乎？文王生而事纣，其死也，武王不待毕丧而伐之，敢曰不孝乎？至公之道也。鲁隐让桓，欲成父志，身终以弑，《春秋》讥之，可曰孝乎？私其私者也。故曰凡子之事其亲者，尽其心焉尔。心贵正，正则不敢私，其所私者大孝之道也。”

曰：“然则言者非乎？”曰：“夫子死，门弟子记其言。门弟子死，而书写出乎人家之壁中者，果尽夫子之云乎哉？”

【解题】

原无系年，当作于景祐年间。《论语·学而》记载孔子语：“三年无改于父之道，可谓孝矣。”作者对此不以为然，以为事关国家利益、朝廷大计，可以不待三年而改变，并认为《论语》所载，未必真是孔子语，表现其疑经思想。语言平易而观点鲜明。

《诗解》统序

五经之书，世人号为难通者，《易》与《春秋》。夫岂然乎？经皆圣人之言，固无难易，系人之所得有深浅。今考于《诗》，其难亦不让二经，然世人反不难而易之，用是通者亦罕。使其存心一，则人人皆明，而经无不通矣。

大抵谓《诗》为不足通者有三：曰章句之书也，曰淫繁之辞也，曰猥细之记也。若然，孔子为泛儒矣。非唯今人易而不习之，考于先儒，亦无几人。是果不足通欤？唐韩文公最为知道之笃者，然亦不过议其序之是否，岂足明圣人本意乎！《易》、《书》、《礼》、《乐》、《春秋》，道所存也。《诗》关此五者，而明圣人之用焉。习其道不知其用之与夺，犹不辨其物之曲直而欲制其方圆，是果于其成乎！故二《南》牵于圣贤，《国风》惑于先后，《豳》居变《风》之末，惑者溺于私见而谓之兼上下，二《雅》混于小、大而不明，三《颂》昧于《商》、《鲁》而无辨，此一经大概之体，皆所未正者。先儒既无所取舍，后人因不得其详，由是难易之说兴焉。

毛、郑二学，其说炽辞辩，固已广博，然不合于经者亦不为少，或失于疏略，或失于谬妄。盖《诗》载《关雎》，上兼商世，下及武、成、平、桓之间，君臣得失、风俗善恶之事阔广邃邈，有不失者鲜矣，是亦可疑也。

予欲志郑学之妄，益毛氏疏略而不至者，合之于经。故先明其统要十篇，庶不为之芜泥云尔。

【解题】

原无系年，当作于景祐年间。作者研究《诗经》时，发现《毛传》、《郑笺》多处不合经义，为了纠正《郑笺》谬妄，增补《毛传》疏略，撰《诗解》十篇，揭示《诗经》统要。今存仅八篇，有所亡佚。因为是早期作品，文章观点与晚年修订成书的《诗本义》存有不合之处。

二《南》为正风解

天子诸侯当大治之世，不得有《风》，《风》之生，天下无王矣。故曰诸侯无正《风》。然则《周》、《召》可为正乎？曰：可与不可，非圣人不能断其疑。

当文王与纣之时，可疑也。二《南》之诗，正、变之间可疑也。可疑之际，天下虽恶纣而主文王，然文王不得全有天下尔，亦曰服事于纣焉。则二《南》之诗作于事纣之时，号令征伐不止于受命之后尔，岂所谓周室衰而《关雎》始作乎？史氏之失也。推而别之，二十五篇之诗，在商不得为正，在周不得为变焉。上无明天子，号令由己出，其可谓之正乎？二《南》起王业，文王正天下，其可谓之变乎？此不得不疑而轻其与夺也。学《诗》者多推于周而不辨于商，故正、变不分焉。

以治乱本之，二《南》之诗在商为变，而在周为正乎？或曰：未谕。曰：推治乱而迹之，当不诬矣。

【解题】

当作于景祐年间。作者解释二《南》正风、变风之疑，以为二《南》之诗作于商纣时为变风，作于文王时为正风。本文关于司马迁“周室衰而《关雎》始作”的说法，认为是“史氏之失”。晚年修定《诗本义·时世论》，对此有所修正，以为司马迁为说“必有老师宿儒之所传”，“吾有取焉”。

周召分圣贤解

圣人之治无异也，一也。统天下而言之，有异焉者，非圣人之治然矣，由其民之所得有浅深焉。文王之化，出乎其心，施乎其民，岂异乎？然孔子以《周》、《召》为别者，盖上下不得兼，而民之所化有浅深尔。文王之心则一也，无异也。而说者以为由周、召圣贤之异而分之，何哉？大抵周南之民得之者深，故因周公之治而系之，岂谓周公能行圣人之化乎？召南之民得之者浅，故因召公之治而系之，岂谓召公能行圣人之化乎？殆不然矣。

或曰：“不系于《雅》、《颂》，何也？”曰：“谓其本诸侯之诗也。”又曰：“不统于变《风》何也？”曰：“谓其周迹之始也，列于《雅》、《颂》，则终始之道混矣；杂于变《风》，则文王之迹殆矣。《雅》、《颂》焉不可混周迹之始，其将略而不具乎，圣人所以虑之也。由是假周、召而分焉，非因周、召圣贤之异而别其称号尔。盖民之得者深，故其心厚，心之感者厚，故其诗切。感之薄者亦犹其深，故其心浅，心之浅者，故其诗略。是以有异焉。非圣人私于天下，而浅深厚薄殊矣。二《南》之作，当纣之中世而文王之初，是文王受命之前也。世人多谓受命之前则太姒不得有后妃之号。夫后妃之号非诗人之言，先儒序之云尔。考于其诗，惑于其序，是以异同之论争起，而圣人之意不明矣。”

【解题】

当作于景祐年间，作者解释孔子将二《南》区分为圣人、贤人诗，在于文王教化，其民所得有深有浅，其中得圣人教化的，系于周公，称《周南》；得贤人教化的，系于召公，称《召南》。欧阳修此说，脱胎于郑玄《诗谱》。晚年修定的《诗本义·时世论》，对此有所修正，认为周、召二公所施先公德教“无所优劣，不可分其圣贤”。

王国风解

六经之法，所以法不法，正不正。由不法与不正，然后圣人者出而六经之书作焉。周之衰也，始之以夷、懿，终之以平、桓，平、桓而后，不复支矣。故《书》止《文侯之命》而不复录，《春秋》起周平之年而治其事，《诗》自《黍离》之什而降于《风》。绝于《文侯之命》，谓教令不足行也；起于周平之年，谓正朔不足加也；降于《黍离》之什，谓《雅》、《颂》不足兴也。教令不行，天下无王矣；正朔不加，礼乐遍出矣；《雅》、《颂》不兴，王者之迹息矣。《诗》、《书》贬其失，《春秋》悯其微，无异焉尔。

然则诗处于《卫》后而不次于二《南》，恶其近于正而不明也；其体不加周姓而存王号，嫌其混于诸侯而无王也。近正则贬之不著矣，无王则绝之太遽矣。不著云者，《周》、《召》二《南》至正之诗也，次于至正之诗，是不得贬其微弱而无异二《南》之诗尔。若然，岂降之乎！太遽云者，《春秋》之法书王以加正月，言王人虽微，必尊于上，周室虽弱，不绝其王。苟绝而不与，岂尊周乎！故曰王号之存，黜诸侯也；次《卫》之下，别正、变也。

桓王而后，虽欲其正风，不可得也。《诗》不降于厉、幽之年，亦犹《春秋》之作不在惠公之世尔。《春秋》之作，伤典、诰之绝也；《黍离》之降，悯《雅》、《颂》之不复也。幽、平而后，有如宣王者出，则礼乐征伐不自诸侯，而《雅》、《颂》未可知矣，奈何推波助澜、纵风止燎乎！

【解题】

当作于景祐年间。作者解说《王风》后于《卫风》，不得列居二《南》，原因在于区别正风与变风。

十五国次解

《国风》之号起《周》终《豳》，皆有所次，圣人岂徒云哉！而明《诗》者多泥于疏说而不通，或者又以为圣人之意不在于先后之次。是皆不足为训法者。大抵《国风》之次以两而合之，分其次以为比，则贤善者著而丑恶者明矣。

或曰："何如其谓之比乎？"曰：《周》、《召》以浅深比也，《卫》、《王》以世爵比也，《郑》、《齐》以族氏比也，《魏》、《唐》以土地比也，《陈》、《秦》以祖裔比也，《郐》、《曹》以美恶比也。《豳》能终之以正，故居末焉。浅深云者，周得之深，故先于召。世爵云者，卫为纣都，而纣不能有之。周幽东迁，无异是也。加卫于先，明幽、纣之恶同，而不得近于正焉。姓族云者，周法尊其同姓，而异姓者为后。郑先于齐，其理然也。土地云者，魏本舜地，唐为尧封。以舜先尧，明晋之乱非魏褊俭之等也。祖裔云者，陈不能兴舜，而襄公能大于秦，子孙之功，陈不如矣。

穆姜卜而遇《艮》之《随》，乃引《文言》之辞以为卦说。

夫穆姜始筮时，去孔子之生尚十四年尔，是《文言》先于孔子而有乎？不然，左氏不为诞妄也！推此以迹其怪，则季札观乐之次，明白可验而不足为疑矣。夫《黍离》已下，皆平王东迁、桓王失信之诗，是以列于《国风》，言其不足正也。借使周天子至甚无道，则周之乐工敢以周王之诗降同诸侯乎？是皆不近人情、不可为法者。昔孔子大圣人，其作《春秋》也，既微其辞，然犹不公传于人，第口受而已，况一乐工而敢明白彰显其君之恶哉？此又可验孔子分定为信也。本其事而推之以著其妄，庶不为无据云。

【解题】

当作于景祐年间。本文解释十五国风排列顺序，以为两两相合，分次排列。晚年作《诗谱补亡后序》不主此说，以为十五国次的排列顺序“莫详其义”。

定风雅颂解

《诗》之息久矣，天子诸侯莫得而自正也。

古诗之作，有天下焉，有一国焉，有神明焉。观天下而成者，人不得而私也；体一国而成者，众不得而违也；会神明而成者，物不得而欺也。不私焉，《雅》著矣；不违焉，《风》一矣；不欺焉，《颂》明矣。然则《风》生于文王，而《雅》、《颂》杂于武王之间。《风》之变，自夷、懿始；《雅》之变，自厉、幽始。霸者兴，变《风》息焉；王道废，《诗》不作焉。秦、汉而后，何其灭然也？王通谓“诸侯不贡诗，天子不采风，乐官不达雅、颂，国史不明变，非民之不作也。诗出于民之情性，情性其能无哉？职诗者之罪也”。通之言，其几于圣人之心矣。

或问：“成王、周公之际，《风》有变乎？”曰：《豳》是矣。

幸而成王悟也，不然，则变而不能复乎！《豳》之去《雅》，一息焉，盖周公之心也，故能终之以正。

【解题】

当作于景祐年间。作者解说《风》、《雅》、《颂》的分类标准，以为“观天下而成者，人不得而私也”，成《雅》诗；“体一国而成者，众不得而违也”，成《风》诗；“会神明而成者，物不得而欺也”，成《颂》诗。

《鲁颂》解

或问：“诸侯无正风，而鲁有《颂》，何也？”

曰：非《颂》也，不得已而名之也。四篇之体，不免变《风》之例尔，何《颂》乎！《颂》惟一章，而《鲁颂》章句不等；《颂》无颂字之号，而今四篇皆有。其序曰“季孙行父请命于周而史克作之”，亦未离乎强也。《颂》之本，一人是之，未可作焉。访于众人，众人可之，犹曰天下有非之者。又访于天下，天下之人亦曰可，然后作之无疑矣。僖公之政，国人犹未全其惠，而《春秋》之贬尚不能逃，未知其《颂》何从而兴乎！《颂》之美者不过文、武，文、武之《颂》，非当其存而作者也，皆追述也。僖公之德孰与文武，而曰有《颂》乎！先儒谓名生于不足，宜矣。然圣人所以列为《颂》者，其说有二：贬鲁之强，一也；劝诸侯之不及，二也。请于天子，其非强乎？特取于鲁，其非劝乎？

或曰：“何谓劝？”曰：僖公之善不过复土宇、修宫室、大牧养之法尔，圣人犹不敢遗之，使当时诸侯有过于僖公之善者，圣人忍绝去而不存之乎？故曰劝尔。而郑氏谓之备三《颂》，何哉？大抵不列于《风》而与其为者，所谓悯周之失、贬鲁之强是矣，岂郑氏之云乎？

【解题】

当作于景祐年间。作者解释圣人列鲁诗于《颂》的原因，一为“贬鲁之强”，二为“劝诸侯之不及”。晚年修定的《诗本义·鲁问》，对此说自表怀疑，以为“惟阙其不知以俟焉可也”。

《商颂》解

古诗三百始终于周，而仲尼兼以《商颂》，岂多记而广录者哉？圣人之意，存一《颂》而有三益。大商祖之德，其益一也；予纣之不憾，其益二也；明武王、周公之心，其益三也。曷谓大商祖之德？曰：《颂》具矣。曷谓予纣之不憾？曰悯废矣。曷谓明武王、周公之心？曰存商矣。按《周本纪》称武王伐纣，下车而封武庚于宋，以为商后。及武庚叛，周公又以微子继之。是圣人之意，虽恶纣之暴，而不忘汤之德，故始终不绝其为后焉。

或曰：《商颂》之存，岂异是乎？曰：其然也，而人莫之知矣。非仲尼、武王、周公之心殆，而成汤之德微，毒纣之恶有不得其著矣。向所谓存一《颂》而有三益焉者，岂妄云哉！

【解题】

当作于景祐年间。本文解说《诗经》保存《商颂》具有三方面好处：“大商祖之德”，颂扬商民祖先的功德；“予纣之不憾”，怜悯废黜的商纣后裔；“明武王、周公之心”，不绝商祀香火。

《十月之交》解

《小雅》无厉王之诗，著其恶之甚也。

而郑氏自《十月之交》已下，分其篇，以为当刺厉王，又妄指毛公为诂训时移其篇第，因引前后之诗以为据。其说有三。一曰《节》刺师尹不平，此不当讥皇父擅恣。予谓非大乱之世者必不容二人之专，不然李斯、赵高不同生于秦也。其二曰《正月》恶褒姒灭周，此不当疾。艳妻之说出于郑氏，非史传所闻。况褒姒之恶，天下万世皆同疾而共丑者，二篇讥之，殆岂过哉？其三曰幽王时司徒乃郑桓公友，此不当云"番惟司徒"。予谓《史记》所载，郑桓公在幽王八年方为司徒尔，岂止桓公哉？是三说皆不合于经，不可按法。为郑氏者独不能自信，而欲指他人之非，斯亦惑矣。今考《雨无正》已下三篇之诗，又其乱说归向，皆无刺厉王之文，不知郑氏之说何从而为据也？

孟子曰："说《诗》者不以文害辞，不以辞害意。"非如是，其能通《诗》乎？

【解题】

当作于景祐年间。《小雅·十月之交》一诗，《诗序》以为"大夫刺幽王也"。郑玄解为刺厉王，并引前后诗歌作为立论依据。作者逐层论辨，揭露郑说"不合于经，不可按法"。

本　末　论

《关雎》、《鹊巢》，文王之诗也，不系之文王而下系之周公、召公。召公自有诗，则得列于本国。周公亦自有诗，则不得列于本国，而上系于豳。豳，太王之国也，考其诗，则周公之诗也。周、召，周公、召公之国也，考其诗，则文王之诗也。《何彼秾矣》，武王之诗也，不列于《雅》，而寓于《召南》之风。《棠棣》，周公之诗也，不列于《周南》，而寓于文王之《雅》。卫之诗，一公之诗也，或系之邶，或系之鄘，或系之卫。诗述在位之君，而风系已亡之国。晋之为晋久矣，不得为晋，而谓之唐。郑去咸林而徙河南，为郑甚新，而遂得为郑。自汉以来，其说多矣。盖《诗》之类例，不一如此，宜其说者之纷然也。

问者曰："然则其将奈何?"应之曰：吾之于《诗》，有幸有不幸也。不幸者远出圣人之后，不得质吾疑也。幸者《诗》之本义在尔。

《诗》之作也，触事感物，文之以言，美者美之，恶者刺之，以发其揄扬怨愤于口，道其哀乐喜怒于心，此诗人之意也。古者国有采诗之官，得而录之，以属太师，播之于乐。于是考其义类而别之以为风、雅，而比次之以藏于有司，而用之宗庙、朝廷，下至乡人聚会，此太师之职也。世久而失其传，乱其雅、颂，亡其次序，又采者积多而无所择。孔子生于周末，方修礼乐之坏，于是正其雅、颂，删其繁重，列于六经，著其善恶以为劝戒，此圣人之志也。周道既衰，学校废而异端起。及汉承秦焚书之后，诸儒讲说者整齐残缺以为之义训，耻于不知，而人人各自为说，至或迁就其事以曲成其己学，其于圣人有得有失，此经师之业也。惟是诗人之意也，太师之职也，圣人之志也，经师之业也。今之学《诗》也，不出于此四者而罕有得焉者，何哉?劳其心而不知其要，逐其末而忘其本也。

何谓本末?作此诗，述此事，善则美，恶则刺，所谓诗人之意者，本也。正其名，别其类，或系于此，或系于彼，所谓太师之职者，末也。察其美刺，知其善恶，以为劝戒，所谓圣人之志者，本也。求诗人之意，达圣人之志者，经师之本也。讲太师之职，因其失传而妄自为之说者，经师之末也。

今夫学者，得其本而通其末，斯尽善矣。得其本而不通其末，阙其所疑，可也。虽其本有所不能达者，犹将阙之，况其末乎！所谓周、召、邶、鄘、唐、豳之《风》，是可疑也，考之诸儒之说既不能通，欲从圣人而质焉又不可得，然皆其末也。若

《诗》之所载，事之善恶，言之美刺，所谓诗人之意，幸其具在也。然颇为众说汩之，使其义不明。今去其汩乱之说，则本义粲然而出矣。

今夫学者知前事之善恶，知诗人之美刺，知圣人之劝戒，是谓知学之本而得其要，其学足矣，又何求焉？其末之可疑者，阙其不知可也。盖诗人之作诗也，固不谋于太师矣。今夫学《诗》者，求诗人之意而已，太师之职有所不知，何害乎学《诗》也？若圣人之劝戒者，诗人之美刺是也，知诗人之意，则得圣人之志也。

【解题】

本文是《诗本义》中的专论，初作于景祐、宝元年间，晚年修订定稿。作者指示读《诗》解经的正确途径，认为《诗经》研究，首当明其本末。诗人之意是本，太师之职是末；圣人之志是本，经师之业是末。求诗人之意、达圣人之志，是经师之本；讲太师之职，因其失传而妄自为说，是经师之末。文章立论精辟，结构严密，文势畅达。

时　世　论

按郑氏《谱》,《周南》、《召南》，言文王受命作邑于丰，乃分岐邦、周邦，周、召之邑为周公旦、召公奭之采地，使施先公太王、王季之教于己所职六州之国，其民被二公之德教尤纯。至武王灭纣，巡守天下，陈其诗以属太师，分而国之，其得圣人之化者系之周公，谓之《周南》；其得贤人之化者系之召公，谓之《召南》。今考之于诗义，皆不合，而其为说者又自相抵牾。

所谓被二公之德教者，是周公旦、召公奭所施太王、王季之德教尔。今《周》、《召》之诗二十五篇，《关雎》、《葛覃》、

《卷耳》、《樛木》、《螽斯》、《桃夭》、《兔罝》、《芣苢》，皆后妃之事；《鹊巢》、《采蘩》、《小星》，皆夫人之事，夫人乃太姒也；《麟趾》、《驺虞》，皆后妃、夫人之德化之应；《草虫》、《采蘋》、《殷其雷》，皆大夫妻之事；《汉广》、《汝坟》、《羔羊》、《摽有梅》、《江有汜》、《野有死麕》，皆言文王之化。盖此二十二篇之诗，皆述文王、太姒之事，其余三篇，《甘棠》、《行露》言召伯听讼，《何彼秾矣》乃武王时之诗，乌有所谓二公所施先公之德教哉？此以《谱》考诗义，皆不能合者也。《谱》言得圣人之化者，谓周公也，得贤人之化者，谓召公也，谓旦、奭共行先公之德教，而其所施自有优劣，故以圣贤别之尔。今诗所述既非先公之德教，而二《南》皆是文王、太姒之事，无所优劣，不可分其圣贤。所谓文王、太姒之事，其德教自家刑国，皆其夫妇身自行之，以化其下，久而变纣之恶俗，成周之王道，而著于歌颂尔。盖《谱》谓先公之德教者，周、召二公未尝有所施，而二《南》所载文王、太姒之化，二公亦又不得而与，然则郑《谱》之说，左右皆不能合也。后之为郑学者，又谓《谱》言圣人之化者为文王，贤人之化者为太王、王季。然《谱》本谓二公行先公之教，初不及文王，则为郑学者又自相抵牾矣。

今《诗》之《序》曰：“《关雎》、《麟趾》之化，王者之风，故系之周公。《鹊巢》、《驺虞》之德，诸侯之风，故系之召公。”至于《关雎》、《鹊巢》所述，一太姒尔，何以为后妃？何以为夫人？二《南》之事，一文王尔，何以为王者？何以为诸侯？则《序》皆不通也。

又不言作诗之时世。盖自孔子殁，群弟子散亡，而六经多失其旨，《诗》以讽诵相传，五方异俗，物名字训往往不同，故于六经之失，《诗》尤甚。《诗》三百余篇，所作非一人，所作非一国，先后非一时，而世久失其传，故于《诗》之失，时世尤甚。周之德盛于文、武，其诗为《风》、为《雅》、为《颂》，《风》有《周南》、《召南》，《雅》有《大雅》、《小雅》，其义类非一，或当时所作，或后世所述，故于时世之失，周诗尤甚。

自秦、汉以来，学者之说不同多矣，不独郑氏之说也。昔孔子尝言《关雎》矣，曰“哀而不伤”。太史公又曰“周道缺，诗人本之衽席，《关雎》作”。而齐、鲁、韩三家皆以为康王政衰之诗，皆与郑氏之说其意不类。盖尝以哀伤为言，由是言之，谓《关雎》为周衰之作者近是矣。周之为周也，远自上世积德累仁，至于文王之盛，征伐诸侯之不服者，天下归者三分有二，其仁德所及，下至昆虫草木，如《灵台》、《行苇》之所述。盖其功业盛大，积累之勤，其来远矣，其盛德被天下者非一事也。太姒，贤妃，又有内助之功尔，而言《诗》者过为称述，遂以《关雎》为王化之本，以谓文王之兴自太姒始，故于众篇所述德化之盛，皆云后妃之化所致。至于天下太平，《麟趾》与《驺虞》之瑞，亦以为后妃功化之盛效，故曰“《麟趾》，《关雎》之应”，“《驺虞》，《鹊巢》之应”也。何其过论与？夫王者之兴，岂专由女德，惟其后世因妇人以致衰乱，则宜思其初有妇德之助以兴尔。因其所以衰，思其所以兴，此《关雎》之所以作也。其思彼之辞甚美，则哀伤之意亦深，其言缓，其意远，孔子曰“哀而不伤”，谓此也。司马迁之于学也，杂博而无所择，然其去周、秦未远，其为说必有老师宿儒之所传，其曰“周道缺而《关雎》作”，不知自何而得此言也，吾有取焉。昔吴季札闻鲁乐之歌《小雅》也，曰：“思而不二，怨而不言，其周德之衰乎？犹有先王之遗民焉。”而太史公亦曰；“仁义陵迟，《鹿鸣》刺焉。”然则《小雅》者，亦周衰之作也。

《周颂·昊天有成命》曰：“二后受之，成王不敢康。”所谓二后者，文、武也。则成王者，成王也，犹文王之为文王、武王之为武王也。然则《昊天有成命》当是康王已后之诗，而毛、郑之说以《颂》皆是成王时作，遂以“成王”为成此王功，不敢康宁。《执竞》曰：“执竞武王，无竞维烈。不显成康，上帝是皇。自彼成康，奄有四方。”所谓成、康者，成王、康王也，犹文王、武王谓之文、武尔。然则《执竞》者，当是昭王已后之诗，而毛以为“成大功而安之”，郑以为“成安祖考之道”，皆以为武王也。据诗之文，但云“成康”尔，而毛、郑自出其意，各以增就其己说，而意又不同，使后世何所适从哉？《噫嘻》曰“噫嘻成王”者，亦成王也。而毛、郑亦皆以为武王，由信其己说以《颂》皆成王时作也。诗所谓成王者，成王也，成康者，成王、康王也，岂不简且直哉？而毛、郑之说岂不迂而曲也？以为成王、康王则于诗文理易通，而毛郑之说则文义不完而难通。然学者舍简而从迂，舍直而从曲，舍易通而从难通，或信焉而不知其非，或疑焉而不敢辩者，以去诗时世远，茫昧而难明也。

余于《周南》、《召南》，辩其不合；而《关雎》之作，取其近似者焉，盖其说合于孔子之言也。若《雅》也、《颂》也，则辩之而不敢必，而有待焉。夫毛、郑之失，患于自信其学而曲遂其说也。若予又将自信，则是笑奔车之覆而疾驱以追之也。然见其失，不可不辩；辩而不敢必，使余之说得与毛、郑之说并立于世，以待夫明者而择焉，可也。

【解题】

本文是《诗本义》中的专论，初作于景祐、宝元年间，晚年修订定稿。作者认为读《诗》解经，应该明其时世，即《诗经》作品的创作年代。时世之失，必然导致《诗》本义的丧失，《毛传》、《郑笺》的失误，其根源往往在此。文章语词明畅，层次清晰，论述精到透辟。

《豳》问

或问："《七月》，《豳风》也，而郑氏分为《雅》、《颂》。其诗八章，以其一章、二章为《风》，三章、四章、五章、六章之半为《雅》，又以六章之半、七章、八章为《颂》。一篇之诗别为三体，而一章之言半为《雅》而半为《颂》，诗人之意果若是乎？"应之曰：《七月》，周公之作也。其言豳土寒暑气节、农桑之候，勤生事、男女耕织衣食之本，以见太王居豳兴起王业艰难之事，此诗之本义，毛、郑得之矣。其为《风》、为《雅》、为《颂》，吾所不知也。所谓《七月》之本义幸在者，吾既得之矣，其有所难知者，阙之可也。虽然，吾知郑氏之说，自相抵牾者矣。今《诗》之经，毛、郑所学之经也。经以为《风》，而郑氏以为《雅》、《颂》，岂不戾哉？夫一国之事谓之《风》，天下之政谓之《雅》，以其成功告于神明谓之《颂》，此毛、郑之说也。然则《风》，诸侯之事；《雅》，天子之事。今所谓《七月》者，谓之《风》可矣。谓之《雅》、《颂》，则非天子之事，又非告功于神明者，此又其戾者也。《风》、《雅》、《颂》之为名未必，然则于其所自为说，有不能通也。

问者又曰："郑氏所以分为《雅》、《颂》者，岂非以《周礼》籥章之职，有吹豳诗《雅》、《颂》之说乎？"应之曰：今之所谓《周礼》者，不完之书也。其礼乐制度，盖有周之大法焉，至其考之于事，则繁杂而难行者多。故自汉兴，六经复出，而《周礼》独不为诸儒所取，至以为黩乱不验之书，独郑氏尤推尊之，宜其分豳之《风》为《雅》、《颂》，以合其事也。

问者又曰："今《豳诗》七篇，自《鸱鸮》以下六篇皆非豳事，独《七月》一篇，岂足以自为一国之《风》？然则《七月》

而下七篇，寓于《豳风》耳。豳其自有诗乎？《周礼》所谓《豳雅》、《豳颂》者，岂不为《七月》，而自有豳诗而今亡者乎？至于《七月》，亦尝亡矣，故齐、鲁、韩三家之《诗》皆无之。由是言之，豳诗其犹有亡者乎？”应之曰：经有其文，犹有不可知者；经无其事，吾可逆意而为然乎？

【解题】

本文是《诗本义》中的专论，初作于景祐、宝元年间，晚年修订定稿。作者探讨《豳诗》本末，批评郑学失误。文章采用问答体，条理明晰。语言平易，论述精当。

《鲁》问

或问：《鲁诗》之颂僖公盛矣，信乎？其克淮夷。伐戎狄，服荆舒，荒徐宅，至于海邦蛮貊，莫不从命，何其盛也！《泮水》曰：“既作泮宫，淮夷攸服。矫矫武臣，在泮献馘。”又曰：“既克淮夷，孔淑不逆。”又曰：“景彼淮夷，来献其琛。”《閟宫》曰：“戎狄是膺，荆舒是惩。”又曰：“淮夷来同，鲁侯之功。”又曰：“遂荒徐宅，至于海邦。淮夷蛮貊，及彼南夷，莫不率从。”其武功之盛，威德所加，如诗所陈，五霸不及也。然鲁在春秋时，常为弱国，其与诸侯会盟、征伐见于《春秋》、《史记》者，可数也，皆无诗文所颂之事。而淮夷、戎狄、荆舒、徐人之事有见于《春秋》者，又皆与《颂》不合者何也？

按《春秋》僖公在位三十三年，其伐邾者四，败莒灭项者各一，此鲁自用兵也。其四年伐楚侵陈，六年伐郑，是时齐桓公方称霸，主兵率诸侯之师，而鲁亦与焉耳。二十八年围许，是文公方称伯，主兵率诸侯，而鲁亦与焉耳。十五年，楚伐徐，鲁救徐，而徐败。十八年，宋伐齐，鲁救齐，而齐败。二十六年，齐人侵伐鲁鄙，鲁乞师于楚，楚为伐齐，取穀。《春秋》所记僖公之兵，止于是矣。其自主兵所伐邾、莒、项，皆小国，虽能灭项，反见执于齐。其所伐大国，皆齐、晋主兵。其有所救者，又力不能胜而辄败。由是言之，鲁非强国可知也，焉有诗人所颂威武之功乎？其所侵伐小国，《春秋》必书，焉有所谓克服淮夷之事乎？惟其十六年，一会齐侯于淮尔。是会也，淮夷侵鄫，齐侯来会，谋救鄫尔。由是言之，淮夷未尝服于鲁也。

其曰“戎狄是膺，荆舒是惩”者，郑氏以谓僖公与齐桓举义兵，北当戎与狄，南艾荆及群舒。按僖公既位之元年，齐桓二十七年也。齐桓十七年伐山戎，远在僖公未即位之前。至僖公十年，齐侯许男伐戎，鲁又不与。郑氏之说既谬，而诗所谓“戎狄是膺”者，孟子又曰“周公方且膺之”，如孟子之说，岂僖公事也？荆，楚也。僖公之元年，楚成王之十三年也。是时，楚方强盛，非鲁所能制。僖之四年，从齐桓伐楚，而齐以楚强不敢速进，乃次于陉，而楚遂与齐盟于召陵，此岂鲁僖得以为功哉？六年，楚伐许，又从齐桓救许，而力不能胜，许男卒面缚衔璧降于楚。十五年，楚伐徐，又从齐桓救徐，而力又不能胜，楚卒败徐，取其娄林之邑。舒在僖公之世，未尝与鲁通，惟三年，徐人取舒，一见尔。盖舒为徐取之矣。然则郑氏谓僖公与齐桓南艾荆及群舒者，亦谬矣。由是言之，所谓“戎狄是膺，荆舒是惩”者，皆与《春秋》不合矣。

楚之伐徐，取娄林，齐人、徐人伐英氏以报之。盖徐人之有楚伐也，不求助于鲁而求助于齐以报之，以此见徐非鲁之与国也，则所谓“遂荒徐宅”者，亦不见于《春秋》矣。

《诗》，孔子所删正也；《春秋》，孔子所修也。修《诗》之言不妄，则《春秋》疏谬矣；《春秋》可信，则《诗》妄作也。其将奈何？

应之曰：吾固言之矣，虽其本有所不能达者，犹将阙之是也。惟阙其不知以俟焉可也。

【解题】

本文是《诗本义》中的专论，初作于景祐、宝元年间。晚年修订定稿。作者论辩所谓《鲁诗》歌颂僖公强盛的说法，批评郑学过失。采用问答体，层层深入，列举史实，论辩刚正有力。

《序》　问

或问："《诗》之《序》，卜商作乎？卫宏作乎？非二人之作，则作者其谁乎？"应之曰：《书》、《春秋》皆有《序》，而著其名氏，故可知其作者。《诗》之序不著其名氏，安得而知之乎？虽然，非子夏之作，则可以知也。

曰："何以知之？"应之曰：子夏亲受学于孔子，宜其得《诗》之大旨。其言《风》、《雅》有变、正，而论《关雎》、《鹊巢》系之周公、召公，使子夏而序《诗》，不为此言也。自圣人殁，六经多失其传，一经之学分为数家，不胜其异说也。当汉之初，《诗》之说分为齐、鲁、韩三家，晚而毛氏之《诗》始出，久之三家之学既废，而《毛诗》独行以至于今不绝。今齐、鲁之学没不复见，而《韩诗》遗说往往见于他书，至其经文亦不同，如逶迤、郁夷之类是也，然不见其终始，亦莫知其是非。自汉以来，学者多矣，其卒舍三家而从毛公者，盖以其源流所自，得圣人之旨多，与今考《毛诗》诸序与孟子说《诗》多合。故吾于《诗》，常以《序》为证也，至其时有小失，随而正之。惟《周南》、《召南》失者类多，吾固已论之矣，学者可以察焉。

【解题】

本文是《诗本义》中的专论，初作于景祐、宝元年间，晚年修订定稿。文章论辩《诗序》作者不可知，指出二《南》诗序“失者类多”，表现出《诗经》研究的卓越见识和超人胆略，不仅訾议毛、郑，而且怀疑《诗序》。然而，欧阳修以为《诗序》时有小失，得圣人之旨仍多，研究《诗经》，当以《诗序》为证。他对《诗序》信大于疑，标志其《诗》学没有超出毛、郑之学的范围。逻辑缜密，论述颇合情理。

《易》童子问

童子问曰:“‘《乾》，元、亨、利、贞’，何谓也?”曰：“众辞淆乱，质诸圣。《彖》者，圣人之言也。”童子曰:“然则《乾》无四德，而《文言》非圣人书乎?”曰：“是鲁穆姜之言也，在襄公之九年。”

童子问曰:“《象》曰‘天行健，君子以自强不息’，何谓也?”曰：“其传久矣，而世无疑焉，吾独疑之也。盖圣人取象所以明卦也，故曰‘天行健’。《乾》而嫌其执于象也，则又以人事言之，故曰‘君子以自强不息’。六十四卦皆然也。《易》之阙文多矣。”

童子问曰:“《乾》曰‘用九’,《坤》曰‘用六’，何谓也?”曰：“释所以不用七八也。《乾》爻七九则变，《坤》爻八六则变，《易》用变以为占，故以名其爻也。阳过乎亢则灾，数至九而必变，故曰‘见群龙无首，吉’。物极则反，数穷则变，天道之常也，故曰‘天德不可为首也’。阴柔之动，多入于邪，圣人因其变以戒之，故曰‘利永贞’。”

童子问曰:“《屯》之《彖》、《象》与卦之义反，何谓也?”曰：“吾不知也。”童子曰：“《屯》之卦辞曰‘勿用有攸往’，《彖》曰‘动乎险中，大亨贞’，动而大亨，其不往乎?《象》曰

'君子以经纶'，不往而能经纶乎？”曰：“居《屯》之世者，勿用有攸往，众人也；治《屯》之时者，动乎险而经纶之，大人君子也，故曰'利建侯'。”

童子问曰：“《象》曰'山下出泉，《蒙》。君子以果行育德'，何谓也？”曰：“《蒙》者，未知所适之时也，处乎《蒙》者，果于自信其行以育德而已。《蒙》有时而发也，患乎不果于自修，以养其德而待也。”

童子问曰：“《象》曰'云上于天，《需》。君子以饮食宴乐'，何谓也？”曰：“《需》，须也，事有期而时将至也，云已在天，泽将施也，君子之时将及矣。少待之焉，饮食以养其体，宴安和乐以养其志，有待之道也。”

童子问曰：“'《师》，贞丈人'，何谓也？”曰：“师正于丈人也，其《彖》曰'能以众正，可以王矣'。”童子曰：“敢问可以王矣，孰能当之？”曰：“汤、武是已。彼二王者以臣伐主，其为毒也甚矣。然其以本于顺民之欲而除其害，犹毒药瞑眩以去疾也，故其《彖》又曰'行险而顺'。以此毒天下而民从之。”童子曰：“然则汤、武之师正乎？”曰：“凡师必正于丈人者，文王之志也。以此毒天下而王者，汤、武也。汤、武以应天顺人为心，故孟子曰'有汤、武之心则可也'。”童子曰：“'吉，无咎'，何谓也？”曰：“为《易》之说者，谓无咎者本有咎也，又曰善补过也。呜呼！举师之成功，莫大于王也，然不免毒天下，而仅得补过、无咎，以此见兵非圣王之所务，而汤、武不足贵也。”

童子问曰：“'地上有水，《比》。先王以建万国，亲诸侯'，何谓也？”曰：“王氏之传曰'万国以比建，诸侯以比亲'，得之矣。盖王者之于天下，不可以独比也，故建为万国，君以诸侯，使其民各比其君，而万国之君共比于王，则视天下如身之使臂，臂之使指矣。”

童子问曰：“《同人》之《象》曰'唯君子为能通天下之

志’，《象》又曰‘君子以类族辨物’，何谓也？”曰：“通天下之志者，同人也；类族辨物者，同物也。夫同天下者不可以一概，必使夫各得其同也。人睽其类而同其欲，则志通；物安其族而同其生，则各从其类。故君子于人则通其志，于物则类其族，使各得其同也。”

童子问曰：“‘天道亏盈而益谦，地道变盈而流谦，鬼神害盈而福谦，人道恶盈而好谦’，何谓也？”曰：“圣人急于人事者也，天人之际罕言焉，惟《谦》之《彖》略具其说矣。圣人，人也，知人而已。天地鬼神不可知，故推其迹；人，可知者，故直言其情。以人之情而推天地鬼神之迹，无以异也。然则修吾人事而已；人事修，则与天地鬼神合矣。”

童子问曰：“‘雷出地奋，《豫》。先王以作乐崇德，殷荐之上帝，以配祖考’，何谓也？”曰：“于此见圣人之用心矣。圣人忧以天下，乐以天下。其乐也，荐之上帝祖考而已，其身不与焉。众人之豫，豫其身耳。圣人，以天下为心者也，是故以天下之忧为己忧，以天下之乐为己乐。”

童子问曰：“《观》之《象》曰‘先王以省方观民设教’，何谓也？”曰：“圣人处乎人上而下观于民，各因其方，顺其俗而教之。民知各安其生而不知圣人所以顺之者，此所谓神道设教也。”童子曰：“顺民，先王之所难欤？”曰：“后王之不戾民者鲜矣。”

童子问曰：“‘《剥》，不利有攸往’，《彖》曰：‘顺而止之，观象也。君子尚消息盈虚，天行也’者，何谓也？”曰：“《剥》，阴剥阳也，小人道长、君子道消之时也，故曰‘不利有攸往’。君子于此时而止，与《屯》之‘勿往’异矣。《屯》之世，众人宜勿往，而君子动以经纶之时也；《剥》者，君子止而不往之时也。剥尽则复，否极则泰，消必有息，盈必有虚，天道也。是以君子尚之，故顺其时而止，亦有时而进也。”

童子问曰："'《复》，其见天地之心乎'者，何谓也？"曰："天地之心见乎动，《复》也，一阳初动于下矣。天地所以生育万物者本于此，故曰'天地之心'也。天地，以生物为心者也，其《彖》曰'刚反，动而以顺行'是矣。"童子曰："然则《象》曰'先王以至日闭关，商旅不行，后不省方'，岂非静乎？"曰："至日者，阴阳初复之际也，其来甚微。圣人安静以顺其微，至其盛，然后有所为也，不亦宜哉！"

童子问曰："《大过》之卦辞曰'利有攸往，亨'，其《象》曰'君子以独立不惧，遁世无闷'者，其往乎？其遁乎？"曰："《易》非一体之书，而卦不为一人设也。《大过》者，挠败之世可以大有为矣。当物极则反、易为之力之时，是以往而必亨也。然有不以为利而不为者矣。故居是时也，往者利而亨，遁者独立而无闷。"

童子问曰："《坎》之卦曰'习坎'，其《彖》曰'习坎，重险也'者，何谓也？"曰："《坎》因重险之象以戒人之慎习也。习高山者可以追猿猱，习深渊者至能泅泳出没以为乐。夫险可习，则天下之事无不可为也。是以圣人于此戒人之习恶而不自知，诱人于习善而不倦，故其《象》曰'君子以常德行，习教事也'。"

童子问曰："'《咸》，取女吉'，何谓也？"曰："咸，感也。其卦以刚下柔，故其《彖》曰'男下女'，是以'取女吉'也。"童子又曰："然则男女同类欤？"曰："男女睽而其志通，谓各睽其类也。凡柔与柔为类，刚与刚为类。谓感必同类，则以柔应柔，以刚应刚，可以为咸乎。故必二气交感，然后为咸也。夫物类同者，自同也，何所感哉？惟异类而合，然后见其感也。铁石，无情之物也，而以磁石引针，则虽隔物而应。《彖》曰'观其所感，而万物之情可见'者，谓此类也。"童子又曰："然则圣人感人心而天下和平，是果异类乎？"曰："天下之广，蛮夷戎狄、四海九州之类，不胜其异也。而能一以感之，此王者所以为大，圣人所以为能。”

童子问曰：“‘《恒》，利有攸往’，‘终则有始’，何谓也？”曰：“恒之为言久也，所谓穷则变，变则通，通则久也。久于其道者，知变之谓也。天地升降而不息，故曰‘天地之道久而不已’也。日月往来，与天偕行而不息，故曰‘日月得天而能久照’。四时代谢，循环而不息，故曰‘四时变化而久成’。圣人者，尚消息盈虚而知进退存亡者也，故曰‘圣人久于其道而化成’。”

童子问曰：“‘《遁》，亨，小利贞’，何谓也？”曰：“《遁》，阴进而阳遁也，《遁》者见之先也。阴进至于否，则不正利矣。《遁》者阴浸而未盛，阳能先见而遁，犹得小利其正焉。”

童子问曰：“‘明入地中，《明夷》。君子以莅众，用晦而明’，何谓也？”曰：“日，君象也，而下入于地，君道晦而天下暗矣。大哉！万物各得其随，则君子向晦而入宴息；天下暗而思明，则君子出而临众。商纣之晦，周道之明也，因其晦发其明，故曰‘用晦而明’。”童子曰：“然则，圣人贵之乎？”曰：“不贵也。圣人非武王而贵文王矣。”

童子问曰：“‘《家人》，利女贞’，何谓也？其不利君子之正乎？”曰：“是何言欤！《彖》不云乎‘女正位乎内，男正位乎外’也？”曰：“然则，何为独言‘利女正’？”曰：“家道主于内，故女正乎内，则一家正矣。凡家人之祸，未有不始于女子者也，此所以戒也。呜呼！事无不利于正，未有不正而利者。圣人于卦，随事以为言，故于《坤》则利牝马之正，于《同人》则利君子正，于《明夷》则利艰正，于《家人》则利女正。”

童子问曰：“《睽》之《彖》与卦辞之义反，何谓也？”曰：“吾不知也。”童子曰：“《睽》之卦曰‘小事吉’，《彖》曰‘睽之时用大矣哉’。”曰：“小事睽则吉，大事睽则凶也。凡睽于此者，必有合于彼。地睽其下而升，天睽其上而降，则上下交而为泰，是谓小睽而大合。使天地睽而上下不交，则否矣。圣人因其小睽而通其大利，故曰‘天地睽而其事同，男女睽而其志通，万物睽而其事类’，其《象》又曰‘君子以同而异’。”

童子问曰：“履险蹈难谓之《蹇》，解难济险谓之《解》，二卦之义相反而辞同，皆曰‘利西南’者，何谓也？”曰：“圣人于斯二卦，辞则同而义则异，各于其《彖》言之矣。《蹇》之《彖》曰‘往得中也’、《解》之《彖》曰‘往得众也’者，是已。西南，坤也，坤道主顺。凡居蹇难者，以顺而后免于患。然顺过乎柔，则入于邪。必顺而不失其正，故曰‘往得中也’；解难者必顺人之所欲，故曰‘往得众也’。”

童子问曰：“‘《损》，损下益上’，‘《益》，损上益下’，何谓也？”曰：“上，君；而下，民也。损民而益君，损矣；损君而益民，益矣。《语》曰‘百姓足，君孰与不足’，此之谓也。”童子又曰：“《损》之《象》曰‘君子以惩忿窒欲’，《益》之《象》曰‘君子以见善则迁，有过则改’，何谓也？”曰：“呜呼！君子者，天下系焉。其一身之损益，天下之利害也。君子之自损忿欲尔，自益者迁善而改过尔。然而肆其忿欲者，岂止一身之损哉？天下有被其害矣。迁善而改过者，岂止一己之益哉？天下有蒙其利者矣。”童子曰：“君子亦有过乎？”曰：“汤、孔子，圣人也，皆有过矣。君子与众人同者，不免乎有过也；其异乎众人者，过而能改也。汤、孔子不免有过，则《易》之所谓《损》、《益》者，岂止一身之损益哉？”

童子问曰：“‘《夬》，不利即戎’，何谓也？”曰：“谓其已甚也，去小人者不可尽。盖君子者，养小人者也。小人之道长，斯害矣，不可以不去也；小人之道已衰，君子之利及乎天下矣，则必使小人受其赐而知君子之可尊也。故不可使小人而害君子，必以君子而养小人。《夬》，刚决柔之卦也。五阳而一阴，决之虽易，而圣人不欲其尽决也，故其《象》曰‘所尚乃穷也’。小人盛，则决之；衰，则养之。使知君子之为利。故其《象》曰，‘君子以施禄及下’。小人已衰，君子已盛，物极而必反，不可以不惧，故其《象》又曰‘居德则忌’。”

童子问曰：“‘《困》，亨。贞大人吉，无咎’，其《象》曰‘险以说，困而不失其所，亨’，何谓也？”曰：“困，亨者，困极而后亨，物之常理也，所谓《易》穷则变，变则通也。‘困而不失其所，亨’者，在困而亨也，惟君子能之。其曰‘险以说’者，处险而不惧也。惟有守于其中，则不惧于其外。惟不惧，则不失其所亨，谓身虽困而志则亨也，故曰‘其惟君子乎’。其《象》又曰‘君子以致命遂志’者，是也。”童子又曰：“敢问‘正大人吉，无咎’者，古之人孰可以当之？”曰：“文王之羑里，箕子之明夷。”

童子问曰：“《革》之《象》曰‘汤武革命，顺乎天而应乎人’，何谓也？”曰：“逆莫大乎以臣伐君。若君不君，则非君矣。是以至仁而伐桀纣之恶，天之所欲诛而人之所欲去，汤武诛而去之，故曰‘顺乎天而应乎人’也。”童子又曰：“然则，正乎？”曰：“正者，常道也，尧传舜，舜传禹，禹传子是已。权者，非常之时，必有非常之变也，汤武是已。故其《象》曰‘《革》之时，大矣哉’云者，见其难之也。”童子又曰：“汤、武之事，圣人贵之乎？”曰：“孔子区区思文王而不已，其厚于此则薄于彼，可知矣。”童子又曰：“顺天应人，岂非极称之乎，何谓薄？”曰：“圣人于《革》称之者，适当其事尔。若《乾》《坤》者，君臣之正道也，于《乾》《坤》而称汤武，可乎？圣人于《坤》，以‘履霜’为戒，以‘黄裳’为吉也。”

童子问曰：“《革》去故而《鼎》取新，何谓也？”曰：“非圣人之言也，何足问！《革》曰去故，不待言而可知；《鼎》曰取新，《易》无其辞，汝何从而得之？夫以新易旧，故谓之革。

若以商革夏，以周革商，故其《彖》曰‘汤武革命’者，是也。然则以新革故一事尔，分于二卦者，其谁乎？”童子又曰：“然则《鼎》之义何谓也？”曰：“圣人言之矣：‘以木巽火，亨饪也’。”

童子问曰：“《震》之辞曰‘震惊百里，不丧匕鬯’者，何谓也？”曰：“《震》者，雷也，惊乎百里，震之大者也。处大震之时，众皆震惊，而独能不失其守、不丧其器者，可以任大事矣。故其《彖》曰‘震惊百里，惊远而惧迩也’。不丧匕鬯，‘出可以守宗庙社稷，为祭主’者，谓可任以大事也。”童子曰：“郭公夏五，圣人所以传疑，《彖》之阙文奈何？”曰：“圣人疑，则传疑也。若《震》之《彖》，其辞虽阙，其义则在，又何疑焉？”

童子问曰：“《艮》之《象》曰‘君子以思不出其位’，何谓也？”曰：“《艮》者，君子止而不为之时也。时不可为矣则止，而以待其可为而为者也，故其《彖》曰‘时止则止，时行则行’。于斯时也，在其位者宜如何，思不出其位而已。然则位之所职，不敢废也。《诗》云‘风雨如晦，鸡鸣不已’，此之谓也。”

童子问曰：“‘《归妹》，征凶’，《彖》曰‘《归妹》，天地之大义，人之终始也’，其卦辞凶而《彖》辞吉，何谓也？”曰：“合二姓，具六礼，而归得其正者，此《彖》之所谓归妹者也。若婚不以礼而从人者，卦所谓征凶者也。”童子曰：“敢问何以知之？”曰：“《咸》之辞曰‘取女吉’，其为卦也，《艮》下而《兑》上，故其《彖》曰‘上柔而下刚’，‘男下女’，是以吉也。《渐》之辞曰‘女归吉’，其为卦也，《艮》下而《巽》上，其上柔下刚，以男下女，皆与《咸》同，故又曰‘女归吉’也。《归妹》之为卦也不然，《兑》下而《震》上，其上刚下柔，以女下男，正与《咸》、《渐》反，故彼吉则此凶矣。故其《彖》

曰‘征凶，位不当也’者，谓《兑》下《震》上也。”童子曰：“取必男下女乎？”曰：“夫妇，所以正人伦；礼义，所以养廉耻。故取女之礼，自纳采至于亲迎，无非男下女而又有渐也，故《渐》之《彖》曰‘渐之进也，女归吉也’者是已。奈何《归妹》以女下男而往，其有不凶者乎？”

童子问曰：“《兑》之《彖》曰‘顺乎天而应乎人’，何谓也？”曰：“《兑》，说也。说以先民，民忘其劳；说以犯难，民忘其死。说莫大于此矣。而所以能使民忘劳与死者，非顺天应人则不可，由是见小惠不足以说人，而私爱不可以求说。”

童子问曰：“‘《萃》，聚也’，其辞曰‘王假有庙’；‘《涣》，散也’，其辞又曰‘王假有庙’，何谓也？”曰：“谓《涣》为散者，谁欤？《易》无其辞也。”童子曰：“然则，敢问《涣》之义？”曰：“吾其敢为臆说乎！《涣》之卦辞曰‘利涉大川’，其《彖》曰‘乘木有功也’，其《象》亦曰‘风行水上，《涣》。’而人之语者，冰释汗浃皆曰涣。然则涣者，流行通达之谓也，与夫乖离分散之义异矣。呜呼！王者富有九州四海，万物之象莫大于《萃》，可以有庙矣；功德流行达于天下，莫大于《涣》，可以有庙矣。”

童子问曰：“《节》之辞曰‘苦节，不可贞’者，自节过苦而不得其正欤？物被其节而不堪其苦欤？”曰：“君子之所以节于己者，为其爱于物也，故其《象》曰‘节以制度，不伤财，不害民’者，是也。节者，物之所利也，何不堪之有乎？夫所谓苦节者，节而太过，行于己不可久，虽久而不可施于人，故曰‘不可贞’也。”童子曰：“敢问其人？”曰：“异众以取名，贵难而自刻者，皆苦节也。其人则鲍焦、於陵仲子之徒是矣，二子皆苦者也。”

童子问曰：“《小过》之《象》曰‘君子以行过乎恭，丧过乎哀，用过乎俭’者，何谓也？”曰：“是三者施于行己，虽有过焉，无害也；若施于治人者，必合乎大中，不可以小过也。盖仁过乎爱，患之所生也；刑过乎威，乱之所起也。推是可以知之矣。”

童子问曰：“《既济》之《象》曰‘君子思患而豫防之’者，何谓也？”曰：“人情处危则虑深，居安则意怠，而患常生于怠忽也。是以君子既济，则思患而豫防之也。”

童子问曰：“‘火在水上，《未济》，君子以慎辨物居方’，何谓也？”曰：“《未济》之象，火宜居下而反居上，水宜居上而反居下，二物各失其所居而不相济也。故君子慎辨其物宜，而各置其物于所宜居之方，以相为用，所以济乎未济也。”

童子问曰：“《系辞》非圣人之作乎？”曰：“何独《系辞》焉，《文言》、《说卦》而下，皆非圣人之作，而众说淆乱，亦非一人之言也。昔之学《易》者，杂取以资其讲说，而说非一家，是以或同或异，或是或非，其择而不精，至使害经而惑世也。然有附托圣经，其传已久，莫得究其所从来而核其真伪。故虽有明智之士，或贪其杂博之辩，溺其富丽之辞，或以为辨疑是正，君子所慎，是以未始措意于其间。若余者可谓不量力矣，邈然远出诸儒之后，而学无师授之传，其勇于敢为而决于不疑者，以圣人之经尚在，可以质也。”

童子曰：“敢问其略。”曰：“《乾》之初九曰‘潜龙勿用’，圣人于其《象》曰‘阳在下也’，岂不曰其文已显而其义已足乎？而为《文言》者又曰‘龙，德而隐者也’，又曰‘阳在下也’，又曰‘阳气潜藏’，又曰‘潜之为言隐而未见’。《系辞》曰：‘《乾》以易知，《坤》以简能。易则易知，简则易从。易知则有亲，易从则有功。有亲则可久，有功则可大。可久则贤人之德，可大则贤人之业。’其言天地之道、乾坤之用、圣人所以成其德业者，可谓详而备矣。故曰‘易简而天下之理得矣’者，是其义尽于此矣。俄而又曰：‘广大配天地，变通配四时，阴阳之义配日月，易简之善配至德。’又曰：‘夫《乾》，确然示人易矣。夫《坤》，隤然示人简矣。’又曰：‘夫《乾》，天下之至健也，其德行常易以知险。夫《坤》，天下之至顺也，其德行常简以知阻。’《系辞》曰‘六爻之动，三极之道也’者，谓六爻而兼三材之道也，其言虽约，其义无不包矣。又曰：‘《易》之为书也，广大悉备，有天道焉，有人道焉，有地道焉，兼三材而两之，故六。六者非他也，三材之道也。’而《说卦》又曰：‘立天之道，曰阴与阳；立地之道，曰柔与刚；立人之道，曰仁与义。兼三材而两之，故《易》六画而成卦。分阴分阳，迭用柔刚，故《易》六位而成章。’《系辞》曰‘圣人设卦观象，系辞焉而明吉凶’；又曰‘辨吉凶者存乎辞’；又曰‘圣人有以见天下之动，而观其会通，以行其典礼，系辞焉以断其吉凶，是故谓之爻’；又曰‘《易》有四象，所以示也。系辞焉，所以告也。定之以吉凶，所以断也’；又曰‘设卦以尽情伪，系辞焉以尽其言’。其说虽多，要其旨归，止于系辞明吉凶尔，可一言而足也。凡此数说者，其略也，其余辞虽小异而大旨则同者，不可以胜举也。谓其说出于诸家，而昔之人杂取以释经，故择之不精，则不足怪也。谓其说出于一人，则是繁衍丛脞之言也。其遂以为圣人之作，则又大缪矣。孔子之文章，《易》、《春秋》是已，其言愈简，其义愈深。吾不知圣人之作繁衍丛脞之如此也。虽然，辨其非圣之言而已，其于《易》义，尚未有害也。而又有害经而惑世者矣。《文言》曰‘元者善之长也，亨者嘉之会也，利者义之和也，贞者事之干也’，是谓乾之四德。又曰‘乾元者始而亨者也，利贞者性情也’，则又非四德矣。谓此二说出于一人乎，则殆非人情也。《系辞》曰：‘河出图，洛出书，圣人则之。’所谓图者八卦之文也，神马负之自河而出，以授于伏羲者也。盖八卦者非人之所为，是天之所降也。又曰：‘包羲氏之王天下也，仰则观象于天，俯则观法于地，观鸟兽之文与地之宜，近取诸身，远取诸物，于是始作八卦。'然则八卦者是人之所为也，河图不与焉。斯二说者已不能相容矣。而《说卦》又曰：'昔者圣人之作《易》也，幽赞于神明而生蓍，参天两地而倚数，观变于阴阳而立卦。'则卦又出于蓍矣。八卦之说如是，是果何从而出也？谓此三说出于一人乎，则殆非人情也。人情常患自是其偏见，而立言之士莫不自信，其欲以垂乎后世，惟恐异说之攻之也。其肯自为二三之说以相抵牾而疑世，使人不信其书乎？故曰非人情也。凡此五说者自相乖戾，尚不可以为一人之说，其可以为圣人之作乎？"

童子曰："于此五说，亦有所取乎？"曰："《乾》无四德，而洛不出图书，吾昔已言之矣。若元亨利贞，则圣人于《彖》言之矣。吾知自尧舜已来用卜筮尔，而孔子不道其初也，吾敢妄意之乎？"童子曰："是五说皆无取矣，然则，繁衍丛脞之言与夫自相乖戾之说，其书皆可废乎？"曰："不必废也。古之学经者皆有大传，今《书》《礼》之传尚存。此所谓《系辞》者，汉初谓之《易大传》也，至后汉已为《系辞》矣。语曰：'为赵魏老则优，不可以为滕薛大夫也。'《系辞》者，谓之《易大传》，则优于《书》《礼》之传远矣；谓之圣人之作，则僭伪之书也。盖夫使学者知《大传》为诸儒之作，而敢取其是而舍其非，则三代之末，去圣未远，老师名家之世学，长者先生之余论，杂于其间者在焉，未必无益于学也。使以为圣人之作，不敢有所择而尽信之，则害经惑世者多矣。此不可以不辨也，吾岂好辨者哉！"

童子曰："敢问四德。"曰："此鲁穆姜之所道也。初，穆姜之筮也，遇《艮》之《随》，而为《随》，元亨利贞说也，在襄公之九年。后十有五年，而孔子始生，又数十年而始赞《易》，然则四德非《乾》之德，《文言》不为孔子之言矣。"童子曰："或谓左氏之传《春秋》也，窃取孔子《文言》以上附穆姜之说，是左氏之过也。然乎？"曰："不然。彼左氏者胡为而传

《春秋》，岂不欲其书之信于世也？乃以孔子晚而所著之书，为孔子未生之前之说，此虽甚愚者之不为也。盖方左氏传《春秋》时，世犹未以《文言》为孔子作也，所以用之不疑。然则谓《文言》为孔子作者，出于近世乎？”

童子曰：“敢问八卦之说。或谓伏羲已授河图，又俯仰于天地，观取于人物，然后画为八卦尔。二说虽异，会其义则一也。然乎？”曰：“不然。此曲学之士牵合傅会，以苟通其说，而遂其一家之学尔。其失由于妄以《系辞》为圣人之言而不敢非，故不得不曲为之说也。河图之出也，八卦之文已具乎，则伏羲授之而已，复何所为也？八卦之文不具，必须人力为之，则不足为河图也。其曰观天地、观鸟兽、取于身、取于物，然后始作八卦，盖始作者，前未有之言也。考其文义，其创意造始，其劳如此而后八卦得以成文，则所谓河图者何与于其间哉？若曰已授河图，又须有为而立卦，则观于天地、鸟兽，取于人、物者，皆备言之矣，而独遗其本始所授于天者，不曰取法于河图，此岂近于人情乎？考今《系辞》二说离绝，各自为言，义不相通，而曲学之士牵合以通其说，而误惑学者，其为患岂小哉？古之言伪而辨、顺非而泽者，杀无赦。呜呼，为斯说者，王制之所宜诛也！”

童子曰：“敢问生蓍立卦之说。或谓圣人已画卦，必用蓍以筮也。然乎？”曰：“不然。考其文义，可知矣。其曰‘昔者圣人之作《易》也’者，谓始作《易》时也。又曰‘幽赞于神明而生蓍，参天两地而倚数，观变于阴阳而立卦，发挥于刚柔而生爻’者，谓前此未有蓍，圣人之将作《易》也，感于神明而蓍为之生，圣人得之，遂以倚数而立卦，是言昔之作《易》立卦之始如此尔。故汉儒谓伏羲画八卦由数起者，用此说也。其后学者知幽赞生蓍之怪，其义不安，则曲为之说，曰用生蓍之意者，将以救其失也。又以卦由数起之义害于二说，则谓已画卦而用蓍以筮，欲牵合二说而通之也。然而考其文义，岂然哉？若曰已作卦而用蓍以筮，则大衍之说是已。大抵学《易》者莫不欲尊其书，故务为奇说以神之。至其自相乖戾，则曲为牵合而不能通也。”

童子曰：“敢请益。”曰：“夫谕未达者，未能及于至理也，必指事据迹以为言。余之所以知《系辞》而下非圣人之作者，以其言繁衍丛脞而乖戾也。盖略举其易知者尔，其余不可以悉数也。其曰‘原始反终，故知死生之说’，又曰‘精气为物，游魂为变，是故知鬼神之情状’云者，质于夫子平生之语，可以知之矣。其曰‘知者观乎《彖》辞，则思过半矣’，又曰‘八卦以象告，爻彖以情言’云者，以常人之情而推圣人可以知之矣。其以《乾》、《坤》之策‘三百有六十，当期之日’，而不知七八九六之数同，而《乾》、《坤》无定策，此虽筮人皆可以知之矣。至于何谓‘子曰’者，讲师之言也。《说卦》、《杂卦》者，筮人之占书也，此又不待辨而可以知者。然犹皆迹也。若夫语以圣人之中道而过，推之天下之至理而不通，则思之至者可以自得之。”

童子曰：“既闻命矣，敢不勉！”

【解题】

作于庆历年间。这是作者的《易经》研究专著。它以童子问学的形式，提出三十八个问题，逐一作出解答。它依据比孔子更早的文献材料，依据其内容的重复累赘，依据其立说的自相矛盾，依据其语言逻辑毛病，论辩《系辞》、《文言》、《说卦》等非孔子所作。这是作者《易》学思想之集大成者，是宋人疑经惑传的滥觞之作，在当时经学界具有振聋发聩的影响。

张应之字序

《传》曰名以制义，谓乎名之必可言也。世之士君子，名而无所言，言则不能称述以见乎远。余友河南主簿张君名谷，字仲容。谷之为义，洼而不盈，动而能应，湛然而深，有似乎贤人君子之德，其所谓名而可言者也。

然尝窃谓仲容之字，不足以表其所以名之之义。大凡物以至虚而为用者有三，其体殊焉。有虚其形而能受者，器之圆方是也，然受则有量，故多盈溢败覆之过；有虚其中而能鸣乎外者，钟鼓是也，然鸣必假物，故须簨虡考击之设；有虚其体而能应物者，空谷是也，然应必有待，故常自然，以至静接物而无穷。士之以是为其名，则君之道从可知也，宜易其字曰“应之”。盖“容”以言其虚之状，不若“应”以体乎容之德也。

君早以孝廉文艺考行于乡里，荐之于有司，而又试其用于春官者之选。深中隐厚，学优道充，其有以应乎物矣。然今方为小官，主簿书，其所应者近而小，诚未能有以发乎其声也。余知夫虚以待之，则物之来者益广，响之应者益远，可涯也哉？

余与君同以进士登于科，又同为吏于此，群居肩随，宴闲相语，得以字而相呼。故于是不能让而默也，敢为序以易之。

【解题】

当作于天圣末年或明道初年。张应之，名谷，原字仲容。与欧阳修同年进士及第，时三十七岁，任河南县主簿。茅坤评述本文“思入细”。（《宋大家欧阳文忠公文钞》卷十八）

尹源字子渐序

奉礼尹君之将西也，称古仁者送人之义，责言于其交之所常厚者。其友人渤海欧阳修在饯中，率然曰：余无似，虽不能窃仁者之号，奈尝辱君之道义切劘为最深，是以不能无言。然君之文行，余既友慕钦揖之不暇，顾岂有遗忽乏少之可以进于言邪！因姑请更君之字，以塞其求云。

君之名源，而字子渊。夫源发于渊，深且止也，于诂训既不类，又无所表发其名之美，甚非称。据礼家之说曰：三王之祭川也，先河而后海，或源也，或委也。盖谓其源发而渐进于广大，委其注积也。扬子曰："百川学海，而至于海。"今君之学也，皆古文字圣贤之事业，至其尤深而钜者，又乌止渊之譬邪？然亦欲君之渐进不已，而至深远博大之无际也，请字之曰子渐。

古者男子之生，举以礼而名之。年既长，见庙筮宾而加元服，服加而后字，示尊其名以隆成人也。夫君子所以自厚重其名字如此之甚也，诚以其贤否丑美，必常与名字相上下而始终。邾娄一小国君，片善可称，《春秋》褒之曰仪甫。解者谓国不如名，名不如字，以为极美之谈是也。

子渐行矣，勉之。

【解题】

当作于天圣末明道初。尹源，原字子渊。为尹洙兄，与欧阳修同年进士及第，时三十六岁，知河阳县。

胡寅字序

寅之为言，恭且畏之辞。《虞书》"寅宾出日"、"寅饯纳日"云者，尧命其臣羲和者修其官而史美之之文。又曰"夙夜惟寅"云者，舜敕其臣伯夷之辞也。又曰"同寅协恭，和衷哉"云者，皋陶戒禹之言。言尧、舜、禹之事，载于《书》者，为万世之法。而其君臣之际，相言语者如是，是知恭恪畏慎以思其事，虽圣人犹然。

尉氏胡君名寅，以问于余，且将字之。余以谓名者，古之人生而有别之称尔。若太甲、盘庚、仲壬者，又直识其次第而已。

至于左丘明者载鲁大夫之语，始谓命名必有义，而学者又以文王、武王、伯鱼之类附其说者，尤非也。文王之世为商诸侯，偶商不幸而纣为淫虐，然犹身服事之，岂其生也已有灭商自大之心而名昌？其子始生又期使杀君而发其功业哉？孔子之生子，适有馈鲤者，遂名之。若史鱼、孔鲋，又有馈者乎？则是直为识别之称，未尝有义也。然考古人之命字者，则似若有义，盖将释其名，曰其字若此而已。

胡君曰："我所以问其字者，将知其寅者何谓?"然因考于古，取尧、舜、禹之书常所道告之，而字曰子畏，作字说。

【解题】

写作年代失考。胡寅，字子畏，尉氏人，生平事迹不详。

章望之字序

校书郎章君，尝以其名望之来请字，曰："愿有所教，使得以勉焉而自勖者。"予为之字曰表民，而告之曰：

古之君子所以异乎众人者，言出而为民信，事行而为世法，其动作容貌皆可以表于民也。故纮綖冕弁以为首容，佩玉玦环以为行容，衣裳黼黻以为身容。手有手容，足有足容，揖让登降，献酬俯仰，莫不有容。又见其宽柔温厚、刚严果毅之色，以为仁义之容。服其服，载其车，立乎朝廷而正君臣，出入宗庙而临大事，俨然人皆望而畏之，曰此吾民之所尊也。非民之知尊君子，而君子者能自修而尊者也。然而行不充于内，德不备于人，虽盛其服，文其容，民不尊也。

名山大川，一方之望也；山川之岳渎，天下之望也。故君子之贤于一乡者，一乡之望也；贤于一国者，一国之望也；名烈著于天下者，天下之望也；功德被于后世者，万世之望也。孝慈友悌达于一乡，古所谓乡先生者，一乡之望也。春秋之贤大夫，若随之季良、郑之子产者，一国之望也。位于中而奸臣贼子不敢窃发于外，如汉之大将军；出入将相，朝廷以为轻重，天下系其安危，如唐之裴丞相者，天下之望也。其人已殁，其事已久，闻其名，想其人，若不可及者，夔、龙、稷、契是也；其功可以及百世，其道可以师百王，虽有贤圣莫敢过之者，周、孔是也，比万世之望，而皆所以为民之表也。

传曰："其在贤者，识其大者远者。"章君儒其衣冠，气刚色仁，好学而有志。其洁然修乎其外，而辉然充乎其内，以发乎文辞，则又辩博放肆而无涯。是数者皆可以自择而勉焉者也，是固能识夫远大者矣。虽予何以勖焉，第因其志，广其说，以塞请。

庆历三年六月日序。

【解题】

庆历三年（1043）六月，校书郎章望之来请字，欧阳修为他取字"表民"，并作此文勉励之。文章论君子贤人，动作容貌修乎其外，仁义道德充乎其内，既是百姓之人望，也是民众之表率。运用类比法，借助对偶、排比句，语言典雅而有气势。茅坤称赏本文"典实"。（《宋大家欧阳文忠公文钞》卷十八）

郑荀改名序

三代之衰，学废而道不明，然后诸子出。自老子厌周之乱，用其小见，以为圣人之术止于此，始非仁义而诋圣智。诸子因之，益得肆其异说。至于战国，荡而不反。然后山渊、齐秦、坚白异同之论兴，圣人之学几乎其息。最后荀卿子独用《诗》、《书》之言，贬异扶正，著书以非诸子，尤以劝学为急。荀卿，楚人，尝以学干诸侯，不用，退老兰陵，楚人尊之。及战国平，三代《诗》、《书》未尽出，汉诸大儒贾生、司马迁之徒莫不尽用荀卿子。盖其为说最近于圣人而然也。

荥阳郑昊，少为诗赋。举进士已中第，遂弃之曰："此不足学也。"始从先生长者学问，慨然有好古不及之意。郑君年尚少，而性淳明，辅以强力之志，得其是者而师焉，无不至也。将更其名，数以请，予使之自择，遂改曰荀。于是又见其志之果也。

夫荀卿者，未尝亲见圣人，徒读其书而得之。然自子思、孟子已下，意皆轻之。使其与游、夏并进于孔子之门，吾不知其先后也。世之学者，苟如荀卿，可谓学矣，而又进焉，则孰能御哉！余既嘉君善自择而慕焉，因为之字曰叔希，且以勖其成焉。

【解题】

原无系年。荥阳郑昊将改名，多次请教欧阳修。欧阳修替他改名为"荀"，取字为"叔希"。文章赞扬荀卿子生于乱世，读圣人之书，得圣人之道，用儒家经典贬异扶正，表现作者排斥异端，捍卫、振兴儒学的理想。茅坤评述本文"亦自中法度"。(《宋大家欧阳文忠公文钞》卷十八)

三皇设言民不违论

论曰：夫至治之极也，涂耳目以愚民之识，畅希夷以合道之极，化被而物不知，功成而迹无朕。古有臻于是者，其大道之行乎！圣人之兴也，捐仁义以为德之细，放约束以取民之信，德及而物自化，言行而人必从。古有盛于此者，其三皇之世欤！故孔子有三皇设言而民不违之说。敢试论之。

若乃畅上古之至道，张亿世之远御，结绳所以为信也，而惧信之未孚，我则有书契之易，于是乎画八卦以由数起。茹毛所以养生也，而惮生之未具，我则有烹饪之利，于是乎尝百谷以粒烝民。纲罟利人以为用，使以畋而以渔；牛马异性而必驯，使可乘而可服。壮栋宇以易古者之居，垂衣裳以兴天下之治。凡所以使民不倦者，皆伏牺、神农、黄帝之为也。然而治既行矣，民既赖矣，守之以至静，化之以无为，上有淡泊清净之风，下无薄恶叛离之俗。故言为教诏，非诰誓而自听；言为号令，不鞭扑而自随。

且夫歃血以莅盟约，要之于信者，由不信而然也；为刑以残肌骨，威之使从者，由不从而设也。不若御至质之民，行大道之化。悦不以爱，故不待赏而劝；畏不以威，故不待罚而责；政不罔民，故不待约而信；事不申令，故不待诰而从。一言以行，万民禀命，赖其德者百年而利，服其化者百年而移。非三皇之德，其孰能与于此乎？

噫！商人作誓，欲民之从也而人始疑；周人会盟，欲信之固也而诸侯叛。由是而言，则诅民于神明，狃民于赏罚，而违之者，末世之为也；服民以道德，渐民以教化，而人自从之者，三皇之盛也。夫设言而不违者，其在兹乎！

【解题】

这是欧阳修应进士第的策论试卷，作于天圣五年至八年（1027—1030）间。文章论辩孔子关于三皇设言而民不违的说法，揭示其原因在于“服民以道德，渐民以教化，而人自从之”。作为应试文，作者引据史例，对比论证，叙事、议论相结合，讲究用事与对偶。

贾谊不至公卿论

论曰：汉兴，本恭俭、革弊末、移风俗之厚者，以孝文为称首；议礼乐、兴制度、切当世之务者，惟贾生为美谈。天子方忻然说之，倚以为用，而卒遭周勃、东阳之毁，以谓儒学之生纷乱诸事，由是斥去，竟以忧死。班史赞之以“谊天年早终，虽不至公卿，未为不遇”。予切惑之，尝试论之曰：

孝文之兴，汉三世矣。孤秦之弊未救，诸吕之危继作，南北兴两军之诛，京师新蹀血之变。而文帝由代邸嗣汉位，天下初定，人心未集。方且破觚斫雕，衣绨履革，务率敦朴，推行恭俭。故改作之议谦于未遑、制度之风阙然不讲者，二十余年矣。而谊因痛哭以悯世，太息而著论。况是时方隅未宁，表里未辑，匈奴桀黠，朝那、上郡萧然苦兵；侯王僭拟，淮南、济北继以见戮。谊指陈当世之宜，规画亿载之策，愿试属国以系单于之颈，请分诸子以弱侯王之势。上徒善其言，而不克用。

又若鉴秦俗之薄恶，指汉风之奢侈，叹屋壁之被帝服，愤优倡之为后饰。请设庠序，述宗周之长久；深戒刑罚，明孤秦之速亡。譬人主之如堂，所以优臣子之礼；置天下于大器，所以见安危之几。诸所以日不可胜，而文帝卒能拱默化理、推行恭俭、缓除刑罚、善养臣下者，谊之所言略施行矣。故天下以谓可任公卿，而刘向亦称远过伊、管。然卒以不用者，得非孝文之初立日浅，而宿将老臣方握其事，或艾旗斩级矢石之勇，或鼓刀贩缯贾竖之人，朴而少文，昧于大体，相与非斥，至于谪去。则谊之不遇，可胜叹哉！

且以谊之所陈，孝文略施其术，犹能比德于成、康。况用于朝廷之间，坐于廊庙之上，则举大汉之风，登三皇之首，犹决壅裨坠耳。奈何俯抑佐王之略，远致诸侯之间！故谊过长沙，作赋以吊汨罗，而太史公传于屈原之后，明其若屈原之忠而遭弃逐也。而班固不讥文帝之远贤，痛贾生之不用，但谓其天年早终。且谊以失志忧伤而横夭，岂曰天年乎！则固之善志，逮与《春秋》褒贬万一矣。

谨论。

【解题】

这是作者应进士试的策论试卷，作于天圣五年至八年间。文章针对班固《汉书》中“谊天年早终，虽不至公卿，未为不遇”的评议，明确肯定贾谊“不遇”，原因在于“文帝之远贤”。借古讽今，切盼朝廷积极发现并大胆重用人材。详引史事，反复论辩，密切联系现实，观点鲜明突出。

夫子罕言利命仁论

论曰：昔明王不兴而宗周衰，斯文未丧而仲尼出。修败起废而变于道，扶衰救弊而反于正。至如探造化之本，赜几深之虑，以穷乎天下之至精；立道德之防，张礼乐之致，以达乎人情之大窦。故《易》言天地之变，吾得以辞而系；《诗》厚风化之本，吾得以择而删；《礼》、《乐》备三代之英，吾得以定而正；《春秋》立一王之法，吾得以约而修。其为教也，所以该明帝王之大猷，推见天人之至隐。道有机而不得秘，神有密而不得藏，晓乎人伦，明乎耳目，如此而详备也。然独以利、命、仁而罕言，其旨何哉？请试言之。

夫利、命、仁之为道也，渊深而难明，广博而难详。若乃诱生民以至教，周万物而不遗。草木贲殖而无知，所以遂其生；跂喙行息而不知，所以达其乐。物性莫不欲茂，则薰之以太和；人情莫不欲寿，则济之以不夭。滞者导之使达，蒙者开之使明。衣被群生，赡足万类。此上之利下及于物，圣人达之以和于义也。则利之为道，岂不大哉！函五行之秀气，兼二仪之肖貌，禀尔至命，得之自天。厥生而静谓之性，触物而动感其欲，派而为贤愚，诱而为善恶，贤愚所以异贵贱，善恶所以定吉凶。贫富穷达，死生夭寿，赋分而有定，循环而无端。圣人达之，内照乎神明；小人逆之，外灭于天理。则命之为义，岂不达哉！又若兼百行以全美，居五常而称首，爱人而及物，力行而能近。守而行之，一日由乎复礼；推而引之，天下称乎达道。则仁之为理，岂不盛哉！噫，三者之说，诚皆圣人之深达，非难言之也。

《易》曰“乾以美利利乎天下”，又曰“利者义之和”。《中庸》曰“天命之谓性”，又曰“君子居易以俟命”。《系辞》曰“乐天知命，故不忧”。《礼记》曰“仁者天下之表”，又曰“仁者右也，道者左也”。酌是而论之，则非不言也。

然罕言及者，得非以利、命、仁之为道，微而奥，博而远。贤者诚而明之，不假言之道也；愚者鲜能及之，虽言之，弗可晓也。故曰“中人已上可以语上，中人已下不可以语上”，又曰“仁则吾不知”者，举一可知也。子贡以谓“夫子之言性与天道，不可得而闻”者，诚在是乎。然则利、命、仁之罕言，由此而见矣。

谨论。

【解题】

这是作者应进士试的策论试卷，作于天圣五年至八年间。文章论辩孔子少讲利、命、仁，在于其道微而奥、博而远。说理缜密，层次分明，多用对偶，风格畅达而庄重。

国学试策　一

问：《诗》删《风》、《雅》，有一国四方之殊；《书》载典、谟，实二帝三王之道。君臣之制有别，小大之政不侔。然而《关雎》王者之风，反系于周公之化；《秦誓》诸侯之事，乃附于训诰之余。究其阃阈，必有微旨。且巧言者丘明为耻，传《春秋》

蒙诬艳之讥；惠人者子产用心，作《丘赋》被虿尾之谤。谓之诬艳，非巧言乎；目之虿尾，岂惠人也？夫子又何谓之同耻，叹其遗爱者哉？子大夫博识洽闻，强学待问，请谈大义，用释深疑。

对：举贤而问，炎汉之得人；射策程材，有唐之明诏。晁错明国家之大体，仲舒究《春秋》之一元，皆条对于篇章，备天子之亲览；刘蕡述兵农之大略，微之以才识而中科，然品核其言词，由有司而考第。皇上思讲勋、华之闳道，欲举汉、唐之茂规，已诏公卿之流，博选贤良之士。而又申《周官》辨论之法，以考于贤能；较成均上游之徒，并升于岁贡。退愧拘儒，亦当奥问。

夫近世取士之弊，策试为先，谈无用之空文，角不急之常论。知井田之不能复，妄设沿革之辞；知榷酤之不可除，虚开利害之说。或策之者钩探微细，殆皆游谈；而对之者骫骳曲辞，仅能塞问。弃本求末，舍实得华。若乃《诗》、《书》之可疑，圣贤之异行，乐所以导和而率俗，官所以共治而建中，此皆圣师之所谈，明问之至要。敢陈臆见，用备询求。

策曰《诗》删《风》、《雅》，有一国四方之殊；《书》载典、谟，是二帝三王之道。《关雎》王者之风，反系于周公之化；《秦誓》诸侯之事，乃附于训诰之余。考其本因，可为梗概。夫述四始之要，明五际之变，始之以《风》，终之以《颂》，以厚风俗，以察盛衰，此《诗》之所以作也。而变《风》、变《雅》，有六义之殊焉。《关雎》王化之基，三百五篇推其首而《周南》之作亦系其列者，盖姬旦分陕而居，天子与之共治，故其政化之美得系于王者之风也。述百篇为历代之宝，断之自唐，讫之以周，以陈典、谟，以为约束，此《书》之所以设也。作诰、作誓，皆三王之事焉。成汤有罪己之言，五十九篇载其义，而秦侯之誓亦参其末者，盖穆公伐晋之辞，夫子善之于改过，故其诚令之说，亦附训诰之余。不然，夫仲尼述尧、舜，删《诗》、《书》，著为不刊以示来叶，岂容其失乎？

且巧言者丘明所耻，惠人者子产用心，著于前经，此可明矣。先儒称仲尼立一王之法，始修《春秋》，而亲授丘明，使之作《传》。及范宁欲专《穀梁》一家，故蒙以诬艳之讥。前志称子产犹众人之母，善其养民，而临治郑国，能行其惠。及国人怨其丘赋之重敛，故被以虿尾之谤。大传一经之义，非曲而畅之，盖不能详也；救一时之弊，盖权而行之，非为毒也。学者偏见，妄云诬艳，岂丘明之失欤？国人无知，谤以虿尾，非子产之过矣。况以仲尼之圣，作经亲授，岂有缪举乎？国侨既死，国人皆罢，不曰惠乎！宜其同巧言之为耻，以遗爱而见称也。荒孱之说，敢以此闻。

谨对。

【解题】

三篇皆作于天圣七年（1029）。这年春天，作者试国子监，录为第一名，补广文馆生。秋天，赴国学解试，又为第一。此文当为策试答卷。其一答对《诗经》、《尚书》、《春秋》等经典疑义；其二论说先王立乐之方、君子审音之旨；其三论辩《尚书》所载尧舜“建官惟百”、周武“莅事惟能”的辩证关系。

国学试策　二

问：乐由中出，音以心生，自金石毕陈，《咸》、《韶》间作，莫不协和律吕，感畅神灵。虽嗜欲之变万殊，思虑之端百致，敦和饰喜，何莫由斯。是以哀乐和睽，则噍杀啴缓之音应其外；礼信殊衍，则《大雅》、《小雅》之歌异其宜。钟期改听于流水，伯喈回车于欲杀。戚忧未弭，子夏不能成声；感慨形言，孟尝所以抆泣。斯则乐由志革，音以情迁。盖心术定其惨舒，铿锵发之影响。是以亡陈遗曲，唐人不以为悲；文皇剧谈，杜生于斯结舌。谓致乐可以导志，将此音不足移人。先王立乐之方，君子审音之旨，请论详悉，倾伫洽闻。

对：人肖天地之貌，故有血气仁智之灵；生禀阴阳之和，故形喜怒哀乐之变。物所以感乎目，情所以动乎心，合之为大中，发之为至和。诱以非物，则邪僻之将入；感以非理，则流荡而忘归。盖七情不能自节，待乐而节之；至性不能自和，待乐而和之。圣人由是照天命以穷根，哀生民之多欲，顺导其性，大为之防。为播金石之音以畅其律，为制羽毛之采以饰其容，发焉为德华，听焉达天理。此六乐之所以作，三王之所由用，人物以是感畅，心术于焉惨舒也。

故《乐记》之文，噍杀啴缓之音以随哀乐而应乎外；师乙之说，以《小雅》、《大雅》之异礼信而各安于宜。夫奸声正声应感而至，好礼好信由性则然，此则礼信之常也。

若夫流水一奏而子期赏音，杀声外形则伯喈兴叹，子夏戚忧而不能成声，孟尝听曲而为之堕睫，亡陈之曲唐人不悲，文皇剧谈杜生靡对，斯琐琐之滥音，曾非圣人之至乐。语其悲，适足以蹙匹夫之意；谓其和，而不能畅天下之乐。且黄钟六律之音，尚贱于末节；《大武》三王之事，犹讥于未善。况鼓琴之末技，亡国之遗音，又乌足道哉！

必欲明教之导志，音之移人，粗举一端，请陈其说。夫顺天地，调阴阳，感人以和，适物之性，则乐之导志将由是乎；本治乱，形哀乐，歌政之本，动民之心，则音之移人其在兹矣。帝尧之《大章》，成汤之《大濩》，乃是先王立乐之方；延陵之聘鲁，夫子之闻《韶》，则见君子审音之旨。

谨对。

【解题】

见《国学试策一》。

国学试策　三

问：建官惟百，帝尧之闳规；莅事惟能，《武成》之令典。然则简易之理斯得，爵禄之驭有经。自卜洛俾图，述天定位，别九服广轮之数，辨　圻国邑之宜。乃六卿在郊，五家为比，咸用蒙士，尸于厥官。教以和亲，禁其爱恶，惟列爵之既众，岂取士之尽贤？匪徒百里比肩，尚艰于充选；抑亦一命授职，咸仰于代耕。以夫至寡治众之言，清心省事之论，会其归趣，不乃异乎？是以秦汉已还，抑而不举，得非折衷，难用相治乎？象魏旧章，人伦彝训，迟闻清论，用折深疑。

对：天生民而树之牧，执政以驭邦；王建国以辨其方，设官而分理。列职乎庶位，立民之大中，以登至平，皆由此道。

帝尧以巍巍之功臻乎静治，故建官惟百，缉熙于大猷；姬周以郁郁之风缛乎至化，故莅事惟能，丕扬于景铄。逮夫卜洛开基，述天定位，别九服而有等，建六官而分职。至于六卿在郊，五家为比，并列官叙，教于民人。嬴政并诸侯之疆，姗古以自是，其制不经，搢绅者罕道。炎汉承孤秦之弊，日给不暇，相沿末流，贵因循而不比。尧民被乎无为之化，故官虽至简，亦可以治平。姬周承二代之弊，意在救时之失，故官必众建，乃能为共治。此世之异、时之然也。

虽曰六卿五家，为职甚细，然由计以会要，行之诛赏，贤者旌之以劝善，不贤者罚之以去恶，则列职虽云至众，取人安不尽贤？禄何由而滥尸？官诚难于充选，此宗周所以治安而长久，后世所宜法则而未行也。自秦历汉，积弊相沿，权宜适时，放去古法，居位者莫分善恶之真，考课者未见诛赏之当，故列职弥众，莅事益烦。故政立而治不能进，官众而人不必贤。夫清心省事之论，所以为此弊而设，非为宗周而谈也。今欲舍姬周之往轨，谈秦汉之末规，浊源清流，未见其可。

夫惟简易之深旨，贤哲之异能，求礼乐之深源，述官师之大义，此诚远大之闳体，非陋儒之能具也。管窥之微，既难于殚见；刍荛之鄙，聊备于周询。

谨对。

【解题】

见《国学试策一》。

南省试策 一

问：管夷吾之书曰：圣人之治天下也，四民勿使杂处。杂处则其言哤，其事易。士就闲燕，工就官府，商就市井，农就田野。群萃而州处，少而习焉，其志安焉，不见异物而迁焉。且曰士农之子常为士农，工商之子常为工商。若乃士讲学以居位，农力穑以阜生，安而不迁，斯则嘉矣。其或百工居肆，万商成渊，奇技淫巧之荡心，鬻良杂苦之牟利，安于所习，未足敦风，见善而迁，兹亦何害？又如端木之货殖，胶鬲之鱼盐，倪宽之带经，王猛之卖畚，乘时万变，安可限其定居？黄宪之牛医，胡广之田亩，桑羊之贾竖，叔敖之负薪，肯构百端，安可责其承世？今兹贡士之制，亦有异类之防，虽条禁之久行，谅甄明之不暇。众君子优于博古，长于辨宜，以为如何？无惜辞费。

对：讲天人之精祲，责草茅之愚言，古之求治者莫急于此；兴愚民之休利，传经术而条对，士之射策者以尽其才。自汉而还，于唐为盛。然以公孙之对，置第本下，天子自擢于第一；刘蕡之言，指时甚直，有司不敢以入第。盖言至切者顾后害，论至甚者为难行。故事欲述者，枉于有司，而议不得申；言欲显者，牵于文辞，而谈不得骋。为弊之甚，由古而然，夫能革之，诚在今日。皇上垂衣御图，侧席延士，诏郡国以充赋，命公卿而署奏。而末学庸妄，亦预试言。开陈其端，周爰而问，上所以讲求至治之本，下所以展尽思虑之秋也。

策以谓古之四民，罔敢杂处之义，而今取士，故有异类之防。端木、胶鬲、倪宽、王猛之徒，谓不可限以定居；黄宪、胡广、桑羊、叔敖之贤，谓不可责其世职。以古之鉴，求今之宜，此诚当世之所急也。

且夫至治之世，四民异居。士处闲燕，谈仁义，礼乐于是乎兴；农服力穑，限井田，衣食于是乎足。工述巧以备器用，商达货以迁有无。少而习之，各有常分。故命射以观其德，命御以论其行，如是，则可以官贤材，而不肖者有所劝。不耕则祭无盛，不蚕则衣无帛，如是，则可以禁游手，而趋末者著于本。器奇者杀，以杜工之伪；关讥弗征，以检商之猾。此圣王所以治天下之本，明不得以异物迁也。及周之晚，汉继而兴，救时之宜，犹有可取。士虽不选于里，而有孝廉之举；农欲劝之使勤，故有力田之秩。有市籍则不得仕，禁乘车之抑其豪。行之当时，犹为近古；降及弊末，适于权宜。有入赀以为郎，有入粟而拜爵，农商杂进，黑白混然。今国家监太清以为治，求王道之大端，务思真贤，以登庶位。故于贡士之制，亦有异类之防，此诚法古为政之要也。

然自井田一堕，四民失业，士不本乡里，举不明真伪，后世之取贤者，宜条禁之。故有行限年之制，有复乡举之请，有立秀才之科，有立中正以品功伐之高下，有从土断以禁人士之流移。科条益严，变更非一，贤否之辨，未睹其真，岂非制其末而失其要欤？方今诏郡国岁贡，谨土著以占数，先乡议而核实。然患条禁久行、甄明不暇者，诚由制之未得其术尔。必若取人以才，考行以实，举贤者上赏以旌功，不省者黜地以明罚，自然无冒举之过，有得人之盛，又何患工商杂以并进，士类混而无别乎？彼作奇巧以荡心，杂良苦而射利，谓其偷俗，未足敦风，在乎禁之以绝其伪而已。

若乃端木殖财，胶鬲擅利，倪宽为御史而称职，王猛与诸葛而并功，黄宪有三公之量，胡广明万事之理，桑羊之心计，叔敖之善相，如此数贤者，皆遭遇其时以立勋业。故不限以定居，责其世职，乌得同条而语哉？

谨对。

【解题】

本文五篇作于天圣八年（1030）正月。时作者参加礼部试，获名第一。此文当为策试答卷。其一论辩士农工商四民不限定居，不责其世业；其二论辩治国当仁恩与刑法兼用，去苛刑，不赦罪；其三论辩国马之政不可废；其四论辩国家盛衰在德政厚薄，不在都邑西东；其五论辩治民在于立庠序以明教化，治吏在于严督责而明科条。各篇均引经据史，对答得体，展示作者青年时代的政治理想。

南省试策　二

问：古者纠邦禁以叙六典，因天讨而作五刑，所以申严国章，明慎时宪，协大中之法，助教化之治，定三尺以著令，明一成而不变。又赦过宥罪，议狱缓死，法天地之茂育，象雷雨之作解，式显好生之化，茂宣去杀之仁。且肆眚之恩苟废而不用，则时无涤秽之泽；若数以为利，则人有委辔之叹。折衷之理，愿闻嘉言。

对：夫民弊于末，心作乎争，德不可以独行也，辅之者其刑法乎。猛而则残，虐以为暴，刑不可以独任也，济之者其仁恩乎。先王由是扶衰世以救溢，即民心而有作。谓天有震耀杀戮，我则严之以威虐刑罚；谓天有生殖长养，我则申之以温慈惠和。大为之防，曲为之制。以商、周之盛德，有《九刑》之典，亦知狱与刑之不可去也如此。然而议狱缓死，羲《易》之明文；眚灾肆赦，帝《典》之奥训。《周官》有三宥，新国用轻典，皆所以宽民之谓也。故肆眚苟废，则时无涤秽之泽，是伤乎无恩也；数以为利，则人有委辔之叹，是因而起弊也。

折衷之理，何以辨之？盖周家之政，至忠厚也，须成、康而刑乃措；汉世之德，至宽仁也，至文、景而狱乃平。夫所以致刑之措、狱之平，其要非他，在削苛刻之深文，执议论之平谳。无罹民之不远，无纵诛以快怒，使愚民知所避，奸吏无所弄，则狱虽不赦，刑将自平。且投箠者不能救饥，持軏者不能御骑，又何必申小惠，推私恩，启民心之奸，弛古刑之典者哉！故谓不赦者良医之针石，赦者奔马之委辔，质斯言也，不其然乎！

谨对。

【解题】

见《南省试策一》。

南省试策　三

问：天驷、先牧列于祭经，圉人、圉师实有官局，然则国马之政，其来尚矣。皇朝累盛，函夏大同。华阳之归，偃息既久；坰野之颂，孳生益蕃。而又河陇、朔方，岁行互市，颇积縻于金帛，亦罕辨于良驽。诚由骑兵不可以阙供，夷落仰资于善价，寖为经制，著在有司。议者或云承平日深，冗费宜革，思欲减边关之条禁，遂氓庶之贸迁，倘缓急于戎容，可借资于民畜。恭惟圣治，务广刍言，靡倦极谈，以光俊域。

对：养马有夏庌之制，掌于《周官》；《春秋》纪日中之候，著于《左传》。远郊任乎牧事，祭祖标于《月令》，作延厩，禁原蚕，著为国经，并载方策。则国马之政，其可废乎？

国家接千岁之大统，承五代之末流，画牡荆以指麾，包虎皮而载戢，闻有日矣。而犹弗敢忘战，备于不虞，内有七校禁卫之屯，外有三边防秋之戍。而兵骑之众，畜牧且蕃，资河朔以仰足，用金帛而交易，为日滋久，其费日深。然欲减边防之条禁，遂氓庶之贸迁，施之于今，未见其得。何则？探宝货以怀利者，此夷落之民所甚欲也；商功利以惜费，则主计之臣所遍明也。

若乃捐有余之宝，获为兵之备，以其所有，易其所无，斯诚利害可明而经久弗变之制也。非互市不能以足用，归氓庶则惧乎起奸，颛蒙所见，故在于此。

谨对。

【解题】

见《南省试策一》。

南省试策　四

问：粤若姬氏，肇自邰封，佐尧而为农师，居豳成于王业。绵绵之瓞，本仁积功；朊朊之原，聿来胥宇。逮文、武之景化，被岐、镐之故区，继圣嗣兴，定命攸厚。相兹河洛之宅，求乎天地之中，涧、瀍之间，风雨所会，在《礼》也载土圭之法，于《书》也兆龟墨之祥。逖观献卜之文，显著徙都之事。何乃丘明作《传》，康王有酆宫之朝；杜预垂言，平王为东周之始？岂先后之殊致，将方策之失传？矧又奉春始谋，极谈秦地之固；孟坚能赋，颇析西宾之问。建邦之利，折理奚长？谅兹俊髦，精于经传，敷言条对，勿尚猥并。

对：肇祖乎后稷，以至乎赧王，流德而深厚者，莫大乎西周；始封乎郜土，卒终于洛都，因世而相宅者，逮历乎七百。方策之所并载，诗颂之所歌舞，可略而谈也。

若乃武王在镐，继文而有声；周公践祚，相成而负扆。即神皋以开壤，据涧、瀍之上游，是为洛都，以徙周邑。然而丘明作《传》，康王有酆宫之朝；杜预垂言，平王为东周之始。此策所以疑而问者。得非洛之初营，周都既定，但迁九鼎，以居其中，及周德之下衰，始平王之东徙？迹先后之可见，非方策之失传也。

夫守金城之府，据绕霤之固，扼关中之形势者，强秦之兴也，此奉春以是建策而为高皇说也；因土圭之影，迹宗周之旧，当天下而宅中者，东汉之盛也，此孟坚之所以因赋而陈光武之业也。夫圮耿徙亳，成汤非一邦而理；在岐居镐，姬氏不共邑而兴。世之盛衰，顾德薄厚而已，又乌称建邦之利哉？故东西二都，皆两汉由之而兴废也。

谨对。

【解题】

见《南省试策一》。

南省试策　五

问：听德惟聪，前王之至训；嘉言罔伏，举善之令猷。国家守承平之基，御中区之广，地利无极，齿籍益蕃。各有争心，必虞强诈之患；或非良吏，虑兴枉滥之尤。故立肺石以达穷民，设匦函以开言路。而又俾之转对，复彼制科，思广所闻，遂延多士，属兹举首，将列仕涂。以何道致民之暴者兴仁，智者无讼；以何术使吏之酷者存恕，贪者守廉？试举所长，用观精识。

对：帝尧之德非不圣也，必乘九功而兴；虞舜之明非不智也，必开四聪之听。大禹之勤求贤士，乃至乎王；汉家之并建豪英，以冀乎治。诚以一人之圣，据群元之尊，王道之寖微寖昌，生民之或仁或鄙，理有未烛，思求其端。是以垂精留神，广览兼听，居以侧迟贤之席，行则驰裹轮之车，施及于方外而弗遗，退托于不明而求辅。其勤若此，犹惧乎弗及也。故今国家所以览照前古，讲求旧规，下明诏以开不讳之门，设匦函以广言者之路，复转对以采搢绅之议，立制策以待俊良之言者，意在兹乎！猥惟梼昧之微，举皆管浅之说。夫欲民之暴者兴仁，智者无讼，在乎庠序以明教化；欲吏之酷者存恕，贪者守廉，在乎严督责而明科条。为治之方，不过乎是而已。谨对。

【解题】

见《南省试策一》。

武成王庙问进士策　一

问：学者言三统之义备矣。然自孔子删修六经，与其弟子论辩尧、舜、三代之际甚详，而于正朔独无明文见于经者。三正，王者所以正一统，盖大法也。岂宜略而不言欤？抑隐其义以寓见诸书欤？或者经籍散缺而失之欤？自汉以来学者多增三统之说，以附六经之文。今所见者，特因汉儒之说尔。当汉承秦焚书，圣经未备，而百家异说不合于理者众，则其言果可信欤？夫众辞淆乱质诸圣，今考于六经，孔子所笔，何说可以验其信然欤？不然，商、周未尝有改欤？岂其不足为法，圣人非之而不言欤？

请稽三王之旧典，考六经之明文，以祛厥疑。敢俟来对。

【解题】

此二篇作于庆历二年（1042）正月。时作者主考“别头试”，此为策试命题。其一质疑“三正”，六经无明文，真可信吗？其二考问礼乐，古今其别有几，当先行者有几？表现作者疑经惑传、关注现实政治的治学态度。

武成王庙问进士策 二

问：礼乐，治民之具也。王者之爱养斯民，其于教导之方，甚勤而备。故礼，防民之欲也周；乐，成民之俗也厚。苟不由焉，则赏不足劝善，刑不足禁非，而政不成。大宋之兴八十余岁，明天子仁圣，思致民于太平久矣。而天下之广，元元之众，州县之吏奉法守职，不暇其他，使愚民目不识俎豆，耳不闻弦匏，民俗顽鄙，刑狱不衰，而吏无任责。夫先王之遗文具在，几岁时吉凶聚会，考古礼乐可施民间者，其别有几？顺民便事可行于今者有几？行之固有次第，其所当先者又有几？礼乐兴而后臻于富庶欤？将既富而后教之欤？夫政缓而迂，鲜近事实；教不以渐，则或戾民。欲其不迂而政易成，有渐而民不戾者，其术何云？

儒者之于礼乐，不徒诵其文，必能通其用；不独学于古，必可施于今。愿悉陈之，无让。

【解题】

见《武成王庙问进士策一》。

问进士策 一

问：六经者，先王之治具，而后世之取法也。《书》载上古，《春秋》纪事，《诗》以微言感刺，《易》道隐而深矣，其切于世者《礼》与《乐》也。自秦之焚书，六经尽矣。至汉而出者，皆其残脱颠倒，或传之老师昏耄之说，或取之冢墓屋壁之间，是以学者不明，异说纷起。况乎《周礼》，其出最后，然其为书备矣。其天地万物之统，制礼作乐，建国君民，养生事死，禁非道善，所以为治之法，皆有条理。三代之政美矣，而周之治迹所以比二代而尤详见于后世者，《周礼》著之故也。然汉武以为渎乱不验之书，何休亦云六国阴谋之说，何也？

然今考之，实有可疑者。夫内设公卿、大夫、士，下至府史、胥徒，以相副贰；外分九服、建五等、差尊卑以相统理，此《周礼》之大略也。而六官之属略见于经者五万余人，而里闾县鄙之长、军师卒伍之徒不与焉。王畿千里之地，为田几井，容民几家？王官、王族之国邑几数？民之贡赋几何？而又容五万人者于其间，其人耕而赋乎？如其不耕而赋，则何以给之？夫为治者，故若是之烦乎？此其一可疑者也。秦既诽古，尽去古制。自汉以后，帝王称号、官府制度，皆袭秦故，以至于今。虽有因有革，然大抵皆秦制也。未尝有意于《周礼》者，岂其体大而难行乎，其果不可行乎？夫立法垂制，将以遗后也。使难行而万世莫能行，与不可行等尔。然则，反秦制之不若也。脱有行者，亦莫能兴，或因以取乱，王莽后周是也，则其不可用决矣。此又可疑也。

然其祭祀、衣服、车旗似有可采者，岂所谓郁郁之文乎？三代之治，其要如何？《周礼》之经，其失安在？宜于今者，其理安从？其悉陈无隐。

【解题】

此篇及下二篇作于庆历二年（1043）正月。时作者主考“别头试”，此为策试命题。其一质疑《周礼》，其二考问礼乐，其三怀疑《中庸》，展示作者疑经议经、经世致用的思想。

问进士策　二

问：古者为治有繁简，其施于民也有浅深，各适其宜而已。三代之盛，时地方万里，而王所自治者千里而已，其余以建诸侯。至于礼乐刑政，颁其人法而使守之，则其大体盖简如此。诸侯大小国盖数千，必各立都邑，建宗庙。卿士大夫朝聘祭祀，训农练卒，居民度土，自一夫以上皆有法制，则其于众务，何其繁也！今自京师至于海隅徼障，一尉卒之职必命于朝，政之大小皆自朝出，州县之吏奉行而已。是举天下皆所自治，其于大体，则为繁矣。其州县大小，邑闾田井，训农练卒，一夫以上略无制度。其于众务，何其忽而简也！

夫礼以治民，而乐以和之，德义仁恩，长养涵泽，此三代之所以深于民者也。政以一民，刑以防之，此其浅者尔。今自宰相至于州县有司，莫不行文书、治吏事，其急在于督赋敛、断狱讼而已，此特浅者尔。礼乐仁义，吏不知所以为，而欲望民之被其教，其可得乎？

夫治大以简则力有余，治小以繁则事不遗，制民以浅则防其僻，渐民以深则化可成，此三代之所以治也。今一切悖古，简其当繁而繁其可简，务其浅而忽其深。故为国百年而仁政未成、生民未厚者，以此也。然若欲使国体大小适繁简之宜，法政弛张尽浅深之术，诸侯井田，不可卒复，旋于今者何宜？礼乐刑政，不可卒成，用于今者何便？悖古之失，其原何自？修复之方，其术何始？

迹治乱，通古今，子大夫之职也，其悉心以陈焉。

【解题】

见《问进士策一》。

问进士策 三

问：礼乐之书散亡，而杂出于诸儒之记，独《中庸》出于子思。子思，圣人之后也，其所传宜得其真，而其说有异乎圣人者，何也？

《论语》云："吾十有五而志于学，三十而立，四十而不惑，五十而知天命。"盖孔子自年十五而学，学十五年而后有立，其道又须十年而一进。孔子之圣，必学而后至，久而后成。而《中庸》曰："自诚明谓之性，自明诚谓之教。"自诚明，生而知之也；自明诚，学而知之也。若孔子者，可谓学而知之者，孔子必须学，则《中庸》所谓自诚而明、不学而知之者，谁可以当之欤？

尧用四凶，其初非不思也，盖思之不能无失耳，故曰"惟帝其难之"。舜之于事，必问于人而择焉，故曰"舜好问"。禹之于事，己所不决，人有告之言，则拜而从之，故曰"禹拜昌言"。汤之有过，后知而必改，故曰"改过不吝"。孔子亦尝有过，故曰"幸，苟有过，人必知之"。而《中庸》曰"诚者不勉而中，不思而得"。夫尧之思虑常有失，舜、禹常待人之助，汤与孔子常有过。此五君子者，皆上古圣人之明者，其勉而思之，犹有不及，则《中庸》之所谓"不勉而中、不思而得"者，谁可以当之欤？此五君子者不足当之，则自有天地已来，无其人矣，岂所谓虚言高论而无益者欤？

夫孔子必学而后至，尧之思虑或失，舜、禹必资于人，汤、孔不能无过，此皆勉人力行不怠，有益之言也。若《中庸》之诚明不可及，则怠人而中止，无用之空言也。故予疑其传之谬也。吾子以为如何？

【解题】

见《问进士策一》。

南省试进士策问　一

问：昔者禹治洪水、奠山川，而尧称之曰万世之功也。盖遭大水，莫如尧；致力以捍大患，莫如禹；别四海、九州、山川地形，尽水之性，知其利害而治之有法，莫如《禹贡》之为书也。故后世之言知水者，必本于禹；求所以治之之法与其迹者，必于《禹贡》。然则学者所宜尽心也。国家天下广矣，其为水害者，特一河耳，非有尧之大患也。自横垅、商胡再决，三十余年，天下无一人能兴水利者，岂有其人而弗求欤？求而弗至欤？抑不知水性而乖其导泄之方，由《禹贡》之学久废而然欤？此当今之务，学者之所留意也。

且尧之九州，孰高孰下？禹所治水，孰后孰先？考其治之之迹，导其大水所从来而顺其归，其小水则或附而行，或止而有所畜，然后百川皆得其宜。夫致力于其大，而小者从之，此岂非其法欤？然所导大水，其名有几？夫欲治水，而不知地形高下、所治后先、致力之多少及其名与数，则何以知水之利害？故愿有所闻焉。

夫禹所以通治水之法如此者，必又得其要。愿悉陈之无隐。

【解题】

此篇及下二篇作于嘉祐二年（1057）正月，时作者权知礼部贡举，此为策试命题。其一考问治水之法；其二怀疑《周礼》六官之制，其三质疑《系辞》关于八卦所出的四种解说。表现作者鲜明的疑经惑传、经世致用思想。

南省试进士策问 二

问：三王之治，损益不同，而制度文章，惟周为大备。《周礼》之制，设六官以治万民而百事理，夫公卿之任重矣。若乃祭祀天地、日月、宗庙、社稷、四郊、明堂之类，天子大臣所躬亲者，一岁之间有几？又有巡狩、朝会、师田、射耕、燕飨，凡大事之举，一岁之间又有几？而为其民者，亦有畋猎、学校、射乡、饮酒，凡大聚会，一岁之间有几？又有州党、族官、岁时、月朔、春秋、酺禜、询事、读法，一岁之间又有几？其斋戒供给，期召奔走，废日几何？由是而言，疑其官不得安其府，民不得安其居，亦何暇修政事、治生业乎？何其烦之若是也？

然说者谓周用此以致太平。岂朝廷礼乐文物，万民富庶岂弟，必如是之勤且详，然后可以致之欤？后世苟简，不能备举，故其未能及于三代之盛欤？然为治者果若是之劳乎？用之于今，果安焉而不倦乎？抑其设施有法，而第弗深考之欤？

诸君子为言之。

【解题】

见《南省试进士策问一》。

南省试进士策问 三

问：六十四卦所谓《易》者，圣人之书也。今谓之《系辞》，昔谓之《大传》者，亦皆曰圣人之作也。其言曰："两仪生四象，四象生八卦。"又曰："河出图，圣人则之。"又曰；"庖牺氏之王天下也，仰观于天，俯察于地，观鸟兽之文，近取身，远取物，始作八卦。”又曰：“昔者圣人之作《易》也，幽赞于神明而生蓍，参天两地而倚数，观变于阴阳而立卦。”一书而四说，则八卦者果何从而有乎？若曰河图之说信然乎，则是天生神马负八卦出于水中，乃天地自然之文尔，何假庖牺始自作之也？如幽赞生蓍之说，又似八卦直因蓍数而生尔。至于两仪四象，相生而成，则又无待于三说而有卦也。故一说苟胜，则三说可以废也。然孰从而为是乎？

卜筮，自尧、舜二代以来用之，盖古圣人之法也，不必穷其始于古远茫昧之前。然《系辞》，圣人之作也，必有深旨，幸决其疑。

【解题】

见《南省试进士策问一》。

问进士策　一

问：孟子以谓井田不均则穀禄不平，经界既正，而分田、制禄可坐而定也，故曰“仁政必自经界始”。盖三代井田之法也，自周衰迄今，田制废而不复者千有余岁。凡为天下国家者，其善治之迹虽不同，而其文章、制度、礼乐、刑政未尝不法三代，而于井田之制独废而不取，岂其不可用乎，岂惮其难而不为乎？然亦不害其为治也。仁政果始于经界乎？不可用与难为者，果万世之通法乎？王莽尝依古制更名民田矣，而天下之人愁苦怨叛，卒共起而亡之。莽之恶，加于人者虽非一，而更田之制，当时民特为不便也。呜呼！孟子之所先者，后世皆不用而治，用之而民特愁苦怨叛以为不便，则孟子谓之仁政，可乎？

《记》曰：“异世殊时，不相沿袭。”《书》又曰：“事不师古，匪说攸闻。”《书》、传之言，其戾如此，而孰从乎？孟子，世之所师也。岂其泥于古而不通于后世乎？岂其所谓迂阔者乎？不然，将有说也。

自三代之后，有天下莫盛汉、唐。汉、唐之治，视三代何如？其民田之制、税赋之差又何如？其可施于今者又何如？

皆愿闻其详也。

【解题】

此篇及以下三篇作于嘉祐二年正月。时作者权知礼部贡举，此为策试命题。其一质疑孟子“仁政必自经界始”；其二质疑六经怪异说法；其三考问为政与名迹关系；其四考问取士与上下之交的关系。

问进士策　二

问：子不语怪，著之前说，以其无益于事而有惑于人也。然《书》载凤凰之来舜，《诗》录乙鸟之生商，《易》称河洛出图书，《礼》著龟龙游宫沼。《春秋》明是非而正王道，“六鹢”、“鹳鹆”，于人事而何干？二《南》本功德于后妃，“麟”暨“驺虞”，岂妇人而来应？昔孔子见作俑者，叹其不仁，以谓开端于用殉也。况六经万世之法，而容异说，自启其源。自秦、汉以来，诸儒所述，荒虚怪诞，无所不有。推其所自，抑有渐乎？夫无焉而书之，圣人不为也。虽实有焉，书之无益而有害，不书可也。然书之亦有意乎，抑非圣人之所书乎？

予皆不能谕也，惟博辩明识者详之。

【解题】

同上。

问进士策 三

问：为政者徇名乎，袭迹乎？三代之名，正名也；其迹，治迹也。所谓名者，万世之法也；迹者，万世之制也。正名立制，言顺事成，然后因名迹以考实，而其文章事物，粲然无不备矣，可谓盛哉！董仲舒以谓三代质文，有改制之名而无变通之实者，是也。自秦肆其虐，灭弃古典，然后三代之名与迹皆变易而丧其实，岂所谓变其道者邪？然自秦讫今千有余岁，或治或乱，其废兴长短之势，各由其人为之而已。其袭秦之名不可改也，三代之迹不可复也，岂其理之自然欤？岂三代之制止于三代，而不可施于后世欤？

王莽求其迹而复井田，宇文求其名而复六官，二者固昏乱败亡之国也。然则孔子言为政“必也正名”，孟子言为政“必始经界”，岂虚言哉？然自秦以来，治世之主几乎三代者，唐太宗而已。其名迹固未尝复三代之一二，而其治则几乎三王，岂所谓名、迹者非此之谓欤？岂遗名与迹而直考其实欤？岂孔、孟之所谓者有旨，而学者弗深考之欤？

其酌古今之宜与其异同者以对。

【解题】

同上。

问进士策 四

问：古之取士者，上下交相待以成其美。今之取士者，上下交相害，欲济于事，可乎？古之士，教养有素而进取有渐。上之礼其下者厚，故下之自守者重。上非厚礼不能以得士，士非自重不能以见礼于上。故有国者，设爵禄、车服、礼乐于朝，以待其下；为士者，修仁义、忠信、孝悌于家，以待其上。设于朝者，知下之能副其待，则愈厚；居下者，知上之不薄于已，故愈重。此岂不交相成其美欤！后世之士则反是。上之待其下也，以谓干利而进尔，虽有爵禄之设而日为之防，以革进之滥者。下之视其上也，以谓虽自重，上孰我知，不自进则不能以达。由是上之待其下也益薄，下之自守者益不重而轻。呜呼！居上者欲得其人，在下者欲行其道，其可得邪？原夫三代取士之制如何？汉、魏迨今，其变制又如何？宜历道其详也。

制失其本，致其反古，当自何始？今之士皆学古通经，稍知自重矣；而上之所以礼之者，未加厚也。噫！由上之厚，然后致下之自重欤？必下之自重，然后上礼之厚欤？二者两不为之先，其势亦奚由而合也？

宜具陈其本末与其可施于今者以对。

【解题】

同上。

问进士策题　一

问：古之人作诗，亦因时之得失，郁其情于中而发之于咏歌而已。一人之为咏歌，欢乐悲瘁宜若所系者，未为重矣。然子夏序《诗》，以谓“动天地、感鬼神莫近于《诗》”者。《诗》之言，果足以动天地、感鬼神乎？

【解题】

本篇及以下四篇写作年代失考。其一质疑《诗序》“动天地、感鬼神莫近于《诗》者”；其二质疑孔子称颂虞舜与颜回的话；其三质疑丙吉、魏相得贤名于后世；其四质疑三代之正及孔子从周之文；其五质疑《礼记·王制》“天子之田方千里”及《孟子·梁惠王》“万乘之国”等记载。表现作者鲜明的疑古疑经精神。

问进士策题 二

问：古之为圣人者莫如舜，贤而与圣人近者莫如颜回。仲尼称虞舜不可及，而颜氏其殆庶几。至其称舜之所为，则曰“好问而好察迩言”而已；称颜氏之好学，则曰“不迁怒，不贰过”而已。然则如是者，是为不可及与庶几乎？

【解题】

同上。

问进士策题 三

问：汉宣中兴，丙、魏为相，后之人言为相之贤者必稽焉，宜其有兴树之业显于世也。及观其纪传，亦无他功德，相独有《明堂月令》一章，吉之事大概而已。不识丙、魏之所以得贤于后世者可得见乎？

【解题】

同上。

问进士策题 四

问：子、丑、寅，三代之正也，孔子何独行夏之时？说者曰：“夏时质也。”忠、质、文，三代之政也，孔子何独曰从周之文？使夏之时为正，则商、周之时不正乎？周之政尚文，则夏、商之政无文乎？夫周以子，则今之冬十一月乃春正也；商以丑，则今之冬十二月乃春正也。夫以冬十有一月、十有二月颁春正于天下，而教民之事，无乃与天时相戾欤？夫君臣之相和、父子之相爱、兄弟夫妇之相为悌顺，是文之本也；仁以守之、义以制之、礼乐以和节之，是文之成也。使夏、商而无文，则夏、商之世，无君臣、父子、兄弟、夫妇之制欤？

说者曰：“三代之正，皆同也。子、丑、寅，出于后儒之妄也，忠、质、文，亦出于后儒之妄也。”使夫诚出于后儒之妄，则孔子安有行时、从文之说？

【解题】

同上。

问进士策题　五

问：周天子之田方千里，号称万乘，万乘之马皆具，又有十二闲之马，而六卿三百六十官，必皆各有车马，车马岂不多乎哉？千里之地，为田几何，其牧养之地又几何，而能容马若是之多乎哉？千里之地，为田几何？马之法又如何？今天下广矣，常患无马，岂古之善养马而今不善乎？

宜有说以对也。

【解题】

同上。

论《尹师鲁墓志》

志言天下之人识与不识，皆知师鲁文学、议论、材能。则文学之长，议论之高，材能之美，不言可知。又恐太略，故条析其事，再述于后。

述其文，则曰简而有法。此一句，在孔子六经惟《春秋》可当之，其他经非孔子自作文章，故虽有法而不简也。修于师鲁之文不薄矣，而世之无识者，不考文之轻重，但责言之多少，云师鲁文章不合只著一句道了。既述其文，则又述其学曰通知古今。此语若必求其可当者，惟孔、孟也。既述其学，则又述其论议，云是是非非，务尽其道理，不苟止而妄随。亦非孟子不可当此语。既述其论议，则又述其材能，备言师鲁历贬，自兵兴便在陕西，尤深知西事，未及施为而元昊臣，师鲁得罪。使天下之人尽知师鲁材能。此三者，皆君子之极美，然在师鲁犹为末事。其大节乃笃于仁义，穷达祸福，不愧古人。其事不可遍举，故举其要者一两事以取信。如上书论范公而自请同贬，临死而语不及私，则平生忠义可知也，其临穷达祸福不愧古人又可知也。

既已具言其文、其学、其论议、其材能、其忠义，遂又言其为仇人挟情论告以贬死，又言其死后妻子困穷之状，欲使后世知有如此人，以如此事废死。至于妻子如此困穷，所以深痛死者，而切责当世君子致斯人之及此也。

《春秋》之义，痛之益至则其辞益深，“子般卒”是也。诗人之意，责之愈切则其言愈缓，“君子偕老”是也。不必号天叫屈，然后为师鲁称冤也。故于其铭文，但云“藏之深，固之密，石可朽，铭不灭”，意谓举世无可告语，但深藏牢埋此铭，使其不朽，则后世必有知师鲁者。其语愈缓，其意愈切，诗人之义也。

而世之无识者，乃云铭文不合不讲德，不辩师鲁以非罪。盖为前言其穷达祸福无愧古人，则必不犯法，况是仇人所告，故不必区区曲辩也。今止直言所坐，自然知非罪矣，添之无害，故勉徇议者添之。

若作古文自师鲁始，则前有穆修、郑条辈，及有大宋先达甚多，不敢断自师鲁始也。偶俪之文苟合于理，未必为非，故不是此而非彼也。若谓近年古文自师鲁始，则范公祭文已言之矣，可以互见，不必重出也。皇甫湜《韩文公墓志》、李翱《行状》不必同，亦互见之也。

志云师鲁喜论兵。论兵儒者末事，言喜无害。喜非嬉戏之戏，喜者，好也，君子固有所好矣。孔子言回也好学，岂是薄颜回乎？后生小子，未经师友，苟恣所见，岂足听哉！

修见韩退之与孟郊联句，便似孟郊诗；与樊宗师作志，便以樊文。慕其如此，故师鲁之志用意特深而语简，盖为师鲁文简而意深。又思平生作文，惟师鲁一见，展卷疾读，五行俱下，便晓人深处。因谓死者有知，必受此文，所以慰吾亡友尔，岂恤小子辈哉！

【解题】

作于皇祐元年（1049），时作者知颍州。尹洙是作者在政治上、文学上的知交，一生怀才不遇，郁郁而死。欧阳修满怀惋惜和同情之心，精心撰写了《尹师鲁墓志铭》。由于墓志“用意特深而语简”、“举其要者一两事”，不了解其写作意图的人便妄加非议，逝者家属也不满，新进士孔嗣宗前来颍州请求改写，与欧阳修辩论半月之久。为此，作者撰《论尹师鲁墓志》，自述墓志写作原则，对墓志原文逐段逐句作了分析，是了解作者碑志文写作理论的宝贵资料。文章娓娓道来，心平气和，如剥茧抽丝，层层深入，笔锋挟带感情，令人折服。

兵　　储

惟王建官，各司其局，虽有细大，俾专董其权，责其成功，斯古制也。被坚执锐，乃裨校之事；若屯田积谷，在委办吏尔。

而汉末有田禾将军，屯田北边。魏兴，建典农中郎将。唐建营田使、副、判官。虽晋、魏、南北，职未尝阙。国家弭獯戎之患，包汉、唐之境，然而塞垣储偫，罔遵古宪，俾仰给他州馈饷，此外固无筑室、反耕、典农、营田之利。倘遇凶荒，未免艰食。虽有转运，未免营田。何尝建明利害，稍致仓廪羡余，但守空名，曾无实效。

当今之议，要在乎河北、河东、陕西戍兵之地，各特置营田使、副、判官，仍在不兼职。若遇水潦行流之处，广植粳稻；虽荒隙原田，亦当垦辟，播以五谷。今河北保塞，河东并、汾、关中泾阳，悉有水地基址，惟有邺中西门豹溉田之迹未见兴起，得非后人务于因循，而无昔贤识邪？不然，何历朝而下，泾陂如是？

或曰："亦尝有人建议，良以溉导之时，濒水之地，恐害及民田，由是而止。"斯乃腐儒之见尔，非经远之士也。

夫利害相随，古犹未免。若利害相半，惮于改作犹可；苟利七害三，当须择地而行，岂可以小害而妨大利哉？夫如是，邺中溉田之法若行，关畎水冲民田，只百户妨阂，而能溉灌千万顷。瘠土所收，获利益大，岂止利七而害三？亦尝访于彼州人士，佥曰溉田之迹湮废兹久，土断力田者不谙其事。殊不知官中他日就功，但于泾阳郑白渠和雇水工，及彼中负罪百姓，悉可分配此地，俾之开导。民既见之，必仿效矣，又岂成功之难？然后特置营田使、副、判官，专董其役。西北二边不间水陆，并放此分职，何假飞刍挽粟、率钟致石，坐困民力以供军实哉！

【解题】

此二篇原系庆历二年（1042）。题下原注“疑”。《欧阳文忠公集》卷五十九末又附注：“《代曾参答弟子书》，不知何人之文，与此卷《兵储》、《塞垣》两论，皆可疑。削之，恐无以解后来之惑，姑留而著其说。”今依其说，附于此。

塞　垣

先王肇分九州，制定五服，必内诸侯而外夷狄，姑务息民，弗勤远略。其来也，调戍兵以御之；其去也，备战具以守之。修利堤防，申严斥堠。或来献贡，得以羁縻。盖圣人制御戎之常道，严尤所谓得其中策，古今大概，在乎谨边防、守要害而已。

古之制塞垣也，与今尤异。汉、唐之世，东自辽海、碣石、榆关、渔阳、卢龙、飞狐、雁门、云中、马邑、定襄，西抵五原、朔方诸郡，每岁匈奴高秋胶折，塞上草衰，控弦南牧，陵犯汉境。于是守边之臣、防秋之士，据险而出奇兵，持重而待外寇。近世晋高祖建义并门，得戎王为援，既已，乃以幽、蓟山后诸郡为邪律之寿。故今划塞垣也，自沧海。乾宁、雄、霸、顺安、广信，由中山拒并、代，自兹关东无复关险。故契丹奄有幽陵，遂绝古北之隘，往来全师入寇，径度常山，陵猎全魏。澶渊之役，以至饮马于河，烝民不聊生矣。非北虏雄盛如此，失于险固然也。

今既无山阜设险，所可恃者，惟夹峙垒，道引河流，固其复水，为险浚之势，就其要害屯以锐兵，兹亦护塞垣之一策也。今广信之西有鲍河，中山之北有唐河，尽可开决水势，修利陂塘。或导自长河之下、金山之北，派于广信、安肃，达于保塞。或包举蒲阴，入于阻城。然后积水浵漫，横绝紫塞，亦可谓险矣。

蒲阴、阳城，度其地势，今塞上之要冲。先是，胡马将入寇，于兹城驻牙帐数日，伺汉兵之轻重。或我师御捍，乃长驱南下；我师既出，即戎人为全师归重之地。此所谓藉贼险而资寇兵，非中国之利。今若修复雉堞，完聚兵谷，与诸城栅，刁斗相闻。鲍、唐二水，交流其下。虏骑纵至，无复投足之地，又焉有扰扰之患？

今之议者，方南北修好，恐边庭生事。然而戎狄之心，桀骜难信，贪我珍币，蓄养锐兵，伺吾人之憔悴，乘边境之间隙，出乎不意，因肆猖獗。兹乃不图豫备疆场，而偷取安逸，弟弟相付，贻后世深患，复如何哉！

【解题】

见上篇。

二　记叙

游大字院记

六月之庚，金伏火见，往往暑虹昼明，惊雷破柱，郁云蒸雨，斜风酷热。非有清胜，不可以消烦炎，故与诸君子有普明后园之游。春笋解箨，夏潦涨渠，引流穿林，命席当水；红薇始开，影照波上，折花弄流，衔觞对弈。非有清吟啸歌，不足以开欢情，故与诸君子有避暑之咏。

太素最少饮，诗独先成，坐者欣然继之。日斜酒欢，不能遍以诗写，独留名于壁而去。他日语且道之，拂尘视壁，某人题也。因共索旧句，揭之于版，以致一时之胜，而为后会之寻云。

【解题】

天圣九年（1031）六月作。时作者在洛阳任西京留守推官，与尹洙等致力古文创作，倡导诗文革新。文章记盛夏时节与诸友游大字院，饮酒赋诗，尽兴而散。语言简洁典雅，骈散结合，颇有骈文向散文过渡的痕迹。

伐　树　记

署之东园，久茀不治。修至，始辟之。粪瘠溉枯，为蔬圃十数畦，又植花果桐竹凡百本。

春阳既浮，萌者将动。园之守启曰："园有樗焉，其根壮而叶大。根壮则梗地脉，耗阳气，而新植者不得滋；叶大则阴翳蒙碍，而新植者不得畅以茂。又其材拳曲臃肿，疏轻而不坚，不足养。是宜伐。"因尽薪之。明日，圃之守又曰："圃之南有杏焉，凡其根庇之广可六七尺，其下之地最壤腴，以杏故，特不得蔬。是亦宜薪。"修曰："噫！今杏方春且华，将待其实，若独不能损数畦之广为杏地邪?"因勿伐。

既而悟且叹曰："吁！庄周之说曰：樗、栎以不材终其天年，桂、漆以有用而见伤夭。今樗诚不材矣，然一旦悉翦弃；杏之体最坚密，美泽可用，反见存。岂才不才各遭其时之可否邪?"

他日，客有过修者，仆夫曳薪过堂下，因指而语客以所疑。客曰："是何怪邪? 夫以无用处无用，庄周之贵也。以无用而贼有用，乌能免哉！彼杏之有华实也，以有生之具而庇其根，幸矣。若桂、漆之不能逃乎斤斧者，盖有利之者在死，势不得以生也，与乎杏实异矣。今樗之臃肿不材，而以壮大害物，其见伐，诚宜尔。与夫才者死、不才者生之说又异矣。凡物幸之与不幸，视其处之而已。"

客既去，修然其言而记之。

【解题】

作于天圣九年。这是一篇寓言式的哲理记体文，以修治东园时除樗留杏的事实，说明物的幸与不幸取决于客观环境和主观条件，托物言志，表现了作者初入仕途锐意进取的积极人生观。问答和对比的形式，增强了形象性与生动性。

丛 翠 亭 记

九州皆有名山以为镇，而洛阳天下中，周营、汉都，自古常以王者制度临四方，宜其山川之势雄深伟丽，以壮万邦之所瞻。由都城而南以东，山之近者阙塞、万安、轘辕、缑氏，以连嵩室，首尾盘屈逾百里。从城中因高以望之，众山靡迤，或见或否，惟嵩最远最独出。其崭岩耸秀，拔立诸峰上而不可掩蔽。盖其名在祀典，与四岳俱备天子巡狩望祭，其秩甚尊，则其高大殊杰当然。城中可以望而见者，若巡检署之居洛北者为尤高。

巡检使、内殿崇班李君始入其署，即相其西南隅而增筑之，治亭于上，敞其南北向以望焉。见山之连者、峰者、岫者，骆驿联亘，卑相附，高相摩，亭然起，崒然止，来而向，去而背，颓崖怪壑，若奔若蹲，若斗若倚。世所传嵩阳三十六峰者，皆可以坐而数之。因取其苍翠丛列之状，遂以丛翠名其亭。

亭成，李君与宾客以酒食登而落之。其古所谓居高明而远眺望者欤！既而欲纪其始造之岁月，因求修辞而刻之云。

【解题】

作于明道元年（1032），时作者在洛阳任西京留守推官。文章围绕丛翠亭的建筑与命名，写景叙事，构思精巧，文笔简练；运用比喻、拟人、夸张、排比，生动而有气势。何焯《义门读书记》评述说："早岁学唐之文，似柳。"

河南府重修使院记

郡府统理民务，调发赋税，稽功会事，事无不举，代君理物，政教系之。汉承秦余，精意牧民之官，置部刺史以督察，出御史以监掌之。太守二千石，莫不尽诚率下奉上。李唐酌用旧典，使天下以大权小。故有州、有府，刺史专守理所，大镇观察旁郡。后增置胥吏、史以总治诸州，绳宽刺善，理务详焉。府之有使院也，厥惟尚矣。皇朝政教清明，制度适中，虽镇守自占，总领委于均输，惟使幕置吏，用而不革。

洛都，天下之仪表，提封万井，隶县十九，王事浩穰，百倍他邑，而典史之局甚陋不称。彭城相居守之明年，若曰："政教之废兴出于是，官吏之缓猛系于是，义不可忽。"始谋新之。乃度地于府之西偏，斥大其旧居，列司存整按牒，以图经久之制。夏某月，工徒告成。制作虽壮，不逾矩；官司虽冗，执其方。君子谓是举也，得为政之本焉。

乌有端其本而末不正者哉！宜乎书厥旨以示方来，且志岁月也。

【解题】

明道元年夏，河南府重修官署，作者为作此记。由制作之工，议论到为政之本，主张"不逾矩"、"执其方"，端其本而正其末。记叙与议论相结合，言近而旨远。

河南府重修净垢院记

河南，自古天子之都。王公戚里、富商大姓处其地，喜于事佛者，往往割脂田、沐邑、货布之赢，奉祠宇为庄严。故浮图氏之居与侯家主第之楼台屋瓦，高下相望于洛水之南北，若弈棋然。及汴建庙社，称京师，河南空而不都，贵人、大贾废散，浮图之奉养亦衰。岁坏月隳，其居多不克完，与夫游台、钓池并为榛芜者，十有八九。

净垢院在洛北，废最甚，无刻识，不知谁氏之为，独牓其梁曰长兴四年建。丞相彭城钱公来镇洛之明年，祷雨九龙祠下。过之，叹其空阔，且呼主藏者给缗钱二十万。洛阳知县李宋卿干而辑焉。于是规其广而小之，即其旧而新之。即旧焉，所以速于集工；损小焉，所以易于完修。易坏补阙三十六间。

工既毕，宋卿愿刻于石以纪。夫修旧起废，由彭城公赐也，且志其复兴之岁月云。从事欧阳修遂为记。

【解题】

明道元年，判河南府兼西京留守钱惟演重修净垢院，作者为作此记。行文平易，清新晓畅，呈现作者早期古文创作风貌。

非非堂记

权衡之平物，动则轻重差，其于静也，锱铢不失。水之鉴物，动则不能有睹，其于静也，毫发可辨。在乎人，耳司听，目司视，动则乱于聪明，其于静也，闻见必审。处身者不为外物眩晃而动，则其心静，心静则智识明，是是非非，无所施而不中。夫是是近乎谄，非非近乎讪，不幸而过，宁讪无谄。是者，君子之常，是之何加！一以观之，未若非非之为正也。

予居洛之明年，既新厅事，有文纪于壁末。营其西偏作堂，户北向，植丛竹，辟户于其南，纳日月之光。设一几一榻，架书数百卷，朝夕居其中。以其静也，闭目澄心，览今照古，思虑无所不至焉。故其堂以非非为名云。

【解题】

明道元年，作者在新修官署西侧建此“非非堂”，并作此记。本文紧扣堂名展开议论，表明自己“是是非非”、“宁讪无谄”的处世原则。

戕竹记

洛最多竹，樊圃棋错。包箨榯笋之赢，岁尚十数万缗，坐安厚利，宁肯为渭川下？然其治水庸，任土物，简历芟养，率须谨严。家必有小斋闲馆在亏蔽间，宾欲赏，辄腰舆以入，不问辟强，恬无怪让也。以是名其俗为好事。

壬申之秋，人吏率持镰斧，亡公私谁何，且戕且桴，不竭不止。守都出令：有敢隐一毫为私，不与公上急病，服王官为慢，齿王民为悖。如是累日，地榛园秃，下亡有啬色少见于颜间者。由是知其民之急上。

噫！古者伐山林，纳材苇，惟是地物之美，必登王府，以经于用。不供谓之畔废，不时谓之暴殄。今土宇广斥，赋入委叠，上益笃俭，非有广居盛囿之侈。县官材用，顾不衍溢朽蠹，而一有非常，敛取无艺。意者营饰像庙过差乎！《书》不云“不作无益害有益”，又曰“君子节用而爱人”？天子有司所当朝夕谋虑，守官与道，不可以忽也。推类而广之，则竹事犹末。

【解题】

明道元年八月，汴京内廷失火，焚烧八殿。为修葺大内，洛阳竹林被砍伐一空。本文指斥这种行为为“无益害有益”，表现节用爱民的思想。言简意深。

李秀才东园亭记

修友李公佑有亭，在其居之东园。今年春，以书抵洛，命修志之。

李氏世家随。随，春秋时称汉东大国。鲁桓之后，楚始盛，随近之，常与为斗，国相胜败。然怪其山川土地，既无高深壮厚之势，封域之广，与郧、蓼相介，才一二百里，非有古强诸侯制度，而为大国，何也？其春秋世，未尝通中国盟会朝聘。僖二十年，方见于经，以伐见书。哀之元年，始约列诸侯，一会而罢。

其后乃希见。僻居荆夷，盖于蒲骚、郧、蓼小国之间，特大而已。故于今虽名藩镇，而实下州。山泽之产无美材，土地之贡无上物。朝廷达官大人自闽陬岭徼出而显者，往往皆是，而随近在天子千里内，几一百年间未出一士，岂其庳贫薄陋自古然也？

予少以江南就食居之，能道其风土。地既瘠枯，民给生不舒愉，虽丰年，大族厚聚之家，未尝有树林池沼之乐，以为岁时休暇之嬉。独城南李氏为著姓，家多藏书，训子孙以学。予为童子，与李氏诸儿戏其家。见李氏方治东园，往求美草，一一手植，周视封树，日日去来园间甚勤。李氏寿终，公佐嗣家，又构亭其间，益修先人之所为。予亦壮，不复至其家。已而去，客汉沔，游京师。久而乃归，复行城南，公佐引予登亭上，周寻童子时所见，则树之蘖者抱，昔之抱者枿，草之茁者丛，荄之甲者今果矣。问其游儿，则有子，如予童子之岁矣。相与逆数昔时，则于今七闰矣，然忽忽如前日事。因叹嗟徘徊不能去。

噫！予方仕宦奔走，不知再至城南登此亭，复几闰？幸而再至，则东园之物又几变也？计亭之梁木其蠹，瓦甓其溜，石物其泐乎！随虽陋，非予乡，然予之长也，岂能忘情于随哉！

公佐好学有行，乡里推之。与予友。盖明道二年十月十二日也。

【解题】

李秀才，名尧辅，又名彦辅，字公佐，欧阳修总角之交。明道二年（1033），作者离开随州十九年后，重游故地，为作此记。茅坤评述说：“先本以风土之瘠，继之以登游之旧，以感园之废兴。”（《宋大家欧阳文忠公文钞》卷二十）何焯说：“本不足记，故但书其不能忘情于园亭者。”（《义门读书记》欧文上卷）

养鱼记

折檐之前有隙地，方四五丈，直对非非堂。修竹环绕荫映，未尝植物，因洿以为池。不方不圆，任其地形；不甃不筑，全其自然。纵锸以潴之，汲井以盈之。湛乎汪洋，晶乎清明，微风而波，无波而平，若星若月，精彩下入。予偃息其上，潜形于毫芒；循漪沿岸，渺然有江湖千里之想。斯足以舒忧隘而娱穷独也。乃求渔者之罟，市数十鱼，童子养之乎其中。童子以为斗斛之水不能广其容，盖活其小者而弃其大者。怪而问之，且以是对。

嗟乎！其童子无乃嚚昏而无识矣乎！予观巨鱼，枯涸在旁，不得其所，而群小鱼游戏乎浅狭之间，有若自足焉，感之而作《养鱼记》。

【解题】

作于明道初年。时章献太后垂帘听政，人才难以进用。本文借用大鱼“不得其所”、小鱼“有若自足”的描写，感时伤怀。文意委婉曲折，语言清新优美。

东斋记

官署之东，有阁以燕休，或曰斋。谓夫闲居平心以养思虑，若于此而斋戒也，故曰斋。河南主簿张应之居县署，亦理小斋。河南虽赤县，然征赋之民户才七八千，田利之入率无一钟之亩。人稀，土不膏腴，则少争讼。幸而岁不大凶，亦无逋租。凡主簿之所职者甚简少，故未尝忧吏责，而得优游以嬉。应之又素病羸，宜其有以闲居而平心者也。

应之虽病，然力自为学，常曰：“我之疾，气留而不行，血滞而流逆，故其病咳血。然每体之不康，则或取六经、百氏，若古人述作之文章诵之，爱其深博闳达、雄富伟丽之说，则必茫乎以思，畅乎以平，释然不知疾之在体。”因多取古书文字贮斋中，少休，则探以览焉。夫世之善医者，必多畜金石百草之物以毒其疾，须其瞑眩而后瘳。应之独能安居是斋以养思虑，又以圣人之道和平其心而忘厥疾，真古之乐善者欤。

傍有小池，竹树环之。应之时时引客坐其间，饮酒言笑，终日不倦。而某尝从应之于此，因书于其壁。

【解题】

作于明道二年（1033）。友人河南县主簿张谷（字应之）于县署东面建小斋，职闲心静，读书养病，自得其乐。记叙、议论、抒情结合，见其斋，也见斋主人的形象。

淅川县兴化寺廊记

兴化寺新修行廊四行，总六十四间。匠者某人，用工之力凡若干，土木圬墁陶瓦铁石之费、匠工佣食之资凡若干。营而主其事者僧延遇。

延遇自言余杭人，少弃父母，称出家子。之郓州，拜浮图人，师其说。年十九，尚书祠部给牒称僧，遂行四方。淳化三年，止此寺，得维摩院废基筑室，自为师，教弟子以居。居二十有三年，授弟子惠聪而老焉。又十八年，年七十有一矣，乃敛其衣盂之具所余，示惠聪而叹曰：“吾生乾德之癸亥，明年而甲子一复，而又将甲焉。弃杭即淅四十有三岁，去坟墓不哭其郊，闻吴歈不怀其土，吾岂无乡闾亲戚之仁与爱，而乐此土耶？吾惟浮图之说，畏且信，以忘其生，不知久乎此也。今老矣，凡吾之有衣食之余，生无乡闾宗族之赒，没不待岁时烝尝之具，盖就吾之素信者而用焉？毕，吾无恨也。”于是庀工度材，营此廊。廊成明道二年之某月也。

寺始建于隋仁寿四年，号法相寺，太平兴国中改曰兴化。屋垣甚壮广。由仁寿至明道，实四百四十有四年之间，凡几坏几易，未尝有志刻，虽其始造之因，亦莫详焉。至延遇为此役，始求志之。予因嘉延遇之能果其学也。惠聪自少师之，虽老，益坚不坏。又竭其所有，期与俱就所信而尽焉。夫世之学者知患不至，不知患不能果。此果于自信者也。

年月日记。

【解题】

明道二年作。文章记僧延遇营建兴化寺行廊，而重在记其为人为学，赞其为“果于自信者”。叙事与议论融为一体。

陈氏荣乡亭记

什邡，汉某县，户若干，可征役者家若干，任里胥给吏事又若干，其豪又若干。县大以饶，吏与民尤骜恶猾骄，善货法，为蠹孽。中州之人凡仕宦之蜀者，皆远客孤寓思归，以苟满岁脱过失得去为幸。居官既不久，又不究知其俗，常不暇刔剔，已辄易去。而县之大吏，皆宿老其事，根坚穴深。为其长者，非甚明锐，难卒攻破。故一县之政，吏常把持而上下之。然其特不喜秀才儒者，以能接见官府、知己短长以谗之为己病也。每儒服持谒向县门者，吏辄坐门下，嘲咻踞骂辱之，俾惭以去。甚则阴用里人无赖苦之，罗中以法，期必破坏之而后已。民既素饶，乐乡里，不急禄仕，又苦吏之所为，故未尝有儒其业与服以游者。甚好学者，不过专一经、工歌诗、优游自养为乡丈人而已。比年，蜀之士人以进士举试有司者稍稍增多，而什邡独绝少。

陈君，什邡之乡丈人，有贤子曰岩夫。岩夫幼喜读书，为进士，力学，甚有志。然亦未尝敢儒其衣冠以谒县门，出入闾闬，必乡其服，乡人莫知其所为也。已而州下天子诏书，索乡举秀才，岩夫始改衣，诣门应诏。吏方相惊，然莫能为也。既州试之，送礼部。将行，陈君戒且约曰："嘻！吾知恶进士之病已，而不知可以为荣。若行幸得选于有司，吾将有以旌志之，使荣吾乡以劝也。"于是呼工理材，若将构筑者。明年，岩夫中丙科以归。陈君成是亭，与乡人宴其下。县之吏悔且叹曰："陈氏有善子，而吾乡有才进士，岂不荣邪！"岩夫初为伊阙县主簿，时予为西京留守推官，尝语予如此，欲予之志之也。

岩夫为县吏，材而有内行，不求闻知于上官，而上官荐用下吏之能者，岁无员数，然卒亦不及。噫！岩夫为乡进士，而乡人始不知之，卒能荣之。为下吏，有可进之势，而不肯一鬻所长以干其上，其守道自修可知矣。陈君有子如此，亦贤丈人也。予既友岩夫，恨不一登是亭，往拜陈君之下，且以识彼邦之长者也。又嘉岩夫之果能荣是乡也，因以命名其亭，且志之也。

某年月，欧阳修记。

【解题】

据"时予为西京留守推官"，知此文当作于明道年间（1032—1033）。旨在旌表陈岩夫中选，劝勉乡人好学。紧扣亭名，夹叙夹议，理晰旨明。

明因大师塔记

明因大师道诠，姓卫氏，并州文水县民家子。生于太平兴国辛巳之岁，终于明道癸酉之正月，寿五十有三年。始为童子，辞家人，入洛阳妙觉禅院，依真行大师惠璿，学浮图法。咸平五年，始去氏，削发入僧籍。后二十四年，赐紫衣，遂主其众。又四年，赐号明因，兼领右街教门事。凡为僧三十有一年。卒之明年，其徒以骨葬城南龙门山下。

始道诠未死时，予过其庐，问其年几何，曰五十有二矣。问其何许人也，曰本太原农家也。因与语曰："《诗·唐风》言晋本唐之俗，其民被尧之德化，且诗多以俭刺，然其勤生以俭啬，朴厚而纯固，最得古之遗风。今能言其土风乎？其民俗何若？信若《诗》之所谓乎？《诗》去今千余岁矣，犹若《诗》之时乎？其亦随世而迁变也？"

曰："树麻而衣，陶瓦而食，筑土而室，甘辛苦，薄滋味。岁耕日积，有余则窖而藏之，率千百年不辄发。其勤且俭，诚有古之遗风，至今而不变也。"又言："为儿时闻长老语。晋自春秋为盛国。至唐基并以兴，世为北京。及朱氏有中土，后唐倚并为雄，亦卒以王，既而晋祖又以王，汉又以王。遭时之故，相次出三天子。刘崇父子又自为国。故民熟兵斗，馕军死战，劳苦几百年不得息。既而圣人出，四方次第平，一日兵临城门，系继元以归。并民然后被政教，弃兵专农，休息劳苦，为太平之幸人。并平后二岁，我始生，幼又依浮图。生不见干戈，长不执耒耜，衣不麻，食不瓦，室不土，力不穑而休，乃并人之又幸者也。今老矣，且病，即死无恨。"

予爱其语朴而详。他日，复过其庐，莫见也；访之，曰死矣。为之恻然。及其葬，其徒有求予志其始终者，因并书其常语予者，志岁月云尔。

【解题】

作于景祐元年（1034）。为明因大师死葬志塔，简述死者生平，详载其论《诗》议史之谈。茅坤评述："记明因塔以因无他

戒行及有禅慧，故特本其所言，以感慨今古云。”（《宋大家欧阳文忠公文钞》卷二十一）

樊侯庙灾记

郑之盗，有入樊侯庙刳神像之腹者。既而大风雨雹，近郑之田，麦苗皆死。人咸骇曰：“侯怒而为之也。”

余谓樊侯本以屠狗立军功，佐沛公至成皇帝，位为列侯，邑食舞阳，剖符传封，与汉长久，《礼》所谓有功德于民则祀之者欤！舞阳距郑既不远，又汉、楚常苦战荥阳、京、索间，亦侯平生提戈斩级所立功处，故庙而食之，宜矣。

方侯之参乘沛公，事危鸿门，振目一顾，使羽失气，其勇力足有过人者，故后世言雄武称樊将军，宜其聪明正直，有遗灵矣。然当盗之傳刃腹中，独不能保其心腹肾肠哉？而反贻怒于无罪之民，以骋其恣睢，何哉？岂生能万人敌，而死不能庇一躬邪！岂其灵不神于御盗，而反神于平民以骇其耳目邪！风霆雨雹，天之所以震耀威罚有司者，而侯又得以滥用之邪？

盖闻阴阳之气，怒则薄而为风霆，其不和之甚者凝结而为雹。方今岁且久旱，伏阴不兴，壮阳刚燥，疑有不和而凝结者，岂其适会民之自灾也邪？不然，则喑呜叱咤，使风驰霆击，则侯之威灵暴矣哉！

【解题】

作于景祐初年。这是一篇驳斥迷信说法的短文，揭示郑地发生风害雹灾，本属自然现象，并非神灵报复行为。唐顺之评述说：“文不过三百字，而十余转折，愈出愈奇，文之最妙者也。”（《宋大家欧阳文忠公文钞》卷二十一引）

泗州先春亭记

景祐二年秋，清河张侯以殿中丞来守泗上。既至，问民之所素病，而治其尤暴者。曰："暴莫大于淮。"越明年春，作城之外堤，因其旧而广之，度为万有九千二百尺，用人之力八万五千。泗之民曰："此吾利也，而大役焉。然人力出于州兵，而石出乎南山。作大役而民不知，是为政者之私我也。不出一力而享大利，不可。"相与出米一千三百石，以食役者。堤成，高三十三尺，土实石坚，捍暴备灾，可久而不坏。既曰："泗，四达之州也，宾客之至者有礼。"于是因前蒋侯堂之亭新之，为劳饯之所，曰思邵亭，且推其美于前人，而志邦人之思也。又曰："泗，天下之水会也，岁漕必廪于此。"于是治常丰仓西门二夹室，一以视出纳，曰某亭；一以为舟者之寓舍，曰通漕亭。然后曰："吾亦有所休乎。"乃筑州署之东城上为先春亭，以临淮水而望西山。

是岁秋，予贬夷陵，过泗上，于是知张侯之善为政也。昔周单子聘楚而过陈，见其道穢，而川泽不陂梁，客至不授馆，羁旅无所寓，遂知其必亡。盖城郭道路，旅舍寄寓，皆三代为政之法，而《周官》尤谨著之以为御备。今张侯之作也，先民之备灾，而及于宾客往来，然后思自休焉，故曰知为政也。

先时岁大水，州几溺，前司封员外郎张侯夏守是州，筑堤以御之，今所谓因其旧者是也。是役也，堤为大，故予记其大者详焉。

【解题】

景祐三年（1036）六月（据《于役志》记事），作者贬官夷陵，途经泗州，应知州张侯请求，作此记。旨在表彰张侯的爱民政治。茅坤评述说："记先春亭却本堤，次之以宾客之馆，而后及亭。以周单子之言论为案，所谓以经饰吏治，欧阳公之文亦然。"（《宋大家欧阳文忠公文钞》卷二十）何焯称赞为"有用文章，笔亦峻健"（《义门读书记》欧文上卷）。

湘潭县修药师院佛殿记

湘潭县药师院新修佛殿者，县民李迁之所为也。

迁之贾江湖，岁一贾，其入数千万。迁之谋曰：夫民，力役以生者也。用力劳者其得厚，用力偷者其得薄。以其得之丰约，必视其用力之多少而必当，然后各食其力而无惭焉。士非我匹，若工农则吾等也。夫琢磨煎炼，调筋柔革，此工之尽力也；斤斸锄夷，畎亩树艺，此农之尽力也。然后所食皆不过其劳。今我则不然，徒幸物之废兴而上下其价，权时轻重而操其奇赢，游嬉以浮于江湖，用力至逸以安，而得则过之。我有惭于彼焉。凡诚我契而不我欺，平我斗斛权衡而不我逾，出入关市而不我虞，我何能焉？是皆在上而为政者以庇我也。何以报焉？闻浮屠之为善，其法曰："有能舍己之有以崇饰尊严，我则能阴相之，凡有所欲，皆如志。"乃曰：盍用我之有所得，于此施以报焉，且为善也。

于是得此寺废殿而新之，又如其法，作释迦佛、十六罗汉塑像皆备。凡用钱二十万。自景祐二年十二月癸酉讫三年二月甲寅以成。

其秋，会予赴夷陵，自真州假其舟行。次浔阳，见买一石，砻而载于舟。问其所欲用之，因具言其所为，且曰欲归而记其始造岁月也。视其色，若欲得予记而不敢言也。因善其以贾为生，而能知夫力少而得厚以为幸，又知在上者庇己而思有以报，顾其所为之心又趋为善，皆可喜也，乃为之作记。问其寺始造之由及其岁月，皆不能道也。

九月十六日记。

【解题】

景祐三年九月作于贬官夷陵途中。药师佛，菩萨名，即药师琉璃光如来。湘潭县李迁之往来长江沿岸行商，在乡兴建药师佛殿，请欧阳修为作记。文章记叙李迁之谈吐，生动刻划封建制度下一位安分守己的商人的思想风貌。

夷陵县至喜堂记

峡州治夷陵，地滨大江，虽有椒、漆、纸以通商贾，而民俗俭陋，常自足，无所仰于四方。贩夫所售，不过鱐鱼腐鲍，民所嗜而已。富商大贾，皆无为而至。地僻而贫，故夷陵为下县，而峡为小州。

州居无郭郛，通衢不能容车马，市无百货之列，而鲍鱼之肆不可入。虽邦君之过市，必常下乘，掩鼻以疾趋。而民之列处，灶、廪、匽、井无异位，一室之间，上父子而下畜豕。其覆皆用茅竹，故岁常火灾。而俗信鬼神，其相传曰作瓦屋者不利。夷陵者，楚之西境，昔《春秋》书荆以狄之，而诗人亦曰蛮荆，岂其陋俗自古然欤？

景祐二年，尚书驾部员外郎朱公治是州，始树木，增城栅，甓南北之街，作市门市区。又教民为瓦屋，别灶廪，异人畜，以变其俗。既又命夷陵令刘光裔治其县，起敕书楼，饰厅事，新吏舍。三年夏，县功毕。某有罪来是邦，朱公于某有旧，且哀其以罪而来，为至县舍，择其厅事之东以作斯堂，度为疏絜高明，而日居之以休其心。堂成，又与宾客偕至而落之。夫罪戾之人，宜弃恶地，处穷险，使其憔悴忧思，而知自悔咎。今乃赖朱公而得善地，以偷宴安，顽然使忘其有罪之忧，是皆异其所以来之意。

然夷陵之僻，陆走荆门、襄阳至京师，二十有八驿；水道大江绝淮抵汴东水门，五千五百有九十里。故为吏者多不欲远来，而居者往往不得代，至岁满，或自罢去。然不知夷陵风俗朴野，少盗争，而令之日食有稻与鱼，又有橘、柚、茶、笥四时之味，江山美秀而邑居缮完，无不可爱。是非惟有罪者之可以忘其忧，而凡为吏者，莫不始来而不乐，既至而后喜也。

作《至喜堂记》，藏其壁。夫令虽卑，而有土与民，宜志其风俗变化之善恶，使后来者有考焉尔。

【解题】

景祐三年冬，作者贬官至夷陵，峡州知州朱庆基与欧阳修有旧交，为建至喜堂，本文为此而作。文章叙写夷陵概况，颇有史料价值；表现了作者身处贬所，不作“戚戚之文”，以顺处逆、乐观旷达的情怀。文笔朴素，亲切自然，“以叙事行议论”（《宋大家欧阳文忠公文钞》卷二十一）

峡州至喜亭记

蜀于五代为僭国，以险为虞，以富自足，舟车之迹不通乎中国者，五十有九年。宋受天命，一海内，四方次第平。太祖改元之三年，始平蜀。然后蜀之丝枲织文之富，衣被于天下，而贡输商旅之往来者，陆辇秦凤，水道岷江，不绝于万里之外。

岷江之来，合蜀众水，出三峡为荆江，倾折回直，捍怒斗激，束之为湍，触之为旋。顺流之舟，顷刻数百里，不及顾视，一失毫厘与崖石遇，则糜溃漂没不见踪迹。故凡蜀之可以充内府、供京师而移用乎诸州者，皆陆出，而其羡余不急之物，乃下于江，若弃之然。其为险且不测如此。夷陵为州，当峡口，江出峡始漫为平流。故舟人至此者，必沥酒再拜相贺，以为更生。

尚书虞部郎中朱公再治是州之三月，作至喜亭于江津，以为舟者之停留也。且志夫天下之大险，至此而始平夷，以为行人之喜幸。夷陵固为下州，廪与俸皆薄，而僻且远，虽有善政，不足为名誉以资进取。朱公能不以陋而安之，其心又喜夫人之去忧患而就乐易，《诗》所谓“恺悌君子”者矣。

自公之来，岁数大丰，因民之余，然后有作。惠丁往来，以馆以劳，动不违时而人有赖，是皆宜书。故凡公之佐吏，因相与谋而属笔于修焉。

【解题】

峡州州治夷陵，地处长江三峡出口处。景祐四年（1037）三月知州朱庆基在峡口建至喜亭，作者为作此记。全文紧扣“至喜”二字而作，题目小，寓意深，语言平易清新。

游 鯈 亭 记

禹之所治大水七，岷山导江，其一也。江出荆州，合沅、湘，合汉、沔，以输之海。其为汪洋诞漫，蛟龙水物之所凭，风涛晦冥之变怪，壮哉！是为勇者之观也。

吾兄晦叔为人慷慨喜义，勇而有大志。能读前史，识其盛衰之迹。听其言，豁如也。困于位卑，无所用以老，然其胸中亦已壮矣。夫壮者之乐，非登崇高之丘，临万里之流，不足以为适。今吾兄家荆州，临大江，舍汪洋诞漫、壮哉勇者之所观，而方规地为池，方不数丈，治亭其上，反以为乐，何哉？盖其击壶而歌，解衣而饮，陶乎不以汪洋为大，不以方丈为局，则其心岂不浩然哉！

夫视富贵而不动，处卑困而浩然其心者，真勇者也。然则水波之涟漪，游鱼之上下，其为适也，与夫庄周所谓惠施游于濠梁之乐何以异？乌用蛟鱼变怪之为壮哉？故名其亭曰游儵亭。

景祐五年四月二日，舟中记。

【解题】

作者同父异母兄欧阳昺，长期困于地位卑下的小官，时居荆州，建游儵亭怡然自乐。景祐五年（1038）作者由夷陵赴任乾德，途中为作此记。文章以浓墨重彩抒写亭主人的思想情怀以及作者的感慨，于“勇者之观”翻出新意。何焯赞其章法：“翻得好！”（《义门读书记》欧文上卷）

襄州谷城县夫子庙记

释奠、释菜，祭之略者也。古者士之见师，以菜为贽，故始入学者必释菜以礼其先师。其学官四时之祭，乃皆释奠。释奠有乐无尸；而释菜无乐，则其又略也，故其礼亡焉。而今释奠幸存，然亦无乐，又不遍举于四时，独春秋行事而已。

《记》曰：“释奠必有合，有国故则否。”谓凡有国，各自祭其先圣先师，若唐虞之夔、伯夷，周之周公，鲁之孔子。其国之无焉者，则必合于邻国而祭之。然自孔子殁，后之学者莫不宗焉，故天下皆尊以为先圣，而后世无以易。学校废久矣，学者莫知所师，又取孔子门人之高第曰颜回者而配焉，以为先师。隋、唐之际，天下州县皆立学，置学官、生员，而释奠之礼遂以著令。其后州县学废，而释奠之礼，吏以其著令，故得不废。学废矣，无所从祭，则皆庙而祭之。荀卿子曰：“仲尼，圣人之不得势者也。”然使其得势，则为尧、舜矣。不幸无时而殁，特以学者之故，享弟子春秋之礼。而后之人不推所谓释奠者，徒见官为立祠而州县莫不祭之，则以为夫子之尊，由此为盛。甚者，乃谓生虽不得位，而殁有所享，以为夫子荣，谓有德之报，虽尧、舜莫若。何其谬论者欤！

祭之礼，以迎尸、酌鬯为盛。释奠、荐馔，直奠而已，故曰祭之略者。其事有乐舞、授器之礼，今又废，则于其略者又不备焉。然古之所谓吉凶、乡射、宾燕之礼，民得而见焉者，今皆废失。而州县幸有社稷、释奠、风雨雷师之祭，民犹得以识先王之礼器焉。其牲酒器币之数，升降俯仰之节，吏又多不能习，至其临事，举多不中而色不庄，使民无所瞻仰。见者怠焉，因以为古礼不足复用。可胜叹哉！

大宋之兴，于今八十年，天下无事，方修礼乐，崇儒术，以文太平之功。以谓王爵未足以尊夫子，又加至圣之号以褒崇之，讲正其礼，下于州县。而吏或不能谕上意，凡有司簿书之所不责者，谓之不急，非师古好学者莫肯尽心焉。

谷城令狄君栗，为其邑未逾时，修文宣王庙易于县之左，大其正位，为学舍于其旁，藏九经书，率其邑之子弟兴于学。然后考制度，为俎豆、笾篚、尊爵、簠簋凡若干，以与其邑人行事。谷城县政久废，狄君居之，期月称治，又能载国典，修礼兴学，急其有司所不责者，谌谌然惟恐不及，可谓有志之士矣。

【解题】

宝元元年（1038），作者时任乾德县令，应谷城县令狄栗请求作此记。文章感叹今世不行古礼，赞颂狄栗建文庙、恢复古礼而县境大治。行文平易，笔锋带有感情。茅坤评述说：“慨古礼之亡处多韵折。”（《宋大家欧阳文忠公文钞》卷二十一）

御书阁记

醴陵县东二十里，有宫曰登真，其前有山，世传仙人王乔炼药于此。唐开元间，神仙道家之说兴，天子为书六大字，赐而揭焉。太宗皇帝时，诏求天下前世名山异迹，而尤好书法。闻登真有开元时所赐字，甚奇，乃取至京师阅焉，已而还之，又赐御书飞白字使藏焉。其后登真大火，独飞白书存。

康定元年，道士彭知一探其私笈以市工材，悉复宫之旧，建楼若干尺以藏赐书。予之故人处士任君为予言其事，来乞文以志，凡十余请而不懈。予所领职方，悉掌天下图书，考图验之，醴陵老、佛之居凡八十，而所谓登真者，其说皆然，乃为之记。

夫老与佛之学，皆行于世久矣，为其徒者常相訾病，若不相容于世。二家之说，皆见斥于吾儒，宜其合势并力以为拒守，而乃反自相攻，惟恐不能相弱者，何哉？岂其死生性命所持之说相盭而然邪？故其代为兴衰，各系于时之好恶，虽善辩者不能合二说而一之。至其好大宫室，以矜世人，则其为事同焉。然而佛能箝人情而鼓以祸福，人之趣者常众而炽。老氏独好言清净远去、灵仙飞化之术，其事冥深，不可质究，则其为常以淡泊无为为务。故凡佛氏之动摇兴作，为力甚易；而道家非遭人主之好尚，不能独兴。其间能自力而不废者，岂不贤于其徒者哉！知一是已。

庆历二年八月八日，庐陵欧阳修记。

【解题】

时作者在京任集贤校理，管勾三馆秘阁。御书阁原藏有唐玄宗、宋太宗御书，大火后重建，欧阳修为作此记。文章辨析老、佛之学，揭示二家之说，同受儒学排斥，而佛学为害最烈。全文以议论为主，散而有聚。何焯《义门读书记》指出："晦翁以此为公文第一。"

画舫斋记

予至滑之三月，即其署东偏之室，治为燕私之居，而名曰画舫斋。斋广一室，其深七室，以户相通。凡入予室者，如入乎舟中。其温室之奥，则穴其上以为明；其虚室之疏以达，则栏槛其两旁以为坐立之倚。凡偃休于吾斋者，又如偃休乎舟中。山石崷崒，佳花美木之植，列于两檐之外，又似泛乎中流，而左山右林之相映，皆可爱者。故因以舟名焉。

《周易》之象，至于履险蹈难，必曰涉川。盖舟之为物，所以济险难，而非安居之用也。今予治斋于署以为燕安，而反以舟名之，岂不戾哉？矧予又尝以罪谪走江湖间，自汴绝淮，浮于大江，至于巴峡，转而以入于汉沔，计其水行几万余里。其羁穷不幸而卒遭风波之恐，往往叫号神明以脱须臾之命者，数矣。当其恐时，顾视前后，凡舟之人，非为商贾，则必仕宦，因窃自叹，以谓非冒利与不得已者，孰肯至是哉？赖天之惠，全活其生，今得除去宿负，列官于朝，以来是州，饱廪食而安署居。追思曩时山川所历，舟楫之危，蛟鼍之出没，波涛之汹欻，宜其寝惊而梦愕。而乃忘其险阻，犹以舟名其斋，岂真乐于舟居者邪！

然予闻古之人，有逃世远去江湖之上，终身而不肯反者，其必有所乐也。苟非冒利于险、有罪而不得已，使顺风恬波，傲然枕席之上，一日而千里，则舟之行，岂不乐哉！顾予诚有所未暇，而舫者宴嬉之舟也。姑以名予斋，奚曰不宜？

予友蔡君谟善大书，颇怪伟，将乞其大字以题于楹，惧其疑予之所以名斋者，故具以云。又因以置于壁。

壬午十二月十二日书。

【解题】

作者时任滑州通判。文章抓住“以舟名斋”而作，首先从斋的形状、结构、周围环境特征上介绍命名由来，接着追忆贬途舟行，联想隐士舟行，表现自己居安思危、政治上渴望有所作为的思想。借题发挥，一波多折，引人入胜。

王彦章画像记

太师王公讳彦章，字子明，郓州寿张人也。事梁，为宣义军节度使，以身死国，葬于郑州之管城。晋天福二年，始赠太师。

公在梁以智勇闻。梁、晋之争数百战，其为勇将多矣，而晋人独畏彦章。自乾化后，常与晋战，屡困庄宗于河上。及梁末年，小人赵岩等用事，梁之大臣老将多以谗不见信，皆怒而有怠心，而梁亦尽失河北。事势已去，诸将多怀顾望。独公奋然自必，不少屈懈，志虽不就，卒死以忠。公既死，而梁亦亡矣。悲夫！五代终始才五十年，而更十有三君，五易国而八姓，士之不幸而出乎其时，能不污其身得全其节者鲜矣。公本武人，不知书，其语质，平生尝谓人曰："豹死留皮，人死留名。"盖其义勇忠信，出于天性而然。

予于《五代书》，窃有善善恶恶之志。至于公传，未尝不感愤叹息，惜乎旧史残略，不能备公之事。康定元年，予以节度判官来此，求于滑人，得公之孙睿所录家传，颇多于旧史，其记德胜之战尤详。又言敬翔怒末帝不肯用公，欲自经于帝前，公因用笏画山川，为御史弹而见废。又言公五子，其二同公死节。此皆旧史无之。又云公在滑，以谗自归于京师，而史云召之。是时梁兵尽属段凝，京师羸兵不满数千，公得保銮五百人之郓州，以力寡败于中都，而史云将五千以往者，亦皆非也。

公之攻德胜也，初受命于帝前，期以三日破敌。梁之将相，闻者皆窃笑。及破南城，果三日。是时庄宗在魏，闻公复用，料公必速攻，自魏驰马来救，已不及矣。庄宗之善料，公之善出奇，何其神哉！今国家罢兵四十年，一旦元昊反，败军杀将，连四五年，而攻守之计至今未决。予尝独持用奇取胜之议，而叹边将屡失其机。时人闻予说者，或笑以为狂，或忽若不闻。虽予亦惑，不能自信。及读公家传，至于德胜之捷，乃知古之名将，必出于奇然后能胜。然非审于为计者不能出奇，奇在速，速在果，此天下伟男子之所为，非拘牵常算之士可到也。每读其传，未尝不想见其人。

后二年，予复来通判州事。岁之正月，过俗所谓铁枪寺者，又得公画像而拜焉。岁久磨灭，隐隐可见。亟命工完理之，而不敢有加焉，惧失其真也。公善用枪，当时号王铁枪。公死已百年，至今俗犹以名其寺，童儿牧竖皆知王铁枪之为良将也。一枪之勇，同时岂无？而公独不朽者，岂其忠义之节使然欤？画已百余年矣，完之复可百年，然公之不泯者，不系乎画之存不存也。而予尤区区如此者，盖其希慕之至焉耳。读其书尚想乎其人，况得拜其像识其面目？不忍见其坏也。画既完，因书予所得者于后，而归其人，使藏之。

【解题】

作于庆历三年（1043）春，时作者通判滑州。王彦章是欧阳修《新五代史》表彰的三位忠臣义士之一。本文以旧史、家传、画像互补，着重描写王彦章的善出奇兵和忠勇殉职，并点染轶事遗闻，有似韩愈《张中丞传后叙》、柳宗元《段太尉逸事状》。茅坤评述说："以叙事行议论，其感慨处多情。"（《宋大家欧阳文忠公文钞》卷二十一）

吉州学记

庆历三年秋，天子开天章阁，召政事之臣八人，问治天下其要有几，施于今者宜何先，使坐而书以对。八人者皆震恐失位，俯伏顿首，言此非愚臣所能及，惟陛下所欲为，则天下幸甚。于是诏书屡下，劝农桑，责吏课，举贤才。

其明年三月，遂诏天下皆立学，置学官之员。然后海隅徼塞、四方万里之外，莫不皆有学。呜呼，盛矣！学校，王政之本也。古者致治之盛衰，视其学之兴废。《记》曰："国有学，遂有序，党有庠，家有塾。"此三代极盛之时大备之制也。宋兴，盖八十有四年，而天下之学始克大立，岂非盛美之事，须其久而后至于大备欤？是以诏下之日，臣民喜幸而奔走就事者以后为羞。

其年十月，吉州之学成。州旧有夫子庙，在城之西北。今知州事李侯宽之至也，谋与州人迁而大之，以为学舍，事方上请而诏已下，学遂以成。李侯治吉，敏而有方。其作学也，吉之士率其私钱一百五十万以助。用人之力积二万二千工，而人不以为劳；其良材坚甓之用凡二十二万三千五百，而人不以为多；学有堂筵斋讲，有藏书之阁，有宾客之位，有游息之亭，严严翼翼，壮伟闳耀，而人不以为侈。既成，而来学者常三百余人。

予世家于吉，而滥官于朝，进不能赞扬天子之盛美，退不得与诸生揖让乎其中。然予闻教学之法本于人性，磨揉迁革，使趋于善，其勉于人者勤，其入于人者渐。善教者以不倦之意，须迟久之功，至于礼让兴行而风俗纯美，然后为学之成。今州县之吏不得久其职而躬亲于教化也，故李侯之绩及于学之立，而不及待其成。惟后之人，毋废慢天子之诏而殆以中止。幸予他日因得归荣故乡而谒于学门，将见吉之士皆道德明秀而可为公卿，问于其俗而婚丧饮食皆中礼节，入于其里而长幼相孝慈于其家，行于其郊而少者扶其羸老、壮者代其负荷于道路。然后乐学之道成。而得时从先生、耆老，席于众宾之后，听乡乐之歌，饮献酬之酒，以诗颂天子太平之功。而周览学舍，思咏李侯之遗爱，不亦美哉！

故于其始成也，刻辞于石，而立诸其庑以俟。

注：此文后，衡本附有又一《吉州学记》，文字间有异同，他本作为正文收于《居士外集》卷十三，今据衡本，附录于此：

庆历三年，天子开天章阁，召政事之臣八人，赐之坐，问治天下其要有几，施于今者宜何先，使书于纸以对。八人者皆震恐失措，俯伏顿首，言此事大，非愚臣所能及，惟陛下幸诏臣等，于是退而具述为条列。明年正月，始诏州郡吏以赏罚劝桑农。三月，又诏天下皆立学。

惟三代仁政之本，始于井田而成于学校。《记》曰："国有学，遂有序，党有庠，家有塾。"其极盛之时大备之制也。凡学，本于人性，磨揉迁革使趋于善，至于风俗成而颂声兴。盖其功法施之各有次第，其教于人者勤，而入于人者渐，勤则不倦，渐则迟久而深。夫以不倦之意待迟久而成功者，三王之用心也。故其为法必久而后至太平，而为国皆至六七百年而未已，此其效也。三代学制甚详，而后世罕克以举，举或不知，而本末不备又欲于速，不待其成而怠，故学之道常废而仅存。惟天子明圣，深原三代致治之本，要在富而教之。故先之农桑，而继以学校，将以衣食饥寒之民而皆知孝慈礼让。是以诏书再下，吏民感悦，奔走执事者以后为羞。

其年十月，吉州之学成。州即先夫子庙为学舍于城西而未备，今知州事、殿中丞李侯宽之至也，谋与州人迁而大之，事方上请而诏下，学遂以成。李侯治吉，敏而有方。其作学也，吉之士率其私钱一百五十万以助。用人之力积二万一千工，而人不以为劳；其良材坚甓之用凡二十二万三千五百，而人不以为多；学有堂筵斋讲，有藏书之阁，有宾客之位，有游息之亭，严严翼翼，壮伟闳耀，而人不以为侈。既成，而来学者常三百余人。

于世家于吉，滥官于朝廷，进不能赞明天子之盛美，退不能与诸生揖让乎其中。惟幸吉之学教者，知学本于勤渐，迟久而不倦以治，毋废慢天子之诏。使予他日因得归荣故乡而谒于学门，将见吉之士皆道德明秀可为公卿，过其市而贾者不鬻其淫，适其野而耕者不争垅亩，入其里闾而长幼和、孝慈于其家，行其道涂而少者扶羸老、壮者代其负荷于路。然后乐学之道成。而得从乡先生席于众宾之后，听乡乐之歌，饮射壶之酒，以诗颂天子太平之功。而周览学舍，思咏李侯之遗爱，不亦美哉！

故于其始成也，刻辞于石，以立诸其庑。

【解题】

庆历四年（1044）冬，吉州知州李宽扩迁州学，请欧阳修为作此记。本文从庆历兴学起议，归美仁宗；赞李宽治吉有方，立学有成；最后论及教育须待“迟久之功”，表述作者的教育思想。茅坤誉为“典型之文”（《宋大家欧阳文忠公文钞》卷二十一）

丰乐亭记

修既治滁之明年夏，始饮滁水而甘。问诸滁人，得于州南百步之近。其上丰山耸然而特立，下则幽谷窈然而深藏，中有清泉，滃然而仰出。俯仰左右，顾而乐之。于是疏泉凿石，辟地以为亭，而与滁人往游其间。

滁于五代干戈之际，用武之地也。昔太祖皇帝，尝以周师破李景兵十五万于清流山下，生擒其将皇甫晖、姚凤于滁东门之外，遂以平滁。修尝考其山川，按其图记，升高以望清流之关，欲求晖、凤就擒之所，而故老皆无在者。盖天下之平久矣。自唐失其政，海内分裂，豪杰并起而争，所在为敌国者，何可胜数！及宋受天命，圣人出而四海一。向之凭恃险阻，刬削消磨，百年之间漠然徒见山高而水清。欲问其事，而遗老尽矣。今滁介于江、淮之间，舟车商贾、四方宾客之所不至，民生不见外事，而安于畎亩衣食，以乐生送死，而孰知上之功德，休养生息，涵煦百年之深也？

修之来此，乐其地僻而事简，又爱其俗之安闲。既得斯泉于山谷之间，乃日与滁人仰而望山，俯而听泉。掇幽芳而荫乔木，风霜冰雪，刻露清秀，四时之景无不可爱。又幸其民乐其岁物之丰成，而喜与予游也。因为本其山川，道其风俗之美，使民知所以安此丰年之乐者，幸生无事之时也。夫宣上恩德，以与民共乐，刺史之事也，遂书以名其亭焉。

庆历丙戌六月日，右正言、知制诰、知滁州军州事欧阳修记。

【解题】

作于庆历六年（1046）。庆历新政失败后，欧阳修贬知滁州。文章记叙建亭和命名的来龙去脉，描绘丰山的秀丽风光和滁民的丰乐生活，主旨是歌颂太平气象和朝廷功德，告诫人们珍惜和平安乐生活。全文俯仰今昔，开合曲折，极尽变化之妙。储欣评述说："以五代之滁与今日之滁相形，凭吊最有深情。"（《唐宋八大家类选》卷十一）

醉翁亭记

环滁皆山也。其西南诸峰，林壑尤美。望之蔚然而深秀者，琅邪也。山行六七里，渐闻水声潺潺而泻出于两峰之间者，让泉也。峰回路转，有亭翼然临于泉上者，醉翁亭也。作亭者谁？山之僧曰智仙也。名之者谁？太守自谓也。太守与客来饮于此，饮少辄醉，而年又最高，故自号曰醉翁也。醉翁之意不在酒，在乎山水之间也。山水之乐，得之心而寓之酒也。

若夫日出而林霏开，云归而岩穴暝，晦明变化者，山间之朝暮也。野芳发而幽香，佳木秀而繁阴，风霜高洁，水落而石出者，山间之四时也。朝而往，暮而归，四时之景不同，而乐亦无穷也。

至于负者歌于涂，行者休于树，前者呼，后者应，伛偻提携，往来而不绝者，滁人游也。临溪而渔，溪深而鱼肥，酿泉为酒，泉香而酒洌，山肴野蔌，杂然而前陈者，太守宴也。宴酣之乐，非丝非竹，射者中，奕者胜，觥筹交错，起坐而喧哗者，众宾欢也。苍颜白发，颓然乎其间者，太守醉也。

已而夕阳在山，人影散乱，太守归而宾客从也。树林阴翳，鸣声上下，游人去而禽鸟乐也。然而禽鸟知山林之乐，而不知人之乐；人知从太守游而乐，而不知太守之乐其乐也。醉能同其乐，醒能述以文者，太守也。太守谓谁？庐陵欧阳修也。

【解题】

作于庆历六年。文章描写与滁人在醉翁亭畔的游赏之乐，表现士大夫寄情山水、悠然自适的情调，反映贬官滁州后以顺处逆的特殊心理。全文感情充沛，紧扣一个“乐”字，连用二十一个“也”字，层层推进，笔墨酣畅。语言极富锤炼功夫，骈散结合，反复咏叹，情韵绵邈。代表了“六一风神”，《唐宋文醇》誉为“欧阳绝作”。

菱溪石记

菱溪之石有六，其四为人取去；其一差小而尤奇，亦藏民家；其最大者，偃然僵卧于溪侧，以其难徙，故得独存。每岁寒霜落，水涸而石出，溪旁人见其可怪，往往祀以为神。

菱溪，按图与经皆不载。唐会昌中，刺史李渍为《荇溪记》，云水出永阳岭，西经皇道山下。以地求之，今无所谓荇溪者，询于滁州人，曰此溪是也。杨行密有淮南，淮人为讳其嫌名，以荇为菱，理或然也。

溪傍若有遗址，云故将刘金之宅，石即刘氏之物也。金，伪吴时贵将，与行密俱起合淝，号三十六英雄，金其一也。金本武夫悍卒，而乃能知爱赏奇异，为儿女子之好，岂非遭逢乱世，功成志得，骄于富贵之佚欲而然邪？想其陂池、台榭、奇木、异草，与此石称，亦一时之盛哉！今刘氏之后散为编民，尚有居溪旁者。

予感夫人物之废兴，惜其可爱而弃也，乃以三牛曳置幽谷。又索其小者，得于白塔民朱氏，遂立于亭之南北。亭负城而近，以为滁人岁时嬉游之好。

夫物之奇者，弃没于幽远则可惜，置之耳目，则爱者不免取之而去。嗟夫！刘金者虽不足道，然亦可谓雄勇之士，其平生志意，岂不伟哉。及其后世，荒堙零落，至于子孙泯没而无闻，况欲长有此石乎？用此可为富贵者之戒。而好奇之士闻此石者，可以一赏而足，何必取而去也哉？

【解题】

庆历六年作于知滁州任上。文章记叙菱溪石的来龙去脉，感叹世事变迁和人物盛衰。感物言志，意蕴深厚，形散神不散。茅坤评述说："事虽不甚紧要，却自风致翛然。"（《宋大家欧阳文忠公文钞》卷二十）

偃虹堤记

有自岳阳至者，以滕侯之书、洞庭之图来告曰："愿有所记。"予发书按图，自岳阳门西距金鸡之右，其外隐然隆高以长者，曰偃虹堤。问其作而名者，曰："吾滕侯之所为也。"问其所以作之利害，曰："洞庭天下之至险，而岳阳，荆、潭、黔、蜀四会之冲也。昔舟之往来湖中者，至无所寓，则皆泊南津。其有事于州者远且劳，而又常有风波之恐、覆溺之虞。今舟之至者皆泊堤下，有事于州者，近而且无患。"问其大小之制、用人之力，曰："长一千尺，高三十尺，厚加二尺，而杀其上得厚三分之二，用民力万有五千五百工，而不逾时以成。"问其始作之谋，曰："州以事上转运使，转运使择其吏之能者行视可否。凡三反复，而又上于朝廷，决之三司，然后曰可，而皆不能易吾侯之议也。"曰："此君子之作也，可以书矣。"

盖虑于民也深，则谋其始也精，故能用力少而为功多。夫以百步之堤，御天下至险不测之虞，惠其民而及于荆、潭、黔、蜀，凡往来湖中，无远迩之人皆蒙其利焉。且岳阳四会之冲，舟之来而止者，日凡有几！使堤土石幸久不朽，则滕侯之惠利于人物，可以数计哉？夫事不患于不成，而患于易坏。盖作者未始不欲其久存，而继者常至于殆废。自古贤智之士，为其民捍患兴利，其遗迹往往而在。使其继者皆如始作之心，则民到于今受其赐，天下岂有遗利乎？此滕侯之所以虑，而欲有纪于后也。

滕侯志大材高，名闻当世。方朝廷用兵急人之时，常显用之。而功未及就，退守一州。无所用心，略施其余，以利及物。夫虑熟谋审，力不劳而功倍，作事可以为后法，一宜书。不苟一时之誉，思为利于无穷，而告来者不以废，二宜书。岳之民人与湖中之往来者，皆欲为滕侯纪，三宜书。以三宜书，不可以不书，乃为之书。

庆历六年月日记。

【解题】

庆历六年，应朋友滕宗谅所请而作。偃虹堤是滕宗谅计划在岳州建造的一项防灾利民的水利工程。文章别开生面，以作者与送信人的问答，交代偃虹堤的基本情况，歌颂朋友的爱民政治，抒写自己的理想。构思巧妙，跌宕多姿，可谓层深而浑成。

大明水记

世传陆羽《茶经》，其论水云：“山水上，江水次，井水下。”又云：“山水，乳泉、石池漫流者上。瀑湧湍漱勿食，食久，令人有颈疾。江水取去人远者，井取汲多者。”其说止于此，而未尝品第天下之水味也。至张又新为《煎茶水记》，始云刘伯刍谓水之宜茶者有七等，又载羽为李秀卿论水次第有二十种。

今考二说，与羽《茶经》皆不合。谓山水上，乳泉、石池又上，江水次而井水下。伯刍以扬子江为第一，惠山石泉为第二，虎丘石井第三，丹阳寺井第四，扬州大明寺井第五，而松江第六，淮水第七，与羽说皆相反。秀卿所说二十水：庐山康王谷水第一，无锡惠山石泉第二，蕲州兰谿石下水第三，扇子峡虾蟆口水第四，虎丘寺井水第五，庐山招贤寺下方桥潭水第六，扬子江南零水第七，洪州西山瀑布第八，桐柏淮源第九，庐山龙池山顶水第十，丹阳寺井第十一，扬州大明寺井第十二，汉江中零水第十三，玉虚洞香谿水第十四，武关西水第十五，松江水第十六，天台千丈瀑布水第十七，郴州圆泉第十八，严陵滩水第十九，雪水第二十。如虾蟆口水、西山瀑布、天台千丈瀑布，皆戒人勿食，食之生疾。其余江水居山水上，井水居江水上，皆与羽经相反。疑羽不当二说以自异。使诚羽说，何足信也？得非又新妄附益之邪？其述羽辨南零岸时，怪诞甚妄也。水味有美恶而已，欲求天下之水一二而次第之者，妄说也。故其为说，前后不同如此。

然此井，为水之美者也。羽之论水，恶渟浸而喜泉源，故井取汲者；江虽长，然众水杂聚，故次山水。惟此说近物理云。

【解题】

庆历八年（1048）作于扬州知州任上。大明水，即扬州大明寺井泉。文章依据陆羽《茶经》论水言论，考证张又新《煎茶水记》所载论水次第有误，表现作者不盲从成说的治学态度。

海陵许氏南园记

高阳许君子春，治其海陵郊居之南为小园，作某亭、某堂于其间。

许君为江浙、荆淮制置发运使，其所领六路七十六州之广，凡赋敛之多少，山川之远近，舟楫之往来，均节转徙，视江湖数千里之外如运诸其掌，能使人乐为而事集。当国家用兵之后，修前人久废之职，补京师匮乏之供，为之六年，厥绩大著，自国子博士迁主客员外郎，由判官为副使。夫理繁而得其要则简，简则易行而不违，惟简与易，然后其力不劳而有余。夫以制置七十六州之有余，治数亩之地为园，诚不足施其智；而于君之事，亦不足书。君主美众矣，予特书其一节可以示海陵之人者。

君本歙人，世有孝德。其先君司封丧其父母，事其兄如父，戒其妻事其嫂如姑。衣虽弊，兄未易衣，不敢易；食虽具，兄未食，不敢先食。司封之亡，一子当得官，其兄弟相让，久之，诸兄卒以让君。君今遂显于朝，以大其门。君抚兄弟诸子犹己子，岁当上计京师，而弟之子病，君留不忍去，其子亦不忍舍君而留，遂以俱行。君素清贫，罄其家赀走四方以求医，而药必亲调，食饮必亲视，至其矢溲亦亲候其时节颜色所下，如可理则喜，或变动逆节，则忧戚之色不自胜。其子卒，君哭泣悲哀，行路之人皆嗟叹。

呜呼！予见许氏孝悌著于三世矣。凡海陵之人过其园者，望其竹树，登其台榭，思其宗族少长相从愉愉而乐于此也，爱其人，化其善，自一家而形一乡，由一乡而推之无远迩。使许氏之子孙世久而愈笃，则不独化及其人，将见其园间之草木，有骈枝而连理也；禽鸟之翔集于其间者，不争巢而栖，不择子而哺也。呜呼！事患不为与夫怠而止尔，惟力行而不怠以止，然后知予言之可信也。

庆历八年十二月二十七日，庐陵欧阳修记。

【解题】

文章为许元所建南园而作，旨在表彰许氏三代孝悌传家，化及乡里。以记立说，重在议论，展现主人公的思想道德。茅坤评述说：“为南园记而特本其世孝一节立论，此其文章一地位可法处。”（《宋大家欧阳文忠公文钞》卷二十）

孙氏碑阴记

皇祐三年夏，元规以龙图阁直学士、尚书吏部郎中为陕西都转运使，道出南京，遇疾，留河上。予时往问之。

元规疾少间，出其皇祖少师之铭，而谓予曰：“此太子太傅杜公所书也。吾家世德，杜公之父荣公实铭之。惟吾二家，皆为当世盛族，五代之乱，播于吴越而不显，然其同禄仕，通婚姻，子孙之好至今而不绝也。自吴越国除，衣冠之族皆北。予以不幸少孤，既壮而从禄养。其为御史谏官，以言事谪守处州。始得过故乡，识其耆老，而求杜氏之铭不可得也。今十有五年而始获于斯。自荣公之铭孙氏，三世百年，至于小子，幸成祖考忠义之训，今得进被荣显于朝廷而列于侍从。杜公以道德名望相明天子，荷天之福，眉寿于家。惟吾二家之盛衰，与时治乱而上下，故屈于彼而伸于此。其世德遗文，由后有人，克保不坠，故晦于昔而显于今。将刻铭于碑，表之墓隧，以昭示来世子孙，其以为如何？”

予曰：呜呼！为善之效无不报，然其迟速不必问也。故不在身者则在其子孙，或晦于当时者必显于后世，其孙氏、杜氏之谓乎。刻之金石，以遗家之子孙而劝天下之为善者，不亦宜哉！

【解题】

皇祐三年（1051）夏，作于知应天府兼南京留守司事任上。文章详载孙沔言谈，以孙沔、杜衍家族的数世显荣，勉励世人行善积德，表现封建士大夫的立世意识。

真州东园记

真为州，当东南之水会，故为江淮、两浙、荆湖发运使之治所。龙图阁直学士施君正臣、侍御史许君子春之为使也，得监察御史里行马君仲涂为其判官。三人者乐其相得之欢，而因其暇日，得州之监军废营以作东园，而日往游焉。

岁秋八月，子春以其职事走京师，图其所谓东园者来以示予，曰："园之广百亩，而流水横其前，清池浸其右，高台起其北。台，吾望以拂云之亭；池，吾俯以澄虚之阁；水，吾泛以画舫之舟。敞其中以为清宴之堂，辟其后以为射宾之圃。芙渠芰荷之的历，幽兰白芷之芬芳，与夫佳花美木列植而交阴，此前日之苍烟白露而荆棘也。高甍巨桷，水光日景动摇而下上；其宽闲深靓，可以答远响而生清风，此前日之颓垣断堑而荒墟也。嘉时令节，州人士女啸歌而管弦，此前日之晦冥风雨、鼪鼯鸟兽之嗥音也。吾于是信有力焉。凡图之所载，盖其一二之略也。若乃升于高以望江山之远近，嬉于水而逐鱼鸟之浮沉，其物象意趣，登临之乐，览者各自得焉。凡工之所不能画者，吾亦不能言也。其为我书其大概焉。"

又曰："真，天下之冲也。四方之宾客往来者，吾与之共乐于此，岂独私吾三人者哉？然而池台日益以新，草树日益以茂，四方之士无日而不来，而吾三人者有时而皆去也，岂不眷眷于是哉！不为之记，则后孰知其自吾三人者始也？”

予以谓三君子之材贤足以相济，而又协于其职，知所后先，使上下给足而东南六路之人无辛苦愁怨之声。然后休其余闲，又与四方之贤士大夫共乐于此。是皆可嘉也。乃为之书。

庐陵欧阳修记。

【解题】

皇祐三年八月，应江淮、两浙、荆湖发运副使许元之请而作。本文描绘了东园的绮丽风光，称颂了施昌言、许元和马遵的为人为政。作者并未实到其地，只是凭图作记，从虚处生情。欧阳发等《先公事迹》称赞此文“创意立法，前世未有其体”。

浮槎山水记

浮槎山在慎县南三十五里，或曰浮阇山，或曰浮巢山。其事出于浮图、老子之徒荒怪诞幻之说。其上有泉，自前世论水者皆弗道。

余尝读《茶经》，爱陆羽善言水。后得张又新《水记》，载刘伯刍、李季卿所列水次第，以为得之于羽，然以《茶经》考之，皆不合。又新妄狂险谲之士，其言难信，颇疑非羽之说。及得浮槎山水，然后益以羽为知水者。浮槎与龙池山，皆在庐州界中，较其水味，不及浮槎远甚。而又新所记，以龙池为第十，浮槎之水弃而不录，以此知其所失多矣。羽则不然，其论曰：“山水上，江次之，井为下。山水，乳泉、石池漫流者上。”其言虽简，而于论水尽矣。

浮槎之水，发自李侯。嘉祐二年，李侯以镇东军留后出守庐州，因游金陵，登蒋山，饮其水。既又登浮槎，至其山。上有石池，涓涓可爱，盖羽所谓乳泉漫流者也。饮之而甘，乃考图记，问于故老，得其事迹。因以其水遗余于京师。予报之曰：李侯可谓贤矣。

夫穷天下之物无不得其欲者，富贵者之乐也。至于荫长松，藉丰草，听山溜之潺湲，饮石泉之滴沥，此山林者之乐也。而山林之士视天下之乐，不一动其心。或有欲于心，顾力不可得而止者，乃能退而获乐于斯。彼富贵者之能致物矣，而其不可兼者，惟山林之乐尔。惟富贵者而不得兼，然后贫贱之士有以自足而高世。其不能两得，亦其理与势之然欤！今李侯生长富贵，厌于耳目，又知山林之为乐，至于攀缘上下，幽隐穷绝，人所不及者皆能得之，其兼取于物者可谓多矣。

李侯折节好学，喜交贤士，敏于为政，所至有能名。凡物不能自见而待人以彰者有矣，其物未必可贵而因人以重者亦有矣。故予为志其事，俾世知斯泉发自李侯始也。

三年二月二十有四日，庐陵欧阳修记。

【解题】

嘉祐三年（1058）应李端愿之请而作。文章记叙发现浮槎山水的本末，批评张又新《水记》的错误记载；在赞颂李端愿知山水之乐的同时，赞颂其为人为政。记叙与议论相结合，茅坤称之“风韵翛然”（《宋大家欧阳文忠公文钞》卷二十）。

有美堂记

嘉祐二年，龙图阁直学士、尚书吏部郎中梅公出守于杭。于其行也，天子宠之以诗，于是始作有美之堂。盖取赐诗之首章而名之，以为杭人之荣。然公之甚爱斯堂也，虽去而不忘。今年自金陵遣人走京师，命予志之，其请至六七而不倦。予乃为之言曰：

夫举天下之至美与其乐，有不得而兼焉者多矣。故穷山水登临之美者，必之乎宽闲之野、寂寞之乡而后得焉；览人物之盛丽、夸都邑之雄富者，必据乎四达之冲、舟车之会而后足焉。盖彼放心于物外，而此娱意于繁华，二者各有适焉。然其为乐，不得而兼也。

今夫所谓罗浮、天台，衡岳、庐阜，洞庭之广，三峡之险，号为东南奇伟秀绝者，乃皆在乎下州小邑、僻陋之邦。此幽潜之士、穷愁放逐之臣之所乐也。若乃四方之所聚，百货之所交，物盛人众，为一都会，而又能兼有山水之美，以资富贵之娱者，惟金陵、钱塘。然二邦皆僭窃于乱世。及圣宋受命，海内为一，金陵以后服见诛，今其江山虽在，而颓垣废址，荒烟野草，过而览者莫不为之踌躇而悽怆。独钱塘自五代时知尊中国、效臣顺，及其亡也，顿首请命，不烦干戈，今其民幸富完安乐。又其俗习工巧，邑屋华丽，盖十余万家。环以湖山，左右映带，而闽商海贾，风帆浪舶，出入于江涛浩渺、烟云杳霭之间，可谓盛矣。

而临是邦者，必皆朝廷公卿大臣若天子之侍从，又有四方游士为之宾客，故喜占形胜，治亭榭，相与极游览之娱。然其于所取，有得于此者必有遗于彼。独所谓有美堂者，山水登临之美，人物邑居之繁，一寓目而尽得之。盖钱塘兼有天下之美，而斯堂者又尽得钱塘之美焉，宜乎公之甚爱而难忘也。

梅公，清慎好学君子也。视其所好，可以知其人焉。

四年八月丁亥，庐陵欧阳修记。

【解题】

嘉祐四年（1059）八月应梅挚之请而作。文章夹叙夹议，既写杭州山水之美，又感叹王朝兴亡。作者未曾身临其境，“通篇

以虚景成文”（何焯《义门读书记》）。姚鼐评述说：“势随意变，风韵溢于行间，诵之锵然。“（《古文辞类纂·诸家集评》）

三 琴 记

吾家三琴，其一传为张越琴，其一传为楼则琴，其一传为雷氏琴。其制作皆精而有法，然皆不知是否。要在其声如何，不问其古今何人作也。琴面皆有横文如蛇腹，世之识琴者以此为古琴，盖其漆过百年始有断文，用以为验尔。

其一金晖，其一石晖，其一玉晖。金晖者，张越琴也；石晖者，楼则琴也；玉晖者，雷氏琴也。金晖其声畅而远，石晖其声清实而缓，玉晖其声和而有余。今人有其一，已足为宝，而余兼有之。然惟石晖者，老人之所宜也。世人多用金玉蚌瑟晖，此数物者，夜置之烛下炫耀有光，老人目昏，视晖难准。惟石无光，置之烛下黑白分明，故为老者之所宜也。

余自少不喜郑卫，独爱琴声，尤爱《小流水曲》。平生患难，南北奔驰，琴曲率皆废忘，独《流水》一曲梦寝不忘。今老矣，犹时时能作之。其他不过数小调弄，足以自娱。琴曲不必多学，要于自适；琴亦不必多藏，然业已有之，亦不必以患多而弃也。

嘉祐七年上巳后一日，以疾在告，学书，信笔作《欧阳氏三琴记》。

【解题】

欧阳修平生雅好琴曲，家藏三把古琴。本文为三琴作记，阐述对乐器、乐理的看法，表现其务实、务自适的音乐观。

相州昼锦堂记

仕宦而至将相，富贵而归故乡，此人情之所荣，而今昔之所同也。盖士方穷时，困厄闾里，庸人孺子皆得易而侮之，若季子不礼于其嫂，买臣见弃于其妻。一旦高车驷马，旗旄导前而骑卒拥后，夹道之人，相与骈肩累迹，瞻望咨嗟，而所谓庸夫愚妇者，奔走骇汗，羞愧俯伏，以自悔罪于车尘马足之间，而莫敢仰视。此一介之士得志当时而意气之盛，昔人比之衣锦之荣者也。

惟大丞相卫国公则不然。公，相人也。世有令德，为时名卿。自公少时，已擢高科、登显仕。海内之士闻下风而望余光者，盖亦有年矣。所谓将相而富贵，皆公所宜素有，非如穷阨之人侥幸得志于一时，出于庸夫愚妇之不意，以惊骇而夸耀之也。然则高牙大纛，不足为公荣；桓圭衮冕，不足为公贵。惟德被生民而功施社稷，勒之金石，播之声诗，以耀后世而垂无穷，此公之志，而士亦以此望于公也，岂止夸一时而荣一乡哉！

公在至和中，尝以武康之节来治于相，乃作昼锦之堂于后圃。既又刻诗于石，以遗相人。其言以快恩仇、矜名誉为可薄，盖不以昔人所夸者为荣，而以为戒。于此见公之视富贵为如何，而其志岂易量哉！故能出入将相，勤劳王家，而夷险一节。至于临大事，决大议，垂绅正笏，不动声气，而措天下于泰山之安，可谓社稷之臣矣。其丰功盛烈，所以铭彝鼎而被弦歌者，乃邦家之光，非闾里之荣也。

余虽不获登公之堂，幸尝窃诵公之诗，乐公之志有成，而喜为天下道也。于是乎书。

尚书吏部侍郎、参知政事欧阳修记。

【解题】

作于治平二年（1065）。昼锦堂为韩琦知相州时所建，堂名反用《汉书·项籍传》“富贵不归故里，如衣锦夜行”文意。文章从“昼锦”入题，以“三不朽”立论，赞扬韩琦追求“德被生民而功施社稷”的志趣。全文以议论为主，行笔纡徐，文气激荡。茅坤评述本文“以史迁之烟波，行宋人之格调”。(《宋大家欧阳文忠公文钞》卷二十)

仁宗御飞白记

治平四年夏五月，余将赴亳，假道于汝阴，因得阅书于子履之室。而云章烂然，辉映日月，为之正冠肃容，再拜而后敢仰视，盖仁宗皇帝之御飞白也。

曰：“此宝文阁之所藏也，胡为于子之室乎?”子履曰：“曩者，天子宴从臣于群玉而赐以飞白，余幸得与赐焉。予穷于世久矣，少不悦于时人，流离窜斥，十有余年。而得不老死江湖之上者，盖以遭时清明，天子向学，乐育天下之材而不遗一介之贱，使得与群贤并游于儒学之馆。而天下无事，岁时丰登，民物安乐，天子优游清闲，不迩声色，方与群臣从容于翰墨之娱。而余于斯时，窃获此赐，非惟一介之臣之荣遇，亦朝廷一时之盛事也。子其为我志之。”余曰：“仁宗之德泽，涵濡于万物者四十余年，虽田夫野老之无知，犹能悲歌思慕于垅亩之间，而况儒臣学士，得望清光、蒙恩宠、登金门而上玉堂者乎?”于是相与泫然流涕而书之。

夫玉韫石而珠藏渊，其光气常见于外也。故山辉如白虹、水变而五色者，至宝之所在也。今赐书之藏于子室也，吾知将有望气者言荣光起而属天者，必赐书之所在也。

观文殿学士、刑部尚书欧阳修谨记。

【解题】

治平四年（1065）五月，时作者罢参知政事，出知亳州，途中留滞颍州，应知州陆经请求而作此文。宋仁宗擅长飞白书体，常赐书笼络臣僚。本文记叙陆经获仁宗赐飞白书本末，感怀帝王恩宠。茅坤评述说："文不用意处，却有一片浑雄冲淡精神。"（《宋大家欧阳文忠公文钞》卷二十）

筠州学记

周衰，先王之迹熄。至汉，六艺出，因秦火之余，承于百家之后，言道德者矜高远而遗世用，语政理者务卑近而非师古，刑名法家之术则楺于暴诈。惟知经者为善美，又争为章句训诂之学，以其私见，妄穿凿为说。故先王之道不明，而学者靡然游于所习。当是时，明先王之道者扬雄而已，而雄之书世未知好也。然士之出于其时者，皆勇于自立，无苟简之心，其取与、进退、去就必度于礼义。及其已衰，而搢绅之徒抗志于强暴之间，至于废锢杀戮而其操愈厉者，相望于后先。虽有不轨之臣，犹低回没世，不敢遂其篡夺。自此至于魏晋已来，其风俗之弊、人材之乏久矣。以迄于今，乃有特起于千载之外，明先王之道，以怡后之学者。世虽不能皆知其意，往往好之。故习其说者，论道德之旨而知应务之非近，议政事之体而知法古之非迂，不乱于百家，不蔽于传疏。其所知者若此，此汉之士所不能及，然能尊而守之者即未必众也，故乐易淳朴之俗微，而诡欺薄恶之习胜。其于贫贱富贵之地，则养廉远耻之意少，而偷合苟得之行多。此俗化之美，所以未及于汉也。

夫所闻或浅而其义甚高，与所知有余而其守不足者，其故何哉？由汉之士察举于乡闾，故不得不笃于自修，至于渐摩之久则果于义者，非强而能者也。今之士选用于文章，故不得不笃于所学，至于循习之深则得于心者，亦不自知其至也。由是观之，则知上之所好，下必有甚者焉，岂非信哉！今汉令有教化开导之方、庠序养成之流，则士于学行，岂有彼此之偏、先后之过乎？夫太学之道，将欲诚意正心修身，以治其国家天下，而必本于先致其知，则知者故善之端，而人所难致也。以今之士，于人之所难致者既几矣，则上之施化莫易于斯时，顾吾之所向如何尔。

筠为州在大江之上，其地僻绝。当庆历之初，诏天下立学而筠独不应诏，州之士以为病。至治平三年，盖二十有三年矣，始告于知州事、都官郎中董君仪。董乃与通判郑君相州之东南，就亢爽之地，筑宫于其上。斋祭之室，讲诵之堂，休宿之庐，至于庖厨库厩，各以立焉。经始于其春，而落成于八月之望。既而来学者常数十百人。二君乃以书之京师，请记于予。

予谓二君之于政，可谓知所务矣。使筠之士相与升降乎其中，讲先王之遗文，以致其知。其贤者超然以自信而独立，其中材勉焉以待上之教化，则是二君之作，非独使夫来者玩思于空言，以干世取禄而已。故为之著予之所闻者以为记，而使归刻焉。

【解题】

作于治平三年（1064），时作者在京师任参知政事。文章论述新兴宋学胜于汉学，然俗化之美不及汉朝，强调兴学、知经、明道、致知对于诚意、正心、修身、治国的重大意义，强调“士察举于乡闾”、“教化开导”、“庠序养成”对人材培育的重大作用。论述层次井然，观点鲜明突出。

岘山亭记

岘山临汉上，望之隐然，盖诸山之小者。而其名特著于荆州者，岂非以其人哉？其人谓谁？羊祜叔子、杜预元凯是已。方晋与吴以兵争，常倚荆州以为重，而二子相继于此，遂以平吴而成晋业，其功烈已盖于当世矣。至于风流余韵，蔼然被于江汉之间者，至今人犹思之，而于思叔子也尤深。盖元凯以其功，而叔子以其仁，二子所为虽不同，然皆足以垂于不朽。

余颇疑其反自汲汲于后世之名者何哉？传言叔子尝登兹山，慨然语其属，以谓此山常在，而前世之士皆已湮灭于无闻，因自顾而悲伤。然独不知兹山待己而名著也。元凯铭功于二石，一置兹山之上，一投汉水之渊。是知陵谷有变，而不知石有时而磨灭也。岂皆自喜其名之甚而过为无穷之虑欤？将自待者厚而所思者远欤？

山故有亭，世传以为叔子之所游止也。故其屡废而复兴者，由后世慕其名而思其人者多也。熙宁元年，余友人史君中辉以光禄卿来守襄阳。明年，因亭之旧，广而新之，既周以回廊之壮，又大其后轩，使与亭相称。君知名当世，所至有声。襄人安其政而乐从其游也，因以君之官名其后轩为光禄堂，又欲纪其事于石以与叔子、元凯之名并传于久远。君皆不能止也。乃来以记属于余。

余谓君知慕叔子之风而袭其遗迹，则其为人与其志之所存者可知矣；襄人爱君而安乐之如此，则君之为政于襄者又可知矣。此襄人之所欲书也。若其左右山川之胜势，与夫草木云烟之杳霭，出没于空旷有无之间，而可以备诗人之登高、写《离骚》之极目者，宜其览者自得之。至于亭屡废兴，或自有记，或不必究其详者，皆不复道。

熙宁三年十月二十有二日，六一居士欧阳修记。

【解题】

本文应襄阳知府史中辉之请而作，通过追慕羊祜、杜预功业，勉励史中辉在政事中奋发有为，也讽谕其不应“汲汲于后世之名”。文章含蓄吞吐，意蕴深沉。姚鼐评述说：“欧公此文神韵缥缈，如所谓吸风饮露、蝉蜕尘埃者，绝世之文也。”（《古文辞类纂·诸家集评》）

三　书简

上范司谏书

月日，具官谨斋沐拜书司谏学士执事：前月中得进奏吏报，云自陈州召至阙拜司谏，即欲为一书以贺，多事，匆卒未能也。

司谏，七品官尔，于执事得之不为喜，而独区区欲一贺者，诚以谏官者，天下之得失、一时之公议系焉。今世之官，自九卿、百执事，外至一郡县吏，非无贵官大职可以行其道也。然县越其封，郡逾其境，虽贤守长不得行，以其有守也。吏部之官不得理兵部，鸿胪之卿不得理光禄，以其有司也。若天下之失得、生民之利害、社稷之大计，惟所见闻而不系职司者，独宰相可行之、谏官可言之尔。故士学古怀道者仕于时，不得为宰相，必为谏官。谏官虽卑，与宰相等。天子曰不可，宰相曰可；天子曰然，宰相曰不然。坐乎庙堂之上与天子相可否者，宰相也。天子曰是，谏官曰非；天子曰必行，谏官曰必不可行。立殿陛之前与天子争是非者，谏官也。宰相尊，行其道；谏官卑，行其言。言行，道亦行也。九卿、百司、郡县之吏守一职者，任一职之责；宰相、谏官系天下之事，亦任天下之责。然宰相、九卿而下失职者，受责于有司；谏官之失职也，取讥于君子。有司之法行乎一时，君子之讥著之简册而昭明，垂之百世而不泯，甚可惧也。夫七品之官，任天下之责，惧百世之讥，岂不重邪！非材且贤者，不能为也。

近执事始被召于陈州，洛之士大夫相与语曰："我识范君，知其材也。其来不为御史，必为谏官。"及命下，果然。则又相与语曰："我识范君，知其贤也。他日闻有立天子陛下，直辞正色面争庭论者，非他人，必范君也。"拜命以来，翘首企足，伫乎有闻，而卒未也。窃惑之。岂洛之士大夫能料于前而不能料于后也．将执事有待而为也？

昔韩退之作《争臣论》，以讥阳城不能极谏，卒以谏显。人皆谓城之不谏盖有待而然，退之不识其意而妄讥。修独以谓不然。当退之作论时，城为谏议大夫已五年，后又二年，始庭论陆贽，及沮裴延龄作相，欲裂其麻，才两事尔。当德宗时，可谓多事矣，授受失宜，叛将强臣罗列天下，又多猜忌，进任小人。于此之时，岂无一事可言，而须七年耶？当时之事，岂无急于沮延龄、论陆贽两事也？谓宜朝拜官而夕奏疏也。幸而城为谏官七年，适遇延龄、陆贽事，一谏而罢，以塞其责。向使止五年六年而遂迁司业，是终无一言而去也，何所取哉！

今之居官者，率三岁而一迁，或一二岁，甚者半岁而迁也，此又非一可以待乎七年也。今天子躬亲庶政，化理清明，虽为无事，然自千里诏执事而拜是官者，岂不欲闻正议而乐谠言乎？然今未闻有所言说，使天下知朝廷有正士，而彰吾君有纳谏之明也。

夫布衣韦带之士，穷居草茅，坐诵书史，常恨不见用。及用也，又曰彼非我职，不敢言；或曰我位犹卑，不得言；得言矣，又曰我有待。是终无一人言也，可不惜哉！伏惟执事思天子所以见用之意，惧君子百世之讥，一陈昌言，以塞重望，且解洛之士大夫之惑，则幸甚幸甚。

【解题】

明道二年（1033），作者在洛阳任西京留守推官。本年三月，章献太后病逝，仁宗亲政，开始酝酿朝政改革。范仲淹同年四月由陈州通判召回开封任右司谏，作者致信对范氏进行鼓励和切责。文章论述谏官的重大作用，恳切希望范仲淹直言进谏，表现出对国事的深切关注。情真意切，语重心长，可与韩愈《争臣论》并读。运用对比手法，结构跌宕有致，清人何焯评述本文“文势如云出岫，愈转愈妙”（《义门读书记》欧文上卷）。

与郭秀才书

仆昨以吏事至汉东，秀才见仆于叔父家，以启事二篇偕门刺先进。自宾阶拜起旋辟，甚有仪。坐而语诺甚谨。读其辞，温密华富，甚可爱。视秀才待仆之意，甚勤而礼也。

古人之相见，必有欢欣交接之诚而不能达，乃取羔雁雉鹜之类致其意为贽。而先既致其意，又耻其无文，则以虎豹之皮、缋画之布以饰之，然后意达情接。客既贽，而主人必礼以答之，为陈酒淆、币篚、壶矢、燕乐之具将其意，又为赋诗以陈其情。今秀才好学甚精，博记书史，务为文辞，不以羔禽皮布为饰，独以言文其身，而其贽既美，其意既勤矣。宜秀才责仆之答厚也。仆既无主人之具以为礼，独为秀才赋《诗·女曰鸡鸣》之卒章曰：“知子之来之，杂佩以赠之。”取其知客之来，豫储珩璜琚瑀之美以送客，虽无此物，犹言之以致其意厚也。仆诚无此物，可谓空言之尔。

秀才年且少，貌厚色扬，志锐学敏，因进其业，修其辞，暴练缉织之不已，使其文采五色，润泽炳郁。若贽以见当世公卿大人，非惟若仆空言以赠也，必有分庭而礼，加笾豆，实币篚，延为上宾者。惟勉之不已！

【解题】

此书作于明道三年（1034）。郭秀才，随州人。明道二年正月，欧阳修因公事赴京师，顺便到随州省亲，见郭秀才于叔父家。此书感谢郭秀才的厚礼相待，勉励他勤奋为学。唐顺之评述本文："通篇情叙，此小文字之极工者也。"（《宋大家欧阳文忠公文钞》卷十引）

与张秀才第一书

修顿首致书秀才足下：前日辱以诗、赋、杂文、启事为贽，披读三四，不能辄休。足下家籍河中，为乡进士，精学励行，尝已选于里、升于府而试于有司矣，诚可谓彼邦之秀者欤。

然士之居也，游必有友，学必有师。其乡必有先生长者，府县必有贤守长佐吏，彼能为足下称才而述美者，宜不少矣。今乃越数百里，犯风霜，干大国，望官府，下首于阍谒者以道姓名，趋走拜伏于人之阶庑间，何其勤劳乎！岂由心负其所有，而思以一发之邪？将顾视其乡之狭陋不足自广，而谓夫大国多贤士君子，可以奋扬而光远之邪？则足下之来也，其志岂近而求岂小邪？得非磨光濯色，计之熟，卜之吉，而后勇决以来邪？

今市之门旦而启，商者趋焉，贾者坐焉，持宝而欲价者之焉，赍金而求宝者亦之焉，闲民无资攘臂以游者亦之焉。洛阳，天下之大市也，来而欲价者有矣，坐而为之轻重者有矣。予居其间，其官位学行无动人也，是非可否不足取信也，其亦无资而攘臂以游者也。今足下之来，试其价，既就于可以轻重者矣，而反以及予。夫以无资者当求价之责，虽知贪于所得，而不知有以为价也。故辱赐以来，且惭且喜，既不能塞所求以报厚意，姑道此以为谢。

【解题】

此二书明道二年作。张秀才，名棐，河中府人。张棐以所作诗赋杂文投赠作者，请求指导。欧阳修答寄第一书，表白愧意与谢意。文辞婉曲，意蕴深沉，茅坤誉为“婉而逸”（《宋大家欧阳文忠公文钞》卷十一）。第二书则肯定张秀才的好学有志，批评他的“述三皇太古之道，舍近求远，务高言而鲜事实”，继而阐述自己的治学思想，勉励张氏“知古明道，而后履之以身，施之于事，而观于文章而发之，以信后世”。本书是作者最早论及文道关系的著述。文笔委婉，风格从容，表现作者对后学的循循善诱。

与张秀才第二书

修顿首白秀才足下：前日去后，复取前所贶古今杂文十数篇，反复读之，若《大节赋》、《乐古》、《太古曲》等篇，言尤高而志极大。寻足下之意，岂非闵世病俗，究古明道，欲拔今以复之古，而翦剥齐整凡今之纷骰驳冗者欤？然后益知足下之好学，甚有志者也。然而述三皇太古之道，舍近取远，务高言而鲜事实，此少过也。

君子之于学也务为道，为道必求知古，知古明道，而后履之以身，施之于事，而又见于文章而发之，以信后世。其道，周公、孔子、孟轲之徒常履而行之者是也；其文章，则六经所载至今而取信者是也。其道易知而可法，其言易明而可行。及诞者言之，乃以混蒙虚无为道，洪荒广略为古，其道难法，其言难行。孔子之言道曰：“道不远人。”言中庸者曰：“率性之谓道。”又曰：“可离非道也。”《春秋》之为书也，以成、隐让而不正之，传者曰“《春秋》信道不信邪”，谓隐未能蹈道。齐侯迁卫，书“城楚丘”，与其仁不与其专封，传者曰“仁不胜道”。凡此所谓道者，乃圣人之道也。此履之于身、施之于事而可得者也，岂如诞者之言者邪！

尧、禹之《书》皆曰“若稽古”；傅说曰“事不师古”，“匪说攸闻”。仲尼曰“吾好古，敏以求之者”。凡此所谓古者，其事乃君臣、上下、礼乐、刑法之事，又岂如诞者之言者邪！此君子之所学也。

夫所谓舍近而取远云者，孔子昔生周之世，去尧、舜远，孰与今去尧舜远也？孔子删《书》，断自《尧典》，而弗道其前，其所谓学，则曰“祖述尧舜”。如孔子之圣且勤，而弗道其前者，岂不能邪？盖以其渐远而难彰，不可以信后世也。今生于孔子之绝后，而反欲求尧、舜之已前，世所谓务高言而鲜事实者也。

唐、虞之道为百王首，仲尼之叹曰“荡荡乎”，谓高深闳大而不可名也。及夫二《典》，述之炳然，使后世尊崇仰望不可及。其严若天，然则《书》之言岂不高邪？然其事不过于亲九族、平百姓、忧水患、问臣下谁可任、以女妻舜，及祀山川、见诸侯、齐律度、谨权衡、使臣下诛放四罪而已。孔子之后，惟孟轲最知道，然其言不过于教人树桑麻、畜鸡豚，以谓养生送死为王道之本。夫二《典》之文，岂不为文，孟轲之言道，岂不为道？而其事乃世人之甚易知而近者，盖切于事实而已。

今学者不深本之，乃乐诞者之言。思混沌于古初，以无形为至道者，无有高下远近。使贤者能之，愚者可勉而至，无过不及，而一本乎大中，故能亘万世，可行而不变也。今以谓不足为，而务高远之为胜，以广诞者无用之说，是非学者之所尽心也。宜少下其高而近其远，以及乎中，则庶乎至矣。

凡仆之所论者，皆陈言浅语，如足下之多闻博学，不宜为足下道之也。然某之所以云者，本欲损足下高远而俯就之，则安敢务为奇言以自高邪？幸足下少思焉。

【解题】

同上。

答西京王相公书

月日，某谨斋沐顿首，复书于相公阁下：所遣使二十一日至许州，获赐书一通，伏读周复，且惭且悸。修幸得备下吏，承宠光，日趋走于前，窃慕古人堂下一言之献，思有所陈，而恨愚无识，不足自效，徒抱区区之心者有日矣。昨以初去府，辄因奏记，陈己疏浅，得蒙大君子休德之幸，以为离去眷恋之辞既有次第，临治以来施政之善者，顾寮吏宜有助，而阘懦独无能之过以为谢；因又妄思一言之献，以毕曩时区区之心，以为忠恳；又辄赞德美，愿广功业、益休问以为祷。其诚虽勤，其言狂惑，犹即蓍龟之神而再三黩，宜其拒以不应。伏蒙相公不即弃绝，犹辱以书，条陈晓谕以为宠，若其为赐也厚矣。然伏读求绎，似有未察其诚者，敢一终其说，以逃责焉。

某闻古之为政者，必视年之丰凶。年凶则节国用、振民穷，奸盗生、争讼多而其政繁。年丰民乐，然后休息而简，安之以复其常。此善为政者之术，而礼典之所载也。凡某前所陈者，亦不过如是而已。其意谓大乘凶年之后，灾沴消息，风雨既时，耕种既得，常平之粟既出而民有食，关西之运既重至而军不乏，不旱不蝗，下民乐利，天子不忧虑。能如是，然后务大体、简细事而已，岂有直以镇俗救民愁、无为置军食之说邪？伏惟详而察之。

昔者孔子尝为委吏，必曰称其职而已。盖苟守其官，不敢慢其事而思其他。伏惟相公所赐之书，有居官不出位之言，有以见君子用心也。然某之所陈，非谓略一邦之小而不为，须四海之广而后施，以弃职而越思也。盖愿乎进德广业，思以致君而及天下，不以一邦而止，既祷且劝之辞也。

噫！士之至贱，敢以言干其上者，有三焉：不量轻重之势，不度贵贱之位，必争以理而后止者，此直士也；蒙德思报，不计善否，务罄其诚而言者，此知义之士也；其言乖谬，不合道理，问不及而自僭者，此狂士也。然直士之言虽逆意，宜思而择；报德之言虽善，原其心之所来，宜容而纳；狂者之言既狂矣，宜不足与之辨。某，士之贱者，敢有干而云者，于斯三者，有其二焉。伏惟相公择之纳之，不足与之辨而绝之，惟所赐焉。

【解题】

作于景祐元年（1034）。王相公，即西京留守王曾，同年八月改任枢密使。据书中“所遣使二十一日至许州，获赐书一通”等话，可知作于西京推官任满，暂归襄城居住时。书信论为政之术，以为年丰民乐岁月，当行宽简政治。

投时相书

某不佞，疲软不能强筋骨与工人、田夫坐市区、服畎亩，为力役之劳，独好取古书文字，考寻前世以来圣贤君子之所为，与古之车旗、服器、名色等数，以求国家之治、贤愚之任。至其炳然而精者，时亦穿蠹盗取，饰为文辞，以自欣喜。然其为道闳深肆大，非愚且迂能所究及。用功益精，力益不足，其劳反甚于市区畎亩，而其所得，较之诚有不及焉。岂劳力而役业者成功易，勤心而为道者至之难欤？欲悔其所难而反就其易，则复惭圣人为山一篑止焉之言，不敢叛弃。故退失其小人之事，进不及君子之文。茫然其心，罔识所向，若弃车川游，漫于中流，不克攸济，回视陆者，顾瞻徨徨。

然复思之，入之有材能、抱道德、怀智虑而可自肆于世者，虽圣与贤未尝不无不幸焉。禹之偏枯，郤克之跛，丘明之盲，有不幸其身者矣；抱关击柝，恓惶奔走，孟子之战国，扬雄之新室，有不幸其时者矣；少焉而材，学焉而不回，贾谊之毁，仲舒之禁锢，虽有其时，有不幸其偶者矣。今以六尺可用之躯，生太平有道之世，无进身毁罪之惧，是其身、时、偶三者皆幸于古人之所有者。独不至焉，岂天之所予不两足欤，亦勉之未臻欤？

伏惟明公履道怀正以相天下，上以承天子社稷之大计，下以理公卿百职之宜，贤者任之以能，不贤者任之以力，由士大夫下至于工商贱技，皆适其分而收其长。如修之愚，既不足任之能，亦不堪任以力，徒以常有志于学也。今幸以文字试于有司，因自顾其身、时、偶三者之幸也，不能默然以自羞，谨以所业杂文五轴贽阍人，以俟进退之命焉。

【解题】

作于景祐元年夏，时欧阳修以王曙推荐，已召试学士院，等候改官。据《宋史·宰辅表》，时相为吕夷简、李迪。茅坤评述此书："欧公以文为贽投时相，与韩昌黎同，而其自谦之中实以自誉，殊不放倒自地步。"（《宋大家欧阳文忠公文钞》卷十）

与范希文书

修顿首再拜知郡学士希文足下：自去岁在洛阳，闻以言事出睦州，及来京师，又知移常州，寻复得苏州，迁延南方，岁且终矣。南方美江山，水国富鱼与稻，世之仕宦者举善地，称东南。然窃惟希文登朝廷，与国论，每顾事是非，不顾自身安危，则虽有东南之乐，岂能为有忧天下之心者乐哉！若夫登高以望远，饮旨而食嘉，所以宣辅神明，亦君子起居寝食之宜也。

为别久矣，所怀如何？自古言事而得罪，解当复用。远方久处，省思虑，节动作，此非希文自重，亦以为天下士君子重也。谢希深学士丁家艰，将谋南归。有少私事须托营办，因通区区之诚以问左右。

【解题】

作于景祐元年岁暮。时作者在京师任馆阁校勘，预修《崇文总目》。范仲淹去年十二月因谏阻仁宗废后，贬知睦州。本书安慰朋友以言事久贬，勉励范氏为天下士君子自珍。平易文字当中，饱含朋辈深情。

代人上王枢密求先集序书

某月日，具位某谨斋沐献书枢密相公阁下：某闻《传》曰："言之无文，行而不远。"君子之所学也，言以载事，而文以饰言，事信言文，乃能表见于后世。《诗》、《书》、《易》、《春秋》，皆善载事而尤文者，故其传尤远。荀卿、孟轲之徒亦善为言，然其道有至有不至，故其书或传或不传，犹系于时之好恶而兴废之。其次楚有大夫者，善文其讴歌以传。汉之盛时，有贾谊、董仲舒、司马相如、扬雄，能文其文辞以传。由此以来，去圣益远，世益薄或衰，下迄周、隋，其间亦时时有善文其言以传者，然皆纷杂灭裂不纯信，故百不传一。幸而一传，传亦不显，不能若前数家之焯然暴见而大行也。

甚矣，言之难行也！事信矣，须文；文至矣，又系其所恃之大小，以见其行远不远也。《书》载尧、舜，《诗》载商、周，《易》载九圣，《春秋》载文、武之法，《荀》、《孟》二家载《诗》、《书》、《易》、《春秋》者，楚之辞载《风》、《雅》，汉之徒各载其时主声名、文物之盛以为辞。后之学者荡然无所载，则其言之不纯信，其传之不久远，势使然也。至唐之兴，若太宗之政、开元之治、宪宗之功，其臣下又争载之以文，其词或播乐歌，或刻金石。故其间钜人硕德闳言高论流铄前后者，恃其所载之在文也。故其言之所载者大且文，则其传也章；言之所载者不文而又小，则其传也不章。

某不佞，守先人之绪余。先人在太宗时，以文辞为名进士，以对策为贤良方正，既而守道纯正，为贤待制。逢时太平，奋身扬名，宜其言之所载，文之所行，大而可恃以传也。然未能甚行于世者，岂其嗣续不肖，不能继守而泯没之，抑有由也。

夫文之行虽系其所载，犹有待焉。《诗》、《书》、《易》、《春秋》，待仲尼之删正。荀、孟、屈原无所待，犹待其弟子而传焉。汉之徒，亦得其史臣之书。其始出也，或待其时之有名者而后发；其既殁也，或待其后之纪次者而传。其为之纪次也，非其门人故吏，则其亲戚朋友，如梦得之序子厚、李汉之序退之也。伏惟阁下学老文钜，为时雄人，出入三朝。其能望光辉、接步武者，惟先君为旧，则亦先君之所待也，岂小子之敢有请焉。谨以家集若干卷数，写献门下，惟哀其诚而幸赐之。

【解题】

作于景祐元年。代人捉笔，致书王曾，请为先君家集撰写序文。提倡“事信言文”，认为“言以载事，而文以饰言。事信言文，乃能表见于后世”。茅坤评述本文：“其机轴自昌黎《送孟东野》来，而思尤婉而正。”（《宋大家欧阳文忠公文钞》卷十一）清人何焯《义门读书记》认为：“模拟而无自得，此公早岁文尔。大抵欧自夷陵、苏自黄州以后，皆以谪处僻处，有余闲致力于经史，乃弥深厚也。”

代杨推官洎上吕相公求见书

某闻古者尧、舜、禹之为君也，有皋、夔、益、稷之徒者为其臣；而汤之王也，亦有仲虺、伊尹者。周之始兴也，有周公、召公；其复兴也，有方叔、邵虎、申甫之徒。下而至汉，其初也功臣尤多，而称善相者曰萧、曹，其后曰丙、魏。唐之始则曰房、杜，既而曰姚、宋者。是皆能以功德佐其君，而卓然特以名出众而见于世者。夫《诗》、《书》之所美，莫大乎尧、舜、三代；其后世之盛者，莫盛乎汉与唐。而其兴也，必有贤哲之臣出其际，而能使其君之功业名誉赫然光显于万世而不泯。故每一读其书，考其事，量其功，而想乎其人，疑其瓌杰奇怪若神人，然非如今世之人可得而识也。夫其人已亡，其事已久，去数千百岁之后，徒得其书而一读之，犹灼然如在人耳目之际，使人希慕称述之不暇。况得身出于其时，亲见其所为，而一识其人，则虽奔走俯伏，从妾圉，执鞭仆，犹为幸欤！

某尝诵于此而私自为恨者有日矣。国家之兴七十有五年矣，礼乐文章，可谓太平，而杰然称王公大人于世者，往往而出。凡士之得身出于斯时者，宜为幸矣，又何必忽近以慕远，违目而信耳？且安知后之望今不若今之望昔者邪！

然其实有若不幸者。某生也少，贱而愚，贱则不接乎朝廷之闻，愚故不能与于事，则虽有王公大人者并出而欲一往识之，乃无一事可因而进焉。噫！古之君子在上，不幸而不得出其间；今之君子在上，幸而亲见矣。又以愚贱见隔，而莫可望焉，是真可闵叹也已。然尝独念昔有闻于先君大夫者，似有可以藉而为说以干进于左右者，试一陈之。

先君之生也，好学勤力，以孤直不自进于时。其晚也，始登朝廷，享荣禄。使终不困其志而少申者，盖实出于大君子之门，则相公之于杨氏，不为无恩矣。某不肖，其能继大先君之世而又苟欲藉之以有绪于阍人，诚宜获罪于下执事者矣。然而不询于长者，不谋于蓍龟，而决然用是以自进者，盖冀万一得偿其素所愿焉。虽及门而获罪，不犹愈于望古而自为恨者邪！言狂计愚，伏惟聪明幸赐察焉。

【解题】

作于景祐元年。杨洎，欧阳修内兄。据《欧集》卷六十一《谏议大夫杨公墓志铭》，杨洎为杨大雅长子。此书代杨洎而作，请求接见。貌似攀援，然慷慨陈词，不失为人大节。

与黄校书论文章书

修顿首启：蒙问及邱舍人所示杂文十篇，窃尝览之，惊叹不已。其《毁誉》等数短篇尤为笃论，然观其用意在于策论，此古人之所难工，是以不能无小阙。其救弊之说甚详，而革弊未之能至。见其弊而识其所以革之者，才识兼通，然后其文博辩而深切，中于时病而不为空言。盖见其弊，必见其所以弊之因，若贾生论秦之失，而推古养太子之礼，此可谓知其本矣。然近世应科目文辞，求若此者盖寡，必欲其极致，则宜少加意。然后焕乎其不可御矣。

文章系乎治乱之说，未易谈。况乎愚昧，恶能当此？愧畏愧畏！修谨白。

【解题】

作于景祐初年。黄校书，名不详。本文论邱舍人所进杂文十篇，倡“文章系乎治乱之说”。茅坤评述此书：“文虽短，而所措言革弊一节，非有深识不及此”。（《宋大家欧阳文忠公文钞》卷十）

与石推官第一书

修顿首再拜白公操足下：前岁于洛阳，得在郓州时所寄书，卒然不能即报，遂以及今。然其勤心未必若书之怠，而独不知公操察不察也？修来京师已一岁也，宋州临汴水，公操之誉日与南方之舟至京师。修少，与时人相接尤寡，而誉者无日不闻，若幸使尽识舟上人，则公操之美可胜道哉！

凡人之相亲者，居则握手共席，道欢欣，既别则问疾病起居，以相为忧者，常人之情尔。若闻如足下之誉者，何必问其他乎？闻之欣然，亦不减握手之乐也。夫不以相见为欢乐，不以疾病为忧问，是岂无情者乎？得非相期者在于道尔。其或有过而不至于道者，乃可为忧也。

近于京师频得足下所为文，读之甚善。其好古闵世之意，皆公操自得于古人，不待修之赞也。然有自许太高，诋时太过，其论若未深究其源者，此事有本末，不可卒然语，须相见乃能尽。然有一事，今详而说，此计公操可朝闻而暮改者，试先陈之。

君贶家有足下手作书一通，及有二像记石本，始见之，骇然不可识，徐而视定，辨其点画，乃可渐通。吁，何怪之甚也！既而持以问人，曰："是不能乎书者邪？"曰："非不能也。""书之法当尔邪？"曰："非也。""古有之乎？"曰："无。""今有之乎？"亦曰："无也。""然则何谓而若是？"曰："特欲与世异而已。"修闻君子之于学，是而已，不闻为异也。好学莫如扬雄，亦曰如此。然古之人或有称独行而高世者，考其行，亦不过乎君子，但与世之庸人不合尔。行非异世，盖人不及而反弃之，举世斥以为异者欤。及其过，圣人犹欲就之于中庸。况今书前不师乎古，后不足以为来者法。虽天下皆好之，犹不可为。况天下皆非之，乃独为之，何也？是果好异以取高欤？然向谓公操能使人誉者，岂其履中道、秉常德而然欤？抑亦昂然自异以惊世人而得之欤？

古之教童子者，立必正，听不倾，常视之毋诳，勤谨乎其始，惟恐其见异而惑也。今足下端然居乎学舍，以教人为师，而反率然以自异，顾学者何所法哉？不幸学者皆从而效之，足下又果为独异乎！今不急止，则惧他日有责后生之好怪者，推其事，罪以奉归，此修所以为忧而敢告也，惟幸察之。不宣。同年弟欧阳某顿首。

【解题】

此二书作于景祐二年（1035）。石推官，名介，字守道，兖州奉符人，著名古文家，时任南京留守推官。本于朋友之道，书中批评石氏文章“自许太高，诋时太过”，又批评其书法“好异以取高”、“昂然自异以惊世人”。《徂徕石先生文集》卷十五有《答欧阳永叔书》，知石介不服欧阳修批评，显示其刚烈性格和桀骜不驯的个性。欧第二次致书，针对石氏的辩解，坚持申说自己的主张：书法、文章“患乎近怪自异”。文章针对来书逐层论辩，当理不让，苦口婆心，见古人朋友间切磋择善之道。

与石推官第二书

修顿首白公操足下：前同年徐君行，因得寓书论足下书之怪。时仆有妹居襄城，丧其夫，匍匐将往视之，故不能尽其所以云者，而略陈焉。足下虽不以仆为狂愚而绝之，复之以书，然果未能谕仆之意。非足下之不谕，由仆听之不审而论之之略之过也。

仆见足下书久矣，不即有云，而今乃云者何邪？始见之，疑乎不能书，又疑乎忽而不学。夫书，一艺尔，人或不能，与忽不学时，不必论，是以默默然。及来京师，见二像石本，及闻说者云足下不欲同俗而力为之，如前所陈者，是诚可诤矣，然后一进其说。及得足下书，自谓不能，与前所闻者异，然后知所听之不审也。

然足下于仆之言，亦似未审者。足下谓世之善书者，能钟、王、虞、柳，不过一艺，己之所学乃尧、舜、周、孔之道，不必善书，又云因仆之言欲勉学之者。此皆非也。夫所谓钟、王、虞、柳之书者，非独足下薄之，仆固亦薄之矣。世之有好学其书而悦之者，与嗜饮茗、阅画图无异，但其性之一僻尔，岂君子之所务乎？然至于书，则不可无法。

古之始有文字也，务乎记事，而因物取类为其象。故《周礼》六艺有六书之学，其点画曲直皆有其说。扬子曰“断木为棋，梡革为鞠，亦皆有法焉”，而况书乎？今虽隶字已变于古，而变古为隶者非圣人，不足师法，然其点画曲直犹有准则，如母毋、彳亻之相近，易之则乱而不可读矣。今足下以其直者为斜，以其方者为圆，而曰我第行尧、舜、周、孔之道，此甚不可也。譬如设馔于案，加帽于首、正襟而坐然后食者，此世人常尔。若其纳足于帽，反衣而衣，坐乎案上，以饭实酒卮而食，曰我行尧、舜、周、孔之道者，以此之于世可乎？不可也。则书虽末事，而当从常法，不可以为怪，亦犹是矣。然足下了不省仆之意。凡仆之所陈者，非论书之善不，但患乎近怪自异以惑后生也。若果不能，又何必学，仆岂区区劝足下以学书者乎！

足下又云“我实有独异于世者，以疾释、老，斥文章之雕刻者”，此又大不可也。夫释、老，惑者之所为；雕刻文章，薄者之所为。足下安知世无明诚质厚君子之不为乎？足下自以为异，是待天下无君子之与己同也。仲尼曰：“后生可畏，安知来者之不如今也。”是则仲尼一言，不敢遗天下之后生；足下一言，待天下以无君子。此故所谓大不可也。夫士之不为释、老与不雕刻文章者，譬如为吏而不受货财，盖道当尔，不足恃以为贤也。

属久苦小疾，无意思。不宣。某顿首。

【解题】

同上。

上杜中丞论举官书

具官修谨斋沐拜书中丞执事：修前伏见举南京留守推官石介为主簿，近者闻介以上书论赦被罢，而台中因举他吏代介者。主簿于台职最卑，介一贱士也，用不用，当否，未足害政，然可惜者，中丞之举动也。

介为人刚果有气节，力学，喜辩是非，真好义之士也。始执事举其材，议者咸曰知人之明。今闻其罢，皆谓赦乃天子已行之令，非疏贱当有说，以此罪介，曰当罢。修独以为不然。然不知介果指何事而言也？传者皆云："介之所论，谓朱梁、刘汉不当求其后裔尔。"若止此一事，则介不为过也。然又不知执事以介为是为非也。若随以为非，是大不可也。

且主簿于台中，非言事之官，然大抵居台中者，必以正直、刚明、不畏避为称职。今介足未履台门之阈，而已用言事见罢，真可谓正直、刚明、不畏避矣。度介之才，不止为主簿，直可任御史也。是执事有知人之明，而介不负执事之知矣。

修尝闻长老说，赵中令相太祖皇帝也，尝为某事择官，中令列二臣姓名以进，太祖不肯用。他日又问，复以进，又不用。他日又问，复以进，太祖大怒，裂其奏，掷殿阶上。中令色不动，插笏带间，徐拾碎纸，袖归中书。他日又问，则补缀之，复以进。太祖大悟，终用二臣者。彼之敢尔者，盖先审知其人之可用，然后果而不可易也。今执事之举介也，亦先审知其可举邪，是偶举之也？若知而举，则不可遽止；若偶举之，犹宜一请介之所言，辩其是非而后已。若介虽忤上，而言是也，当助以辩；若其言非也，犹宜曰所举者为主簿尔，非言事也，待为主簿不任职，则可罢请，以此辞焉可也。

且中丞为天子司直之臣，上虽好之，其人不肖，则当弹而去之；上虽恶之，其人贤，则当举而申之。非谓随时好恶而高下者也。今备位之臣百十，邪者正者，其纠举一信于台臣。而执事始举介曰能，朝廷信而将用之，及以为不能，则亦曰不能。是执事自信犹不果，若遂言他事，何敢望天子之取信于执事哉？故曰主簿虽卑，介虽贱士，其可惜者，中丞之举动也。

况今斥介而他举，必亦择贤而举也。夫贤者固好辩，若举而入台，又有言，则又斥而他举乎？如此，则必得愚阍懦默者而后止也。伏惟执事如欲举愚者，则岂敢复云；若将举贤也，愿无易介而他取也。

今世之官，兼御史者例不与台事，故敢布狂言，窃献门下，伏惟幸察焉。

【解题】

该书作于景祐二年。作者在京师任馆阁校勘，预修《崇文总目》，至本年二月，御史中丞杜衍荐举石介为御史台主簿。十一月，仁宗郊祀圜丘，下诏大赦，录用五代及诸国后嗣，石介尚未就职便上书反对，因此触怒仁宗，被罢官。作者仗义执言，为石介申辩，指责杜衍默不作声。文章层层深入，说理透辟。茅坤评述说：“议论明切，归之正直而后先中彀率。”（《宋大家欧阳文忠公文钞》卷十）

答孙正之侔第一书

修白孙生足下：丁元珍书至，辱所示书及杂文二篇，辞博义高而不违于道，甚喜甚喜。元珍言足下好古自守，不妄接人，虽居乡闾，罕识其面。其特立如此，而乃越千里以书见及，若某者何以当之！岂足下好忽近而慕远邪？得非以道见谋，不为远近亲疏然者也？仆愚，学不足以自立，而气力不足以动人，而言不见信于世，不知足下何为而见及？今又岂足下所取信者，丁元珍爱我而过誉邪？

学者不谋道久矣，然道固不茀废，而圣人之书如日月，卓乎其可求，苟不为刑祸禄利动其心者，则勉之皆可至也。惟足下力焉而不止，则不必相见以目而后可知其心，相语以言而后可尽其说也。以所示文求足下之志，苟不惑而止，则仆将见足下大发于文，著于行，而质于行事，以要其成焉。

【解题】

作于景祐二年。孙正之，名侔，吴兴人。时孙侔通过丁宝臣致书并献文，向欧阳修求教。本书答谢孙侔千里致书的情意。谦词满纸，平易近人，表现对朋友的关心与爱护。

与高司谏书

修顿首再拜白司谏足下：某年十七时，家随州，见天圣二年进士及第榜，始识足下姓名。是时予年少，未与人接，又居远方，但闻今宋舍人兄弟与叶道卿、郑天休数人者，以文学大有名，号称得人。而足下厕其间，独无卓卓可道说者，予固疑足下不知何如人也。

其后更十一年，予再至京师，足下已为御史里行，然犹未暇一识足下之面，但时时于予友尹师鲁问足下之贤否，而师鲁说足下正直有学问，君子人也，予犹疑之。夫正直者不可屈曲，有学问者必能辨是非，以不可屈之节，有能辨是非之明，又为言事之官，而俯仰默默，无异众人，是果贤者耶？此不得使予之不疑也。

自足下为谏官来，始得相识，侃然正色，论前世事，历历可听，褒贬是非，无一谬说。噫！持此辩以示人，孰不爱之？虽予亦疑足下真君子也。

是予自闻足下之名及相识，凡十有四年，而三疑之。今者推其实迹而较之，然后决知足下非君子也。

前日范希文贬官后，与足下相见于安道家，足下诋诮希文为人。予始闻之，疑是戏言，及见师鲁，亦说足下深非希文所为，然后其疑遂决。希文平生刚正，好学通古今，其立朝有本末，天下所共知，今又以言事触宰相得罪，足下既不能为辨其非辜，又畏有识者之责己，遂随而诋之，以为当黜，是可怪也。

夫人之性，刚果懦软禀之于天，不可勉强，虽圣人亦不以不能责人之必能。今足下家有老母，身惜官位，惧饥寒而顾利禄，不敢一忤宰相以近刑祸，此乃庸人之常情，不过作一不才谏官尔。虽朝廷君子，亦将闵足下之不能，而不责以必能也。今乃不然，反昂然自得，了无愧畏，便毁其贤以为当黜，庶乎饰己不言之过。夫力所不敢为，乃愚者之不逮；以智文其过，此君子之贼也。

且希文果不贤邪？自三四年来，从大理寺丞至前行员外郎，作待制日，日备顾问，今班行中无与比者。是天子骤用不贤之人？夫使天子待不贤以为贤，是聪明有所未尽。足下身为司谏，乃耳目之官，当其骤用时，何不一为天子辨其不贤，反默默无一语，待其自败，然后随而非之？若果贤邪，则今日天子与宰相以忤意逐贤人，足下不得不言。是则足下以希文为贤，亦不免责，以为不贤，亦不免责，大抵罪在默默尔。

昔汉杀萧望之与王章，计其当时之议，必不肯明言杀贤者也，必以石显、王凤为忠臣，望之与章为不贤而被罪也。今足下视石显、王凤果忠邪，望之与章果不贤邪？当时亦有谏臣，必不肯自言畏祸而不谏，亦必曰当诛而不足谏也。今足下视之，果当诛邪？是直可欺当时之人，而不可欺后世也。今足下又欲欺今人，而不惧后世之不可欺邪？况今之人未可欺也。

伏以今皇帝即位已来，进用谏臣，容纳言论，如曹修古、刘越，虽殁犹被褒称。今希文与孔道辅，皆自谏诤擢用。足下幸生此时，遇纳谏之圣主如此，犹不敢一言，何也？前日又闻御史台榜朝堂，戒百官不得越职言事，是可言者惟谏臣尔。若足下又遂不言，是天下无得言者也。足下在其位而不言，便当去之，无妨他人之堪其任者也。昨日安道贬官，师鲁待罪，足下犹能以面目见士大夫，出入朝中称谏官，是足下不复知人间有羞耻事尔！所可惜者，圣朝有事，谏官不言，而使他人言之。书在史册，他日为朝廷羞者，足下也。

《春秋》之法，责贤者备。今某区区犹望足下之能一言者，不忍便绝足下，而不以贤者责也。若犹以谓希文不贤而当逐，则予今所言如此，乃是朋邪之人尔，愿足下直携此书于朝，使正予罪而诛之，使天下皆释然知希文之当逐，亦谏臣之一效也。

前日足下在安道家，召予往论希文之事，时坐有他客，不能尽所怀，故辄布区区，伏惟幸察。不宣。修再拜。

【解题】

景祐三年（1036），作者在京师任馆阁校勘，预修《崇文总目》。五月九日，范仲淹因指斥宰相吕夷简，贬职知饶州，余靖、尹洙相继论救而贬外，谏官高若讷却依附权相，诋毁范仲淹。欧阳修作此书，揭露高氏附炎趋势、不敢直言的卑微心理，痛斥其恶劣行径。文章义正辞严，说理透辟，文笔却舒徐迂回，姚鼐誉为“偏于柔之美者也”（《复鲁絜非书》）。

回丁判官书

九月十四日，宣德郎、守峡州夷陵县令欧阳修，谨顿首复书于判官秘校足下：修之得夷陵也，天子以有罪而不忍即诛，与之一邑，而告以训曰："往字吾民，而无重前悔。"故其受命也，始惧而后喜，自谓曰幸，而谓夷陵之不幸也。夫有罪而犹得邑，又抚安之曰"无重前悔"，是以自幸也。昔春秋时，郑詹自齐逃来，传者曰"甚佞人来，佞人来矣"！此不欲佞人入其邦，而恶其来甚之之辞也。修之是行也，以谓夷陵之官相与语于府，吏相与语于家，民相与语于道，皆曰罪人来矣。凡夷陵之人莫不恶之，而不欲入其邦，若鲁国之恶郑詹来者，故曰夷陵不幸也。

及舟次江陵之建宁县，人来自夷陵，首蒙示书一通，言文意勤，不徒不恶之，而又加以厚礼，出其意料之外，不胜甚喜，而且有不自遂之心焉。

夫人有厚己而自如者，恃其中有所以当之而不愧也。如修之愚，少无师传，而学出己见，未一发其蕴，忽发焉，果辄得罪，是其学不本实，而其中空虚无有而然也。今犹未获一见君子，而先辱以书待之厚意，以空虚之质当甚厚之意，窃惧既见而不若所待，徒重愧尔！

且为政者之惩有罪也，若不鞭肤刑肉以痛切其身，则必择恶地而斥之，使其奔走颠踬窘苦，左山右壑，前虺虎而后蒺藜，动不逢偶吉而辄奇凶，其状可为闵笑。所以深困辱之者，欲其知自悔而改为善也，此亦为政者之仁也。

故修得罪也，与之一邑，使载其老母寡妹，浮五千五百之江湖，冒大热而履深险，一有风波之危，则叫号神明，以乞须臾之命。幸至其所，则折身下首以事上官，吏人连呼姓名，喝出使拜，起则趋而走。设有大会，则坐之壁下，使与州校役人为等伍；得一食，未彻俎而先走出。上官遇之，喜怒诃诘，常敛手慄股以伺颜色，冀一语之温和不可得。所以困辱之如此者，亦欲其能自悔咎而改为善也。故修之来也，惟困辱之是期。

今乃不然。独蒙加以厚礼，而不以有罪困辱之，使不穷厄而得其所为，以无重悔如前训，可谓幸矣，然惧其顽心而不知自改也。夫士穷莫不欲人之闵己，然非有深仁厚义君子之闵己，则又惧且惭焉。谨因弓手还，敢布所怀，不胜区区，伏惟幸察。

【解题】

作于景祐三年九月。作者贬官夷陵途中，行至江陵府建宁县时，获读峡州判官丁宝臣来书，此为当时答书。书信感谢朋友厚礼相待，叙说一路艰辛风险，显示受压抑而无悔的坚强性格。语言委婉，感情真挚，读来亲切感人。

与尹师鲁第一书

某顿首师鲁十二兄书记：前在京师相别时，约使人如河上。既受命，便遣白头奴出城，而还言不见舟矣。其夕，及得师鲁手简，乃知留船以待，怪不如约，方悟此奴懒去而见绐。

临行，台吏催苛百端，不比催师鲁人长者有礼，使人惶迫不知所为。是以又不留下书在京师，但深托君贶因书道修意以西。始谋陆赴夷陵，以大暑，又无马，乃作此行。沿汴绝淮，泛大江，凡五千里，用一百一十程，才至荆南。在路无附书处，不知君贶曾作书道修意否？

及来此，问荆人，云去郢止两程，方喜得作书以奉问。又见家兄，言有人见师鲁过襄州，计今在郢久矣。师鲁欢戚不问可知，所渴欲问者，别后安否？及家人处之如何，莫苦相尤否？六郎旧疾平否？

修行虽久，然江湖皆昔所游，往往有亲旧留连，又不遇恶风水，老母用术者言，果以此行为幸。又闻夷陵有米、面、鱼，如京洛，又有梨、栗、橘、柚、大笋、茶荈，皆可饮食，益相喜贺。昨日因参转运，作庭趋，始觉身是县令矣。其余皆如昔时。

师鲁简中言，疑修有自疑之意者，非他，盖惧责人太深以取直尔。今而思之，自决不复疑也。然师鲁又云阍于朋友，此似未知修心。当与高书时，盖已知其非君子，发于极愤而切责之，非以朋友待之也，其所为何足惊骇？路中来，颇有人以罪出不测见吊者，此皆不知修心也。师鲁又云非忘亲，此又非也。得罪虽死，不为忘亲，此事须相见，可尽其说也。

五六十年来，天生此辈，沉默畏慎，布在世间，相师成风。忽见吾辈作此事，下至灶门老婢，亦相惊怪，交口议之。不知此事古人日日有也，但问所言当否而已。又有深相赏叹者，此亦是不惯见事人也。可嗟世人不见如往时事久矣！往时砧斧鼎镬，皆是烹斩人之物，然士有死不失义，则趋而就之，与几席枕籍之无异。有义君子在傍，见有就死，知其当然，亦不甚叹赏也。史册所以书之者，盖特欲警后世愚懦者，使知事有当然而不得避尔，非以为奇事而诧人也。幸今世用刑至仁慈，无此物，使有而一人就之，不知作何等怪骇也。然吾辈亦自当绝口，不可及前事也。居闲僻处，日知进道而已，此事不须言。然师鲁以修有自疑之言，要知修处之如何，故略道也。

安道与予在楚州，谈祸福事甚详，安道亦以为然。俟到夷陵写去，然后得知修所以处之之心也。又常与安道言，每见前世有名人，当论事时，感激不避诛死，真若知义者，及到贬所，则戚戚怨嗟，有不堪之穷愁形于文字，其心欢戚无异庸人，虽韩文公不免此累，用此戒安道慎勿作戚戚之文。师鲁察修此语，则处之之心又可知矣。近世人因言事亦有被贬者，然或傲逸狂醉，自言我为大不为小。故师鲁相别，自言益慎职，无饮酒，此事修今亦遵此语。咽喉自出京愈矣，至今不曾饮酒，到县后勤官，以惩洛中时懒慢矣。

夷陵有一路，只数日可至郢，白头奴足以往来。秋寒矣，千万保重。不宣。修顿首。

【解题】

第一书作于景祐三年贬官夷陵途中，时作者留滞江陵，等候参拜荆湖北路转运使。作者将言事贬官视为固然，泰然处之，勉励尹洙在贬所要勤于政事，不作穷愁文字。语言含蓄委婉，风格平易流畅，字里行间流露对朋友的挚爱之情。第二书作于景祐四年（1037）。原系景祐三年，误。书中有语："十月二十六日到县，倏兹新年，已三月矣。"可知作于四年正月。作者在信中与尹洙议修《五代史记》，早在景祐初任馆职时，两人已合撰《十国志》。此次拟改作《五代史记》。商榷具体分工方案。后来不知何故，尹洙独撰《五代春秋》二卷，《新五代史》七十四卷则由欧阳修独力完成。

与尹师鲁第二书

某顿首：自荆州得吾兄书后，寻便西上，十月二十六日到县。倏兹新年，已三月矣，所幸者老幼无恙。老母旧不饮酒，到此来，日能饮五七盃，随时甘脆足以尽欢。修之旧疾，渐以失去，亦能饮酒矣。不知师鲁为况如何？到此便欲遣任进去，又为少事，且遣伊入京师，于今未回。前者于朱驾部处见手书，略知动静。

夷陵虽小县，然诤讼甚多，而田契不明。僻远之地，县吏朴鲠，官书无簿籍，吏曹不识文字，凡百制度，非如官府一一自新齐整，无不躬亲。又朱公以故人日相劳慰，时时颇有宴集。加以乍到，闺门内事，亦须自营。开正以来，始似无事，治旧史。

前岁所作《十国志》，盖是进本，务要卷多。今若便为正史，尽宜删削，存其大要。至如细小之事，虽有可纪，非干大体，自可存之小说，不足以累正史。数日检旧本，因尽删去矣，十亦去其三四。师鲁所撰，在京师时不曾细看，路中昨来细读，乃大好。师鲁素以史笔自负，果然。河东一传大妙，修本所取法此传，为此外亦有繁简未中，愿师鲁亦删之，则尽妙也。正史更不分五史，而通为纪传。今欲将《梁纪》并汉、周，修且试撰次，唐、晋师鲁为之，如前岁之议。其他列传约略，且将逐代功臣随纪各自撰传，待续次尽，将五代列传姓名写出，分而为二，分手作传，不知如此于师鲁意如何？

吾等弃于时，聊欲因此粗申其心，少希后世之名。如修者幸与师鲁相依，若成此书，亦是荣事。今特告朱公□介，驰此奉咨，且希一报，如可以，便各下手。只候任进归，便令赍《国志》草本去次。春寒，保重。

【解题】

见《与尹师鲁第一书》题解。

与乐秀才第一书

某白秀才乐君足下：昨者舟行往来，皆辱见过，又蒙以所业一册，先之启事，宛然如后进之见先达之仪。某年始三十矣，其不从乡进士之后者于今才七年，而官仅得一县令，又为有罪之人，其德、爵、齿三者，皆不足以称足下之所待，此其所以为惭。自冬涉春，阴泄不止，夷陵水土之气，比频作疾，又苦多事，是以阙。然闻古人之于学也，讲之深而信之笃，其充于中者足，而后发乎外者大以光。譬夫金玉之有英华，非由磨饰染濯之所为，而由其质性坚实而光辉之发自然也。《易》之《大畜》曰："刚健笃实，辉光日新。"谓夫畜于其内者实，而后发为光辉者日益新而不竭也。故其文曰"君子多识前言往行，以畜其德"，此之谓也。

古人之学者非一家，其为道虽同，言语文章未尝相似。孔子之系《易》，周公之作《书》，奚斯之作《颂》，其辞皆不同，而各自以为经。子游、子夏、子张与颜回同一师，其为人皆不同，各由其性而就于道耳。今之学者或不然，不务深讲而笃信之，徒巧其词以为华，张其言以为大。夫强为则用力艰，用力艰则有限，有限则易竭。又其为辞不规模于前人，则必屈曲变态以随时俗之所好，鲜克自立。此其充于中者不足，而莫自知其所守也。

窃读足下之所为高健，志甚壮而力有余。譬夫良骏之马，有其质矣，使驾大辂而王良驭之，节以和銮而行大道，不难也。夫欲充其中，由讲之深，至其深，然后知自守。能如是矣，言出其口而皆文。

修见恶于时，弃身此邑，不敢自齿于人。人所共弃而足下过礼之，以贤明巧正见待，虽不敢当，是以尽所怀为报，以塞其惭。某顿首。

【解题】

作于景祐四年（1037），原系景祐三年，误。书中有语："自冬涉春，阴泄不止……是以阙然。"可知作于抵夷陵后次年春天。此书与同年所作《与荆南乐秀才书》开章数句文字基本相同，全文内容也相近。下一书中说道："再辱书，再而未答。"可知此书为草稿，并未寄出，后来才正式寄出答书。

与荆南乐秀才书

修顿首白秀才足下：前者舟行往来，屡辱见过。又辱以所业一编，先之启事，及门而贽。田秀才西来，辱书；其后予家奴自府还县，比又辱书。仆有罪之人，人所共弃，而足下见礼如此，何以当之？当之未暇答，宜遂绝，而再辱书；再而未答，益宜绝，而又辱之。何其勤之甚也！如修者，天下穷贱之人尔，安能使足下之切切如是邪？盖足下力学好问，急于自为谋而然也。然蒙索仆所为文字者，此似有所过听也。

仆少从进士举于有司，学为诗赋，以备程试，凡三举而得第。与士君子相识者多，故往往能道仆名字；而又以游从相爱之私，或过称其文字。故使足下闻仆虚名而欲见其所为者，由此也。

仆少孤贫，贪禄仕以亲养，不暇就师穷经，以学圣人之遗业。而涉猎书史，姑随世俗作所谓时文者，皆穿蠹经传，移此俪彼，以为浮薄，惟恐不悦于时人，非有卓然自立之言如古人者。然有司过采，屡以先多士。及得第已来，自以前所为不足以称有司之举而当长者之知，始大改其为，庶几有立。然言出而罪至，学成而身辱，为彼则获誉，为此则受祸，此明效也。

夫时文虽曰浮巧，然其为功，亦不易也。仆天姿不好而强为之，故比时人之为者尤不工，然已足以取禄仕而窃名誉者，顺时故也。先辈少年志盛，方欲取荣誉于世，则莫若顺时。天圣中，天子下诏书，敕学者去浮华，其后风俗大变。今时之士大夫所为，彬彬有两汉之风矣。先辈往学之，非徒足以顺时取誉而已，如其至之，是直齐肩于两汉之士也。若仆者，其前所为既不足学，其后所为慎不可学，是以徘徊不敢出其所为者，为此也。

在《易》之《困》曰："有言不信。"谓夫人方困时，其言不为人所信也。今可谓困矣，安足为足下所取信哉？辱书既多且切，不敢不答。幸察。

【解题】

作于景祐四年。作者在未发出的答书中不屑回答乐秀才所问举童子业文章，而着重谈文道关系，强调学者必须对古人的道德文章"自立"与"自守"。此信进一步提出"卓然自立"与"顺时取誉"两种对立态度，并现身说法，抨击"穿蠹经传，移此俪彼，以为浮薄”的时文，阐述其文学改革思想。

与谢景山书

修顿首再拜景山十二兄法曹：昨送马人还，得所示书并《古瓦砚歌》一轴、近著诗文又二轴，不胜欣喜。景山留滞州县，行年四十，独能异其少时俊逸之气，就于法度，根蒂前古，作为文章，一下其笔，遂高于人。乃知驵骏之马奔星覆驾，及节之銮和以驾五辂而行于大道，则非常马之所及也。

古人久困不得其志，则多躁愤佯狂，失其常节，接舆、屈原之辈是也。景山愈困愈刻意，又能恬然习于圣人之道，贤于古人远矣。某尝自负平生不妄许人之交，而所交必得天下之贤才，今景山若此，于吾之交有光，所以某益得自负也。幸甚幸甚。

与君谟往还书，不如此何以发明？然何必惧人之多见也？若欲衒长而耻短，则是有争心于其中，有争心则意不在于谋道也。荀卿曰“有争气者，不可与辩”，此之谓也。然君谟既规景山之短，不当以示人；彼以示人，景山不当责之而欲自蔽也，愿试思之。

此县常有人入京，频得书信往还，今者兹人入京，作书多，未能子细。夏热，千万自爱。

【解题】

作于景祐四年夏，时作者知夷陵，正出赴许州续娶薛夫人。谢景山，名伯初，少年进士及第，以诗知名，与欧阳修天圣七年结识于京师。书信对于谢伯初仕途困滞，却恬然自乐，刻意著述，给予高度评价。并趁机调解谢氏与蔡襄的龃龉之争。平易行文，真情自现。

答李淑内翰书

修启：修违去门馆，今三年矣。罪弃之迹不敢自齿于人，是以虽有诚心饥渴之勤，而奏记、通问，弥时旷阙，惟恃怜悯，宽而置之。今月六日，邮中蒙赐手书，加以存恤憔悴之意，感悦何胜？幸甚幸甚。

问及《五代》纪传，修曩在京师，不能自闲，辄欲妄作，幸因余论，发于教诱，假以文字，力欲奖成。不幸中间，自罹咎责，尔来三年，陆走三千，水行万里，勤职补过，营私养亲，偷其暇时，不敢自废，收拾缀缉，粗若有成。然其铨次去取，须有义例；论议褒贬，此岂易当？故虽编摭甫就，而首尾颠倒，未有卷第，当更资指授，终而成之，庶几可就也。

蕞尔之质，列于囚拘，瞻望门墙，岂任私恨。

【解题】

作于宝元元年（1038）。作者时任乾德县令。李淑，字献臣，多智能文，但阴险奸诈。欧阳修早年曾登门向他问学，后来因政见不同而交恶。本文答谢李淑问候之意，并告《五代史记》“粗若有成”的信息。

与王源叔问古碑字书

修顿首白源叔学士：秋凉，体候无恙。修以罪废，不从先生长者之游久矣。今春蒙恩得徙兹邑，然地僻而陋，罕有学者，幸而有之，亦不足与讲论。或事有凝滞，无所考正，则思见君子，北首瞻望而已。

县有古碑一片，在近郊数大冢之间，《图经》以为儒翟先生碑。其文云：“先生讳寿，字元考，南阳隆人也。”大略述其有道不仕，以教学为业。然不著其姓氏，其题额乃云“玄孺㦸先生碑。”㦸字疑非翟字，而莫有识者，许慎《说文》亦不载，外方无他书可考正。其文辞简质，皆隶书。书亦古朴，隐隐犹可读，乃云熹平三年所立，去今盖八百五十六年矣。汉之金石之文存于今者盖寡，惜其将遂磨灭，而图记所载讹谬若斯，遂使汉道草莽之贤湮没而不见。源叔好古博学，知名今世，必识此字，或能究见其人本末事迹，悉以条示，幸甚幸甚。源叔居京师事多，不当以此烦听览。渐寒，千万保重，不宣。

【解题】

作于宝元元年秋。王源叔，名洙，宋城人。天圣年间进士及第，博学强记，图谶、算数、音律、训诂、篆隶之学无所不通。时在京师预修《崇文总目》。作者致书王洙请教古碑文字，表现出谦虚好学、不耻相师的精神。

答孙正之侔第二书

某再拜：人至，辱书甚勤。前年丁元珍得所示书，喜吾子之好学自立，然未深相知，及得今书，乃知吾子用心如此。仆与吾子生而未相识面，徒以一言相往来，而吾子遽有爱我之意，欲戒其过，使不陷于小人。此非惟朋友之义，乃吾父兄训我者不过如此也。

仆自知何足爱，而吾子所爱者道也。世之知道者少，幸而有焉，又自为过失以取累，不得为完人，此吾子之所悉也。仆知道晚，三十年前尚好文华，嗜酒歌呼，知以为乐而不知其非也。及后少识圣人之道，而悔其往咎，则已布出而不可追矣。圣人曰

“勿谓小恶为无伤”，言之可慎也如此。为仆计者，已无奈何，惟有力为善以自赎尔。《书》曰：“改过不吝。”《书》不讥成汤之过，而称其能改，则所以容后世之能自新者。圣人尚尔，则仆之改过而自赎，其不晚也。

吾子以谓如此可乎？尚为未可，则愿有可进可赎之说见教。吾子待我者厚，爱我者深，惜乎未得相见，以规吾子之所未至者，以报大惠，盖其他不足以为报也。值多事，不子细。

【解题】

宝元二年（1039）作。孙侔四年前有信及杂文二篇通过丁宝臣投赠作者，作者有答书。此次，孙氏来书在敬重之余，对欧阳修有所批评。作者在答书中热情赞扬对方的真诚友谊，并以“朋友之义”相互勉励。

与刁景纯学士书

修顿首启：近自罢乾德，遂居南阳，始见谢舍人，知丈丈内翰凶讣，闻问惊怛，不能已已。丈丈位望并隆，然平生亦尝坎轲，数年以来，方履亨涂，任要剧，其去大用尺寸间尔，岂富与贵不可力为，而天之赋予多少有限邪？凡天之赋予人者，又量何事而为之节也？前既不可诘，但痛惜感悼而已。

某自束发为学，初未有一人知者。及首登门，便被怜奖，开端诱道，勤勤不已，至其粗若有成而后止。虽其后游于诸公而获齿多士，虽有知者，皆莫之先也。然亦自念不欲效世俗子，一遭人之顾己，不以至公相期，反趋走门下，胁肩谄笑，甚者献谗谀而备使令，以卑昵自亲；名曰报德，非惟自私，直亦待所知以不厚。是故惧此，惟欲少励名节，庶不泯然无闻，用以不负所知尔。某之愚诚所守如此，然虽胥公，亦未必谅某此心也。

自前岁得罪夷陵，奔走万里，身日益穷，迹日益疏，不及再闻语言之音，而遂为幽明之隔。嗟夫！世俗之态既不欲为，愚诚所守又未克果，惟有望门长号，临柩一奠，亦又不及，此之为恨，何可道也！徒能惜不永年与未大用，遂与道路之人同叹尔。

知归葬广陵，遂谋京居，议者多云不便，而闻理命若斯，必有以也。若须春水下汴，某岁尽春初当过京师，尚可一拜见，以尽区区。身贱力微，于此之时，当有可致，而无毫发之助，惭愧惭愧。不宣。某再拜。

【解题】

作于宝元二年秋冬间。刁景纯，名约，是胥偃的妻兄。胥偃本年八月病逝，欧阳修从谢绛处获悉讣闻，特作此书。书信缅怀胥偃对自己的辅育、奖掖之恩，表至公心迹及沉痛悼意，感情真挚动人，茅坤称之为“叙情”（《宋大家欧阳文忠公文钞》卷十）。

与陈员外书

陈君足下无恙。近县干上府，得书一角，属有少吏事，不皇作报，既而私有惑者。修本愚无似，固不足以希执友之游。然而群居平日，幸得肩从齿序，跪拜起居，窃兄弟行，寓书存劳，谓宜有所款曲以亲之之意，奈何一幅之纸，前名后书，且状且牒，如上公府。退以寻度，非谦即疏。此乃世之浮道之交，外阳相尊者之为，非宜足下之所以赐修也。

古之书具，惟有铅刀、竹木。而削札为刺，止于达名姓；寓书于简，止于舒心意、为问好。惟官府吏曹，凡公之事，上而下者则曰符、曰檄；问讯列对，下而上者则曰状；位等相以往来，曰移、曰牒。非公之事，长吏或自以意晓其下以戒以饬者，则曰教；下吏以私自达于其属长而有所候问请谢者，则曰笺记、书启。故非有状牒之仪，施于非公之事。相参如今所行者，其原盖出唐世大臣，或贵且尊，或有权于时，缙绅凑其门以傅，向者谓旧礼不足为重，务稍增之，然始于刺谒，有参候起居，因为之状。及五代，始复以候问请谢加状牒之仪，如公之事，然止施于官之尊贵及吏之长者。其伪缪所从来既远，世不根古，以为当然。居今之世，无不知此，而莫以易者，盖常俗所为积习已牢，而不得以更之也。然士或同师友、缔交游、以道谊相期者，尚有手书勤勤之意，犹为近古。

噫！候问请谢，非公之事，有状牒之仪以施于尊贵长吏，犹曰非古之宜用，况又用之于肩从齿序、跪拜起居如兄弟者乎！岂足下不以道义交游期我，而惜手书之勤邪？将待以牵俗积习者，而姑用世礼以遇我之勤邪？不然，是为浮道以阳相尊也。是以不胜拳拳之心，谨布左右。

属以公檄赴滑台，行视驿传，迫于促装。杨秀才旦诣县，府中事可悉数。

【解题】

作于康定元年（1040）春。时欧阳修已受命权武成军节度判官，即将启程赴任。本文指责陈员外手书行文乖误，考证古代公私文翰礼制，揭露五代以降，不根古制，积习已牢。文章形似倡导复古，实为革新时弊。

答陕西安抚使范龙图辞辟命书

修顿首再拜启：急脚至，得七月十九日华州所发书，伏审即日尊体动止万福，卑情不任欣慰之至。戎狄侵边，自古常事，边吏无状，至烦大贤。伏惟执事忠义之节信于天下，天下之士得一识面者，退夸于人，以为荣耀。至于游谈、布衣之贱，往往窃托门下之名。矧今以大谋小，以顺取逆，济以明哲之才，有必成功之势。则士之好功名者，于此为时，孰不愿出所长少助万一，得托附以成其名哉？况闻狂虏猖蹶，屡有斥指之词，加之轻侮购募之辱，至于执戮将吏，杀害边民。凡此数事，在于修辈，尤为愤耻，每一思之，中夜三起。

不幸修无所能，徒以少喜文字，过为世俗见许，此岂足以当大君子之举哉？若夫参决军谋，经画财利，料敌制胜，在于幕府，苟不乏人，则军书奏记一末事耳，有不待修而堪者矣。由此始敢以亲为辞。况今世人所谓四六者，非修所好，少为进士时，不免作之，自及第，遂弃不复作。在西京佐三相幕府，于职当作，亦不为作，此师鲁所见。今废已久，惧无好辞，以辱嘉命。此一端也。

某虽儒生，不知兵事，窃惟兵法有勇有怯，必较彼我之利否，事之如何，要在成功，不限迟速。某近至京师，屡于诸公间，略闻绪言攻守之计，此实当时之宜，非深思远见者孰能至此？愿不为浮议所移。伏见自至关西，辟士甚众。古人所与成事者，必有国士共之。非惟在上者以知人为难，士虽贫贱，以身许人，固亦未易。欲其尽死，必深相知，知之不尽，士不为用。今奇怪豪俊之士，往往蒙见收择，顾用之如何尔。此在明哲，岂须献言。然尚虑山林草莽，有挺特知义、慷慨自重之士，未得出于门下也，宜少思焉。

若修者，恨无他才以当长者之用，非敢效庸人苟且乐安佚也。伏蒙示书，夏公又以见举。某孤贱，素未尝登其门，非执事过见褒称，何以及此？愧畏！然某已以亲老为辞，更无可往之理，惟幸察焉。

【解题】

作于康定元年秋，时范仲淹任陕西经略安抚副使，征辟欧阳修为经略府掌书记，作者辞命的理由，据书中所述，有“军书奏记一末事耳”、“以亲为辞”、“四六者，非修所好”等，实际上是不愿意只做经略府文字工作，正如他在致梅尧臣信中说的“直以见召掌笺奏，遂不去矣”。文章陈词委婉，跌宕有致。

答吴充秀才书

修顿首白先辈吴君足下：前辱示书及文三篇，发而读之，浩乎若千万言之多，及少定而视焉，才数百言尔。非夫辞丰意雄，霈然有不可御之势，何以至此？然犹自患伥伥莫有开之使前者，此好学之谦言也。

修材不足用于时，仕不足荣于世，其毁誉不足轻重，气力不足动人。世之欲假誉以为重、借力而后进者，奚取于修焉？先辈学精文雄，其施于时，又非待修誉而为重、力而后进者也。然而惠然见临，若有所责，得非急于谋道，不择其人而问焉者欤？

夫学者未始不为道，而至者鲜焉。非道之于人远也，学者有所溺焉尔。盖文之为言，难工而可喜，易悦而自足。世之学者往往溺之，一有工焉，则曰“吾学足矣”。甚者至弃百事不关于心，曰“吾文士也，职于文而已”。此其所以至之鲜也。

昔孔子老而归鲁，六经之作，数年之顷尔。然读《易》者如无《春秋》，读《书》者如无《诗》，何其用功少而至于至也！圣人之文虽不可及，然大抵道胜者文不难而自至也。故孟子皇皇不暇著书，荀卿盖亦晚而有作。若子云、仲淹，方勉焉以模言语，此道未足而强言者也。后之惑者，徒见前世之文传，以为学者文而已，故愈力愈勤而愈不至。此足下所谓终日不出于轩序，不能纵横高下皆如意者，道未足也。若道之充焉，虽行乎天地，入于渊泉，无不之也。

先辈之文浩乎霈然，可谓善矣。而又志于为道，犹自以为未广，若不上焉，孟、荀可至而不难也。修学道而不至者，然幸不甘于所悦而溺于所止，因吾子之能不自止，又以励修之少进焉。幸甚幸甚。修白。

【解题】

作于康定元年。这年六月，作者由武成军节度判官任所召回汴京，任馆阁校勘。吴充，字冲卿，建州浦城人，时年二十岁，来京城应进士试，投书文向欧阳修求教。本书阐述文道关系，主张“道胜吉文不难而自至”，反对“弃百事不关于心”，反映了作者论文的基本观点。文章平易近人，循循善诱，体现作者奖掖后学的精神。分析说理，观点明确，逻辑严密。

答李诩第一书

修白：人至，辱书及《性诠》三篇，曰以质其果是。夫自信笃者，无所待于人；有质于人者，自疑者也。今吾子自谓“夫子与孟、荀、扬、韩复生，不能夺吾言”，其可谓自信不疑者矣。而返以质于修。使修有过于夫子者，乃可为吾子辩，况修未及孟、荀、扬、韩之一二也。

修非知道者，好学而未至者也。世无师久矣，尚赖朋友切磋之益，苟不自满而中止，庶几终身而有成。固常乐与学者论议往来，非敢以益于人，盖求益于人者也。况如吾子之文章论议，岂易得哉？固乐为吾子辩也。苟尚有所疑，敢不尽其所学以告，既吾子之自信如是，虽夫子不能夺，使修何所说焉？人还索书，未知所答。惭惕惭惕。修再拜。

【解题】

当作于康定元年。李诩以所著《性诠》三篇投书请教欧阳修，其狂妄自大，自称“夫子与孟、荀、扬、韩复生，不能夺吾言”，为了摧抑其少年气盛，欧阳修“未知作答”，草草作复。

答祖择之书

修启秀才：人至，蒙示书一通，并诗、赋、杂文、两策，谕之曰：“一览以为如何?”某既陋，不足以辱好学者之间；又其少贱而长穷，其素所为，未有足称以取信于人。亦尝有人问者，以不足问之愚，而未尝答人之问。足下卒然及之，是以愧惧不知所言。虽然，不远数百里走使者以及门，意厚礼勤，何敢不报！

某闻古之学者必严其师，师严然后道尊，道尊然后笃敬，笃敬然后能自守，能自守然后果于用，果于用然后不畏而不迁。三代之衰，学校废。至两汉，师道尚存，故其学者各守其经以自用。是以汉之政理文章与其当时之事，后世莫及者，其所从来深矣。后世师法渐坏，而今世无师，则学者不尊严，故自轻其道。轻之则不能至，不至则不能笃信，信不笃则不知所守，守不固则有所畏而物可移。是故学者惟俯仰徇时，以希禄利为急，至于忘本趋末，流而不返。夫以不信不固之心，守不至之学，虽欲果于自用，莫知其所以用之之道，又况有禄利之诱、刑祸之惧以迁之哉！此足下所谓志古知道之士世所鲜而未有合者，由此也。

足下所为文，用意甚高，卓然有不顾世俗之心，直欲自到于古人。今世之人，用心如足下者有几？是则乡曲之中，能为足下之师者谓谁？交游之间，能发足下之议论者谓谁？学不师则守不一，议论不博则无所发明而究其深。足下之言高趣远，甚善，然所守未一而议论未精，此其病也。窃惟足下之交游，能为足下称才誉美者不少，今皆舍之，远而见及，乃知足下是欲求其不至。此古君子之用心也，是以言之不敢隐。

夫世无师矣，学者当师经。师经必先求其意，意得则心定，心定则道纯，道纯则充于中者实，中充实则发为文者辉光，施于世者果致。三代、两汉之学，不过此也。足下患世未有合者，而不弃其愚，将某以为合，故敢道此，未知足下之意合否。

【解题】

作于康定元年。祖择之，名无择，上蔡人，少年时曾从穆修学习古文。祖无择从数百里外的上蔡致信作者请教。作者针对当时文坛积弊及师法式微的情况，强调学者当师经，师经必先求其意，即掌握六经精神实质。大量采用层层推进的排比句，文章气势连贯，琅琅上口。茅坤评述："中多名言，吾览之当刺心缩胫。"（《宋大家欧阳文忠公文钞》卷十一）

答李诩第二书

修白：前辱示书及《性诠》三篇，见吾子好学善辩，而文能尽其意之详。今世之言性者多矣，有所不及也。故思与吾子卒其说。

修患世之学者多言性，故常为说曰：夫性，非学者之所急，而圣人之所罕言也。《易》六十四卦不言性，其言者动静得失吉凶之常理也；《春秋》二百四十二年不言性，其言者善恶是非之实录也；《诗》三百五篇不言性，其言者政教兴衰之美刺也；《书》五十九篇不言性，其言者尧、舜、三代之治乱也；《礼》、《乐》之书虽不完，而杂出于诸儒之记，然其大要，治国修身之法也。六经之所载，皆人事之切于世者，是以言之甚详。至于性也，百不一二言之，或因言而及焉，非为性而言也，故虽言而不究。

予之所谓不言者，非谓绝而无言，盖其言者鲜，而又不主于性而言也。《论语》所载七十二子之问于孔子者，问孝、问忠、问仁义、问礼乐、问修身、问为政、问朋友、问鬼神者有矣，未尝有问性者。孔子之告其弟子者，凡数千言，其及于性者一言而已。予故曰非学者之所急，而圣人之罕言也。

《书》曰“习与性成”，《语》曰“性相近习相远”者，戒人慎所习而言也。《中庸》曰“天命之谓性，率性之谓道”者，明性无常，必有以率之也。《乐记》亦曰“感物而动，性之欲”者，明物之感人无不至也。然终不言性果善果恶，但戒人慎所习与所感，而勤其所以率之者尔。予故曰因言以及之，而不究也。

修少好学，知学之难。凡所谓六经之所载、七十二子之所问者，学之终身，有不能达者矣；于其所达，行之终身，有不能至者矣。以予之汲汲于此而不暇乎其他，因以知七十二子亦以是汲汲而不暇也，又以知圣人所以教人垂世，亦皇皇而不暇也。今之学者，于古圣贤所皇皇汲汲者学之行之，或未至其一二，而好为性说，以穷圣贤之所罕言而不究者，执后儒之偏说，事无用之空言。此予之所不暇也。

或有问曰：“性果不足学乎？”予曰：性者，与身俱生而人之所皆有也。为君子者，修身治人而已，性之善恶不必究也。使性果善邪，身不可以不修，人不可以不治；使性果恶邪，身不可以不修，人不可以不治。不修其身，虽君子而为小人，《书》曰“惟圣罔念作狂”是也；能修其身，虽小人而为君子，《书》曰“惟狂克念作圣”是也。治道备，人斯为善矣，《书》曰“黎民于变时雍”是也；治道失，人斯为恶矣，《书》曰“殷顽民”、又曰“旧染污俗”是也。故为君子者，以修身治人为急，而不穷性以为言。夫七十二子之不问，六经之不主言，或虽言而不究，岂略之哉？盖有意也。

或又问曰：“然则三子言性，过欤？”曰：不过也。“其不同何也？”曰：始异而终同也。使孟子曰人性善矣，遂怠而不教，则是过也；使荀子曰人性恶矣，遂弃而不教，则是过也；使扬子曰人性混矣，遂肆而不教，则是过也。然三子者，或身奔走诸侯以行其道，或著书累千万言以告于后世，未尝不区区以仁义礼乐为急。盖其意以谓善者一日不教，则失而入于恶；恶者勤而教之，则可使至于善；混者驱而率之，则可使去恶而就善也。其说与《书》之“习与性成”，《语》之“性近习远”、《中庸》之“有以率之”、《乐记》之“慎物所感”皆合。夫三子者，推其言则殊，察其用心则一，故予以为推其言不过始异而终同也。凡论三子者，以予言而一之，则哓哓者可以息矣。

子之所说如此．吾子其择焉。

【解题】

当作于庆历初年。针对李诩所著《性诠》三篇，作者在书中阐述对“性”的见解。欧阳修以为孟子、荀子、扬雄人性善恶之争“始异而终同”，“性之善恶不必究也”。书中引经据典，论证己说，表现出对后学的循循善诱。因为此书，作者后来受到理学家的攻击。宋王得臣《麈史》说：“性，学者之所先，圣人之所欲言。永叔卒贻后世诮者，共在此书矣。”

与辛郎中启

右，某此者得请便亲，署官近郡，始临旧府，邈想清风。依听讼之甘棠，余阴可爱；步飞觞之月榭，遗址尚存。其如边鄙多虞，公私并乏，簿书期会，常苦纷纭，樽俎笑谈，岂如畴昔！方兹感诚，遽辱诲存。顾冬律之严凝，喜天和之保啬。伫膺茂渥，以副企翘。

【解题】

作于庆历二年（1042）冬。时欧阳修通判滑州。辛郎中，当为康定元年欧阳修赴滑州任武成军节度判官时的同僚。书启自叙州倅纷纭政务，回忆往者欢乐生活，表达思念朋友之情。

答徐无党第一书

修白：人还，惠书及《始隐》、《书论》等，并前所寄《获麟论》，文辞驰骋之际，岂常人笔力可到？于辨论经旨，则不敢以为是。盖吾子自信甚锐，又尝取信于某，苟以为然，谁能奉夺？

凡今治经者，莫不患圣人之意不明，而为诸儒以自出之说汨之也。今于经外又自为说，则是患沙浑水而投土益之也，不若沙土尽去，则水清而明矣。鲁隐公南面治其国、臣其吏民者十余年，死而入庙，立谥称公，则当时鲁人孰谓息姑不为君也？孔子修《春秋》，凡与诸侯盟会、行师、命将，一以公书之，于其卒也，书曰“公薨”，则圣人何尝异隐于他公也？据经，隐公立十一年而薨，则左氏何从而知其摄，公羊、谷梁何从而见其有让桓之迹，吾子亦何从而云云也？仲尼曰“吾其为东周乎”，与吾子起于平王之说，何相反之甚邪！故某常告学者慎于述作，诚以是也。

秋初许相访，此不子细，略开其端，吾子必能自思而得之。不宣。某书白。

【解题】

作于庆历初年。徐无党，婺州永康人。自小师从欧阳修学作古文。本书论述经学研究思想，反对于经外各自为说，斥为“患沙浑水而投土益之”。

答徐无党第二书

修再拜白：前夜自外归，灯下得吾子书，言陈烈事。亟读之，未暇求陈君之所为，尤爱吾子辞意甚质，径知吾子之有成，不负其千里所以去父母而来之之意。修亦粗塞责，不愧于吾子之父母与亲戚邻里乡党之人。甚善甚善。

修今岁还京师，职在言责，值天下多事，常日夕汲汲，为明天子求人间利病，无小大，皆躬自访问于人。又夏大暑，老母病，故不得从今学者以游，得少如前岁之乐。自入京来，便闻陈君之名，数以问于人，多不识，今得吾子所言，如见其面矣。幸母病今已愈，望时过，且谋共见陈君。

【解题】

作于庆历三年（1043）夏，时作者在京师任谏官，自称“常日夕汲汲，为明天子求人间利病”。徐无党介绍隐士陈烈，也引起作者注意。

与尹师鲁第四书

某顿首启：始闻师鲁徙晋，乃骇然，本初与郭推官计，师鲁必离渭而受晋命，中道无所淹留，径之晋，则谓于晋得相见。既闻待阙，至九月，又计当入洛，则谓于洛得相见。又闻方留邠州，有所陈，来期未可知，则谓遂不相见而东也。及陕，乃知直趋绛州。修在绛阻雨数日，苟更少留，犹得道中相遇，奈何前后相失如此！尚欲留陕，走人至解，期一为会。而大暑惧烦，往复亦须三四日，又不欲久在陕，使郡人有馆待之劳。顾此势不得留庆、晋，不足屑屑于胸中。

但向闻师鲁有失子之苦，时方走河东界，道远多事，不暇奉慰。修尝失一五岁小儿，已七八年，至今思之，痛若初失时。修素谓诸君自为寡情而善忽世事者，尚如此，况师鲁素自谓有情而子长又贤哉！语及此，虽修忽自不堪，又欲进何说以解师鲁心邪！

自西事已来，师鲁之发无黑者，其不如意事多矣。人生白首矣，外物之能攻人者，其类甚多，安能尚甘于自苦邪！得失不足计，然虽欢戚势既极，亦当自有否泰，惟不动心于忧喜，非勇者莫能焉。咫尺不相见，又无以奉慰，惟自宽自爱乃佳。

【解题】

作于庆历四年（1044）。据李焘《续资治通鉴长编》卷一四九至一五一记事，知渭州尹洙因水洛城案，本年五月徙知庆州，六月改知晋州，八月改知潞州。本书叙述作者出使河东期间，屡失与尹洙会面机缘，对朋友屡徙官所、痛失爱子予以慰勉。字里行间，充溢着挚爱真情。

与集贤杜相公书

修皇恐顿首：三两日，不审尊体动止何似。某被催赴任，不得躬造门下，岂胜恋恋之诚！

保州叛卒，必欲招之，而外不退兵，虽使忠臣孝子，不免疑惑。今又闻有筑城之请，虽知朝廷不以为是，而便宜之旨已下军前，万一他事尽如筑城之缪，遂不请而便宜从事，脱有败误，则一方之事系天下安危。伏惟聪明，何以裁处？

某才薄力劣，不足以备急缓之用，若止于调发输饷，此俗吏之所能为，故自请愿与田、李共议兵事，至今寝而不报。内窃自度，不报诚宜。然朝廷既已力排言事者，而托以用才于外，今反疑之而不任以事，何以解言者之惑哉？此某之不可谕也。

秋暑尚繁，伏惟为国自重。

【解题】

作于庆历四年秋。欧阳修于本年八月十四日授河北都转运按察使，上任前，有《乞许同商量保州事札子》，又有此书致宰相杜衍，请求允许与成德军知军田况、真定路马步军都总管李昭亮共同商议军事。

与尹师鲁第三书

某顿首启：两路地壤相接，幸时文字往还，然阙附状，盖书生责以钱谷，强其所不能，自然公私不济，况其素懒于作书也。然时闻师鲁动止。苏子美事深欲论叙，但避犹豫，闻有极言，乃知自信为是，甚善甚善。子美虽未亟复，其如排沮群议，为益不少。晋、潞，师鲁少所乐游，其况如何？春寒，千万保爱。

列传人名，便请师鲁录取一本，分定寄来。不必以人死年月断于一代，但著功一代多者，随代分之，所贵作传与纪相应。千万递中却告一信，要知尊意。

【解题】

作于庆历五年（1045）春，时作者任河北都转运按察使，权知成德军事。尹洙因水洛城案，去年六月徙知晋州，八月改知潞州，本书与其商榷撰写《五代史记》事宜。

与尹师鲁第五书

某顿首：今春子渐兄云亡，修在镇阳，半月后方知，时又卧病，草率走介，托赵秉致奠，云已之洛中矣，苦事苦事。修一春在外，四月中还家，则母、病妻皆卧在床。又值沈四替去本司，独力出治公事，入营医药。才得清卿来，即往德、博视河功，比还，马坠伤足，至今行履未得。以故久不及拜书为慰，一写朋友号呼之痛。

子渐于生所为，世谓吉人君子者。然人生固不可以善恶较寿夭，吾徒所为，天下之人嫉之者半，故人相知不比他人易得，失一人如他人之失百人也。修往时意锐，性本真率。近年经人事多，于世俗间渐似耐烦，惟于故人书问，尚有逭慢之僻在。因子渐亡，追思数年不以一字往还，遂至幽明永隔，因此欲勉强于书尺，益知交游之难得为可惜也。

子渐为人，不待缕述，修自知之。然其所为文章及在官有可记事，相别多年，不知子细，望录示一本。修于子渐不可无文字，墓志或师鲁自作则已，若不自作，则须修与君谟当作。盖他平生相知深者，吾二人与李之才尔。纵不作墓志，则行状或他文字须作一篇也。愁人愁人。

师鲁知为士廉所讼，仇家报怨不意，亦听而行，此更不须较曲直，他不足道也。夏君来日，询他潞州事，得动静甚详，差慰。夏热，千万保重。

【解题】

作于庆历五年夏。本年三月，尹洙的兄长尹源卒于知怀州任。本书追悼尹源，自请为撰墓志铭或行状。平易叙事，感情真挚动人。

与许发运启　一

伏念僻守郡封，殆不通于辙迹；邈瞻风采，缺驰问于兴居。

恭惟按省之余，克保粹和之妙。治朝急士，方渴伫于宏材；漕最淹贤，况已升于美绩。即期迅用，以奋远图。企颂之私，缕言非罄。

【解题】

此二书作于庆历六年春，时作者知滁州。许发运，即许元，字子春，宣城人，时任江淮发运副使。书启赞颂许元的才干与政绩，祝贺朋友荣被恩宠。

与许发运启　二

伏念睽异风徽，屡更年律。河壖阻邈，常辱邮音，淮郡僻荒，亦蒙诲问。荷顾存之至厚，慰艰拙以兹多。

此者伏审某人荣被恩俞，近移使节。望行舟而非远，伸良觏以未涯。惟贤业之素彰，蔼勋勤而夙著。伫从公议，别霈宠光；岂此漕输，可淹杰俊？

春阳方盛，福履惟休。感咏瞻依，交集诚悃。

【解题】

同上。

与曾巩论氏族书

修白：贬所僻远，不与人通，辱遣专人惠书甚勤，岂胜愧也！示及见托撰次碑文事，修于人事多故，不近文字久矣，大惧不能称述世德之万一，以满足下之意。

然近世士大夫于氏族尤不明，其迁徙世次多失其序，至于始封得姓，亦或不真。如足下所示，云曾元之曾孙乐，为汉都乡侯，至四世孙据，遭王莽乱，始去都乡而家豫章。考于《史记》，皆不合。盖曾元去汉近二百年，自元至乐，似非曾孙，然亦当仕汉初。则据遭莽世，失侯而徙，盖又二百年，疑亦非四世。以《诸侯年表》推之，虽大功德之侯，亦未有终前汉而国不绝者，亦无自高祖之世至平帝时，侯才四传者。宣帝时，分宗室赵顷王之子景，封为都乡侯。则据之去国，亦不在莽世，而都乡已先别封宗室矣。又乐、据姓名，皆不见于《年表》，盖世次久远而难详如此。若曾氏出于鄫者，盖其支庶自别有为曾氏者尔，非鄫子之后皆姓曾也，盖今所谓鄫氏者是也。

杨允恭据国史所书，尝以西京作坊使为江浙发运、制置、茶盐使，乃至道之间耳。今云洛苑使者，虽且从所述，皆宜更加考正。山州无文字寻究，幸察。

【解题】

作于庆历六年。曾巩，字子固，江西南丰人，庆历初年结识欧阳修。本年曾巩致书作者，请求为祖父曾致尧撰写神道碑铭。作者批评其不明氏族，所叙迁徙、世次多失其序，不合《史记》年表。全文引证史籍，论辩明析，茅坤誉为“明辨”。(《宋大家欧阳文忠公文钞》卷十)

与王深甫论五代张宪帖　一

修启：辱教甚详，蒙益不浅。所疑所论，皆与修所考验者同。今既疑之，则欲著一小论于传后，以哀其忠，如此得否？修之所书，只是变赐死为见杀，于宪无所损益。宪初节甚明，但弃城而走不若守位而死，已失此节，则见杀与赐死同尔。其心则可喜，但举措不中尔。更为不见《张昭传》中所载，或为录示，尤幸。目痛，草草不次。修再拜。

庄宗月一日遇弑，存霸在河中闻变，走太原见杀，而宪亦走忻州。明宗初三日入洛，十日监国，二十日即位，宪二十四日死，初以此疑之。又本传言明宗郊天，宪得昭雪，则似非明宗杀之。更为思之，如何？

【解题】

此二书原系“皇祐年间”，当作于皇祐初年。王回居家颍州，第二书有“食后见过，更尽高议”等话，可知作者亦在颍州。欧阳修皇祐元年二月抵颍州任知州，次年七月改知应天府兼南京留守，故系于此。欧阳修撰《张宪传》，有疑史事，求教王回。王回所论，为欧阳修采纳。可参见《新五代史》卷二十八《张宪传》。

与王深甫论五代张宪帖　二

修启：辱教，益详尽，多荷多荷。存霸奔太原，人言其马鞦断，疑其战败而来。存霸乃以情告，仍白髡，衣僧衣，见符彦超曰：“愿为山僧，望公庇护。”彦超亦欲留之俟朝命，为军众所杀。若此，则宪似知庄宗已崩，据张昭劝宪奉表，则知新君立明矣。但不知其走忻州何故也。此意可喜，而死不得其所尔。食后见过，更尽高议，可乎？修再拜。

【解题】

同上。

与田元均论财计书

修启：承有国计之命，朝野忻然。引首西望，近审已至阙下。道路劳止，寝味多休。

弊乏之余，谅烦精虑。建利害、更法制甚易，若欲其必行而无沮改，则实难；裁冗长、塞侥幸非难，然欲其能久而无怨谤，则不易。为大计，既迟久而莫待；收细碎，又无益而徒劳。凡相知为元均虑者，多如此说，不审以为如何？但日冀公私蒙福尔。

春暄，千万为国自厚。不宣。修再拜。

【解题】

作于皇祐二年（1050）岁暮立春后，时作者在南京任应天府知府兼南京留守司事。田元均，名况，本年闰十一月权三司使。书信对朋友就财政改革问题陈述自己的观点，对弊窦丛生、积重难返的国情剖析很深刻，表达了作者对国事的关心，也反映了内心的矛盾与焦虑。文章简短，意蕴厚重，掷地作金石声。

答李大临学士书

修再拜。人至，辱书，甚慰。永阳穷僻而多山林之景，又尝得贤士君子居焉。修在滁之三年，得博士杜君与处，甚乐，每登临览泉石之际，惟恐其去也。其后徙官广陵，忽忽不逾岁而求颍。在颍逾年，差自适，然滁之山林泉石与杜君共乐者，未尝辄一日忘于心也。

今足下在滁，而事陈君与居。足下知道之明者，固能达于进退穷通之理。能达于此而无累于心，然后山林泉石可以乐；必与贤者共，然后登临之际有以乐也。足下所得与修之得者同，而有小异者。修不足以知道，独其遭世忧患多，齿发衰，因得闲处而为宜尔，此为与足下异也。不知足下之乐，惟恐其去，能与修同否？况足下学至文高，宜有所施于当世，不得若某之恋恋，此其与某异也。

得陈君所寄二图，览其景物之宛然，复思二贤相与之乐，恨不得追逐于其间。因人还，草率。

【解题】

作于皇祐二年。时欧阳修任颍州知州。李大临，字才元，成都华阳人。据《宋史》本传，时因考试举人失误，由秘阁校理“责监滁州税”。本书回顾知滁州时登临泉石的乐趣，勉励李氏达于进退之理，领略山林之乐。平易叙事之中，可见慰勉关切之情。清人何焯《义门读书记》称赞本文结构“尽曲折”。

答陈知明书

修再拜启：人至，辱书，有秦燕玉马之说，何其谦之甚邪！某昨在广陵，一相见于众人中，未有相知之意，及食，将彻案，方接足下以言，而始知其非众人也。然尚不暇少留，以尽修之所欲得者，后常以为恨也。去年辱书于颍，又客之来自滁者皆能道足下之事。于是判然以为士之相知，或相望于千里，或相追于异世，知其道而已，不必接其迹也。则广陵之不留，无足以为恨。此前书所道，勤勤备矣。

某于足下，不必见其文章之自述，然后以为知也明矣。盖尝辱示诗及书，读而爱之不已，以谓闳博高深，必有放纵奔驰而可喜者，虽得之多，宜不厌也。因复辄有求于足下者，譬之垂涎已啖一脔之味，而思快意于五鼎之间也，何足怪哉！幸足下无惜。

【解题】

作于皇祐二年。陈知明，为欧阳修在扬州结识的士人。本书高度赞扬陈氏的才德，表现思贤爱才的品格。

与王深甫论世谱帖

修启：惠借《颜氏谱》，得见一二，大幸。前世常多丧乱，而士大夫之世谱未尝绝也。自五代迄今，家家亡之，由士不自重、礼俗苟简之使然。虽使人人自求其家，犹不可得，况一人之力，兼考于缪乱亡失之余？能如所示者，非深甫之好学深思莫能也。《颜谱》且留，愚有未达，须因见过得请。《集古录》未始委僮奴，昨日大热，艰于检寻，今送，不次。修再拜。

【解题】

作于皇祐年间。王深甫，名回，居颍州，其学宗欧阳修。本书感叹五代以降，谱学渐亡，赞扬王回以一人之力成《颜氏谱》，非好学深思难成此功。

答宋咸书　一

修顿首白：州人至，蒙惠书及《补注周易》，甚善。世无孔子久矣，六经之旨失其传，其有不可得而正者，自非孔子复出，无以得其真也。

儒者之于学博矣，而又苦心劳神于残编朽简之中，以求千岁失传之缪，茫乎前望已远之圣人而不可见，杳乎后顾无穷之来者，欲为未悟决难解之惑，是真所谓劳而少功者哉！然而六经非一世之书也，其传之缪非一日之失也，其所以刊正补缉亦非一人之能也。使学者各极其所见，而明者择焉，十取其一，百取其十，虽未能复六经于无失，而卓如日月之明。然聚众人之善以补缉之，庶几不至于大缪，可以俟圣人之复生也。然则学者之于经，其可已乎？

足下于经勤矣，凡其所失，无所不欲正之，其刊正补缉者众，则其所得亦已多矣。修学不敏明，而又无强力以自济，恐终不能少出所见，以补六经之万一，得足下所为，故尤区区而不能忘也。属奉使出疆，匆匆不具。惟以时自爱。庐陵欧阳修再拜。

【解题】

至和二年（1055）作。宋咸，字贯之，建阳人，天圣进士，致力经学，有《易训》、《毛诗正纪外议》、《论语增注》等著述。欧阳修尊崇儒经，但不盲从传注。他舍传从经，质诸人情，强调经世致用。本文还反映作者渴望集思广益，共同探讨六经本义的思想。茅坤称道说："自是名儒之言。"（《宋大家欧阳文忠公文钞》卷十一）

答宋咸书　二

某启：去年冬承惠问，时以奉使契丹，不皇为答。兹者人至，辱书，岂胜感愧。某区区于此，无补当时，徒于京师大众中，汩汩人事，旧学都废，耳不闻仁义之言久矣。惟君子不以甘荣禄、走声利之徒见待，时有所教，幸甚幸甚。

天日之高，以其下临于人者不远，而自古至今，积千万人之智测验之，得其如此。故时亦有差者，由不得其真也。圣人之言，在人情不远，然自战国及今，述者多矣，所以吾侪犹不能默者，以前人未得其真也。然亦当积千万人之见，庶几得者多而近是，此所以学者不可以止也。足下以为如何？尚或不然，当赐教。

向热，为政外自重，以副所怀。不宣。某再拜。

【解题】

作于至和三年（1056）初夏。欧阳修去年有《答宋咸书》，论经学研究思想。本书再论经学研究，认为“圣人之言，在人情不远”，决心本于人情，探求经典本义。文简意深，要言不烦。

与王深甫问五月一日会朝帖

修启：信宿为况清佳。前日贪奉笑言，有一事数日欲咨问，偶忘之。唐时有五月一日会朝之礼，略记其始本出于道家，是日君臣集会，其仪甚盛。而其说不经，不知起自何帝，亦记得是开元已后方有，略与批示其时为幸。修再拜。

中间尝罢，后又复行，复行恐是宪宗朝，亦不记子细。

【解题】

写作年代失考，当作于至和元年八月至嘉祐五年七月之间，时欧阳修主修《新唐书》。作者致书王回，请教唐朝礼制，见其虚怀若谷、不耻下问的优良学风。

与刘原甫侍读问入阁仪帖　一

入阁之礼，起自何年，阁是何殿？开延英，亦起何年？五日一起居，遂废正衙不坐，起何年？三者，孤陋所不详，乞示其本末。

【解题】

此二书原无系年，当作于嘉祐年间修撰《新唐书》时。欧阳修于《新唐书》礼制有疑义，屡次请教刘敞。刘敞，字原甫，吉州临江人。博通六经百家之学。欧阳修撰著史书、整理《集古录》、研究经学，常向他折节问学。

与刘原甫侍读问入阁仪帖 二

修启：辱示，甚烦尊用。然得以开释未悟，其幸尤多，感刻感刻。问此一事，本为明宗置内殿起居，又复入阁，当时缘昭宗朝误缪，不合故事也。朔望宣政一事，尤失紫宸入阁本制也。今乃入阁却御前殿，延英之对与入阁合仪，起居而废正衙，含元大殿，宣政常朝，延英便殿，前殿入阁，修于史已不熟，于制度又不熟，乞为参详之。

【解题】

同上。

与杜䜣论祁公墓志书 一

修启：专人至，辱书，伏承暑热，孝履支福，深慰企想。

所要文字，终不曾得的实葬日，以谓卜日尚远，遂未曾铨次，忽辱见索，亦莫知葬期远近。为一儿子患伤寒，三次劳发，已一月在床，虚乏可忧。日夕忧迫，心绪纷乱，不能清思于文辞，纵使强为之，辞亦不工，有玷清德。如葬期逼，乞且令韩舍人将行状添改作志文。修虽迟缓，当自作文一篇纪述。平生知己，先相公最深，别无报答，只有文字是本职，固不辞，虽足下不见命，亦自当作。然须慎重，要传久远，不斗速也。苟粗能传述于后，亦不必行，况治命不用邪？若葬期未有日，可待，即尤好也，然亦只月十日可了。若以愚见，志文不若且用韩公行状为便，缘修文字简略，止记大节，期于久远，恐难满孝子意。但自报知己，尽心于纪录则可耳，更乞裁择。

范公家神刻，为其子擅自增损，不免更作文字发明，欲后世以家集为信，续得录呈。尹氏子卒请韩太尉别为墓表。以此见朋友、门生、故吏，与孝子用心常异，修岂负知己者！范、尹二家，亦可为鉴，更思之。然能有意于传久，则须纪大而略小，此可与通识之士语，足下必深晓此。但因葬期速，恐仓卒不及，遂及斯言也，幸察。

京师区区中，日为病患忧煎，不时遣人致问。夏热，节哀自爱。

【解题】

此二书作于嘉祐二年（1057）。本年二月，杜衍卒于南京，孝子杜䜣请作者为撰墓志，鉴于范仲淹神刻及尹洙墓志之争，欧阳修作此二书，申明撰作墓志的原则，如“文字简略，止记大节，期于久远”，“纪事皆录实，有稽据，皆大节与人之所难者”。表明作者一反谀墓风气，坚持严肃认真的写作态度。

与杜䜣论祁公墓志书　二

修启：秋凉，不审孝履何似？前于递中辱书，所示志文今已撰了，为无得力人，遂托李学士送达。修愚鄙，辱正献公知遇，不比他人。公之知人推奖，未有若修之勤者；修遇知己，未有若公知之深也。其论报之分，他事皆云非公所欲，惟纪述盛德，可以尽门生故吏之分。然以衰病，文字不工，不能次序万分之一，此尤为愧恨也。然所纪事皆录实，有稽据，皆大节与人之所难者。其他常人所能者，在他人更无巨美，不可不书，于公为可略者，皆不暇书。然又不知尊意以为何如？

苟见信，甚幸，或择一真楷书而字画不怪者书之，亦所以传世易晓之意也。刻石了，多乞数本，为人来求者多。葬事知定十月，不知何人篆盖？早了为善，昨礼院定谥曰正献。知己今不可得，每临公事，但知感涕尔。渐寒，侍亲千万节哀自爱。不宣。修再拜。

【解题】

同上。

与蔡君谟求书集古录目序书

修启：向在河朔，不能自闲，尝集录前世金石之遗文，自三代以来古文奇字，莫不皆有。中间虽罪戾摈斥，水陆奔走，颠危困踣，兼之人事吉凶，忧患悲愁，无聊仓卒，未尝一日忘也。盖自庆历乙酉，逮嘉祐壬寅，十有八年，而得千卷，顾其勤至矣，然亦可谓富哉！

窃复自念，好嗜与俗异驰，乃独区区收拾世人之所弃者，惟恐不及，是又可笑也。因辄自叙其事，庶以见其志焉。然顾其文鄙意陋，不足以示人。既则自视前所集录，虽浮屠、老子诡妄之说，常见贬绝于吾儒者，往往取之而不忍遽废者，何哉？岂非特以其字画之工邪？然则字书之法虽为学者之余事，亦有助于金石之传也。若浮屠、老子之说当弃而获存者，乃直以字画而传，是其幸而得所托尔，岂特有助而已哉？

仆之文陋矣，顾不能以自传，其或幸而得所托，则未必不传也。由是言之，为仆不朽之托者，在君谟一挥毫之顷尔。窃惟君子乐善欲成人之美者，或闻斯说，谓宜有不能却也，故辄持其说以进而不疑。伏惟幸察。

【解题】

作于嘉祐七年（1062）。作者自庆历五年开始集录前代金石遗文，历时十八载，千卷《集古录》成书，自撰《集古录目序》，致书蔡襄，请为书写，以传不朽。蔡襄，字君谟，为北宋著名书法家，去年夏返抵京师，任翰林学士、权三司使。文章自叙集录金石遗文缘起，希慕朋友书法，请求成人之美。平易叙来，情致自溢。茅坤誉为“风韵佳”（《宋大家欧阳文忠公文钞》）。

与王深甫论裴公碣　一

修启：辱示，承旦莫体佳。高阳说如此，为得之矣。载初元年正月，乃永昌年之十一月尔。当与永昌同年。天授庚寅，载初己丑尔。然自天授至长安四年甲辰，凡十五年，使自武德不除周年，则乾元己亥乃一百四十二年；除周年，则大历乙卯为一百四十年。乙卯，大历十年也，哥舒晃事在八年。又江西出兵，不当越数千里出于明州，此又可疑。前日奉答后再将校勘，却未敢书，更俟面议也。盖江西出岭，路绝近，次则出湖南，已为稍远，就令出明州，非江西可节制也。病嗽无悰，姑此为报。修顿首。

【解题】

此二书作于嘉祐八年（1062）十月，时作者在朝任参知政事。《集古录》辑得唐越州刺史王密所撰《唐裴公纪德碣铭》，欧阳修对铭文有疑义，作此二书与王回商榷。王回答书内容并存于《集古录跋尾·唐裴公纪德碣铭》，可参看。

与王深甫论裴公碣　二

修启：蒙疏示，开益已多，感服何已！唐除周岁，诚如所谕，兼密罢明州在建中二年，则大历八、九年后，僘为明守而密代之，以年数推之，与乾元之说不较可知。但恐除周之年，前人未必如此，难以臆断为定，当两载之，使来者自择也。高阳门徒之说，恐便是高阳人，未知何如？《郭子仪家传》等先送，碑当续驰。修再拜。

所推诚好，然更深思唐人除周之说，恐未必然也。则天是天授中改周，惟复是载初，相较亦只一年尔。

【解题】

同上。

代曾参答弟子书

参白诸足下：闻吾党之士思夫子而莫得见也，以有子之貌似夫子，欲假设其位以夫子师之，诸足下必其然乎否耶？吾试为诸足下陈夫子之道以为断。

诸足下知天之有四时乎？春能生物而不能长也，夏能长之而不能成也，秋能有成而不能敛也，敛之者其在冬矣。自生民以来，有大圣德、居大圣位而作法以济世者，类不过八九。三皇经始之，五帝缵明之，禹、汤、文、武该洽之，周公祖述之。经始之者春也，缵明之、该洽之者夏也，祖述之者秋也。天恐斯文之中未有以折衷，乃生吾夫子于衰乱之世。前圣之所未立者，俾夫子立之；前圣之所未作者，俾夫子作之。上规圣明，下救沦坏，垂之百王而不变，稽之千古而不疑。虽百周公、百尧舜复出于世，亦无以过夫子也。是夫子于列圣有成岁之功也，是列圣不能敛而夫子敛之也。

吾以谓夫子之道，江汉以濯之，秋阳以暴之，皜皜乎不可尚已！吾与诸足下奚所识知？幸而生于时，得以登其门、望其堂而传其道，以光荣其身。吾与诸足下犹众无名之星也，夫子犹日月之明也，以无名之星代日月之明，虽积累万数，吾未见其可，况一焉而已乎！诸足下奈何乃不察于是也？天则有一冬，而诸足下有二冬乎？苟有子升夫子之席，而吾与诸足下趋进于左右，敛衣而立，负墙而请，当是时，有子能勿愧乎？吾有以知彼之必愧也。吾侪有所问而不能答，有所辨而不能断，哗然而往，默然而来，铿然而叩，寂然而应。当是时，有子能勿惭乎？吾又知彼之必惭也。

昔者吾友子渊，实有圣人之德，不幸短命，前夫子而死。使子渊尚在，而设之于夫子之席，吾犹恐天下之不吾信也。足下以有子之道义，孰与子渊？德明而仁备，孰与子渊？夫子称而叹之．孰与子渊？群弟子服其为人，孰与子渊？达夫子之道而邻夫子之性，孰与子渊？是数者皆无一可，而独以其容貌之似，而欲升师之席，窃师之位，不亦难乎！

夫容貌之似者，非独有子也，阳虎亦似矣。如欲其大似，则当以阳虎为先，奚先于有子哉？诸足下果欲何耶？复欲睹夫子之容乎？复欲闻夫子之道乎？如止欲睹夫子之容，则图之可也，木之可也，何必取弟子之似者以僭其称而悖其位？如必欲闻夫子之道，不可以苟而已也。

且吾闻之：师其道，不必师其人；师其人，不必师其形。如欲师其道，则有夫子之六经在，《诗》可以见夫子之心，《书》可以知夫子之断，《礼》可以明夫子之法，《乐》可以达夫子之德，《易》可以察夫子之性，《春秋》可以存夫子之志。是之弗务，而假设以为尚，此吾所以悼痛而不敢知也。

且昔夫子果何师哉？师尧、舜者也，师文王者也，师周公者也。惟曰师其道而已，未闻其假设而师之，则似尧、舜者，似文王者，似周公者，终身而不得见矣。苟不见其人，则亦弗师其道乎？夫麟之于兽也，凤之于鸟也，出乎其类而处乎长者也。不幸而麟以死，凤以亡，则亦假设而为之乎？诸足下盍姑止，不然，吾恐万世之后，完口者寡矣。死而无知则已，如其有知，则子渊、子路辈将瞋目流涕而有责于足下也。

诸足下其思之！不宣。参白。

【解题】

写作年代失考。文章代曾参立言，陈孔子之道，非议众弟子因为有子貌似孔子，设其位以孔子之礼侍奉。文末原按："《代曾参答弟子书》不知何人之文，与此卷《兵储》、《塞垣》两论皆可疑。削之恐无以解后来之惑，姑留而著其说。"

与陈之方书

某白陈君足下：某忧患早衰之人也，废学不讲久矣。而幸士子不见弃，日有来吾门者。至于粹然仁义之言，韪然闳博之辩，蔚然组丽之文，阅于吾目多矣。若吾子之文，辨明而曲畅，峻洁而舒迟，变动往来，有驰有止，而皆中于节，使人喜慕而不厌者，诚难得也。某固不能悉得天下之士，然尽某所见，如吾子之文，岂一二而可数哉？为而不止，行而必至，畜厚而发益远。吾虽不能悉得天下之士，然天下之士如吾子者，可一二而数也。某老矣，心耗力惫，有所不能，徒喜后生之奋于斯也，恨不得鸣跃于其间而从之。姑奉此为谢。

【解题】

原无系年，当作于作者中年衰病以后。陈之方，生平不详，时为青年士子。据《宋史》卷六十三记载，陈氏卒于元丰八年，为点校试卷官；又《宋史·艺文志》载有陈之方《致君尧舜论》、《削荀子疵》等著述。欧阳修此书感谢陈氏登门问学，高度评价陈氏文章，表现对青年后学的热情鼓励与亲切关怀。

上胥学士偃启

某闻在昔筑黄金之馆，首北路以争趋；附青云之名，使西山而起价。诚以求千里之迹者，先其市骨；得一字之宠者，荣于衮章。而况天下之风采耸闻，口吻之雌黄并出，以末涂之佁儗，说定鉴于妍媸。目论所加，能令重于九鼎；毫端或倚，可使逸于太霄。是宜殚重跰宿舂之劳，怀漫剌署里之字，铺论有素，题品攸归。

伏惟某官禀粹天英，抽华道秘。虹霓远映，拂霄堮而垂光；黼黻摛文，绚云河而发藻。游士乡而著品，入圣域以践优。爽爽之声，轶前良而通美；琅琅其璞，瑞昭世以称珍。爰自览辉下翔，阶木特起，掎袂于群英之彀，颉弁乎千龄之辰。列坐棘以联曹，署法庭而奏谳。若若怀绶，宛转于一纶；翘翘聘车，壅容于半刺。陈仲举以题舆而擅美，何恭祖以缅帻而驰称。垂腰佩刀，见赏三公之器；追锋给传，终膺双武之皮。第连最以推高，贲初仪而上获。公车以两令而持牍，绨几以十篇而奏文。禅衣曲裾，暮召大台之对；尚方给札，霈洒鸿都之毫。虽西昆者册书之藏，是开乎仙室；而东壁者文章之府，载郁于时风。居为显化之阶，式是育材之地，爰膺丽正之选，首被集仙之名。白蟫芸简以生香，兹焉辟恶；紫袷荷囊而备问，最近清光。固已丹毂解嘲，天禄草经而拟圣；金刀博学，太一秉藜而下观。

顷缘泛驾之求，亟发违行之讼。耻从吏对，出检猾商。谓轩冕之傥来，视同于寄物；履名教之中乐，坦照乎清襟。旋关掌于郡条，久从容于别乘。一麾出守，固雅尚之所存；千里佩青，乃上心之攸注。距樾江之清郡，摽军壁之上游，犬牦之警无哗，贾室之繁甚富。足以坐棠听讼，闭阁凝神。秀野颁春，过蘅皋而倦目；清言捉麈，临雅俗以镇浮。然而未央居半夜而生思，安石以苍生而待起。望之补吏，意雅在于本朝；主父出游，帝已嗟于见晚。行奉一封之传，入随三节之趋。见堂堂之姿，送之讫目；对颙颙之表，威不违颜。登涉乎赤墀之涂，进重于高门之地，卓然远韵，度越诸公。霑芳润者漱其清芬，仰龙光者思其末照。英风有焕，物议攸归；矧此妄庸，盍希品目？

伏念某社樗樠樀，膏枣钝昏，抱器质以何堪，赋天机而甚浅。晞发华旦，徒跂于清流；措足英躔，终惭于远到。自遭家之不造，早遂生于百忧。茹叹之音，悲存乎手泽；动明之韵，远失于先时。西华以孤露而见哀，庾信以流离而多感。矧复齐气多缓，嵇筋甚驽，乏朽木之先容，无一钱而为地。旁魄而论都邑，则被伧父之呵；顽钝以取世资，但听斫轮之晓。终非令器，第困穷涂。

一昨窃万家之应书，随重车而上计。方策条对，麈至猥并；雅拜匪仪，失于盘辟。甘触闻而引去，但饮墨以蒙羞。卧漳滨而养痾，窜身兹久；吊湘累而感赋，些语迷招。当树之于无何，宜匠者之不顾。而或窃先生之余论，企诸公之末晖。闻伯夷之名，增其懦气；伏海滨之下，久以望风。是敢强饰固陋之容，庶伸伏拜之谒，缀穷愁之汗简，奏芜累之庸音。窃觇崇闳，将尘隐几。登太山者小天下，在培塿以宜惭；奏咸池而张洞庭，非蛙咬之可度。然遇某官量陂无际，宇荫甚秾，推毂成猷，嘘枯振德。裹阳秋于皮里，不言备乎四时；吞云梦于胸中，兼容尽于一介。幸望许承音旨，少贬光尘，曲垂褒采之私，俾获题评之目。如是，则六辔在手，骥足何滞于蚁封；五色成文，乐节或资于牛铎。荷恩有素，累牍奚陈。

【解题】

作于天圣六年（1028）。欧阳修去年春天参加礼部考试失败，撰写本文并携文笔二编，拜谒胥偃。胥偃，字安道，长沙人，时为汉阳知军。文章赞颂胥偃的为人为学，表达希望获得知遇和提携的衷曲。这是一篇骈文，多用典故，文彩斑烂，深受胥偃赞赏。

谢胥学士启

近贽芜音，仰尘细几，载形答复，深极褒称。弊帚无庸，愧藏家而自享；重言外奖，干尺牍以必珍。始绳穷而匣开，烂然在目；旋骨惊而心折，至矣闻音。退揆顽疏，阴加震叠。

窃以昔者鲁衮垂乎一字，宠极于华章；汝月更乎坐评，自成于往法。得河南之口占，多藏去以为荣；获江左之笔踪，则神明之来复。至有不喜人事，常堆案而弗酬；靡答私书，或矜才而格物。未若翠绥鸣玉之彦，兰台金马之英，品风流坐正物之源，交士林忘公侯之贵。俯存寒素之目，毋密謦咳之音。兔墨流英，洒鸿都百金之笔；犀谈对客，发荆州一日之函。有焕私藏，因为殊遇。

某倥蒙惟旧，操捡弗支，乏沃若之轩髦，有尾兮之长丑。顾右臂而为弹，早叹茶疲；虽左肘之生杨，徒能殚化。爰以自童发之交剪，浴圣日之光华，勉绍箕裘，惧隳门素。冠乎枝木，莫践化人之场；钝若神槌，爰对囊锥之颖。一昨与偕外计，续食县官之邮；召诣中台，果玷浮华之目。州闾贬于素论，箧衍弃于祭刍，委末路而弗振，与清涂而自隔。然或鼓舞至化，呻吟变儒，效骚人之郁伊，慕漳滨之模楷。品之上下，曾弗齿于钟评；掷中宫商，宜远惭于孙赋。奚辨丽而可纪。徒骪骳以兴讥。何弗避于诋呵，辄外彰于嗤鄙？踸踔短韵，迨无取于击辕；卢胡见贻，乃自珍于干璞。所期用覆酱瓿，譬十年之练都；投置皮箱，资一笑于相乐。

伏蒙某官悯芚愚之无似，加品目之惟优，丑以爱忘，音缘赏奏。许上修名之谒，获伸拜德之恭。后堂执经，饫陪一肉之赐；西斋坐宴，密亲三雅之欢。执如意以指谭，务车毂而推引。喷咳珠玉，大小以之成珍；指顾飞沈，眄睐于焉起色。出乎望表，溢乃情涯。而复俾十倍而增荣，示一嗛而为美。当黯阁之多暇，枉虞笔以摛文。缛旨星稠，襞笺云落。布帛之言甚暖，暴以秋阳；齿牙之论所加，重于大吕。譬以明月，暗投于人；不意此音，猥来入耳。谨当纳藏行褚，归耀党闾。袭以十绨，为天下之至宝；脱复一读，解体中之不安。贵洛纸而争传，与吴刀而共布，隐恩所及，顶踵奚胜？

【解题】

作于天圣六年。欧阳修本年有《上胥学士启》，胥偃答启，表达对后学爱重奖掖的满腔热忱。此为获得胥偃答启后的谢书。

谢国学解元启

右，修启：伏睹解文，滥膺名荐。肄三合雅，方列于胄筵；旅百在庭，遽陪于方贡。惟遴柬之弥众，叨首举以为荣。饰让无从，循涯有溢。

窃以姬庭讲治，务多士之思皇；汉席优贤，以得人而为盛。然皆谨能书而上献，始扬进造之名；随计吏而与偕，乃署秀廉之等。一适谓之有德，九变选乎知言。所以乐育群材，并赞郁乎之化；润色鸿业，协畅炳然之风。用登至平，皆由此道。而况成均讲艺，昭五帝之遗文；辟廱环流，耸三宫而对峙。自京师而首善，俾天下之向风。卓尔丕彝，垂之来叶。皇上握褒文而统理，坐法宫以垂精，并举丰规，丕扬先烈。恢迓衡之至治，揽入彀之群雄，躬孝武招徕之勤，绍永嘉敦朴之举。取之数路，并用文武以兼通；托之百朋，思讲天人之相与。并申辨论之法，待为孝秀之门，责士著以占名，谨乡评之清议。一郡国之众，咸使得以应书；百孝廉之群，皆劝令其趋驾。固以厚一马乘轺之聘，光束帛贲园之招。张罗挂云，尽取于逸翮；倾昆取琰，无复于遗珍。超振古以无前，契千龄而犹是。而复诏大胥之掌版，登游倅于上庠，谨从事以新书，先考言而明试。才可嘉于辨丽，择之妍词；言析理以精详，求于闳论。当此三道，使无讳以著于篇；对有百人，尽挥毫欲善其事。自非行能高妙，业履优殊，关览乎九家之流，含漱乎六艺之润。讲乎高谊而已久，识必研几；施之当世而可行，言皆诣理。则何以当重围之树棘，并列于名闻；佩后席之容刀，得趋于台试？

如修者，天机甚浅，俗韵素冥。响未彻于一皋，器不贾于当世。琐尾成乎长丑，寒素本乎后门。抚顽钝以无庸，常拙艰而茹叹。首戴蒲而服业，早失先畴；书剖榼而发函，仅存手泽。毁瓦居惭于食志，不龟安可以得封？勉为占毕以呻吟，动取戏儒之诟病。晞发光华之旦，徒庆于逢辰；策足英雄之躔，奚能于远到？尝因续食于县次，获陪待诏于公车。对策无为，终以空言而罢；雅拜非礼，几坐举者之人。辱皮相以堪羞，耗心气而都尽，讳穷极于反袂，铩羽嗟其触隅。学揣摩而不成，反嗤于丘嫂；旁《离骚》而发咏，几吊于湘累。志销落以堙沈，迹零丁而孤苦。

顷自脱身侨籍，著录师黉，学狗曲以见讥，肄鳣堂而卒业。入梁兹久，敢期英俊之并游；论都未成，殆以伧荒而见隔。对合鲭而记食，躧讹履以倦游。会深诏之急贤，俾命乡而论士。靡惭衒鬻之技，上充跅弛之求，辄以复来，勉兹再鼓。当翰场之斯辟，接隽轨以并驰。秃千兔之毫，笔不停而争缀；举连帷之袂，袍何白以太纷。曾是鲰生，最当前列。踯躅燥吻，舌不下以乔然；雕琢曼词，思弥枯而兀若。率有枚生之累句，仅同睢苑之后成。日伫报闻，阴图引去。夫何滥吹之曲，误中程文之规，用冠誉髦，越升上级。屏间误墨，本无望于成蝇；灶下焦桐，岂有思于为器？玷兹褒采，实骇群伦。顾扬秕以增羞，在冠鳌而曷称？再循窃据，实用腼颜。

此盖伏遇某官表烛群伦，丹青上化。雌黄在口，捉麈尾而不休；翦拂长鸣，托旌端而可逝。因兴民于三物，务推毂于诸生，致此妄庸，及于甄采。敢不仰衔提奖，益励进修，磨铅钝以为铦，策蹇步而睎骥。哆兮箕舌，已簸糠而在前；沛乎鸿毛，使培风而直上。用于知己，答乃初心；过此以还，未知所措。

【解题】

此书作于天圣七年（1029）秋。本年春天，欧阳修参加国子监考试，获名第一，补为广文馆生。秋天，参加国学解试，又获第一。本文为获得国子监解试第一后的致谢信。

谢进士及第启

枫宸崵蒦，方赞趋而在庭；云幄靓深，遽胪传而唱第。窃顾无庸之品，仍跻异等之科。祗服宠灵，实增震悸。

窃以“思皇”之咏多士，《雅》、《颂》播于姬庭；间出之有异人，文章炳乎汉德。选知言于九变，东都下深诏之辞；开孝秀之一门，唐家有得贤之盛。皆所以招徕时彦，乐育人材，讲求精祲之原，润色帝王之美。卓为往范，垂照来今。丕哉文物之华，属我神灵之运。国家右贤兴治，若古敷猷，休声塞乎渊泉，至德溯于烽火。弥文上化，疏璧水以环流；储精太宁，坐蒿莱而讲道。烂乎舜日之晏晏，焕乎尧章之巍巍。而且优游岩廊，梦想豪俊，下贤书而旁午，谕上意之丁宁。复诏策于廉科，谨乡能于岁举。驰封一马，使者在道而相望；翘首群英，天下向风而咸靡。逮计车之偕上，首方贡以前陈，委密侍之钜贤，先春闱而覆较。

毡笔署乎重棘，奏可而后行；锦几坐乎中楹，亲临而明试。森陈奏牍，逮两令之不胜；精阅书衡，几百斤而未止。自匪该明治具，佩服儒规，行实蔼乎徽猷，识宇包乎贤业。寖明寖昌之毕讲，学际乎天人之交；至纤至悉而不遗，言达于国家之体。则何以上当乙览，荣中甲科，联俊乂以服官，陪英雄而入彀?

如某者，风猷靡立，操植素沦，树樗甚乎液樠，膏枣嗟乎昏钝。戴枝冠而竦诮，切愧命儒；问天咫以不知，终然懵学。加以素钟舛运，生遘百罹，自剪发以交垂，已不髦而茹叹。逐耕夫而衣褦，早去先畴；署生版以占名，转随侨籍。流离末路，佁儗后尘。借誉群公之游，本无题目；接足诸生之后，多见排报。嗟盛际之亲逢，忍穷途而自窜。陪贡廉于百郡，每与计偕；饮试墨之一升，尝从罢去。退惭踸踔，数此只奇，抚骨嗟乎沦铺，卷耳甘于藏密。

然而良裘学冶，惜先芬而惧隳；毋发垂星，感亲闱之思养。未及衰于驹齿，勉自奋于驽筋。乘下泽以去乡，弃裂繻而为誓。车骑乏甚都之雅，风尘有化俗之劳。上国连衡，仰攀于俊轨；桥门揖袂，获觇于邦光。会泛驾之求才，辄应书而充赋。以孝廉而射策，本无百六之能；自衒鬻之上书，盖逾千数之众。逮汉庭之籍奏，咸以名闻；同矍圃之去宾，仅有存者。顾惟庸妄，首玷甄升，获召于公车之庭，给试乎上方之札，致狂言之误择，叨署第以开荣。若若飞华，交垂宛转之绶；谆谆其诲，载聆郁穆之言。浸云泽以芬流，沐天光之下烛。

窃惭铅钝，尝厕翰场，屡以下中之才，当乎第一之选，宜不失于旧物，期仰答于知人。然其战屡胜而后骄，鼓至三而乃竭。绠短褚小，嗟远用以奚胜；弓拨失钩，惜前功之皆废。诚以九阍坐狄，百戟森庭。就列瞻天，骇威临于咫尺；争观落笔，纷立若于堵墙。怳讶钧庭之梦游，骤觉干魂之惊去。仅成牵课，靡中科程。渎睿览之至精，宜报闻于独罢。尚赖黈纩之过听，兼求箕斗之虚名。谓簸扬之在前，常先于群彦；以荐藉之良厚，重违于大臣。猥自下流，参联上列，省逢辰之至幸，实叨恩之有因。

此盖某官阐绎帝猷，雍容朝首。粉泽光华之治，表烛荐修之伦。膺上心之柬求，主斯文之盟会。言皆有味，务推毂以弥勤；先为之容，俾朽株之见用。致兹孱琐，及此抽扬。敢不慎服官箴，遵修士则。鞭后策足，更希远致之涂；镕金钧泥，尚依陶者之力。誓殚用拙之效，少酬再造之恩。过此以还，未知所措。

【解题】

作于天圣八年（1030）春。本年正月，欧阳修参加礼部考试，获名第一。三月参加殿试，以甲科第十四名及第。此为进士及第后的谢书。

代王状元拱辰谢及第启

右，某启云云。坐狄启扉，并集千人之俊；赐袍在笥，骤纡一采之纶。矧惟蕞尔之躯，仍玷褎然之首。仰膺渥涣，伏积震惶。

窃以周陈三物以宾贤，必慎乎命乡之选；汉开数路而求士，乃盛乎得人之称。用能畅郁乎之文，一变而至道；饰炳然之化，二代以同风。阐是齐明之猷，允属神灵之旦。国家景炎兴运，赤伏膺图，敷四叶以重光，式九围而用乂。销锋偃革，外憺乎灵威；卷领垂衣，坐朝乎夷憬。上方穆然无事，监于太清，崇庠序以兴文，饰弓旌而招俊。苹歌式宴，咸预于计偕；洊棘树围，载严于籍奏。敞中楹而亲试，署异等以精求。所宜得命世之伟才，为一时之清选。夫何么陋，前玷宠光。

如某者，业履空疏，才猷散戾，门绪本乎寒素，人品几乎下中。窃逢待旦之盛期，寝被右文之上化，激昂稚节，策发蒙襟。

溲鸡白以树碑，偶能于童戏；炙简青而嗜学，常访于师严。徒有志于雕虫，仅不成于刻鹄。陆机阅史，尚靡识于撑犁；枚皋属文，徒率成于骫骳。早缘妄动，窃企英游。贡版赍行，常从于末荐；佩刀脱去，寻触于报闻。何天幸之聿臻，遘贤书之荐降，滥乎事举，猥以名闻。

洪惟圣治光华，蔚有俊才而遝集，并进乎千篇之牍，精览于百斤之衡。曾是孤生，绝企殊级；岂期庸鄙，偶中科程。采乎一日之长，冠乃诸生之列。既行能之无取，加世胄以非高。踸踔后尘，迹靡参于俊轨；雌黄余论，名不齿于人评。骤从底下之才，擢居第一之选。顾掎裳之在列，诚扬秕以贻讥。明命已行，固无容于反汗；多言可畏，谅弥甚于铄金。岂非思致异才，揖怒蛙而兹始；将招骏足，假死骨以为先？则何以靡遗谫薄之姿，偶首清明之举？再省循而是惧，实奖擢之有因。

斯盖伏遇某官，黼黻斯文，丹青至化。嘉猷屡进，务推毂以为先；贤路一开，使腾夷而有始。敢不仰衔恩遇，进励操修，循士则以为勤，佩官箴而有守。在钧以播，既由陶者之为；摩顶无忘，誓答知人之赐。过此以往，未知所图。

【解题】

作于天圣八年（1030）春。本年三月十一日，仁宗亲临崇政殿考试礼部奏名进士，王拱辰为状元，欧阳修中甲科第十四名。此为代王拱辰状元所作的谢书。

代谢唐签判俞启

伏自某人飞策上第，就辟初筵。千里奋乎鸿轩，方讶雀知之晚；一木为乎大厦，岂无燕贺之私？属被责于吏诃，方罢归于士伍。翟公之门有大署，意欲谢交；嵇康之性不便书，寝而成懒。

屏居田里，遂隔音徽。岂谓某官俯示存临，过敦礼意。乃金乃玉，坚乎久而不渝；如璧如珪，问以音而厚赐。服劳谦而自牧，若饮醇而醉人。恭佩恩勤，敢忘寝寐。伏况以英英之善誉，丁晏晏之休辰，德行中乎妙科，谘谋参乎大府。运筹帷幄，岂足尽于上才；垂光虹霓，固莫量于逸致。内惟衰退，但积欣愉。

【解题】

作于天圣八年春。代同榜第一甲某氏致谢唐俞。唐俞，以京官充州府判官，生平不详。

答李秀才启

修再拜天锡友兄足下：此月八日，叔父自贵郡回辕，首得所赐书教一简。开阖数四，欢喜无量。逃虚既久，骤闻足音以跫然；迷魂若招，顿归常干而来些。惜乎一失交臂之旧，再见回星之周，薰歇烬销，壤断土绝。昔人以三月不见，尚或嗟于生鄙；群居久离，则弗能于无过。况孤矇之有素，邈师友以斯疏。妍皮裹骨而益痴，独学面墙而奚向？薰濡弗及，寡陋已增。

岂意此音猥来，人且羡美。溢云纸以摛思，掞春华而发藻。厚乎养鸟，误奏《咸池》之和；豁若睹天，骤发醯鸡之覆。兹焉匠者之规矩，誓订漳滨之模楷。承平居之无俚，方枕块以罹忧。不见齿而三年，合乎礼制；加于人之一等，时以孝闻。愿思肯构之不忘，无使过哀而致毁。而况天锡标绝俗之隽轨，包大贤之茂器，学兼九变，辩雕万物。窃伏一乡之评，宜首幽人之聘。而屈试方策，见枉有司，荐绅冤嗟，道路哗铄。

且夫好恶之异，古今所均。仲尼至贤，乃取侮于盗跖；帝茎大乐，犹见非于墨子。抚弦在乎流水，难矣赏音；珍髦鬻于九戎，谁其识宝？使怀道而委莽，动直士之盱衡。然而《泰》先否而后倾，祸为福之所伏。鸷鸟将击，先卑而飞；流川久壅，其决孰御？愿养高而全道，密中藏而俟时。掩乎十仞以韬光，去则万里而不息。良工晚成者器必大，宁以朴而示人；逐水先至者骥之能，岂与驽而争路？斯皆雅量之素蕴，诚非两好之溢言。

某之妄庸，本无似肖，误蒙甄擢，遂见收齿。众珉入宝，至璞使之见遗；我辈登科，前贤所以愧让。循涯已溢，腼目无容。江关复重，音问睽阻。时既昏而将暮，人在阴而鲜欢。逖怀英俊之并游，恨无羽翮而飞肉。冀绥吉履之福，以迎来誉之光。纸尽笔穷，辞不逮意。

【解题】

作于天圣八年。李秀才，字天锡，通过欧阳晔的介绍结识作者，时参与科举考试失利。此书慰勉朋友“愿养高而全道，密中藏而俟时”，“良工晚成者器必大”。表现对落第者的深刻同情。

与西京留府交代推官仲简启

某启：此者窃吹下科，滥巾大府。怀檄之嘉容外见，迫感于逮亲；负薪之足力不强，靡遑于愧让。在业官之资始，惧伤锦以贻讥。况上邦英俊之躔，大相荧煌之座。幕中诸彦，泛泛莲池之宾；门下并游，一一兰台之众。勉策驽筋之缓，仰陪席聘之珍。问祈招而不知，因惭谘访；奉南阳之坐啸，曷有筹谋？赖乎天幸之然，续于贤者之躅。睨伐柯而取则，获企前规；告旧政以乞灵，得师余矱。已积想风之慕，弥增窃抃之怀。俟燋墨以戒辰，即赍行而首路。倾依之至，谈悉非终。

【解题】

作于天圣九年（1031）三月。欧阳修去年五月授将仕郎，试秘书省校书郎，充西京留守推官。陈从易所撰《制词》写道：

“替仲简来年二月满阙，俟见任官月限满日，即得赴任。”此书为赴任时致仲简之作。

谢人投贽启

伏蒙某人宠贻妙制，兼枉长笺。钦玩懿辞，慑铭丹臆。恭以某人机神邃茂，识理淹和，徽名籍布于士乡，晬表挺生于王国。言章绚美，搴六艺之英蕤；思绪蕴华，漱五河之芳润。揆兹逸轨，冠乃烝髦。今国家崇柬骏珍，寤求孝秀，下细文于方国，腾贲帛于丘园。而某人夙蕴瑰材，褒膺温诏，占磐鸿而启繇，俟苹鹿以送宾。顾以某体质顽疏，声猷隘薄，误中程文之选，猥参吁俊之求。承版谒以见临，袖瑶华而伸贶。仰衔清眷，荷褒衮以奚胜；载抉蒙襟，念英琼而曷报？钦降至极，敷染奚周？所示盛编，辄敢留借。

【解题】

作于天圣、明道之交。作者进士及第后，有人投文寄书求教，欧阳修谦词答谢。

谢石秀才启

某启：累日前伏承惠然见过，仍以嘉什一筒宠示者。猎缨拜赐，刮目披文，纸弊墨渝，不能舍手。伏以某人英躔逸轨，天骥上才。好学屡空，浸润渊源之奥；知言九变，窥见天人之交。久已擅一乡之评，早亦应万家之令。

然而奏磬俚耳，难矣赏音；抱石荆山，终为至宝。而自慕幅巾于衡巷，乘下泽于乡闾，晦丘园之养高，轻雁纛而坚卧。冥飞已远，笑弋者之何求；龌龊坐谈，嗟律魁之独弃。而以锦带居士，白莲社人，效菩萨之坐家，去尘自远；扫维摩之一室，敢入者稀。是宜邈为方外之游，隔乃俗中之轨。

而乃过存庸妄，曲借奖题，因隐几之闲居，抽吮毫之余思，洒乃藻丽，用饰愚矇。为鼷鼠而抉机，仅成轻发；养鹓鸱而奏曲，徒使眩悲。矧夫峭格峻高，春华掞美，畅来云依月之句，擅落花映草之评。内惟枣钝之姿，奚称衮褒之宠？去天尺五，已服于清标；和者数人，蔑闻于绝调。未遑赓报，徒用腼惭。

【解题】

作于天圣、明道之交。时欧阳修新及第，石秀才登门拜谒，并寄赠诗文求教，作者答此书致谢。对仗整齐，语言清新，鲜有僻典，读来亲切感人。

谢张先辈启

早者公步至，伏蒙以七言雅什一篇为赠者。承命之辱，拜赐甚嘉，亟沦心而玩辞，殆惊魂之去体。

伏以秀才即先辈象舆禀异，庙琏凝姿，服懿行以弸中，腾藉华而冒远。游圣门而入其阈，洞际天人之交；搴艺圃而漱其芳，猎取菁英之妙。自叨一日之雅，已服百人之豪，方育贤而在阿，久俟时而蹶足。第一乡之品，推月旦之美评；游诸公之门，有名卿之蹑履。而乃过存庸妄之品，曲借交游之光。采箕斗之虚名，靡责其实；谓糠秕之无用，偶置于前。特迂梦草之余妍，摛写《阳春》之雅曲。加华衮之一字，宠示荣褒；鬻珍髦于九戎，委之非所。

矧复警辞猋骇，峭格锋生，挫万物以挥毫，入无间而抽秘。荡荡默默，而满坑满谷，雅韵迭扬；郁郁纷纷，而非雾非烟，文华炳发。属苦中于清圣，方卧叹于酸痟，倏骇无因而至前，不醉为之而强起。病酲都释，飒若清风之袭人；紬绎并辉，永订至珍之藏衍。顾迫持于归鞅，惭弗获于披风。恭佩之私，谈非终悉。

【解题】

作于明道前。张氏以七言诗一篇寄赠。欧阳修作此书赞颂张氏才华，感叹诗作魅力。《欧集》题下原注："明道前。吉、绵本及《文海》皆有之。"

上李学士启　一

某猥策草茅之愚，近膺寒素之目。沿宦牒而便道，许以过家；入里门而下趋，遂兹税鞅。想孤生之弱植，早自困于无津。窃希上国之并游，偶以诸生而著录，久弹镡于外舍，托推毂于名卿。然而泰机后门，最嗟于晚出；兰台雅聚，本格于清流。

某官蹑履起迎，一顾增价，借以左右之誉，视如子姓之亲。辱谢公之齿牙，怜其未立；经平子之题目，时不敢更。遂凭外奖之华，获致荣阶之渐。仰衔殊遇，阴誓铭藏。至于当便坐而执经，对诸公而隶笔。闻麈尾之余论，入于耳而不忘；得师门之一言，书诸绅而故在。越流离于下国，怅洵远于崇闳。在阴鲜欢，岁峥嵘而倏尽；逃虚既久，音謦咳而不闻。逖仰堕鳣之庭，岂胜疲马之恋？

【解题】

此二书当作于天圣、明道年间。李学士，即李淑。作者执弟子之礼，感激师恩。《欧集》文后原按："李学士二篇，据蔡康祖跋云：'王铚性之搜求文忠公遗文已多，某复于家藏李邯郸录遗中得此启状。'按：公天圣八年登科，淑已为史馆检讨，寻迁直集贤院，于公为先进。逮景祐三年，公贬夷陵，淑在翰林，以书附递问《五代史》，公巽辞答之，则初第或曾投启，但公后来奏疏，极口诋淑。今第一启乃有沿牒过家并子姓师门等语，与公出处交际殊不相应。吉、绵本既已收入，姑存之。”

上李学士启　二

某启：伏自学士被渥帝宸，跻荣史局，尝贡跃蝨之悬，谅尘隐几之观。然而偃宣父之风，草蔕何胜于余暖；望长安之日，葵心愈属于爱辉。计六气之顺调，降百祥而穰简。恭以学士星奎禀粹，玉镇凝华。敏学兼该，复一变而归乎道；美文鼓动，导元气而泄其和。自丁千载以亲逢，出协五灵而瑞圣，当天下之第一，履大名而久居。爰属国家盛纪无疆之休，慎求良史之实。仰惟俊望，允彼佥谐，入聚石渠之书，坐擅鸿都之笔。毕圣人之能事，曲畅大猷；约《春秋》而谨元，修明旧法。乙其处者三月，上览以忘疲；勒成书于一家，官藏而永秘。益注帝心之柬，行闻柄用之求。推相如之文章，坐朝而当大册；取公孙之儒雅，作相以绳群臣。岂伊䌷绎之勤，可滞久贤之业。窃揆妄庸之质，永怀栖庇之心。缇律已穷，凝寒方凛，冀保和倪之妙，益迎福履之绥。逖跂门墙，卑情不任。

【解题】

同上。

上随州钱相公惟演启

此者及期被代，投版言归，宿官早愧于迷方，书课廑能于自脱。徒以无庸之迹，曾希一盼之荣。

当怀檄以云初，属拥旄之方始。相公坐于雅俗，镇以无为，民丰四鬴之年，市息三九之盗。行郊憩树，绝无两造之辞；托乘载宾，惟奉百金之宴。而况西河幕府，最盛于文章；南国兰台，莫非乎英俊。

岂伊末迹，首玷初筵。至于怜嵇懒之无能，容祢狂而不辱。告休漳浦，许淹卧以弥旬；偶造习家，或忘归而终日。但觉从军之乐，岂知为吏之劳？芘德已深，游藩未几。既而持山国之瑞节，改戎乘而启行，荆州遽失于所依，周南遂留于滞迹。稍以引去，无复并游之人；岿然自存，时有思归之叹。每临风而结想，徒零涕以怀恩。

相公以彝鼎之勋，极公台之重，独立不倚，群言互兴。中山之箧虽盈，南海之车终辩。《系辞》有云："崇高莫大乎富贵。"古人叹曰："富贵必履于危机。"伏惟推盈虚消长之言，究动静吉凶之理。秉珪璋之德，何恤瑕疵；挺松筠之心，不变霜雪。虽流路之谤，未免三年以居东；而在廷之臣，岂无一言之悟主？俟闻来复，以庆终亨。愿无以理而自明，当要既久而复见。区区之志，实在于斯。徒有恋轩之心，未知报恩之所。

【解题】

作于明道二年（1033）。据李焘《长编》卷一一三，本年九月四日，钱惟演罢西京留守，移镇汉东。十二月，钱氏离洛阳南下随州就职。本书追思钱氏恩德，寄语慰藉恩师，相信钱氏终将"俟闻来复，以庆终亨"。虽为四六文，但语言清新，颇显平易，感情真挚动人。

谢校勘启

仰服恩荣，实增震慄。窃以校雠之职，是正为难，委方册于程文，折群疑于独见。脱绚组之三寸，简编多前后之乖；并《盘庚》之一篇，文章有合离之异。以仲尼之博学，犹存郭公以示疑；非元凯之勤经，孰知门王而为闰。况乃西昆册府，备帝者之来临；蓬莱道山，非人间之所见。自匪识穷元本，学渐渊源，究百世之放纷，总群言而博达，则何以效官天禄，对青藜而属书，抱简羽陵，拂白蟫而辨蠹？

如修者，器惟庸妄，族本羁单。虽出逢千载之期，而生有百罹之苦。入桥门而著录，最后诸生；闻月旦之坐评，敢希一目！徒以浸润声明之代，优柔教育之仁。过时之年，已捍坚而难入；少作可悔，终雕刻以无功。早滥吹以决科，旋释巾而补吏。逮亲而得斗禄，虽慰于子心；敛版以揖上官，遂成于俗状。学久矣而将落，思兀然而欲枯，进无取当涂之资，退已失故时之步。岁月其忽，徒有志于分阴；英俊并游，方问途而孤进。内顾拙艰之若此，敢怀荣遇以为心？

岂期天幸之来，特被柄臣之荐，敢辱知人之美，盖因连茹而升，蒙曲造之并容，俾考言而善择。顾无庸之末学，已屡试于有司。硕鼠之有五能，尽于是矣；铅刀之堪一割，其可再乎？固无可喜之文，过辱太优之等，俾从宾席，入预书林。一进阶而可荣，何胜于睿渥；三下拜而闻命，深服于训辞。天阙乍趋，迷目睛而眩转；芸台深敞，近星象以昭回。恣窥金匮之书，坐费太官之膳，内循忝据，有溢情涯。

此盖伏遇昭文相公奖物均私，乐材推美。圆方有范，大陶冶以埏鎔；高下不欺，正权衡而轻重。闵此庸懦，曲以甄收。誓坚顶踵之诚，永荷丘山之赐。

【解题】

作于景祐元年（1034）闰六月。本年五月，欧阳修以王曙推荐，召试学士院。闰六月，授宣德郎，试大理评事，兼监察御史，充镇南军节度掌书记、馆阁校勘。此为授官后的谢书。全文

紧扣“校勘”而作，茅坤评述说：“句句校勘，绝佳之作。”（《宋大家欧阳文忠公文钞》卷九）

谢襄州燕龙图肃惠诗启

昨日伏蒙知府龙图即席宠示五言诗一章者。修闻古者宾主之间，献酬已接，将见其志，必有赋诗，托于咏叹之音，以通欢欣之意。然而工歌《三夏》，使者再辞，及于《皇华》，然后拜贶。是则施于贵贱，各有所当。修，贱士也，何足当之？

伏惟某官，以侍从之臣，当藩屏之任，德爵之重，与齿俱尊。学通天人，识洞今古，绰有余裕，多为长言。谈笑尊俎之间，舒卷风云之际。成于俄顷，盖其咳唾之余；得而秘藏，已如金玉之宝。岂伊孱陋，敢辱褒称？形于短篇，以为大赐。伏读三四，且喜且惭。譬夫四面之宫，铿锵之奏，愚者骤听，骇然震荡。及夫心平悸定，然后知于至和。在于顽蒙，获此开警。然贶之厚者，不敢报之以薄；礼所尊者，不敢敌之以平。顾惟愚庸，岂得赓继？但佩黄金之赐，无忘长者之言。

【解题】

作于景祐二年（1035）。题下原注：“景祐二年秋，时公自馆阁谒告视妹家。”燕肃，字穆之，青州益都人，时为襄州知州。本年七月，因妹夫张龟正在襄城病逝，欧阳修前往吊唁。当于此行与燕肃在京西路相晤，燕氏即席惠赠诗歌。欧作此书致谢。茅坤评述此文：“词虽四六之体，而蕴思转调，如峡之流泉，如岫之吐云，绝无刀尺，绝无断续。”（《宋大家欧阳文忠公文钞》卷九）

夷陵上运使启

修近以狂言，当蒙大谴，荷乾坤之厚施，全蝼蚁之微生。得一邑以庇身，使之思过；窃三钟而就养，犹足为荣。获在公庥，是为天幸。

伏以运使郎中，懿猷经远，茂业康时，当一面之利权，竦百城之威誉。凡居属部，皆仰余辉。顾此孤生，最为沉迹，时蒙眄睐，曲赐拊存，安其惶惧之心，慰乃危疑之虑。敢不铭之肌骨，佩恩纪以无忘；策其筋骸，尽疲驽而为报？将谋就道，即遂公趋，瞻企门闳，忻愈罔既。

【解题】

景祐三年（1036）作。本年九月下旬，欧阳修赴夷陵途经江陵，留滞十余日，参拜荆湖北路转运使，十月二十六日到达夷陵县。本书作于初抵夷陵时，叙贬官缘由，请求关照。语言婉曲，悲而不伤，有感人之力。

谢朱推官启

某启：伏念某出自寒乡，本非茂器。束发州里，绝无一日之评；影缨王畿，窃阶群俊之后。加以识非远到，才不及中。惟至治之方隆，顾上官之并恪。苹、蘖之不失职，咸尽其能；庖、祝之各有司，悉共尔位。岂伊下列，遂敢奸官？因忿躁之使然，奋狂愚而不顾。恶讦为直，仲尼之所深讥；尽言招人，武子之犹不免。在于庸妄，宜抵谴呵。尚赖至仁，特加宽议，投之遐僻，使自省思，犹寸禄以事亲，守一同而庇邑。有民与社，足为政以效勤；退食自公，敢忘心于补过？是惟天幸，徒自腼颜。

伏遇某官式佐郡符，屈临宾席。烜赫天下，方想于风猷；从容幕中，暂为于府望。是惟孱昧，得庇光华。然而从事有便宜之权，县吏本徒劳之迹。负弩而随伍伯，当备前驱；折腰以揖上官，敢羞敛板？况兹巽懦，素本孤危，犯忌于时，窜身无所。弃刍道上，过者践之；摇尾阱中，人谁怜尔？岂谓某官哀其戆朴，赐以存怜，削去常仪，自敦高议。猥因介使，先辱长缄，过形溢美之辞，曲尽至勤之意。片言之辱，荣于仪父之褒；一顾所临，增其大吕之律。徒益㧑谦之盛美，岂宜鄙陋之敢当？

岁律已残，寒威方肃，更祈珍摄，以副倾依。

【解题】

作于景祐三年。朱推官，即朱处仁，字表臣，时为峡州推官。作者初抵夷陵，朱处仁寄书问候，并有赞誉之词，特复此书致谢。

回王舍人尧臣启

伏审某官光膺宠擢，入掌命书。窃以三代之兴，两汉之治，蔚声名之为盛，何前后之相望！盖以高文大册之所传，遗风余烈之尽在。是以代言之任，难乎命世之才。至于雷动风行，金相玉振。至意难谕，必尽于丁宁；盛德有容，兼资于粉泽。适当休运，允属钜贤。

伏惟某官识际天人，学通今古，而自亲膺圣择，第中甲科。闻乎风采，而天下悚然；论之人物，而时无先者。若乃从容禁署，润色皇猷，使德泽之流下沦于民髓，文章之盛交映于国华，遂阶荣涂，以致公辅。斯皆雅度之素蕴，考于群议而犹稽，岂惟愚矇，私独称赞。

某迹居遐邑，名在罪人，忽以逾时，未能补过。省孤危之已甚，惟藏缩以为宜。岂望龙光之末辉，希咳唾之余润？匪期齿论，犹录疏顽，先以珍函，越于常礼。遗簪已弃，尚以旧物而见怜；穷谷久寒，忽如温律之来煦。幽忧并释，荣感兼深。瞻望门闳，无任飞越。

【解题】

作于景祐四年（1037）。据欧阳修所撰王尧臣墓志铭，王氏“景祐四年，以本官知制诰，赐服金紫”。王尧臣致书作者，欧阳修复书致意。

谢李秀才贽见启

某启：自某获罪于时，窜身南楚。楚之为邑，既陋且穷，《诗》称荆蛮，以比戎狄。羁游宦学之不至，风俗言语之不通，顽然囚拘，谁与为偶？孤陋之诮，古人所忧。今者上蒙宽仁，徙之善地，始得与士君子揖让，进退周旋。方将沐而薰之，自与人齿。秀才首迂玉趾，贽以长笺，升自宾阶，肃有仪矩。开函启纸，粲然词章。盖夫逃于虚空，闻足音而尚喜；友于贤者，况邦士之所推。愿斥簿领沉迷之劳，以从闲燕仁义之乐。区区之意，言岂足殚。

【解题】

作于宝元元年（1038）在乾德日。李秀才，当为乾德人，以长信为贽，登门谒见。欧阳修作此书答谢，表现虚怀若谷、礼贤下士的美德。

回谷城狄令启

某启：此者县徒云至，书牍见贻，载道鄙文，曲加荣奖。伏以某官以文饰吏，学古任官，讲事劝功，修旧起废。示之典礼，固已警于愚民；刻以铭文，又将贻于来者。足见仁人之意，非惟吏最之优。顾尔讷辞，矧非善叙。已然之诺，将止以奚能；既出之言，虽追而莫及。岂敢逃于众诮，但虑玷于清猷。惭愧之诚，敷陈罔罄。

【解题】

作于宝元二年（1039）在乾德日。谷城县令狄氏投书致意，欧阳修复函为谢。

上执政谢馆职启

修启：今月日，蒙恩以本官充前件职者。受命之始，荣惧交并。伏以国家悉聚天下之书，上自文籍之初，六经、传记、百家之说，翰林、子墨之文章，下至医卜、禁祝、神仙、黄老、浮图、异域之言，靡所不有，号为书林。又择聪明俊乂之臣以游其间，因其校雠，得以考阅，使知天地事物、古今治乱、九州四海、幽荒隐怪之说，无所不通，名曰学士。一日天子阙左右之人，思宏博之彦，出赞明命，入承顾问，遂登宰辅，以厘百工，一有取焉，多从此出。所以平居优游，崇奖其业，馆以禁署，食于太官。《诗·菁莪》之育人材，《易》鼎饪之养贤者，凡在兹选，得非茂欤？

然而廪重职闲，则未免尸禄；官无吏责，则可容幸人。若修者，以寒陋之资，被文艺之举，自初营职，已与书筵。于时上有鸿儒侍从之才，下多群贤论撰之众。而修方被罪谴，窜之荆蛮，流离五年，赦宥三徙，山川跋履，风波雾毒，凡万四千里，而后至于京师。其奔走之役，忧思之劳，形意俱衰，岂暇旧学？比其来复，书已垂成，遂因众功，岂有微效？奏御之日，凫雁而前，例蒙褒嘉，正以职秩。虽因时而幸会，实有腼于面颜。

此盖伏遇某官，柱石之功，佐佑明主；钧衡之任，进退百官。方畴众劳，不忍独弃，遂令忝冒，出自生成。在于颛愚，何以论报？虽未能著见德业，以称君子教育之仁；犹可以作为歌诗，称颂圣朝功化之美。过此以往，未知所裁。

【解题】

作于庆历元年（1041）十二月，时欧阳修因《崇文总目》成书，自馆阁校勘迁集贤校理。作者上书执政章得象、吕夷简等人致谢。

回滑州知郡启

伏审某官显膺美诏，移领陪藩。雕弊之民，方仰思于惠煦；抚绥之术，况旧著于政谣。猥以下僚，获陈大府；近膺朝命，俾擢谏垣。实自揣于非才，岂敢同于饰让？日祈聪睿，哀此孤蒙，庶所请之曲从，即依仁而有幸。凡云詹企，但切忻愉。初暑方隆，就涂甚迩，伏惟上为邦国，倍保兴居。

【解题】

作于庆历三年（1043）。题下原注：“庆历三年三月自滑倅召知谏院，四月答此启。”

回贺环庆帅天章滕待制宗谅谢赐龟紫启

伏以龟紫之重，唐制所难。武元衡、牛僧孺为宰相，裴度为中丞，李宗闵为学士，方有是赐。圣朝推恩庶位，半乎朱蓝。然被之则负器艺兼名实者，惟一人所贵。恭惟知府待制，历谏局以蹇正闻，领麾守以惠养及。临边镇静，训士精研。岁功遽成，时议颇郁。果褒三品之丽，特焕五府之光。其在欣慰，增倍众多。展庆末皇，麾毫为赠。载仰明庭之命，如瞻君子之容。

【解题】

作于庆历三年。本年四月，欧阳修召还京师，就任谏官。仁宗赐环庆帅滕宗谅金龟袋与紫袍三品服饰，滕氏有谢启，此为回书。

谢知制诰启

此者蒙恩，授前件官并职者。祗荷宠灵，不任战惧。伏念某学非逮古，材匪适时，励孤进以立朝，偶四方之多事。虽圣聪广纳，获尽狂夫之言；而暗虑空劳，未闻愚者之得。方虞官谤，敢冀主知？擢自周行，尘于华选。代言禁掖，已愧才难；兼职谏垣，犹当责重。补报不可以浅，则忧愧不得不深。此盖某官过采庸虚，尝形奖饰，致兹忝冒，骤此宠荣。敢不勉拙以勤，誓身许国，上酬天造，次答己知。恳愊之诚，敷宣曷罄。

【解题】

作于庆历三年。本年十二月，召欧阳修试知制诰，欧阳修辞命，有旨不试，直接以右正言知制诰，仍兼谏职。此为就任知制诰后的谢书。

上提刑司封启

伏念自临贬所，屡辱诲音。霜雪方严，见不雕之雅操；蕙兰其意，佩可服之清芬。慰此孤危，奚胜感佩？某人学通治乱，识达古今，奋经远之才谟，慰甚高之议论。六条颁政，早钦善最之奇；列郡按刑，行迓陟明之典。隆冬式序，保履惟和。瞻企祷祈，交于诚素。

【解题】

作于庆历五年（1045）冬，时作者知滁州。提刑司封某氏多次致信慰勉欧阳修，欧阳修上书鸣谢。

回校理邵学士必启

伏审召试荣庭，升华儒馆，方思驰贺，遽辱飞笺。伏惟某人性禀生知，材惟秀出。学通今古，究明人事之始终；辞富典谟，焕发文章之雅颂。蔚然茂器，蔼著休声，惟上相之知人，务荐贤而报国。况此图书之府，素为俊彦之游。峻乃清资，岂止文翰之乐；兹焉养士，以取公辅之材。豪英既登，朝野共庆；顾兹沦谪，敢谓记存？已怀欣抃之诚，又积感铭之恳，患于涩讷，匪可殚陈。

【解题】

作于庆历五年冬。邵必，字不疑，宝元元年进士及第。时为集贤校理，致信欧阳修。欧阳修回复此书，申表敬贺之意。

进士及第。时直集贤院，有书寄问欧阳修。欧阳修复此书并致贺。

上致政王太保启

某启；昨者太保还政王朝，荣归故里，暂留斋舫，云止陋邦。窃省孤危，方婴罪谪。逃虚易喜，盖人迹之罕逢；道旧为欢，矧平生之有素。特荷眷私之厚，不为位貌之严。金玉之坚，弗渝于弥久；松筠之操，独见于大寒。感慰所深，幽忧如释。舍舟趋陆，去险腾夷。怀组乡闾，虽暂伸于风尚；追锋疾置，将入副于精求。惟期善卫襟灵，以迎休宠。

【解题】

作于庆历七年。王太保，不详，时已致仕。欧阳修上启申表敬意。

回泗州通判勾龙都官书

右修启：此者特蒙惠顾，远辱诲言，副以雄编，俾之拭目。通判都官识穷渊韫，学探本原。讲于仁义之余，深得风骚之旨，杂然众体，各极其精。时无钟期，谁识高山之意；人非季札，岂知治世之音？矧惟朽拙之无堪，方幸退藏而自屏。敢期时彦，不我鄙遗，谕之累幅之勤，贶以百篇之富。四面之宫并奏，骤听于铿锽；三叹之音有余，岂穷于杳默。但骇夜光之投暗，徒令海鸟之惊魂。愧乏重言，以起连城之价；用为永好，惟期十袭之藏。感幸之诚，敷陈罔既。

【解题】

作于庆历七年。泗州通判勾龙氏投书赠文，求教欧阳修。欧阳修复书勉励其学。

回和州通判启

自睽风表，旷有岁时，邈绝奉于声尘，盖率奔于事役。幸兹邻郡，首辱诲言，缔缛旨之勤隆，若清徽之晤挹。政条关决，难久滞于材猷；台彦飞英，即入承于光宠。更希珍摄，以副祷祈。

【解题】

作于庆历七年。邻郡和州通判寄书问候，欧阳修复书致意。

谢黄岩李主簿启

伏念为邦诚乐，怀旧则劳。风月佳时，久辜燕集；文酒胜处，动渴清狂。亦惟爱忘，未弃疏外；猥蒙流问，但喜拜嘉。某官力学多文，射策得隽。枳棘甚贱，非翔凤之所栖；杞梓惟材，宜大厦之可用。穷冬不雪，多温少寒，勾稽之余，啬神为最。益期勤懋，庸迓升扬。

【解题】

作于庆历七年。黄岩县李主簿致书问候，欧阳修复信鸣谢。

回陈殿丞启

伏念睽阔英猷，贸迁时籥。窜身穷僻，方便于自藏；惠问周隆，遽承于曲顾。钦雅材之高妙，播华誉以芬扬。贰政藩宣，谅难于滞俊；飞绥台阁，行被于宠迁。岁律斯回，阳和将布，善绥嘉履，以副愿言。

【解题】

作于庆历七年。陈殿丞来信慰问，欧阳修回复此书，申致谢意。

贺文相公拜相启

伏审就降命书，入持宰柄，伏惟庆慰。恭以某官际天蕴识，名世摽才，以文章甲贤科，以忠义挺臣节。华要之选，翱翔逮周，素蕴内充，所临必最。化行右蜀，政贰中枢。属边寇之肆狂，仗使威而殄灭，暂形筹略，已取荡平。还居庙堂，副圣主仰成之意；坐调鼎鼐，洽群生咸遂之和。凡被陶镕，皆知抃颂；矧居庶列，实倍常情。

【解题】

作于庆历八年（1048）闰正月，时作者仍在滁州，同月转官徙知扬州，次月赴任。文相公即文彦博，本年闰正月九日拜相。欧阳修寄此书致贺。

与晏相公殊书

春暄，伏惟相公阁下动止万福。

修伏念曩者相公始掌贡举，修以进士而被选抡；及当钧衡，又以谏官而蒙奖擢。出门馆不为不旧，受恩知不谓不深。然而足迹不及于宾阶，书问不通于执事。岂非飘流之质愈远而弥疏，孤拙之心易危而多畏？动常得咎，举辄累人，故于退藏，非止自便。今者偶因天幸，得请郡符。问遗老之所思，流风未远；瞻大邦之为殿，接壤相交。因得自伸恳悃之诚，庶几少赎旷怠之责。

伏惟相公朝廷元老，学者宗师，尚屈蕃宣，行膺图任。伏惟上为邦国，倍保寝兴。企望旌麾，无任激切。

【解题】

作于皇祐元年（1049）春。时作者移知颍州，二月十三日抵达颍州。初抵颍州之日，欧阳修致书邻郡陈州知州晏殊，感怀知遇奖擢的恩德，申述眷注关切的情怀。以四六行文，畅叙衷曲，真情感人。

答胡秀才启

修启：窃以考行选贤，故人皆修德而自厚；论才较艺，则下或衒己而忘廉。诚诱养之道殊，致进趋之势异。寖久之俗，益薄恶而可嗟；习见为常，遂安恬而不怪。

伏以秀才学优坟史，词富文章，能力行以自强，方韫藏而待价。岂期误举，遂尔遗材！惟贤食之不家，颐良时之难得。譬夫饿者，虽耻嗟来，因而无言，亦将不及。既一惭之莫忍，遂两讼以交兴。逮乎究穷，果自明白。矧朝廷之选士，惟寒俊之是先，虽尔初屯，理将后得。必也莅官学古，为政临民。当狱讼而平心，视斯为戒；利公家而忘己，效此必争。苟终身之不回，虽一眚之何患？如此，则圭璧之玷，犹或可磨；日月之更，其将皆仰。至于较定能否，明辨是非，形长昔岂度之私，貌妍者非鉴之惠。但惭浅识，惟竭至公。

渔者让泉，思古人而莫见；私门受谢，亦鄙志之不为。

【解题】

写作年代失考。题下原注：“当是从官在朝时。”据此，则作于至和、嘉祐年间。胡秀才科场受挫，致书欧阳修。欧阳修谆谆教诲，循循开导，勉励胡氏为学为政。

辞副枢密与两府书

右修启：伏奉制命，特授依前官充枢密副使者，闻命若惊，抚躬无措。伏念修禀生孤苦，赋性拙疏，才不足以适时，少木无于远志，早迫逮亲之禄，学为应用之文。而自叨尘侍从之联，荏苒岁月之积，初无实效，少补明时。中被谤谗，固多忧而速老；素非强力，加困病以成衰。白首禁林，厚颜时彦，方欲自请江湖之上，渐谋田亩之归。屡沥危诚，未蒙恩许，敢希圣选，登贰枢庭。夙夕内循，俯仰惟惧，已形恳奏，期必寝停。伏望昭文相公借以闵怜，察其悃迫，幸因对见，特为开陈，俾遂牢辞，庶安常分。谨奉状披闻。

又谢两府书

此者叨膺圣选，俾贰枢庭。涣命已行，循涯匪称。伏念修学非臻奥，才不逮中，仰属昌期，猥尘膴仕，抱孤忠而自许，顾独立之易危。窃比古人，每常嗟其巽懦；有志当世，徒自愧于衰迟。虽策厉之愈勤，信技能之奚取？久尸厚禄，进无补于高明；屡乞方州，冀渐谋于退缩。敢期误宠，缪及匪才？此盖伏遇昭文相公，协赞大猷，翊宣元化，为时柱石，持物权衡，急于甄才，过及庸品。第坚一节，力勉不能，上酬聪睿之知，次答陶镕之赐。

【解题】

上两书作于嘉祐五年（1064）十一月。十一月十六日，欧阳修拜枢密副使。先有《辞副枢密与两府书》，不许，又有《谢两府书》。

谢参政与两府书

宠兼忧而并至，恩与责以俱深。叩让靡从，抚循无措。伏念修禀生孤懦，赋识迂愚，力微非致远之才，学陋无适时之用。徒缘士类，早借称扬。幸会圣时，过加奖擢，既叨尘于侍从，遂窃与于谋谟。待罪枢庭，顾无分而可录；备员政府，用累日以叙升。岂惟致寇之虞，奚逭旷官之诮？此盖某官心存体国，道广济时，谓庶政之交修，必群材之博取，误加品目，俾玷光灵。虽冥拙之无知，岂忘感励；苟疲驽之可策，尚冀涓尘。鄙讷之诚，敷陈罔罄。

【解题】

作于嘉祐六年（1061）闰八月。闰八月二十一日，欧阳修改官参知政事，作此书谢两府执政。

回池州吕侍读溱谢到任书

伏承祗奉明恩，已临善治，虽未充于士望，聊有渐于复亨。深虑危心，君子固尝多难；处穷与否，昔贤因以知人。矧远器之莫量，伫华涂之归践。过承谦挹，曲损谕言。感愧之诚，敷宣罔既。春和在候，福履增休。

【解题】

作于嘉祐八年（1063）春，时作者在朝任参知政事。吕溱，字济叔，扬州人。因事贬秩分司南京，时起知池州，有谢书。欧阳修回书慰勉。

英宗覃恩转官回前两府贺书

叨膺涣渥，叙进官联，祗荷恩荣，岂任战惧？伏念某识非周物，学不逮人。蒙先帝之误知，自诸生而奖擢，久尘侍从，蔑著声猷。不图衰病之龄，进备政机之贰。幸久安于无事，容充位以素餐。未知报国之方，遽结遗弓之恨。属皇明之继照，均庆万邦；发大号以惟新，推恩一切。致兹滥及，莫获恳辞，内省庸虚，实虞颠覆。此盖某官为时元老，协德一心，言成华衮之文，志乐菁莪之育，素加品目，遂至叨逾。方怀感励之私，遽辱诲存之枉。佩铭悚愧，交集襟灵。

【解题】

作于嘉祐八年四月。四月一日，英宗即位。十三日，欧阳修转官户部侍郎，前两府致贺，欧作复此书。

回文相公辞起复使相判河南书

伏承光奉制书，起从哀次。未皇驰贺，特辱贻函。伏惟留守太师相公望重搢绅，道高岩庙。出处之际，系中外之重轻；弛张有宜，兼将相之文武。蔚为元老，柬在先朝。虽孝性之隆，专守经而执礼；而权时之制，或以义而断恩。副圣君仄席之思，见忠臣许国之急。谅难遵于固避，幸勉屈于至情。修方与苍生，同兹引领。遽烦诲谕，但极感悰。

【解题】

作于嘉祐八年四月。时文彦博起复使相，出判河南府，有辞让书。欧阳修为作此复。

回富相公弼辞枢密使书

此者伏审光膺制命，登赞国机，涣号始行，群情胥悦。伏惟枢密相公搢绅旧德，社稷元勋。维石岩然，朝廷以为轻重；长城隐若，中外系其安危。向由执礼以居忧，重于至性之难夺，圣君仄席而劳想，枢庭虚位以待贤。自闻召节之来归，故虽行路而相庆。矧惟庸昧，早辱知怜，幸陪副贰之联，得企光尘之末。赖庇冀逃于罪戾，望赐有过于苍黔。敢谓谦抑，例贻诲翰。罔知承命，但极感悰。

又回富相公谢书

伏承显奉制书，茂膺宠数，伏惟欢庆。伏惟枢密太师相公学优孔、孟，道协皋、夔。屏于万邦，申伯之兼文武；秉乎一德，仲山之不刚柔。嘉谋早著于先朝，时望久隆于岩石。属嗣圣继明之始，乃宵衣讲治之初，首速元臣，来还宰席。三接之际，群心以安。出纳枢机，虽为于要任；调和鼎鼐，当正于鸿钧。始塞舆谈，实非私论。敢期谦眷，曲示诲函，既深抃跃之诚，复积悚铭之抱。

【解题】

上二文作于嘉祐八年五月。五月十七日，富弼除丧服还朝，任为枢密使，富氏有辞书，不许。欧阳修为作《回富相公弼辞枢密使书》。既而富弼有谢两府书，欧阳修又为作此书。

回郑獬钱公辅二舍人谢新除书

伏承显奉制恩，升华禁掖，允膺圣选，式协舆谈。朝廷之体尊严，王者之居渊默。德泽宣布，必使入人心之深；号令发挥，而能鼓天下之动。惟是代言之任，实资博古之英。

伏惟某官履行敦方，材猷敏茂，蔼一乡之佳誉，掩众俊以名科。通达古今，固已优游于儒学；出入侍从，是宜顾问于清闲。果被佥俞，并司典训。竦万方之视听，追三代之文章，遂升荣涂，益奋贤业。共庆得人之盛，方深窃抃之私。遽辱谦抑，特贻诲翰。感铭之素，敷叙奚殚。

【解题】

作于嘉祐八年八月。时郑獬、钱公辅新除中书舍人，有谢两府书。欧阳修为作此复。

回皇子神宗辞使相封淮阳郡王书

伏承光奉制书，峻膺宠数，伏惟欢庆。窃以命官有秩，正上下之等威；制礼缘情，以亲疏而隆杀。惟是国家之旧典，盖推天下之至公。郡王相公识禀诚明，学穷原本。笃于乐善，因天性之自然；举必有仪，秉君子之常德。地崇冢嗣，望著宗英，兼升将相之荣，显被山川之锡。有光典册，允协朝佥。岂谓仁私，曲贻诲翰，感铭之素，敷述奚殚。

【解题】

作于嘉祐八年九月。九月十三日，以皇子仲针为忠武节度使，同平章事、淮阳郡王，改名顼。此人即为日后的宋神宗。皇子时有辞命书，欧阳修复书劝谕。

与安抚密学启

伏自安抚密学显奉宠灵，出分寄任。边甿被德，蔚兴襦袴之谣；宸眷倚材，隐若金汤之固。实藉威名之重，即畴勋绩之华，入践廊庙之崇，以副搢绅之望。祁寒在候，福履凝休。瞻颂倾虔，罔殚庸鄙。

【解题】

作于嘉祐、治平年间。安抚即安抚使，掌管一方军事和民政。密学，即枢密直学士。不知此人姓氏。欧阳修致书赞扬其治军治民。

贺延州程太尉戡加节度使再任启

伏审赐节中宸，建侯钜屏，伏惟庆慰。恭惟太尉阁下刚明禀哲，纯一端诚，嘉猷夙著于本朝，伟望尤先于旧德。久郁岩廊之用，屡淹藩翰之居。惟关陕之一方，苦干戈而累岁。用兵之后，疲伤尤急于抚绥；难信之盟，丑黠宜先于经制。是膺帝眷，实允朝佥。大纛高牙，虽暂烦于节度；鸿钧元鼎，行即俟于登庸。乃公议之久然，匪私情之独祷。春阳式序，幕府肇开，伏惟上为邦家，精调寝膳。

【解题】

作于治平元年（1064）。欧阳修在朝为参知政事。程戡，字胜之，许州阳翟人。时以英宗即位，加安武军节度使，留任鄜延路经略安抚使、判延州。欧阳修寄书祝贺。

转吏部侍郎回谢亲王书

祇膺涣渥，交积兢惭。伏念某学问不强，颛蒙自守。流离当世而寡合，幸会先朝之误知，拔自众人，俾参国论。而属承祧嗣庆，布治惟新。以圣主而责愚臣，方怀惕惧；假小人而乘大器，岂不跻颠？故当成命之初行，屡竭愚诚而必请。而君恩至笃，天听莫回。此盖某官借以余光，致兹冒宠。仍贻诲翰，曲赐褒扬，感佩之私，敷陈罔既。

【解题】

作于治平元年闰五月。时欧阳修特转吏部侍郎，一再辞让，不许。受命后作此谢书。

回颍王书

右修启：伏承显膺帝制，荣启国封，伏惟欢庆。某官宇量闳深，机神敏悟，玉质非由于追琢，天姿自发于纯明。德盛地尊，乃王家之屏卫；色温言厉，为宗籍之表仪。顾惟爵秩之崇，实系朝廷之体。真王锡号，盖遵有国之彝章；宠命始行，方惬至公之舆议。岂期谦挹，曲示诲函。感戢之私，欣瞻并集。

【解题】

此两书均作于治平元年六月。六月五日，进封皇子淮阳郡王赵顼（日后的神宗）为颍王。赵顼有辞让书。欧阳修前一书劝谕就职，后一书致贺受命。

贺颍王书

右某启：伏承显颁帝制，荣启国封，伏惟欢庆。某官纯茂凝姿，温仁秉哲，济之学问而以广其业，履夫崇高而能守以谦。蔚然德誉之隆，式是宗藩之列，遂膺典册，进位真王。胙之土以建邦，实资亲屏；爵于朝而示众，盖匪私恩。方宠命之初行，听佥言而惟允。莫遑伸庆，徒积欣瞻。

【解题】

同上。

回宋相公庠谢除司空致仕书

右修启：伏承显奉制书，入膺召节，遂谐归政之请，兼升论道之崇，伏惟庆慰。司空相公道觉天民，学臻圣域。两朝硕望，文武兼资；四海具瞻，搢绅取法。虽欲优游于进退，实系轻重于朝廷。矧初政之日新，方任人而图旧，所以奏封累上，眷遇弥隆。终于雅志之重违，难徇舆情之所惜，耸高风以励偷俗，介眉寿而膺百祥。若贤若愚，以荣以祝，况惟庸懦，早荷知怜。方深欣颂之私，遽辱诲存之厚。感铭之至，敷叙奚周。

【解题】

作于治平元年十二月。宋庠，字公序。天圣二年进士第一，皇祐元年拜相。本年十二月，宋庠在亳州以司空致仕，有谢两府书，欧阳修回复此书。

回文相公谢服阕人觐书

右某启：伏承荣奉制恩，显膺宠典，伏惟庆慰。恭惟相公道兼文武，功著鼎彝，言行搢绅之表仪，出入朝廷之轻重。自执至情而不夺，勉从制礼之难逾，爰被徽章，遂趋召节。介圭来觐，方优体貌之隆；前席嘉谋，即正弼谐之任。实系士夫之素论，岂惟朽拙之焉依。敢谓谦抑，特贻诲翰，感铭之至，欣抃交深。

【解题】

此三书作于治平二年（1065），时作者在朝任参知政事。文彦博本年除丧服，以原官出判河南府。英宗召入觐。时文氏有谢书，欧阳修为作第一书。四月，文彦博改官侍中，移镇淮南，判永兴军，欧阳修为作第二书。七月二十二日，又命文彦博为枢密使、永兴军节度使。文氏有辞让书，欧阳修为作第三书。

又回文相公服除迁侍中移判永兴书

右修启：窃承显奉制恩，荐膺宠拜，伏惟欢庆。恭惟太师侍中器深宏达，业茂经纶，弛张文武之才，出入将相之任。而日者来觐冕旒之邃，喜闻履舄之声。从容话言，固多仁者之利；体貌耆哲，是惟先帝之臣。宜加异数之优，以为一面之重。虽方荣于忧顾，藉有素之威名。然而患轻四支，不足爬搔于虮虱；坐制万里，理当根本于朝廷。即期廊庙之来归，始慰士夫之素望。过蒙谦挹，曲示诲言。趋宾阼以无由，积感悰而徒切。

【解题】

同上。

又回文相公辞避枢密使启

右修启：此者伏承显膺制命，首赞枢庭。伏惟某官业茂两朝，望崇百辟。向自入亲法座，欣体貌于元勋；出抚西师，藉威名于犷俗。然而筹谋当出于帷幄，根本固在于朝廷。果兹暖席之未遑，已被追锋之迅召。扬庭诞告，方喜动于朝绅；仄席来仪，固渴闻于嘉话。窃承谦挹，尚欲逡巡，敢谓不遗，亦贻善诲。即期前贺，但切感铭。

【解题】

同上。

回杭州蔡端明襄谢到任书

右修启：伏承出领要藩，已谐礼上，伏惟欢庆。某官刚毅体仁，粹明迪哲，直道信于中外，高风凛乎搢绅。顷烦持橐之清资，盖赖富民之余术。经纶之业，蓄素蕴以未施；偃息于藩，邈冲怀而自远。虽重违于诚请，实深郁于舆情。谅暖席之未遑，即追锋而迅召，遂登大用，顾匪私言。

寒律向严，神襟善啬。瞻凝感著，交集悰灵。

【解题】

作于治平二年十月。本年二月十一日，三司使蔡襄以“疑似之谤”出知杭州。蔡氏到任后有谢两府书，欧阳修为作此书。

回吴侍郎奎辞副枢书

右修启：伏承显奉制恩，宠升枢近。伏惟某官才兼文武，业茂皋、夔，左右帷幄之谋谟，出入朝廷之轻重。自丁至戚，暂解繁机，执丧礼以过哀，虽君命而难夺。祥琴甫御，召节甚严。尚少郁于登庸，姑复还于旧物. 光辅一人之新政，式副四海之具瞻。敢谓谦㧑，曲贻诲翰。

方属卧漳之告，莫伸贺厦之诚，感抃之私，敷陈罔既。

【解题】

作于治平四年（1067）二月。本年正月八日，神宗即位。吴奎父丧除服，以故职枢密副使还朝，吴氏有辞书，欧阳修复书劝其就职。

回谏院傅龙图卞攀违书

修猥以非才，久窃重任，报效初无于毫发，怨仇已积于丘山。近蒙睿恩，曲徇诚请，与之近郡，俾养衰年。荷圣主之保全，赖公朝之议论，俾获奉身而退，方怀去德之思。谏院龙图舍人深闵孤危，特迂诲翰。意爱勤甚，有逾平时；风义凛然，可激薄俗。仰止门仞，莫遑叙违；铭之肌肤，永以佩赐。瞻依之恳，敷道奚周。

【解题】

作于治平四年三月。傅卞，景祐年间为国子博士、任馆阁、编校书籍。本年三月知谏院，寄书欧阳修。欧阳修时已除观文殿学士、转刑部尚书、知亳州，回复此书。

亳州到任谢两府书

修此者祗荷朝恩，出分郡寄。退循忝冒，徒积兢惭。伏念修学知行己，而智不周身；才匪适时，而任参大政。用过其量，危而必颠，乃物理之宜然，偶天幸而获免。昨以怨仇并作，谗谤交兴。盖逢尧、舜之聪明，方与夔、龙而左右，讲新至治，销伏狂邪。而市虎之言，虽惊于众听；投豺之恶，遽屏于远方。得逃九死于非辜，实荷更生之大赐。今者特蒙睿眷，深察孤忠。乐土近藩，已曲从于私欲；清资显秩，仍过窃于宠灵。舍衰疲勉强之劳，就空旷逍遥之适。然而坐思补报，叹心存而愿违；却视风波，犹寝惊而梦噩。顾获全身而至此，岂非宰物之深切？仰佩恩私，但铭肌骨。

载念修以至愚之朴陋，蹈可畏之危机。徇物从时，既昧自容之计；拂衣远去，又无先见之明。惟贪得于暮年，致以身而取辱。而识虽不早，悔尚可追。至于缉风雨之敝庐，治松菊之三径，少假岁年之顷，即为田亩之人。固将追野老而行歌，永陶圣化；恃仁人之在上，必保余生。尚有斯诚，犹烦再造。

炎歊方盛，机务至繁，上为庙朝，精调寝膳。瞻依之悬，敷述奚周。

【解题】

作于治平四年五月。欧阳修本年四月二十八日抵达亳州，五月二日视事。此书作于上任之初，自述“濮议”结怨、“帷薄”蒙冤，谢朝廷澄清事实之恩，表暮年隐逸行歌之志。

回颍州通判杨虞部书

修启：兹者赴郡假涂，久留宾次，过承眷与，日接宴言。遽此睽违，实增感恋。但以柅车之始，视职方初，虽云陋邦，粗有人事，加以大暑，遂成病躯。旦夕之间，方思布款；急遽之至，先以惠音。且承别来，福履清胜。修以衰朽，得此退藏。如夙昔之所闻，皆少过于其实；惟寂寞之为乐，须渐久而益佳。余非悉谈，更冀多爱。

【解题】

作于治平四年。颍州通判杨氏来书问候，欧阳修复书，诉老病之苦及寂境之乐。

回西京留守韩侍郎贽书

右修启：此者祇荷朝恩，出分郡寄。顾惟庸妄，早乏声猷，才非经济之谋，位玷光华之宠。进陪国论，无补于休明；动触祸机，可嗤于朴戆。赖圣神之烛理，获终始以保全。许解要权，俾逃重责；仍分善地，以养衰龄。

留守龙图侍郎清德镇浮，纯诚接物，曲敦故旧，不我鄙遗，远形诲奖之言，以慰孤危之迹。嗟时久薄，孰为金石之交；因岁大寒，方见松筠之色。凛然高谊，可激偷风。永佩恩私，但铭肌骨。

晤言未遂，溽暑方隆，更冀珍调，以符瞻咏。

【解题】

作于治平四年六月。韩贽，字献臣，齐州长山人。时出知河南府兼西京留守，寄书安慰欧阳修。欧阳修答书致谢。

回宝文吕内翰溱书

右修启：兹者伏承宝文内翰被召禁林，升华内阁。仰惟道德名望之老，久淹言语侍从之流。以望之之忠诚，兼孔光之慎密。岂止典谟润色，朝廷遂变于斯文；固已朝夕论思，天下获受其阴赐。虽未正秉钧之任，而姑副仄席之求。凡在搢绅，皆同庆抃；况于庸鄙，最荷知怜。而多病早衰，思乞骸而已久；因闲成懒，顾与世而益疏。岂无向慕之私，殊阙寝兴之问。敢期惠眷，先辱诲言。世路多虞，方叹风波之恶；岁寒已甚，始知松柏之心。感慰之深，敷陈奚既。

清霜戒候，内直方严，惟冀珍调，以符瞻咏。

【解题】

作于治平四年九月。吕溱多次受诬贬外，晚年加龙图阁直学士，知开封府。又改枢密直学士，提举醴泉观。有书寄亳州，安慰欧阳修。欧阳修复此书，致贺朋友，自叙衰病。

贺枢密使吕太傅公弼书

右修启：伏承显膺宠典，登进枢庭。成命始行，舆言佥允。伏惟某官存诚直谅，蹈道中和，学臻三代之英，世济八人之美。论思献纳，已多补益之勤；谟明弼谐，久韫经纶之业。三朝眷遇，一德老成，尚虚黄阁之居，姑正紫枢之位。坐筹帷幄，方资制胜之谋；正席钧台，始慰具瞻之望。顾惟衰朽，早辱知怜，惟与苍黔，同深庆抃。

【解题】

作于治平四年。本年九月，吕公弼为枢密使。欧阳修自亳州致书祝贺。

贺韩相公琦罢相转司徒两镇节度使判相州书

右修启：伏审荣被恩俞，勉从恳请，极便蕃之宠命，均休逸于名邦。伏惟司徒侍中诚明发挥，德业久大，三朝顾遇，百辟表仪，挺金石之纯诚，当国家之大事。上所取信，有疑决于元龟；民之具瞻，为望重于九鼎。属圣神之嗣统，方毗倚于老成。而功高不居，志确难夺，爰并推于异数，用显答于元勋。孰不秉旄，讵有兼持于双节；昔尝衣锦，今而盛服于九章。极古今儒者之至荣，保进退君子之全德。顾惟庸懦，久辱知怜，聆诞告之颁行，极私诚之窃抃。

隆寒戒候，大旆启行。伏惟上为庙朝，精调寝膳。倾依瞻颂，笔舌奚殚。

【解题】

作于治平四年十月。本年九月二十六日，韩琦罢相出判相州。欧阳修寄书致贺。十一月十二日，韩氏改命判永兴军兼陕西路经略安抚使，故系于十月。

回青州吴资政奎书

右修启：伏承光被制恩，出临藩服。斯民之幸，将蒙岂弟之仁；有识所嗟，共惜忠贤之去。伏惟资政侍郎智周物表，性自诚明，学穷仁义之本原，识达古今之治乱。匪躬之操，出入三朝；

秉心不回，进退一德。方圣神之嗣统，赖耆哲以倚衡。送往事居，其勤亦至；沃心造膝，为益已多。毅然君子之刚，卓尔大臣之节，信于中外，明若丹青。虽就逸均劳，暂倚殿邦之重；而用人图旧，谅难暖席之安。顾惟衰退之踪，终托光辉之末。

隆寒戒候，大旆启行，上为庙朝，精调寝膳。

【解题】

作于治平四年冬。本年九月二十六日，吴奎罢参知政事，以资政殿大学士出知青州。吴氏抵青州，有书寄欧阳修。欧复此书，慰勉朋友。

回陈州王密学陶贺冬书

右修启：天心来复，七日之亨有初；阳气潜萌，万物之生以此。兹谓履长之庆，宜膺多福之祥。

伏惟某官性禀纯诚，识穷至韫。讲明道德，是惟旧学之臣；启沃谋猷，蔚有嘉言之话。暂遂偃藩之便，已劳侧席之思；即膺图任之求，庸慰具瞻之望。顾惭衰朽，方卜退藏，自期田亩之获安，惟幸仁人之在上。倾依祝咏，交集悰灵。

【解题】

作于治平四年冬。时王陶因奏劾韩琦，亦以枢密直学士出知陈州，有贺冬书，寄亳州欧阳修。欧阳修复此书致意。

回谏院吴舍人充书

右修启：伏承光奉制恩，入司书命。得人为盛，舆颂同欣。伏惟某官器禀纯明，道探渊蕴。清名峻望，独映于一时；硕学高文，素推于群彦。果被上心之柬，进膺宠命之华。红药翻阶，直禁垣之清切；紫荷持橐，陪法从以雍容。文章追三代之风，号令警四方之听，允归鸿笔，增重本朝。顾惟衰朽之退藏，方与搢绅而窃抃。岂期谦眷，特枉诲函，感服之私，敷言罔既。

【解题】

作于熙宁元年（1068）二月，时作者知亳州。吴充，字冲卿，建州浦城人。吴充与欧阳修、王安石均为姻亲，时以中书舍人同知谏院，有书寄慰欧阳修。欧阳修复书，致谢并致贺。

与开封知府吕内翰公著启

伏自某官辍从迩列，暂领陪藩。窃顾愚矇，获兹庇赖；载惟孤拙，每荷优容。积于佩德之诚，无异遗民之爱。恭惟入趋宸扆，荣署天畿，仰匪日以政成，即畴贤而柄用。始兹歊溽，宜乃高明。伏惟上为邦家，精调寝膳。

【解题】

作于熙宁元年四月，时吕公著以翰林学士知开封府。欧阳修致书告以近况，并致良好祝愿。

回王先辈安国谢赐及第书

某启：伏审先辈显承严召，明试雄文。立若堵墙，骇笔端之洒落；程之衡石，留帝览以称嗟。遂膺赐第之荣，式副求贤之意。讲明仁义之奥，久以充中；发挥德业之光，实从兹始。凡居交旧，孰不欣愉？雅眷不忘，惠音斯及，其为铭佩，难罄敷宣。

【解题】

作于熙宁元年。王安国，字平甫，安石弟。本年韩绛等荐其才德，赐进士及第，除西京国子监教授。王安国有谢书，欧阳修复书致贺。

谢判大名府韩侍中惠书启

右修启：伏念东秦僻处，在海一涯，全魏相望，溯风千里。特枉惠音之问，实惟眷与之私，兼承镇抚之余，克集休祥之祐。

伏惟某官道优文武，业茂皋、夔，为百辟之表仪，首三朝之勋德。从容进退，虽不有于成功；出入勤劳，实未忘于忧国。顷遂便藩之请，岂遑暖席之安。属北州大震之灾，加仍岁荐饥之后。流亡殍踣，民未复于故居；招辑绥来，上方倚于元老。岂不少烦于思虑，夫何暇顾于衰残？乃知才大经纶，固多余裕；契敦道义，敻出常情。辱知己之既深，辄忘言于叙感。统临寄重，炎燠时繁，更祈上为邦家，精调寝俫。

即还大用，均福群黎。蕞尔孤生，但同舆颂。

【解题】

作于熙宁二年（1069）夏，时欧阳修知青州，充京东路安抚使。韩侍中即韩琦，时以侍中出判大名府，有书慰问欧阳修。欧阳修复书，致谢并致敬。

回宫教丘寺丞书

右修启：不聆嘉话，忽已再期。晚节无堪，久思归于南亩；上恩未忍，犹复委于东州。但谋屏迹以深藏，敢冀时髦之枉顾？远贻诲问，实慰病衰，示之进退之方，励以始终之节。爱人不苟，知君子之用心；服义甚高，俾懦夫之有立。仰衔眷与，徒极佩铭。载嗟疾恙之攻，兼以年龄之迫。虽请缨自效，岂不窃慕于功名；而伏枥已疲，第恐难胜于鞭策。未期披款，徒以倾驰。

暑伏方炎，襟灵善啬。区区之悬，敷布奚殚。

【解题】

作于熙宁二年六月。官教丘寺丞致书慰勉，欧阳修复书自叙怀怀，告以衰病及迟暮之感。

回颍州吕侍读远迎状

右某启：某此者误恩擢任，嗟癃病之不堪；危悬力辞，蒙睿慈之垂闵。许从易地，俾养衰龄，方趋便道之行，适遂过家之乐。敢期雅眷，远辱惠音。虽瞻款之尚遥，若话言之已接，倾驰之素，欣感交深。谨奉状谢。

【解题】

作于熙宁三年（1070）八月。本年四月八日，吕公著因反对王安石新法贬知颍州。八月，欧阳修赴蔡州，留滞颍州一月有余。吕公著有《远迎状》。欧复此书奉谢。

与颍州吕侍读贺冬状

右某启：伏以七日告期，候天阳之来复；百祥佑德，宜君子之承休。知府侍读侍郎经济嘉谟，论思硕望。宣风抚俗，一方式藉于镇临；献可告猷，三接伫升于近密。属迎长之届旦，当受祉于无疆。颂咏倾勤，敷宣罔既。谨奉状贺，伏惟照察。谨状。

【解题】

作于熙宁三年冬至节，时作者初至蔡州。《欧集》文后原按："右公熙宁三年改知蔡州与吕正献公二状，今载吕公《五州录》……然则公委人代作者固多，此二状未知出公手与否，姑存之。"

回李舍人寿朋书

右修启：此者伏承显膺宠命，入直禁垣，台阁登贤，搢绅共庆。舍人器涵闳远，德蕴纯深，讲仁义之渊源，极天人之精祲。备言语侍从之列，承清闲顾问之荣，时望蔚然，舆谈久属。果被上心之柬，进司书命之严。惟帝制之坦明，必训辞之深厚。金相玉振，焕三代之文章；雷动风行，警四方之耳目。遂归鸿笔，增重本朝。顾惟衰病之余，敢辱眷勤之贶？遽先惠问，益认抝谦。感服欣愉，敷陈罔既。

【解题】

作于熙宁三年冬。李寿朋，字延老，李淑子、李若谷孙；庆历初年赐进士出身。时入直舍人院，同修起居注，有书问候欧阳修。欧阳修称赞其德行文章，并致谢忱。

贺王相公安石拜相启

伏审荣膺帝制，显正台司，伏惟庆慰。

伏以史馆相公诚明禀粹，精祲穷微。高步儒林，著三朝甚重之望；晚登文陛，当万乘非常之知。论道黄扉，沃心黼扆，果被往谐之命，遂膺爰立之求。左右谋谟，方切倚衡之任；搢绅中外，益崇岩石之瞻。窃顾病衰，恪居官守，莫陪班谒，徒用驰诚。

春序布和，政机惟密，伏惟上为邦国，精调寝兴。欣抃之诚，叙陈罔既。

【解题】

作于熙宁四年（1071）春，时作者知蔡州。王安石于去年十二月十一日为礼部侍郎、平章事、监修国史。欧阳修晚年与王安石政见不尽相同，仍为王安石拜相而高兴，贺书赞颂王安石学识文章，祝愿他为国珍重。

致仕谢两府书

某启：此者获解郡章，许归田亩，荷圣君之念旧，越常典以推恩。内自省循，惟知感涕。

伏念某猥以一介之贱，幸会千龄之期。学业素荒，早接俊游之末；谋谟无取，晚陪国论之余。讫于报效之蔑闻，徒蹈危机之可畏。而年龄迟暮，疾病侵攻，乃以难强之筋骸，坐尸逾分之荣禄。自陈悬悃，颇历岁时。犹蒙上之哀怜，久乃赐其开可。奉身而去，怅负国之已多；受宠至优，但扪心而自愧。

此盖伏遇某官权衡万物，佐佑三朝，思辅治于和平，务敦行于仁厚。不遗故旧，期俗革于偷风；过借宠光，俾民知于爱老。至兹涣渥，并及衰残。已自屏于明时，惟永藏于大赐。

【解题】

作于熙宁四年六月。本年四月以来，欧阳修连上《蔡州再乞致仕》三表、二札子。六月十一日，以观文殿学士、太子少师致仕。十七日受命后，作此谢书，自伤迟暮衰残，感激明时爱老。情真意切，感人肺腑。

代辞胥学士启

某闻驽蹇之材虽谢，终恋于故轩；颉颃之羽方归，尚怀于广厦。何则？物由时制，质以愿违，瞻后来以不遑，岂卑飞而自适。矧在最灵之品，优叨再造之仁。拘文宪以难逾，舍藩墙而轻去。翩如秋蒂，临一水以将归；霁若晨霞，与孤舟而遂往。恩渥山积，感绪丝棼。

窃念某材实懦庸，识惟黯浅，谬偷生于人壤，获遘幸于王涂。弓冶传家，耒耜遵业，尝畏圈牢之诮，乐闻《诗》、《礼》之言。逮过弱龄，粗坚苦节。且亲闱就养，宦路随方，西走巴宾，南浮江澨。登稽山而访古，学谢前良；历剑阪以刊铭，文惭往哲。何尝不跂清徽于朝阂，咏鸿藻于圣门。丈席是依，寸晷惟竞，仅偕童刻之技，终无老成之风，性既愚而不移，齿及壮而自惕。幸遘当阳求士，上哲持衡，勉趋翰墨之场，滥齿孝廉之举。袍纷纷而若雪，志凛凛以怀霜。鉴本无私，敢逃于蚩鄙；材非有备，遽荷于甄收。玷妙简以惟精，抚微生而何幸。

洎春闱之较艺，叨云陛以策名。山木呈材，自选抡而为器；冶金效用，荷鎔造以成功。进匪时来，幸由恩假。自此从风宦牒，授任选台，俾外掌于司刑，寻参荣于军幕。幸莅熙熙之壤，姑随冉冉之趋。若乃民命所矜，在一成而致慎；宪条具设，知五听之惟难。允非干明，曷副钦恤？而某身专吏局，世匪法家。象斗之制斯严，肇闻甲令；磔鼠之能素寡，举乏片言。矧乎人有刻木之嫌，口擅铄金之利，或行如黠虏，或巧过腾猿。居多纳履之防，愿奉酌泉之戒。事机匪一，识局难周，惟旷弛之是忧，在宪章而可惧。弱羽未沈于泥滓，福星聚列于珠躔。幸遇某官京辅移辕，军牙莅政。金鳌虚署，久稽上笏之荣；银兔分符，实重专车之任。抚治纲之大振，使讼牒以寖销，茂草鞠扉，甘棠蔽坐。不谓斗筲之役，载依旌棨之门，荣立府庭，恪奉条教。卿云之荫虽广，润及于纤荆；冬日之爱至高，惠先于一物。降包荒之大体，示含垢之深仁，赐以雍容，优其颜色。尝与言于麈柄，许献技于铃斋，曲矜蹇蹇之躯，过损循循之诱。

重念某襟灵不爽，道艺非优，自窃吹于秀科，颇空食于官舍。尝欲温故于案儿之暇，励力于岁月之余，冀少益于颛愚，庶上裨于亨遇。而寡闻自任，扞格奚胜？学圃遂荒，整一经而不治；文绪难绎，惧弥日而无成。露狂狷以居多，黩聪明而为甚。断无他技，动乏所长，徒祇事于摩旄，固无施于尘露。岂谓伏蒙某官恢山薮之量，纳菲葑之言，回掩疵瑕，荐加题品。褒采一介，靡遗五管之微；甄拔下流，有过众人之遇。举空疏之器，爰定品于优长；饰暗弱之姿，将类能于开敏。矜其拙效，嘉乃妄庸，上辱哲明，曲形表荐。且俾预官联于毂下，参器使于民间，苟检操之有渝，引简书而共守。所念名编桂籍，已尘玷于大猷；迹厕金台，复叨居于始赏。恩逾素望，理迈常均。永怀肉骨之私，宁止捐躯之报！

方幸辉光末运，使节少留。愿旅翮之有依，适谐栖集；何飞蓬之易转，遽至飘离。俄及戍期，倏辞藩岳，结课蔑闻于最赋，省躬幸免于常刑。初履有光，优慈是赖。而自解曹符而退处，终岁律以寓居。荷眷待以特殊，沐露濡之至泽，越后筵之礼分，接右席之宾仪。置酒梁园，几逢于美景；观容相圃，屡奉于清欢。给舳舻以备行，假舆台而补乏，士林增耀，民巷改观。

今则已揆良辰，将还旧荜，违乐郊而去德，恋大幕以销魂。行当闻优诏于涂中，候归艎于日下。瀛洲秘局，式瞻侍从之班；温树近司，永托陶镕之造。愿趋槐府，获效蓬心，揽涕叙诚，陨首誓报。卑情无任。

【解题】

写作年月失考。作者代人捉笔，辞谢并感怀胥学士恩德。文章自叙少年苦读，科举登第，跻身宦途。不堪刑狱严酷、政教无成、学业荒疏，虽有学士循循诱掖，终自解官退处。以四六体行文，语言清新，情韵隽美，是所谓“欧公变昆”之作。

代人辞官状

温辞甫及，渥命骈臻。窃用退思，匪遑祗受。

伏念某本以孤宦，托于盛时，专室之性甚愚，外廷之游粗足。寅缘圣奖，宠滥朝荣。属潜邸之署官，首膺表擢；陪学黉之讲道，无所发明。旋预政机，益承恩纪，钦缵图而布庆，亚司会以名官。隘薄奚胜，深惧覆于公餗；毫分未报，自愧食于土毛。而乃曲被宸慈，骤隆礼秩，既褒异于邦爵，复登贰于天官。震悸来并，膕墨无措，已陈车府之奏，冀息乡校之讥。方听俞音，尚希旧贯。

伏望某官轸念庸识，鉴谅危衷。享其所宜，勿使其进冒；诚有所诉，特示于保全。获追寝于恩章，实有依于德荫。

【解题】

写作年代失考。代人捉刀，自陈恩隆才疏，请求追寝命章。

回发运主客启

伏审显膺宠命，荣总使权，伏惟庆慰。恭以某官才猷经世，问望光朝，资敏议以通微，竭精诚而济务。自居漕职，克迈官能。九年之储，已丰于茂最；三载考绩，遽被于陟明。重膺柬注之求，奚测亨腾之势。幸依使部，致辱诲函。铭佩欣祈，并交悰悃。

【解题】

写作年月失考。发运主客，不详姓氏，据书中“九年之储”，“三载考绩”，当指许元。据《宋史》本传，许元以尚书主客员外郎充任江淮发运使，“在江、淮十三年”。欧阳修回书，肯定其经世才能和漕职政绩。

与吕转运启

伏审显奉宸恩，入趋天阙。方欣庇赖，遽失于焉依；仍沐㧑谦，特贻于嘉问。某人珪玉茂德，栋干上材，蔼清望于朝端，柬乃心于帝眷。列城按俗，谊美政于民谣；会课及期，走旌贤之召节。郁去思而虽甚，谅峻陟以非遥。冬序方凝，神襟善啬。倾祈祷恋，交集感悰。

【解题】

写作年月失考。致书吕转运，赞颂其才德，祝福其为政。

答运使启

伏审荣膺帝渥，出领漕权。方怀窃抃之诚，遽辱诲存之惠。某人庙梿重器，国栋上才，茂绩蔼于朝端，嘉猷均于宸柬，果被佥谐之命，实资富庶之谟。揽辔有初，已风行于列郡；追锋讯召，即柄用于本朝。矧托公庥，但深久祷。

【解题】

写作年月失考。答某转运史来书，祝贺其上任伊始，政绩辉煌。

贺新发运启

伏审荣抱使权，已谐礼上。猥居属郡，窃庇公庥，方深欣幸之私，遽辱诲存之厚。伏惟某人才优学古，业茂经时，久妙柬于上心，屡委分于剧任，果畴懿绩，亟被陟明。投刃皆虚，岂足烦于余地；期年入报，行别迓于宠灵。

属此春和，冀绥福履。欣依祷颂，倍万常情。

【解题】

写作年月失考。祝贺某就任发运使，赞颂其才德及政绩。

上李端明状

伏审远驱旌旆，已及郊圻。和气所充，与民讴而先浃；余尘可望，欣马首之获瞻。即遂攀迎，交深祝咏。某不任激切依归之至。

【解题】

写作年月失考。端明殿学士李某光临欧阳修辖境，欧阳修致状欢迎。

回知郡贺冬状

天序欲周，物生伊始。惟君子福绥之吉，顺阳和来复之时。即迓宠光，以符善祷；敢祈隆顾，先辱惠音。荷慰诲之尤多，积感铭而但切。

【解题】

写作年月失考。知郡来信祝贺冬至节，欧阳修回书致谢。

与杨太傅状

右，某伏念画圻虽迩，遘德未由，幸时接于诲音，良若披于徽采。夫何定琐，辱此记怜。春序已暄，神襟善啬。伫膺茂渥，以副倾祈。

【解题】

写作年月失考。杨太傅来书慰勉，欧阳修回书致敬。

答李寺丞状

早钦秀望，忽枉荣缄。以州部之相望，加门阑之最旧，过形来问，但切中藏。

【解题】

写作年月失考。邻郡、旧交李寺丞来书相问，欧阳修为书答谢。

答王供奉状

乍间清徽，两蒙芳讯。审憩车之伊始，欣妙啬以惟和。即奉渥恩，以符瞻祷。

【解题】

写作年月失考。王供奉两次来书问候，欧阳修回书致谢。

与邻郡官状

伏念封圻甚密，官守有常，虽倾企德之勤，尚阻披风之便。承屡形于谦顾，常曲示于诲言。冬序方凝，阳和将动。伏惟为国自重，以副瞻祈。

【解题】

写作年月失考。邻郡官长屡次问候，谨致状为谢。

答贺赴阙状

近蒙朝旨，召赴阙庭。方沥恳以致辞，敢辱书而为贺。仰承诏眷，但切悚惶。

【解题】

写作年月失考。欧阳修平生多次受召赴阙：康定元年六月、庆历三年三月两度召还京师；至和元年五月除丧服召还京师等，不详为何时所作。朋友有贺信，此为答谢状。

谢真州知郡

伏念幸守陋邦，获邻善壤。侧听下车之始，已喧载路之声。方渴仰于风徽，遽先贻于诲问。某人材雄通敏，器蕴宏深。抚俗班条，绰闻于余裕；陟明升最，行被于殊恩。

方此春阳，冀绥福履。祷祈感咏，言述非周。

【解题】

原无系年，据书中“幸守陋邦，获邻善壤”，当作于庆历五年八月至庆历八年正月知滁州任上。滁、真为邻郡，作者屡称滁州为“陋”。本书称赞知州善政，感谢来书慰问。

谢刘真州

幸邻善壤，日孰政声。虽谈笑之靡亲，辱诲言之屡及。少浣詹翘之恳，奚胜感愧之私！行因溢路之谣，入被中台之召。

清和始届，寝寐增休。缕缕之诚，一一奚既。

【解题】

原无系年，据书中“幸邻为壤”，当作于庆历五年八月至皇祐元年正月知滁州、扬州任上。刘真州屡有书信问候，时以爱民之政，入召中台。欧阳修致书为谢为贺。

与韩忠献王稚圭书　一（庆历二年）

修顿首再拜启：仲秋渐凉，伏惟观察太尉尊候动止万福。

修至愚极陋，不足以献思虑于聪明。至于修记以问起居，则当大君子忧国之时，又非宜辄干视听。是以书牍之礼，旷绝逾年。然而千里之外，威誉之声日至京师，如在耳目。可以见作镇方面，慑动羌戎；抚循之间，优有余裕。此修不胜西首企望，拳拳之诚，私自为慰者也。

伏念修材薄力弱，不堪世用，徒能少以文字之乐为事。而国家久安于无为，儒学之士，莫知形容。幸今翦除叛羌，开拓西域，纪功耀德，兹也为时。惟俟凯歌东来，函馘献庙，执笔吮墨，作为诗颂，以述大贤之功业，以扬圣宋之威灵。虽曰懦焉，亦区区之鄙志也。谨奉手启咨问，伏惟俯赐鉴察。谨启。

八月日，太子中允、集贤校理欧阳修启上。

【解题】

此四十五篇，作于庆历二年至熙宁四年，（1042—1071）。韩琦，字稚圭，相州安阳人，小欧阳修一岁。天圣五年进士及第，欧阳修同年试礼部，未中，两人当于此年结识。累迁右司谏，为时论所称，宝元二年任陕西安抚使、陕西经略安抚副使。庆历元年改知秦州；二年，任陕西四路经略安抚招讨使；三年，与范仲淹同召入朝任枢密副使，支持“庆历新政”。新政失败后，出知扬、郓、定等州。嘉祐元年入朝为枢密使；三年，拜相。仁宗末年，力请立皇太子。英宗即位后，促曹太后归政，进右仆射，封魏国公。神宗朝，拜司空兼侍中，出判永兴军、相州、大名府等地。王安石变法时，屡上书反对新法。欧阳修去世，受嘱为作墓志铭。韩琦与欧阳修终生保持友好交谊，后欧阳修三年而卒，谥忠献王。（第二至第四十五篇解题略去）

与韩忠献王书　二（庆历五年）

某顿首启：冬序极寒，不审资政谏议尊候动止何若？昨者偶趋府下，过烦主礼。自到郡逾月，尚稽候问，岂胜愧悚？某孤拙多累，蒙朝廷保全之恩得此郡，地僻事简，饮食之物，奉亲颇便。终日尸禄，未知论报之方，用此不遑尔。瞻望盛府，数程之近，时得通讯下执。谨因请绢人行，附此以道万一。

新岁甫迩，伏乞为国自重，下情祷咏之至。

与韩忠献王书　三（庆历五年）

某顿首启：近因州吏诣府请绢，曾拜状。急足至，特辱手书为诲。伏审履此凝寒，台候万福，岂胜慰抃之诚。某此藏拙，幸今岁淮甸大雪，来春二麦有望。若人不为盗，而郡素无事，何幸如之！惟尸禄端居，未能报国，此为愧尔。瞻望旌棨，惟愿为国自重，以副祷颂。

与韩忠献王书　四（庆历六年）

某再拜启：山州穷绝，比乏水泉。昨夏秋之初，偶得一泉于州城之西南丰山之谷中，水味甘冷。因爱其山势回抱，构小亭于泉侧，又理其傍为教场，时集州兵、弓手，阅其习射，以警饥年之盗，间亦与郡官宴集于其中。方惜此幽致，思得佳木美草植之，忽辱宠示芍药十种，岂胜欣荷！山民虽陋，亦喜遨游。今春寒食，见州人靓装盛服，但于城上巡行，便为春游。自此得与郡人共乐，实出厚赐也。愧刻愧刻！

与韩忠献王书　五（庆历六年）

某顿首启：季冬极寒，伏惟某官尊体动止万福。某幸守僻陋，咫尺大府，常阙修问左右。然幸尸禄奉亲，职事日益简少，养拙自便，遂成习性，但时自警而已。冬深少雪，气候已春和，伏惟为国自重，以副瞻颂之诚。

与韩忠献王书　六（庆历六年）

某启：近急足还，尝略拜问。岁暮晴和，伏惟台候动止万福。本州张推官欲造棨戟，云旧出门下。此人莅官廉善，谨守其职，亦可自了。恐不见多年，要知本官行止，谨此拜闻。

与韩忠献王书　七（庆历八年）

某顿首：仲春下旬，到郡领职。疏简之性，久习安闲，当此孔道，动须勉强。但日询故老去思之言，遵范遗政，谨守而已。其余廨舍城池，数世之利，无复增修，完小小斯不敢废坏尔。今年蝗蝻稍稍生长，二麦虽丰，雨损其半，民间极不易，犹赖盗贼不作，伏恐要知。龃龃之才，已难开展，又值罢绝回易，诸事裁损，日忧不济，此尤苦尔。南北辽远，音信难频，辄此忉忉，以烦视听。惭悚惭悚！

与韩忠献王书　八（皇祐元年）

某顿首启：自去春初到维扬，尝因蔡中孚人行奉状。自后区区，不觉逾岁，即日春暄，不审尊候动止何似？

某昨以目疾为苦，因少私便，求得汝阴。仲春初旬，已趋官所。广陵尝得明公镇抚，民俗去思未远，幸遵遗矩，莫敢有逾。独平山堂占胜蜀冈，江南诸山一目千里，以至大明井、琼花二亭，此三者，拾公之遗以继盛美尔。大明井曰美泉亭。琼花曰无双亭。汝阴西湖，天下胜绝，养愚自便，诚得其宜。然尸禄苟安，何以报国？感愧感愧！

边防之事，动系安危，伏惟经略之余，为国自重。

与韩忠献王书 九（皇祐二年）

某顿首启：冬寒，伏惟台候万福。修前在颍，曾一拜状。寻以移守南都，苦于当道，颇阙修问，徒切瞻思。专使枉道，手书为赐，佩服感慰，何可胜言？北俗蒙惠，边防有条，宜归大用，以及天下。不胜祷望之至，谨奉状叙谢。

与韩忠献王书 一〇（皇祐二年）

修启：辱示谕边备有伦，此已得之传者久矣。阅古事迹，尤见大君子之用心，动必有益于人也。盛制记文并孔子庙、岳庙等记，并于杜公处窃览，已获秘传。然私怪明公见遗，独不见寄，谓于庸鄙有所惜者，何邪？见索乱道，敢不勉强？苟得附方尺之木于梁栋间，寓名诸公之后，为幸多矣，所恨文字污公好屋尔。

前在颍，承示碑文甚多，愧荷之恳，已尝附状。今者人至，又惠《宋公碑》二本，事迹辞翰，可令人想慕。《张迪碑》并《八关斋记》，此之所有，聊答厚赐。某皇恐。

与韩忠献王书 一一（皇祐二年）

某启：冬候凝寒，伏惟某官尊体动止万福。

十二日所遣人至，伏承赐书，诲谕勤勤，且荣且感。嗣以近制石本，俾之拭目，信所谓未有不求而得之者，则前之干请，诚不为非也。惶恐惶恐。公之德业，固已伟然于当世矣。而今又以文章笔札垂示不朽。伏读展玩之际，因思穷边武俗耳目，乍此炤耀，其喧传惊动，宜如何哉！后世之见者，想公为人魁杰雄伟，又宜如何哉！说者谓天不以全美赋人，某不信也。

某自夏入秋，苦于亲疾，以故久不修问。谨因人还，附此为谢，伏惟幸察。

与韩忠献王书　一二（皇祐三年）

某顿首启：自夏迄今，以老母卧疾，营求医药，加以京东盗贼纵横，朝廷督责甚急，公私多故，遂阙拜状。中间伏承升职留任，亦以无由驰贺，但深悚仄而已。

专人至，辱书为赐，具审为朝自重，日膺多福。边隅已熟恩信，兵民已安衣食，当还庙堂，以副公议，此非小子之私祝，真切真切。富公移蔡，亦便亲而请也，恐却以亲疾难于移动。未尝求徐，然此岁满得徙，亦其幸也。某再拜。

与韩忠献王书　一三（皇祐四年）

某叩头泣血，罪逆哀苦，无所告诉，特蒙台念，远赐诲言。虽在哀迷。实知感咽。昨大祸苍卒，不知所归，遽来居颍，苟存残喘。承赐恤问，敢此勉述，其诸孤苦，不能具道。

秋序已冷，伏冀顺时，为国自重，哀诚所望。

与韩忠献王书　一四（至和元年）

某启：伏蒙宠示《阅古堂碑》三本，岂胜荣幸。公之德业，当施本朝、耀青史而刻金石。淹留边郡，闲暇之余，尚足以为一方故事，焕赫塞上。窃顾小子，亦得列于众作之间，既足为荣，亦可愧也。感悚感悚。范公人之云亡，天下叹息。昨其家以铭见责，虽在哀苦，义所难辞，然极难为文也。伏恐要知。

与韩忠献王书　一五（至和元年）

某启：近范纯仁寺丞见过，得睹所制《奏议集序》，岂胜荣幸。文正遗忠获存于不朽，亦劝善之道也。某亦为其子迫令作神道碑，不获辞。然惟范公道大材闳，非拙辞所能述。富公墓刻直笔不隐，所纪已详，而群贤各有撰述，实难措手于其间。近自服除，虽勉牵课，百不述一二。今远驰以干视听，惟公于文正契至深厚，出入同于尽瘁，窃虑有纪述未详及所差误，敢乞指谕教之。此系国家天下公议，故敢以请，死罪死罪。

与韩忠献王书　一六（至和元年）

某启：昨自居忧服除，便得召，乃敢离颍至都。见日便乞蒲、同，朝旨俾留，遂领铨筦。寻以引人事，遽出同州。入辞之际，恩旨又留，且领残书，既而遂被兹命。孤拙多艰，无所补报，屡招论议，常黩上聪。宠禄难忝，若何为效？恐终碌碌，以为知己之羞。久不拜状，出处多滞，故敢略序。

范公碑如所教，悉已改正，但候桥川检得希文奏议，实在贼界，恐知之。某又上。

与韩忠献王书　一七（至和元年）

修启：昨自服除召还阙，出处不定，皆由蹇拙使然，谅惟悉察。自忝此职，尝于递附启为谢。某衰病，须鬓悉白，两目昏花，岂复更有荣进之望？而天下责望过重，恨无所为，进不能补益朝廷，退不能决去，恐碌碌遂为庸人，以贻知己之羞尔。夙夜愧惧，不知何以见教，愿闻诲勤之言，真切真切。

师鲁及其兄子渐，皆以今年十二月葬。某昨为他作墓志，事有不备。知公为作表甚详，使其不泯于后，大幸大幸。《范公表》已依所教改正，只是大顺时，检得希文当初奏议，是在贼地中，伏恐要知。

与韩忠献王书　一八（嘉祐元年）

某顿首启：秋暑尚繁，不审三司尚书尊体动止何似？

伏睹制书，以天下之计，资天下之才，虽未足以施夔、稷之业，致尧、舜之道，以兴至治，以副具瞻。而天灾水旱之时，民困国贫之际，上有以宽旰食之忧，下有以救饥寒之急。此缙绅之君子、闾巷之愚民，所以闻命之日欣欢鼓舞而引首北望，惟恐来朝之缓也。修言不足信于人，才不足用于世，事有不得已，而未能引去。徒与众人，同其喜慰。

伏计大旆即日在涂，伏惟为国自重。谨奉启咨候，不宣。修顿首再拜。

与韩忠献王书 一九（嘉祐三年）

某顿首启：自明公进用，虽愚拙，有以竭其思虑，效万一裨补之，而久无一言，甚可责也。今窃见国子监直讲梅尧臣，以文行知名。以梅之名，而公之乐善，宜不待某言固已知之久矣。其人穷困于时，亦不待某言而可知也。中外士大夫之议，皆愿公荐之馆阁。梅得出公之门，一美事也；公之荐梅，一美事也；朝廷得此举，一美事也。某不敢以一言而让三美，故言之，虽公而不敢泄，公赐择焉。惶恐惶恐。

与韩忠献王书 二〇（嘉祐治平间）

某启：两日不奉宴言，岂胜瞻系？伏承台候稍尔愆和，不审晚来起居何似？气脉小小留滞，微行必遂清康。旦夕拜见，且此拜闻。

与韩忠献王书 二一（嘉祐治平间）

某顿首启：数日不奉余论。窃承台候微伤风冷，喜已康和。秋暑尚有残歊，更冀特加精摄。无由咨候宾次，谨勒此驰启上问。过旬休，必获瞻奉。兹不尽区区。

与韩忠献王书　二二（治平□年）

某启：不奉颜色，忽已经旬。霜寒，伏惟台候动履清福。窃承表启累上，圣意决不少疑。量斯势也，似非辩说可入，莫且当勉屈高谊，兼副中外人情否？某衰病，最宜先去者，尚此迟疑。矧公系国体重，岂可轻议？昔人叹好事难必成，皆此类也。旦夕瞻近，姑此以道愚见，幸高明裁察也。惶恐惶恐。

与韩忠献王书　二三（治平元年）

某启：晚来伏承台候万福。辱简诲，俾撰先令公真赞。前世文人喜为圣贤记述，盖欲自托以垂名。矧盛德清芬，备载史牒。但恐衰病，久废笔砚，不能称道万一。当试勉强，以应嘉命。值夜草草。

与韩忠献王书　二四（治平元年）

某启：承教，俾作《魏国令公真赞》。屡日杼思，不胜艰讷。盖以钜德难名，非委曲莫究万一，而滞于简拙，遂至窘穷。实辱嘉命，惟负惭恐，勉自录呈。

与韩忠献王书　二五（治平□年）

某启：某以私门薄祐，少苦终鲜，惟存二侄，又丧其一，衰晚感痛，情实难胜。仰烦台慈，特赐慰恤，岂任哀感之至？酷暑复盛，伏承台候万福。来日参假，当奉言侍。谨且附此叙谢。

与韩忠献王书　二六（治平□年）

某顿首启：不获瞻奉，忽复数日。秋暑，伏承台候万福。某以余毒所攻，颈颊间又为肿核，第以不入咽喉，比前所苦差轻，旦夕欲且勉出。重烦台念，特赐存问，不胜感愧，区区谨奉此叙谢。

与韩忠献王书　二七（治平□年）

某启：不获瞻见，等闲数日。余暑尚繁，不审台候动履何似。窃承有外讣之戚，方此炎炽，伏冀节损悲悼，为朝自爱。无由驰谒门屏，谨奉此陈慰。

与韩忠献王书　二八（治平□年）

某启：至日不获展庆，不胜驰情。伏惟履长纳吉，为国耆老，永副中外之具瞻。某所苦悉已平，盖得节假中饱于将理。尚烦忧恤，手笔存问，其为感激，并留面叙。人还，粗布万一。

与韩忠献王书　二九（治平□年）

某启：日夕风凛，伏喜台候万福。重辱手诲，仰认意爱之深。某所以欲速出者，盖家居不遑安尔，谨当更与医工审议。昨亦有一札，乞更宽数日，皆寂然，所以尤难安处。或因方便，特为略言及，岂胜大幸！承谕曾见与叔平简，拙疾更不复云。惟乞不赐忧轸，惶恐惶恐。

与韩忠献王书　三〇（治平四年）

某启：不侍台席，忽复弥旬经节，伏承动履清福。杜门俟命，已上三表，便值休假。方欲旦夕驰布悬诚于左右，忽辱惠翰，感慰兼深。某去就之际，不惟果于自决，而相知者皆勉以必去不疑。亮公见爱素深，意必不殊也。此来赖君相之明，为之辨别，皎然明白，中外无所疑惑矣。则某之引去不嫌稍速，所推恩礼不必过优，使灾难中遂逃祸咎，而保安全于始终，蒙德不浅矣。区区所欲述者此尔，伏惟幸察。

与韩忠献王书　三一（治平三年）

某启：早暮遂凉，伏承台候万福。昨日辱以《相台园池记》为贶，俾得拭目辞翰之雄，粲然如见众制高下映发之丽，而乐然如与都人士女游嬉于其间也。荣幸荣幸。《昼锦》书刻精好，但以衰退之文不称为惭，而又以得托名于后为幸也。众篇一时盛事，往往佳作，咸得珍藏，岂胜感愧？昨夕偶数客坐中，不时布谢，惶恐惶恐。谨奉此咨启。

与韩忠献王书　三二（嘉祐八年）

某顿首启：板桥匆遽攀违，忽复旬浃，气节遂尔寒凝，伏惟台候万福。龙旌即路，幸此晴明。然而跋履之劳，事务丛委，窃计倍烦神用。更乞为朝自重，以副倾依。下情区区。

与韩忠献王书　三三（治平四年）

某启：冬序始寒，不审台候动止何似？窃承恳请之坚，遂解机政。处大位，居成功，古人之所难。公保荣名，被殊宠，进退之际，从容有余，德业两全，谗谤自止，过于周公远矣。然而朝廷虑则元老遽去，私自计则孤危失恃，此不能不惘然尔。其他区区，非笔墨所可既。惶恐惶恐。

与韩忠献王书　三四（治平四年）

某启：自承遂解政机，出镇便郡。寻奉拙记，计已通呈。遽审殊命优礼，悉已恳辞，又当驰贺也。某藏拙于此，幸亦优闲。而衰病侵攻，略无宁日，归心愈切，然素计亦稍有绪也。窃计大旆非晚启行，无由瞻望。寒中伏冀为国自重。区区不宣。

与韩忠献王书　三五（熙宁元年）

某启：东州难得酒材，郡酝不堪为信。惟羔羊新得法造，又以伤生不能多作，然谓其味尚可少荐尊俎。轻渎台严，惶恐惶恐。

与韩忠献王书 三六（熙宁二年）

某顿首。向尝以拙恶应命，深愧唐突。乃蒙不鄙，以之刻石，得子履钜笔，错之佳处，因公胜迹，托附之传，其为荣幸多矣，感惕感惕。某近秋冬以来，目病尤苦，遂不复近笔砚，小诗亦不曾作。心志萧条，但思归尔。承谕脏腑多不调，更乞节慎饮食，酒能少戒，尤佳。某一向不饮，遂不复思。无由少侍谈席，区区不布万一。

与韩忠献王书 三七（熙宁二年）

某启：专使至，获捧台翰，伏承经寒动止万福，下情欣慰。某以病目，艰于执笔，稍阙拜问。其为倾向之勤，则未始少怠也。某幸东州岁丰事简，居已逾年，已再削乞寿阳。盖陈、蔡势难乞，惟寿近颍，亦便于归计尔。益远旌棨，新春，伏惟为国保重。

与韩忠献王书 三八（熙宁三年）

某顿首启：近昨过郓，瞻望留都才三四驿，因假急足拜问，粗布区区。不谓远烦专介，直走淮滨，诲谕勤勤。仰认意爱，兼审秋寒，台候动止万福，下情岂胜感慰！修过颍少留，以足疾为苦，不久勉之官守，情悰索然。素志未遂，其余鄙冗，莫道万一。惟乞为国自重，以副具瞻。

与韩忠献王书　三九（熙宁三年）

某启：某去秋留颍月余，尝因急足还府附状。自尔勉力病躯，祗赴官所，忽忽遂见穷腊。即日凝凛，伏惟镇抚之余，台候动止万福。

某昨蒙上恩，察其实为病瘁，得蔡如请。土俗淳厚，本自闲僻，日生新事，条目固繁，然上下官吏畏罚趋赏，不患不及。且老病昏然，不复敢措意于其间。若郡县平日常事，则绝为稀少，足以养拙偷安，度日而去尔。甚幸甚幸。荷公见爱之深，欲知其如此尔。

岁暮雪寒，伏乞为国加爱。

与韩忠献王书　四〇（熙宁三年）

某启：立朝虽久，忝冒实多，而未有卓然可称于人者。蒙公爱念，赠以嘉篇，语重文雄，过形褒借，何以当克，但秘藏荣感而已。拙句唐突大匠，出于勉强，惭恐惭恐。某自至蔡，遂不曾作诗。老年力尽，兼亦忧畏颇多，冀静默以安退藏尔。

与韩忠献王书　四一（熙宁四年）

某启：近尝奉记，粗布区区，窃计已投几格。专使忽至，特枉亲翰。伏承经寒，镇抚之余，台候动履万福，岂胜感慰之极！某衰病如昨，老年忧畏，旦暮未去间，俯默苟偷，如前书所述尔。忽忽又见新春，惟乞为国爱重，以副中外瞻倚之望。

与韩忠献王书 四二（熙宁四年）

某启：辱贶斋酝，尤为醇美。第小邦鲜嘉客，老病少欢意，不得如侍台席时豪饮之量尔。可叹可叹。近以《序传》拜呈，尘浼听览。盖向在颍，因欲遂留，而当权者猜忌，聊以自解尔。进退之间，其难如此，可惧也。千万保重，以慰勤企。

与韩忠献王书 四三（熙宁四年）

某顿首再拜。近急足还府，奉状粗布谢悬。新正令节，限以官守，无由一厕贺宾之列。元勋柱石，神明所相，百福来臻。春气尚寒，伏惟为朝爱重，上副眷倚。下情祝颂之至。

与韩忠献王书 四四（熙宁四年）

某启：时承宠示《归荣》等五篇刻石，俾遂拭目，岂胜荣幸。唐世勋德钜公为不少，而雄文逸翰，兼美独擅，孰能臻于斯也？某以朽病之余，事事衰退，然犹不量力、不觉勉强者，窃冀附托以为荣尔。见索拙恶，不能藏默，谨以录呈，惭罪惭罪！某又上。

与韩忠献王书 四五（熙宁四年）

某启：向尝辄以拙诗尘浼台听，寻蒙特赐宠和，不惟以慰寂寥，而雄文大句，固已警动人之耳目。属闲居杜门，难偶信便，遂稽布谢，岂胜感幸愧恐之至也！因王郎中诣府的便，少道万一。

与富文忠公彦国书 一（天圣、明道间）

某顿首白：彦国自西归，于今已逾月，无由一致书。盖相别后患一大疽，为苦久之，不暇求西人行者。然亦时时有客自西来，独怪彦国了无一书，又疑其人不的。于段氏仆夫来，致几道书，此人最的，宜有书，又无，然后果可怪也。

始与足下相别时，屡邀圣俞语，谓“书者，虽于交朋间，不以疏数为厚薄。然既不得群居相笑语尽心，有此犹足以通相思，知动静，是不可忽。苟不能具寸纸，数行亦可。易致则可频致，犹胜都不致也”。当时相顾切切，用要约如此，谓今别后，宜马朝西而书夕东也。不意足下自执牛耳，登坛先歃，降坛而吐之，何邪？平生与足下语，思欲力行者事何限，此尺寸纸为俗累牵之，不能勉强，向所云云，使仆何望哉？洛阳去京为僻远，孰与绛之去京师也？今尚尔，至绛又可知矣。

自相别后，非见圣俞，无一可语者，思得足下一书，不啻饥渴，故不能不切切也。秋暑差盛，千万自爱。

【解题】

此六书作于天圣、明道间至治平二年（1032—1065）。富弼，字彦国，洛阳人。长欧阳修三岁，天圣八年中制科，次年在洛阳签署河阳节度判官事，与西京推官欧阳修相善。庆历二年，奉使契丹，次年拜枢密副使，与范仲淹等推行“庆历新政”，不久，自请出任河北安抚使。新政失败后，历知郓、青等州。至和二年，召拜同中书门下平章事，时称贤相。嘉祐六年以母丧去位。英宗即位，召拜枢密使，封郑国公。在立英宗、太后还政及“濮议”等问题上，富弼与韩琦失和，欧阳修支持韩琦，与富弼也渐次不睦。治平二年自请出判河阳，熙宁元年移判汝州。次年，拜相，与王安石政见不合，出判亳州，又因抵制青苗法被劾降官。晚欧阳修十一年去世，谥文忠公。（第二至第六篇解题略）

与富文忠公书　二（嘉祐元年）

某启：暑雨，不审台候何似？有蜀人苏洵者，文学之士也，自云奔走德望，思一见而无所求。然洵远人，以谓某能取信于公者，求为先容。既不可却，亦不忍欺，辄以冒闻。可否进退，则在公命也。

与富文忠公书　三（嘉祐七年）

某启：慰疏已具如别。春候暄冷不常，不审孝履何似？伏惟以时顺变，徇礼节哀，上副人主之眷怀，下为士民自重。

某自承乏东府，忽已半岁，碌碌无称，厚颜俯仰，尚思一有论报而去。然勉强庸拙，不知所为。苟终止若斯，顾亦安能迟久？不待弹劾，当自为计也，未知尚有可教否？无由瞻近，岂胜下怀？时事多端，伊、洛过客相踵，必有能道其大概者。其他委细，亦非笔墨可殚也。

谨因遣人，万不布一。某又拜。

与富文忠公书 四（嘉祐八年）

某顿首启：近驰贺恳，少布私诚。伏承大旆已及近郊，道路盛暑，窃审台候万福，实慰区区瞻跂之勤。朝廷新有大故，时事多艰。旧德元臣，与国同体，驰骑奔走，不惟出处之节得宜，与来者为法。康时济物，愚智所同，有望于马首之来也。余如前书所述也。旦夕当得瞻见颜色，第因张师远行，不可无书，谨奉手启咨问。

与富文忠公书 五（嘉祐八年）

某启：忽承手诲，以屡辞新命未得请，俾有所开陈，敢不如教。然愚窃以公自元宰，还首西枢，恳请而从，则恩典未见其过。但公以避灾为意，思欲深自退抑，此与上待元老之意，本不相为谋也。亦窃见初一札，自后更不降出，上亦未尝语及，岂非事已决定，无可商量邪？若德音有所询，当具道如所教也。秋凉，喜承台候万福。谨奉此，不宣。

与富文忠公书 六（治平二年）

某启：余暑未祛，伏承台候动履清福。人至，辱赐简，岂胜感服？自公在告，为常制所拘，不得时申候见，固以为恨。今者大旆当西，不一造门下，窃意不近人情。兼料诸公意必同此，所以虽承诲勤，未敢闻命也。惶恐惶恐。人还，谨此，不宣。

与晏元献公同叔书 一

某启：孟春犹寒，伏惟判府相公尊体动止万福。前急足自府还，伏蒙赐书为报。且承临镇之余，日有林湖闲燕之乐，此乃大君子以道出处之方，而元老明哲所以为国自重之意也。幸甚幸甚。

有魏广者，好古守道之士也。其为人外柔而内刚，新以进士及第，为荥阳主簿。今因吏役至府下，非有他求，直以卑贱不能自达，欲一趋门仞而已。伏惟幸赐察焉。不备。某再拜。

【解题】

此书作于庆历七年（1047），下书作于皇祐六年（1054）。魏广庆历六年进士及第，同年冬，赴滁州拜见欧阳修。欧阳修七年正月，致书颍州知州晏殊，推荐魏广，表现出热情奖掖后学的精神。皇祐四年三月，欧阳修丧母，回颍州守制；五年秋，知永兴军晏殊徙知河南府、西京留守；六年孟春，晏殊遣人吊唁欧阳修，欧作书致谢。（下书解题略）

与晏元献公书 二

某叩首：孟春犹寒，伏惟留守相公大学士动止万福。

某罪逆不孝，不自死灭，犹存喘息，自齿人曹。近者辄以哀诚，具之号疏。台慈轸恻，怜念孤穷，亟遣府兵，赐以慰答。有以见厚德载物，无所不容；求旧拾遗，虽弊不弃。捧读感涕，不知自已。内惟孤贱，受赐有年，岂独兹时，乃尔忉怛，盖以感激，临纸发于其诚而不能止也。

留务清闲，伏惟上为邦家，精调寝膳。下情区区，谨因人还，附以叙谢。某再拜。

与杜正献公世昌书　一（庆历五年）

某顿首启：仲夏毒热，伏惟相公阁下尊候动止万福。

某蒙国厚恩，任责尤重，殆此期岁，旷无所闻，不惟上辜陶钧，实亦惭愧知己，瞻望门馆，岂胜区区？然自东藩下车已累月，而尚稽修问左右之礼，盖其进不能为朝廷辨邪正，而使谗言胜于公议，退亦何所述其私焉？用此彷徨，非懈怠也。

伏以大臣出处，自系时事，惟望为国自重，以享多福。卑情不任祷颂恳切之至，谨奉启起居，伏惟幸察。

【解题】

此七书，作于庆历、皇祐年间。杜衍，字世昌，越州山阴人。长欧阳修二十九岁。大中祥符年间进士及第，庆历三年任枢密使，次年拜相，支持“庆历新政”。新政失败后，出知兖州，七年致仕，封祁国公，嘉祐二年卒，谥正献公。欧阳修早年受杜衍知遇之恩，终生保持友好往来，在《与杜䜣论祁公墓志书》中自述：“平生知己，先相公（杜衍）最深。”（第二至第七书解题略）

与杜正献公书　二（庆历八年）

某启：仲夏毒热，不审相公阁下尊体动止何如？

某昨蒙恩，自滁徙扬。扬，古名都，尝多钜公临治。忆为进士时，从故胥公自南还，舟次郡下，游里市中，但见郡人称颂太守之政，爱之如父母。某时尚未登公之门，然始闻公之盛德矣。因窃叹慕不已，以为君子为政，使人爱之如此足矣。然不知公以何道而能使人如此，又不知使已他日为之，亦能使人如此否？是时天圣六年冬也，去今几二十年。而幸得继公为政于此，以偿夙昔叹慕之心。而其材薄力劣，复何能为？徒有志尔。

相公道德材业著于天下，一郡之政不足多述，因小生之幸，遂以及之，聊陈始末，不觉言繁，恐悚恐悚。拜见未由，伏惟为国自重。

与杜正献公书　三（皇祐元年）

某启：孟秋犹热，伏惟致政相公阁下尊体动止万福。

昨者某以目疾为苦，自扬州求颍。至此经时，阙于奉状，盖以目疾无悰，私门多故。然其企望门馆，何日而忘？顷自去冬子美之逝，贤人不幸，天下所哀，伏计台慈，倍深痛悼。某年方四十有三，而鬓须皆白，眼目昏暗。慈母垂老，羸病厌厌。身世若斯，国恩未报，每以自念，慨然兴嗟。知遇至深，敢兹琐碎，惶恐惶恐。

秋暑未退，霖雨为灾，伏惟顺时倍加保重。卑情所望，不任区区，谨奉启起居。

与杜正献公书　四（皇祐元年）

某顿首启：季冬极寒，伏惟相公阁下尊候动止万福。某幸得守官近郡，当时欲奔走候问起居。而自秋以来，老母卧病，郡既僻小，绝无医药，逮冬至之后，方得渐安。由此逾月，旷阙书启之礼。蕞尔小子，蒙德有年，瞻望门墙，何日而已。

伏愿顺时自重，以迎遐福，以隆寿考。卑情不任区区，谨奉启咨问。

与杜正献公书　五（皇祐四年）

某启：前月初，专于郡中借人拜问，不谓至今不达，必以大水为阻。急足至，伏喜秋来台候万福。

得赞善书，承颇多故，亦云微恙，今必已平康，谅烦台虑也。宠示寄君谟唱和诗并梅书，岂胜珍荷？梅君穷困，晚遇真知，不为否也。某此苟活，但葬事未有涯，大事惟此，固难容易。自秋来，忽患腰脚，医者云脾元冷气下攻，遂勉从教诲食肉。古人三年不食盐酪，诚有愧也，不孝不孝！延陵葬子，孔子犹往观之，盖君子于哀乐喜怒必有可观，以为人法也。今世士人居丧不及处多，风俗久弊，恬不为怪，心常患之，不意自犯名教。然存身亦以奉后，此蒙宠诲之意也。

荷见忧爱至深，不觉言多，死罪死罪。某上。

与杜正献公书　六（庆历□年）

某顿首启：仲秋渐凉，伏惟致政相公尊体起居万福。前者所遣人还，伏蒙宠赐书答，因得备问起居之节、进退之宜，私心喜幸，何可胜道？淮南岁旱，飞蝗群下，来自淮、泗。至秋，暑毒不解，不审治汴如何？更望顺时倍保尊重。

与杜正献公书　七（庆历□年）

某顿首：山僻少便，阙于修问，伏惟台候万福。进士曾巩者，好古，为文知道理，不类乡闾少年举子所为。近年文稍与，后进中如此人者不过一二。阁下志乐天下之英材，如巩者进于门下，宜不遗之。恐未知其实，故敢以告，伏惟矜察。

与曾宣靖公明仲书

某启：山郡僻寂，习闲成懒，凡于人事几废绝。前者送起居院文字人回，特沐手诲。违别兹久，伏承德履甚休，可胜慰浣。某居此虽僻陋，然奉亲尸禄，优幸至多。愚拙之心，本贪报国，招仇取祸，势自当然。然裨补未有一分，而缘某之故，事起多端，有损无益，可为愧叹。今而冒宠名，饱食自便，何以为颜也？未期良会，冬冷，保重。

【解题】

庆历五年（1045）冬，欧阳修新贬知滁州。曾公亮，字明仲，泉州晋江人。长欧阳修八岁。天圣二年进士及第，嘉祐六年拜相，与韩琦、欧阳修等人共辅朝政，成“嘉祐之治”。卒谥宣靖公。

与吕正献公晦叔书　一（皇祐二年）

某启：别后人还，两辱书，暑中喜承寝味多福。某十三日受命，与孙公易地。此月下旬，当行效官，不惮宣力。苟为公家，何所不可？若区区应接人事，以避往来之谤，只恐违其天性，难久处也。西湖宛然，再来之计不难图，而与贤者共乐，知其不可得也。秋凉，惟冀保重。

【解题】

此五书，作于皇祐二年（1050）和熙宁年间。吕公著，字晦叔，寿州人，吕夷简子。小欧阳修十一岁。庆历二年进士及第。皇祐元年通判颍州，与知州欧阳修相得。欧阳修至和年间荐王安石、吕公著为谏官；至和三年《再论水灾状》，又荐吕公著等四人为侍臣；嘉祐四年，又有《举吕公著自代状》。终使吕公著渐获进用，熙宁年间因反对王安石变法罢知颍州，元祐初年拜为宰相。卒谥正献公。吕公著是欧阳修政敌吕夷简之子，如此一再荐举，见其爱养人材、光明正大。（第二至第五书解题略）

与吕正献公书 二（熙宁□年）

某启：某以衰病之质，幸此优闲，中性易习，遂成懒堕。向审召还禁林，固与士大夫同其庆抃，而久阙驰诚，恃知之厚，必不罪其疏慢也。辱书，重增感愧。未涯瞻迩，渐寒，为国自重。

与吕正献公书 三（熙宁三年）

某启：养拙东州，久自藏缩，加之病苦废事，遂阙拜问。比者得请淮西，道出治下。方俟及疆奉状，行次南郡，遽辱赐教，其为感愧，何可胜言？仍审坐镇之余，动履多福。

某衰晚之年，蒙上信其实病，不以避事为责，而从其所欲，恩出万幸，何感如之！余不复云，皆留面布。

与吕正献公书　四（熙宁五年）

某启：晴阴不常，不审动履何似？前日四望，一赏群芳之盛，已而遂雨。古人谓四乐难并，信矣。十三日欲枉轩骑顾访，盖以草堂仅成，幸一光饰之尔。谨此咨布，余留面叙。

与吕正献公书　五（熙宁五年）

某启：昨晚辱教答，承齿疾尚未平，若苦不敢劝酒，莫可略枉顾否？盖欲少接清论，不主于酒食，物亦令减滋味也。矧此疾，某亦尝苦，每蒙宽假也。更此咨启。

与程文简公天球书　一（皇祐□年）

某启：哀诚迫塞，不敢时通记问。蒙存录过厚，荷知有素，不当烦述也。贱累往来镇下，特承差人送至，及劳赐稠重，只以愧感。佳酿拜惠甚频，增腼增腼。衰病咫尺，未由号见，依恋依恋。

【解题】

此七书，作于皇祐、至和年间。程琳，字天球，永宁军博野人。大欧阳修十九岁。大中祥符四年进士中第。皇祐元年累官至加同中书门下平章事，复判大名府，兼北京留守。嘉祐元年卒，欧阳修为作墓志铭和神道碑铭。谥文简公。（第二至第七书解题

略）

与程文简公书　二（至和元年）

某顿首启：依恋之恳，略布具前。大暑中特烦眷接，累日连夕，不见倦色，私怀感著，非一二所可陈。舟行病酒，累日不解，府人屡还，皆不能奉启。才过长平，遂苦大热。比及都下，俗状益劳，瞻想清宴，其可再得？余当续具咨目，兹少叙依依。不悉。

与程文简公书　三（至和二年）

蒙颁寄佳酝，感愧非一。京师日苦俗状，无复清思，临觞之乐，未始有之。思去岁留奉清欢，不觉已期年矣。

柳湖，陈之甘棠。思有所颂述，以遗陈人，为他日故事，以彰公之雅志。不惟拙讷，直以多事匆匆，殊所不暇。秋凉必偿素愿，得次诗榜之末，亦大幸矣。

与程文简公书　四（至和二年）

某启：昨得请淮西，方作书乞舟，谋出府下，冀得一奉言色。私怀喜幸，何可胜言！而改职未谢，恩旨复留。孤拙无庸，于时何报？进退遑遽，莫知所为。重以屡烦朝听，未敢轻有所陈，腼颜周行，碌碌而已。荷公爱顾，非比他人，出处之节，不敢自默。时事日新，未知如何？区区非纸墨所布也。秋热，惟乞以时为国自重。

与程文简公书　五（至和二年）

某启：忽忽久疏奉问。近以被命出疆，初缘持送御容，须一学士，同列五人皆以曾往，遂不敢辞。继以虏中凶讣，义益难免。然冒风霜，衣皮毛，附火食面，皆于目疾有损，亦无如之何。比者当驰问示谕柳湖嘉致，诚愿有所述，以姓名附见为荣。北行马上，当得杼思。偶秘书归省，顾治行计，随分牵率鄙怀，不能尽万一。

与程文简公书　六（至和元年）

某顿首：伏承台诲，欲使撰述先公神道碑，岂胜愧恐！某才识卑近，岂足以铺列世德之清芬？然蒙顾有年，义不得辞，其如大惧不称所使，以辱执事？是用进退惕然。余当诣节下受教，舟船荷德无已。

与程文简公书　七（至和元年）

某启：辱赐问，并录到赠告，屡烦台听，悚仄可知。所要碑文今已牵课，衰病无悰，言无伦理，不足以扬先烈，愧汗而已。某自病起益疲，不能复旧，岂遂衰邪！碌碌处此，思去未果，但思明公柳湖春色，不得陪俊骑为恨尔。大用犹稽，时事多端，思见旧德。物论如此，非谀也。未间尊俎为适，亦有嘉趣。临纸区区不能尽，惟冀为国珍重。

与孙威敏公元规书

某僦居西郊，苟活无求于世，号奉几筵而已。诸事无便不便也，幸无恤。只如卜葬，茫然未有涯，然汲汲须于明年了却。某迩来目昏，略辨黑白，耳复加重，恐知之。西行渐相远，哀苦中瞻望依依。范、杜二家之子不归京西，此不足怪，人事就易尔。仕宦子孙多在北，古贤亦皆如此，不以去就为轻重也。某亦不忍以先妣有归，子孙以远，不得时省坟墓也。哀切哀切。

【解题】

此二书作于皇祐四年。本年三月，欧母去世，作者居颍守制。此二书与孙氏论母丧和范仲淹神道碑铭事。孙沔，字元规，会稽人。大欧阳修十岁，天禧年间进士及第。庆历年间知庆州，熟悉边事，有治军才能。皇祐四年正月，广西侬智高反宋，八月，孙沔为湖南、江西路安抚使兼广南东、西路安抚使，退敌有功，次年五月授枢密副使。后因违法废官。英宗即位后，欧阳修荐用复职。卒谥威敏公。

与孙威敏公书　二

某叩首：急足自徐还，辱书，承以七月首涂，大旆遂西。即日秋暑，伏惟台候万福。

昨日范公宅得书，以埋铭见托。哀苦中无心绪作文字，然范公之德之才，岂易称述？至于辨谗谤，判忠邪，上不损朝廷事体，下不避怨仇侧目，如此下笔，抑又艰哉！某平生孤拙，荷范公知奖最深，适此哀迷，别无展力，将此文字，是其职业，当勉力为之。更须诸公共力商榷，须要稳当。承公许作行状，甚善。便将请谥、议官文书，有司据以为议，大是一重公据，请早挥笔。只见行状，亦当牵率为之也。

入对少留，应当西迈。残暑，千万保摄。时乞惠问，以慰孤穷。

【解题】

同上书。

与苏丞相子容书　一（皇祐四年）

某启：哀穷苟活，奄及仲秋，孤苦之心，何以自处？昨急足还府，尝奉号疏，必达。秋凉，寝味如何？昨闻入京，今必归府。某幸此幼贱如常。相见未涯，向寒保爱。因人奉此。不次。某再拜推官□学士执事。八月五日状。

昨大祸仓卒，离南都来，不记料钱券历何在？后来须缴纳省中，不知省中曾催否？是王仲文手分，托与问之。

【解题】

此十一书，作于皇祐至治平年间。其中四、五、六题下原注“疑”，恐非欧阳修所作。苏颂，字子容，泉州同安人。小欧阳修十三岁。庆历二年，欧主考别头举人，选为进士。皇祐二年七月，欧阳修知应天府兼南京留守司事，苏颂为推官，诸事信赖之。不久，除馆阁校勘，同知太常礼院，迁集贤校理。又出知颍州，擢三司度支判官。神宗朝累官至右仆射兼中书门下侍郎。（第二至十一书解题从略）

与苏丞相书 二（皇祐四年）

某启：近急脚子还，尝奉讯。专人至，辱书，审秋寒以来，体况佳福。修苟自存活，诸况前书具之，此不繁述。职租极荷挂意。前者为料钱历子，承封送王仲文等状，盖当时作书误写，本为添支历尔。更说与问看，记得当时离南都时，似缴纳了，恐未曾缴时，须要见归着也。此中寻来，并不见故也。更为王渭州织纱如何？亦告。因书批及见解牓，喜贤弟被荐。岁杪，多爱。某再拜。

职田丝十二两，有公文，却送还府。

与苏丞相书 三（皇祐五年）

某启：近累累辱书，承夏热，幕中清胜。

某居此以来事绪，累次书中应悉。但卜葬心欲速了，而事未有涯，绝无人相助，又无弟侄可使者，茫然中心，未知所措。吾弟替期，应亦不远。公租极小事，烦挂意，悚悚。苟图存活，所须至鲜，然有不得已处也。穷居危坐，病目眊然，无以度日。又为一妹丧夫，惸然无依，居处相远，力未相及，添此一重烦恼尔。

人还，作书回谢，事多，未能子细。思渴思渴。

与苏丞相书 四

某启：晴色可佳，必遂出城之行。泥泞，窃惟劳顿。清明之约，幸率唐公见过，吃一碗不托尔。余无可以为礼也。专此。不宣。

与苏丞相书　五

某启：雨晴便苦客多。牵强攀和盛篇，已不能如韵，实愧于诗老也。早来承见问所闻，再三疑惑，不审何事？彼有所传，幸以为示也。为客在门前守定，写简不成。悉之。

与苏丞相书　六

某启：拙诗趁韵，有梅二之业，病无其工也。早来许行香后见过，何为复辍？所欲示者何事，来日能见顾否？行香后乘凉枉驾，作一盂饭奉待，却有绝品茶数种可试。若所说事不妨时，幸就近约介甫同来为幸。惟以方上号请告，不敢聚饮尔，其他并无害批示。某再拜。

与苏丞相书　七（治平四年）

某启：近尝奉状。急足还，并递中并捧惠问，所以慰诲存恤之甚厚，兼审经暑动履多福，乃诚瞻向，欣感可量。汴流驶激，承使舟即日东下，得与民吏奔走道左，岂胜驰情？谨先奉此攀迎，伏惟幸察。不宣。

与苏丞相书 八（治平四年）

某启：某以孤拙，蒙上恩怜，予之一州，俾养衰朽。又得在使部，遂依公庇，顿安危心，岂胜天幸！某至此已数月，幸岁丰盗息，民事亦稀，蝗蝻不多，随时扑灭。承斋舲下汴，首及敝封，当得亲受约束，而布悬诚。谨因迎迓人行，姑此上问尊候。不宣。

与苏丞相书 九（皇祐□年）

诚如所论，甚善。早来所闻是生开者，河道云太浅，却高如西面二尺已来，更请子细看过。或果如此，即更须那工开令深峻，方可行水。仍云大抵近东，河底渐高，恐流水不快，千万且与挂意。某两日拖病，来日方可到城外，恐知之。某白子容足下。

与苏丞相书 一〇（至和元年）

某自去秋扶护南归，水陆往还四千余里，幸无风水之恐，得遂安祔，哀苦中独力，粗如私愿。其如水往陆还，奔驰劳苦，故自春多病，仅有余生。中间承改秩召试帖职，未遑为贺，亦以哀苦杜门，少见人便故也。即日供职奉亲外，气体休佳。某六月，当勉从人事，未知所向何方？相见未可期，企仰企仰。因人不惜垂问，此外珍重。某又问。

哀苦中承示启事，相知何必更如是。未禫除，稽于复谢，谅可情恕也。

与苏丞相书　一一（嘉祐七年）

某启：中间辱书，承为政外体履安和。近又沐惠问，适以合宫大礼，前后事丛，不时致谢，第深感愧也。颍城佳郡，足以优贤，然当舒发远大，则难久留也。未间，湖园亦少资清兴。某衰病碌碌，厚颜已多，有名即得引去矣。未果谈款。初寒，以时慎爱。不宣。某再拜知郡子容学士足下。十一月一日。

与王文公介甫书　一（嘉祐□年）

某再拜：相别忽焉，遂见新岁。中间尝一得附书，其如匆遽，不尽鄙怀，于今犹以为恨。虽然，遂使不匆遽，区区之怀亦不能尽也。贤弟来，得相见，备审动止。即日春寒，奉太夫人万福，喜慰无限。

贤者不能留之朝，衰病者不得放去，皆失其分，归咎何所？某自新春来，目益昏，耳亦不聪，大惧难久于笔砚。平生所怀，有所未毕，遂恐为庸人以死尔。其他细故不足道，惟奉亲自爱。

【解题】

此三书作于嘉祐年间。王安石，字介甫，抚州临川人。小欧阳修十四岁。庆历二年进士及第。曾巩一再向欧阳修推荐王安石，至和初年，王安石为群牧判官，才与欧阳修会晤。至和年间，欧阳修一再向朝廷推荐王安石。嘉祐二年五月，王安石自请出知常州，七月至郡，数致书信，感怀欧阳修知遇之恩。不久，

欧阳修又获王安石诗数十篇，十分喜爱。王安石在神宗朝用为宰相。卒谥文公。（第二、三书解题从略）

与王文公书 二（嘉祐元年）

近得扬州书，言介甫有《平山》诗，尚未得见，因信，幸乞为示。此地在广陵为佳处，得诸公录于文字，甚幸也。贤弟平甫秀才不及别书，愚意同此，前亦承惠诗，多感多感。

与王文公书 三（嘉祐三年）

某启：近托扬州附书，必达。自拜别，无日不瞻企。秋气稍凉，伏惟尊候万福。毗陵名郡，下车之始，民其受赐，然及侍亲为道之乐，日益无涯矣。某怏怏于此，素志都违，诸公特以外议为畏，勉相留，古之君子去就乃若是也。吕惠卿，学者罕能及，更与切磨之，无所不至也。因其行，谨附此咨起居。

与韩献肃公子华书

某启：多日思致问，近见发遣使臣来请公用物，呼渠欲附书，待之终不至，遂以稽滞。不审秋凉所履何似？

某碌碌无所称，遂为朋友之羞。第以体难轻发，当更小忍惭尔。君谟自南归，皤然一翁，但喜其病渴且止，遂当安也。仲仪顽健如故，惟不能屡相见，交游索漠。子华岂当久外，何时来归？未间，因风时枉数字，犹足以慰衰病之怀。窃冒宠荣，不知为乐，但觉其劳与负愧尔。

茶三二种，托贤弟致达，勿罪少。边州早寒，惟为时自爱。

公仪云谢，礼闱唱和已失二梅，可叹可叹。

【解题】

作于嘉祐六年（1061）秋。韩绛，字子华，开封雍丘人。小欧阳修五岁，庆历二年进士及第。嘉祐六年知庆州，晚年累官至相。本书谈到老友蔡襄、王素，感叹交游寂寞，盼望韩氏来归。平易叙事，朋辈间挚爱之情感人至深。

与韩门下持国书

承已受命，未克驰贺，盖以治行徙居，日并牵率也。阴雨，体况佳否？小诗幸同作，以送介甫。因出见过，思仰思仰。某再拜。十三日。

何时可入史院，幸先示谕为望。

【解题】

至和二年（1055）秋末，欧阳修移家高桥，准备出使契丹。韩维，字持国，韩绛弟，小欧阳修十岁。据《宋史·韩维传》及《续资治通鉴长编》卷一八〇至和二年八月辛丑记事，欧阳修、孙抃等人荐韩维为史馆检讨。本书言及此事。

与吴正献公冲卿书　一（嘉祐六年）

某启：奉别，忽见新岁。辱书，承经寒动履休胜。某以孤拙之姿，不求合世，加以衰病，心在江湖久矣。此交亲所共亮之也。兹者遽叨误选，实出意外，任责已重而无素蕴，不败何待？

见爱深者，但可吊也。不然何以教之？惶恐惶恐。新春保爱，以副瞻祝。某再拜。

【解题】

此八书作于嘉祐、治平、熙宁年间。吴充，字冲卿，建州浦城人。小欧阳修十四岁，宝元元年进士及第。投书向欧阳修问学，欧阳修有《答吴充秀才书》。熙宁末年，累官至枢密使、宰相。吴充与欧阳修、王安石均为姻亲，其女儿嫁欧阳修长子发为妻，其子吴安持娶王安石长女。终因不同意王安石变法被罢官，卒谥正献公。（第二至八书解题从略）

与吴正献公书　二（嘉祐八年）

某启：公私多故，久阙奉状。辱书，承经暑动履清和，并深慰恋。近审将漕京西，但欣按部过都，当遂瞻见。亦承曾有章奏，必难遂高怀，莫且勉就否？某自春涉夏，以小儿女多病，不无忧挠。加以待罪碌碌，不知所为，情绪萧索，无复前日。惟握手一笑，庶几尚慰衰残，岂胜企望也！未间，盛暑为时自重。人还，草率为谢。不宣。

与吴正献公书　三（嘉祐八年）

某启：公私多故，稍阙致问。自因山赴役，事非素料，每见奏削，足知劳虑也。亦承迩来颇有伦绪，谅非精敏不能济也。某以衰朽，谬膺器使，当此多艰，未知何以免于罪戾也。即此衰病之余，与儿妇辈各安，恐知。

与吴正献公书　四（治平四年）

某启：违远台席，忽复更时。秋暑尚繁，不审动履何似？某向以孤危之迹，当群论汹涌之时，独赖至公，遏以清议，保全至此，恩德可量？赴职以来，日享安逸，兹为受赐不浅矣。乃情倾向，岂胜区区！惟冀以时为国自重。

与吴正献公书　五（熙宁四年）

某启：感激之诚，已具前幅。某十七日受命，行装素具。适值久雨积水，为阻三五日，始遂东归。某此来，恩数出于望外，然犹有私门合乞恩泽，上烦朝廷，幸乞留念。盖他门不敢言，恃以亲契，惶恐惶恐。某又上。

与吴正献公书　六（治平元年）

某启：多故，稍阙致问。辱书感愧。新正，窃承动履休福，贵眷各安。某与儿妇等幸如宜，第苦残衰，齿牙摇脱，饮食艰难，殊无情况尔。京西忽已逾年，承见谕，谨当志在下怀也。过年，宾客书题，坌集日益，区区修报草率，不以为罪。春和，惟以时慎爱。

与吴正献公书　七（熙宁五年）

某顿首启：某田野之人，自宜屏缩。而况机政方繁，犹蒙曲记其生日，贶之厚礼，仰佩眷意之笃，感惧交并。某以衰病退藏，人事或不能勉力，交亲必赐宽恕。谨此以代布谢之万一。

与吴正献公书　八（熙宁五年）

窃承恳章屡上，而中外瞻瞩方切，恐未能遽遂高怀也。近叔平自南都惠然见访，此事古人所重，近世绝稀，始知风月属闲人也。呵呵。有《会老堂》三篇，方刻石续纳。儿子在宅叨聒，感愧感愧。

与吴正肃公长文书　一（嘉祐二年）

某启：前日斋所却成，叨聒累日，宿斋不易，承手教存问。雨势不减去年，敝居上漏下浸，压溺是忧。更三数日如此，当须奔避，皇皇不知何适为可。居京师，其况如此，奈何奈何？承惠奇物，远来更要新，如何可得也。呵呵。感著感著。人还，谨此。不宣。

【解题】

此十三书，作于嘉祐二年至熙宁初年。吴奎，字长文，潍州北海人。小欧阳修三岁，十七岁进士及第。治平四年神宗即位，拜参知政事。后因反对起用王安石，出知青州。卒谥正肃公。

（第二至十三书解题从略）

与吴正肃公书　二（嘉祐二年）

某再拜：累日不瞻奉，渴仰可胜？酷暑中，承气体清适。某自初旬内，尝冒热赴宿，为暑毒所伤，绝然饮不得，加以腹疾时时作，遂在告。数日前下榜子欲见，以虚羸未任，遂复中止。更三五日，当出。承手教存问，感慰感慰。谨此奉谢。

与吴正肃公书　三（嘉祐二年）

某启：在告累日，不获瞻见，尤所企渴。辱教，承余寒体气清佳。衰病极不自胜，左臂疼痛，系衣、搢笏皆不得，恳告诸公，几乎乞骸也，何暇复顾外论如何哉！承见谕，感仰感仰。乍出事丛，草草不悉。

与吴正肃公书　四（嘉祐四年）

某启：承奉祠斋宿，喜体候清休。某参假方三日，左眼睑上生一疮，疼痛牵连右目，不可忍。旦夕未止，又须在告，屡废职事，岂得安稳？诸公不谅，未肯令罢，奈何奈何！承惠佳篇，甚释病思，和得纳上。目痛甚，书不得，匆讶。

与吴正肃公书 五（嘉祐四年）

某病中闻得解府事，如释笼缚，交朋闻之，应亦为愚喜也。请外又须更作一节，般挈上下，重以为劳。数日卜居稍定，遂得从公游矣。拙诗取笑。

与吴正肃公书 六（嘉祐三年二月）

某启：一两日不奉见，伏惟体候清佳。孙明复《春秋》文字知在彼传录，欲告借一两册，或彼中已写了者，若或未写到者，皆得。此中一二笔吏闲坐，必不久滞。某遂赴班荆。匆匆五七日不相见，谨此，不宣。

与吴正肃公书 七（嘉祐四年）

某启：昨日圣俞处见一篇，又辱宠示，其锋岂易当也。然自此极有工夫，却归人道上也。呵呵。云百司者，尚未见报来，不知的否？某已有秘阁《唐书》，便更无兼局，亦情愿。脸疮未愈，未得奉见。区区不悉。

与吴正肃公书 八（嘉祐四年）

某启：昨日奉见，偶忘咨问，为亲戚乔孝本避嫌，当易局，乞早与施行，况武平郎君例甚近，幸冀留念。前时乱道数篇，必已宠和，专令咨请，望付人也。忙不详悉。

与吴正肃公书　九（嘉祐四年）

某启：在告，久不瞻颜采。顿凉，伏计德履康裕。某病体得凉渐愈，思欲朝参，以奉言宴，而假故须初三日方可出。

昨见新制：京朝官不自下文字，令审官举行磨勘。朝士唧唧，皆为不便。某亦思之，有数节未便，盖为害甚广。然不知长文曾留意否，始初莫与建议否？欲有所陈，未敢，先此咨问，幸思而见教。

与吴正肃公书　一〇（嘉祐六年）

某启：自大旆东出，忽复逾时。春气犹寒，窃承动履清胜。前约临行少留会话，终不克遂，至今为恨。东土雨雪不愆，年丰俗阜，为郡之乐，想亦无涯。某衰病日增，勉强碌碌，卒无毫分，以塞咎责，奈何奈何？

前日赏花钓鱼，获侍清宴，自景祐三年逮今二十六年，获见盛事，独恨长文不在尔。向暑政暇，惟以时自爱。因风惠问，以慰瞻渴。

与吴正肃公书　一一（治平元年）

某自春末家中疫疾，深夏甫定。遽此水灾，惊奔不暇，仅有余生。入今年来，两目昏甚，屯滞百端。直以京师饥疫，复此水患，上心忧劳，正当竭力，未敢请外。其如无所裨补，其责愈深，奈何奈何？赐茶数饼表信，然亦不宜多饮也。

与吴正肃公书　一二（治平二年）

某启：以公私多故，久不奉疏。秋暑，伏承孝履支福。

贤郎来，因得闻动静，粗慰瞻企。然而倚庐远去城邑，饮食非便，亦承脏腑不调，谅由蔬食所致。某向居忧于颍，每每因食素生疾，遂且食肉。然服除半岁，犹未平复。此在典礼，亦当从权。前时傅侍讲还朝尤病，甚有羸色，久之方复。公奉侍慈颜，尤当勉强，间食少荤味，以养助真气。交旧奉祝，惟此为切，余不烦言也。亦知室居稍亦完缉。

向寒，更冀节哀慎护，以副瞻祝。

与吴正肃公书　一三（熙宁元年）

某启：暑伏已深，不审台候动履何似。修赴职已旬余，幸岁丰，盗贼衰息；地僻，人事稀简。蹇拙之迹，临祸获全，荷德已多，而又假以宽闲之处，俾养衰病之余，其受赐亦不浅矣。

昨过颍尾，盖十五六年不到矣。而风气之变，物产益佳，巨蟹鲜虾，肥鱼香稻，不异江湖之富。故亳虽名郡，而归思不可遏也，固不待巢成而敛翼矣。

公方上副圣君眷委之重，下为善人良士所赖，惟为国自重，以副区区。不宜，某再拜。

与赵康靖公叔平书　一（至和三年）

某启：辱教，并高邮二书，不胜感刻，足以仰见仁人之心恻物垂悯之深也。方欲专驰人去请，时暑，重烦挥翰，来旦并申面谢。人还，姑此。

【解题】

此九书，作于至和至熙宁年间。赵槩，字叔平，应天虞城人。大欧阳修十一岁，天圣五年进士及第。皇祐三年，为翰林学士兼翰林侍读学士，以龙图阁学士知郓州、应天府，还朝拜御史中丞。嘉祐年间，历枢密副使、参知政事。熙宁初，拜观文殿学士、知徐州，退居十五年。熙宁五年春，自南京单车赴颍州，往会欧阳修。庆历后与欧阳修交谊深厚，诗文酬唱甚多。（第二至九书解题从略）

与赵康靖公书　二（至和三年七月）

某启：累日阻拜见，不审尊候何似。某为水所渰，仓皇中般家来《唐书》局，又为皇城司所逐，一家惶惶，不知所之。欲却且还旧居，白日屋下，夜间上栰子露宿。人生之穷，一至于此！人马随多少，借般贱累，幸不阻。

与赵康靖公书　三（嘉祐四年）

某顿首启：初夏已热，不审动止何似。郓去京师不为远，而叔平在外，宜日走讯问候兴居，而动辄逾时，虽云人事区区，实亦可责也。

某昨衰病屡陈，蒙恩许解府事，虽江西之请未获素心，而疲惫得以少休，岂胜感幸。卜居城南，粗亦自便。自在府中数月，以几案之劳，凭损左臂，积气留滞，疼痛不可忍，命医理之，迄今未愈。天府孰不为之？独衰病者如此尔。

东平风物甚佳，为政之暇，想多清趣。更冀为朝自重，以俟严召。递中谨奉此。有恳，如别幅。

焦千之秀才久相从，笃行之士也。昨来科场，偶不曾入。其人专心学古，不习治生，妻、子寄食妇家，遑遑无所之。往时闻郓学可居，所资差厚，可以托食，而焦君以郡守贵侯，难以屈迹。今遇贤主人，思欲往托。窃计高明必亦闻此，但恐郓学难居，今已有人尔。若见今无人，则焦君不止自托，其于教导必有补益，亦资为政之一端也。更在高明详择可否，俟有宠报，决其去就也。谨于递中布此恳。

与赵康靖公书　四（嘉祐四年）

某启：久不奉状，乃以今夏暑毒非常岁之比，壮者皆苦不堪，况早衰多病者可知。自盛暑中忽得喘疾，在告数十日。近方入趋，而疾又作，动辄伏枕，情绪无悰。深思外补，以遂初心，而《唐书》不久终篇，用是更少盘桓。侍祠既毕，当即决去，形容心志皆难勉强矣。

焦秀才事荷挂念，方走淮南欲挈家，而其妇翁作省判，遂被留连，势不能去。然渠感愧非一也。某久欲作书，属病，今犹居告。自叔平兄去后，子华作宪，遂鲜欢。

与赵康靖公书　五（嘉祐四年）

某启：近尝奉状。秋雨早寒，不审尊候何似。昨辱书，言郡封不安，劳虑医药。数日前，闻果不起。伏惟哀悼之怀，何以堪处！无由陈慰，徒用瞻仰。

叔平素喜浮图之说，死生之际固已深达，兹顾未能顿至无念，谅用此可以少宽哀苦之情尔。交游无以为言，聊以此塞悲，奈何奈何？更希为国自重也。谨于递中附此。

与赵康靖公书　六（嘉祐五年）

某顿首启：伏承荣被制书，入司天宪，中外欣惬，以谓肃政纲以重朝廷，于兹有望焉。至于朋旧，又喜来归，独不得亲款宴言，以为恨尔。窃计旌旆已及郊畿，无由瞻迎。溽暑，惟为国自重。

与赵康靖公书　七（熙宁二年）

某再拜：自承荣遂挂冠之请，日欲驰贺，而病悴无堪，事多稽废，其如不胜欣慕瞻仰之诚也。即日隆暑，伏惟台候动止康福。窃惟宴闲之乐，大惬雅怀，回视尘琐，必深闵叹也。某衰病日增，尚此迁延，为愧不浅，然亦不晚，必能勉追高躅也。瞻见未涯，惟冀顺时加重。

与赵康靖公书 八（熙宁三年）

某衰病退藏，人事旷废，理无足怪，然亦不承问，不胜倾驰。屡得君贶书及见唱和新篇，粗审动静，喜承台候万福。向尝辱许枉顾，虽日企伫，乃出于乘兴，不敢坐邀。然又思颍之请，决在此春，若得自乘一鹿车造门求见，亦未为晚。未间春暖，惟冀以时卫重。

与赵康靖公书 九（熙宁四年）

某启：自退居杜门，人事几绝，养成疏慵，稍阔拜问。涂中忽辱书，顿慰岑寂，兼审经寒尊候万福。

某衰病如昨，目、足尤苦，殊不少损，兹亦老年常态尔。闲居之乐，无待于外，而自足处多，惟朋旧相从为难得。自安道得请南台，窃思二公物外得朋之乐，不胜羡慕。所承宠谕，春首命驾见访。此自山阴访戴之后，数百年间，未有此盛事。一日公能发于乘兴，遂振高风，使衰病翁因得附托，垂名后世，以继前贤，其幸其荣，可胜道哉！在公勉强而成之尔。余具别纸。

与冯章靖公当世书 一（嘉祐三年）

某顿首：区区久阙致问。中间辱书，为感何已？冬寒，伏惟台候万福。

某以衰病，期得一小郡养拙，三二年间，谋一归老之地。此愿未获，遽被责以吏事，精力耗竭，何止强勉！不出岁末春初，当有江西之行矣。薛亲干敏，河东风土、民间事绪可以询问，得佐幕府，甚幸甚幸。

某为目疾为梗，临纸草率，惟冀镇抚外以时为国自重。

【解题】

此八书，作于嘉祐三年（1058）至嘉祐六年（1061）。冯京，字当世，鄂州江夏人，富弼的女婿。小欧阳修十四岁，皇祐元年进士第一。至和、嘉祐间，避嫌出知扬州，改江宁府。以翰林侍读学士召还，纠察在京刑狱，知开封府。出安抚陕西，改知太原府。神宗立，复为翰林学士，累官至枢密副使，参知政事。卒谥章靖公。（第二至八书解题从略）

与冯章靖公书　二（嘉祐四年）

某启：自承移镇合肥，尝一得奉状。其后区区更阙附问，不审酷暑以来尊候何似？庐在淮南为剧郡，窃惟下车布治之初，当少烦条教，既而可乐之趣则有多于他邦也。伏惟视政之暇，为时自重。伫俟来归，以慰士大夫朋友之望。

与冯章靖公书　三（嘉祐五年）

某启：伏自移镇肥上，尝一奉书。忽已逾岁，续虽乏驰问，然瞻企之勤，则未尝懈也。即日春寒，不审尊候何似？

某以衰病无堪，自解秩天府，于今一期，正以《唐史》残编为累。今幸成书，不久进御，遂当南去。世事老来益有可厌者矣。自当世治肥，然大率诸相知皆云不得书。某亦以地僻，少有来使得询动止。朝廷公议与交亲私望，皆愿还归。未间向暖，惟冀为国自重。

与冯章靖公书 四（嘉祐五年）

某启：昨自罢烦剧，卜居城南，少获休息。然犹此盘桓，未遂决去，正以《唐史》将遂终篇，然亦不过秋末时事尔。庐去京师不远，计可备闻，难于纸笔具道也。

当世据名藩，优游文史，自足为乐，其余一付公议。但朝多贤士而独在外，与相知之私，立欲公来归之速尔。某衰病俱攻，去心甚速，诸公察其实然，而未肯决然放去，奈何奈何？原父虽归，子华作宪，朋友益萧索。当世尚壮，及时读书行乐。

此外稍隙时，当得数奉问。大热，更冀自重。

与冯章靖公书 五（嘉祐五年）

某启：自承移镇金陵，遂疏奉问。经暑，窃惟体履多福。江山之胜，实足以资清兴，而贤者久居于外，岂朝廷之意哉？朋友区区之私，又可知也。某衰病，迫于归计，唐史奏御，遽陈危恳，而未蒙听允。进无所补，退不获志，负愧周行，不知所措。

相见益无涯，惟为时自爱，以副瞻望。

与冯章靖公书 六（嘉祐五年）

某启：自成书请外，所陈哀切，冀以危诚，有以感动。而二三公过为顾虑，曲以见留，在意实厚，于计则非便也，奈何奈何？本欲为郡下客，少溷主人，复未可得。然使少迁延，终当必偿夙志也。济叔穷居，得当世在镇，必以慰意，不久当应稍起，此公议久所郁郁也。

前承惠碑，多佳者，甚济编录，感幸感幸。闻金陵有数厅梁、陈碑，及蒋山题名甚多，境内所有，幸为博采以为惠，实寡陋之益也。病暑，草率。

与冯章靖公书　七（嘉祐五年）

某启：承惠寄碑刻，既博而精，多所未见，寡陋蒙益而私藏顿富矣。中年早衰，世好渐薄，独于兹物厥嗜尤笃。而俗尚乖殊，每患不获同好，凡如所惠，仅得二三，固已为难，而骤获如是之多，宜其如何为喜幸也！

济叔公议犹屈，乃吾徒之责，未尝少忘于怀，而造物者第与众人同为嗟叹而已。岂贤人君子亨否有命，殆非人力能致邪？虽然，敢不竭力？辱谕，感愧感愧。

承专遣人至，数召问其还期，每云有故未归。遂且于邮中附此，俟渠行，别当奉状也。

与冯章靖公书　八（嘉祐六年）

某启：衰病碌碌无所称，徒负愧耻。区区强颜，人事废旷，久阙致问，但深瞻企。昨承进宠经筵，而尚留居外，未足以慰士大夫之望，实非交游之私论也。辱惠书，承经暑涉秋，动履清安。江山英胜，聊助公余之兴。未严召间，希为国自重。

与王副枢景彝书

某启：自承轩骑归止，属以多故，未克祇谒。暄和，窃审气体清安。适辱简诲，兼示郑州书信等。偶在院中定题，不时为答，深所感愧，谨驰此为谢，幸加恕察。不宣。某再拜景彝舍人阁下。八日。

【解题】

作于嘉祐五年（1060）。王畴，字景彝，曹州济阴人。与欧阳修同年进士及第，累迁太常博士、翰林学士，又与欧阳修同修《唐书》，在书局十余年，编写志草。官至枢密副使。

与王懿敏公仲仪书　一（嘉祐二年）

某启：数日之间，并承寄惠蟹、栗，虽不得书，亦喜尊候万福。某居此，如鱼鸟之池笼。岁律忽已遒尽，衰病日复侵攻，交游多在外，块然处此，情绪可知。今日得蔡大书，言久病，近方就安。人生聚散，忧患百端，相见何时！况开年决求南去，遂益为胡越也。惟以时自重，临纸区区。

【解题】

此十七书，作于嘉祐、治平年间。王素，字仲仪，大名莘县人。王旦次子，与欧阳修同年进士及第。庆历三年，与欧阳修同知谏院。嘉祐年间，两知开封府，出知定州、成都、渭州等地，以吏才称于时，担任边帅也有建树，官至工部尚书。卒谥懿敏公。（第二至十七书解题从略）

与王懿敏公书 二（嘉祐三年）

某启：稍不附问，新春尚寒，不审尊体何似。岁月不觉，又添一岁，目日益昏，听日益重，其情悰则又可知。向者公廨钱事知已息，就令不息，徒喧噪人耳，何足恤也。边州无事，诚为可乐，然俗吏亦不能也。近来班著萧条，群贤在外，皆当召归，而议者不及。衰病思去，又亦未得。守常不变，其弊乃尔。其他时事，不能悉具，惟过年益区区，但时与韩三、吴大相从尔。

灯夕却在李端悫家为会，诸君皆奉思也。数数附回州人书，皆不亲付，常意不达。今偶此人取书，适在家。湖柑闲寄数十个去，到彼得三四不损，尚可表意，若遂无可入口，亦无如之何也。不罪不罪。因人幸时惠问。

与王懿敏公书 三（嘉祐二年）

某启：昨日自贡院出，得所寄书，伏承春暄气体清福，兼知深乐北土之善，为郡处处皆佳。况此帅府雄盛，边鄙无事，固足以优游也。

某昨被差入省，便知不静。缘累举科场极弊，既痛革之，而上位不主，权贵人家与浮薄子弟多在京师，易为摇动，一旦喧然，初不能遏。然所得颇当实材，既而稍稍遂定。去冬求洪井未得，便差主文，今既喧噪渐息，遂复理前请，期于必得也。中年衰病尤甚，自出试院，痛不能饮。人生聚散，安能区区于此！进无所补，退又不能自遂，荏苒岁月，有甚了期？

其他非笔墨可述。惟为国自重。因人时枉问，以慰无憀。

与王懿敏公书　四（嘉祐三年）

某启：自承有益都之命，必谓来朝，当得相见，不意遂尔西行，实增怏怏。又闻阙远，却于沿路盘桓，深欲奉状，以莫知旌旆所止。不审即日春寒，尊候如何。计以仲春至镇，在路亦不久留。成都风物非老者所宜，仲仪虽为同甲，然心意壮锐，谅可为乐，难以病夫忖度也。诸贤在外者为复来归，独公远去，相见何时？某非久于此者，然素志未遂，心往形留。因指使来辞，得附书。新春，为国自重。

与王懿敏公书　五（嘉祐四年）

某启：自去岁秋冬已来，益多病，加以目疾，复左臂举动不得，三削请洪。诸公畏物议，不敢放去，意谓宁俾尔不便，而无为我累，奈何奈何？然且告他只解府事必可得，不过月十日，且得作闲人尔，少缓汤火煎熬。有无限鄙怀，不能具述。

薛婆老亦多病，于锦绣无用，只是儿妇辈或恐有所要，临时奉烦尔。土宜归日，惟好且当，正如宽厚之说也。呵呵。酒绝吃不得，闻仲仪日饮十数杯，既健羡，又不能奉信。蜀中碑文，虽古碑断缺，仅有字者，皆打取来。如今只见此等物，粗有心情，余皆不入眼也。

递中续得来书。京师自立春泥雪，至今冻尸横路，逐罢放灯。经节不敢过诸人，皆云寂寞。恐知恐知。疏拙无佳物表意，不怪不怪。

与王懿敏公书　六（嘉祐四年）

某启：昨在府中，区区不时奉问，理不为怪。自罢去，益匆匆度日，不能为一事，公私俱废，此所以日梦南归，视居此如桎梏之思脱也。自仲仪到蜀，未尝承问，但时见宅中子弟，问动静，云起居甚安。异方下车，必烦条教，计今人情习安，粗可以为乐矣。因书幸示。某昨在府，几案之劳，气血极滞，左臂疼痛，强不能举。罢居城南，粗得安养。迄今病目尚未复差，厌苦人事，实不能支，只候夏秋《唐书》了成，褫却梅二，遂决南去。未间时得奉问。夏热，为国自重。

与王懿敏公书　七（嘉祐四年）

某启：区区多故，久不附问，不审尊体何似。自春中曾一奉状，寻于递中见答。昨见公谨，云得仲仪书，怪某久无信。盖亦未尝得仲仪书也。但闻蜀人与自西归者，言善政日新，两川蒙赐，闻之，窃喜大用之有期也。某益多病，目昏手颤，脚膝行履艰难，众疾并攻。《唐书》已了，只候写了进本，遂决南昌之请，自此可图一作茧处矣。京师事体亦迫促，动有嫌忌，无复纵适。岁暮索然，殊鲜欢意。惟希公外多爱，因暇时作数字，以慰瞻企。

与王懿敏公书　八（嘉祐五年）

某启：久不奉状，亦久不辱书，惟见诸贤侄，得闻动静。前日邮中，忽承惠问，喜涉夏秋，体履休胜，深以为慰也。

某自罢府，又一岁有余，方得《唐书》了当，遽申前请，恳乞江西。前后累削，辞极危苦，而二三公若不闻。近年眼目尤昏，又却送在经筵，事与心违，无一是处。未知何日遂得释然，一偿素志于江湖之上，然后归老汝阴尔。昨蒙诏谕，俾请假。既以地远，暂归不能办事，又一请假后难更请郡，以此不敢。但更少盘桓，会当有时得归尔。承见问，所以略道一二。

终日区区，不曾勾当得公私一事，人事殆废，以此不时作书，应不为怪。向寒，为国自重。

与王懿敏公书　九（嘉祐六年）

某启：近尝于递中拜问。辱书，承春寒动履佳安，兼蒙远惠佳篇。衰病之人，岂敢萌心，至于自顾，惟知忧畏，而众论实可多惧。独见爱之深，至于歌咏，感愧感愧。数十日来，茫然未知所为答问，后遂如此，其何以免于罪戾？老退之心，不敢望有所立以希名誉，但厚恩当报尔。仲仪何以见教？宝臣虽不久当发，其如远甚，计须夏方得到阙。鄙怀千万，不能具述，惟期握手为一笑尔。盛作，少暇当勉强为答次。因书略道区区。余寒，为国自重。

与王懿敏公书　一〇（嘉祐六年）

某启：自春以来，私门多故，遂阙致问。兼承归骑已东，但日冀相见也。碌碌于此，忽焉半岁，思去之心虽切，而未有以发。近外处相知，多见问以求罢太速，不知何以传此？岂中外人情已欲其去邪？不相见数年，人事百变，前夕清卿之室，已与择之共牢而食，士夫闻之，莫不窃叹。富贵浮名，何可久恃？至于妻、子，亦不能保。然盛衰之理，固常如此，奚足为之悲也？

君谟已归，皤然一翁，病势自到京来顿减，前日与余广州在弊斋闲会，坐中相顾，历道谏院中语笑，但奉思尔。衰病索然，百事俱懒，惟故人相见，庶几有少清况尔。瞻近匪遐，跋履之劳，更宜避暑慎摄。

与王懿敏公书　一一（嘉祐六年）

某启：人至，辱惠以佳篇，岂胜珍诵？益见治烦余暇，犹能及此。弊斋有菊数丛，去岁自开便邀诸公，比过重阳，凡作数会，今秋无复一赏。轩裳外物，为累于人，细较其得失，何用区区？自仲仪与数公自外归，甚思少奉从容，殊未有暇。今有会，亦不放旷，可叹可叹，值夜，且奉此为谢。

与王懿敏公书　一二（嘉祐六年）

某启：区区不得数奉言宴，可胜瞻勤。昨日以疾病发动，请告家居，不知贤郎宠过。今日见二公言请许，此实仲仪附就秉钧者，当以为惭尔。然佳郡不远，且少盘桓，聊为偃息也。某衰病，渐不能支。更见杨乐道长往，同甲勾落大半矣。深思一作茧处，未有去端尔。

客多，偷隙作此简。鄙怀欲述者多，不觉忉忉。

与王懿敏公书　一三（嘉祐六年）

某启：近以口齿淹延，遂作孽，两颊俱肿，饮食言语皆不能。呼四医工并来，未有纤效。闻仲仪有蜀中真山豆根，乞一二两。病苦，加以饿损，茶然疲卧，不暇及他，不罪不罪。

与王懿敏公书　一四（嘉祐七年）

某启：少别忽已更月，秋气渐清，窃惟动履胜常。受署方初，宜少烦条教。吏民既已蒙惠，则湖上清旷，浩然放怀，可以遗外世俗区区可憎之态。至于忧悲烦恼，亦自以理遣之。某窃位于此，不能明辨是非，默默苟且，负抱愧耻，何可胜言！独于朋友之间，常怀区区之愿，如此而已。谨奉启咨问。

与王懿敏公书　一五（嘉祐七年）

某启：自别，日欲致问，而公私多故。贤郎访及，得闻动静，则云甚安。昨日公谨相过，乃云近少违和，岂非追感悲戚使然邪？此事实难遽遣，其如无可奈何，当推以至理，不得不少自宽释也。窃计即日悉已平愈如常，不胜瞻想之诚也。

某至今犹为风毒所苦，情绪萧然；不知名宦何处为好？合宫礼近，日益牵忙，不胜勉强也。其他区区，临别亦尝少道，只得如公西湖之乐一二岁，比谋成归计，遂为田亩之人矣。难信之言，不敢为疏者道也。

相见未期，但增引领，因风枉问，以慰勤企。

与王懿敏公书　一六（治平元年）

某启：公私匆匆，久阙奉状。盖以衰病交攻，心力疲耗，而忧责无涯，日苟一日，是以百事皆废于因循。然亦久不承惠问，但屡见贤侄、贤郎，得闻动静。新岁晴和，不审尊体何似。

湖园清旷，春物向荣，然尚在遏音，必未欲会聚。其如闲适之趣，幽静尤佳，每苦纷劳，但深倾羡也。老年相知无几，尺书相问，略亦无嫌，余暇何惜数字少慰病翁？然以自久无书，不敢奉怪也。

向暖，千万加爱。

与王懿敏公书　一七（治平元年）

某启：久不蒙惠问，方积瞻思，指使来，忽辱书，可胜欣慰！兼审静镇安闲，放怀取适，自非向用全福，何由及此？固健羡之久矣。

某疲病不支，忧责无际，自匪获罪谴困废，不能薄展微效，舍是三者，未有偷安之计。自齿牙浮动，饮食艰难，切于身者，惟此一事。既已如此，其他复何所得？然则勉强于兹，顾何恋也？因仲仪有见悯之言，乃略及此。

经春润泽稍足，相去不远，必同和暖，更希为时自重。

与王懿恪公君贶书　一（至和二年）

某启：日思奉问。别后人事，益多端倪，但见邸报，知已礼上。秋冷道涂，贵眷各安。某幸如常。昨受命使北，初欲辞免，盖以目疾畏风寒，兼多著绵毳衣服不得。其如受敕之日，北人讣音已至，由此更不敢辞，因改为贺使。行期颇缓，正在严凝，与君贶行时无异也。家中少人照管，且移高桥，去薛家稍近。然公期管勾，往来须及百余日，但得回来耳静，便是幸也。呵呵。

自大旆西行，群议遂息，请无过虑也。佳时美景，临觞之乐不可涯。得失外物，可置而勿问。其余达识以道消息，故不待言也。

【解题】

此十二书，作于至和二年至熙宁三年（1055—1070）。王拱辰，字君贶，开封咸平人，小欧阳修五岁，天圣八年同榜进士及第，又同为薛奎之婿。庆历初年拜御史中丞，反对新政。至和元年拜三司使，以使契丹受非常礼遇，又以宝物赂送张贵妃被劾，出任外官多年。熙宁元年召还，因王安石言其旧过，又出任外官，卒谥懿恪公。（第二至十二书解题从略）

与王懿恪公书　二（嘉祐元年）

某启：急足至，辱书，伏承履兹新正，台候万福，少慰翘企之素也。某尸窃于此，思逃罪戾，未知其所。年齿日增，心意日耗，归洛之兴何可遏？承示许以卜邻，亦一时盛事，但须公功业成尔。否泰常理，亦难稽久，岂止交亲之愿也！阳候向和，惟冀以时自爱。

与王懿恪公书　三（嘉祐四年）

某启：太祝来，得询动静甚详。寻又辱惠书，承经寒尊候万福，门内诸贵爱康安，深浣瞻想。居秦久，议者皆谓当还，不然迁镇近甸，应在朝夕。浮议多端，惟静安可以销弭。修《唐史》，已写进本，然卷秩多，须数月方了。南去有期，心欲飞动，过年衰病益侵。见谕辩欲加收录，此子庸驽，讵可出明公门下？不奈何为误听，但与家人大哈尔，徐当议未晚。贤郎在都下，殊乏祇迎，悚愧悚愧。

渐暖，为时自重。因贤郎行，谨布区区。

与王懿恪公书　四（嘉祐五年）

某启：近因急足还府，略布谢悃。即日春寒，仰惟镇抚外台候万福。某尚此迁延，又见春花益盛，第以目病眩晃，不胜饮酒，鲜悰尔。不审大府花时如何？忆曩在彼，不甚盛也。前承问及石研，今且致三枚，续当更求佳者。咫尺瞻企，惟以时自重。

与王懿恪公书　五（嘉祐六年）

某以衰病，碌碌无称，莫塞咎责，徒自为劳。区区久不奉记。屡见家人得书，承夫人尊候微有违和，兼知来召夏医，方欲驰问，太祝遽至，得闻子细，喜已渐安。兼见过客，言花时名园数有家会，闻之益用为慰。

某自过年，儿女多病，小女子患目，殆今未较，日颇忧煎。前日太清赏花，省自入馆惟景祐之会以选人独不与，殆今二十五年，始遇兹盛事。是日，兼承见寄绝品，虽有已雕者，然所存不胜其丽，见之病目开豁，勉强饮数酌以当佳惠，间恐知也。

见太祝，言来择婿，兹事难于仓卒，宜精慎也。多日欲作书，适闻有专人，立草此。其他诸恳，俟太祝归时致状。

与王懿恪公书 六（嘉祐六年）

某顿首。近于递中，尝献拙句。急足遽至，承赐手书，兼惠新笋，并增感愧。窃审春和体况清福。《普明寺》，卅年前乱道，宜为削去，以藏丑拙，乃蒙刊著，何以堪之？春旱差远，京洛饥民亮烦赈恤，计亦不废行春也。某忽忽少悰，第未能遂去，余无可言尔。薛司勋过府下，事有可询，当得其详。惟以时为朝自重。不宣。某手启，上留守尚书学士。清明日。

京酝二器聊表意，但患人力难致，偶薛君有卒担之尔。

与王懿恪公书 七（嘉祐六年）

某顿首启：自薛司勋行后，更阙奉状。见家人得十四姨夫人书，窃知近苦牙痛。道家修养，先于固下，不宜有此疾。然此患，中年以后人皆有之，患者医方亦多难得效。某数年来颇以为苦，用药多，殊未有验。近于张唐公处得一方，他言亲用有效，然亦未曾合，今粗录呈，可试用也。

春旱甚阔远，以贻上心焦劳之虑。近躬祷太一，遂获嘉泽。

河洛间应已霑足，民岁当有望。不审迩日为政外尊体何如？更希慎摄。因附药方递中，谨此咨问。

与王懿恪公书　八（嘉祐六年）

某启：谢悬已具如右。秋寒，台候万福。某衰病忝冒，以宠为忧，自省蹇拙，曷尝敢萌此望，人亦曷尝期此？然事出意外，犹窃叨据。君贶材望德业三十余年，一日归副具瞻，以快士大夫之愿，老朽之人当在汝阴田亩与农夫野叟相贺。人事固常如此，所示排摈，曾何之恤？矧洛政善誉，初无间言也。恐知之。以新忝命，人事纷纷，致谢稽晚，惶恐惶恐。

与王懿恪公书　九（嘉祐六年）

某启：自叨窃非望，尝于邮中致谢悬。即日冬候，遂尔凝寒，仰惟动履清福。某勉强衰病，才薄宠益，损必随之。亲朋见爱，何以为教？有望有望。见家人言十四姨夫人昨夕违和，喜已平愈。公期由此专去省候，鄙怀区区，因话一可询问。凡诸委琐，不复烦言。岁晚憀慄，惟以时为国自重。

与王懿恪公书　一〇（治平元年）

某启：向自遭国恤，公私事绪既多。而衰病之年，忧哀并集，余生朽质，殆弗能支。顾于人事旷阙，交亲宜以相宽。自春不常拜问，然昆弟多在京师，薛九与二夫人书信，时时获闻动止。即日秋暑犹盛，不审寝味如何。朝家方恃群贤共此康济，边寄虽重，难恐淹留。未候见间，惟以时为国保重。

与王懿恪公书　一一（治平二年）

某启：专人至，辱手书，承履此春和，台候万福。某衰病甿然，思一藏拙之地，未能遂心，日夕勉强，不胜其劳，其余幸悉如常。承示谕请觐，尚未见奏削。安道特地以亲为辞，必留滞旌车，然辞官亦当俟报尔。适以私家少故，牵忙作书，不周谨。惟为朝自重，以副区区。

与王懿恪公书　一二（治平三年）

某启：近并捧递中专人所惠三书，窃承经暑台候万福，贵眷康宁，粗慰瞻企。谕以请洛之意甚详。自公留滞于外，士大夫之论郁然，而当职者负惭与责久矣。今兹所请，在理何疑？诸公谅不烦丁宁，某又可知也。有欲知者，私门所便，备间及尔，亦已尽谕，但奏削尚未至尔。

某瘠病茶然，昨屡乞恳，以经此诋辱，于国体非便，第顾势未得遽去，以此强颜，成何情况？事有所激，实如来谕。其诸多端，匪远可以面叙本末，余当续报。惟酷暑，为时自爱。

与 执 政 书

某再拜启：仲夏炎毒，伏惟台候万福。某以官守居外，具瞻之地，非时不敢通问。今迫以恳悃，不能自默。某衰病累年，中外具察，不待烦言。自去冬渐难勉强，遂有寿阳之请，而朝恩未许。间以接奉春阳，攻注眼目，服药过度，渴淋复作，遂不能支。自三月下旬在假，亦两曾奏知。不期于病告中，忽蒙此恩选，事出意外，莫不惊忧。窃意朝廷必以居东逾岁，别无大过，遂以为可委尔。其如东州只是寻常一大郡，无兵马，无边事，又幸丰熟。其如老病，诸事旷废处自知极多。而过往不察其详，反以废职为少事，此其可笑者也。并、晋一路，外邻二敌，使某不病，亦不敢当，况尪悴不能策励。已具札子细陈，乞免此误恩。敢望台造，察其诚实，其余区区常谈难信之语，更不复云。惟早赐允俞，免再三烦渎，则大造也。不宣。

【解题】

作于熙宁三年（1070）五月，时作者新授检校太保、宣徽南院使、判太原府、河东路经略安抚监牧使兼并代泽潞麟府岚石路兵马都总管。欧阳修六上辞札，请知蔡州。此书致参知政事王安石、韩绛，枢密使吕公弼等执政，陈述衰病，恳辞新命，请求早赐允命。

与余襄公安道书

某顿首再拜启：为别五六岁，未尝一日不企而南望。然某携老幼，浮水奔陆，风波雾毒，周行万三四千里，侍母幸无恙。其如顽然学不益进，道不益加，而年齿益长，血气益衰，遂至碌碌随世而无称邪？安道又不幸丁家艰，穷居极处，起居安否不通于朋友，况欲施于他邪？呜呼！天果欲穷吾人乎！承不久服除，当早治装，以少解积岁区区之恩。广文曾生，文识可骇，云尝学于君子，略能道动静。因其行，聊书此为问。

【解题】

庆历元年（1041），作者在京师任馆阁校勘，修《崇文总目》。余靖，字安道，韶州曲江人。天圣二年进士及第，八年中制科，累迁集贤校理。景祐三年，因上疏谏罢范仲淹事，与欧阳修同贬外任。本书托曾巩捎带，感叹朋友贬所丁忧，渴望早日京城相聚。

与王文恪公乐道书 一（庆历八年）

某启：至节方欲拜状，遽辱惠问，感愧感愧。新阳纳庆，奋发贤蕴，以泽斯民，不胜祝愿也。某近以上热太盛。有见教云："水火未济，当行内视之术。"行未逾月，双眼注痛如割，不惟书字艰难，遇物亦不能正视，但恐由此遂为废人。所忧者，少撰次文字未了尔。恃相知，敢布。深寒保重。

【解题】

此九书作于庆历末年至熙宁四年。王陶，字乐道，京兆万年人。小欧阳修十四岁。庆历二年进士及第。嘉祐四年为监察御史里行。英宗立，迁右司谏为王府翊善，知制诰、知永兴军。治平四年迁御史中丞，因劾奏韩琦，出知陈州。熙宁年间，入权三司使，为吕公著劾罢，出知河南府、许州等。卒谥文恪公。（二至九书解题从略）

与王文恪公书 二（皇祐初）

某顿首启：昨日州吏行，尝奉讯。徐君来，具道相见，甚慰所怀。

某此幸郡小事稀，苟见恶者稍息心，此亦安然矣。自到此，公私未尝发尺牍，惟有书来即答，余外惟自藏于密。但时有一二文字，此事吾徒断不得尔。进取不可干，大祸患当避，自余爱恶，岂能周恤也？到此极无事，所恨渐老益懒堕，空过日月，不曾成头段著得些文字。《五代史》，近方求得少许所阙书，亦未能了。人生多因循，已十三年矣。足下幕中苟有著述，无惜寄示。

李习之文字序附上。冬冷保重。

与王文恪公书　三（嘉祐四年）

某启：区区久不附问。人至辱书，具承动静康和，姑以为慰。某衰病，处此数月，不为住计，遇事在目前者，遣之以自免过，其他如在邮传也。自期以半岁求解，复寻江西前请，比可得，亦须来春矣。此外毁誉，都不曾问。

十年不曾灯下看一字书，自入府来，夜夜灯下阅数十纸，目疾大作，一月之内已在告，如此安能久于此乎？承书，果亦以此见忧。眼稍开得才两日，犹在告中，惜目力，又不可不自书，草率。保爱。

与王文恪公书　四（熙宁元年）

某启：自承大旆临许，更阙拜问。盖以衰病无悰，人事多废，恃赖相知，不以书信疏数为意尔。人至惠教，益荷勤眷，兼审经秋尊候康宁，并增感慰。气节向寒，未召用间，惟冀为时自爱，以副区区。

与王文恪公书 五（熙宁元年）

某启：病目艰于书字，咫尺阙奉状。蒲支使者过府下，云得请见颜色，尚觉清瘦。辱书，承手足遂已轻安，其慰可量。公之功在朝廷不浅，所蕴未施万一。颍田谩置之，为他日计，亦无害，累尝具此献说尔。某以决计，止在来春，亮可奉为徐求也。人事日新，闲处尚有所闻，然益觉静胜尔。日夕欲奉状，续当驰启，兹不具悉。余乞慎药食以自辅也。

与王文恪公书 六（熙宁元年）

某拜启：近急足自府回，辱书，承此初凉，动履清福，甚慰勤企。兼审中间小疾为苦，喜已平和。仁政清简，岁丰民乐，亮足颐神。某衰病难名，凡老患，或耳或目，不过一二，诸老之疾，并在一身，所以归心不得不速也。蒙惠药方，益荷意爱，已依方合和也。咫尺未涯瞻款，惟时自爱。

与王文恪公书 七（熙宁三年）

某启：某以闲僻，养成懒慢，久阙拜问。专人辱书，感慰曷已？某此幸藏拙，极遂优安。其如衰病侵淩，加以私门烦恼，无复情悰，亮由福过灾生致此尔。所以量分知止，切于思归也。咫尺莫奉宴言。岁暮隆寒，伏冀为时自重。

与王文恪公书　八（熙宁三年）

某年齿日加，衰残日甚，理所宜然，不足多怪。昨者蒙上哀怜，信其实病，免并得蔡，恩出万幸。兼去颍数程，便于归计，再寻前请，不远朝夕。承乐道亦有卜居许下之意，柴车藜杖，岁时往来，此自一段佳事，古人难遂。盖公素蕴未施，盛年方壮也。若某，则实难策励尔。

与王文恪公书　九（熙宁四年）

某启：昨蒙上恩，闵其衰老，许遂退休。自杜门里巷，人事几废，以是久阙致诚。而雅眷不忘，惠然垂问，诲谕稠重，以慰寂寞。于交情乃见之时以励俗，风义所及，其利博矣，非止病夫之荷德也。感愧感愧。兼审经寒台候万福。闲中优幸实多，但交亲益难会见，此为区区。岁晚凝冽，惟宴居颐养，以需复用。

与滕待制子京书

某顿首：自夷陵之贬，获见于江宁，逮今十年。而执事谪守湖滨，某亦再逐淮上，音尘靡接，会遇无期。则人事之多端，劳生之自困，可为叹息，何所胜言！急步忽来，惠音见及。伏承求恤民瘼，宣布诏条，去宿弊以便人，兴无穷之长利。非独见哲人明达之量，不以进退为心，而窃喜远方雕瘵之民，获被恺悌之化。

示及新堤之作，俾之纪次其事。旧学荒芜，文思衰落，既无曩昔少壮之心气，而有患祸难测之忧虞。是以言涩意窘，不足尽载君子规模闳达之志，而无以称岳人所欲称扬歌颂之勤。勉强不能，以副来意，愧悚愧悚。

秋序方杪，洞庭早寒，严召未间，千万自重。

【解题】

庆历五年（1045）秋末，作者贬知滁州。滕宗谅，字子京，河南府人。大欧阳修十六岁，大中祥符进士。累官知湖州，西夏攻宋，调知泾州，部署防务有方，受范仲淹推荐，擢拔为天章阁待制，徙庆州。庆历三年，以在泾州时用公使钱过度被弹劾，降官知虢州，徙知岳州。拟在洞庭湖边建筑偃虹堤，遣使者持书简及地图，请欧阳修作记。本文为答此书。

与章伯镇书　一（庆历五年）

某顿首：山郡僻绝，不与人通。每辱诲问，何胜感愧。某材薄宠过，得祸甚轻，获此优安，至为天幸。伯镇尚淹江郡，忽已逾年。大亨有时，先以小抑，亦通否之理然也。惟冀自爱，以副瞻祷。

【解题】

此五书作于庆历、皇祐年间。章岷，字伯镇，浦城人。天圣五年进士及第。庆历四年十一月，受苏舜钦进奏院祀神案牵连，由集贤校理贬为江州通判。后为两浙转运使，知苏州。性刚介，有诗才、吏才，有惠政，官终光禄卿。（二至五书解题从略）

与章伯镇书　二（庆历六年）

某顿首：州干至，蒙问以书，承此新春，福履休裕，诗文新作，金石交奏。某处穷僻，不接先生长者之论久矣，忽然得之，开发鄙滞。况得见其人，接其道，其乐宜如何哉？此志未谐，惟用瞻企，保重保重。

与章伯镇书　三（庆历六年）

某顿首：急足至郡，辱诲以书，承临郡之暇寝味休适，可胜瞻慰也。示及传记三本，文伟意严，记详语简。而赏罚善恶，劝戒丁宁，述作之功，正为此尔。钦服钦服。某幸闲僻，甚可寻绎，然独懒于撰述尔。嘉话未卜，冬冷，千万保重。《偃虹堤记》，滕侯牵强，不意敢烦余暇，特与挥翰，荒恶之文假饰传久，感愧感愧。

与章伯镇书　四（皇祐元年）

某昨以目病为梗，求颍自便。养慵藏拙，深得其宜，泛舟长淮，翛然其乐。急足远至，辱书为别，且承春暄寝味多福。相去益远，瞻望徒劳，千万保重。

与章伯镇书 五（皇祐元年）

某自闻子美之亡，使人无复生意。交朋沦落殆尽，存者不老即病，不然困于世路，愁人愁人。就中子美尤甚，哀哉！祭文读之，重增其悲尔。盛作，俟至西湖，方快吟味。淮阳若区区到彼，必少祛俗虑，尚可勉强以攀作者。惠茗正为所少之物，多荷多荷。自病来，绝不饮酒，尤为无聊，正藉此物以增清兴尔。

与王郎中道损书 一（庆历八年）

某启：向在河朔，尝辱书为诲，人事多故，未暇复问。寻而又闻子野之讣，值某迁郡淮南，扶挈老幼，凡再登舟，再出陆，始至敝邑，用此亦未暇与交游相吊。子野之贤难得，此天下公议共惜之。若相知之难得，则某私恨亦有万万不穷之意，苦事苦事。自古贤者无不死，惟令名不朽，则为永存矣。凡朋友为子野痛惜者，惟可以此一事自宽而已。

范公志文，详悉而实录，甚善甚善。新岁伊始，千万保重，以慰瞻咏。

【解题】

此三书作于庆历末和嘉祐年间。王道损，生平不详，据第一书所议王质（字子野）去世及范仲淹《王公墓志铭》事，可知王道损为王质、王素家族成员。欧阳修与王质、王素交谊深厚，当与王道损早年相识。（二至三书解题从略）

与王郎中书　二（嘉祐三年）

某启：专人至，辱书，承经寒为政外福履清康，实慰瞻企。某衰病不支，遽蒙以烦冗驱策，不敢固辞。其实非所能，亦非所乐，又非所堪也。居华已逾年，当别有美用。承见谕，敢不如教。某病目十年，遽为几案所苦，冬至后，自当请麾南去矣。向寒，保摄。

与王郎中书　三（嘉祐五年）

某启：辱见谕。碑文及拙诗，续当递中奉寄。盖以《唐书》甫了，初谓遂得休息，而却送本局写印本，一字之误，遂传四方，以此须自校对。其劳苦牵迫，甚于书未成时，由是未遑及他事，以屡失信于长者，不避忉忉。承首涂有日，旦夕当诣谒。人还且此，不能尽所怀。

与杜大夫书　一（庆历八年）

某再拜。久不闻问。经夏涉秋，荣侍外体履多福。近为澶、魏河决，淮南例令劝诱人户进纳梢草。淮人既贫，而道远期促，绝无应命者。朝旨劝诱，使人传宣，又令差定，莫知所从。南京亦必须有指挥，不知本府如何擘画？见劝到人户多少，如何诱之，孰是差定？某才薄能劣，受恩厚甚，闻朝廷以河事为急，正当竭力补报。然若于事无益，而为国敛怨于淮人，则重为可罪也。为远方不知事体，急走此奉咨，或有劝诱之术，愿乞余矩，稍济其急。忙中不子细。秋凉，保重。

【解题】

杜大夫，不详其人。据书简内容，当为南京、应天府官员。第一书作于庆历八年（1048）秋，作者时知扬州，向杜大夫寻问为政措施，表现爱民仁政思想。第二书作于皇祐四年（1052）冬，作者时在颍州守制，与杜氏论著史事宜。（第二书解题从略）

与杜大夫书 二（皇祐四年）

某启：闲居乏人，久不奉问。得递中书，承荣侍多福。又知有悼婴之戚，斯事无可奈何，惟当自宽，上慰慈颜也。

临政之始，劳虑想多。前曾托姚教授奉问《实录》，盖自居忧，日苦闲坐，无由度景。又近日有一闲人，颇能装裁，谅彼视事开决，却少暇时，以此欲于闲中销日也。不讶不讶。及闻近有悲戚，则犹不可以闲事干聒，深悔前言之容易也。悚惕悚惕。

方欲奉疏，偶姚教授介来，聊述此。冬深，保重。

与张职方书 一（皇祐二年）

某启：相聚逾年，别来岂胜思恋？道涂无阻，行已及陈。时时得雨，舟中不热。自过界沟，地土卑薄，桑柘萧条，始知颍真乐土，益令人眷眷尔。小儿辈望见万寿塔，尚指以为台头，闻其语，不觉怆然尔。过陈，恐难附书。秋暑，多爱。

【解题】

此三书分别作于皇祐二年（1050）、三年（1051）和六年

(1054)。张职方，即张器，时为颍州判官。欧阳修皇祐元年二月赴颍州知州任，初夏有诗《酬张器判官泛溪》。次年七月，欧阳修移知应天府兼南京留守司事。据第二书，张器“已授蕲春”，梅尧臣《宛陵先生集》卷三十八有诗《送张著作器宰蕲水》，朱东润系于皇祐三年，与此书系年相合。第三书，作于颍州守制期满，除服返京前夕。(二、三书解题从略)

与张职方书　二（皇祐三年）

某启：自承迁秩，尝辱惠书。迫以多故，寻疏奉问。近得康屯田信，方知已授蕲春，且居颍上。即日寒凛，寝味多福。某自至此，以亲疾厌厌，无暇外事，欲求一僻地，以便侍养。而远处不可迎侍，侧近又多为清要所居，不敢陈乞。区区于此，无复情悰，非复湖上之时也。未涯相见，千万自重。因康屯田人回，附此相次专驰状也。

与张职方书　三（皇祐六年）

某启：久不闻问。人至得书，为慰不已。六月一日从吉，得郡必南，正值大热，应须秋初方可离颍。簟真病与懒者所宜，珍荷珍荷。丁太博却有书一封，幸为致达。斯人文章君子，不幸遭此，在忧患中，难得信问往来，早为达之也。县境有好碑，试为访之，别后所收必多也。闲中无物为信，惭悚惭悚。

与刘学士湜书 一（皇祐四年）

某叩头言：罪逆余生，护丧假道，乃劳台旆，枉顾孤穷，感愧之诚，何以云谕？限兹凶斩，无由诣见，斯又重以为恨也。乍远，为邦自重。谨附手疏叙谢。

【解题】

此二书作于皇祐四年（1052）。本年三月，欧阳修母亲逝于南京留守官舍，欧归颍州守制。刘湜，字子正，彭城人。举进士第。皇祐年间累官户部员外郎，为盐铁副使兼领河渠事，又擢天章阁待制知江宁府。此二书，当为护丧借道，向刘湜致意道谢的作品。（第二书解题从略）

与刘学士书 二（皇祐四年）

某启；哀苦中幸得相见，辱眷甚厚。行计所迫，不胜依恋。嗣沐手诲，并深感作。乍远，珍重。行次草草为谢。

与知县寺丞书

某启：自相别后，至王回秀才来，始一得所惠书，承居京师无恙，某哀苦如昨。近择得葬地，在颍西四十里，土厚水深，略依山水向背，其余阴阳家说，皆莫能一一如法也。卜用今秋，恐知恐知。

示及杜漳州有事，令人感涕不已。与之同甲，内顾身世，可为凛凛。此人有材能而气隽，宜其与监司违戾，然怒者只能言其率意行事，是保无他过矣。某闲居无人，又不知其所止，无处附书信。恐知其家属所居，因信切言及，千万千万。徐、谢高科，今必已决，俟见春榜附书也。因见申意。

某以妻母病，家人儿子辈入京相看，因得附此，不悉。已暄，多爱。不次。某再拜。

【解题】

此书作于皇祐五年（1053）春，时作者在颍州守制，八月护母丧南下归葬。此书作于八月以前。所言颍西葬地，后弃而不用。时知县寺丞居京师，生平不详。

与临池院主书

某启：小侄人还，曾附问，迩来暑毒安和。某今谋奉太君神柩南归，将遂相见。因小侄先行，奉此不次。某书白。七月十六日。小师等各安。建茶二角表信。

【解题】

皇祐五年（1053）秋，作者即将扶护母丧南下，遣侄欧阳嗣立先行，作此书向临池院主致意。

与吴给事中复书　一（皇祐末）

某启：罪逆余生，远屏郊外，特承顾访，感咽何胜！仍沐宠：惠雄编，俾遂荣览，虽在哀迷，亦知开警。如嘉州、淯井之作，有：以见仁言之利博，而非文字之空言也。钦仰材誉，固已有日，粗窥高蕴，益用叹服。限以衣制，不能谒谢，聊叙此不次。某再拜仲庶太博执事。二月二十八日。

【解题】

此三书作于嘉祐三年（1058）。吴中复，字仲庶，兴国永兴人。进士及第后知峨眉县。嘉祐初年在京师任殿中侍御史，劾罢宰相刘沆后，改右司谏，迁御史知杂事、户部副使。嘉祐三年，欧阳修应邀为其父吴举作《零陵县令赠尚书都官员外郎吴君墓志铭》。二书所议，正指此事。（二、二书解题从略）

与吴给事书　二（嘉祐三年）

某启：思奉清论不可得，徒用企想。夏热，承体气佳裕。某此者忽有尹命，殊出意外，不惟才非所长，加以他虑不浅，昨已恳辞，庶可得免。如其不获，恐难坚避。辱命志文，鄙拙岂足当之？弟以欣慕忠义，乐于纪次，因得附名于石末，遂不敢辞尔。惶悚惶悚。鄙怀区区，不能具道。某顿首谏院舍人执事。

与吴给事书　三（嘉祐三年）

某启；新令虽许往还，尚以职事牵冗，未皇祗谒。计寒凛体气清康。前承要墓碣，久稽应命。近因病目在告，始得牵强。衰朽无意思，仅能成文，不足以发揭令德，惭恐惭恐。昏眩不能多书。谨此。

与李留后公谨书　一（至和元年）

某启；昨自居颍服除，久俟外补。既而召见，寻乞蒲、同，出处仓皇，谅闻于外也。前日入拜，恩旨复留。孤生多难，鬓发萧然，心形两衰，岂有荣进之望？但区区未能即去尔。承坐镇余闲，甚有清趣，然想非久外留，当被严召。老朽或未出都，尚得一相见，则为幸矣。瞻仰瞻仰。

【解题】

此八书，作于至和、嘉祐年间。李端愿，字公谨。李遵勖次子，真宗外甥。七岁授如京副使，累官为邢州观察使、镇东军留后，知襄、郢二州。嘉祐二年，出守庐州，托人捎浮槎山水给欧阳修，欧阳修为作《浮槎山水记》。(二至八书解题从略)

与李留后书 二（嘉祐二年）

某启：向以侨寄僧坊，公私多故，匆匆为别，岂胜驰情。使至惠书，窃承下车经寒，动履清福，粗慰瞻仰。某一守经愚儒尔，岂堪适时之用？加以衰病，勉强实难，过禋庆，得遂一麾为幸矣。公谨为郡诚可乐，然贤者远外，于今之时，势必难久。目疾得静安息虑，当益清明。某昏花日甚，书字如隔云雾，亦冀一闲处将养尔。深寒，惟望为时自重。

与李留后书 三（嘉祐二年）

某启：自旌旆之南，数于他书中承见问。中间寄惠八功德水，又辱手书。及今者人至，又辱书。感慰何已，兼审经寒为政外，体履清康。某自过年，如陡添十数岁人，但觉心意衰耗，世味都无可乐，百事强勉而已。请外决在今春，惟不知相见何时尔。鄙怀千万，莫能具述。惟以时为国自爱。瞻仰瞻仰。

与李留后书　四（嘉祐三年）

某再拜：近因人还，尝得附状。兹者寄水人至，又辱书，审春寒体况清康。兼惠清泉，亟饮甚甘，实如不疑所品。物固有处于幽晦而发于贤哲者，兹鄙夫欣慕，乐于纪述也。适值馆伴契丹人使，旦夕到阙，颇区区，须事毕，当驰上也。人还，谨奉此。

与李留后书　五（嘉祐三年）

某启：自春气候不常，伏惟摄理清康。前承惠浮槎山水，俾之作记，又于递中辱书，久不为报，盖牵强拙记未成尔。某中年多病，文思衰落，所记非工，殊不堪应命。文辞已如此，不欲更自缪书，亮不为罪。然得子履一挥，尤幸，盖不敢烦公谨真翰也。惶恐惶恐。

与李留后书　六（嘉祐三年）

某顿首：急足至，辱书，承此初暑，尊候万福。《浮槎》拙记托贤弟附去多日，疑其未至间，此急足发来也。初深欲自书，屡试书数本，皆自嫌不过意，遂已。前书具道，必可亮也。

向时窃见议科场奏甚佳，然欲必行其言，尤难也。论外计刻剥，此非守道、守官君子，孰肯奋然发愤？前颍人已受此赐矣。若使常人用心皆如君子，生民岂有弊病，天下岂有不治哉？

郓州还阙，方一相见。京师久雨，近方晴干，不审江淮如何。向热，以时自重。人还，谨此不宣。某再拜。

与李留后书 七（嘉祐三年）

某启：自附《浮槎》拙记去后，捧递中所惠书，寻以修报。兹者人至，又辱赐教。某昨承恩，俾侍经席，辄以近岁员多滥选，官以人轻，遂至学士例为兼职，用此为说，得以恳辞。圣恩矜察，特许寝停，甚幸也。承示启，更不修答也。感愧感愧。某苦风眩甚剧，若遂不止，当成大疾。作书未竟，已数眩转，屡停笔瞑目，鄙怀区区不可尽。惟为国慎夏自重。

与李留后书 八（嘉祐三年）

某启：承诲示，至于勤勤。所寄浮槎水，味尤佳，然岂减惠山之品。久居京师，绝难得佳山水，顿食此，如饮甘醴，所患远难多致，不得厌饫尔。此山前世粗有名，然皆因僧居以为胜，今所记者，特水尔，故不及其他也。张又新《水记》，与陆羽不同，考于二家之书，可见矣。今更录往时所作《大明井记》奉呈，庶可知其详也。因人入都，小瓶时为致一两器。千里致水，恐涉好奇之弊，然若不劳烦，则亦无害。更裁之。

与向观察书 一（嘉祐五年）

某启：中间辱书，承经暑德履清佳，深浣遐想。足下留游河朔，忽已数年，保塞边要，朝廷寄任之重，行第嘉绩，别膺峻用。某衰病无堪，待罪西府，深愧碌碌。秋凉，珍爱。

【解题】

向观察，当为向传范，字仲模，向敏中子。娶南阳郡王赵惟吉女，历知相、恩、邢三州，入管干客省、阁门、皇城司。又出知陕州，仁宗赐诗以宠其行。所至有政绩，官终于密州观察使。(第二书解题从略)

与向观察书　二（至和元年冬）

某启：伏自使旆之西，及此两辱书，承祁寒为政外体履清福，深慰企渴。某居此区区，近又领三班，坐曹牵冗，久阙拜状。仍思旧同局言笑之乐，不可复得也。请外开春决可去，未知款奉何日。新正，以时自爱。

与刘侍读原父书　一（嘉祐二年）

某启：专介辱书，承此严寒，为政外尊体休裕，实慰企想。某以衰病，当此烦冗，已三请江西，要在正初必可得。舣舟亭次，寓目平山，奉贤主人清论，岂不豁然哉！伏冀为时自爱。

【解题】

此二十七书，作于嘉祐二年至嘉祐七年。刘敞，字原父，吉州临江人。小欧阳修十二岁，庆历六年进士第一。嘉祐元年闰三月出知扬州，三年八月徙知郓州兼京东西路安抚使，不久召还京师，纠察在京刑狱及修玉牒，因论事与谏官不合而遭攻击，于嘉祐五年九月自请出知永兴军，为欧阳修屡寄古器铭文，嘉祐末年因病召还。刘敞博学多识，精通百家之学，欧阳修治经、著史、

研究金石文字，多向刘敞请教。（二至二十七书解题从略）

与刘侍读书　二（嘉祐二年）

某启；前承示以蜀素，俾写《孝经》一章，书之，墨不能染。寻将家所有者试之，亦然。遽命工匠治之，终不堪用，岂其未得其法耶？幸令善工精治之，使受墨可书，当为污以恶书也。纠察题名，不罪。以闲事聒耳，惶恐惶恐。

与刘侍读书　三（嘉祐四年）

某启：区区久疏谒奉。辱诲，承示《千文》，甚佳，多感多感。或云此是李靖字，唐人集为《千文》，不知如何也？

与刘侍读书　四（嘉祐四年）

某启：愚家所藏《集古录》，尝得故许子春为余言："集聚多且久，无不散亡，此物理也。不若举取其要，著为一书，谓可传久。"余深以其言为然，昨在汝阴居闲，遂为《集古录目》，方得八九十篇。不徒如许之说，又因得与史传相参验，证见史家阙失甚多。其后来京师，遂不复作。适因寻捡少书籍，发箧得其故本，谨以奉呈。庶知所谓黑鬼者，虽老钝之人媚著，然亦不为无益也。家无他本，幸看毕见付。某再拜。

与刘侍读书 五

某启：暖甚果复作阴，嘉节岂遂为雨邪？建宁物论益喧，当制之人，必被收理。后日之游，且不欲往，幸为致意。人事之难乃尔，乌丝阑依前书不染墨，今纳还，当以澄心纸试书一章塞命也。金樱煎谨送，却乞真牛膝一二束，为圣俞处所得不多尔。

与刘侍读书 六

某启：时色可爱，不废佳节之会。谓当得同一笑，而原父独不往，人事难得如意，固常如此邪？得介甫新诗数十篇，皆奇绝，喜此道不寂寞，以相告。诗轴，俟看了驰上。适因闷睡起，奉答不谨。

与刘侍读书 七

某启：昨日辱宠和恶诗，岂胜感服？属上马赴西园，不时为答。前偶拜闻“家居未必不佳”，此语复何所疑，盖为泥泞中远赴官会，未必若家居清净。然而郊外少车马，虽雨无泥，甚不为劳。而物色晴妍，深可爱，虽病夫亦动念，又思家居未必佳也。昨日颇欢，饮酒差多。今日病，适方睡起，谨此咨报。

与刘侍读书 八（嘉祐四年）

某启：昨日奉见后，遂之北李园池，见木阴葱翠，节物已移，而原父独不在，但终席奉思。加以风沙，益可憎尔。辄此奉报。前承要介甫诗，谨以咨呈，其一二篇不当传者，特为剪去之矣。恐知。

与刘侍读书 九（嘉祐四年）

某启：数日不奉见。余暑颇甚，伏惟起居佳胜。昨日群牧特会，以热中饮冷过多，偶为腹疾，兼以少干故，遂且在告，只三两日，当即出参。特烦问念，感愧曷已？干燥非常，何时可饮？未尝如此寥落也。人还，谨启为谢。

与刘侍读书 一〇（嘉祐四年）

某启：特辱问念，感愧曷已？某腹疾犹未平，衰年已觉难支，以不敢常食，遂且在告。热药不敢多服，惟晨起一服尔。盖自家常服者已顽无效，冀新功尔。承教，当节之也。亦闻梅二不安，方欲致问。

与刘侍读书 一一（嘉祐四年）

某启：承出城劳顿，晚来喜佳裕，拙疾特辱问念，感愧曷已？自夜来益注泄，今旦苶然，遂召张康诊，云："热中伤冷，当和阴阳，偏用热药，所以难效。"遂以黄连、干姜之类为散，服之，近午差定。亦戏家人云："近日人脆，事须过防。"昨日得圣俞简，云小小伤冷，然用徐青，乃俚巷庸工尔，此公多艰滞，更当慎摄，今须驰问之也。精神稍复，承见问，不觉书多，聊代面话。

与刘侍读书　一二（嘉祐四年）

某启：熇然炎燎中，方不知所以逃生，忽辱宠示佳作，强起疾读，其为清快，难以言传。然赋无属和之理，但当卧诵，以代饮冰咀雪尔。

某两日为伯庸趁了志文，盖其葬日实近，恐误他事。然其为苦，不可胜言。闲思宜为刘乂所诮，然自此当绝笔，虽不能如俚俗断指剌环、邀于鬼神以自誓，然当痛自惩艾兹时之劳也。方执笔，得少风，稍清，故能忉忉。不宣。某再拜。

与刘侍读书　一三（嘉祐五年）

某启：辱问，以婴儿未安劳神，然当更审慎药食。有张万回太保者，其术又精，第难呼尔，不惮殷勤召之也。某今日不入，正为凌晨稍凉，为江氏作志。幸语其家勿相煎，兹事安敢奉误，旦夕当得。以方牵强，不能悉。

与刘侍读书　一四（嘉祐五年）

某启：承见谕。某为之翰家遣仆坐门下要志铭，所以两日不能至局。大热如此，又家中小儿女多不安，更为人家驱逼作文字，何时免此老业？东斋虽狭，若心无事，可以坐致清凉，健羡事华。十六日定力当奉见，并得叙尽所闻也。人还，谨此。

与刘侍读书　一五（嘉祐五年）

某启：适归自外，捧惠佳篇，岂胜欣感？偶然之会虽草率，而缚于文字，遂为他时故事，兹敢不勉也。然西斋素患寂寞，近方稍葺，而原父去此稍远，此俗所谓事无恰好也。承置得怀州牛膝，更有，尽乞之，衰病者遂得取济于兹物，深所望也。漏舍冀得奉见，以尽区区。

与刘侍读书　一六（嘉祐五年）

某启：自原甫既西，虽不为官制所拘，朋游亦自寂寞。况遂当忧责，履畏涂，其为情况可知。偶思春物将动，故都多佳致，为乐岂复可涯？汩没声利，惟溺惑者不胜其劳而但见其乐。粗有识知，兼以衰病，此事难为他人道，独不知原甫谅之否。因风幸数垂问，以慰瞻企。

与刘侍读书　一七（嘉祐六年）

某启：自春首以来，儿女辈疾病，日益忧煎。自顾无补于时，而衰病日增，咎责四至，其何以堪之？惟思春物烂然，故都遗胜不可胜览，而公专有之，犹恐厌饫所见，不以难得为惜也，须知有不可得之者也。贤弟亦稀相见，盖难得尽从容之适尔。公自至镇，一尝辱问，遂绝惠音，不知何嫌，遽尔见疏也？

西斋尘土，无复人迹。偶因连日假，故试寻笔研，略布此诚，以此亦可见其为觌也。其他俗事可憎，不复多道，但布瞻企之勤尔。气候犹未和畅，不知西路如何，惟为国自爱。某祗拜。

初望西物甚众，今寸纸一字不可得，况南山竹萌之类耶？至于新诗醉墨，并弃前约，无乃太甚乎！

与刘侍读书　一八（嘉祐六年）

某顿首启：近宽恤，王职方行，尝得附状。然亦久不承惠问，春候犹寒，不审动履何似？但深瞻咏。

前日崇政赐进士第，见贤郎在高等，伏惟喜慰。某已衰病，三四小子未有能获荐于有司者，见之尤所羡慕。贤郎程文甚工，为都人传诵，及第等虽高，而人犹以为未称。然少年微抑于此，未必不为远大之本也。谨专致此为贺。不宣。某再拜原父安抚侍读阁下。三月十一日。

与刘侍读书　一九（嘉祐六年）

某启：久不奉状，盖欲俟贤郎归，而贤郎未归，遂以稽缓。然亦未尝辱书，不审经暑动履何如？

但西州人士之来者，日载政声，盈于都下，使嫉善之言不胜公议，聊俾下交快释。其余存之远大，窃计高明必不校计于屑屑也，余复何言？

盛热，为时自重。谨因贤郎归，奉此咨问。不宣。某再拜。六月二十一日谨状。

与刘侍读书　二〇（嘉祐六年）

某区区于此，忽复半岁。思有所为，则方以妄作纷纭为戒，循安常理，又顾碌碌可羞，不知何以教之？哀其不逮，实有望于公为多也。至于常检拘挛，野率之性尤以为苦，然势难轻动，甫及年岁，得去为幸也。

蔡君谟自南归，皤然一叟，相见惟互相惊叹而已。西斋自去冬逮今，遂不复启，其他可知也。故都多登临之胜，新诗醉墨，时以为惠，以忘俗恶之态，于理似未为害，不知何避而何嫌？鄙怀千万，居常思欲钜细布之，临纸则复茫然。惟慎夏爱护。

与刘侍读书　二一（嘉祐六年）

某承见教，以用快大过，此诚中其病。然平日所常患，众君子多以为言者也。若任责至重，未知所为，此有望于公者，初未蒙赐也。至于简事为实，为政之大要，此西人所以蒙惠也。若曰外名迹，自古圣贤所难。庄生之名卓然见于后世，若使无迹，后世学者何从而师法之？盖庄生之名以彼，周、孔之名以此，皆不能出名迹之外者，第不当汲汲以求之尔。不相见久，聊此当握手一笑，不罪不罪。

前日饯圣从，与景仁、介甫清坐终日，奉思之外，惟以鲜欢，相顾屡叹而已。恐知其近况，故辄及之。公来归未期，惟时得数字，犹足以为慰，岂以无事为烦邪。

与刘侍读书　二二（嘉祐六年）

某启：薛金部自西来，辱惠以书，承经寒体履清安，兼得详问动止，并以为慰。今岁京师寒甚，衰病之躯尤所不堪。承谕闭阁无为，岂亦苦于寒耶？春物将动，窃思登临之乐，何有穷涯？因人时枉问，宜道一二。偶薛人还，聊奉此。不宣。某再拜。十一月二十日。

与刘侍读书　二三（嘉祐七年）

某启：春气暄和，伏惟镇抚之余，履况清适。某以衰残勉强，有劳无益，公职旷废，私事不修，不独于书记为阙也。缅怀故都风物之佳，当此阳春畅发之盛，临觞览胜，宜不为厌。盖以贤人在外，公议难安，一日来归，遂不复得尔。此外惟以时为国自爱。谨奉状。不宣。某手状上。二月十二日。

与刘侍读书　二四（嘉祐七年）

某启：自过年便欲奉状，只俟薛司勋归，薛既以事滞留，遂成稽殆。但时见贤弟，询问动静，以慰怀尔。薛君留此，屡相见，粗悉疲病区区所为，及其耳目所得，归必能具道，更不烦言。惟的便无佳物表信，盖西州所阙惟南味，得春多怀，不堪寄远，当俟新茶驰献尔。春旱极阔，知陕西尤甚，奈何奈何。保重保重。某顿首。

与刘侍读书　二五（嘉祐七年）

某启：贾常行，尝附状。辱书，承经暑动履康和。兼蒙惠以《韩城鼎铭》及汉《博山盘记》，二者实为奇物。某集录前古遗文，往往得人之难得，自三代以来莫不皆有，然独无前汉字，每以为恨。今遽获斯铭，遂大偿其素愿，其为感幸，自宜如何。属患膝疮，家居绝客，无人为识古文。故第于邮中粗报已受二铭之赐，篆画当徐访博识寻绎，续得附致。其余区区，万不述一。大热慎护，以副瞻勤。清水安能久滞耶？实负愧也。

与刘侍读书　二六（嘉祐七年）

某启：昨贤弟行，尝奉状。属合宫大礼，前后事丛，遂阙致问。昨日进奏院送九月十五日所寄书，窃承动履清胜，兼复惠以古器铭文。发书，惊喜失声。群儿曹走问乃翁夜获何物，其喜若斯？信吾二人好恶之异如此，安得不为世俗所憎邪？其穷达有命尔，求合世人以取悦，则难矣。自公之西，《集古》屡获异文，并来书集入录中，以为子孙之藏也。幸甚幸甚。

岁律渐寒，惟为时自重。

与刘侍读书　二七（嘉祐七年）

某启：近尝两奉状。专人至，辱书，窃审经寒体履安和。兼沐寄惠苏梨、新笋，岂胜珍荷？自去冬以来，亲旧私信，一皆谢绝，独思公有所惠，理可无嫌。又闻近申贡余之禁，则应少费宅库，如此屡寄，益无疑也。节中人事纷纷，使还为谢，不谨。不宣。某再拜原甫经略侍读执事。十一月一日。

与蔡忠惠公君谟书　一（嘉祐口年）

某启：辱惠樱宁翁墨，多荷多荷。佳物诚为难得，然比他人，尚少其二。幽斋隙寂时，点弄笔砚，殊赖于斯，虽多无厌也。烦聒，计不为嫌矣。诸留面叙。

【解题】

此三书作于嘉祐、治平年间。蔡襄，字君谟，兴化军仙游人。小欧阳修五岁，同天圣八年进士及第。庆历三年同知谏院，嘉祐初年出知福、泉二州，五年入为翰林学士。欧阳修嘉祐年间受其影响，热衷于书法。英宗朝迁三司使，以“疑似之谤”，出知杭州，卒谥忠惠公。与欧阳修多有诗文唱和，有《茶录》、《荔枝谱》、《蔡忠惠集》等著述（二、三书解题从略）。

与蔡忠惠公书 二（嘉祐八年八月）

某启：前夕承惠红丝砚，诚发墨，若谓胜端石，则恐过论。然其制作甚精，真为几格间佳物也。昨日以有文书，不敢致简为谢。李勰还，又承惠水清泉香饼数十枚，聊报厚贶。吾侪日以此等物为事，更老，应当澹死租庸，遂更作一程。无由频面，聊当一笑。欧阳修顿首白三司给事。二十九日谨状。

与蔡忠惠公书 三（治平二年二月）

某启：遂尔大暄，不审气体何似？承已对谢，应已渐治装。无由诣前，日剧瞻企。《荔枝图》已令崔悫传写，自是一段佳事。碑文好者前已倒箧，今又于柬退中得此数十本，勒李勰送上。因出，过门为幸。不宣。某顿首君谟端明侍郎。二十六日。

与范忠文公景仁书

某启：专人辱书，伏承春暄体候清福。某蒙恩许解重任，得亳便私，其为优幸，不可胜述。其他喧譤，中外所闻，大略只如此，故不待烦言。惟系舟府下，一见主人而过，粗释瞻思之悬为足矣。人还，姑此布谢。

【解题】

作于治平四年（1067）春，时作者罢参知政事即将出知亳州。范镇，字景仁，成都华阳人，与欧阳修同年出生，宝元元年进士及第，历知谏院、翰林学士兼侍读等职。治平三年正月，范镇因草制失误，由翰林学士出知陈州。此书告诉赴任亳州途中，将停船陈州，面晤朋友。

与常待制夷甫书　一（嘉祐治平间）

某启：相别之久，书问虽阙，而思慕盛德，未尝少忘于心。不审即日体候何似？向蒙宠示盛文一编，究味意趣，殊发蒙陋，珍玩秘藏，未曾暂释。续更有新作，苟赐不鄙，无外开示，至幸至幸。深冬，为道自爱。

【解题】

此十书，作于嘉祐、治平、熙宁年间。常秩，字夷甫，举进士不第，退居颍州汝阴乡里，以经术著称。皇祐初年，与欧阳修结识，欧阳修、王安石一再称荐，屡召不起，与欧阳修多有诗文酬唱。熙宁四年，一召即起，赞助工安石变法。其中第五书系熙宁元年，误。据书中《已再请寿阳》等语，应系熙宁二年。欧阳修《乞寿州第一札子》、《第二札子》系熙宁二年冬（二至十书解题从略）。

与常待制书　二（嘉祐治平间）

某相别累年。书问虽阙，而思慕盛德，未尝一日而忘于心。不审即日体履何似？某碌碌于此，国恩未报而衰病日侵，进无少补于时，退未得幅巾闾巷以从有道君子，岂胜区区。深寒，为道外自爱。因小侄行，附此。

与常待制书 三（治平四年）

某前日承枉顾，少接余论，殊不从容。朝夕人事稍间，当获款奉。未间，略布区区。茶少许，聊助待宾，轻浼，惶恐。

与常待制书 四（治平四年）

某启：向在颍，区区仅得一二闻余论，虽未厌于心，而仁人之言，获益已多矣。自藏拙于此，习成懒慢，遂疏奉问。亮须幅巾间巷，杖履往还，始偿夙素倾向之心尔。未间，以时为道自重。因负枣人行，谨奉手状。

与常待制书 五（熙宁元年）

某启；少便，久疏致问。经寒，仰惟德履多福。某衰病如昨，已再请寿阳。旦夕有命西归，渐谋休息，必得幅巾衡巷，以从长者之游，偿其素愿，然后已也。未间，惟为道自爱。

与常待制书 六（熙宁元年）

某启；到官忽忽，已复穷冬，老病疏慵，阙于致问。雪后清冽，体况想佳。某幸居僻事简，足以养拙，归心虽切，尚少盘桓。款晤未期，深寒加爱。

与常待制书 七（熙宁二年）

某启：近小史许充行，奉状粗布区区。穷腊阴雪，忽复新春，窃惟养道燕居，动履清福。某此忽忽已数月，开春遂寻前请，窃谓理尽而无嫌。至于幅巾闾巷，以从先生长者之游，此实无穷难得之乐尔。未间保重，以副瞻勤。因家兵还，谨奉启。

与常待制书 八（熙宁二年）

某启：守官东州，僻在海涘，久疏致问，徒积倾驰。气候已寒，不审燕居动履何如？某勉强衰病，迁延荣禄，又将及期，岁物丰盛，盗讼稀简，粗足偷安。冬春之交，得遂西首，获亲长者之游，不胜至乐。未间，为道爱重。

与常待制书 九（熙宁三年）

某启：多病疏懒，稍阙致问。近儿子自颍还，云尝侍杖屦。喜承经暑寝兴万福，兼审尚以足疾未副召命。朝廷礼贤之意甚笃，而士大夫延首之望亦勤。然君子出处有道，足以镇止奔兢，敦厚时俗，其功利亦多矣。某尚未得请，未遂相从闾巷之间，然亦不过一两月之顷尔。时暑，为道爱重。

与常待制书　一〇（熙宁三年）

某启：霜气清冷，不审燕居动履何似。窃承朝旨尚复敦迫，出处之际，遂为世法，必有以果于自信者。某累牍恳至，而上恩未俞，素愿虽稽，终当如志。瞻仰盛德，惟日增劳。向寒，珍重。

与沈待制邈书　一（庆历三年）

某启：数日不奉问，苦暑，非常岁之比，少壮者自不能当，衰病之人不问可知焉。辱教，承体气清安，甚慰。俗以立秋日卜秋暑多少，据今日之势，犹当更猖狂尔。然世言春寒、秋热、老健，为此三者终是不久长之物也。介甫诗甚佳，和韵尤精，看了却希示下。

【解题】

沈邈，字子山，信州弋阳人。进士及第，庆历初年累官为侍御史。庆历三年三月，吕夷简罢相，论阻辅臣进官；夏竦授枢密使，又劾奏其勾结宦官，专擅机务，其言甚切。同年十月，富弼、范仲淹为京东路转运按察使。次年入为侍御史知杂事。官至刑部郎中、知延州。二书问安致意，见其相互关系亲密（第二书解题略）。

与沈待制书　二（庆历四年）

某顿首启：自承拜命，欣喜无量。而不时驰问者，诚以奔走塞下，吏事丛委，迟钝不能迎解，非敢有懈，幸谅幸谅。知二十四日出京，计日必已受事。某自保塞回及中山已三日，犹须并旬；方得拜见，他悉面赋也。冬寒，千万保育。

与王龙图益柔书　一（嘉祐元年）

某启：中间辱书，承冬凛外体气清康，深慰瞻渴。益州张侍郎不久当至，衰病区区，犹须更旬浃，始遂休息，因欲请补江西尔。前蒙示谕京东事，备悉。早出暮归，临纸忙迫，无暇及他。惟新阳自爱。前削殊不闻有议论，奈何奈何！

【解题】

此九书作于嘉祐、治平、熙宁年间。王益柔，字胜之，河南洛阳人，王曙子。为人正直敢言，博学能文。庆历初年，范仲淹荐馆阁，授集贤校理，与苏舜钦同案被贬。久之，为开封府推官，盐铁判官，又出为两浙、京东西路转运使。熙宁元年，入判度支审院，又判吏部流内铨，累官至龙图阁直学士知江宁应天府（二至九书解题略）。

与王龙图书　二（嘉祐口年）

某启：急足至，辱书，承此初暑体气清和，差慰瞻想。所云少朋俦宴处为乐，此乃在处皆然，何独济也？京师固多相识，然人事区区，病患忧煎，亦无暇于从容，料得常态只如此也。求移，能少安之为善。《会要》深欲续送上，为付一书吏装褫，遂取不得。京师吏人顽慢，不言可知，勿怪勿怪。为儿子久病，羸弱非常，人还，且此为谢。

与王龙图书 三（嘉祐口年）

某启；专介辱书，承涉夏秋，体气清适。暑雨为孽，古所未闻，救灾恤患，事匪一端。某言不足为人信，才不足为时用，徒耗廪禄，每自咄嗟而已。承见谕，实当今之实患也，其如言之不见信何！他非相见，莫尽所怀。稍寒，惟当以时保啬。

与王龙图书 四（嘉祐二年）

某启：人至辱书，承尚留究。寒凝，喜体况清佳。杜公清节笃行，每恨文字不称，不意胜之见爱如此。近亦有一二家作志，裴少监家当自寄去；明复当归葬于故里，亦可就得之；原叔志，续当录去。《会要》为此中书吏稽迟，又且送五册去，不惮频来取也。新诗因人乞，数篇乱道，亦当录呈。深寒，公外加爱。人还，草草。

与王龙图书 五（嘉祐五年）

某再拜：昨日已入省，且喜尊候胜常，脚疮遂愈。此正是治内之时，亦犹寇贼过后，讲修武备，虽非先见，亦所以御后来之患也。吾侪相戒，言难取信，盖各自须有少病痛尔。呵呵。然非此无以献忠，幸深思也。无由相见，聊奉此咨问。

大热遂如此，衰病不能支。入夏便患口齿，昨日食数大杏，今日腮颊肿痛，针刺出血，不能常食。若此，是将奈何奈何？

与王龙图书 六（嘉祐八年）

某启：前日辱访别，但多愧荷。以昭陵虞主未还，在礼不当饮酒，无由会话少时，益以为恨。承已登舟，节气遂尔寒凝，惟希加爱为祷。《集古录序》鄙文无足采，第君谟笔法精妙，近时石刻罕有也。薄酒四器，聊助待宾，不罪轻浼。惶恐惶恐。

与王龙图书 七（治平二年）

某启：公私匆匆，久阙致诚。辱书感慰，兼审经寒动履清胜。京东物俗比二浙殊绝，必稍为便。然久淹於外，此在位者之责，而朋友蔽善之罪，其何敢逃！某窃位于此，已六七年，白首碌碌，初无补报，而罪责无量，谤咎独归。自春首已来，得淋渴疾，癯瘠昏耗，仅不自支。他人视之，若不堪处。况以残骸勉强，情绪可知。久不通问，因书辄敢自道。胜之知我，必见哀怜。深寒，事外惟冀以时自爱。

与王龙图书 八

某启：辱示二诗，诵读数四，意趣深远。所谓朋友讲习之益，正当佩服，何谓迂邪？然谓贤而能书为不幸，又似过之，正宜谓不幸与工同其垂名可也。因所示，乃知平日论议，犹有形迹。愚拙所短固多，幸当赐教可也。苟有未然，却当相难，正如此，然后为友益矣。姑话及此，不罪切切。

与王龙图书　九（熙宁四年）

某承见谕诗义。晚年迫以多病，不能精意，苟欲成其素志，仅且了却，颇多疏谬。若得一经商榷，何幸如之？闲居少人力，俟录一二拜呈，但虑方居禁职，无暇及此也。某目、足为苦，秋深尤剧。尚赖休闲，足以安养，余生之幸。

与宋龙图敏求书　一

某启：渐暄，窃承体履安和。旬休日，略邀枉顾家餐，冀接清话少时，必不以容易见罪。悚悚。

【解题】

三书不详写作年月。宋敏求，字次道，赵州平棘人。宋绶子，宝元二年进士及第。历知太常礼院、官告院、知制诰、右谏议大夫、龙图阁直学士，与欧阳修同修《唐书》(二、三书解题略)。

与宋龙图书　二

某启：伏承遽有子妇之戚，莫遑奉慰，岂胜驰情？暑郁方炽，更冀为国自重，少节悲悼。区区瞻祝，谨奉手启咨问。

与宋龙图书 三

某启：多日不奉见。秋冷，窃承体气佳裕。尝托裴如晦致恳，欲告借少书籍，承不为难。今先欲借《九国史》，或逐时得三两国亦善，庶不久滞也。先假《通录》，谨先归纳。烦聒，岂胜惶悚。

与梅龙图挚书

某启：累日瞻渴，不审尊体何似？唱和诗编次得成三卷，共一百七十三首，亦有三两首不齐整者，且删去。其存者，皆子细看来，众作极精，可以传也。盛哉盛哉！然其中亦有一时乘兴之作，或未尽善处，各白诸公修换也。内《刑部竹》诗，欲告公仪更修改令简少为幸，缘五篇各不长故也。拙序续呈，乞改抹。来日拜见。

【解题】

作于嘉祐二年（1057），时欧阳修知贡举，梅挚（字公仪）为同知，另有同知韩绛、王珪、范镇，参详官梅尧臣，锁院期间，相与唱和，集为《礼部唱和诗》。此书为集诗之后，酌请梅挚修改作品，见其写作态度之严肃。

与石舍人扬休书

某顿首启：自到，公私冗迫，未得一诣门宇。乃辱雅意，先以顾临。犹未克叙谢，其为感愧，何以胜颜？手翰见贻，副之古刻，无限珍佩。人还，遽此，余当面尽。

【解题】

写作年月不详。石扬休，字昌言，眉州人，中进士等第，历官秘阁校理、开封府推官、度支判官、知制诰、同判太常寺、宗正寺修玉牒官。

与祖龙图无择书

某启：自择之使还，未尝一得款奉。书局之会，幸出偶尔，遂成鄙句，兼邀坐客同赋。虽老拙非工，而诸君盛作，亦聊纪一时之事，谨以附递致诚。当择之西行，犹在斋禁，不得瞻违，实深为恨。暑热道路，不审尊候如何？惟冀以时自爱。

【解题】

嘉祐四年（1059）二月，作者免知开封府，任翰林学士，同提举在京诸司库务。四月六日，以孟夏荐飨，致斋唐书局，与吴奎、刘敞、江休复、祖无择（字择之）、梅尧臣、范镇等六人相与饮酒、下棋、赋诗，欢聚终日。祖择之去年冬以贺正旦使出使契丹。本年赴陕州任，欧阳修有诗《小饮坐中赠别祖择之赴陕府》。

与沈内翰文通书

某启：辱书，承祁寒动履清休，少慰瞻企。余杭德政，民俗方期归厚，而遽此严召。然去思遗惠，亦足以在人。亮须春水，方可还朝。会见尚遥，更冀为时珍啬。

【解题】

治平元年（1064），作者在京师为参知政事。沈遘，字文通，钱塘人。皇祐年间举进士第二，历知杭州、知开封府，拜翰林学士，判流内铨。本书当作于沈遘由杭州任召知开封府之时。

答李内翰书

某惶恐顿首再拜启：孟冬渐寒，伏惟尊候动止万福。进奏院递角今日到州，伏蒙十八日所赐手书，审奉圣恩，暂临近服。虽朝廷重违勤请，不得已而骤阙左右资访之助，其如凋弊之俗，为幸何多。某以门下生，为幕中吏，私愿以释，不胜荣辉。惟虑车马未饰，已被坚留，暂此郡斋，即膺召命，使下吏愚民徒有企跃依芘之心，而不得终蒙大惠尔。伏承涓日有期，限以职守，不获躬诣界首候迎。卑情瞻望激切之至。

【解题】

题下原注“疑”，不知是否欧阳修所撰，亦不详写作年月，存以待考。

与梅圣俞书　一（明道元年）

某再拜圣俞二哥：昨日贤弟至，辱寄书，并前所寄二书及梦中诗，又五百言诗，频于学士处见手迹，每一睹之，便如相对。别后虽尹氏弟兄、王三并至，然幕中事比圣俞在此时差多。盖东都兴造，日有须求，仓卒供办，未尝暂休息。职此，未始得从容聚首，独游嵩事一胜尔。

然而历览中春之游，山水之状皆如故，独昔之青林翠壑，今为槁叶。又目前不见圣俞，回忆当时之事，未一岁间再至，寻见前迹，已若梦中。又河阳咫尺，顾足下若万千里。又曩日恨不得同者尹十二、王三，今反俱游，而圣俞独不至。人生不一岁，参差遂如此。因思百年中升沈生死、离合异同，不知后会复几人得同不得同也！

自足下去后，未尝作诗，前枉制未及和。尹十二去，应能尽说此中事，故略不论。知与师鲁相见，少酒为欢，值无酒寄去，奈何！渐寒，千万自爱。不宣。某白。

【解题】

此四十六书，作于明道元年（1032）至嘉祐四年（1059）。梅尧臣，字圣俞，长欧阳修四岁。欧、梅自天圣九年春结识以后，终生友好往来，多有诗文酬唱，共同推进北宋诗文革新运动。在诗歌创作上，欧阳修谦虚地自称为梅的追随者，推举梅为诗坛主盟。梅尧臣仕途蹇乖，家贫早逝，欧阳修不以贵贱生死而改变情愫，生前多次荐举，多方接济，死后赈其家室，官其子弟，辑其文稿，序其诗集，表现出崇高的道德情操。其中第六书系明道二年，误。据书中“仆来京师，已及岁矣”等语，应系景祐二年。（二至四十六书解题从略）

与梅圣俞书　二（明道元年）

某启：药简再至，两承示谕。八老之名，诚一时美事。然某本以寒乡下流，后进初学，诸君子不知其驽下，业已致之交游，一旦坐评贤否，欲求纯雅沉实之名，终不可得，而乃特以轻隽裁之。是知善誉者，不能美无盐矣。子之评人，正如是矣。

夫《大雅》之称老成人重于典刑，而仲尼谓三十而立。某年二十有六，尚未能立，敢当老耶？又今日不在会中，自可削也。夫人之美恶，待其自然之誉，乃见其实。今纵求而得之，是诸君待我素浅可知也。所以孜孜不能默受者，诸君当世名流，为人所重，一言之出，取信将来，使后世知诸君子以轻逸名我，复自苦求，方以美称借之，益重某之不可也。削之益便。某再拜七老。

与梅圣俞书　三（道明元年）

某启：捧来简，释所以名老之义甚详。某常仰希隽游，所望正在规益，岂敢求辩博文才之过美哉！前承以“逸”名之，自量素行少岸检，直欲使当此称。然伏内思，平日脱冠散发，傲卧笑谈，乃是交情已照外遗形骸而然尔。诸君便以轻逸待我，故不能无言。

今若以才辩不窘为“逸”，又不足以当之也。师鲁之“辩”，亦仲尼、孟子之功也。子聪之“俊”，《诗》所谓“誉髦之士”乎！公慥之“慧”，亦《大雅》之明哲。几道之“循”，有颜子之中庸。尧夫之“晦”、子野之“默”，得《易》之君子晦明、语默之道。圣俞之“懿”，是尤为全德之称矣。必欲不遗“达”字，敢不闻命？然宜尽焚往来问答之简，使后之人以诸君自以“达”名我，而非苦求而得也。

与梅圣俞书　四（明道元年）

某启：承惠诗并序，开阖数四，纸弊墨渝，不能释手。缘文寻意，益究益深。清池茂林，俯仰觞咏，他肠蕴此，欲写未能。圣俞所得，文出人外。昔之山阳竹林以高标自遇，推今较古，何下彼哉？但恐荒淫不及，而文雅过之也。公操诸尹诗未至，今当以盛作遍呈，因督之尔。

与梅圣俞书　五（明道二年）

某顿首再拜：初四日，陈秀才来自河桥，喜聆动静，岁暮谬慄，履况清佳，甚慰甚慰。又知府公已发荐章，圣俞在洛时，常言亲老南方，思一归侍。今应获素志，亦朋友之共荣也。然作宰江浙，山水秀丽，益为康乐诗助，谁与敌哉！

某自奉别以来，未尝作诗，亦无文酒之会，所谓三日不谈道德，则舌本强也。初六日，有少吏事至彭婆，约子聪、应之宿香山，独恨不得与圣俞同尔。逢彦国行，聊寓此，草草。

与梅圣俞书　六（明道二年）

某顿首再拜圣俞足下：去月，王侍禁者送及所惠书。贩伞船至，又得书，并鲍鱼。及问伞客，知动静备详，甚慰甚慰。仆来京师，已及岁矣。未与足下别时，每相见惟道无憀赖。忆洛中，时以为感。况尔南北一异，虽郁郁，复谁道邪？年来但不病尔。往在临清，恨无旧欢，今思临清，又不可得。事事渐不如初，人生只尔，大可叹也。足下素善南方，今居之，乐否？比比得书，甚略，不能究所怀。讶久不作诗，亦疑清兴顿损也。

京师侍亲，窘衣食，欲饮酒，钱不可得。闷甚，时与师鲁一高论尔。子渐在此，每相见，欲酤酒饮，亦不可得。校勘者非好官，但士子得之，假以营进尔。余既与世疏阔，人所能为皆不能，正赖闲旷以自适。若尔，奚所适哉？

贩伞者回，来索书，聊写区区，舍足下欲语谁邪？临纸徘徊，不免忉忉。

与梅圣俞书　七（景祐五年）

某顿首启：去岁西陵曾拜状。今春量移此邑，得子聪书，知已在京。寻得所示书，伏承荣改京秩，伏惟庆慰。圣俞久滞州县，今而泰矣，下交忻慰，何可胜言？修昨在夷陵，郡将故人，幕席皆前名，县有江山之胜，虽在天涯，聊可自乐。此邑虽便于饮食医药，然官属无雅士，军牧、虞曹，此况不言可知也。所幸老幼无病恙而已。不知圣俞美任何处？囚拘之迹，相见未涯，思渴思渴。

自拜别将五岁矣，友益日疏，俗状日增，篇咏之兴略无清思。圣俞新作，虽京师多事，不惜录示，以开昏钝而慰相思，故人之惠莫越于此也。至祷至祷。

贤弟云亡，必深痛悲，前得谢丈书，已知之，不胜叹悼也。因人行速，聊拜此。冬寒，希保爱。不宣。某顿首。

外有乱道一两首，在谢丈处，为无人写录得也，圣俞略与臧否之。某有少吏事告谢丈，望圣俞与咨启之，略语伊法官少为庇隐。

某自作令，每日区区，不敢似西都时放纵。此来事亦得正，但为上官见怒，曲有驳议。然亦终无可驳，纵有，亦非大罚。其如危辱之迹，不欲使有小过也。或圣俞问得谢丈一言，乞批数字，送与附书人也。千万千万。某又上。

与梅圣俞书 八（宝元二年）

某顿首启：前者见邸报，有襄城之命，乃知当与谢公偕行。然窃料旧尹当徙蜀，圣俞即留领县事，襄城居孔道，音信自此可日至，是以慢然未能作书。及县，走接太守，还，得手书，乃知前至南阳。南阳去邑，其间一驿尔。某当请见，直以公新下车，方布条教，伸威信，门生故人未宜往累于其间，须其旬浃少定尔。又恐圣俞莫能久留，或略命驾见过，此大幸也。为别五六岁，贬徙三年，水陆走一万二千里，乃于此处得见故人，所以不避百余里，劳君子而坐邀也。颙俟颙俟。相见旦夕尔，他不复道。

与梅圣俞书 九（宝元二年）

某启：承九月一日就道，虽为迟留，然清风、白牛，久雨泥淖，尤须大晴，然后不阻。某自解官，触事不快，至今几五十日未能脱去，岂其屯蹇未极邪？所幸亲老渐安，更三五日，可以卜行。南阳之居，依贤主人，实佳事，但恨圣俞不在尔。昨夏中，虽喜会于清风，然犹未尽区区之怀。今兹寓居，方欲悉屏他事，为圣俞极数日之欢，而先后参差，若相避然。又见圣俞书中，言有事欲相见，以不克为恨者，益令人怏怏尔。到官必有日，南阳人便，无惜寄音相及。秋寒，自爱。

与梅圣俞书　一〇（宝元二年）

某顿首：前遣公干驰信迎候，盖初约，然亦颇疑酷暑如此，非乘兴之时。人还得书，果尔。及急足至，又沐荣问。承暑中起居无恙，甚慰甚慰。

前累求新作，今者书尾有自厌之说，岂可疾淫哇而欲废置律吕？百花洲唱和必多，欲一读以祛俗累之心，何可得也？孙书注说，日夕渴见，已经奏御，敢借示否？蒙索乱道，恰来尽，呵呵。讲席所说何书？因信乞示及。昼寝之乐，当输闲者，圣俞不得独擅也。谢氏诗昨忘附去，今又却寻不见，候见，纳去矣。旱热可畏，千万保重。

与梅圣俞书　一一（宝元二年）

某顿首启：谷正来，得所示书。及见与谢家书，甚详。云买洪氏庄与卜葬、市屋业，皆其所急者也。又云减俸为助，此特圣俞患于力弱、不能厚报知己而然尔。恐于谢氏无益，而于圣俞有损尔。圣俞若此月减三五千，如失万钱，谢氏族大费多，得之未觉甚助。谢家亦自有书，必言，幸思之也。

洪氏庄极佳尔，不须圣俞竭囊橐，此固亲朋好事，然幸其可以自办尔，望圣俞力为干之，某行，必为带钱去。葬地已就此营卜。及市屋业差有绪，然此不可仓卒尔。他细故，尽谕谷正，可询之。

邓氏醵赙已止，皆如雅意。某年尽必到襄城。祭文挽辞极佳。冬冷，保重。

与梅圣俞书　一二（康定元年）

某顿首再拜启：自八月一日至京师，及今已两辱书，并在东都凡三辱诗，皆未还答。非惟恃圣俞不以书之疏数为亲疏，又以将遣专人，而多事未能便遣故也。

前知为水灾所苦，此常事，不足置胸中。亲老，求官南方，此理当然。安抚见辟不行，非惟奉亲避嫌而已，从军常事，何害奉亲？朋党，盖当世俗见指，吾徒宁有党耶？直以见召掌笺奏，遂不去矣。文雅处家事，方于薛氏求一屋为贮之，勿虑也。

某于此，幸老幼无恙，但尤贫，不可住京师，非久，亦却求外补。日夕相识多忙，不暇作诗。足下必不惮见寄，闲吟者皆录示，千万。冬冷，保重。

与梅圣俞书　一三（康定元年）

某顿首启：前谢监簿行，附书问差遣。书去后两日，知审官拟定湖州城中监税，不胜喜慰，然不即走书专报者，意谓敕下自当知。及弓手至，得书，尚云云。始怪何处稽留，至今未到？然今必至矣，不尔，当为督也。俟春入京尤便，但不知何处少留？

某自还馆，日夕匆匆，笔研非答书简、写门刺，未尝视。昨夕，子履偶来会宿，联句数十韵奉寄，且以为谑。又有前奉答长句，并录附去，可笑可笑。

岁阳以来，风日惨然，土雾杂下，气候不常，万万自重。

与梅圣俞书　一四（庆历初）

某启：为亲老久疾，乍进乍退，医工不可用，日夕忧迫，不知所为。盖京师近上医官皆有职局，不可请他，兼亦傲然，请他不得。近下者又不知谁可用？亲疾如此，无医人下药，为人子何以为心！京师相知少，不敢托他。告吾兄与问当看有不系官医人，或秀才处士之类善医者，得一人垂报，待差人赍书帛去请他，幸为博访之。圣俞闻此，必挂意，更不奉祷也。如有所得，亦速遣此人回。其他不暇忉忉。

与梅圣俞书　一五（庆历四年）

某顿首：累辱书，为慰何已？然久不致问者，劳逸不同，于理宜然，谅不为罪。

经城杨宰来，备询动止，承久困辇下，何时可赴任？所示盛编，云已了，甚于饥渴也。此人回，望一信，容专令人去取（使人致来，恐縻费）。铭文不烦见督，不久纳上，只为须索要好者，恐未尽尔。呵呵。

昨在真定，有诗七八首，今录去，班门弄斧，可笑可笑。然相别久，无以为娱尔。前有《水谷诗》，见祁公，云子美秘不令人见，畏时讥谤。吾徒廓然以文义为交，岂避此辈？子美豪迈，何乃如此！世涂万态，善恶由己：所谓祸福，有非人力而致者，一一畏避，怎生过日月也？其他非面不尽。

近书见教审听，敢不佩服。咫尺更有所闻，不惜一一示及。有酒，少人致去，奈何奈何。夏热，千万保重。

与梅圣俞书 一六（庆历六年）

某顿首：贬所僻远，特烦遣人至此，并得陈留书新集诗、见寄诗、见和诗外，杂诗一卷、碑文数本、《千字文》等，岂胜慰喜。瑯琊泉石篆诗，只候子美诗来，已招子美自来书而刻之。《游山六咏》等，即欲更立一石，不惜早见寄也。诗序谨如命附去，盖述大手作者之美，难为言，不知称意否？其他事，谷正在此数日，备见所为，可知居此之况，不烦述也。“闭户”、“饱齑”之句，怎生讳得。呵呵。相次奉和、见寄诗，别拜状次。春暖，千万保重。

与梅圣俞书 一七（庆历六年）

某顿首启：自谷正去后，更不曾上状。盖以经夏大暑，秋来或闻移南京，或云来与刁氏成亲，一向因循，遂成疏懒。然中间却得圣俞所寄《六咏》及《桐花》、《啼鸟》等诗，近又得刁十六所寄诗书。即日必已还许，冬冷，尊候万福。

某居此久，日渐有趣。郡斋静如僧舍，读书倦即饮射，酒味甲于淮南，而州僚亦雅。亲老一二年多病，今岁夏秋以来安乐，饮食充悦。省自洛阳别后，始有今日之乐。诗颇多，不能一一录去。未相见间，惟冀保爱。多时欲作书，无便，今托提刑赵学士，谨附此，不宣。

与梅圣俞书　一八（庆历七年）

某又启：去年夏中，因饮滁水甚甘，问之，有一土泉在城东百步许，遂往访之。乃一山谷中，山势一面高峰，三面竹岭回抱。泉上旧有佳木一二十株，乃天生一好景也。遂引其泉为石池，甚清甘，作亭其上，号丰乐，亭亦宏丽。又于州东五里许菱溪上，有二怪石，乃冯延鲁家旧物，因移在亭前。广陵韩公闻之，以细芍药十株见遗，亦植于其侧。其他花竹，不可胜纪。山下一径，穿入竹筱蒙密中，豁然路尽，遂得幽谷（泉名幽谷）。已作一记，未曾刻石。亦有诗，托王仲仪寄去，不知达否？告乞一篇留亭中，因便望示及，千万千万。

与梅圣俞书　一九（庆历七年）

某顿首：谷仆来，捧书，得询动静。又见诗中所道，有相游从唱和之乐，备详平日幕中所为，可胜慰也。某此愈久愈乐，不独为学之外有山水琴酒之适而已，小邦为政期年，粗有所成，固知古人不忽小官，有以也。示及饮酒，今春来颇觉风壅，亦不能剧饮如往时（然自作主人后从己便）。承见戒，多荷多荷。他事非独不挂口，亦不关心，固无浅深可示人也。某母老多病，而身才过四十，顿尔心阑，出处君子大节，有所未果，不敢效俗夫妄言尔。春暄，千万保重。

与梅圣俞书 二〇

某启：近君谟学士行，曾奉状。寻得邸报，承有出身之命，士大夫公议未厌，皆为圣俞嗟惋，独某不然，未知高明自以为如何也。圣俞卓卓于后世者，不以名位为轻重，取重于今世者，亦岂以此小得失哉！苟以宠辱为意，则布衣之乐，有优于华衮之忧畏也。老兄应能自达，不忉忉也。已寒，保爱。

与梅圣俞书 二一（皇祐五年）

某启：见谢亶，言新生小息不安，甚挠怀。然书中不言，难以为信。圣俞居京师，宜其不乐，然业已至此，当少安之。某哀苦，殊无生理。闲中静思，处世无有好处，惟当识者自遣之尔。云欲来此，深荷厚意。然恐差遣，理当难得，遂止为佳。已热，慎疾宽中为祷。

与梅圣俞书 二二（皇祐五年）

某启：徐先辈人至，辱书，果承有小婴之念。时暑，益当自宽尔。某孤苦中，年外多事，偷闲便思一得故人为会。某不可往，圣俞不可来，奈何奈何。惟当一读新篇若会面，而圣俞惜不寄，又将奈何奈何。陈碑不可增矣，斯人不晓文义，有三两处是行状所无（出米、修路等意），若果有当书，何故而略？切丁宁喻之。此辈不向道，亦终不知。近并作书，此不一一。某再拜。

四月十九日。

赐茶、赐医，常事尔。谥，前面官衔中已有，赠官亦然。散侍郎作相，不足为荣，但问人如何尔。若材堪，则自胥靡亦作相，如不堪，则乃是侥幸。但如是向道。无妨。

与梅圣俞书　二三（皇祐五年）

某启：谋葬事未得，恐遂后时日，极挠闷。盖以术者太精，自家又全不会，只信他人，道不好，便疑惑不敢使，非效俗流求吉地，图官国山高也。夏侍中父葬于虏，契丹必不与你择官国山地葬也。

闲中不曾作文字，只整顿了《五代史》，成七十四卷。不敢多令人知，深思吾兄一看，如何可得极有义类？须要好人商量。此书不可使俗人见，不可使好人不见，奈何奈何。

失音可救，曾记得一方，只用新好槐花（寻常市中买来染物者），于新瓦上慢火炒令熟，置怀袖中，随行随坐卧，譬如闲送一二粒置口中，咀嚼咽之，使喉中常有气味，久之，声自通。病愈，新篇幸多为寄。此小简立焚，勿漏史成之语，惟道意于君谟，同此也。失音、脚气皆是下虚，吾徒老矣，省些。斟酌斟酌。

某此居哀独宿，然以忧恼，亦自多病。恐知。

与梅圣俞书　二四（皇祐五年）

某顿首圣俞博士兄：徐无党人回，奉状。阴雪不止，体气若何？某为近得君贶家书，报薛家夫人不安，老妻日夕忧挠。尊年久患，诚亦可忧，但薛宅书来，止云无大段疾苦。奉烦吾兄因见公期，为与问一的信，因便相报。吾兄书，家人不见，略要知其增减。又为妻子要去归省其母，亦欲过中祥，遣他去，贵先知彼中远近尔。某自要知，谢氏有人还，幸批数字。逼节哀苦中，立偶人行，草此。

与梅圣俞书 二五（皇祐五年）

某启：近谢秀才人行，尝奉状。日来起居清胜？某哀苦如昨，私门日益多事，又为妻母近病，须令家人一往省之。前尝奉托询问，久候来报也。近为子美编成文集十五卷，凡述作中人可及者，已削去之，留其警绝者，尚得数百篇。后世视之，为如何人也！朋友之间可以为慰尔。某益衰病，庶事不耐烦，惟常守书册危坐尔。圣俞数许新诗，不见寄，似近日颇以为难，何也？因儿子辈行，奉此。春暄，保重。

与梅圣俞书 二六（皇祐五年）

某启：寄惠鸭脚子，甚奇。赵三书信已领。圣俞诗屡见许，甚渴见，何必自写，小儿辈可录。

某亦厌书字，因思学书各有分限，殆天之禀赋，有人力不可强者。往年学弓箭，锐意三四年，不成，遂止。后又见君谟，言学书最乐，又锐意为之。写来写去，却转不如旧日，似逆风行船，著尽气力，只在旧处，不能少进，力竭心倦，遂已。身老矣，安能自苦如此耶？乃知古今好笔迹，真可贵重也。今后只看他人书，亦可为乐，不能生受得也。

数日阴闷，昏然，因作圣俞书，顿觉豁然如有所释。若遂一握手，可胜为慰也。谢景平文字，下笔便佳，他日当有立于世，何止取一科第而已．吾徒可为希深喜也。胥太祝且为伸意，某卜葬地尚未买得，相次决定，当有书报他也。匆匆不宣。

与梅圣俞书　二七（皇祐五年）

某启：前日谢氏人还，辱书，承尊候已复康佳，新正必倍清胜。某孤苦如昨。为有二小侄，一在象州，久不得信。一在袁州，欲乞渠来颍以办葬。今札其官位、姓名，托与问一消息。恐难得便，但却因谢氏人见示可也。吾兄清怀，不乐俗事，某寡相识，烦聒，甚悚甚悚。

与梅圣俞书　二八（皇祐五年）

某启：忽忽度日，无生意。衙前行，曾奉状。徐生人至，辱书，承春寒尊体清胜，为慰无已。某哀苦中，寻得葬地，欲趁八月、十月襄事，但庶事少人办集。小侄烦为问，当已有削，必得请。师鲁文字，俗本妄传，殊不知昨范公已为作序，李厚编次为十卷，甚有条理。厚约春末见过，当与之议定，别谋镂本也。自春阴寒，少晴明，病体不胜疲劳，倦于书字，不能周悉。

与梅圣俞书　二九（嘉祐三年）

某启：动辄旬浃，不奉颜采。雪寒如此，无复清思，区区可知。亦怪圣俞未尝见顾，得简示，乃云“不登权门”。若以此见格，何望于老兄？某每日晚多在家，因出，望见过，幸甚。如晦所欲已起奏，难于更奏，蔡州亦应须得。簿书烦拥，走此为答。残雪可爱，能见顾，尤望。

与梅圣俞书　三〇（嘉祐二年）

某启：大热甚于汤火之烈，两日差凉，粗若有生意。然以家人病患，饮食不能自给，区区煎迫，殊乱情悰。久不承问，不审尊体何似？二十二日，欲就浴室或定力饯介甫、子固，望圣俞见顾闲话，恐别许人请，故先拜闻。《礼部诗》纳上。

与梅圣俞书　三一（嘉祐二年）

某启：承惠《答苏轼书》，甚佳，今却纳上。《农具诗》不曾见，恐是忘却将来，今再令去取。读轼书，不觉汗出，快哉快哉！老夫当避路，放他出一头地也。可喜可喜。罚金未下，何害？不必居家俟命。因出，频见过，某居常在家。吾徒为天下所慕，如轼所言是也，奈何动辄逾月不相见？轼所言乐，乃某所得深者尔，不意后生达斯理也。

与梅圣俞书　三二（嘉祐二年）

某启：以小儿子伤寒已较，因劳复发，今日锡庆斋会，亦去不得。愁坐，忽得所示，为之豁然。忧煎病患，常以为苦，思效榴花之饮，不可得也。三两日儿子安，圣俞过不惜频，相访借马，若修家又何厌也？三十年前事，信如前生，忧乐不同，可叹可叹。亦约子固、子履，当奉白也。只候儿子稍安尔。人还，谨此。

与梅圣俞书　三三（嘉祐二年）

某启：经节，伏惟以时纳祐。昨日早至薛二家，空心饮十数杯，遂醉，归家却与诸薛饮。承见过，仍留刺，何乃烦老兄如此？既醒不遑，无以自处也。节下，外处送酒颇多，往时介甫在此，每助他为寿，昨只送王乐道及吾兄尔。愚性疏简，人事不能周，然意之所至，实发于诚心。蒙惠简，云有所答，则非也。恐不知鄙怀，故略自陈述。二十二日，欲同子履、和叔闲话少时，先白，恐他有所适也。

与梅圣俞书　三四（嘉祐二年）

某启：阴雨累旬，不审体气如何？北州人有致达头鱼者，素未尝闻其名，盖海鱼也。其味差可食，谨送少许，不足助盘餐，聊知异物尔。稍晴，便当书局奉见。

与梅圣俞书　三五（嘉祐二年）

某启：中前在范家坐中，已觉不佳，所以都无情绪，数日勉强，有事相役。既归，遂倒卧。以出汗颇多，亦利动脏腑，顿觉体虚，幸连日不朝，免得请告。更三两日，不知可出未？承问念，感愧。亦审中酒，吾辈年高，不独他事，至于饮酒亦不能如故时也。更希慎爱。

与梅圣俞书　三六（嘉祐二年）

某启：谷正来，承惠诗，老重深粹，不似顷刻间成，何其敏妙至此也？早来得笔绝佳，不图若此之精。其精如此，岂常有邪？然久无称手者，乍得，甚快意，多感多感。暑中绝近文字不得，无以度日，时因作书简，得一挥毫，尚可销忧尔。人还，姑此奉谢。

与梅圣俞书　三七（嘉祐二年）

某启：两日不出，方为杜公作铭。承惠诗，绝高，恐不可继，且留款曲试和，待稍仿佛，则将出。雨久作，奈何？天灾斯人，岂恶之也，其亦有以邪？昨夜暂止，颇缓奔走之计，然遑遑何时得遂安居？渐凉，思奉言笑，何可得？人还，姑此。

与梅圣俞书　三八（嘉祐二年）

某启：自入夏，闾巷相传，以谓今秋水当不减去年。初以为讹言，今乃信然。两夜家人皆戽水，并乃翁达旦不寐。街衢浩渺，出入不得。更三数日不止，遂复谋逃避之处。住京况味，其实如此，奈何奈何！方以为苦，不意公家亦然，且须少忍。特承惠问存恤，多感多感。蔡君谟寄茶来否？闷中喜见慰。人还，忉忉。

与梅圣俞书　三九（嘉祐三年）

某启：旦夕寒色尤盛，衰病者殆不能胜矣。不知吾兄尊候如何？昨夜再读《和景仁雪诗》，甚妙，兼以韵难，如何可和？且只和得《岁日书事》一篇。其元所示，遂留之，过节更送他处，告别写去也。手笔冻缩，书字不得。韩、范二公诗，看了示下。印卷子何日了？因出，见过。阴寒，公事颇少，甚闲。恐知。

与梅圣俞书　四〇（嘉祐三年）

某启：累日不奉见，不审体气如何。兼以俗事，无由奉诣，理固当然。圣俞遂以权门见薄，无乃太僭也！前承惠《白兔诗》，偶寻不见，欲别求一本。兼为诸君所作，皆以常娥月宫为说，颇愿吾兄以他意别作一篇，庶几高出群类，然非老笔不可。亦闻有《与如晦》一篇甚佳，皆乞取。苏大挽辞一首，闲写，助一笑。今日偶在家，谨奉此。

与梅圣俞书　四一（嘉祐□年）

某启：雨不止，情意沈郁。泥深，不能至书局，体候想佳。某以手指为苦，旦夕来书字甚难，恐遂废其一支，岂天苦其劳于笔研而欲息之邪？闷中，谨白。

与梅圣俞书　四二（嘉祐三年）

某启：经节阴雨，犹幸且晴，不审尊候何似？闲作《归田乐》四首，只作得二篇，后遂无意思。欲告圣俞续成之，亦一时盛事。来日食后，早访及为望。

与梅圣俞书　四三（嘉祐三年）

某启：承宠惠二篇，钦诵感愧。思之正如杂剧人，上名下韵不来，须勾副末接续尔。呵呵。家人见诮，好时节将诗去人家厮搅，不知吾辈用以为乐尔。后日绝早过吃不托，适简误云食后，这回不是厅子误也。

与梅圣俞书　四四（嘉祐四年）

某启：适至书局，承自释奠处方归，困倦，不敢坐邀。忽辱惠教，兼得唐子方家行状，谨当牵课，然少宽数日为幸。其如行状中泛言行己，殊不列事迹，或有记得者，幸更得数件，则甚善。又云有尹师鲁所作墓志，亦得一本，尤幸也。寻常人家送行状来，内有不备处，再三去问，盖不避一时忉忉，所以垂永久也。乞以此意达之。

与梅圣俞书 四五（嘉祐四年）

某启：前日承见过，偶他客多，不遂款曲。快晴，意体想佳。梅公仪来要杭州一亭记。述游览景物，非要务，闲辞长说已是难工，兼以目所不见，勉强而成，幸未寄去。试为看过，有甚俗恶幸不形迹也。程碑当便下手，只如《唐书》，亦须了尔。

与梅圣俞书 四六（嘉祐四年）

某启：自承在式告，兼以假故多，遂阻奉见。秋气稍凉，喜承体候清安。辱惠建茗，此诚近所难得，特为珍贶也，然莫妨待客否？恐彼阙，当却分纳一半也。原甫高论少抑，亦当不复较难，来日朝中，当面叙。人还，谨此为谢。某再拜。

与谢舍人绛书 一（宝元元年）

某顿首再拜兵部学士三丈：久以多故少便，不果拜状。春暄，尊候万福。省榜至，独遗圣俞，岂胜嗟惋。任适、吕澄，可过人邪？堪怪。圣俞失此虚名，虽不害为才士，奈何平昔并游之间有以处下者，今反得之，睹此何由不痛恨？欲作一书与胥亲及李舍人、宋学士论理之，又恐自有失误，不欲轻发。不尔，何故见遗？可骇可骇。由是而较，科场果得士乎？登进士第者果可贵乎？日日与师鲁相对，惊叹不已。伏承殿试考校，今必已了。某替人犹未至。拜见未间，伏惟保重。因人谨附状。不宣。

【解题】

第一书作于宝元元年（1038），欧阳修时知乾德县，谢绛（字希深）在京师任知制诰，判吏部流内铨。欧阳修获悉梅尧臣省试失败，任适、吕澄等人反倒中式，大兴感慨，批判科举取士方法的不合理，呼吁改革、完善科举取士制度。第二书作于次年，叙述宝元二年五月前往南阳会聚谢、梅的情形，久别相逢的喜悦欢快心情溢于言表（第二书解题从略）。

与谢舍人书　二（宝元二年）

某顿首百拜知府舍人三丈：三两日毒暑尤甚，不审尊候何似？某昨走铃下，久溷宾馆，旱暑交作，晏阴方兴，当君子定心静事休息之时，暑夕屡烦长者。其如乘余闲，奉尊俎，泛览水竹，登临高明，欢然之适无异京洛之旧。其小别者，圣俞差老而修为穷人，主人腰虽金鱼而鬓亦白矣。其清兴，则皆未减也。临别之际，感恋何胜，西禅竹林，又辱饯送。自夜出南城，凡再宿，始至敝邑。私门老幼往往病暑，正如所虑，此所以眷眷门下而不候久留者也。自邓至汝阴，道出田间，由钜欣桥而西，秋稼甚盛，时雨已足，问之，乃览秀所望而脚正在陋邦。然邓州界莫及也，岂骑立之神憎家鸡而爱野雉乎？自还县，便苦俗事，书记未能详悉。谨拜此叙谢，伏惟幸察。不宣。从表侄欧阳修顿首百拜。

与王待制质书

某顿首再拜运使学士子野兄：春暄，伏惟尊候万福。自去年闰月来东郡以就禄养，幸如所欲。惟僻陋，日益愚鄙尔。在都下时，子野兄舟行，不克攀别。其后送者还，颇知留客甚欢，而饮酒差多，亲族皆以素羸奉忧。不知其后复饮否？子野善自摄，犹能绝荤血，甘淡薄，况于酒邪？一别顿尔南北，阙于候问，惟冀自重，以慰区区。不宣。某顿首。

【解题】

庆历三年（1043）春，作者在滑州任通判，朋友王质（字子野）由度支郎中徙荆湖北路转运使。王为王素之弟，又是范仲淹姻亲，卒于庆历五年，欧为撰神道碑铭。本书简问起居，劝节酒，表达了朋友间的挚爱之情。

与李贤良觏书

某启：冗事牵迫，久疏奉长者之论。不知两辱过门，甚愧甚愧。某来日有少事须出，即今幸家居，可以拂席奉俟轩盖，颙企颙企。不然，当别拜闻，贵不失约也。某顿首贤良先生。

【解题】

本书写于嘉祐初年，约李觏相见。李觏，字泰伯，建昌军南城人。小欧阳修两岁。通经术，以文章知名，皇祐初，范仲淹荐为试太学助教，历任太学说书，权同管勾太学。

与曾舍人巩书　一（庆历六年）

某启：虽久不相见，而屡辱书及示新文，甚慰瞻企。今岁科场，偶滞遐举。畜德养志，愈期远到，此鄙劣之望也。某此幸自如，山州少朋友之游，日逾昏塞，加之老退，于旧学已为废失，而韩子所谓终于小人之归乎？因风，不惜远垂见教。未良会间，自重自重。《欧阳文忠公集》卷一五〇。

【解题】

此四书同致曾巩（字子固）。曾巩庆历六年卧病临川，未能赴京应试，欧阳修第一书予以慰勉。治平四年夏，欧出知亳州，曾巩居史馆，第二书叙途中滞留颍州原委，申表求退心迹。熙宁四年四月，欧连上三表二札再乞致仕，六月终获允许，又获读曾巩《为人后议》，欧欣喜异常，感叹说："此吾昔者愿见而不可得者也。"（二至四书解题从略）

与曾舍人书　二（治平四年夏）

某启：奉别匆匆，暑候已深，不审动履何似？某昨假道于颍者，本以归休之计初未有涯，故须躬往。及至，则敝庐地势，喧静得中，仍不至狭隘，但易故而新，稍增广之，可以自足矣。以是功可速就，期年挂冠之约，必不愆期也。甚幸甚幸。

昨在颍，无所营为，所以少留者，盖避五月上官，未能免俗尔。亳之佳处人所素称者，往往过实，其余不及陈、颍远甚。然俯仰年岁间，如传邮尔，初亦不以为佳，盖自便其近颍尔。至此，便值酷暑，未能多作书。相知或有见问者，幸略道此意。惟慎夏自爱。

答曾舍人书　三（熙宁四年）

某自归里舍，以杜门罕接人事，少便奉书。中间尝见运盐王郎中，得问动静，兼承传诲。近又闻曾少违和。急足至，辱书，喜遂已康裕，甚慰甚慰。某秋冬来，目、足粗可勉强，第渴淋不少减，老年衰病常理，不足怪也。余在别纸。某白。

见谕乞颍且止，亦佳，此时尤宜安静为得理也。惠碑文皆佳，多荷多荷。常笔百枚表信，不罪不罪。

与曾舍人书　四（熙宁四年）

辱示《为人后议》，笔力雄赡，固不待称赞，而引经据古，明白详尽，虽使聋盲者得之，可以释然矣。

父子三纲，人道之大，学者久废而不讲，缙绅士大夫安于习见，闾阎俚巷过房养子、乞丐异姓之类，遂欲讳其父母。方群口喧哗之际，虽有正论，人不暇听，非著之文章，以要于久远，谓难以口舌一日争也。斯文所期者远，而所补者大，固不当以示常人，皆如来谕也。某亦有一二论述，未能若斯文之曲尽，然亦非有识之士，未尝出也。闲居乏人写录，须相见，可扬榷而论也。

自去年至蔡，遂绝不作诗，中间惟有答韩、邵二公应用之作，不足采。惟续《思颍》十余篇，是青州以前者，并传记，皆石本，今纳上。自归颍，他文字亦绝笔不作。恐知恐知。

青州十余篇乱道，为说道上石，彼近必见矣。

与苏编礼洵书　一（嘉祐二年）

某启：自足下西归，承有家问，匆遽而行。时一小子卧病，方忧闷中，不得相见。中间得还蜀后所惠书，及今者贤郎人至，得书，承尊履体康，并以为慰。足下文行见推于时，岂久穷居于远方者？未相会间，千万自爱。

【解题】

此五书同致苏洵（字明允）。嘉祐二年四月，苏洵之妻程氏卒于家，父子三人自京师仓猝归川。欧第一书答其还蜀后来书；第二书评述苏洵《谥法》一书成果；第三、四、五书，作于治平三年春，时苏洵患病，欧数致问候，并献药方，四月下旬，苏洵病故。（二至五书解题从略）

与苏编礼书　二（治平间）

某启：承示表本，甚佳。前所借《谥法》三卷，值公私多事，近方遍得披阅，文字更不待愚陋称述，第新法增损，今别为一书，则无不可矣。成一家之言，吾侪喜若己出尔。《谥录》卷秩既多，只欲借草本。

与苏编礼书　三（治平三年）

某启：多日不奉见，承迁居不易，初闻风气不和，谓小小尔。昨日贤郎学士见过，始知尚未康平。旦夕来，体中何似？更冀调慎药食。无由驰候，专奉此。

与苏编礼书　四（治平三年）

某启：自以拙疾数日，阙于致问。不审体中何如。必遂平愈。孙兆药多凉，古方难用于今，更且参以他医为善也。专此，不宣。

与苏编礼书 五（治平三年）

某启：数日来，尊候必更痊安。单药得效，应且专服，千万精审，无求速功。不欲频去咨问，恐烦倦也。亦不烦答简，或贤郎批数字可矣。

与费县苏殿丞书 一（皇祐□年）

某启：特承书问，兼惠篆碑。滁阳山泉，诚为胜绝，而率然之作，文鄙意近。乃烦隽笔以传于远。既喜斯亭之不朽，又愧陋文莫掩。感仰之抱，宁复宣陈？专人还，谨此叙谢。

旧用龙尾砚一枚、凤茶一斤，聊表意。

【解题】

此二书作于皇祐年间。苏殿丞，名字及生平不详。据第一书所言，苏氏为欧阳修滁州其亭记题篆刻碑，欧阳修对此申表谢忱。（第二书解题略）

与费县苏殿丞书 二

某启：前者辱见顾，属苦多事，不得少申款曲。比奉诇，则承已归县矣，但深怏怏也。辱惠书，窃审经春体气清裕。某衰病疲惫，日自强勉，未知报效，不敢言劳。咫尺阻阔，惟多爱。

与渑池徐宰无党书　一（皇祐五年）

某启：久不得书，自闻省试，日望一信。人至，忽得所示，大慰鄙怀，兼喜春寒所履无恙。程试赋诗极工矣，策赡博而辩论伟然，皆当在高等。人力所可为者，止于如此耳，其他有命。然俗言运亨者临事不惑，挥翰之际能至此，其亦奋发于兹时乎！计此书至，已在高第，故不子细。不次。修书白。

【解题】

此六书作于皇祐至嘉祐年间。徐无党，永康人，庆历初年师从欧阳修学古文辞，皇祐五年进士及第。注释《五代史》，深得欧阳修著史义法，曾官渑池令，卒于郡教授。（二至六书解题略）

与渑池徐宰书　二（至和元年）

某启：真阳相别，忽以及兹。日月不居，大祥奄及，攀号擗踊，五内分崩，不孝罪逆，苍天莫诉，哀苦哀苦！

久不得书，日与无逸弟想望。忽捧来示，承在道曾感疾，喜今复常。又知淮水浅涩，虽深欲相见，但恐阻滞，遂失赴官之期。若于事有妨，则不若且就汴流西上。如淮水可行，与汴不争远近，即兹来为善。贤弟在此，寂寞中相伴，大幸。某秋凉方卜离此，南北未知何适？《五代史》，昨见曾子固议，今却重头改换，未有了期。仍作注有难传之处，盖传本固未可，不传本则下注尤难，此须相见可论。改服哀苦中忙迫，偶奉接人行，聊此。

与渑池徐宰书 三（至和二年）

某启：专人至，辱书，承官下无恙，深慰。示及志文，甚佳。无逸弟又有烦恼，可哀。适值有人在此，志文当附去。又知且权河南渑池，本邑自可读书为政，何必求来府中？所云冬末当至京师，暂来甚善。无欲弟居监中，时相见。焦秀才亦在太学补监生。恐知。某碌碌于此，士大夫有所论，当悉以见告，庶助其不及，实有望也。未相见，多爱。

与渑池徐宰书 四（至和二年）

某启：人至，辱书，承官下无恙，深慰深慰。所云进取之道，能具达其如此，夫复何患？谕及富公言《范文正公神道碑》事，当时在颍，已共详定如此为允。述吕公事，于范公见德量包宇宙，忠义先国家。于吕公事各纪实，则万世取信。非如两仇相讼，各过其实，使后世不信，以为偏辞也。大抵某之碑，无情之语平；富之志，嫉恶之心胜。后世得此二文虽不同，以此推之，亦不足怪也。其官序非差，但略尔，其后已自解云"居官之次第不书"，则后人不于此求官次也。幸为一一白富公，如必要换，则请他别命人作尔。

与渑池徐宰书 五（嘉祐元年）

某启：县人来，得书，承寒凝公外体气无恙，深慰深慰。所寄近著尤佳，论议正宜如此。然著撰苟多，他日更自精择，少去其繁，则峻洁矣。然不必勉强，勉强简节之，则不流畅，须待自然之至，其如常宜在心也。《代天论》既各有篇目，不必谓之代天可也。

某近权省得罢，稍闲，已有削乞洪井。若果得，则私便尤多。况非要任，求之必可得也。无欲弟在太学，见儿子云甚安。某一向多事少暇，他亦疏及门。恐知。铨中新制，破考之事稍缓。若在本州无妨，亦可已。新年，多爱。

与渑池徐宰书　六（嘉祐二年）

某启：人至，辱书，承莅官进学无恙，甚以为慰。所寄文字，大佳。然作文之体，初欲奔驰，久当收节，使简重严正，或时肆放以自舒，勿为一体，则尽善矣。某此待罪，诚碌碌，然期必有为而自效。士大夫见责者深，是待我厚而爱之过尔，敢不佩服。冬寒，自爱。在致斋处草草。

与焦殿丞千之书　一（皇祐五年）

某启：自相别，无日不奉思。急足辱书，深所浣慰。然闻不遂解名，在于俗情，岂不怏怏？若足下素所自待，与某所以奉待者，岂在一得失之间？但以科场文字，不得专意经术，而某亦有人事。今足下三数年间，且可弃去科场文字，而仆亦端居无一事。惟于此时，可以讲训素所闻未举者，过此，恐彼此难得工夫也。足下为人明果，以此思之，亮可决然北首。

深恨闲居无人，既不能专遣人去奉招，当正初南归，亦不为久别计，但仰首倾望也。某于哀苦中奉思诸君子，此又不可言。已寒，多爱。

【解题】

此十六书作于皇祐末至治平年间。焦千之，字伯强，原籍丹徒，徙居颍州焦陂，皇祐元年师从欧阳修研习经术。嘉祐六年五月，欧阳修为考官，试天下遗逸，赐焦千之进士出身。官无锡令、国子监直讲。（二至十六书解题从略）

与焦殿丞书　二（至和二年）

阴雨泥甚，不欲频奉邀，盖知请假甚艰也。某恐不久出疆，欲且奉托，与照管三数小子。某来日遂移过高桥宅中，俟稍定叠，便去般出学，恐先要知。仍请具此白胡先生知为妙，至时，恐要人般挈请示及待令去。晚间可出，即见过闲话。某再拜。

与焦殿丞书　三（嘉祐元年）

某启：知昨日已差试官，庶事便当牵率。稍凉，体中佳否？近晚或能见过，闲话少时，恐遂难得暇也。粗细米各二斛，聊饲僮仆辈，必不以轻鲜为怪。有无相通，亦邻里之常事。惭仄惭仄。

与焦殿丞书　四（嘉祐元年）

某启：以数日斋祠，今早方归。知曾来取药，体中佳否？见解榜，张焘秀才已获荐，不知肯且来此过冬否？只恐他要冬课，嫌小儿喧聒，不然，蒙益则多矣。某今日在家，随早晚见过，闲话少时。

与焦殿丞书　五（嘉祐元年）

某启：今日见解榜，尚疑脱漏姓名。然初以得失委命而进，则临事自应不动于怀，此孟子之勇也。适归家偶早，幸略见过闲话。某顿首。

与焦殿丞书　六（嘉祐元年）

某启：数日大热，不审意思如何。适令发至群牧司，云已却归西冈，不审何谓。此中西位颇宽凉，多南风，甚可居。至于饮食，亦可取性。固无形迹矣。兼时得闲话，请更思之，勿以为疑也。谨此咨启，俟报。某启。

与焦殿丞书　七（嘉祐元年）

某启：见儿子，言尊候违和，岂非患腹脏邪？秋后，慎生冷为佳。以数日不相见，甚思渴。某一出参假，便有人事区区。加以两日复热，恐彼中窄狭，无事且来书院取凉，无形迹也。前时奉白，向有策题彼中收得者，幸为录示。或只检得本子，此中亦有人写。盖人事易因循也。

与焦殿丞书 八（嘉祐元年）

某数日不承问，不审体中如何？当渐平和。但怪不见过，故此奉问。凡疾病，不欲滞郁，颇须消息有以散释，其效多于服药。若能出入，幸相过。要人马，来取。至于药物，亦当商榷，乃尽其理。谨此咨启。某再拜。

与焦殿丞书 九（嘉祐元年）

某启：稍寒，想益佳裕，数日人事，忙迫非常。前夕至学舍中，见狼藉可憎，所以未敢便请他张秀才。更俟一二日，大太祝归，略令洒扫，兼庶事有所备。缘某多故，不能躬视也。两日欲去报此意，亦无暇作简。衮衮度日，公私不济一事，此京师之态也。某奉白。

与焦殿丞书 一〇（嘉祐二年）

某启：昨日以客多饥疲，风眩发作，卧不能起。承示简，不及时答。所言张先辈，但怪其登第后绝不相过，余非所闻也。亦欲旦夕召渠相见，但以多事，匆匆未暇尔。今日知闻喜宴，来日约其见过也。

与焦殿丞书 一一（嘉祐六年）

某启：有无相通，盖为常理，更不存形迹也。船不必白省主，自遣人问，当亦可得。苏氏昆仲连名并中，自前未有，盛事盛事。姚辟《诗说》，请试看，有长处签出示及，为无工夫细看故也。

与焦殿丞书 一二（嘉祐六年）

承惠胡公铭，兹人美德固乐为之纪述，第以文字传远，须少储思。盖寻常意思未及，为人强作，多不佳也。自来日已往，并无假，故直至旬休。如所谕行期甚迫，当且前之，续可附致润州，谅不为晚也。人还，谨此白。知小儿不安，且慎调护。大热，难将息也。

与焦殿丞书 一三（嘉祐六年）

某启：自相别后，方欲作书，遽承不疑学士有来归之命。自后更欲附书，则思舟行必已在道，无处可附。亦以不久相见，不必为书也。适得信，喜来甚速，且承酷热中体气清安，其他皆可尽于相见也。某为今夏病暑，不可胜任，又得喘疾，遂且在告。盖衰老之态，自然如此也。略留来人，附此草草。

与焦殿丞书　一四（嘉祐六年）

某启：自相别，更不闻问。近得邵学士书，云已到家，方喜知动静。兼承所履安和，实以为慰。某病衰如昨，不惟任责愈难，常至于劳苦，亦筋骸不能支等为可责。惟早自知止，犹胜强颜以贪宠利。自计非不熟，但恐未得如志，遂为君子之弃而小人之归尔。南方宜多有闻见，不惜垂谕，犹胜不知也。有望有望。前者胡公墓表，误书陵州人，当问其家为改正。岁晚寒凛，以时自爱。因人惠问。

与焦殿丞书　一五（嘉祐末）

遽尔大热，病躯殊不可当。数日不相见，体中佳否？知已授乐清，果如何？来日见过家飧，幸早枉步，乘午前稍凉，庶几可坐也。无他客，姚秘校、刘真迹至此止。

与焦殿丞书　一六（治平□年）

某启：范氏子书来，并获所寄书。自承赴乐清后，方拜此一书，审此居官下安和，稍释倾想。

陋巷之士得以自高于王侯者，以道自贵也。一从吏事，便为礼法所绳。若居人下而欲有设施，则世事难如人意，更当屈伸取舍，要于济务。此非独小官，自古圣贤尚以为难，所以前世一节之士以贫贱为易守也。自临县治，今将及期，谅深谙此态也。某尝再为县令，然遂得周达民事，兼知宦情，未必不为益。某愈觉衰残，齿牙摇动，饮食艰难，食物十常忌八九。情怀益萧索，物外浮荣，信乎不为吾侪得失也，有名即去矣。

未相见间，公余慎爱。因人时惠问。不宣。某书白。

与王主簿回书　一

某启：向者深甫在京师，则以俗冗不常得相见。既去，又不时为信问。视其外，岂非疏且慢哉？然求诸中，则不然也。人至惠问，承奉太夫人万福，下情瞻慰。

某衰病日增，殊无世间意趣。近买田颍上，思幅巾与二三君往来田间间，其乐尚可终此余年尔。而其势未能速去，非为之不果，犹须晚获也。深甫以谓如何？贤弟昨西，略见尔。祁寒，更乞自爱。

【解题】

此三书致王回。王回，字深甫，福建候官人，迁居颍州汝阴。皇祐元年与欧阳修结交于颍州。嘉祐二年进士及第，授亳州卫真簿，称病未赴，退居颍州。欧阳修曾举荐任馆职。其学宗欧阳修。欧撰史著，治金石，多向王回请教。（二、三书解题从略）

与王主簿书　二

某启：累日以圣节诸事，区区未得祗候。大热，不审体气如何？来日见过家飧，庶得接清论少时，幸早垂访也。专此咨启，不宣。某再拜深甫先辈。

常君未及作书，续得驰问。因见，为申意，千万千万。

与王主簿书 三

某启：人至，辱示，借书并领。昨日少奉清论，开沃无限。嗽良減否？师鲁文，略读一二篇，令人感涕。碑并集录皆纳去。某又上。

与姚编礼辟书 一

某顿首。闲居绝无人使，又不欲频烦郡中借人，所以久不作书上杜公，然哀苦中无限瞻依也。因请见，为多道哀恳。

希文得美谥，虽无墓志，亦可。况是富公作，必不泯昧。修亦续后为他作神道碑，中怀亦自有千万端事待要舒写，极不惮作也。只是劣性刚褊，平生吃人一句言语不得。居丧犯礼，名教所重，况更有纤毫。譬如闲事，亦常不欲人拟议，况此乎！然而不失为他纪述，只是迟着十五个月尔。此文出来，任他奸邪谤议，近我不得也。要得挺然自立，彻头须步步作把道理事，任人道过当，方得恰好。杜公爱贤乐善，急欲范公事迹彰著耳。因侍坐，亦略道其所以，但言所以迟作者，本要言语无屈，准备仇家争理尔，如此，须先自执道理也。余事不必云云。

背碑子极奉烦，多荷多荷。因见杜赞善，托问实录，不必封，但只恁寄来，此中程判官亦为申谢。将书来后，信有书去。某再拜。

【解题】

姚辟，字子张，金坛人，皇祐年间进士及第，授项城令，迁通州通判，为政有声。悉心研讨经史。嘉祐六年至治平二年，与苏洵同撰《太常因革礼》一百卷。第一书作于皇祐五年(1053)，作者在颍守制，论范仲淹神道碑撰写事宜。第二书当作于编撰礼书时期，肯定姚氏訾议《礼记》，同时指出疑经“宜慎重”，表现了欧阳修的经学研究思想。(第二书解题从略)

与姚编礼书 二

某启：专人辱书，承守道为学自如，甚善。见谕绍岩事，止于如此，则又何言？君子之言必诚，诚久必见，凡有诸中，未有不形于外者，惟当以久见吾子之诚尔。《礼记》杂乱之书，能如此指摘其缪，其功施后世无穷，非止效俗儒著述，求一时之名也。然其中好语，合于圣人者多，但当去其泰甚者尔，更宜慎重。如《坊记》一篇，难破，请更思之。然遇所见，但且论次，不惜录示。

与王几道书

某顿首白几道先辈足下，段氏家人至，蒙示书及诗，并子聪、圣俞书与诗。后于东山处又见诗，何其勤而周也？圣俞得诗大喜，自谓党助渐炽，又得一豪者，然微有饥态。几道未尝为此诗，落意便尔清远，自古善吟者益精益穷，何不戒也。呵呵。

间别后事，自彦国去后，患一肿疽，二十余日不能步履，甚苦之，时惟圣俞一来相问。临清之欢，何可得邪？师鲁已有召，不宜更俟嫁女，几道与彦国宜督以来走，明日就试。恐要知之。惠诗未暇答，以此也。

【解题】

作于景祐元年五月。作者往赴京师，召试学士院，授馆阁校勘。王复，字几道，排行第三，又称王三。欧阳修西京推官任上结识的朋友，为洛阳“七交”之一，在洛共同游赏山水，多有诗歌唱和。欧阳修曾为王母李氏志墓。

答孔嗣宗书　一（皇祐元年）

某启：辱书，甚善。尹君志文，前所辨释详矣。某于师鲁，岂有所惜，而待门生、亲友勤勤然以书之邪？幸无他疑也。余俟他时相见可道，不欲忉忉于笔墨。加察加察。某再拜。

【解题】

皇祐元年（1049），作者知颍州。去年，欧阳修作《尹师鲁墓志铭》，尹氏家人嫌其简略，新进士孔嗣宗（字伯绍，河南人）专程来颍，与欧辩论，要求增改，欧阳修为作《论尹师鲁墓志》。此二书所议事例与尹洙墓志有关。（第二书解题略）

答孔嗣宗书　二（皇祐元年）

东方学生皆自石守道诱倡，此人专以教学为己任，于东诸生有大功，与师鲁同时人也，亦负谤而死。若言师鲁倡道，则当举天下言之，石遂见掩，于义可乎？若分限方域而言之，则不苟。故此事难言之也，察之。

与尹材书

墓铭刻石时，首尾更不要留官衔、题目及撰人、书人、刻字人等姓名，只依此写。晋以前碑，皆不著撰人姓名，此古人有深意，况久远自知。篆盖，只著“尹师鲁墓”四字。

【解题】

作于庆历八年（1048），时欧阳修知扬州。尹材，字处初，为尹洙侄，尹源长子，司马光为相时，荐为学官，邵雍誉为“洛中三贤”之一。此书论尹洙墓志刻石事宜。

与蔡交书

某启：人至，辱书，感慰何已？且承春序履况清休。范公襄事，修以孤苦哀困中杜门郊外，殊不知端息，情礼都阙。但得淮西寄到志铭，岂任感涕。文正平生忠义道德之光见于志谥，为信万世，亦足慰也。神刻谨如所渝，敢不尽心？某忝以拙讷，获铭当世仁贤多矣，如此文，复何所让？但以礼制为重，亦不迟年岁，中贵万全，无他议也。悉察悉察。

《述梦后序》，更当勘寻史传续报，然亦当慎。文正所虑至深，某亦疑其有意不用此篇，果如所料矣。试期不远，伫奉贺，加爱加爱。某再拜。

【解题】

作于皇祐五年（1053）春，当时欧阳修在颍守制。蔡交，洛阳人，徙居莱州胶水。以兄蔡齐恩荫入仕，景祐中官大理寺丞，后以虞部郎中知洋州，为范仲淹婿。此书叙述撰写范仲淹神道碑事宜。

与丁学士宝臣书 一（皇祐四年）

某启：自闻南方寇梗，思欲附问凶祸。闲居难求的便，虽在哀殒，翘想之心不可道也。元珍学行优深，才当远用。遘此不幸，古人多然，在处之有道尔。古之君子所以异于常人者，能安常人之所不能安也。所恨某居此际，不能奔走耳。

某衰病，无复生理。今秋欲扶护归乡，恐趁葬期不及，则且权厝乡寺，俟他年耳。忽偶黄莘先辈过，云贤兄在舒州，因得附此。草草不能尽鄙怀，当续驰讯也。秋热，宽中自爱。某再拜。

【解题】

此五书致丁宝臣。丁宝臣，字元珍，晋陵人。小欧阳修三岁。景祐三年任峡州判官，与夷陵县令欧阳修结识。皇祐四年五月，因在侬智高叛乱中陷城被贬官。嘉祐四年，欧阳修有《举丁宝臣状》，丁氏得以入馆阁编校书籍，后迁集贤校理。前三书言及此事。后二书自述衰病，营谋退引，当作于治平年间。丁卒于治平四年四月。（二至五书解题从略）

与丁学士书 二（嘉祐四年）

元珍淹屈于外，交游所宜出力，既默无所为，而至于书问亦不能时致其勤，其为惭罪，不待言矣。某自蒙恩归院，虽稍清闲，而忽忽度日，公私无所益，此处京师者汩汩之常态也。幸非甚愚，颇知脱此而远去，然事有不得遂去者，古人所谓不如意十常八九者，殆此类也。

今岁廷试，得人之盛，中外共庆，况在佳婿，此岂非久滞中一可喜事哉！今因胡推官行，谨奉状；相次陆君行，当别布恳。

与丁学士书　三（嘉祐四年）

某向在府中，困于烦冗，久不奉状，徒用瞻思。专人遽来，特辱嘉问，承涉夏已来体气清福，深所欣慰。元珍才行并高，而困蹇如此，吾徒之责也。某昨被烦使，初不敢辞。然几案之才，素非所长，加以早衰多病，筋力不支，屡自陈乞，蒙恩得解去，实出天幸。然请外之志，尚未获素心，又以残史终篇有期，夏秋之交，可决南去。相见未涯，千万鄙怀临纸不能悉布。惟慎重自爱，以顺休复。

与丁学士书　四

元珍屈处冗务，士夫所叹，清议尚存，自当奋滞。惟通塞有时，少须之耳。某碌碌于此，为庸人出处之计，前以屡陈矣。

与丁学士书　五

冗务诚非贤者所处，然屈伸之际，又非贤者不能安也。凡在交旧，莫不以此为虑，而未知所以，为之奈何？自古贤达之士，固尝有所屈伸，其所以处之者，乃其平生所学者耳。足下所存远大，故知必能及此，敢道之。

答郭刑部辅书

某启：方欲因儿子行奉状，递中忽辱书，可量欣慰。兼审春寒，动履清胜。承谕以嵩少之游，岂胜跂羡。此乐常为山人处士得之。衣冠仕宦，比其汲汲得如其志，不老则病矣，虽有登临之兴，勉强而为之，已不胜其劳也。若神完气锐，惟意所适，如公之乐者，百无一二人也。如某者，目固不能远望，足亦不任登高矣。可叹可叹。相见未涯，向暖，加爱。

【解题】

原无系年，当作于晚年。《全蜀艺文志》卷四十一、五十三有郭辅著述，四川人，天圣间进士，庆历中官度支员外郎，不知是否此郭氏。此书与郭氏论登临嵩山之乐，感叹年老体衰。

与朱职方处约书

某启：久不奉状。夏热，公外窃惟体履休胜。陈诜寺丞，佳士也，曾在滁州同官。今其南归，愿拜识，幸希留念也。属《唐史》终篇，忙迫作书，不谨备。恕之。方暑，慎爱。

【解题】

嘉祐五年（1060）夏，作者在京师任翰林学士，修《唐书》。朱处约，据胡宿《文恭集》卷十五，任过殿中丞，又据王安石《临川集》卷五十，曾任御史、祠部郎中。《宋史》卷二七八、四九三记载，朱氏于至和、嘉祐间在南方任职，官侍御史。此书介绍滁州同官陈诜拜识朱处约。

与蔡省副书

某顿首：公私匆匆，久阙致诚。辱教字，承已登舟，遂不复一得叙别，可胜瞻恋？短景，日暮还家，客已盈室，寝食殆废，习以为常。以此久不奉问，惭罪惭罪。汝阴君子久处，疾少间，当来归。未见，惟宽中自爱，审用药饵。不尽区区。

【解题】

蔡省副，名字及生平不详。据此三书，蔡氏与欧阳修、吴充、刘敞、章望之为酒侣诗友。（二、三书解题从略）

与蔡省副书　二（嘉祐□年）

某启：昨日无以为礼，深用惭靦，宿来动履想佳。然中席遽起，遂不可留。变此新例，他时东斋之会，敢不遵用故事也？适得冲卿简，言原父已送诗云。某殊未有一句，欲借一拭目，以发衰钝。三日，欲去出城送冲卿，能往否？此不敢强，间及之。

与蔡省副书　三（嘉祐□年）

某启：昨日知与冲卿赏月，必有余乐。某亦邀同辈二三人，淡坐不饮，殊亦鲜欢。但饮冷过多，又病，真不能追逐少年矣。前时乌丝兰，辄留欲书，其后尚未有暇。适因寻书，别得少佳者，且纳上，聊资挥洒。章望之长言，试为一阕。后日方得奉见，谨此咨布。

与王发运鼎书 一

某启：中春尝辱惠问。不审涉夏暑毒，体气如何？某自出贡院，为群士喧诟。寻而入夏，京师旱疫，家人类染时气。区区中复有病患忧煎，以此久不附状。宝臣治漕南方，虽久淹于外，然振纲革弊，公私所赖者不细，比于碌碌于此无所云补者，所得多矣。某再请洪井未得，屡罄所怀，期于必得也。未相见间，惟为时自重。谨于递中奉此。不宣。某再拜。

【解题】

两书都作于嘉祐二年（1057），时作者刚主考礼部试。王鼎，字宝臣（据《宋史》卷三〇〇），为官廉明强直，不避权贵，曾宫淮南两浙荆湖制发运使，入朝任三司盐铁副使、刑部侍郎、天章阁待制，卒于河北都转运使。（第二书解题从略）

与王发运书 二

某启：衰病无悰，难久于此，加以私计日思南去，未可得者无他，近时内、外制请便，例不得从尔，奈何奈何。自之翰有事，故人零落，所存者几，更复何心追后生于纷华？某将入贡院时，之翰疾已甚，比出，遂不见。遽失斯人，为恨何胜！与同年相知尤甚，遂及之，愁人愁人。

中间承惠金樱煎，近方开而服之，其制尤精，多荷。中年衰病太甚，世情已去，但犹藉药力，且扶旦夕尔。遽中不子细。

与马运判遵书

某启：久别，欣此瞻候。阴寒，道中尊候休胜。河役动众疲民，利害繄公处置之耳。他俟握手，不能具述。因人走此，不宣。某再拜运判里行执事。十二月七日。

【解题】

皇祐二年（1050）冬，作者知应天府兼南京留守司事。马遵，字仲涂，乐平人，性格乐观平易，杜衍、范仲淹称道其办事效率，皇祐二年以监察御史里行担任江淮、两浙、荆湖发运判官。

答韩钦圣书　一（嘉祐二年）

某启：昨使舟行日，不及攀别，深以为恨。人至辱书，伏承署事以来，当此祁寒，体况清福，实以为慰也。外补之乐，得之有素。伏读佳作，益以起予。无用之质，衰病飒然，造物者畏浮议以见縻，奈何奈何。岁晚，以时自重。人还，谨奉此为谢。不宣。某再拜钦圣提刑学士。十一月二日。

辱宠惠佳篇，钦诵不已。旦夕和得，递中附上。新甘奇味，珍荷也珍荷也！部头事艺稍进，得贤者齿问，更增勉励也。呵呵。刘守到，必还使司，当复清淡也。尝说襄阳山水，一经真赏，果如鄙言否？

【解题】

此二书同答韩宗彦。韩宗彦，字钦圣。韩亿孙。进士及第后，累官至集贤校理。出为提点京西、京东刑狱。卒于判三司盐铁勾院。作者嘉祐二年冬，在京任翰林学士，修《唐书》；次年六月，权知开封府，有《乞洪州札子》，未从，准免知开封，转官留京师。(第二书解题从略)

答韩钦圣书 二（嘉祐四年）

某启：专人辱书，承此视暑体履清胜，实慰瞻勤。前在府中，尝辱惠问，牵以俗冗，不时布款。昨以衰病屡自乞，蒙恩俾解烦剧。虽江西前请未获素心，而疲惫计不能久，粗得休息，亦不胜其幸。方得复从诸公之游，而子华遽迁执宪，然命出，中外称惬。某既得闲适，遂且盘桓，过夏，秋冬当遂前请。相见未涯，但闻风采，行被严召。未间，暑热，以时自爱。因人还，谨此为谢。

答李学士书

某启：自遭罹国恤，哀摧殆无以生。伏惟感慕攀号，何以堪处？伏承远赐存慰，岂胜感咽？孤拙遭遇，昔与安道皆奉清光。今兹衰晚，才薄责重，未知死所，何以论报！向秋，更冀以时加爱。

【解题】

嘉祐八年（1063）三月，仁宗卒。本书叙国丧悲哀，感谢李学士来书存慰。李学士，不详其人。

与王学士书　一

某顿首：京师区区，自朝及夕，无益于公私。而思接贤者之论，亦不时得。近两辱见顾，皆不获迎候，岂胜为恨？寒阴，不审气体何似？旦夕当卜至门。未间，先此为谢，冀有以亮之而已。

【解题】

第一书原无系年。王学士两顾家门，作者未能迎候，谨致歉意。第二书作于蔡州，自述请蔡求退衷曲。王学士，时居颍州，不详其人。第二书题下原注："此帖又载第九卷，却云《与薛少卿书》。"今存此删彼。（第二书解题略）

与王学士书　二（熙宁三年）

某启：急足至，辱书，喜承尊候万福，贵眷各安，甚慰企想。近入京衙校过颍，捧手教。寻于递中奉状，必达视听。某到此，以敝止未完固，少留以葺，然欲遂为挂冠之请。远近相知皆相督，以蔡是自乞，须且勉赴到任，徐请归休未迟。今遂治行，二十一、二间上道，三、四日至蔡，别拜状。恐久滞急足，忙中作书，不悉。

答张学士书　一（嘉祐□年）

某启：中间辱惠书，未遑修答。又辱惠书，意爱勤勤，重增感愧。某以尝患两手中指挛搐，为医者俾服四生丸，手指虽不搐，而药毒为孽，攻注颐颔间结核，咽喉肿塞，盛暑中殆不聊生，近方销释。衰朽百病交攻，难堪久处兹地，渐欲谋为退缩，得免罪戾。以疾为名而去，犹是幸人。

使骑巡历，何时一过都下，少遂握手？未间，以时自爱。仲仪丧子，应滞行期。许事犹烦余暇。冲卿恐犹未归，未及作书，为恳。

【解题】

此四书答张学士。张学士，名字及生平不详。前二书作于嘉祐年间，自陈衰病，向往退隐。后二书不详写作年月，一申问候之意，一表归表之心。（二至四书解题略）

答张学士书　二（嘉祐□年）

某启：区区久不驰问，岂胜瞻勤。暑毒，窃惟体履清福。兼承权留务，都邑孔道，谅少劳神。中间尝辱惠问，不时修报，亦可知其冗率也。惭感惭感。某《唐史》终篇，遂当复寻江西之请，衰病无堪，为归老之谋尔。未由握手，莫罄鄙怀。惟冀为时自爱，以副企咏。

答张学士书　三

某启：前日专诣舟次，值不在，略见贤郎。比欲旦夕再祗候，而大雨连绵，无由出门，兼恐已行。忽辱手教，乃知即今方行。不获面别，惟以时自爱，瞻企何已！东南应亦有所欲，但仓卒不暇，续当有信咨烦也。蒋同年千万为申意，近得书，亦当作书也。南郡近有书去矣。人立待，草草。

答张学士书 四

某启：衰病无堪，叨窃过分。方深愧惧，遽辱诲存。兼承惠寄佳篇，岂胜珍诵！湖园野趣，近郡所无，梦寐在焉，何尝忘也？若得偶逃罪责，归老其间，遂养慵拙，何胜幸也！岁晚寒凛，款言未期，惟冀以时自重。

答陆学士经书 一（至和二年）

某启：使北往返六千里，早衰多病，不胜其劳。使者辈往凡七八，独疲劣者尤觉其苦也。还家，人事日益区区，浮生何处得少休息？承子履在洛甚安，又知来郑书碑，咫尺莫得奉见。独见胜之，备知动止。辱书，益用为慰。渐暄，珍爱。人还，谨此。

【解题】

此三书答陆经。陆经，即欧阳修早年结交的陈经，字子履。第一书作于至和三年春，时欧阳修出使契丹回朝，自述路途艰辛，原系至和二年，误。第二书作于致仕后，作者自述衰病，告情朋友。第三书作于治平四年，时陆经知颍州，欧阳修感谢其问候并赠药。（二、三书解题略）

答陆学士书 二（熙宁四年）

某启：久阙奉问，忽枉以书，奚胜感慰！兼审经寒，履况冲裕。某衰病余生，得请归老，而迁官兼职，皆出特恩，荣幸之愧，无以为谕。第久疾累年，顿难减损，然得此闲适，足以安养，又其幸也，遂复田亩。无期会见，企仰而已。千万加爱。

答陆学士书　三（治平四年）

某启：早来辱枉使车，重增愧感。过午遂热，承动履清和；方苦昏乏，忽被手教，兼惠以药并方，尤荷意爱之厚。第药性差热，当渐渐服之也。窃承代归有期，依依之意，愚当与颍民同也。余留面布。人还，少奉此。

与刁学士约书

某启：前日承宠访。秋暑，计尊候康和。以居处狭陋，欲卜定力，约数君奉同闲话一日，既稍宽凉，又佳水烹一两杯茶。幸告月初约一日，恐为会处多，故先次咨启。

【解题】

写作年月不详。刁约，字景纯，刁衎孙，与欧阳修同天圣八年进士及第，历馆阁校理、直史馆，出知扬州。此书邀请朋友茶话聚会。

答连职方庶书　一（天圣中）

某惶悚顿首上党三哥良执：少别，伏想体中佳好。近者兄长行，获奉短札，恳悃之素，具之如昨。洎任进来，得三兄信，伏知轩车犹未归仙墅。

某自返党间，邈然块处，日以贱事相逼，鱼鳞左右，至于笔砚之具，视同长物而已。前承宠示佳句，久欲为答，奈六情底滞，不能叩课，加之对雷门之前，非布鼓之能过也。但效曹生游扬季布之名，日得传播于汉东士流之间，讽诵传写者迨使中山兔悲而洛阳纸贵也。今勉成一首，以报来赐。小生学非师授，性且冥蠢，仰赖良交，时赐教诱。若不为索其病疵，而姑效司马生言好字，则三哥顾我之厚薄，可由斯而见矣。

峥岁且晏，平居寡徒，想望故人，能不怆恨！时因北风，幸无忘德音之惠。某顿首。

【解题】

此五书答连庶。连庶，字君锡，应山人。曾任寿春令，有政绩，其后二十余退居不仕。欧阳修、宋庠兄弟未仕时，曾登门问学。后来三人仕途通达，连庶不倚此进身。屡迁职方员外郎卒。第一书作于天圣年间，叙乡曲场屋之谊；第二书作于嘉祐五年，称羡朋友闲居之适；第三书作于熙宁三年，谈归老之计；第四、五书作于熙宁四年知蔡州，叙思念之情并邀来访。（二至五书解题从略）

答连职方书　二（嘉祐五年）

某启：近尝辱惠问，不审寒来体履如何？京师区区，幸时与元礼相见，然衰病鲜悰，无复壮年游从之乐也。残史已终篇，南归之思如欲飞尔。君锡决然，遂获闲居之适，应知此趣真老者之所便也。况窃禄甚厚，于国无补，岂堪碌碌久此乎？握手未期，聊为君锡道此。盛寒，多爱。

答连职方书 三（熙宁三年）

某启：令侄过郡，辱书，粗慰积年思企之勤，兼得一诇起居康福。外绝世欲，内养天真，宜其极方外之乐，享眉寿于无涯。某宠禄盈溢，心志衰零，尚此盘桓，未偿夙愿。然亦不出新春，归计可决。第思场屋之游，四十年之旧，零落之余，所存者几？而吾二人者，邈焉各在一方。未知握手之期，用此不胜区区尔。岁律遒尽，寒色向深，惟以时加爱。

答连职方书 四（熙宁四年二月）

某启：守蔡忽已半岁，老年百病交攻，赖此闲僻偷安。然犹经春在告，人事旷废。咫尺相去，阙于驰问。使至辱书，既惭且感，喜承尊候康裕。某以衰残，未遂一丘之愿，勉强忧畏。惟思高贤远识，早能超出尘累，宜享福寿于无涯也。企慕企慕。相见未期，初暄，保爱。

答连职方书 五（熙宁四年四月）

某启：相去不远，惠然之顾出于乘兴，古贤佳事，有望于故人，但不敢坐邀尔。某入新年，陡更衰残，昨三月中，欲遂申前请，决计归休。封递角次，得阙报，陕兵为孽，远近惊惧，朝廷方有西顾之忧，遂且少止。今已宁息，非晚必期得请也。若遂还颍，则相去益远，至时或一就蔡枉顾，可否？千里命驾，近世未闻，亦是一时奇事，有望有望。乱道《思颍诗》一卷，粗以见志，闲中可资一噱。

答连郎中庠书　一

某启：才薄力劣，任非其称，初无报效，徒自为劳，人事都废，恃亲旧见哀而不责小故。湖外风土如何？向承体中亦小不佳，今喜清康。君锡兄亦久不承问。多事匆匆，不曾作得一书，惭悚惭悚。惠柑甚佳，远地难致，尤为珍感。凤团数饼，聊表信而已。岁律遽穷，新春多爱。

【解题】

不详写作年月。连庠，字元礼，庶之弟，进士及第，为宜城令。敏于政事，号称良吏。累迁都官郎中。第一书致问连氏兄弟，回赠凤茶；第二书致谢连庠惠赠熊掌、鲜鱼，感叹病目戒酒。（第二书解题略）

答连郎中书　二

某启：承贤郎小娘子见过，故人有佳儿女，朋友所当共庆也。兼辱简字，惠以熊白并蹯、鲊等，皆饮酒具。独患累日苦目昏，未能近杯杓也。朝暮乘闲道话。

答丘寺丞川书

某顿首：今日食后就寝，方觉，拥被卧读《太白集》。忽辱惠佳篇，岂胜感愧！当亦牵强为报，恐滞使人，且此为谢。

【解题】

丘川寺丞，不详生平。丘氏寄诗文，欧阳修作书为谢。

答黎宗孟醇书

某启：近遣家兵至万寿奉迎，有书，计达。专人惠教，乃承路中得疾，问来人，不得详言。即日必惟已获痊安，旅中有疾，亮难久也。辱谕寻医，细思皆小小外事，不足动怀，岂宜轻为去就？许昌避介至亳，又陈、曹为梗，今又复然，足验世人常态处处如此。然则寻医所至，未必见容，但当宽度包之尔。富丞相奉知必不浅，已教他举留再任，莫且隐忍终之否！某性自少容，老年磨难多，渐能忍事。前后蒙见教者，岂非欲某宽中以忍事耶？却敢以此意奉规，不怪不怪。未敢奉邀，必且径还家也。向暖，加爱。不宣。某再拜。

【解题】

熙宁二年（1069），作者知青州。黎醇，生平不详。本书请安问病，奉劝宽中忍事，表现朋友间的相互关怀。

与裴如晦书　一（嘉祐五年）

某启：酷暑阻奉见，窃惟体气佳和。新事颇动人耳目，惟静处听闹，益觉其喧也。圣俞赙助，遂获几何？苟有所得，幸且勿送其家也。望略批示，或约相见为佳。谨此咨启。某再拜如晦学士。二十四日。

【解题】

裴煜，字如晦，临川人，庆历六年送士及第，治平元年知扬州，官翰林学士。第一书作于嘉祐五年，议赙助梅尧臣丧葬事；第二书题下原注：“嘉祐八年以秘阁校理知润州。”内容为请安致谢。（第二书解题从略）

与裴如晦书　二

某启：公私冗琐，人事多废，不获奉问，忽已逾时。专人辱书，承经寒气体清安，稍慰瞻想也。某年齿日增，心志日耗，材薄任重，忧责无涯。故人在远，谁与教告？诚未知税驾之所也。如晦代归有期，窃承私门多所忧挠，顾知纷纷此世，少无事人也。惠甘诚为佳物，然不饮已期年矣。茶须尝，方敢致谢。向春和，更希慎爱。专人还，谨奉此。不宣。某顿首如晦学士足下。二月三日。

答杜植书

某启：公私多故，久阙驰诚，然亦久不承问。忽于递中辱书，喜慰无量，兼审经寒动履清胜。

不相见数年间，亲旧零落，所有无几。在者衰残老病，于理宜然。其间不能量力决然早去，而留连禄仕，任过其分，勉强碌碌，迄无可称，以取责于一时而贻讥于后世，则鄙人于数老叟中又独负此。若宠利纷华，不惟非素心所溺，就令心有所好，大抵晚年实能享者，于身所得几何？由是言之，得失不较可知。自去夏迨今，病恙交攻，尤苦齿牙，饮食艰难，则向所谓于身所得者，无复有尔。可叹可叹。不相见久，因书及此，聊当一笑尔。圣俞家，赖诸故人力，得不失所。漳州儿子辈更在教育，他事应在雅怀，有以处之，不待言也。新岁，千万加爱。因风不惜惠问，以慰瞻仰。不宣。某再拜。

【解题】

作于嘉祐五年（1060）春，作者在京师任翰林学士，修《唐书》。杜植，无锡人，杜镐子。以文雅知名，善吟诗作文，累官少府监。本书自叙衰病，感伤亲朋旧友零落；欣慰梅尧臣家人赖诸友赙助，得以安生。

答陆伸书

某启：人至，辱示长书及古今杂文十轴。其研穷六经之旨，究切当世之务，与其辩论文辞之际，如决壅塞，辟通衢，以泻浩渺之无穷，御驵骏而驰骋。然则吾子之所能与其所用心者，不待相见而可知矣。某衰病废学，多难于时，常幸得空闲之处，苟乐于自弃。而吾子独不弃之，惠然见及，何以当之？欣慕感愧，聊兹为谢，幸察其区区。

【解题】

写作年月失考。陆伸，生平不详。陆伸致书启及古今杂文求教。欧阳修答此书勉其为学。

与赵学士彦若书

修启：顷蒙轩骑少留，匆匆殆疏款奉，然每亲余论，获益已多。少别，方尔倾驰，辱书感愧。旦夕亮且就道，霜月向寒，千万爱摄。不宣。欧阳修奉启太常学士执事。八月晦日。

承示《集古跋尾》数事，顿发蒙滞，恨不早拜呈也。

【解题】

作于熙宁年间，赵彦若（字元考）致书论学，并示《集古跋尾》数事，欧阳修作书为谢。

与薛少卿公期书　一（景祐三年）

某顿首再启：东园一别，自夏涉秋，今倏冬矣。泝汴绝淮，泛大江，凡五千里，一百一十程，才至荆南。见家兄，言出京时有公期书。渴得一见，要知别后事，然数日寻之不见，遂已。

某自南行，所幸老幼皆无病恙，风波不甚恶，凡舟行人所惧处，皆坦然而过。今至此，向夷陵江水极善，亦不越三四日可到。又闻好水土，出粳米、大鱼、梨、栗、甘橘、茶、笋，而县民一二千户，绝无事。罪人得此，为至幸矣。只是沿路多故旧相识，所至牵率，又少便人作书入京。公期始约今冬赴绛州，必非久行矣。每忆君谟家会，颇如梦中。未知相见何时，惟自爱而已。

因人便，附书在君贶处，乃可达。今因遣白头奴入京，谨附状。不宣。

【解题】

此二十书，作于景祐三年（1036）至熙宁五年（1072）。薛仲孺，字公期，本为薛奎弟薛塾之子，薛奎死后六年，其子薛直孺亦病卒，无子，以薛仲孺为薛奎后嗣，是欧阳修与岳父家族的主要联系人。（二至二十书解题从略）

与薛少卿书　二（景祐四年）

某顿首：自公期东门之别，忽已逾年。南北之殊，相去万里，音信疏绝，于理固然。昨至许州，蒙讯问，备审官下为况甚佳。迩来谅惟自公之余，与阃内贵属各保清休。某居此，为况皆如常。亲老，幸甚安。室中骤过僻陋，便能同休戚，甘淡薄，此吾徒之所难，亦鄙夫之幸也。多荷多荷。

公期游宦故乡，其乐可量。思昔月中琴、弈、尊酒之会，何可得邪？某久处穷僻，习成枯淡，顿无曩时情悰，惟觉病态渐侵尔。敝性懒于作书，区区思慕之心非有怠也，惟仁者察之。谗谤未解，相见何由？惟慎疾加爱。因人至京，频示三两字为祷。其如方寸莫能尽也。不宣。

与薛少卿书　三（康定元年）

某顿首再拜公期九哥足下：比者伏审五丈人、丈母相继倾亡，闻讣交至，不胜悼怛，苦事。伏惟罹此酷毒，摧痛哀慕，奈何奈何。孝子之志，在于不灭，更望节哀就礼，以全大孝，是于亲友为大愿也。

自去秋质夫有事，颙俟公期替归，不意遭此凶变。知扶护且归绛州，未审何时可至京邑？一别数岁，某走万余里，艰险备尝，公期又有此患，人生若此，可嗟可嗟！

八哥在京，尚未有差遣，亦欲求一住京，所贵照管。君贶与某亦时时到宅，内外如常，不虑。中前君贶行，曾有书，他为有起请，不肯附去，今同封呈。前后累写下书，皆因循不附去得，悚息悚息。秋寒，哭泣扶护，千万宽节，以副区区。谨奉此致慰。

与薛少卿书 四（庆历三年）

某顿首启：自公期到京，便欲拜见。初期见访，寻以某欲入都，迁延至此。近以定日必行，一夕，小儿辄病，遂阻行计。然犹幸仅存其生，至今尚未安，所赖有可医理。行既无涯，虚滞轩车，久阻归计，惭惕。料某不往，公期便行也。企渴企渴。他具夫人书记，累辱问小儿病，无憀中未及奉书。市药甚烦挂意。春暖，各希保爱，瞻祝瞻祝。不宣。

与薛少卿书 五（皇祐二年）

某启：到此已将百日，牵率如初，以此久不奉问。递中并人至，两辱书，承寒来寝味多福。霈恩进秩，不敢为贺，彼此然也。某此区区，幸事渐少，稍息肩。奉告作鞍，盖为郡人哂其太陋尔。相次专人附银去，式样一依官品可也。冗事乃烦长者，惶恐惶恐。余具后信。冬冷，保重。

与薛少卿书 六（嘉祐□年）

某启：累日不相见，承在军器库中，必甚劳神。暄和，体气喜佳裕。玉册官便当遣去。有暇，因出见过，看汉碑。今日私忌，家居。恐知。

与薛少卿书　七（嘉祐□年）

某启：昨日见奶子自宅中归，云公期犹患腰疼，不审旦夕来尊候如何？今日欲于军器库中奉问，又恐不入。为前日所见偷窃者惊家人，欲于宅西添　铺巡警，不知有例否？夫人言公期宅前曾创添一铺，不知申报何处施行？略希批示。因出，间过少话。某再拜公期郎中。二日。

与薛少卿书　八（嘉祐□年）

某启：昨夕承过顾，经宿热未解，甚可苦也。体中安和。数日，有人将一马来，行亦快，不见惊蹶，不知毛骨如何。云要百千为定价，直否？试令牵呈。昨夕忘却间说及，幸告批示。萆薢丸方，专令咨请，不罪不罪。

与薛少卿书　九（嘉祐治平间）

某启：昨日作书，未及发，忽得来介所惠书，顿释月余忧想之怀，家人尤以为慰也。所喜涉暑到官，尊幼各安宁。仍知颇以郡事为意，如此日月，亦易销遣。某向在夷陵、乾德，每以民事便为销日之乐。苟能如此，殊无谪官之意也。

某偶因用街市淋洗药，拔动风气，左脚疼痛，数日在告。不意传报，特烦轸念，感愧感愧。盛暑，公外加爱。家人亦自有书，此不多述。不宣。

与薛少卿书　一〇（嘉祐治平间）

某启：近并捧三书，具审至汝以来动静，甚慰企渴尔。比日窃惟公外体履清福，贵眷各安和。今夏京师大热，疾疫尚未衰息。颇闻许、洛特盛，幸喜汝独无之。虽然，郡事久不治，下车之始，不无劳心。今必稍简，则渐可乐矣。

崔庠案已断，邸报必见，罪状不若初闻之可骇，然刑名亦重，举主多不免，兹亦奈何！淄州近不得书，应是烦恼。某今岁病暑，饮冰水多，目生黑花，多在告。举家幼小幸安。最后将书来人，戒渠来取书，辄私去，故于递中致此。暑伏方盛，慎爱。不宣。

与薛少卿书　一一（嘉祐治平间）

某启：多事匆匆，等闲不奉状，遂复逾月。兹者杨氏子来，辱书，承秋来公外动履清康，贵眷各安，粗以为慰。郡事以太守养疾，甚烦裁处。然临以余刃，莫不为劳苦，加之岁事丰成，盗讼当渐稀简也。

某以私门过夏向秋，幸且安帖。只是孤危之迹，势渐难安，群口籍籍，外亦应闻。病目愈甚，承惠药方，便当精意服之也。连日从驾，归遂卧病，兼亦筋力去不得也。余俟家人自有书。残暑，更冀以时自爱，以副瞻企。

与薛少卿书　一二（治平二年）

某启：近以雨水为患，举家惊奔，所幸人物苦无伤损。寓居定力，公私扰扰，久不附问。急足忽来惠书，承秋来公外体履清福，贵眷上下康安，稍以为慰。报国无状，致此天灾，皆由时政多阙，上贻圣忧。方共引咎，遽承见教，丁宁切至。蒙爱之厚，愧感铭藏而已。

知汝极丰，郡政修举，盗讼遂稀，应多闲暇之乐也。某匆匆无悰。病目，如在昏雾中，作书甚艰。余不遑及。向寒，保重。因风时枉问。

与薛少卿书　一三（治平二年）

某启：新阳纳庆，伏承动履多福。人至辱书，感慰无量。京师水后，继以阴雪，甫近郊礼，次开晴。青城宿斋，云日澄和，人情舒畅，遂成大礼。衰朽之质，执事忘劳。前此公私事丛，久阙致问，自是而后，应且休息。一晴镇遏无限浮议，天幸天幸。

余非笔墨可罄。人还，仅布一二。深寒，多爱。

与薛少卿书　一四（治平三年）

某启：自承受敕后，日与家人望轩骑来归，何久而绝不闻问？春夏之交，气候不常，不审体况何似？想与贵眷各安。

某此内外如常，但自春来，病渴淋不止，在告多日。乞一近郡养疾，已三削。窃料旦夕当至都门，故专走兵迎候。其他须面叙。病中，不悉。

与薛少卿书　一五（熙宁元年）

某启：近法曹厅人回，特惠书，经节，窃惟公外气体安和。某到官，忽已两月，幸与诸幼如常。但老病益衰，民间兴利趋公，事目百端，昏然并不能省。若常时公事则绝简，过客亦稀。苟禄偷安，负愧而已。公期临郡已多时，莫须别有差遣。某以病苦，难久尸居，归心有素，何日遂如所愿？相见未涯，穷冬盛寒，惟加摄为祝。

与薛少卿书　一六（熙宁三年）

［注］此书已见前，题作《与王学士书》二，此处存目删文。

与薛少卿书　一七（熙宁四年）

某启：专人辱书，承秋暑体候康适，贵眷安宁，甚慰甚慰。某兹者告老得请，恩典殊优，出于万幸。颍、蔡至近，虽冒大热，信宿便至，遂为闲人。庶事皆如素计，惟当营舍，久而仅了，族大费广，生事未成伦理，颇亦劳心。然措置稍定，不复更令入耳，则是人间无事人尔。知幸知幸。承冬中当替归，可遂相见，岂胜欣愿，但恐未间别有美命也。某此老幼幸如宜。闻相去只四程，必时得书问往还。残暑，公外多爱。

与薛少卿书　一八（熙宁四年）

某启：迓吏过州，辱书，承经寒体况清裕，贵眷各安，甚慰勤企。某与诸幼幸各如宜。自还田舍，已百余日，庶可稍成伦理，粗免劳心，始觉渐有闲中趣味。然目、足之疾，初未少损，盖累年旧苦，势难顿减，又迫于年齿，愈老而益衰。其如坐享厚俸，饮食无为，徼幸之愧，感激而已。

承美替有期，冬末行舟淮、颍，当得一会面。但恐未间，别有美命就移，不然，岂胜欣望也？深寒，未相见间，多爱多爱。

与薛少卿书　一九（熙宁五年）

某启：自使舟过郡，闲门庶事乏力，又值雪寒，难于举动，加之病齿妨饮，遂不成主礼。退居屏迹，惟交亲难相会，每以为恨。幸一相见，又事多艰滞如此，信乎人事如意难得也。然尚得静话数日尔。人至，辱手教，承宿来尊候万福，知诘旦遂行。向和，惟多爱。

与薛少卿书　二〇（熙宁五年）

某启：近辱书，喜获平安到京，甚慰倾企。乍至都下，人事必多，仍审已谒告归绛州，何其速也，不亦少劳乎？即日春暄，窃惟气体清适。

某自相别后，令医工脱去病齿，遂免痛苦。然至今尚未敢放口吃酒，情悰索然，但觉一岁衰如一岁尔。《集序》已了，只候更了镌刻，一并纳呈。闲居难得人便附书，比此书至京，计已西去，故令人赍转附至绛，故未及其他。惟向暖保爱，早还，以副瞻思。

与陈比部力书　一（嘉祐、治平间）

承有家讣，贤姊有事，窃惟悲痛。老年亲戚间，不免时有烦恼，人生常理只如此。时暑，千万节哀宽中。无由奉慰，来日令儿子至寺中也。五妹且省烦恼，时热，图安也。某再拜作坊殿丞良亲。二十七日。

【解题】

此七书同致陈力。陈力，生平事迹不详。据书简内容，陈氏历官作坊殿丞、作坊国博、作坊虞部和知郡比部。书中屡次言及“五妹”，据第七书“亡妹灵柩，今冬先送归晋”，此“五妹”当为欧阳修薛氏内妹，陈力当为欧阳修连襟妹夫。（二至七书解题从略）

与陈比部书　二（嘉祐、治平间）

某启：承昨日寺中举挂，时热，惟希宽中。又知吃食所伤，更须慎护。辱惠茶具，甚精奇，多荷多荷。藏之，他时为闲居之用尔，今则少暇也。五妹喜安。极热，未敢相邀，归家好将息。某再拜作坊国博之右。旬休日。

与陈比部书 三（嘉祐、治平间）

某辱惠答简，承脏腑已安和，甚慰。惠茶笼，所作极精至。石屏大是奇物，可珍可珍。但不得中间一片，则不成器，千万为早取之。此物他处未尝见，石屏世故多有，未有若此简易而工妙也。稍凉，见过闲话。某再拜作坊虞部。

六娘两日患脏腑，今却安也。果子自此更不令吃，幸荷幸荷。

与陈比部书 四（嘉祐、治平间）

人至，承惠简，喜酷暑中与贵眷各安。数日大热，恰值谢官，人事纷纷，疲朽遂不克支。若非昨夕一雨，少解烦毒，其将奈何？频劳问念，多感多感。某再拜。

住娘近日颇肯忌口，亦渐向安，谢念及也。

与陈比部书 五（嘉祐、治平间）

多日不相见，天气乍暖，喜与五妹各安和。惠简问及牙疼，多感多感。两日稍可，虽浮动，医者云取未得，须候根脱，取之省力，恐知恐知。驴肉，多荷多荷。某再拜作坊虞部良亲。二十二日。

两日却较吃得些物。

与陈比部书　六（嘉祐、治平间）

某启：承惠苏家药，多荷多荷。亦尝用之，此但治咽喉尔。某所苦者，齿牙热痛，两日来渐较，盖稍节滋味等物，遂可尔。过承忧念。五妹归家安否？后日祠事毕便归，当得相见。人还，专此为谢。某再拜。

只前时两般药自好，方待久使也。

与陈比部书　七（熙宁元年）

某启：久不得信，方深企想。送刘司理兵士至，辱书，承公外体候安和，四郎以下诸幼各安，甚慰。但以亡妹忽已周祥，举家见书信至，重增悲恼尔。某此老幼，幸亦如常。久欲作书，只为累表乞致政未允，候见去住后，发书奉报尔。今又忽有青州之命，已两次辞免，欲且乞守亳，盖去颍近，便于归计也，未知如何也。知吾亲每每多不安，远宦中有此烦恼，诚难为情，更宜宽心求安为善也。亡妹灵柩，今冬先送归晋，最为上策。向寒，千万保爱，不宣。某再拜知郡比部良亲。九月八日。

与马著作书　一（嘉祐中）

《牡丹记》、《荔支谱》，久欲附呈，以候刻跋尾数十字，以是稽迟，不怪不怪。病目固不能书，然君谟不肯为他人书，而独为某书，此朋友间自是一事，不可不记。故勉自书，取笑取笑。

【解题】

此七书同致马著作。马氏，名字不详，曾官知县著作。书简内容为请安致谢等家常语。其中第三书原系熙宁元年，误。据书中“某再乞寿”、“新春”等语，应是熙宁三年春。欧阳修《乞寿州第一札子》、《第二札子》系“熙宁二年冬”。（二至七书解题从略）

与马著作书　二（治平四年）

某启：近县人还，奉状。新岁布和，善人君子自宜亨福。惟余龄晚暮，益以病衰。相见未涯，徒积倾向，鄙抱区区，前书粗布。政余加爱。某手启知县著作足下。十二月十九日。

寄惠花烛、白蕈，多荷多荷。蕈岂非自种耶？甚佳甚佳。泉水未为尔，必以冰冻，赍致未得也。

与马著作书　三（熙宁元年）

某启：专人辱书，并以泉水为贶，岂胜珍荷。兼审新春，履味清安。河夫之役，尚烦神用，然处置得宜，公私俱济，则所利博矣，亮不以为劳也。某再乞寿，旦夕必见可否。未间，难为期约也，当读咨报。尚寒，慎爱。不宣。某手启知县著作足下。十九日。

李集已领。泉味皆佳，然大抵东州水甘，直须于咸水地饮之，然后为贵尔。

与马著作书　四

某启：病悴之余，人事疏废。忽辱惠教，方承临莅齐城，经暑公余清适。诲谕稠重，开发蒙鄙，感愧感愧。咫尺未期会话，钦渴钦渴。某再拜。

病目，多书字不得，不罪不罪。

与马著作书　五（熙宁三年）

淮西支郡萧条，何敢奉屈？然吾侪以道为乐，亦应不以闲要为计。某至颍，且少盘桓。俟如蔡，即当发削。若遂所乞，衰拙之幸多矣。涂次，余未及详。

与马著作书　六（熙宁三年）

最后一削甚悬，意谓可以免并遂蔡，何幸如之。其余区区；未可卒布。但不一会见，尤为恨尔。保爱保爱。

与马著作书　七

某启：官守相望咫尺，未亲言话。惠书勤眷，兼以嘉篇，富丽之作，老病无悰，得以拭目，顿增鄙思也。欣感欣感。高材尚滞一邑，秋冷，多爱。某奉白著作足下。

与颜直讲长道书　一

某启：向传例罢学职，初闻可疑，及辱书，始骇果然。又承有淮阳之命，君子出处不违道而无愧，则所居皆乐，况淮阳近家之便乎？亮不动浩然之气也。交年，积雪极寒，体况想佳。计行李不久当东，相去逾远，会见何时？千万加爱。

【解题】

此九书同致颜复。颜复，字长道，彭城人。颜太初子。嘉祐六年五月，朝廷试遗逸，欧阳修为考官，颜复、焦千之等赐进士出身。熙宁年间，官国子监直讲，后来官至中书舍人，兼国子祭酒。书简内容为问安好、叙近况、致谢忱等。（二至九书解题从略）

与颜直讲书　二（治平四年）

某启：向在京师，会吾子来，人事匆匆，不能以从容接高论。及至亳，闻还直学馆，出处相失，诚可怅仰。近惟经寒，体况清适。某退守僻州，甚为优幸。而衰病侵凌，心志昏耗，谅难久窃荣宠也。目疾为苦，临纸艰于执笔，鄙怀莫罄。新岁，惟冀加爱。

与颜直讲书　三（熙宁元年）

某启：董君来，辱惠音，窃承履况佳适；感慰曷已？学馆诚岑寂，然尘事不到，足以专志经籍，则其所得与其所乐，岂不多哉！某今春目疾愈甚，东州民物可乐处多，但自以衰病少悰尔。董君到，必为言也。

与颜直讲书 四（熙宁元年）

某启：衰病，人事多废，久不奉书。递中辱问，承经寒体况清适。学舍久淹，然以道为乐，必无倦也。某两目益昏，难久勉强，乞寿已再，旦夕冀得请西归，近颍为便尔。相见未涯，鄙诚莫道。

与颜直讲书 五（熙宁二年）

某以病昏废学，情礼亦多阙。东州一任，寄委勉强，常忧旷败。请寿，冀未退休间，苟安于藏缩尔。久不闻道义之益，与诸贤者迹日渐疏，但钦渴而已。

与颜直讲书 六（熙宁三年）

某启：近辱书，承春寒为道外无恙，甚慰企仰。窃忆去秋将离青社，曾一奉书，未审得达否？

某衰病如昨，幸得闲暇偷安，但苦病目，不能看书，无以度日。《诗》义未能精究，第据所得，聊且成书。正恐眼目有妨，不能卒业，盖前人如此者多也。今果目视昏花，若不草草了之，几成后悔。所以未敢多示人者，更欲与二三君讲评其可否尔，但未知相见何时也。

报笔特艰，莫布万一。渐暖，加啬。

与颜直讲书 七（熙宁四年）

某启：近辱书，承涉暑讲道外康和，甚慰。兼蒙以《皃绎先生集》为示，某自少时尝得传诵数篇，每恨不见全编，不意兹时顿饫饥渴，藏家著录，以传后世，荣感荣感。某以经春老病在告，近已复寻在亳之请，方治装以俟命，区区未遑悉布。惟毒热，加爱。

与颜直讲书 八（熙宁四年）

某兹者得请归老，恩出万幸。惟所苦渴淋，自春发作，经此暑毒尤甚。盖以累年之疾，势不易平，然自此安闲，冀渐调养尔。两目昏甚，艰于执卷，顾难销晷景。又亲朋之会，邈不可期，恐遂不闻道义，默默浸为庸人尔。残暑，加爱。

与颜直讲书 九（熙宁四年）

某启：近小史许充行，奉书方在道。人自都来，又辱惠问，岂胜感愧。兼承秋暑，为况多佳。某自蒙恩，许其告老，荣幸感激之悃，前书已粗布，惟乍还里闬，人事少劳，而旧苦目、足之疾，得秋增甚。旧书编稿未经一二君商榷，今遂复田亩，会见无期，此为恨尔。余粗如宜，幸不多恤。向冷，惟加爱。

与梁直讲书

某启：衰病退藏，自宜屏迹，忽辱惠问，雅眷不忘，其为感著，未易遽陈。兼喜春和，气体清裕。董直讲来自学舍，具道群居之详。今其还也，亦备见郡斋之况，燕谭之际，谅可及之。病目愈眊然，艰于执笔。惟以时加爱。

【解题】

不详写作年月。梁直讲来书问候，又有董直讲来自国子监，叙及学舍近况，趁其还京，欧阳修捎书致意。

与直讲都官书

某启：自离亳，更阙奉问。春气尚寒，体履清胜。某昨辞青不获，勉策病躯东来。而东州土俗深厚，岁丰盗讼亦稀，甚为养拙之幸，而独苦衰朽老疾日增尔。归计迁延，更须年岁也。学舍久淹，匪朝必有美命。未间，珍爱。某再拜直讲都官足下。正月九日。

【解题】

作于熙宁二年（1069），原系熙宁元年，误。胡柯《庐陵欧阳文忠公年谱》：熙宁元年“八月乙巳，转兵部尚书，改知青州，充京东东路安抚使。九月丙申，至青。”书简署正月九日，又自叙“辞青不获，勉策病躯东来”，当作于次年。

与曾学士书

某启：近因人还，得附拙记，荐枉书尺，其为愧荷，可胜道也。兼审秋寒，提按之暇动履清福。某去蔡咫尺，以病足为梗，少留于此，忽复逾月。匪晚，向官所。寿、蔡相望，时得拜问。旅寓中草率为谢。

【解题】

本书作于熙宁三年秋，时作者赴亳州任，途中滞留颍州。曾学士，名字不详，时守寿州，有书简致欧阳修，欧寄书致意。

与王补之书

某启：近者行舟过界上，特辱惠书，喜承秋冷气体安和。以至郡道里差遥，不敢曲邀车骑，又失于上问，全乏迎候，岂胜愧恨？某蒙恩得请，郡僻事简，衰年疲病，苟禄偷安，甚为幸也。款见未涯，以时自爱。

【解题】

作于熙宁三年知亳州任上。王无咎，字补之，南城人。嘉祐进士及第，曾官天台令，弃而从王安石学。不知是否此人。此为获王氏来书后的答简，致问候，告衰病。

与谢景初书

某拜启：久不作书，盖由无便。即日为政外奉亲万福。某幸且安，郡僻少事。然渐老，懒于为学，惟喜睡尔。足下为道方锐，著述必多。此急足回，无惜为寄。春寒，保重。

【解题】

皇祐元年（1049）春，作者移知颍州。谢景初，字师厚。谢绛子。小欧阳修十三岁。少年随父就学洛阳，文章受欧阳修称赏，钱惟演叹为“奇童”。景祐初年，胥偃许女为妻。庆历六年进士及第，知余姚县，有政绩。本书自述为学渐懒，问谢氏治学、著述景况。

论徐峤称弟子帖

某启：承惠佳篇，岂胜钦服？昨日见顾，遂当祗诣，曾不为言。其如清宴佳宾，难复多得。若曰《春秋》为义，当得徐峤笔法，何用于阇梨称弟子？自南朝起此弊事，遂成风俗。其如近日士人，佞佛者少，宜于此时，力与革此弊事，惟在贤者为之。《礼》曰“君子动而为世法”，然则举措其可不慎哉？金氏世以财雄南方，今乃出佳子弟，甚可爱也。雄、漠、瀛、霸、保州粉纸，谁谓不可书？请试察。

【解题】

《欧阳文忠公集》卷一五二本书简前载有徐峤称弟子帖：“春首余寒，惟阇梨动止安隐。弟子虚乏，缪承荣寄，蒙恩奖擢，授以洺州。一岁三迁，自南徂北。既近都邑，忝窃弥深。便即祇命，未由预谒。瞻望山门，但增悽断。战惧之情，惭惶失据，愿珍重不宣。弟子徐峤和南。”本书论徐峤书简，批评南朝以来的佞佛风气，表现欧阳修捍卫儒学排斥佛学的一贯思想。末句下编者原按：“试察之下，尚隐隐有字，漫灭不可读，不知与何人帖也。”据此，本文笔意未尽，尚有下文。

与修史学士书 一（嘉祐□年）

某启：辱教，开发蒙滞，实寡陋者之幸也。早来宁王宪只为更名，与郯王嗣直数人同须再出封国。其他更有易名者，偶不徙封尔。就中此卷错处多，然舍此更无也。某白。

【解题】

此三书作于嘉祐年间。帖后原注："右三篇见《秀峰隐居法帖》。或云与吕夏卿。吕字缙叔，尝同修《唐史》。'晋'字疑省文。"（二、三书解题从略）

与修史学士书 二

某启：前日承惠服属图，寡陋蒙益，何胜感愧。欲见当年修《真宗实录》人官职、姓名、差官及书成年月，告与检示，不罪相烦。八日，某拜白晋叔学士。

与修史学士书 三

多日不奉见，春暖康和。中间承见惠腊雪散者，或有，更乞少许。某再拜。

与 人 书

辱留郡两日，偶客多，不及款话，惟望慎疾自爱。俗子多是非，难防，勉强接纳。小疾不足过疑，却恐过当服药，致生疾耳。二者愚虑，恃眷旧敢然，悚惕悚惕！公议难遏，亨复匪遥，他不足道也。区区。某又拜。

【解题】

不详收书人姓氏，亦不详写作年月。内容为奉劝朋友谨慎服药，过量反致疾病。

与黄渭书

修启：多事，不及周谨。鄙文或可刊石，望只依首尾，不须添他语，亦不必平空，及不用官衔，惟书、刻人欲署姓名，无妨。墨本乞三五纸。乍别，保爱。修再拜。

【解题】

原无系年，当与《黄梦升墓志铭》同作于庆历三年（1043）。黄渭为黄注（字梦升）弟。本书嘱黄注墓志刻石事宜。

与李吉州书

人至，辱书为诲，承临郡之暇体况甚休。乡郡多幸，得贤侯为立学舍。蒙索鄙文，窃喜载名庑下，遂不敢辞。笔语粗恶，幸望与伯镇学士评改而刻石也。冬冷，千万加爱。

【解题】

作于庆历五年（1045）冬。李吉州，即吉州知州李宽。参见《与李吉州宽启》解题。

与十四弟焕书 一（皇祐二年）

某启：仕宦多故，久不附书。冬寒，计与诸眷安和。某为太君年老多病，未能一归乡里，亲拜坟墓，祖坟更望与照管。余托郑斋郎致意。此外保爱。不宣。某书上十四弟秀才，闰月六日。

【解题】

此七书作于皇祐二年（1050）至嘉祐元年（1056）。欧阳焕，字大明，为欧阳修族弟，居庐陵故里。七书内容大抵叙母丧、祖茔、扫墓等事宜。（二至七书解题从略）

与十四弟书 二（皇祐五年）

某罪逆深重，不自死灭，祸罚上延太君，以去年三月十七日有事。攀号冤叫，五内分崩，不孝深苍天！罪逆深苍天！见在颍州持服。昨者郑斋郎自乡中来，得十四弟书，知与骨肉奉亲各安。某为于颍州卜葬，所以未及归得，只候服阕，南归相见。书言回陂树倒，但勿令人斫伐为幸。诸大小坟域，且望更与挂意照管。年岁间，某归相见，余不多言。今因嗣立人回，奉此不具。兄押。书寄十四弟秀才，四月七日。

兖墨、宣笔，表远信。

与十四弟书 三（皇祐五年）

十四弟秀才：前者嗣立人力回，曾附书及笔墨等，想得达。

迩来暑热，上下各安。某今者扶护太君灵柩归葬，先遣嗣立归，凡有可干事，为嗣立少心力，吾弟且与同共勾当。相见不远。秋热，好将息。不次。某书白十四弟，七月十五日。

与十四弟书　四（皇祐五年）

十四弟：昨自扶护南归，得相见，庶事颇相牵率。自别，计安，诸侄亦计无恙。某初十日已至家，一行如常。但忧坟茔，惟托勤为照管。诸已面谕，更不言也。此外教诸侄为学，各令谨慎为佳。时寒，好将摄。因人频附书来，言坟头子细，是切。不具。兄某书送十四弟。

与十四弟书　五（皇祐六年）

十四弟：别后计与诸眷各安。自离吉水后，未曾得来书。中间景归，曾有书，必达。八郎近寄信来，回陂门垣及水道并已改了，不知是否，因书言及。今因寒食，遣人力去上坟，望与至少卿坟头一转。为地远，只附钱去，与买香、纸、酒等浇奠。小叔、西街小大郎诸骨肉，并与申意，前曾附书，更不写书也。更附钱五佰文，与回陂坟头张旺，取伊一领状封来。仍指挥伊修盖墙垣，看锁门户，千万千万。如有事，书中细与言来。春暄，各好将息。不次。兄押。书送十四弟。

与十四弟书　六（至和二年）

书寄十四弟秀才：久别，计安乐。吴荣来，得书，回陂坟所，必与照管。今因寒食，令人力萧及去上坟，将钱伍佰省，请与买酒食去浇奠回陂坟，并与觑当垣墙门户。钱一索与看坟张旺，仍指挥伊觑当树木，及取领状一纸来。春暖，好将息。不具。兄押。书白十四弟秀才，二月四日。

与十四弟书　七（嘉祐元年）

人力来，得书，知骨肉并安，深慰深慰。为今春使契丹，寒食不曾遣得人往坟所。吾弟并与到诸坟，深感深感。修见乞洪州，亦只为先坟也。未得间，恐吾弟因出入且为照管。兄押。书送十四弟，四月十五日。

与十二侄通理书　一（皇祐四年）

自南方多事以来，日夕忧汝。得昨日递中书，知与新妇诸孙等各安，守官无事，顿解远想。吾此哀苦如常。欧阳氏自江南归明，累世蒙朝廷官禄，吾今又被荣显，致汝等并列官裳，当思报效。偶此多事，如有差使，尽心向前，不得避事。至于临难死节，亦是汝荣事，但存心尽公，神明亦自祐汝，慎不可思避事也。

昨书中言欲买朱砂来，吾不阙此物，汝于官下宜守廉，何得买官下物？吾在官所，除饮食物外，不曾买一物、汝可安此为戒也。已寒，好将息。不具。吾书送通理十二郎。

【解题】

第一书教诫十二侄欧阳通理（时任象州司理）守官守廉，忠于国事，临难毋苟免。虽然只是家人之间的体己话，却展示了作者崇高的精神境界。苏轼《跋欧阳家书》评述此书说："凡人勉强于外，何所不至？唯考之其私，乃见真伪。"宋人俞文豹《吹剑录》外集引此家书与包拯训子语，奉为家教典范。第二书指导诗文写作，劝诫其侄安于现任官职。（第二书解题从略）

与十二侄书　二

承示近文，只如此作得也。但古诗中时复要一联对属，尤见工夫。并问当因书言去。昔选人有陈奇者，举主十六人，仁宗见其未尝历选调，特旨不改官，以戒驰骛者。初官，宜少安之。

与十三侄奉职书

奉职自赴任，不曾得书，到官下，想安乐。汝孤寒，曾受辛苦，知道官职难得，每事当思爱惜，守廉、守贫、慎行刑，保此寸禄而已。十四郎今却令回，此子自县中来，见其衣装单薄。汝只亲兄弟两人，今食禄，庶事宜均给。更且戒约，勿令出入，无事令学书，识取些字。从来失教训，是事不会，男子如此，何以养身？今遣人去知府舍人处，求太君墓志。若此人将得来，即更不言。若未得来，即汝因事至府中面告，言吾令汝请文字，且与请取，求的便附来。春寒，好将息。不具。吾押送十三奉职。正月十四日。

十四郎，此中与绵袄子两领，并裹缠钱三索省。只十七八程可到，恐伊别乱破钱也。

【解题】

作于皇祐五年（1053）春，勉励十三侄奉官守廉。元人黄缙

《跋欧阳文忠公帖》说："伏观此帖，虽不据古经传，为无高论，而劝戒之辞，真切恳到，出于至诚。与家人语，当如是也。"

与大寺丞发书 一（治平四年）

王泽与书，未行间，孙宗古来，得汝书，知与幼小各安，甚宽忧想。惟真所传神，改了甚善。梅都官者，必已画了。所是韩、孟，惟真既言自有本，便可画也。须是四幢，头面仿佛一般大小，方好看。且传语催伊早画了，才到亳，便去取也。押。付发。

宅图且勿与看。梅须亦带接篱，不然带楮冠子，但取好画，隐士帽亦好。

【解题】

此十一书作于治平四年（1067）与熙宁四年（1071），即亳州与蔡州任上。欧阳发，字伯和，为欧阳修长子。书简内容大致为问事、料理家计、安排退居颍州事务等。（二至十一书解题从略）

与大寺丞书 二（治平四年）

吾二十五日离颍，二十八日一行平安至亳，初二日上事。临离颍时，累有书去，约汝于递中发书，令先至亳。及至此两日，杳不得一字，何故何故？以此不无忧想，不知尔来汝与诸幼各安乐否？迎孙、婆孙入夏来长进否？婆孙疮痍较未？不瘦否？此吾日夕所念也。今专遣急脚子去，勾当将来山陵发引、排祭一事，汝宜用心速与问，当早令回报。盖虑后时难办也。其余事，更三两日黄清去，别有书也。此外夏热，汝与诸幼各好将息。递中频发一书来，不必须候专人也。五月二十九日，至亳后第一书。押。付发。

今令急脚子计会王昌及杜延禧问当进奏官，及转问北京、定州进奏官，前次仁宗山陵发引时，北京、定州排祭用何仪式？其祭前排列明器、人物等，用多少数目？祭食味数、赠作钱马数目，并令一一问取今体例来。今别具画一札子，汝速召王昌、杜延禧令体问，早令此急足回来，要作准备。如杜延禧短使，即令王昌用心勾当，不管误事。此急脚子回时，买明黄罗一匹附来。

与大寺丞书　三（治平四年）

初三日，遣急脚子发到亳后第一书，为问山陵致祭事，书必已到。此中两日内，却并得递中来者两书，知汝与诸幼各安。只是闻得婆孙患脏腑后甚烦恼，盖孩儿三好两恶已多时，且须用心调理。及知道奶子乱吃物道不得，但向道候到亳州。

你不得迎子，何不与青黛丸吃？此是汝小时服之得效者。前时王泽附去者豆蔻丸，亦是汝辈患脏腑时得效者，可与婆孙吃。医人药中用黄连、甘草者，与儿吃。此中日夕，惟是忧烦二孙过夏不易。且喜汝今夏一成安乐，然更须慎食生冷。吾自蔡河舟中大热，食生冷不节，所以到颍渴淋复作。颍肉诚不及京师，乍从京师来，诚不好，及食之日久，亦不觉。酒则绝佳于旧日。巨鱼鲜美，虾蟹极多，皆他郡所无。以至水泉、蔬果，皆绝好。诸物皆贱。闲居之乐，莫此若也。吾此只为一岁计，不候宅成，只候买得材料，便决去躬亲盖造，必更精洁也。此郡闲僻，来去间足以颐养。娘瘦及食少、心头气满与其余，并如在京时，汝可勿忧。黄清、李德，今并遣回。余事当续附书。此外夏热，汝曹各好将息。稍无人便，即于递中附书，千万。六月七日，第二书。付发。押。

王昌令买明黄罗一匹、白生罗二匹，已指挥与也。要知要知。

七郎，得书知在京安乐，且与频照管。

山陵致祭纸钱赠作驼马等，此中可造。惟是祭前排立人物，此中做不得，须令王昌及早商量定，令人家依数做下，准备使用，不可误事也。

箔场近日如何般堕？并出买如何也？向后可嗷折欠？此事常宜用心。

王昌处米麦绢钱索足未？今并在何处收附？所云赵祐请米，又是何米？后信子细说来。出京时旧历上未请物数，令王昌录一本来，仍开说后来已请，见今未请。

惟真处画四本总了，便与附来。

黎直讲并彭州刘比部书，并早与附达。见吴省副，再三申意，续有书也。近日群议如何？《谢上表》到后，莫有云云否？因的书中略说来，不妨。曾学士书，汝去相看，自送与。

与大寺丞书　四（治平四年）

十八日，王昌等到，得汝书，并寄来生日信物，依数并领，知汝与诸幼各安。此中上下并如常，汝可勿忧。只是闻得迎孙患痢，甚忧。得王昌来时书中，只言稍减，次日送黄清急脚回书中，并不言增减，以此不能无忧，才得婆孙稍安，又却大姐患痢，料得煎迫可知。医人须着照管，且频与钱，但于房钱内取。及他事少钱使，但于房钱内随多少取使，不须先来问也，只是分明上历记数与随手印押。夏、陆二人，或请一月米，各与五石。

昨送香合来，依常年例，各与酒一瓶。侯威亦与一瓶。汝昨寄文字，比旧甚进，可惜中止。已得涂辙，可以力进也。吾此公事绝少，渴已减，但瘦少力，及耳听渐重，然未甚妨事，皆可勿忧。此后恐人便渐少，但过十日无人便发书，即于递中附一信来。此外夏热，各好将息。六月二十三日押。付发。

颍酒二瓶，且可吃。亳酒更不及。团茶新旧三饼。

纸请取一月。九舅作捉箔场，亦须照管。

排祭事，已指挥王昌也。只是祭文，不知用不用？速与问。如用时，觅一个本子寄来，盖全不知体面也。更是灵驾起时，百官皆服初丧，恐代拜要孝衣，更早擘画。

韩维龙图昨因何出，辞颍求襄，何故不得而得？汝问冲卿便知，书中报来。待发书往，汝略要知尔。

《谢上表》到多时，因何不传？若传，人言谓何？及今诸事，有何议论？亦问冲卿便知，子细报来。此中如井底。

焦秘校所论如何？且频与见。彼新自南来，必载柴米来，如无时，速报来。

曾学士处《国史》送来足也未？或未足，早取令足，报来。

与大寺丞书　五（熙宁四年）

昨晚令此防送兵士将书去。今早果是送汝兵士回，得汝书，知到颍安乐，顿解千万忧想。自此三五日，因人或县递，频附一信来也。他事若渐有次绪，亦言来。谢大伯花园与漕口庄帐，曾问当未？花园目见如果可买，亦缓为之。庄难看，勿凭说者，切在子细也。吾今日已在假，余事续书言去。二月二十三日押。

所云州官来则复谒，思之未便，如倅幕、县宰，须一先谒，常礼不可阙也。写书了，又思得此助役事，方欲议行，人户惊搔，见说颍亦如此。旦夕得安抚文移，陕西军贼扑灭已多，其余些小溃散，更俟续报。若一成定撲，则过圣节可陈乞尔。恐知恐知。二哥一向不得书，忧损忧损。吾却且视事，盖不请假，亦自可下表，在亳时如此也。此中吴寺丞久不安，似虚劳，恐知恐知。

与大寺丞书　六（熙宁四年）

近送配军人行，有书去，必到。寻而急足回，得汝书，知在颍安乐，甚慰甚慰。数日无书去，为等姚都官行，然家中上下安乐，别无事，可勿忧。吾在告已十余日。二哥自京有书来，言自家求休退，都下别无议论。西事亦不如传闻，别无警急。但一二相爱者，恐时方恶人求退，惧有不如意事尔。若止如此，苦无可恤，三五日欲遂入削尔。恐知恐知。候入削了，去报也。韦保屋必已下手也，如前所说，甚好。只是郭天锡不可专委，须自挂心。韦保屋了，汝且谋归，要去时却去，此中近故也。州官尽曾看否？且与周旋。《续思颍诗》何为却不刻石？问得言来。更数事别有画一。向热，好将息。频附书归。三月五日，押付大哥。

襄州酒二瓶，不甚好，但少胜颍尔。少吃发风物，酒亦少饮，千万千万。科场尚远，勿甚劳也。

与大寺丞书　七（熙宁四年）

初六日，姚都官行，令急足随去，附书并酒，计昨日已到也。前日扬婴入州，得汝书，并信物等并足，知汝在彼安乐，甚慰。此中内外并如常。

吾在假已十七、八日，表并札子写下数日，迁延未发。今日待发，凌晨忽闻边事警急，又却未敢发。然素计蹉跌，身心躁挠，无地自容。盖悔恨者，去就之计不能自决。若去秋在颍便陈乞，安有今日之悔？到蔡，又直迟疑至今。是自家做得，今欲归咎何人？然昨为黎教授云云，遂陷惑至此。初八日，决已发表，封递角次。又得黎书，切怪在假，仍戒勿轻发，遂又迟疑。信知是一冤家，冤家。边事未有涯，自家退计，杳未有也。

汝书言待盖草堂并庵，此不急之务，不是汝去时议定且只修房，钱紧急，因何又却及此？吾此书到，切更勿议盖也。那取人工、物料、钱物，等候韦保屋修了，更修取此房，钱紧急处，千万千万。今此书，只为言此一事，切听切听。此外好将息，频附书归。三月十一日押。付发。

谢家园子，前书已言去。庄帐子不要，今却附去。致庄之说且已，候汝归，细议也，有说有说。

与大寺丞书　八（熙宁四年）

刘宗去后，防送人回，得汝书，知汝在彼安乐，甚慰。只是知二十三日方卓立韦家屋子，约须一月方了，不知汝甚时归得？本望圣节前到家尔。兼渐向热，宜且归也。此中上下并安，可勿忧。吾已出厅五六日，本为西贼警传，今得诸处关报，皆云招捉溃散无多也。吾之进退，自此以后，自决于心。如事从容，希恩礼，悠悠之谈，相误至此也。刘宗去时，书中事甚详，此更不多言。文论并诗，频作甚好，惟愈熟则工矣。青州两料职租不久来，当尽送去修房钱也。恐知。云遣郭天锡，日望其来。此外好将息。三月二十五日押。送大哥。二哥此中亦久不得书，可怪可怪。

与大寺丞书 九（熙宁四年）

前日两步阙兵士防送行，有书并掩子，必到。今日蔡州大风微雨，陡寒，思汝数日前尽将绵衣寄归，不知彼中阴晴与此同否？忧汝骤寒，都无绵衣，吾与娘忧心不能安，今立走急足送绵衣去。急足到，立便令回，或汝归时带来，亦得，未归先遣回，亦得。余事，前书已说也。好将息。四月九日押。送大哥。

与大寺丞书 一〇（熙宁四年）

近两步阙押卖药人去，有书。续又专遣急足送绵衣去，有书。计皆已到。今日郭顺来，得汝书，知在彼安乐，甚解忧想。此中老幼各安，可勿过忧。蔡人今岁绝不疾疫，但寒暑不常，昨初九日大风寒，所以专令送绵衣去。及问郭顺，乃云九日颍州大热，方解忧心。郭顺云修造有次第，汝欲二十头可归。然不知何故，更令郭天锡先归也？累书去问汝归日，皆不言，娘甚怪。然韦业了，其余小者可委刘宗，大者必下手未得也。此中亦自有事，要汝归面议，此书到，千万且归。他事，前书已详。余好将息。四月十二日晚押。送大哥。

二哥十头出京，三五日到家，恐知恐知。

与大寺丞书 一一（熙宁四年）

前日吴廷平来，得汝书，知安乐。近郭天锡来后，便遣兵士、作子等去，望人到，汝便离颍。至今已八九日，并无息耗，不免忧疑。盖颍、蔡深夏，不免人多不安故也。此中内外甚安。吾十九日已入却致仕文字，若近例，一削便允，则旦暮间便有命，尤要汝归。故更遣急足去，如人到，尚未起来，即速且归。韦业已了，只是屋下生活，可委刘宗。其余前书已言，候汝归商量也。所是准备吾归颍之计，今更未暇。汝但且归，此中旦夕专望。路中好将息。四月二十六日午时押。付发。

与二寺丞奕书

自闻汝失意，便遣郭顺去接汝，次日又递中附书去。方忧闷次，今日刘玉自京来，得汝八日书，稍知动静。若至颍，见了大哥便先归，则今应已在路。得失常事，命有迟速，汝必会得，应不甚劳心。却是旅中不如意，渐热难行，故未免忧想。若此书到，尚在颍，则且先归，为娘切要见汝，盖忧汝烦恼也。汝切宽心求安。如过亳州，只约黎、曹二君南台相见，勿入城，千万千万。此外路中好将息。此急脚子如路中逢见，便带取回，一路使唤。二月二十六日押。付二哥奕。

【解题】

熙宁三年（1070），次子欧阳奕科场失利，欧阳修作此书慰勉，要儿子“宽心求安”。设身处地，语重心长，兼具严父慈母之心。

索　碑　帖

昨承见索碑阴题刻，今已勉强。多难衰退，文无次第，不足以道述盛德，多愧愧！汴渠已浅阻，舟行不通，郡斋甚静。又得君谟一二饼新茗，恨无知者一啜尔。安抚不久应当到彼，寂不闻其有所为，恐知之。见许碑文，不知何时可去，请幸留意，恐公旦夕有新命耳。已寒，保重。不宣。修再拜。

碑阴如刻石时，前后勿加题，并官衔并不要。其中亦要题空起，只“明天子”一处空，其余不要空也。贵稍近古，恐知。

【解题】

此书见于《宝真斋法书赞》卷十。原无系年，据其内容，当作于皇祐三年《孔氏碑阴记》之后，书中“安抚”，当指孙沔。孙沔于皇祐四年八月为湖南、江西路安抚使兼广南东、西路安抚使，次年五月授枢密副使。其间，欧阳修在颍守制，书中却有“郡斋”语，不详其写作时间。

迁　居　帖

修启：公私多故，无由少奉闲燕，惟深企仰。秋寒，喜承体气清安。敝居安敢为久计？向以小侄幼孤，一房新来，遂欲迁一宽处。既而赁得旁舍数间，遂且不移，苟度时日。若获脱去，谨专如教也。人还，聊此，不宣。修再拜通直内翰执事，二十六日。

【解题】

此书见于《宝真斋法书赞》卷十。写作年月失考。通直内翰，亦不详其人。书简谈暂免迁家事宜。

与元珍学士书

修启：气候不常，承动履清安。辱简诲承问，感愧！修拙疾如故，然请外非为疾，亦与诸公求罢而从容于进退者异也。谅非遂请不能已，然亦必易遂也。承见谕，敢及之。修顿首元珍学士。子固伸意。

【解题】

见于《三希堂法帖》。原无系年，详其内容，当作于嘉祐、治平年间请知外郡时期。丁宝臣，字元珍。小欧阳修三岁，景祐三年与欧结识于夷陵。据欧阳修《集贤校理丁君墓志》，卒于治平四年四月。本书自述坚请外任的原委。

思奉帖

修启：思奉清论不可得，徒用企想。夏热，承体气佳裕。修此者忽有尹命，殊出意外。不惟才非所长，加以他虑不浅，昨已恳辞，庶可得免。

【解题】

见于《抚古斋石刻》卷下。原无系年，据书中“忽有尹命”、“昨已恳辞”等语，可知作于嘉祐四年（1059）夏。欧阳修嘉祐三年六月权知开封府，次年二月以恳请而准免。此书叙请免开封府尹原由。

与端明侍读书

修启：修以衰病余生，蒙上恩宽假，哀其恳至，俾遂归老。自杜门里巷，与世日疏。惟窃自念幸得早从当世贤者之游，其于钦向德义，未始少忘于心耳。近张寺丞自洛来，出所惠书，其为感慰，何可胜言！因得仰询起居，喜承宴处优闲，履况清福。春候暄和，更冀为时爱重，以副搢绅所以有望者，非独田亩垂尽之人区区也。不宣。修再拜端明侍读留台执事，三月初二日。

【解题】

见于《宋人法书》、《三希堂法帖》。原无系年，详其内容，作于熙宁四年（1071）七月“归老”以后。书简自叙衰病，勉励朋友“为时爱重”。

与江惇礼秀才书

向示《非国语论》，鄙意素不然之，但未暇为书尔。乃示，甚善。柳子之学，大率以礼乐为虚器，以天人为不相知云云，虽多，皆此类耳。此所谓小人无忌惮者。君正之，大善。至于《时令》、《断刑》、《贞符》、《四维》之类皆非是，前书论之稍详。今冗迫，粗陈其略，须见乃尽言。然迂学违世，不敢自是，因君意合，偶复云尔。

【解题】

见于雍正《山西通志》卷二一〇。不详写作年月。书简对江氏非议柳宗元《非国语》予以肯定，表现其正统儒学思想。

与　人　书

修启：辱惠仍寄示篆文石样。鄙辞何以污巨笔？然遂托字法，以传不朽，岂胜其幸也！时寒，为政外多爱。人还，聊此。修再拜。十一月七日。

【解题】

见于光绪《费县志》卷十四。当作于嘉祐七年（1062）。获篆者苏唐卿所寄《醉翁亭记》碑文石样，作此书为复。

与某牒

具位某。猪肉一斤，右伏蒙颁赐，领外无任感激，谨具牒谢。谨牒。年月日。具位某牒。

【解题】

见于罗大经《鹤林玉露》丙编卷三。朋友馈赠猪肉一斤，寄书致谢。

皇帝回谢契丹皇帝书

九月日，兄大宋皇帝致书于弟大契丹聪文圣武英略神功睿哲仁孝皇帝阙下：使轺云止，惠问见贻，且承累岁而来，荐有西师之举。讨其不服，初烦翦伐之谋；全以旧恩，终示含容之度。庆武戈之遂息，分军获以为仪。言谕斯勤，欣铭并集。方凝寒律，冀保冲襟。企咏之诚，指陈奚既？续遣使人咨谢次。今忠正军节度使、检校太尉、同中书门下平章事萧德等回，专奉书陈谢。不宣。白。

【解题】

自本文以下十三篇，原属《内制集》，是作者代皇帝撰写的外交礼仪书信，今附于此。（以下解题从略）

皇帝回谢契丹皇太后书

九月日，侄大宋皇帝谨致书于婶大契丹仪天体道至仁广德慈顺章圣皇太后阙下：邻邦敦睦，结信好以弥深；使聘申欢，承谕言而甚厚。固寿龄之遐福，欣帖泰之休期。加侑币以惟丰，积感惊而增切。秋商在候，啬履惟和。今忠正军节度使、检校太尉、同中书门下平章事萧德等回，专奉书陈谢。不宣。谨白。

皇帝回契丹皇帝告哀书

九月日，伯大宋皇帝致书于侄大契丹皇帝阙下：特枉使轺，遽驰国讣。不意凶变，文成皇帝上仙。载念久敦世好，方睦邻欢，闻问震惊，抚怀感恻。侄皇帝始兹缵绍，深极哀摧。冀节至情，以遵典礼。已差人使，专持慰礼。今右宣徽使、忠顺军节度使、左金吾卫上将军耶律元亨回，奉书陈谢。不宣。白。

皇帝回契丹皇太后告哀书

九月日，侄大宋皇帝谨致书于婶大契丹仁慈圣善钦孝广德安静正淳懿和宽厚崇觉仪天皇太后阙下：不意凶变，文成皇帝上仙。方敦邻睦，遽及讣音。载惟慈慕之怀，必极哀伤之念。冀从顺变，式副瞻言。已差人使，专持慰礼。今右宣徽使、忠顺军节度使、左金吾卫上将军耶律元亨回，奉书陈谢。不宣。谨白。

皇帝回契丹太皇太后回谢书

三月日，侄大宋皇帝谨致书于婶大契丹仁慈圣善钦孝广德安静正淳懿和宽厚崇觉仪天太皇太后阙下：向以讣音来告，方深感怆之怀，赗礼是将，用继讲修之好，岂期懿念，复枉使车。且承春候之和，克固寿康之福。其于感慰，罔罄敷陈。今顺义军节度使、左监门卫上将军萧佶等回，专奉书陈谢。不宣。谨白。

皇帝回契丹皇帝回谢书

三月日，伯大宋皇帝致书于侄大契丹皇帝阙下：顷承哀讣，尝遣使轺。惟久睦于仁邻，俾往申于赙襚。复蒙惠问，仍示腆仪。方此春和，克支福履。其为慰浣，奚既名言。今顺义军节度使、左监门卫上将军萧佶等回，专奉书陈谢。不宣。白。

皇帝贺契丹皇帝正旦书

正月一日，伯大宋皇帝致书于侄大契丹圣文神武睿孝皇帝阙下：玉历正时，布王春而兹始；宝邻敦契，讲信聘以交修。方履新阳，益绥多福。其于祝咏，罔罄敷言。今差朝散大夫、守太常少卿、上骑都尉、渤海县开国男、食邑三百户、赐紫金鱼袋吴中复，供备库使、银青崇禄大夫、检校太子宾客兼御史大夫、骑都尉、广平县开国男、食邑三百户宋孟孙，充正旦国信使、副。有少礼物，具诸别幅。专奉书陈贺。不宣。白。

皇帝贺契丹太皇太后正旦书

正月一日，侄大宋皇帝谨致书于婶大契丹仁慈圣善钦孝广德安静正淳懿和宽厚崇觉仪天太皇太后阙下：岁律更新，春阳囵达。因履端之协吉，敦永好以申欢。载惟慈懿之和，方集寿康之祉。更希善摄，用副遐悰。今差朝散大夫、守太常少卿、直昭文馆、护军、广陵县开国子、食邑五百户、赐紫金鱼袋吕景初，洛苑使兼阁门通事舍人、银青祟禄大夫、检校太子宾客兼御史大夫、骑都尉、清河郡开国侯、食邑一千七百户张利一，充正旦国信使、副。有少礼物，具诸别幅。专奉书陈贺。不宣。谨白。

皇帝回契丹皇帝告哀书

二月日，伯大宋皇帝致书于侄大契丹圣文神武睿孝皇帝阙下：承遣使车，特贻缄翰，不意凶变，太皇太后上仙。载惟契好，久睦仁邻，闻此讣音，但增感怆。侄皇帝负荷至重，追慕所深，冀节哀情，用遵礼制。已差人使，专持慰礼。今林牙、怀德军节度使萧福延回，奉书陈谢。不宣。白。

皇帝回契丹皇帝贺乾元节书

四月日，伯大宋皇帝致书于侄大契丹圣文神武睿孝皇帝阙下：乾阳正月，纪兹载诞之辰；邻聘修欢，贶以千龄之祝。书言既缛，礼币兼丰。感著之私，敷陈罔罄。今彰圣军节度使萧供等回，专奉书陈谢。不宣。白。

皇帝回契丹皇帝达皇太后贺乾元节书

四月日，伯大宋皇帝致书于侄大契丹圣文神武睿孝皇帝阙下：筹节届期，邻欢惇契，仍导柔慈之旨，过申延祝之言。兼厚物容，用增刻著。颛希侍次，达此悰诚。今左监门卫上将军耶律侃等回，专奉书陈谢。不宣。白。

皇帝回契丹皇帝贺正旦书

正月日，伯大宋皇帝致书于侄大契丹圣文神武睿孝皇帝阙下：岁端更始，顺阳律以布和；信聘时修，讲邻欢而增固。阅书言之勤好，加篚币之腆丰。感戢所深，述宣罔既。今怀化军节度使耶律暇等回，专奉书陈谢。不宣。白。

皇帝回契丹皇帝达皇太后贺正旦书

正月日，伯大宋皇帝致书于侄大契丹圣文神武睿孝皇帝阙下：玉历颁时，宾邻交聘。兼驰使阳，别枉信函。载传慈懿之言，益固讲修之好。颛希侍次，达此悰诚。今归德军节度使耶律思宁等回，专奉书陈谢。不宣。白。

四 序跋

书《李翱集》后

予为西京留守推官，得此书于魏君，书五十篇。予尝读韩文，所作《哀欧阳詹文》云："詹之事，既有李翱作传。"而此书亡之，惜其遗阙者多矣。

【解题】

作于天圣九年（1031），时作者为西京留守推官。欧阳修自魏君处得《李翱集》五十卷，见韩愈提及的《欧阳詹传》无存，感慨系之，为此作跋。

书梅圣俞稿后

凡乐，达天地之和而与人之气相接，故其疾徐奋动可以感于心，欢欣恻怆可以察于声。五声单出于金石，不能自和也，而工者和之。然抱其器，知其声，节其廉肉而调其律吕，如此者，工之善也。今指其器以问于工曰：彼簨者，簴者，堵而编、执而列者，何也？彼必曰：鼗鼓、钟磬、丝管、干戚也。又语其声以问之曰：彼清者，浊者，刚而奋、柔而曼衍者，或在郊、或在庙堂之下而罗者，何也？彼必曰：八音，五声，六代之曲，上者歌而下者舞也。其声器名物，皆可以数而对也。然至乎动荡血脉，流通精神，使人可以喜，可以悲，或歌或泣，不知手足鼓舞之所然，问其何以感之者，则虽有善工，犹不知其所以然焉，盖不可得而言也。

乐之道深矣，故工之善者，必得于心，应于手，而不可述之言也。听之善，亦必得于心而会以意，不可得而言也。尧、舜之时，夔得之，以和人神、舞百兽。三代、春秋之际，师襄、师旷、州鸠之徒得之，为乐官，理国家，知兴亡。周衰官失，乐器沦亡，散之河海，逾千百岁间，未闻有得之者。其天地人之和气相接者，既不得泄于金石，疑其遂独钟于人。故其人之得者，虽不可和于乐，尚能歌之为诗。

古者登歌清庙，大师掌之，而诸侯之国亦各有诗，以道其风土性情。至于投壶、飨射，必使工歌，以达其意，而为宾乐。盖诗者，乐之苗裔欤！汉之苏、李，魏之曹、刘，得其正始。宋、齐而下，得其浮淫流佚。唐之时，子昂、李、杜、沈、宋、王维之徒，或得其淳古淡泊之声，或得其舒和高畅之节，而孟郊、贾岛之徒，又得其悲愁郁堙之气。由是而下，得者时有，而不纯焉。

今圣俞亦得之。然其体长于本人情，状风物，英华雅正，变态百出，哆兮其似春，凄兮其似秋，使人读之可以喜，可以悲，陶畅酣适，不知手足之将鼓舞也。斯固得深者邪！其感人之至，所谓与乐同其苗裔者邪！余尝问诗于圣俞，其声律之高下，文语之疵病，可以指而告余也，至其心之得者，不可以言而告也。余亦将以心得意会，而未能至之者也。

圣俞久在洛中，其诗亦往往人皆有之，今将告归，余因求其稿而写之。然夫前所谓心之所得者，如伯牙鼓琴，子期听之，不相语而意相知也。余今得圣俞之稿，犹伯牙之琴弦乎！

【解题】

作于明道元年（1032），时作者在洛阳任西京留守推官。本文为读梅尧臣诗稿后的题跋，论述音乐与诗歌的关系，论述诗歌自身的发展沿革，重点则在称赞：“本人情，状风物”的梅尧臣诗，揭示梅诗具有像音乐一样的强烈感染力。文章结构严谨，形散神聚。论乐与论诗互相通贯，乐理与诗理又为赞誉梅诗作了铺垫，内在的逻辑联系使文章内容充实，气势旺盛，情韵绵邈。

读李翱文

予始读翱《复性书》三篇，曰此《中庸》之义疏尔。智者诚其性，当读《中庸》。愚者虽读此，不晓也，不作可焉。又读《与韩侍郎荐贤书》，以谓翱特穷时，愤世无荐已者，故丁宁如此，使其得志，亦未必然。以韩为秦汉间好侠行义之一豪隽，亦善论人者也。最后读《幽怀赋》，然后置书而叹，叹已复读，不自休。恨翱不生于今，不得与之交；又恨予不得生翱时，与翱上下其论也。

凡昔翱一时人，有道而能文者，莫若韩愈。愈尝有赋矣，不过羡二鸟之光荣，叹一饱之无时尔。此其心使光荣而饱，则不复云矣。若翱独不然，其赋曰：“众嚣嚣而杂处兮，咸叹老而嗟卑。视予心之不然兮，虑行道之犹非。”又怪神尧以一旅取天下，后世子孙不能以天下取河北，以为忧。呜呼！使当时君子皆易其叹老嗟悲之心，为翱所忧之心，则唐之天下岂有乱与亡哉！

然翱幸不生今时，见今之事，则其忧又甚矣。奈何今之人不忧也？余行天下，见人多矣，脱有一人能如翱忧者，又皆贱远，与翱无异。其余光荣而饱者，一闻忧世之言，不以为狂人，则以为病痴子，不怒则笑之矣。呜呼！在位而不肯自忧，又禁他人使皆不得忧，可叹也夫！

景祐三年十月十七日，欧阳修书。

【解题】

作于景祐三年（1036）贬官夷陵途中。李翱，字习之，韩愈的门人，有《李文公集》。欧阳修回顾三读李翱文的不同感受，借题发挥，抨击吕夷简之流“在位而不肯自忧，又禁他人使皆不得忧”的腐败行径，表现了作者身处逆境，依然忧国忧道的积极人生观，也反映了作者对叹老嗟卑、穷愁戚戚文风的强烈不满。感情慷慨而深沉，波澜起伏，跌宕多姿。林云铭评点本文说：“文之曲折感怆，能令古今来误国庸臣无地生活。”（《古文析义》卷十四）

书《春秋繁露》后

《汉书·董仲舒传》载仲舒所著书百余篇，第云《清明》、《竹林》、《玉杯》、《繁露》之书，盖略举其篇名。今其书才四十篇，又总名《春秋繁露》者，失其真也。予在馆中校勘群书，见有八十余篇，然多错乱重复。又有民间应募献书者，献三十余篇，其间数篇，在八十篇外。乃知董生之书流散而不全矣。方俟校勘，而予得罪夷陵，秀才田文初以此本示予，不暇读。明年春，得假之许州，以舟下南郡，独卧阅此，遂志之。董生儒者，其论深极《春秋》之旨。然惑于改正朔而云王者、大一元者，牵于其师之说，不能高其论以明圣人之道，惜哉！惜哉！

景祐四年四月四日书。

【解题】

作于景祐四年（1037）四月，时作者为夷陵县令，告假在许州续娶薛夫人。闲卧中获读董仲舒《春秋繁露》，作此后跋。董仲舒，西汉今文经学家，本文感叹董生著述散佚，惋惜董生“春秋学”的缺陷。

谢 氏 诗 序

天圣七年，予始游京师，得吾友谢景山。景山少以进士中甲科，以善歌诗知名。其后，予于他所，又得今舍人宋公所为景山母夫人之墓铭，言夫人好学通经，自教其子。乃知景山出于瓯闽数千里之外，负其艺于大众之中，一贾而售，遂以名知于人者，繄其母之贤也。今年，予自夷陵至许昌，景山出其女弟希孟所为诗百余篇。然后又知景山之母不独成其子之名，而又以其余遗其女也。

景山尝学杜甫、杜牧之文，以雄健高逸自喜。希孟之言尤隐约深厚，守礼而不自放，有古幽闲淑女之风，非特妇人之能言者也。然景山尝从今世贤豪者游，故得闻于当时；而希孟不幸为女子，莫自章显于世。昔卫庄姜、许穆夫人，录于仲尼而列之《国风》。今有杰然巨人能轻重时人而取信后世者，一为希孟重之，其不泯没矣。予固力不足者，复何为哉，复何为哉！

希孟嫁进士陈安国，卒时年二十四。

景祐四年八月一日，守峡州夷陵县令欧阳修序。

【解题】

作于景祐四年八月，时作者知夷陵，赴许州迎娶薛氏夫人。作者在许州遇谢伯初，谢氏出示其妹谢希孟诗歌一百余首，请求为作序言。欧阳修滞留许州时作此序，赞颂谢氏通经守礼，诗歌隐约深厚，哀伤其盛年早卒。

《诗图》总序

周之诗自文王始，成王之际，颂声兴焉，周之盛德之极。文王之诗三十七篇，其二十三篇系之周公、召公，为《周南》、《召南》，其八篇为《小雅》，六篇为《大雅》。武王之诗六篇，四篇为《小雅》，二篇在《召南》之《风》。成王之诗五十三篇，其十篇为《小雅》，十二篇为《大雅》，三十一篇为《颂》。是为《诗》之正经。其后二世，昭王立，而周道微阙；又六世厉王，政益衰，变《雅》始作。厉王死于彘，天下无君，周公、召公行政，谓之共和，凡十四年。而厉王之下，太子宜臼迁于洛邑，号东周，周之室益微，而平王之诗贬为《风》，下同列国。至于桓、庄，而诗止矣。

初，成王立，周公摄政，管、蔡作乱，周公及其大夫作诗七篇。周之太史以为周公诗主道豳国公刘、太王之事，故系之《豳》，谓国变《风》。而诸侯之诗无正《风》，其变《风》自懿王始作。懿王时，《齐风》始变；夷王时，《卫风》始变；次厉王时，《陈风》始变。厉王崩，周召共和，《唐风》始变；次宣王时，《秦风》始变；至平王时，《郑风》始变；惠王时，《曹风》始变。陈最后，至顷王时犹有灵公之诗，于是止矣。盖自文至顷凡二十世，王泽竭而诗不作。

今郑之诗次比，考于旧史，先后不同。《周》、《召》、《王》、《豳》皆出于周，《邶》、《鄘》合于卫，桧、魏世家绝，其可考者、七国而已。《陈》、《齐》、《卫》、《晋》、《曹》、《郑》、《魏》，此变风之先后也。《周》、《召》、《邶》、《鄘》、《卫》、《王》、《郑》、《齐》、《豳》、《秦》、《魏》、《唐》、《陈》、《桧》、《曹》，此孔子未删《诗》之前，季札所听周乐次第也。《周》、《召》、《邶》、《鄘》、《卫》、《王》、《郑》、《齐》、《魏》、《唐》、《秦》、《陈》、《桧》、《曹》、《豳》，此今《诗》之次第也。考其得封之先后，为国之大小，与其诗作之时，皆失其次，说者莫能究焉。

其外，鲁之《颂》四篇，《商颂》五篇，郑康成以为鲁得用天子之礼乐，故有《颂》，而《商颂》至孔子之时，存者五篇，而《夏颂》已亡，故录鲁诗以备三《颂》，著为后王之法。监三代之成功，法莫大于夏矣。

康成所作《诗谱图》，自共和而后始得春秋次序，今其图亡。今略准郑遗说，而依其次序推之，以见前儒之得失。今既依郑为图，故风雅、变王与其序所不言，而说者推定世次，皆且从郑之意，其所失者可指而见焉。司马迁谓古诗三千余篇，孔子删之，存者三百。郑学之徒皆以迁说之谬，言古诗虽多，不容十分去九。以予考之，迁说然也。何以知之？今书传所载逸诗，何可数焉？以图推之，首更十君而取其一篇者，又有二十余君而取其一君。由是言之，何啻乎三千？诗三百一十一篇，亡者六篇，存者三百五篇云。

【解题】

当作于景祐、宝元年间。据作者《诗谱补亡后序》记载；“初予未见郑谱，尝略考《春秋》、《史记》本纪、世家、年表，而合以毛、郑之说，为《诗图》十四解。”庆历四年得郑玄《诗谱》后，据《诗图》改作《诗谱补亡》。《诗图》已不存，其见解可从本序及《诗谱补亡》当中窥见大略。

《释惟俨文集》序

惟俨姓魏氏，杭州人。少游京师三十余年，虽学于佛，而通儒术，喜为辞章，与吾亡友曼卿交最善。曼卿遇人无所择，必皆尽其忻欢。惟俨非贤士不交，有不可其意，无贵贱，一切闭拒，绝去不少顾。曼卿之兼爱，惟俨之介，所趣虽异，而交合无所间。曼卿尝曰：“君子泛爱而亲仁。”惟俨曰：“不然。吾所以不交妄人，故能得天下士。若贤不肖混，则贤者安肯顾我哉？”以此一时贤士多从其游。居相国浮图，不出其户十五年。士尝游其室者，礼之惟恐不至，及去为公卿贵人，未始一往干之。

然尝窃怪平生所交皆当世贤杰，未见卓卓著功业如古人可记者。因谓世所称贤材，若不笞兵走万里，立功海外，则当佐天子号令赏罚于明堂。苟皆不用，则绝宠辱，遗世俗，自高而不屈，尚安能酣豢于富贵而无为哉？醉则以此诮其坐人。人亦复之，以谓遗世自守，古人之所易，若奋身逢时，欲必就功业，此虽圣贤难之，周、孔所以穷达异也。今子老于浮图，不见用于世，而幸不践穷亨之涂，乃以古事之已然，而责今人之必然邪？虽然：惟俨傲乎退偃于一室。天下之务，当世之利病，听其言终日不厌，惜其将老也已！

曼卿死，惟俨亦买地京城之东以谋其终。乃敛平生所为文数百篇，示予曰："曼卿之死，既已表其墓。愿为我序其文，然及我之见也。"嗟夫！惟俨既不用于世，其材莫见于时。若考其笔墨驰骋文章赡逸之能，可以见其志矣。

庐陵欧阳永叔序。

【解题】

作于庆历元年（1041），时作者在京师任馆阁校勘，仍修《崇文总目》。欧阳修平生不遗余力地排斥佛老，却喜与志趣高雅、能诗善艺的和尚交往，惟俨就是其中的一个。序文有似惟俨小传，刻画了一位遁迹空门而通晓儒学、耿介嫉恶的僧人形象。写法上以好友石曼卿作陪衬，有似《释秘演诗集序》，但谋篇布局上各有特色。清人沈德潜指出："序秘演文以死生聚散着笔，序惟俨文以其有用世之志着笔，机局变化，略不相似。"（《唐宋八家文读本》卷十一）刘大櫆也指出："两释集序，俱以曼卿相经纬。此篇虽不及秘演之烟波，而忽起忽落，自有奇气。"（《海峰先生精选八家文选》）

《孙子》后序

世所传《孙武》十三篇，多用曹公、杜牧、陈皞注，号《三家孙子》。余顷与撰《四库书目》，所见《孙子》注者尤多至二十余家。武之书本于兵，兵之术非一，而以不穷为奇，宜其说者之多也。

凡人之用智有短长，其施设各异，故或胶其说于偏见，然无出所谓三家者。三家之注，皞最后，其说时时攻牧之短。牧亦慨然最喜论兵，欲试而不得者；其学能道春秋、战国时事，甚博而详。然前世言善用兵称曹公，曹公尝与董、吕、诸袁角其力而胜之，遂与吴、蜀分汉而王。传言魏之诸将出兵千里，公每坐计胜败，授其成算，诸将用之十不失一，一有违者，兵辄败北，故魏世用兵，悉以《新书》从事，其精于兵也如此。牧谓曹公于注《孙子》尤略，盖惜其所得，自为一书。是曹公悉得武之术也。然武尝以其书干吴王阖闾，阖闾用之，西破楚，北服齐、晋，而霸诸侯。夫使武自用其书，止于强伯。及曹公用之，然亦终不能灭吴、蜀，岂武之术尽于此乎，抑用之不极其能也？后之学者徒见其书，又各牵于己见，是以注者虽多而少当也。

独吾友圣俞不然，尝评武之书曰："此战国相倾之说也。三代王者之师，司马九伐之法，武不及也。"然亦爱其文略而意深，其行师用兵、料敌制胜亦皆有法，其言甚有次序。而注者汩之，或失其意。乃自为注，凡胶于偏见者皆抉去，傅以己意而发之，然后武之说不汩而明。吾知此书当与三家并传，而后世取其说者，往往于吾圣俞多焉。

圣俞为人谨质温恭，仁厚而明，衣冠进趋，眇然儒者也。后世之视其书者，与太史公疑张子房为壮夫何异？

【解题】

原无系年，据序言："余顷与撰《四库书目》"，可知作于庆历初年。《四库书目》指《崇文总目》，庆历元年十二月成书上奏。梅尧臣于宝元年间注释《孙子》，宝元三年有诗《依韵和李君读余注〈孙子〉》。欧阳修为作此序，叙述梅氏注书缘起，肯定此书当与曹操、杜牧、陈皞《三家孙子》并传后世。

《释秘演诗集》序

予少以进士游京师，因得尽交当世之贤豪。然犹以谓国家臣一四海，休兵革，养息天下，以无事者四十年，而智谋雄伟非常之士，无所用其能者，往往伏而不出，山林屠贩，必有老死而世莫见者，欲从而求之不可得。

其后得吾亡友石曼卿。曼卿为人，廓然有大志，时人不能用其材，曼卿亦不屈以求合，无所放其意，则往往从布衣野老酣嬉淋漓，颠倒而不厌。予疑所谓伏而不见者，庶几狎而得之，故尝喜从曼卿游，欲因以阴求天下奇士。

浮屠秘演者，与曼卿交最久，亦能遗外世俗，以气节相高，二人欢然无所间。曼卿隐于酒，秘演隐于浮屠，皆奇男子也。然喜为歌诗以自娱，当其极饮大醉，歌吟笑呼以适天下之乐，何其壮也！一时贤士皆愿从其游，予亦时至其室。十年之间，秘演北渡河，东之济、郓，无所合，困而归。曼卿已死，秘演亦老病。嗟夫！二人者，予乃见其盛衰，则余亦将老矣。

夫曼卿诗辞清绝，尤称秘演之作，以为雅健有诗人之意。秘演状貌雄杰，其胸中浩然，既习于佛，无所用，独其诗可行于世，而懒不自惜。已老，胠其橐，尚得三四百篇，皆可喜者。曼卿死，秘演漠然无所向，闻东南多山水，其巅崖崛嵂，江涛汹涌，甚可壮也，遂欲往游焉。足以知其老而志在也。于其将行，为叙其诗，因道其盛时，以悲其衰。

庆历二年十二月二十八日，庐陵欧阳修序。

【解题】

作于庆历二年（1042）十二月，时作者任滑州通判。秘演是欧阳修敬重的一位和尚。序文对秘演诗歌成就着墨不多，重在以“奇男子”石曼卿作衬托，突出他的气节与才华，又穿插自己与他们的交往活动，渲染盛衰变化，抒写对朋友怀才不遇的感慨。文章起落转接，变化无穷，慷慨呜咽，一往情深。清人刘大櫆称此为欧阳修文集序中的“第一”流作品。（《古文辞类纂·诸家集评》）

题苏舜钦书后

子美可哀，吾恨不能为之言；子美可哀，吾恨不能言。

【解题】

作于庆历四年（1044）冬。本年十一月七日，苏舜钦以奏进院祀神宴会遭诬陷，被除名。苏致书欧阳修以自辩，欧在书简后作此跋，连声哀叹，不能为之申冤。虽然是片语只言，其愤激之情、同情之心、无可奈何之状却跃然纸上。

《外制集》序

庆历三年春，丞相吕夷简病，不能朝。上既更用大臣，锐意天下事，始用谏官、御史疏，追还夏竦制书。既而召韩琦、范仲淹于陕西，又除富弼枢密副使。弼、仲淹、琦皆惶恐顿首，辞让至五六不已。手诏趣琦等就道甚急，而弼方且入求对以辞，不得见，遣中贵人趣送阁门，使即受命。呜呼！观琦等之所以让，上之所以用琦等者，可谓圣贤相遭，万世一遇，而君臣之际，何其盛也！

于是时，天下之士孰不愿为材邪？顾予何人，亦与其选。夏四月，召自滑台，入谏院。冬十二月，拜右正言、知制诰。是时夏人虽数请命，而西师尚未解严。京东累岁盗贼，最后王伦暴起沂州，转劫江淮之间，而张海、郭貌山等亦起商、邓，以惊京西。州县之吏多不称职，而民弊矣。天子方慨然劝农桑，兴学校，破去前例以不次用人，哀民之困而欲除其蠹吏，知磨勘法久之弊而思别材不肖以进贤能，患百职之不修而申行赏罚之信，盖欲修法度矣。

予时虽掌诰命，犹在谏职，常得奏事殿中，从容尽闻天子所以更张庶事、忧闵元元而劳心求治之意。退得载于制书，以讽晓训敕在位者。然予方与修祖宗故事，又修起居注，又修编敕，日与同舍论议，治文书所省不一，而除目所下，率不一二时，已迫丞相出。故不得专一思虑，工文字，以尽导天子难谕之意，而复诰命于三代之文。嗟夫！学者文章见用于世鲜矣，况得施于朝廷而又遭人主致治之盛。若修之鄙，使竭其材犹恐不称，而况不能专一其职，此予所以常遗恨于斯文也。

明年秋，予出为河北转运使。又明年春，权知成德军事。事少间，发向所作制草而阅之，虽不能尽载明天子之意，于其所述百得一二，足以章示后世。盖王者之训在焉，岂以予文之鄙而废也？于是录之为三卷。予自直阁下，儤直八十始满。不数日，奉使河东。还，即以来河北。故其所作，才一百五十余篇云。

三月二十一日序。

【解题】

作于庆历五年（1045）三月，时作者在河北都转运按察使，权知成德军事。文章回忆自己主谏职、掌制诰的庆历新政生涯，说明所作一百五十余篇制草“足以章示后世”。茅坤指出：“公本知制诰时所遭逢处感慨序次，有忧深言远之思。”（《宋大家欧阳文忠公文钞》卷十七）清人何焯评述说：“用笔极有顿挫，言外亦感慨无穷。”（《义门读书记》欧文上卷）

《梅圣俞诗集》序

予闻世谓诗人少达而多穷，夫岂然哉？盖世所传诗者，多出于古穷人之辞也。凡士之蕴其所有而不得施于世者，多喜自放于山巅水涯。外见虫鱼、草木、风云、鸟兽之状类，往往探其奇怪。内有忧思感愤之郁积，其兴于怨刺，以道羁臣、寡妇之所叹，而写人情之难言，盖愈穷则愈工。然则非诗之能穷人，殆穷者而后工也。

予友梅圣俞，少以荫补为吏，累举进士，辄抑于有司，困于州县凡十余年。年今五十，犹从辟书，为人之佐，郁其所畜，不得奋见于事业。其家宛陵，幼习于诗，自为童子，出语已惊其长老。既长，学乎六经仁义之说。其为文章，简古纯粹，不求苟说于世，世之人徒知其诗而已。然时无贤愚，语诗者必求之圣俞，圣俞亦自以其不得志者，乐于诗而发之。故其平生所作，于诗尤多。世既知之矣，而未有荐于上者。昔王文康公尝见而叹曰：“二百年无此作矣！”虽知之深，亦不果荐也。若使其幸得用于朝廷，作为雅颂，以歌咏大宋之功德，荐之清庙，而追商、周、鲁《颂》之作者，岂不伟欤！奈何使其老不得志，而为穷者之诗，乃徒发于虫鱼物类、羁愁感叹之言？世徒喜其工，不知其穷之久而将老也，可不惜哉！

圣俞诗既多，不自收拾。其妻之兄子谢景初惧其多而易失也，取其自洛阳至于吴兴已来所作，次为十卷。予尝嗜圣俞诗，而患不能尽得之，遽喜谢氏之能类次也，辄序而藏之。其后十五年，圣俞以疾卒于京师。余既哭而铭之，因索于其家，得其遗稿千余篇，并旧所藏，掇其尤者六百七十七篇，为一十五卷。呜呼！吾于圣俞诗，论之详矣，故不复云。

庐陵欧阳修序。

【解题】

作于庆历六年（1046），时作者知滁州。谢景初辑编梅尧臣前期诗作为十卷，欧阳修作此序。十五年后，梅尧臣卒于京师，作者精选全部梅诗，成十五卷，并改写了本序。序文介绍梅尧臣诗歌成就及编集经过，继承司马迁发愤著书说、韩愈不平则鸣说，提出了“诗穷而后工”的观点，对后世影响很大。用笔简练而笔锋常带感情。清人吴楚材等评述：“穷而后工”四字，是欧公独创之言，实为千古不易之论。通篇写来低昂顿折，一往情深。”（《古文观止》卷十）

《月石砚屏歌》序

张景山在虢州时，命治石桥。小版一石，中有月形，石色紫而月白，月中有树森森然，其文黑而枝叶老劲，虽世之工画者不能为，盖奇物也。景山南谪，留以遗予。予念此石古所未有，欲但书事则惧不为信，因令善画工来松写以为图。子美见之，当爱叹也。其月满，西旁微有不满处，正如十三四时，其树横生，一枝外出。皆其实如此，不敢增损，贵可信也。

【解题】

作于庆历八年（1048），时作者知扬州。欧阳修从张景山处获“奇物”月石砚屏，自赋《紫石屏歌》，一作《月石砚屏歌寄苏子美》，并为作此序。同年，梅尧臣有《咏欧阳永叔文石砚屏二首》，苏舜钦有答诗《月石砚屏歌》。

《传易图》序

孟子曰："尽信《书》，不如无《书》。"夫孟子好学者，岂独忽于《书》哉？盖其自伤不得亲见圣人之作，而传者失其真，莫可考正而云也。然岂独无《书》之如此，余读经解，至其引《易》曰"差若毫厘，谬以千里"之说，又读今《周易》有"何谓"、"子曰"者，至其《系辞》则又曰"圣人设卦"、"系辞焉"，欲考其真而莫可得，然后知孟子之叹，盖有激云尔。

说者言当秦焚书时，《易》以卜筮得独不焚。其后汉兴，他书虽出，皆多残缺，而《易经》以故独完。然如经解所引，考于今《易》亡之，岂今《易》亦有亡者耶，是亦不得为完书也。昔孔子门人追记其言作《论语》，书其首必以"子曰"者，所以别夫子与弟子之言。又其言非一事，其事非一时，文联属而言难次第，故每更一事必以"子曰"以起之。若《文言》者，夫子自作，不应自称"子曰"。又其作于一时，文有次第，何假"子曰"以发之？乃知今《周易》所载，非孔子《文言》之全篇也。

盖汉之《易》师，择取其文以解卦体，至其有所不取，则文断而不属，故以"子曰"起之也。其先言"何谓"而后言"子曰"者，乃讲师自为答问之言尔，取卦体以为答也，亦如公羊、谷梁传《春秋》，先言"何"、"曷"，而后道其师之所传以为传也。今《上系》凡有"子曰"者，亦皆讲师之说也。然则今《易》皆出乎讲师临时之说矣，幸而讲师所引者，得载于篇，不幸其不及引者，其亡岂不多邪？呜呼！历弟子之相传，经讲师之去取，不徒存者不完，而其伪谬之失其可究邪！

夫系者，有所系之谓也，故曰系辞焉。以断其吉凶，是故谓之爻，言其为辞各联属其一爻者也。是则孔子专指爻辞为系辞。而今乃以孔子赞《易》之文为上、下《系辞》者，何其谬也！卦爻之辞，或以为文王作，或以为周公作。孔子言圣人设卦系辞焉，是斥文王、周公之作为系辞，不必复自名其所作又为《系辞》也。况其文乃概言《易》之大体，杂论《易》之诸卦，其辞非有所系，不得谓之《系辞》必也。然自汉诸儒已有此名，不知从何而失之也？汉去周最近，不应有失。然汉之所为《系辞》者，得非不为今之《系辞》乎？《易·需》之辞曰："需于血，出自穴。"《艮》之辞曰："艮其限，列其夤。"《睽》之辞曰："见豕负涂，载鬼一车。"是皆险怪奇绝，非世常言，无为有训故、考证，而学者出其臆见，随事为解，果得圣人之旨邪？《文言》、《系辞》有可考者，其证如此，而其非世常言无可考者，又可知矣。今徒从夫臆出之说，果可尽信之邪？此孟子所叹其不如亡者也。

《易》之传注比他经为尤多，然止于王弼。其后虽有述者，不必皆其授受，但其传之而已。大抵《易》至汉分为三：有田何之《易》，焦赣之《易》，费直之《易》。田何之《易》传自孔子，有上、下二篇，又有《彖》、《象》、《系辞》、《文言》、《说卦》等，自为十篇，而有章句。凡学有章句者，皆祖之田氏。焦赣之《易》无所传授，自得乎隐者之学，专于阴阳占察之术，凡学阴阳占察者，皆祖之焦氏。费直之《易》亦无所授，又无章句，惟以《彖》、《象》、《文言》等十篇解上、下经。凡以《彖》、《象》、《文言》等参入卦中者，皆祖之费氏。田、焦之学废于汉末，费氏独兴，递传至郑康成。而王弼所注，或用康成之说（比卦六四之类），是弼即郑本而为注。今行世者，惟有王弼《易》，其源出于费氏也，孔子之古经亡矣。

【解题】

原无系年，当与《易童子问》同作于庆历年间。《传易图》，本序未言著者，不知是否欧阳修自撰。序文据“子曰”、“系辞”等词语，以语言逻辑立说，论定《系辞》、《文言》非孔子所作。又考证《易》传注渊源，揭示今传《易》源出汉儒费直，孔子之古经已亡佚。欧阳修的疑经“排系辞”在当时具有振聋发聩的意义。宋人黄震在引述欧阳修上述言论后指出：“愚谓此公一人之言尔。”(《黄氏日钞》卷六十一)

书韦应物《西涧》诗后

右唐韦应物《滁州西涧》诗。今州城之西乃是丰山，无所谓西涧者。独城之北有一涧，水极浅，遇夏潦涨溢，但为州人之患，其水亦不胜舟，又江潮不至。此岂诗家务作佳句，而实无此耶？然当时偶不以图经考正，恐在州界中也。闻左司郭员外新授滁阳，欲以此事问之。

【解题】

原系庆历年间，当作于庆历五年十月知滁州以后。唐代诗人韦应物有著名的《滁州西涧》诗：“独怜幽草涧边生，上有黄鹂深树鸣。春潮带雨晚来急，野渡无人舟自横。”欧阳修实地考察，发现与实情不合，作此跋语存疑。

《苏氏文集》序

予友苏子美之亡后四年，始得其平生文章遗稿于太子太傅杜公之家，而集录之以为十卷。

子美，杜氏婿也，遂以其集归之，而告于公曰：“斯文，金玉也，弃掷埋没粪土，不能销蚀。其见遗于一时，必有收而宝之于后世者。虽其埋没而未出，其精气光怪已能常自发见，而物亦不能掩也。故方其摈斥摧挫、流离穷厄之时，文章已自行于天下，虽其怨家仇人及尝能出力而挤之死者，至其文章，则不能少毁而掩蔽之也。凡人之情，忽近而贵远，子美屈于今世犹若此，其申于后世宜如何也！公其可无恨。”

予尝考前世文章政理之盛衰，而怪唐太宗致治几乎三王之盛，而文章不能革五代之余习。后百有余年，韩、李之徒出，然后元和之文始复于古。唐衰兵乱，又百余年而圣宋兴，天下一定，晏然无事。又几百年，而古文始盛于今。自古治时少而乱时多，幸时治矣，文章或不能纯粹，或迟久而不相及，何其难之若是欤？岂非难得其人欤？苟一有其人，又幸而及出于治世，世其可不为之贵重而爱惜之欤？嗟吾子美，以一酒食之过，至废为民而流落以死。此其可以叹息流涕，而为当世仁人君子之职位宜与国家乐育贤材者惜也。

子美乏齿少于予，而予学古文反在其后。天圣之间，予举进士于有司，见时学者务以言语声偶擿裂，号为时文，以相夸尚。而子美独与其兄才翁及穆参军伯长，作为古歌诗杂文，时人颇共非笑之，而子美不顾也。其后天子患时文之弊，下诏书讽勉学者以近古，由是其风渐息，而学者稍趋于古焉。独子美为于举世不为之时，其始终自守，不牵世俗趋舍，可谓特立之士也。

子美官至大理评事、集贤校理而废，后为湖州长史以卒，享年四十有一。其状貌奇伟，望之昂然，而即之温温，久而愈可爱慕。其材虽高，而人亦不甚嫉忌，其击而去之者，意不在子美也。赖天子聪明仁圣，凡当时所指名而排斥，二三大臣而下，欲以子美为根而累之者，皆蒙保全，今并列于荣宠。虽与子美同时饮酒得罪之人，多一时之豪俊，亦被收采，进显于朝廷。而子美独不幸死矣，岂非其命也？悲夫！

庐陵欧阳修序。

【解题】

作于皇祐三年（1051），时作者知应天府兼南京留守司事。本文是作者整理、编集亡友苏舜钦遗稿后撰写的序言，赞扬苏氏的才华和品格，对迫害苏舜钦的朝廷大臣作了委婉的指责；同时，回顾了宋初诗文革新的历史，表彰苏氏在宋代古文运动中的先驱作用。文章以人品、文品并论，将叙事、议论、抒情融为一体，语言低回深沉，一唱三叹，感情色彩浓烈。刘大櫆评论本文"沉著痛快，足为子美舒其愤懑。"（《古文辞类纂·诸家集评》）

七贤画序

某不幸，少孤。先人为绵州军事推官时，某始生，生四岁，而先人捐馆。某为儿童时，先妣尝谓某曰："吾归汝家时，极贫。汝父为吏至廉，又于物无所嗜，惟喜宾客，不计其家有无以具酒食。在绵州三年，他人皆多买蜀物以归，汝父不营一物，而俸禄待宾客，亦无余已。罢官，有绢一匹，画为《七贤图》六幅，曰此七君子，吾所爱也。此外无蜀物。"后先人调泰州军事判官，卒于任。

比某十许岁时，家益贫。每岁时设席祭祀，则张此图于壁，先妣必指某曰："吾家故物也。"后三十余年，图亦故暗。

某忝立朝，惧其久而益朽损，遂取《七贤》，命工装轴之，更可传百余年。以为欧阳氏旧物，且使子孙不忘先世之清风，而示吾先君所好尚。又以见吾母少寡而子幼，能克成其家，不失旧物。盖自先君有事后二十年，某始及第。今又二十三年矣，事迹如此，始为作赞并序。

【解题】

作于皇祐五年（1053），时作者居颍守制，八月扶母丧归葬吉州永丰沙溪。欧阳修家传旧物，仅此《七贤画》。值父母合葬，装轴此图，并作赞序，教诲子孙不忘先世清廉家风。

书《冲厚居士墓铭》后

东南固多学者，而徐氏尤为大族。其子弟从予学者，往往有闻于时。视其子弟，则可知其父兄之贤也。

庐陵欧阳修书。

【解题】

原无系年，当作于皇祐年间。冲厚居士，姓徐，其子弟从欧阳修求学，疑为徐无党、徐无逸父兄辈人。

读《裴寂传》

予尝与尹师鲁论自魏、晋而下佐命功臣，皆可贬绝，以其贰心旧朝，叶成大谋，虽曰忠于所事，而非人臣之正也。及读《裴寂传》，迹其终始，良有以哉。始寂为晋阳宫监，私以宫人馈高祖，因见亲昵，可谓贰隋矣。及太宗以博弈啖之，遂开义师之谋，卒成唐室。武周为寇，请行自败，不即就诛者，非特佐命有功，岂非曩时私狎之恩哉？坐交沙门，法虽免官见放，复有所陈。太宗数之曰："计公勋庸，不至于此。"数以武德时政之缪，皆归其人。又闻妖言不自明，乃欲杀人缄口，遂被流放。列其四罪，贷不致理。盖由进身之私恩衰即败也。韩、彭之功犹终不保，况寂也哉！

【解题】

作于皇祐年间。裴寂，字玄真，原为隋朝侍御史，与唐高祖李渊私交深厚，辅佐起事，建立唐朝，任尚书左仆射，贵震当世，终因无才败事，私狎之恩衰竭，流放静州。作者读《唐书·裴寂传》，感慨系之；作此跋，指出贰心旧朝的佐命功臣不是为臣正道，由私恩进身的人最终难以自保。

书梅圣俞《河豚鱼》诗后

予友梅圣俞于范饶州席上赋此《河豚鱼》诗，余每体中不康，诵之数过辄佳，亦屡书以示人为奇赠。

翰林东阁书。

【解题】

原系至和年间，当作于至和元年九月后，时作者任翰林学士，兼史馆修撰。欧阳修《诗话》记载："梅圣俞尝于范希文席上赋《河豚鱼》诗云：'春洲生荻芽，春岸飞扬花。河豚当是时，贵不数鱼虾。'……此诗作于樽俎之间，笔力雄赡，顷刻而成，遂为绝唱。"本题跋极赞《河豚鱼》诗的神奇魅力。

书《三绝句》诗后

前一篇梅圣俞咏泥滑滑，次一篇苏子美咏黄莺，后一篇余咏画眉鸟。三人者之作也出于偶然，初未始相知，及其至也，意辄同归，岂非其精神会通，遂暗合耶？自二子死，余殆绝笔于斯矣。

翰林东阁书。

【解题】

原系至和年间，当作于嘉祐五年（1053）四月至十一月之间，欧阳修庆历七年有诗《画眉鸟》：“百转千声随意移，山花红紫树高低。始知锁向金笼听，不及林间自在啼。”在这篇跋语中，作者将此诗与梅尧臣诗《竹鸡》、苏舜钦诗《雨中闻莺》相提并论，以为同属于托物咏志的佳作。

跋晏元献公书

右观文殿大学士、兵部尚书晏元献公二帖。公为人直率，其词翰亦如其性，是可佳也。

【解题】

作于至和年间，晏殊，字同叔，抚州临川人，卒谥元献。欧阳修以人品、文品、书品同论，用“直率”赞晏氏人格、文章和书翰。

《廖氏文集》序

自孔子殁而周衰，接乎战国，秦遂焚书，六经于是中绝。汉兴，盖久而后出，其散乱磨灭，既失其传，然后诸儒因得措其异说于其间，如《河图》、《洛书》，怪妄之尤甚者。余尝哀夫学者知守经以笃信，而不知伪说之乱经也，屡为说以黜之。而学者溺其久习之传，反骇然非余以一人之见，决千岁不可考之是非，欲夺众人之所信，徒自守而世莫之从也。

余以谓自孔子殁，至今二千岁之间，有一欧阳修者为是说矣。又二千岁，焉知无一人焉，与修同其说也？又二千岁，将复有一人焉。然则同者至于三，则后之人不待千岁而有也。同予说者既众，则众人之所溺者可胜而夺也。夫六经非一世之书，其将与天地无终极而存也，以无终极视数千岁，于其间顷刻尔。是则余之有待于后者远矣，非汲汲有求于今世也。

衡山廖倚，与余游三十年。已而出其兄偁之遗文百余篇号《朱陵编》者，其论《洪范》，以为九畴圣人之法尔，非有龟书出洛之事也。余乃知不待千岁，而有与余同于今世者。始余之待于后世也，冀有因余言而同者尔，若偁者未尝闻余言，盖其意有所合焉。然则举今之世，固有不相求而同者矣，亦何待于数千岁乎！

廖氏家衡山，世以能诗知名于湖南。而偁尤好古，能文章，其德行闻于乡里，一时贤士皆与之游。以其不达而早死，故不显于世。呜呼！知所待者，必有时而获；知所畜者，必有时而施。苟有志焉，不必有求而后合。余喜与偁不相求而两得也，于是乎书。

嘉祐六年四月十六日，翰林学士、尚书吏部郎中、知制诰、充史馆修撰欧阳修序。

【解题】

作于嘉祐元年（1056）四月。本文所署官职与写作时间有矛盾，据胡柯《庐陵欧阳文忠公年谱》，本文所署职官为欧阳修至和元年九月至嘉祐二年正月任职，故原系至和二年。梅尧臣《宛陵先生集》卷五十有诗《送廖倚归衡山》，题下自注："倚来为其兄求集序于欧阳永叔。"朱东润系于本年，今从之。"六"字当与"元"字形似而讹。序文肯定廖氏的怀疑精神，并将其引为同志，表明自己坚定的疑经惑传思想。茅坤评述本文："识见韵折，总属匠心。"（《宋大家欧阳文忠公文钞》卷十七）

《礼部唱和诗》序

嘉祐二年春，予幸得从五人者于尚书礼部，考天下所贡士，凡六千五百人。盖绝不通人者五十日，乃于其间时相与作为古律长短歌诗杂言，庶几所谓群居燕处言谈之文，亦所以宣其底滞而忘其倦怠也。故其为言易而近，择而不精。然绸缪反复，若断若续，而时发于奇怪，杂以诙嘲笑谑，及其至也，往往亦造于精微。

夫君子之博取于人者，虽滑稽鄙俚犹或不遗，而况于诗乎。古者《诗》三百篇，其言无所不有，惟其肆而不放，乐而不流，以卒归乎正，此所以为贵也。于是次而录之，得一百七十三篇，以传于六家。呜呼，吾六人者，志气可滑盛矣！

然壮者有时而衰，衰者有时而老，其出处离合，参差不齐。则是诗也，足以追惟平昔，握手以为笑乐。至于慨然掩卷而流涕嘘嚱者，亦将有之。虽然，岂徒如此而止也，览者其必有取焉。

庐陵欧阳修序。

【解题】

作于嘉祐二年（1057），时作者任翰林学士。本年正月，欧阳修权知礼部贡举，韩绛、王珪、范镇、梅挚同知，梅尧臣为参详官，锁院五十日，相与唱和，得诗一百七十余篇，集为《礼部唱和诗集》，并作本序。文章叙其赋诗、集诗本末。茅坤评述说："虽文之小者，亦好典致。"（《宋大家欧阳文忠公文钞》卷十九）

跋李西台书　一

嘉祐三年三月晦日，和叔携以过余，因得览之，不能释手。嗟今之人清尚如西台君者，何少也！遂书其后而还之。

庐陵欧阳修。

【解题】

本文及下文作于嘉祐三年（1058）三月。李西台，即李建中，字得中。宋初进士，淡于名利，工于书法。前后三求掌西京御史台，人称“李西台”。作者得睹李建中翰墨，喜其书法清尚，更爱其为人清正，作此二跋。(第二书解题从略)

跋李西台书　二

李公为人端重清方，为当时所重，不徒爱其笔迹也。

嘉祐三年三月晦日，修题。

衡阳渔溪王氏谱序

嘉祐五年岁在辛丑，七月初吉，予坐六一堂。适长沙之湘东有文学士曰王永贤者来谒，出其谱，属予序之，且曰：“吾王氏系出琅玡王之后，其族显于真定，而支衍于江南。髟华缨、鸣佩玉者，累世不绝，匪直万庄君已也。”今揭阅厥谱，良非虚也。又曰：“吾宗人家于湘东者不可指数，其初一本也，源流而末益分，于是乎有期功之属焉，有缌麻之属焉，有袒免无服之属焉。世之薄者于其疏属，示如涂人，繇无谱以稽之也。使有谱焉，等而上之，则出于一本；旁而推之，则分为群支。虽百世之远，而祖考不忘，宗族不散，尊祖敬宗之心将油然兴矣。此吾谱所以修也。君其为我序之。”予惟族谱之作，所以推其本，联其支，而尊尊亲亲之道存焉。

世之谱其族者，往往有之，然诞者上推古昔以为博，夸者旁援他族以为荣，不几于诬其祖乎！今王氏之谱，据其所可知而不失之诬，缺其不可考而不失之夸。推其所之祖自出，有尊尊之义焉；详其族之所由分，有亲亲之义焉。其得古人作谱之法，而有合于东晋孙氏之谱矣乎！

文学如王君，心津津乎循理，而文寖寖乎跻华，则夫亢宗昭祖而光起后人，盖有日矣。昔汉名儒系谱以贤传，唐宰相系表以贵传，斯谱也，安知不若昔之贵且贤者而并传与！

【解题】

作于嘉祐五年（1060）。本文见于《古今图书集成》“氏族典”卷二八〇，文中疑点颇多。如首句“嘉祐五年岁在辛丑”即有误，本当岁次庚子；时欧阳修在京师任翰林学士，并无“六一堂”建筑；欧自号“六一居士”在熙宁三年，距此尚有十载，当时，所谓“六一”中的“集录三代以来金石遗文一千卷”尚未成书，等等。疑为冒名之作，姑识此待考。

《内制集》序

昔钱思公尝以谓朝廷之官，虽宰相之重，皆可杂以他才处之，惟翰林学士非文章不可。思公自言为此语，颇取怒于达官，然亦自负以为至论。今学士所作文书多矣，至于青词斋文，必用老子、浮图之说；祈禳秘祝，往往近于家人里巷之事；而制诏取便于宣读，常拘以世俗所谓四六之文。其类多如此。然则果可谓之文章者欤？予在翰林六年，中间进拜二三大臣，皆适不当直。而天下无事，四夷和好，兵革不用。凡朝廷之文，所以指麾号令，训戒约束，自非因事，无以发明。矧予中年早衰，意思零落；以非工之作，又无所遇以发焉。其屑屑应用，拘牵常格，卑弱不振，宜可羞也。

然今文士尤以翰林为荣选，予既罢职，院吏取予直草以日次之，得四百余篇，因不忍弃。况其上自朝廷，内及宫禁，下暨蛮夷海外，事无不载。而时政记、日历与起居郎舍人有所略而不记，未必不有取于斯焉。

鸣呼！予且老矣，方买田淮、颍之间。若夫凉竹簟之暑风，曝茅檐之冬日，睡余支枕，念昔平生仕宦出处，顾瞻玉堂，如在天上。因览遗稿，见其所载职官名氏，以较其人盛衰先后，孰在孰亡，足以知荣宠为虚名，而资笑谈之一噱也。亦因以夸于田夫野老而已。

嘉祐六年秋八月二日，庐陵欧阳修序。

【解题】

嘉祐六年（1061）八月，欧阳修在朝任枢密副使。《内制集》为编次作者至和元年九月至嘉祐五年十一月担任翰林学士时所撰制诰。作者不屑此类四六时文，但注重其史料价值。本文叙述《内制集》编纂本末，声明对四六文体的观点，坚持诗文革新的文学主张。

书《醉翁亭记》后

嘉祐六年闰月二十六日，西斋静览，思滁山之胜，绝不可见也。

【解题】

作于嘉祐六年（1061）闰八月。时作者在京师新任参知政事，思怀滁州山水形胜，作此题跋。

《集古录》目序

物常聚于所好，而常得于有力之强。有力而不好，好之而无力，虽近且易，有不能致之。象犀虎豹，蛮夷山海杀人之兽，然其齿角皮革，可聚而有也。玉出昆仑流沙万里之外，经十余译乃至乎中国。珠出南海，常生深渊，采者腰绖而入水，形色非人，往往不出，则下饱蛟鱼。金矿于山，凿深而穴远，篝火糇粮而后进，其崖崩窟塞，则遂葬于其中者，率常数十百人。其远且难而又多死祸，常如此。然而金玉珠玑，世常兼聚而有也。凡物好之而有力，则无不至也。

汤盘，孔鼎，岐阳之鼓，岱山、邹峄、会稽之刻石，与夫汉、魏已来圣君贤士桓碑、彝器、铭诗、序记，下至古文、籀篆、分隶诸家之字书，皆三代以来至宝，怪奇伟丽、工妙可喜之物。其去人不远，其取之无祸。然而风霜兵火，湮沦摩灭，散弃于山崖墟莽之间未尝收拾者，由世之好者少也。幸而有好之者，又其力或不足，故仅得其一二，而不能使其聚也。

夫力莫如好，好莫如一。予性颛而嗜古，凡世人之所贪者，皆无欲于其间，故得一其所好于斯。好之已笃，则力虽未足，犹能致之。故上自周穆王以来，下更秦、汉、隋、唐、五代，外至四海九州，名山大泽，穷崖绝谷，荒林破冢，神仙鬼物，诡怪所传，莫不皆有，以为《集古录》。以谓转写失真，故因其石本，轴而藏之。有卷帙次第而无时世之先后，盖其取多而未已，故随其所得而录之。又以谓聚多而终必散，乃撮其大要，别为录目，因并载夫可与史传正其阙谬者，以传后学，庶益于多闻。

或讥予曰："物多则其势难聚，聚久而无不散，何必区区于是哉？"予对曰："足吾所好，玩而老焉可也。象犀金玉之聚，其能果不散乎？予固未能以此而易彼也。"

庐陵欧阳修序。

【解题】

作于嘉祐七年（1062），时作者在京师任参知政事。《集古录》是欧阳修所收集的古代金石文字专集，今有十卷，有作者撰著的四百二十篇跋语，并有部分描摹的原文。本文是为《集古录》写的一篇总序。它记叙作者对古文物的爱好，肯定金石文字的价值，回顾《集古录》成书经过。全文论点明确，结构严谨，语言苍劲。林云铭评述说："把一个好字，一个聚字，缭绕盘旋到底，如走盘之珠，圆转不穷。"(《古文析义》二编)

题薛公期画

善言画者多云鬼神易为工，以谓画以形似为难，鬼神人不见也。然至其阴威惨淡，变化超腾，而穷奇极怪，使人见辄惊绝，及徐而定视，则千状万态，笔简而意足，是不亦为难哉？此画虽传自妙本，然其笔力精劲，亦自有嘉处。嘉祐八年仲春旬休日，窃览而嘉之，题还薛公期书室。

庐陵欧阳修题。

【解题】

作于嘉祐八年（1063）二月，时作者在京师任参知政事。薛仲孺，字公期，薛奎嗣子，欧阳修内兄。本文为薛氏画题跋，主张绘画重视神似，强调"笔简而意足"，是研究欧阳修艺术观的重要资料。

跋杜祁公书

右，杜祁公墨迹。公当景祐中，为御史中丞，时余以镇南军掌书记为馆阁校勘，始登公门，遂见知奖。后十五年，余以尚书礼部郎中、龙图阁直学士留守南都，公已罢相，致仕于家者数年矣。余岁时率僚属候问起居，见公福寿康宁，言笑不倦。岁余，予遭内艰去，居于颍。服除，来京师，蒙恩召入翰林为学士，与公书问往还，无虚月。又二岁，公以疾薨于家。予既泣而论次公之功德而铭之，又集在南都时唱和诗为一卷，以传二家之子孙。又发箧，得公手书简尺、歌诗，类为十卷而藏之。余与时寡合，辱公之知，久而愈笃，宜于公有不能忘，矧公笔法为世楷模，人人皆宝而藏之，然世人莫若余得之多也。

嘉祐八年六月晦日。

【解题】

杜祁公，即杜衍。跋语回顾平生与杜衍的结交往来，感激其知遇之恩，并为多藏其墨宝而自豪。

跋《永城县学记》

唐世执笔之士，工书者十八九，盖自魏、晋以来风流相承，家传少习，故易为能也。下逮懿、僖、昭、哀衰亡之乱，宜不暇矣。接乎五代，四海分裂，士大夫生长干戈于积尸白刃之间，时时犹有以挥翰驰名于当世者，岂又唐之余习乎？如王文秉之小篆，李鹗、郭忠恕之楷法，杨凝式之行草。至于罗绍威、钱俶，皆武夫骄将之子，酣乐于狗马声色者，其于字画，亦有以过人。

及宋一天下，于今百年，儒学称盛矣，唯以翰墨之妙，中间寂寥者久之，岂其忽而不为乎？将俗尚苟简，废而不振乎？抑亦难能而罕至也？盖久而得三人焉，向时苏子美兄弟以行草称，自二子亡，而君谟书特出于世。君谟笔有师法，真草惟意所为，动造精绝，世人多藏以为宝，而予得之尤多，若《荔枝谱》、《永城县学记》，笔画尤精而有法者。故聊志之，俾世藏之，知余所好而吾家之有此物也。

庐陵欧阳某书。嘉祐八年，岁在癸卯中元日。

【解题】

这是作者为蔡襄所写的《永城县学记》题跋。文章赞赏唐代文士大都工于书法，叹息宋朝立国以来，书学渐衰，书家寂寥，仅有苏舜钦、苏舜元、蔡襄称于世。作者以多得蔡氏墨宝而自喜。

书《荔枝谱》后

善为物理之论者曰：天地任物之自然，物生有常理，斯之谓至神。圆方刻画，不以智造而力给。然千状万态，各极其巧以成其形，可谓任之自然矣，而其丑好精粗、寿夭多少，皆有常分，不有尸之，孰为之限数？由是言之，又若有为之者。是皆不可诘于有无之间，故谓之神也。

牡丹花之绝，而无甘实；荔枝果之绝，而非名花。昔乐天有感于二物矣，是孰尸其赋予邪？然斯二者惟一不兼万物之美，故各得极其精，此于造化不可知，而推之至理，宜如此也。

余少游洛阳，花之盛处也，因为牡丹作记。君谟，闽人也，故能识荔枝而谱之。因念昔人尝有感于二物，而吾二人者适各得其一之详，故聊书其所以然，而以附君谟谱之末。

嘉祐八年七月十九日，庐陵欧阳修题。

【解题】

这是欧阳修为蔡襄所写的《荔枝谱》题跋。作者感叹牡丹和荔枝在花果上各极其精，以双方各记其一之详而自慰，于是书其所以然。运用对比手法，事物相得益彰。记叙、议论相结合，笔下饱蘸情感。

跋学士院题名

余向在翰林七年，尝以谓宰辅有任责之忧，神仙无爵禄之宠。既都荣显，又享清闲，而兼有人天之乐者，惟学士也。自顷以来，叨被恩私，俾参政论，力疲矣而勤劳不得少息，心衰矣而忧患浩乎无涯。却思玉堂，如在天上。偶因发箧，闲览题名，不觉慨然，遂书于此。

嘉祐八年中秋日。

熙宁四年正月二十九日，载览至“却思玉堂，如在天上”之语，因思余作《内制集序》，亦为此语，英宗皇帝尝加称赏，为之泫然感涕不能止也。

六一居士书。

【解题】

作于嘉祐八年（1063）八月，熙宁四年正月有补记。闲览学士院题名，回想起翰林七年无任责之忧，有爵禄之宠，悲伤参政以来力疲心衰，忧患无涯。顾念今昔，有天上人间之感。

记旧本韩文后

予少家汉东，汉东僻陋无学者，吾家又贫无藏书。州南有大姓李氏者，其子尧辅颇好学。予为儿童时，多游其家，见有弊筐贮故书在壁间，发而视之，得唐《昌黎先生文集》六卷，脱落颠倒无次序，因乞李氏以归。读之，见其言深厚而雄博，然予犹少，未能悉究其义，徒见其浩然无涯，若可爱。

是时天下学者杨、刘之作，号为时文，能者取科第，擅名声，以夸荣当世，未尝有道韩文者。予亦方举进士，以礼部诗赋为事。年十有七试于州，为有司所黜。因取所藏韩氏之文复阅之，则喟然叹曰：“学者当至于是而止尔！”因怪时人之不道，而顾己亦未暇学，徒时时独念于予心，以谓方从进士干禄以养亲，苟得禄矣，当尽力于斯文，以偿其素志。

后七年，举进士及第，官于洛阳。而尹师鲁之徒皆在，遂相与作为古文。因出所藏《昌黎集》而补缀之，求人家所有旧本而校定之。其后天下学者亦渐趋于古，而韩文遂行于世，至于今盖三十余年矣，学者非韩不学也，可谓盛矣。

呜呼！道固有行于远而止于近，有忽于往而贵于今者，非惟世俗好恶之使然，亦其理有当然者。而孔、孟惶惶于一时，而师法于千万世。韩氏之文没而不见者二百年，而后大施于今，此又非特好恶之所上下，盖其久而愈明，不可磨灭，虽蔽于暂而终耀于无穷者，其道当然也。

予之始得于韩也，当其沉没弃废之时，予固知其不足以追时好而取势利，于是就而学之，则予之所为者，岂所以急名誉而干势利之用哉？亦志乎久而已矣。故予之仕，于进不为喜、退不为惧者，盖其志先定而所学者宜然也。

集本出于蜀，文字刻画颇精于今世俗本，而脱缪尤多。凡三十年间，闻人有善本者，必求而改正之。其最后卷秩不足，今不复补者，重增其故也。予家藏书万卷，独《昌黎先生集》为旧物也。呜呼！韩氏之文、之道，万世所共尊，天下所共传而有也。予于此本，特以其旧物而尤惜之。

【解题】

原系嘉祐年间，据文中所载“举进士及第，官于洛阳，……至于今盖三十余年矣”，当作于嘉祐末年。文章回顾三十多年来从接触韩文到学习韩文再到倡导古文运动的全过程，强调为学为文应该不趋世俗、不急名誉、不干势利，表现作者志在发扬韩愈之文、韩愈之道的理想与决心，是研究北宋古文运动和欧阳修创作道路的重要资料。语言平易朴实，感情深沉真挚，事理相合，情文相生，字里行间透露出对旧本韩文的珍爱之情。

《帝王世次图》序

尧、舜、禹、汤、文、武，此六君子者可谓显人矣。而后世犹失其传者，岂非以其远也哉？是故君子之学，不穷远以为能，而阙其不知，慎所传以惑世也。方孔子时，周衰学废，先王之道不明而异端之说并起。孔子患之，乃修正《诗》、《书》、史记，以止纷乱之说，而欲其传之信也。故略其远而详其近，于《书》断自唐、虞以来，著其大事可以为世法者而已。至于三皇五帝君臣世次皆未尝道者，以其世远而慎所不知也。

孔子既殁，异端之说复兴，周室亦益衰乱。接乎战国，秦遂焚书，先王之道中绝。汉兴久之，《诗》、《书》稍出而不完。当王道中绝之际，奇书异说方充斥而盛行，其言往往反自托于孔子之徒，以取信于时。学者既不备见《诗》、《书》之详，而习传盛行之异说，世无圣人以为质，而不自知其取舍真伪。至有博学好奇之士，务多闻以为胜者，于是尽集诸说而论次，初无所择，而惟恐遗之也，如司马迁之《史记》是矣。以孔子之学，上述前世，止于尧、舜，著其大略，而不道其前。迁远出孔子之后，而乃上述黄帝以来，又详悉其世次，其不量力而务胜，宜其失之多也。迁所作《本纪》，出于《大戴礼》、《世本》诸书，今依其说，图而考之。

尧、舜、夏、商、周，皆同出于黄帝。尧之崩也，下传其四世孙舜，舜之崩也，复上传其四世祖禹，而舜、禹皆寿百岁。稷、契于高辛为子，乃同父异母之兄弟，今以其世次而下之，汤与王季同世。汤下传十六世而为纣，王季下传一世而为文王，二世而为武王。是文王以十五世祖臣事十五世孙纣，而武王以十四世祖伐十四世孙而代之王，何其缪哉！

呜呼！尧、舜、禹、汤、文、武之道，百王之取法也。其盛德大业见于行事，而后世所欲知者，孔子皆已论著之矣。其久远难明之事后世不必知，不知不害为君子者，孔子皆不道也。夫孔子所以为圣人者，其智知所取舍，皆如此。

【解题】

此二序原无系年，当作于嘉祐末年。欧阳修依据《史记·五帝本纪》，列图排比上古帝王世次，考订所载上古帝王传说谬不可信。此《帝王世次图》为欧阳修疑古力作，惜已佚失。今从二序可以窥见其书大略。清人何焯《义门读书记》评点《帝王世次图序》"以孔子之学"至"宜其失之多也"一段："可谓通人之论，苏子由不知此而复为古史，其亦谬矣。"（后序解题从略）

《帝王世次图》后序

余既略论帝王世次而见《本纪》之失，犹谓文、武与纣相去十五六世，其缪较然不疑。而尧、舜、禹之世相去不远，尚冀其理有可通，乃复以《尚书》、《孟子》、孔安国、皇甫谧诸书，参考其寿数长短，而尤乖戾不能合也。

据《书》及诸说云：尧寿一百一十六岁，舜寿一百一十二岁，禹寿百岁。尧年十六即位，在位七十年，年八十六始得舜而试之，二年乃使摄政。时舜年三十，居试、摄通三十年而尧崩。舜服尧丧三年毕，乃即位，在位五十年而崩。方舜在位三十三年命禹摄政，凡十七年而舜崩。禹服舜丧三年毕，乃即位，在位十年而崩。由是言之，当尧得舜之时，尧年八十六，舜年三十。以此推而上之，是尧年五十七已见四世之玄孙生一岁矣。舜居试、摄及在位通八十二年，而禹寿百岁。以禹百年之间推而上之，禹即位及居舜丧通十三年，又在舜朝八十二年，通九十五年，则当舜摄、试之初年禹才六岁。是舜为玄孙年三十时，见四世之高祖方生六岁矣。

至于舜娶尧二女，据图为曾祖姑。虽古远世异，与今容有不同，然人伦之理乃万世之常道，必不错乱颠倒之如此。然则诸家世次、寿数长短之说，圣经之所不著者，皆不足信也决矣。

跋李翰林昌武书

昌武笔画遒峻，盖欲自成一家，宜其见称于当时也。修览其书，知此道寂寞久矣。向时苏、梅二子，以天下两穷人主张斯道，一时士人倾想其风采，奔走不暇，自其沦亡，遂无复继者。岂孟子所谓折枝之易，第不为邪？览李翰林诗笔，见故时朝廷儒学侍从之臣，未尝不以篇章翰墨为乐也。

【解题】

作于嘉祐年间。李宗谔，字昌武，李昉子。历三馆两制之职，风流儒雅，工于隶书，真宗时拜右谏议大夫。欧阳修览其书法，想起昔时文学侍从以文章翰墨为乐，感叹当今书法寂寞。

跋学士院御诗

列圣御制刻石龛，在玉堂北壁，扃锁甚严。至和元年秋，余初蒙恩召为学士，尝因事独对便殿。先帝密谕将幸玉堂，及欲如祖宗，时夜召学士，因问唐朝故事。余奏曰："唐世学士以献替为职业，至于进退大臣，常参密议，故当时号为内相。又谓之天子私人，其职在禁近，故唐制学士不与外人交通。比来选用非精，致上恩礼亦薄，渐见疏外，无异百司。若圣君有意崇奖，则当渐修故事。”予遂退而建言，不许私谒执政。时人喧然，共以为非。盖流俗习见近事，不知学士为禁职，旧制不通外人也。

真宗时，刘子仪当直，既不为丁晋公草制。明日，晏元献公入直，刘见晏来，遽趋以出，相遇不揖，掩面而过，盖当时学士犹交直也。近时当直者多不宿，宿者暮入晨出，玉堂终日阒然，吏人共守空院而已。职隳事废已久，自朝廷近臣皆不知故事，流俗不足怪也。因览刻石，遂并记之于后。

治平元年清明日。

院中名画，旧有董羽水，僧巨然山，在玉堂后壁。其后又有燕肃山水，今又有易元吉猿及狚，皆在屏风。其诸司官舍，皆莫之有，亦禁林之奇玩也。余自出翰苑，梦寐思之。今中书、枢密院惟内宴更衣，则借学士院解歇。每至，裴回画下，不忍去也。

【解题】

治平元年（1064）三月，作者在京师任参知政事。欧阳修观学士院御诗，回忆至和初年建言学士不许私谒执政，慨叹时人习于流俗，近臣不知故事，致使学士院职隳事废。话今怀古，感慨良深。

跋观文王尚书举正书

右观文学士、尚书王公，字伯中，清德之老也。余晚接公游，爱其为人。未几，公以病卒，因录其遗迹而藏之，实思其人，不独玩其笔也。天圣中，公与谢绛希深、黄鉴唐卿修国史。余为进士，初至京师，因希深始识公，而未接其游。后三十年，余为翰林学士，公以书殿兼职经筵，始得窃从公后。故得公手笔不多。呜呼！天圣之间，三人者皆一时之选，今皆亡矣，其遗迹尤可惜，矧公素以书名当世也。

治平元年清明前一日书。

【解题】

作者观览王举正手书墨迹，念及天圣年间初至京师，结识王氏、谢绛和黄鉴，皆一时名士，而今均已谢世，遗墨尤为可珍。字里行间，富有感念今昔，缅怀挚友的深情。

龙茶录后序

茶为物之至精，而小团又其精者，录叙所谓上品龙茶者是也。盖自君谟始造而岁贡焉，仁宗尤所珍惜，虽辅相之臣未尝辄赐。惟南郊大礼致斋之夕，中书、枢密院各四人共赐一饼，宫人翦金为龙凤花草贴其上。两府八家分割以归，不敢碾试，相家藏以为宝，时有佳客，出而传玩尔。至嘉祐七年，亲享明堂，斋夕，始人赐一饼，余亦忝预，至今藏之。余自以谏官供奉仗内，至登二府，二十余年，才一获赐，而丹成龙驾，舐鼎莫及，每一捧玩，清血交零而已。因君漠著录，辄附于后，庶知小团自君谟始，而可贵如此。

治平甲辰七月丁丑，庐陵欧阳修书还公期书室。

【解题】

作于治平元年（1064）七月。本文叙述蔡襄所贡“小团”龙凤茶的精美贵重，感怀仁宗恩典。因附记于蔡氏《茶录》后，作此题跋。

跋《茶录》

善为书者以真楷为难，而真楷又以小字为难。羲、献以来遗迹见于今者多矣，小楷惟《乐毅论》一篇而已。今世俗所传，出故高绅学士家最为真本，而断裂之余，仅存者百余字尔。此外吾家率更所书《温彦博墓铭》，亦为绝笔。率更书世固不少，而小字亦止此而已，以此见前人于小楷难工，而传于世者少而难得也。

君谟小字新出而传者二，《集古录目序》横逸飘发，而《茶录》劲实端严，为体虽殊，而各极其妙。盖学之至者，意之所到必造其精。予非知书者，以接君谟之论久，故亦粗识其一二焉。

治平甲辰。

【解题】

作于治平元年。此为蔡襄所书《茶录》题跋，感叹书法以小字真楷难工，先贤鲜有所传，喜有蔡氏二作，各极其妙。对朋友书法造诣的敬重之情溢于言表。

《太常因革礼》序

臣修等闻，昔秦燔灭诗书，而礼乐尤其所恶，故汉兴二百余年，而郊祀之礼听于方士，乘舆所御不过袀服。及至显宗，然后发愤太息，凿空耕荒，以有三壅七郊、百官备物、辂车衮冕，以祀天地，养三老五更于学，然后学世有述焉。

汉末丧乱，永平遗文复就湮灭，而江左学者犹能言之。萧梁之时，日不暇给，犹命陆连、贺玚等五人分治五礼。及至隋文，天下初合，享国日浅，亦能于兵烬之余收集南北仪注，为百三十篇。故唐兴，得以沿袭，为贞观、显庆、开元之礼。古之君子于战伐崎岖之中，犹不忍礼乐之废，苟有一日之安，则相与戮力讲求，其勤如此。

宋有天下，承平百年，宪章文物，远迹三代。而观书于太常者，独有《开宝通礼》得为完书，其余颠倒脱落，无所考证，至不及汉唐者，有司失职，学者不讲之过也。

昔太祖皇帝始命大臣约唐之旧，为《开宝通礼》，事为之制，以待将来。其后更历三朝，随事损益，与《通礼》异者十常三四。苟新书不立，而恃《通礼》以为备，则后世将有惑焉。故天圣中礼官王皞等论次已行之事，名曰《礼阁新编》，其后贾昌朝等复加编定，名曰《太常新礼》。而《礼阁新编》止于天禧之五年，《太常新礼》止于庆历之三年，又多遗略，不能兼收博采，以示后世。而二书之外，存于简牍者尚不可胜数，付之胥史，日以残脱。故嘉祐中臣修以为言，而先帝以属修与凡礼官，命臣辟、臣洵专领其局。始自建隆以来，讫于嘉祐，巨细必载，罔罗殆尽。以为《开宝通礼》者一代之成法，故以《通礼》为主而记其变，其不变者则有《通礼》存焉。凡变者皆有所沿于《通礼》也，其无所沿者谓之新礼，《通礼》之所有而建隆以来不复举者谓之废礼。凡始立庙皆有议论，不可以不特见，谓之庙仪，其余皆即用《通礼》条目。为一百篇以闻，赐名曰《太常因革礼》。虽不足以称先帝考礼修业、传示无极之意，犹庶几于守职不废，以待能者。

尚书吏部侍郎、参知政事、提举编纂臣欧阳修，龙图阁直学士、尚书兵部侍郎兼侍读、同判太常寺兼礼仪事臣李柬之，龙图阁直学士、左谏议大夫兼侍讲、崇文院检封官、同判太常寺兼礼仪事臣吕公著，尚书工部郎中、知制诰、兼同判太常寺兼礼仪事臣宋敏求，尚书屯田员外郎、充集贤殿修撰、同判太常寺兼礼仪事臣周孟阳，尚书度支员外郎、直秘阁兼充史馆检讨、同知礼院兼丞事臣吕夏卿，尚书祠部员外郎、充秘阁校理、同知礼院臣李育，秘书丞、充集贤校理、同知礼院臣陈绎，太常博士、礼院编纂臣姚辟，守霸州文安县主簿、礼院编纂臣苏洵等谨上。

【解题】

作于治平二年（1065）九月，原系治平三年，误。嘉祐元年，欧阳修判太常寺，奏请编修礼书。嘉祐六年，欧为参知政事后，命提举编纂礼书。治平二年九月书成上奏。此书由欧荐引苏洵、姚辟撰稿，欧领衔主持其事。本文论述礼乐与治乱的关系，编纂《太常因革礼》的原委本末。

《仁宗御集》序（英宗皇帝密旨代作）

在昔君臣圣贤，自相戒敕，都俞吁叹于朝廷之上，而天下治者，二帝之言语也。号令征伐，丁宁约束，而其辞彬彬笃厚纯雅者，三代之文章也。尧、舜、夏、商、周之盛，邈乎远出千载之上，而昭然著见百世之下者，以其书存焉。此典谟训诰之文，所以为历代之宝也。惟我仁考神文圣武明孝皇帝之作，二帝之言语而三代之文章也，是宜刊之六经而不朽，示之万世而取法。

矧余小子，获承统业，其所以继大而显扬之者，方思勉焉，其敢失坠！乃诏尚书刑部郎中、知制诰邵必，右谏议大夫、天章阁待制吕公著，悉发宝文之旧藏而类次之，以为百卷。而必、公著勉朕以叙述之，曰：“是不可阙也。”

予惟圣考在位四十有二载，承三圣之鸿业，享百年之盛隆，而不敢暇逸。慎重祭祀以事天而飨亲，齐庄洁精，必以诚信。故亲郊而见上帝者九，恭谢于天地、大享于明堂者皆再，耕于籍田、祫于太庙者皆一，而不为劳。若夫游娱射猎，前世贤王明主之所不能免者，则皆非所欲。岁时临幸，燕饫臣下，必问祖宗之故常，阒然非时不闻舆马之音。后苑岁春一赏，亦故事也，中废者二十余年。而时畋于近郊、曲宴于便坐者，廑才一二而已。故叙禋祀，享升歌，乐章藏于有司、荐于郊庙者多矣；而登临游赏之适，割鲜献获之乐，前世之所夸者，未始一及焉。至于万机之暇，泊然凝神，不见所好。惟躬阅宝训，陈经迩英，究钟律之本元，训师兵之武略，披图以鉴古，铭物以自戒，其从事于清闲宴息之余者，不过此类。呜呼！大禹之勤俭也。

夫惟一人劳于上，则天下安其逸，约于己，则天下享其丰。此禹之所以圣，勤俭之功也。惟我圣考之在御也，泽被生民，恩加夷狄。宽刑罚，息兵革，容纳谏诤，信任贤材，措民逸于治安，跻俗丰于富庶。使海内蒙德受赐，涵濡鼓舞，而不知所以然者，由勤与俭久而驯致之也。是以功成业茂，立庙建号，为宋仁宗。

噫！仁之为言，尧、舜之盛德，而甚美之称也，固已巍乎与天地而亡极矣。永惟圣作，刻之玉版，藏之金匮，以耀后嗣而垂无穷，庶俾知我圣考仁宗之所以为仁者，自勤俭始。呜呼！亦惟予小子是训。

【解题】

作于治平二年（1065），时作者任参知政事。据《长编》卷二〇六，本年十月，“吕公著编《仁宗御集》成一百卷以进”。一本系于治平四年，误。

《思颍诗》后序

皇祐元年春，予自广陵得请来颍，爱其民淳讼简而物产美，土厚水甘而风气和，于时慨然已有终焉之意也。尔来俯仰二十年间，历事三朝，窃位二府，宠荣已至而忧患随之，心志索然而筋骸惫矣。其思颍之念未尝少忘于心，而意之所存亦时时见于文字也。今者幸蒙宽恩，获解重任，使得待罪于亳，既释危机之虑，而就闲旷之优，其进退出处，顾无所系于事矣。谓可以偿夙志者，此其时哉！因假道于颍，盖将谋决归休之计也。乃发旧稿，得自南京以后诗十余篇，皆思颍之作，以见予拳拳于颍者非一日也。不类倦飞之鸟然后知还，惟恐勒移之灵却回俗驾尔。

治平四年五月三日，庐陵欧阳修序。

【解题】

作于治平四年（1067）五月，时作者罢参知政事，除观文殿学士、转刑部尚书、知亳州，神宗恩许枉道至颍州小住。欧阳修将皇祐二年七月以后诗十三首为《思颍诗》，付颍州知州陆经刻石，并为作此序。序文追怀二十年来，侍奉三朝，位居二府，思颍之念时时见于文字，表达了政治上备受诬陷打击以后萌发的激流勇退思想。

跋薛简肃公奎书

右薛简肃公诗并书，其背乃天圣四年司农卿李湘门状，是岁丙寅，至今丁未，实四十二年矣。偶得于家人箧中，因褾轴而藏之。公之清节直道，余既铭之，而有传在国史，此不复书。

治平四年闰月十八日。

【解题】

治平四年闰三月，作者辞别神宗出知亳州，并得恩准途中在颍州小住。本题跋赞颂岳父薛奎的清直人格。

《归田录》序

《归田录》者，朝廷之遗事，史官之所不记，与夫士大夫笑谈之余而可录者，录之以备闲居之览也。

有闻而诮余者曰："何其迂哉！子之所学者，修仁义以为业，诵六经以为言，其自待者宜如何？而幸蒙人主之知，备位朝廷，与闻国论者，盖八年于兹矣。既不能因时奋身，遇事发愤，有所建明，以为补益；又不能依阿取容，以徇世俗，使怨嫉谤怒丛于一身，以受侮于群小。当其惊风骇浪卒然起于不测之渊，而蛟鳄鼋鼍之怪方骈首而闯伺，乃措身其间以蹈必死之祸。赖天子仁圣，恻然哀怜，脱于垂涎之口而活之，以赐其余生之命。曾不闻吐珠、衔环，效蛇雀之报。盖方其壮也，犹无所为，今既老且病矣，是终负人主之恩，而徒久费大农之钱，为太仓之鼠也。为子计者，谓宜乞身于朝，远引疾去，以深戒前日之祸，而优游田亩，尽其天年，犹足窃知止之贤名。而乃裴回俯仰，久之不决。此而不思，尚何归田之录乎！”余起而谢曰：“凡子之责我者，皆是也。吾其归哉，子姑待。”

治平四年九月乙未，欧阳修序。

【解题】

治平四年九月，作者出知亳州。《归田录》是作者编撰的笔记集，记录北宋前期人物事迹、职官制度，兼及政坛轶闻，初成于本年九月。作者此序，自叙历经政治风波以后思想上的矛盾与痛苦，既不甘心依阿取容，养尊处优，又不敢像前期那样奋不顾身，履险蹈危，自比为窃食官仓的老鼠，表现了封建时代一个正直官吏的沉痛自省。

《删正黄庭经》序

无仙子者，不知为何人也？无姓名，无爵里，世莫得而名之。其自号为无仙子者，以警世人之学仙者也。

其为言曰：“自古有道无仙，而后世之人知有道而不得其道，不知无仙而妄学仙，此我之所哀也。道者，自然之道也，生而必死，亦自然之理也。以自然之道养自然之生，不自戕贼夭阏而尽其天年，此自古圣智之所同也。禹走天下，乘四载，治百川，可谓劳其形矣，而寿百年。颜子萧然卧于陋巷，箪食瓢饮，外不诱于物，内不动于心，可谓至乐矣，而年不及三十。斯二人者，皆古之仁人也，劳其形者长年，安其乐者短命，盖命有长短，禀之于天，非人力之所能为也。惟不自戕贼而各尽其天年，则二人之所同也。此所谓以自然之道养自然之生。后世贪生之徒，为养生之术者，无所不至，至茹草木，服金石，吸日月之精光。又有以谓此外物不足恃，而反求诸内者，于是息虑绝欲，练精气，勤吐纳，专于内守，以养其神。其术虽本于贪生，及其至也，尚或可以全形而却疾，犹愈于肆欲称情以害其生者，是谓养内之术。故上智任之自然，其次养内以却疾，最下妄意而贪生。"

世传《黄庭经》者，魏、晋间道士养生之书也。其说专于养内，多奇怪，故其传之久则易为讹舛，今家家异本，莫可考正。无仙子既甚好古，家多集录古书文字，以为玩好之娱。有《黄庭经》石本者，乃永和十三年晋人所书，其文颇简，以较今世俗所传者独为有理，疑得其真。于是喟然叹曰："吾欲晓世以无仙而止人之学者，吾力顾未能也。吾视世人执奇怪讹舛之书，欲求生而反害其生者，可不哀哉！矧以我玩好之余拯世人之谬惑，何惜而不为?"乃为删正诸家之异，一以永和石本为定，其难晓之言略为注解，庶几不为讹谬之说惑世以害生。是亦不为无益，若大雅君子，则岂取于此！

【解题】

原无系年，当作于嘉祐、治平年间。据序文"无仙子既甚好古，家多集录古书文字"、"欲晓世以无仙而止人之学者"等语，可知作者为欧阳修。《欧集》卷一四三有跋《黄庭经》四则，其一署治平四年三月三日。《删正黄庭经》已遗佚，当是一本破除迷信，端正养生之道的书。序文指斥世人学仙的虚妄，宣传以自然之道养自然之生。清人何焯《义门读书记》称赞本文"明白条畅”。

《仲氏文集》序

呜呼！语称君子知命。所谓命，其果可知乎？贵贱穷亨，用舍进退，得失成败，其有幸有不幸，或当然而不然，而皆不知其所以然者，则推之于天曰有命。夫君子所谓知命者，知此而已。盖小人知在我，故常无所不为；君子知有命，故能无所屈。凡士之有材而不用于世，有善而不知于人，至于老死困穷而不悔者，皆推之有命，而不求苟合者也。

余读仲君之文，而想见其人也。君讳讷，字朴翁。其气刚，其学古，其材敏。其为文抑扬感激，劲正豪迈，似其为人。少举进士，官至尚书屯田员外郎而止。君生于有宋百年全盛之际，儒学文章之士得用之时，宜其驰骋上下，发挥其所畜，振耀于当世。而独韬藏抑郁、久伏而不显者，盖其不苟屈以合世，故世亦莫之知也，岂非知命之君子欤！余谓君非徒知命而不苟屈，亦自负其所有者，谓虽抑于一时，必将申于后世而不可掩也。

君之既殁，富春孙莘老状其行以告于史，临川王介甫铭之石以藏诸幽，而余又序其集以行于世。然则君之不苟屈于一时而有待于后世者，其不在吾三人者邪？噫！余虽老且病，而言不文，其可不勉！

观文殿学士、刑部尚书、知亳州庐陵欧阳修序。

【解题】

作于熙宁元年（1086），时作者知亳州。原系于治平四年，误。仲氏，即仲讷，字朴翁，广济军定陶人。王安石《尚书屯田员外郎仲君墓志铭》载其卒于皇祐五年十二月二十一日。序文以“君子知命”立论，赞颂仲氏其人其文。茅坤评述本文“言近而

旨远”。(《宋大家欧阳文忠公文钞》卷十七)

书《遁甲立成旁通历》后

此本得于杨畋。畋，继业之后也。继业善用兵，以见昔时名将皆精于所学，非止一夫之勇也。此本尤为简要，世罕传也。

熙宁元年九月六日，东斋闲览，见余三十年前自书小字，为之惘然。其后则僧惠勤为余书耳。

【解题】

初作于宝元年间，时作者知乾德。熙宁元年九月补记，时作者新受命知青州，充京东东路安抚使，尚未赴任。欧阳修闲览三十年前手书，有惘然若失的感觉。

书《琴阮记》后

一

同年孙植，雅善琴阮，云于京师常卖人处买得之以遗余，盖景祐三年也。迨今三十余年，而植物故亦二十年矣。偶因发篋□之，怅然书其后。

熙宁二年二月九日，山斋记。

二

余为夷陵令时，得琴一张于河南刘几，盖常琴也。后做舍人，又得琴一张，乃张越琴也。后做学士，又得琴一张，则雷琴也。官愈高，琴愈贵，而意愈不乐。在夷陵时，青山绿水，日在目前，无复俗累，琴虽不佳，意则萧然自释。及做舍人、学士，日奔走于尘土中，声利扰扰盈前，无复清思，琴虽佳，意则昏杂，何由有乐？乃知在人不在器，若有以自适，无弦可也。

三

修老年世味益薄，惟做诗学书，尚不为倦。然精纸良笔，惜不忍用，信哉，愚难及也！士有所好，虽万金不以为多，盖务济其欲，宁复顾惜耶？老懒常患多事为劳，偶得闲暇，则又学书，是所好为累者，不问何事皆然也。余尝读《鬼谷子》，见其驰说诸侯，无所不可，惟无所好者，不可为也。然则无欲于物，人之至难，苟有至焉，可以御敌。学书劳力，可以寓心，亦所谓贤与博弈者也。昔人以此垂名后世者，盖爱其为人，因以贵之尔。吾家率更以颜、柳，皆节行高出当世，就令书不甚佳，后世犹以为宝也。

【解题】

熙宁二年（1069）二月，时作者知青州。第一则缅怀同年友孙植；第二则感慨人生之乐贵在自适；第三则论书法，以为书法可以寓心，书品与人品并重。文意颇散，恐非作于一时，却都是作者晚年操琴学书闲适生活的反映。

《诗谱补亡》序

《郑氏谱序》云自共和以后得太史《年表》，接于《春秋》而次序乃明。今《诗》诸国惟《卫》、《齐》变风在共和前，余皆宣王以后。予之旧图起自诸国得封，而止于诗止之君，旁系于周，以世相当，而诗列右方，依郑所谓循其上而省其下，及旁行而考之之说也。然有一君之世当周数王者，则考其诗当在某王之世，随事而列之。如《鄘·柏舟》、《卫·淇澳》皆卫武公之诗。《柏舟》之作乃武公即位之初年，当在宣王之世；《淇澳》美其入相，当在平王之时，则系之平王之世。其诗不可知其早晚，其君又当数世之王，则皆列于最后。如曹共公身历惠、襄、顷三世之王，其诗四篇，顷王之世之类是也。今既补之，郑则第取有诗之君，而略其上下，不复次之，而粗述其兴灭于后，以见其终始。若周之诗失其世次者多，今为郑补谱，且从其说而次之，亦可据以见其失。在予之别论，此不著焉。

【解题】

以下二序同作于熙宁三年（1070）春，时作者知青州，碍于眼病，《诗本义》修订成书。《诗谱补亡》，一作《补注毛诗谱》，今附收于《诗本义》。欧阳修早年疑《毛诗》，作《诗图》一卷。庆历四年在绛州得郑玄《诗谱》残本，于是据《诗图》改作《诗谱补亡》。今存十二篇，包括风、雅两部分（郑谱当存颂诗部分）。《诗谱补亡》与《诗本义》本为相辅相成之作，后人合为一书。前序叙述《诗谱补亡》编撰体例，后序论述其著述宗旨及成书本末。清人何焯《义门读书记》评述《诗谱补亡后序》说：“虽少深旨，而文颇醇洁。”（《后序》解题从略）

《诗谱补亡》后序

欧阳子曰：昔者圣人已殁，六经之道几熄于战国，而焚弃于秦。自汉已来，收拾亡逸，发明遗义，而正其讹缪，得以粗备，传于今者岂一人之力哉！后之学者，因迹前世之所传，而较其得失，或有之矣。若使徒抱焚余残脱之经，伥伥于去圣千百年后，不见先儒中间之说，而欲特立一家之学者，果有能哉？吾未之信也。然则先儒之论，苟非详其终始而抵牾，质于圣人而悖理害经之甚，有不得已而后改易者，何必徒为异论以相訾也？

毛、郑于《诗》，其学亦已博矣。予尝依其笺、传，考之于经而证以序、谱，惜其不合者颇多。盖《诗》述商、周，自《生民》、《玄鸟》，上陈稷、契，下讫陈灵公，千五六百岁之间，旁及列国、君臣世次，国地、山川、封域图牒，鸟兽、草木、鱼虫之名，与其风俗善恶，方言训故，盛衰治乱美刺之由，无所不载，然则孰能无失于其间哉？予疑毛、郑之失既多，然不敢轻为改易者，意其为说不止于笺、传，而恨已不得尽见二家之书，未能遍通其旨。夫不尽见其书而欲折其是非，犹不尽人之辞而欲断其讼之曲直，其能果于自决乎？其能使之必服乎？

世言郑氏《诗谱》最详，求之久矣不可得，虽《崇文总目》秘书所藏亦无之。庆历四年，奉使河东，至于绛州偶得焉。其文有注而不见名氏，然首尾残缺，自周公致太平已上皆亡之。其国谱旁行，尤易为讹舛，悉皆颠倒错乱，不可复考。

凡诗《雅》、《颂》，兼列《商》、《鲁》。其正变之风，十有四国，而其次比，莫详其义。惟封国、变风之先后，不可以不知。《周》、《召》、《王》、《豳》同出于周，《邶》、《鄘》并于卫，《桧》、《魏》无世家。其可考者，《陈》、《齐》、《卫》、《晋》、《曹》、《郑》、《秦》，此封国之先后也；《豳》、《齐》、《卫》、《桧》、《陈》、《唐》、《秦》、《郑》、《魏》、《曹》，此变风之先后也；《周南》、《召南》、《邶》、《鄘》、《卫》、《王》、《郑》、《齐》、《豳》、《秦》、《魏》、《唐》、《陈》、《曹》，此孔子未删《诗》之前，周太师乐歌之次第也；《周》、《召》、《邶》、《鄘》、《卫》、《王》、《桧》、《郑》、《齐》、《魏》、《唐》、《秦》、《陈》、《曹》、《豳》，此郑氏《诗谱》次第也；黜《桧》后《陈》，此今《诗》次比也。

初，予未见郑《谱》，尝略考《春秋》、《史记·本纪·世家·年表》而合以毛、郑之说，为《诗图》十四篇。今因取以补郑《谱》之亡者，足以见二家所说世次先后甚备，因据而求其得失，较然矣。而仍存其图，庶几以见予于郑氏之学尽心焉耳。夫尽其说而有所不通，然后得以论正，予岂好为异论者哉。

凡补其谱十有五，补其文字二百七（《谱序》自“周公致太平”已上皆亡，其文予取孔颖达《正义》所载之文补足，因为之注。自“周公”已下，即用旧注云）增损涂乙改正者三百八十三，而郑氏之谱复完矣。

题青州山斋

吾常喜诵常建诗云：“竹径通幽处，禅房花木深。”欲效其语作一联，久不可得，乃知造意者为难工也。晚来青州，始得山斋宴息，因谓不意平生想见而不能道以言者乃为己有，于是益欲希其仿佛，竟尔莫获一言。夫前人为开其端，而物景又在其目，然不得自称其怀，岂人才有限而不可强？将吾老矣，文思之衰邪？兹为终身之恨尔。

熙宁庚戌仲夏月望日题。

【解题】

作于熙宁三年（1070）四月。欧阳修居青州山斋，其周围景色，似乎被唐代诗人常建《题破山寺后禅院》诗所描绘，自己想写出类似的诗句却不可得，于是有了“文思之衰”的慨叹。文章虽短，却是作者长期创作经验的心得体会。

书《逍遥子》后

熙宁三年五月九日，病告中校毕。时移太原，未受命。续得民间本，又添《无鬼》以下七篇。世传《逍遥子》多脱误，此本雠校虽未精，然比他人家本，最为佳耳。

【解题】

作于熙宁三年五月，病假中校对完《逍遥子》，续得七篇，喜跋此语。署名逍遥子的著述今只存《逍遥子导引诀》一卷。

跋《醉翁吟》

余以至和二年奉使契丹。明年，改元嘉祐，与圣俞作此诗。后五年，圣俞卒。作诗殆今十有五年矣，而圣俞之亡亦十年也。阅其辞翰，一为泫然，遂轴而藏之。

熙宁三年五月十三日。

【解题】

跋《醉翁吟》诗，睹物思人，缅怀亡友梅尧臣，泫然泪下。语短情长，词浅意深，富有感染力。

续《思颍诗》序

皇祐二年，余方留守南都，已约梅圣俞买田于颍上。其诗曰："优游琴酒逐渔钓，上下林壑相攀跻。及身强健始为乐，莫待衰病须扶携。"此盖余之本志也。时年四十有四。其后丁家艰，服除还朝，遂入翰林为学士。忽忽七八年间，归颍之志虽未遑也，然未尝一日少忘焉。故其诗曰"乞身当及强健时，顾我蹉跎已衰老"，盖叹前言之未践也。时年五十有二。

自是误被选擢，叨尘二府，遂历三朝。盖自嘉祐、治平之间，国家多事，固非臣子敢自言其私时也。而非才窃位，谤咎已盈，赖天子仁圣聪明，辨察诬罔，始终保全。其出处俯仰，十有二年。今其年六十有四，盖自有蹉跎之叹又复一纪矣。中间在亳，幸遇朝廷无事，中外晏然，而身又不当责任，以谓臣子可退无嫌之时，遂敢以其私言。天子恻然，闵其年犹未也，谓尚可以勉。故奏封十上，而六被诏谕，未赐允俞。今者蒙上哀怜，察其实病且衰矣，既不责其避事，又曲从其便私，免并得蔡，俾以偷安。此君父廓大度之宽仁，遂万物之所欲，覆载含容养育之恩也。而复蔡、颍连疆，因得以为归老之渐，冀少偿其夙愿，兹又莫大之幸焉。

初，陆子履以余自南都至在中书所作十有三篇为《思颍诗》，以刻于石，今又得在亳及青十有七篇以附之。盖自南都至在中书十有八年而得十三篇，在亳及青三年而得十有七篇，以见余之年益加老，病益加衰，其日渐短，其心渐迫，故其言愈多也。庶几览者知余有志于强健之时，而未偿于衰老之后，幸不讥其践言之晚也。

熙宁三年九月七日，六一居士序。

【解题】

作于熙宁三年九月，作者在颍州。欧阳修本年七月由青州改知蔡州，过颍州时，以病脚留滞月余，九月二十七日抵达蔡州。三年前，陆经以作者十三篇《思颍诗》刻于石，如今作者又将亳州、青州任上十七篇附上，表现出年老病衰，求退急切的心情。茅坤评述本文："前辈风韵自在。"(《宋大家欧阳文忠公文钞》卷十九)

《江邻几文集》序

余窃不自揆，少习为铭章，因得论次当世贤士大夫功行。自明道、景祐以来，名卿巨公往往见于余文矣。至于朋友故旧，平居握手言笑，意气伟然，可谓一时之盛。而方从其游，遽哭其死，遂铭其藏者，是可叹也。

盖自尹师鲁之亡，逮今二十五年之间，相继而殁，为之铭者至二十人，又有余不及铭与虽铭而非交且旧者，皆不与焉。呜呼，何其多也！不独善人君子难得易失而交游零落如此，反顾身世死生盛衰之际，又可悲夫！而其间又有不幸罹忧患、触网罗，至困厄流离以死，与夫仕宦连蹇、志不获申而殁，独其文章尚见于世者，则又可哀也欤！然则虽其残篇断稿，犹为可惜，况其可以垂世而行远也？故余于圣俞、子美之殁，既已铭其圹，又类集其文而序之，其言尤感切而殷勤者，以此也。

陈留江君邻几，常与圣俞、子美游，而又与圣俞同时以卒。余既志而铭之，后十有五年，来守淮西，又于其家得其文集而序之。邻几，毅然仁厚君子也。虽知名于时，仕宦久而不进，晚而朝廷方将用之，未及而卒。其学问通博，文辞雅正深粹，而论议多所发明，诗尤清淡闲肆可喜。然其文已自行于世矣，固不待余言以为轻重，而余特区区于是者，盖发于有感而云然。

熙宁四年三月，六一居士序。

【解题】

作于熙宁四年三月，作者知蔡州。本文名为亡友文集撰写序言，实际上借序发端，喟叹故旧零落，感慨死生盛衰，表达对亡友们的深切思念和沉痛哀悼。文章抒情强烈，层层推进，如行云流水，极富韵致。清人刘大櫆评述说："情韵之美，欧公独擅千古，而此篇尤胜。"（《古文辞类纂·诸家集评》）

《薛简肃公文集》序

君子之学，或施之事业，或见于文章，而常患于难兼也。盖遭时之士，功烈显于朝廷，名誉光于竹帛，故其常视文章为末事，而又有不暇与不能者焉。至于失志之人，穷居隐约，苦心危虑而极于精思，与其有所感激发愤惟无所施于世者，皆一寓于文辞。故曰穷者之言易工也。如唐之刘、柳无称于事业，而姚、宋不见于文章。彼四人者犹不能于两得，况其下者乎！

惟简肃公在真宗时，以材能为名臣；仁宗母后时，以刚毅正直为贤辅。其决大事，定大议，嘉谋谠论，著在国史，而遗风余烈，至今称于士大夫。公，绛州正平人也。自少以文行推于乡里，既举进士，献其文百轴于有司，由是名动京师。其平生所为文至八百余篇，何其盛哉！可谓兼于两得也。

公之事业显矣。其于文章，气质纯深而劲正，盖发于其志，故如其为人。公有子直孺，早卒。无后，以其弟之子仲孺公期为后。公之文既多，而往往流散于人间，公期能力收拾。盖自公薨后三十年，始克类次而集之为四十卷，公期可谓能世其家者也。呜呼！公为有后矣。

熙宁四年五月日序。

【解题】

此序为欧阳修于熙宁四年五月知蔡州时所作。薛简肃公，即薛奎，字宿艺，绛州正平人，官至参知政事，卒谥简肃，是作者的岳父。欧阳修在《梅圣俞诗集序》中提出“穷而后工”，似乎仅限于诗歌，本文则明确提到“文辞……穷者之言易工”，包含散文和辞赋。作者旨在赞颂薛公生前事业与文章两全其美，死后有嗣子能传其家。叙事、议论、抒情相结合，笔墨饱蘸情感。

跋《三绝帖》

南唐澄心堂纸为世所珍，今人家不复有。曼卿诗与笔称雄于一时，今亦未有继者。谓之三绝，不为过矣。余家藏此，盖三十余年。

熙宁壬子正月雨中记。六一居士。

【解题】

作于熙宁五年（1072）正月，时作者退居颍州西湖。据欧阳修《诗话》记载：石曼卿亲笔将自己的《筹笔驿》诗写于澄心堂纸。其诗为石氏得意之作，石氏墨翰，澄心堂纸，均为世所珍，故号为“三绝”。本文睹物思旧，缅怀亡友石曼卿。

书杜祁公帖石本后

祁公真楷有法，笔力精劲，为世所贵。晚年行草又臻此，书此时，盖年八十矣。人之于学，其可不勉强哉。余得公墨迹尤多，是以藏为家宝，此本亦得于公家。

【解题】

原无系年，当作于晚年。杜衍的书法为世所珍。欧阳修跋杜衍八十岁所书行草，勉励己学。

张令注《周易》序

《易》之为书无所不备，故为其说者，亦无所不之。盖滞者执于象数以为用，通者流于变化而无穷，语精微者务极于幽深，喜夸诞者不胜其广大，苟非其正，则失而皆入于贼。若其推天地之理，以明人事之始终，而不失其正，则王氏超然远出于前人，惜乎不幸短命，而不得卒其业也。

张子之学，其勤至矣，而其说亦详焉。其为自序，尤所发明。昔汉儒白首于一经，虽孔子亦晚而学《易》。今子年方壮，所得已多，而学且不止，其有不至者乎！

庐陵欧阳修序。

【解题】

写作年月失考。本文为张令《周易》注作序。欧阳修的《易经》研究，推崇并宗法晋人王弼，王弼摆脱术数，追求义理，深受作者称道，可惜二十四岁而卒，未能完成大业。今见张令壮年有为，对易学多有发明，感到由衷高兴，为序此篇，寄以厚望。

《韵总》序

倕工于为弓而不能射，羿与逢蒙，天下之善射者也；奚仲工于为车而不能御，王良、造父，天下之善御者也。此荀卿子所谓艺之至者不两能，信哉！

儒者学乎圣人，圣人之道直以简。然至其曲而畅之，以通天下之理，以究阴阳、天地、人鬼、事物之变化，君臣、父子、吉凶、生死祸福之大伦，则六经不能尽其说，而七十子与孟轲、荀、扬之徒，各极其辩而莫能殚焉。夫以孔子之好学，而其所道者自尧、舜而后则详之，其前盖略而弗道，其亦有所不暇者欤？儒之学者，信哉远且大而用功多，则其有所不暇者，宜也。

文字之为学，儒者之所用也。其为精也，有声形曲直毫厘之别，音响清浊相生之类，五方言语风俗之殊。故儒者莫暇精之，其有精者，则往往不能乎其他。是以学者莫肯舍其所事而尽心乎此，所谓不两能者也，必待乎用心专者而或能之，然后儒者有以取焉。洛僧鉴聿，为《韵总》五篇，推子母轻重之法以定四声，考求前儒之失，辩正五方之讹。顾其用心之精，可谓入于忽微，若栉之于发，绩之于丝，虽细且多而条理不乱。儒之学者，莫能难也。鉴聿通于《易》，能知大演之数，又学乎阴阳、地理、黄帝、歧伯之书，其尤尽心者《韵总》也。

世本儒家子，少为浮图，入武当山，往来江汉之旁十余年。不妄与人交，有不可其意，虽王公大人亦莫肯顾。闻士有一艺，虽千里必求之，介然有古独行之节，所谓用心专者也，宜其学必至焉耳。浮图之书行乎世者数百万言，其文字杂以夷夏，读者罕得其真，往往就而正焉。鉴聿之书非独有取于吾儒，亦欲传于其徒也。

【解题】

写作年月失考。洛阳僧人鉴聿撰著《韵总》五篇，考求前儒过失，定四声，辨正讹。这是欧阳修为《韵总》撰写的序言。文章称赞鉴聿用心专一，为学必至，其创作宗旨当超越文字学范围。茅坤评述说："字学所系甚小，欧阳公立意，恰好出脱门面。"(《宋大家欧阳文忠公文钞》卷十九)

《南阳集》跋

士之从宦，困于当时而文章显于后世者多矣。其能不戚戚于穷厄而泰然自以为乐者，既知有命，又知屈于当时者近，而伸于后世者远也。余读太傅赵公文，至于抑扬驰骋，辩博宏远，可谓壮矣，岂止其诗清淑粹美之可喜也？公之盛德有后矣。然方其屈于一时，其所以自乐而忘忧者诗也，可以想见其人焉。

庐陵欧阳修题。

【解题】

写作年月失考。《南阳集》，宋赵湘撰，其孙赵汴编。赵湘，字叔灵，淳化进士，官庐江尉，穷厄中以文学自娱。诗作风骨苍秀；古文扫除俳俗，有唐人李翱、皇甫湜遗风。本文高度肯定赵氏的为人为文。言近旨远，俯仰多情。

《韩文公别传》后序

予官琅琊，有以《退之别传》相视者，予反复读之，知大颠盖非常僧也。及后复得孟简所答退之之书，则曰若大颠者果常僧耳。而《别传》乃以为孟简所纂，疑二者必有一伪焉。要之，答退之之书，其文俚，而《别传》则非深达先王之法言者莫能为也。退之《答孟简书》盖在袁州之后，其书尚深訾浮屠，岂易信人者其守易政之言果验耶？抑实未尝知《别传》所载，而为大颠所屈耶？虽然，《别传》之言，予意退之复生不能自解免，得不谓天下之至言哉！

予尝患浮屠之盛而嘉退之之力能诋之，疑柳子厚之徒又诋退之之学。及观退之所言，果如子厚不为过也。噫！浮屠之说流于今而愈盛者，岂其道诚不可改而天卒相之耶？吾所不能测也。

庐陵欧阳修题。

【解题】

写作年月失考。若确系欧阳修所撰，当作于晚年。欧阳修早年猛烈辟佛，态度偏激，终因未能深究佛学，没有触及佛教实质。晚年的欧阳修，性趋宽容，虽坚持反佛立场，但态度稍改，对家人的信奉佛教，采取容忍态度。本文似乎反映了欧阳修晚年对佛学昌炽的迷惘和疑惑心理。

《集古录目序》题记

昔在洛阳，与余游者皆一时豪俊之士也，而陈郡谢希深善评文章，河南尹师鲁辨论精博。余每有所作，二人者必伸纸疾读，便得余深意；以示他人，亦或时有所称，皆非余所自得者也。宛陵梅圣俞善人君子也，与余共处穷约，每见余小有可喜事，欢然若在诸己。自三君之亡，余亦老且病矣。此叙之作，既无谢、尹之知音，而《集录》成书，恨圣俞之不见也，悲夫！

嘉祐八年岁在癸卯，七月二十四日书。

【解题】

本文为《集古录目序》的自跋。《集古录目》即“集古录跋尾”的初名，自跋作于成书之际，叹息朋辈作古，自身衰病。字里行间充溢伤感之情。

《集古录》跋尾

古敦铭跋（毛伯敦、龚伯彝、伯庶父敦）

右，毛伯古敦铭。嘉祐中，原父以翰林侍读学士出为永兴军路安抚使，其治在长安。原父博学好古，多藏古奇器物，能读古文铭识，考知其人事迹。而长安秦汉故都，时时发掘所得，原父悉购而藏之。以予方集录古文，故每有所得，必摹其铭文以见遗。此敦，原父得其盖于扶风而有此铭。原父为予考按其事云：“《史记》武王克商，尚父牵牲，毛叔郑奉明水，则此铭谓郑者，毛叔郑也。铭称伯者爵也，史称叔者字也。敦乃武王时器也。盖余《集录》最后得此铭，当作《录目序》时，但有《伯冏铭》“吉日癸巳”字最远，故叙言自周穆王以来叙已刻石，始得斯铭，乃武王时器也。其后二铭：一得盩厔，曰龚伯尊彝；其一亦得扶风，曰伯庶父作舟姜尊敦，皆不知为何人也。三器铭文皆完可识，具列如左。

【解题】

本篇及以下各篇为《集古录跋尾》，是欧阳修为《集古录》某些篇目撰写的跋语。关于其写作缘起，《欧集》卷一四八《与刘侍读原父》其二叙述甚详："愚家所藏《集古录》，尝得故许子春为余言，集聚多且久，无不散亡，此物理也。不若举其要著为一书，谓可传久。余深以其言为然。昨在汝阴居闲，遂为《集古录目》，方得八九十篇，不徒如许之说，又因得与史传相参验，证见史家阙失甚多。其后来京师，遂不复作。"所谓《集古录目》，为《集古录跋尾》的初名，皇祐末年颍州守丧所作八九十篇，后来重新改写，署改写的年月。所署撰写时日以"嘉祐六年九月"为最早，大量跋语作于嘉祐八年夏至治平元年秋之间，收入文集的最后写定本，是在治平以后。

今《欧集》所存，共有跋尾421篇，分属381篇碑铭。其内容涉及史事、书法、文章艺术等。看来欧阳氏集录金石刻辞的最初动机，在于书法鉴赏和文章观摩，跋语涉及书法和文章艺术的在半数以上。然而，当他辑编成册时，考核史实便成了主要目的。这些题跋，是欧阳修考释金石刻辞的成果，是我国第一部金石研究专著。

欧阳修利用金石刻辞考订史实，如《唐雁门王田氏神道碑跋》，订正了《旧唐书》有关传主世系、子孙的错讹；《后汉太尉刘宽碑跋》纠正了《后汉书》本传官封的误载。利用金石刻辞补充史料，如《唐张中丞传跋》补充了《唐书》列传及韩愈《张中丞传后叙》的疏略；《晋南乡太守碑跋》补充了《晋书·地理志》的缺漏。利用金石刻辞考索典章制度，如《后汉修西岳庙复民赋碑跋》，考知东汉朝政制度概况；《南乡太守碑阴》考知晋初地方官制等等。

《集古录》跋尾集录广博，考订精审，论断准确。文章结构严谨，语言简明精采。它的问世，开了我国金石学的先河，促使金石研究成为我国古代文化研究的专门之学。(下列各跋语解题从略。其标题右侧之括号内为所跋器皿名称或碑铭刻成之各朝代年号等)

韩城鼎铭跋

右，原甫既得鼎韩城，遗余以其铭，而太常博士杨南仲能读古文篆籀，为余以今文写之，而阙其疑者。原甫在长安所得古奇器物数十种，亦自为《先秦古器记》。原甫博学，无所不通，为余释其铭以今文，而与南仲时有不同。故并著二家所解，以俟博识君子。具之如左。

商雒鼎铭跋

右《商雒鼎铭》者，原甫在长安时得之上雒。其铭云："惟十有四月既死霸，王在下都，雍公諴作隮鼎，用追享丁于皇且考，用气麋寿，万年无疆，子子孙孙永宝用。"雍公不知为何人。原甫谓古丁、宁通用，盖古字简略，以意求之则得尔。而蔡君谟谓十有四月者何，原甫亦不能言也。

治平元年中伏日书。

古器铭跋 一(钟铭二、缶器铭一、甗铭二、宝敦铭一)

右古器铭六，余尝见其二：曰甗也，宝和钟也。太宗皇帝时，长安民有耕地得比甗，初无识者。其状下为鼎，三足，上为方甑，中设铜箄，可以开合，制作甚精，有铭在其侧。学士句中正工于篆籀，能识其文，曰甗也，遂藏于秘阁。余为校勘时，常阅于秘阁下。景祐中修大乐，冶工给铜更铸编钟，得古钟，有铭于腹，因存而不毁，即宝和钟也。余知太常礼院时，尝于太常寺按乐，命工叩之，与王朴"夷则清声"合。初，王朴作编钟，皆不圆，至李照等奉诏修乐，皆以朴钟为非。及得宝和，其状正与朴钟同，乃知朴为有法也。

嘉祐八年六月十八日书。

古器铭跋 二（绥和钟、宝盉、宝敦）

右古器铭四，尚书屯田员外郎杨南仲为余读之。其一曰绥和林钟，其文磨灭不完，而字有南仲不能识者。其二曰宝盉，其文完可读，曰："伯玉般子作宝盉，其万斯年，子子孙孙其永宝用。"其三、其四皆曰宝敦，其铭文亦同，曰："惟王四年八月丁亥，散季肇作朕王母弟姜宝敦。散季其万年，子子孙孙永宝。"盖一敦而二铭。余家《集录》所藏古器铭多如此也。

治平元年七月十三日，以服药假家居书。

自余集录古文，所得三代器铭，必问于杨南仲、章友直。暨《集录》成书，而南仲、友直相继以死，古文奇字世罕识者，而三代器铭亦不复得矣。

治平三年七月二十日，盂飨，摄事太庙斋宫书。

终南古敦铭跋

右《终南古敦铭》，大理评事苏轼为凤翔府判官，得古器于终南山下。其形制与今《三礼图》所画及人家所藏古敦皆不同。初莫知为敦也，盖其铭有"宝尊敦"之文，遂以为敦尔。

叔高父煮簋铭跋

右《煮簋铭》，曰："叔高父作煮簋，其万年子子孙孙永宝用。"原父在长安得此簋于扶风。原甫曰："簋容四升，其形外方内圆而小堕之，似龟，有首有尾有足有甲有腹。"今礼家作簋，亦外方内圆，而其形如桶，但于其盖刻为龟形，与原甫所得真古簋不同。君谟以谓礼家传其说，不见其形制，故名存实亡，原甫所见可以正其缪也。故并录之，以见君子之于学，贵乎多见而博闻也。

治平元年六月二十日书。

周穆王刻石跋

右周穆王刻石曰“吉日癸巳”，在今赞皇坛山上，坛山在县南十三里。《穆天子传》云：穆天子登赞皇以望临城，置坛此山，遂以为名。癸巳志其日也。图经所载如此。而又别有四望山者，云是穆王所登者。据《穆天子传》，但云登山，不言刻石，然字画亦奇怪。土人谓坛山为马蹬山，以其字形类也。庆历中宋尚书祁在镇阳，遣人于坛山模此字，而赵州守将武臣也，遽命工凿山取其字，龛于州廨之壁，闻者为之嗟惜也。

治平甲辰秋分日书。

敦匜铭跋

右《伯冏敦铭》曰：“伯冏父作周姜宝敦，用夙夕享，用蕲万寿。”《尚书·冏命》序曰：“穆王命伯冏为周太仆正”，则此敦周穆正时器也。按《史记·年表》自厉王以上有世次而无年数，共和以后，接乎春秋，年数乃详。盖自穆王传共、孝、懿、夷、厉五王，而至于共和。自共和至今，盖千有九百余年。斯敦之作，在共和前五世而远也。

古之人之欲存乎久远者，必托于金石而后传，其堙沉埋没、显晦出入不可知。其可知者，久而不朽也。然岐阳十鼓今皆在，而文字剥缺者十三四，惟古器铭在者皆完，则石之坚又不足恃。是以古之君子器必用铜，取其不为燥湿寒暑所变为可贵者，以此也。古之贤臣名见《诗》、《书》者，常为后世想望，矧得其器，读其文，器古而文奇，自可宝而藏之邪！

其后《张伯匜铭》曰：“张伯作煮匜，其子子孙孙永宝用。”张伯不知何人也。二铭皆得之原父也。

治平元年正月二日书。

敦匜铭跋（伯冏敦、张仲匜）

嘉祐六年，原父以翰林侍读学士出为永兴军路安抚使，其治在长安。原父博学好古，多藏古奇器物，而咸、镐周秦故都，其荒基破冢，耕夫牧儿往往有得，必购而藏之。以余方集录古文，乃模其铭刻以为遗。故余家《集古录》自周武王以来皆有者，多得于原父也。

归自长安，所载盈车，而以其二器遗余：其一曰伯冏之敦，其一曰张仲之匜。其形制与今不同，而极精巧。敦、匜皆有铭，而云匜获其二，皆有盖，而上下皆铭，铭文皆同。甚矣，古之人虑远也！知夫物必有弊，而百世之后，埋没零落，幸其一在，尚冀或传尔。不然，何丁宁重复若此之烦也！其于一用器，为虑犹如此，则其操修施设所以垂后世者，必不苟。

二子名见《诗》、《书》，伯冏，周穆王时人；张仲，宣王时人。太史公表次三代以来，自共和以后年世乃详。盖自共和元年逮今，千有九百余年，而穆王又共和前五世，可谓远矣。而斯器也，始获于吾二人，其中间晦显出入不可知，以其无文字以志之也。盖其出或非其时而遇或非其人者，物有幸不幸也。今出而遭吾二人者，可谓幸矣。不可以不传，故为之书，且以为赠我之报。

欧阳修记。

张仲器铭跋

右《张仲器铭》四，其文皆同，而转注偏傍左右或异，盖古人用字如此尔。

嘉祐中，原父在长安获二古器于蓝田，形制皆同，有盖而上下有铭。甚矣，古人之为虑远也！知夫物必有敝，而百世之后，埋没零落，幸其一在，尚冀或传尔。不然，何丁宁重复若此之烦也！

《诗·六月》之卒章曰："侯谁在矣，张仲孝友。"盖周宣王时人也。距今实千九百余年，而二器始复出。原甫藏其器，予录其文。盖仲与吾二人者相期于二千年之间，可谓远矣。方仲之作斯器也，岂必期吾二人者哉，盖久而必有相得者，物之常理尔。是以君子之于道，不汲汲而志常在于远大也。

原甫在长安，得古器数十，作《先秦古器记》，而张仲之器其铭文五十有一，其可识者四十一。具之如左，其余以俟博学君子。

嘉祐八年十二月二十八日书。

石鼓文跋

右《石鼓文》。岐阳石鼓初不见称于前世，至唐人始盛称之，而韦应物以为周文王之鼓、宣王刻诗，韩退之直以为宣王之鼓。在今凤翔孔子庙中，鼓有十，先时散弃于野，郑余庆置于庙而亡其一。皇祐四年，向传师求于民间，得之乃足。其文可见者四百六十五，不可识者过半，余所集录，文之古者，莫先于此。

然其可疑者三四：今世所有汉桓、灵时碑往往尚在，其距今未及千岁，大书深刻，而磨灭者十犹八九。此鼓按太史公年表，自宣王共和元年至今嘉祐八年，实千有九百一十四年。鼓文细而刻浅，理岂得存？此其可疑者一也。其字古而有法，其言与雅颂同文，而《诗》、《书》所传之外，三代文章真迹在者，惟此而已。然自汉已来，博古好奇之士皆略而不道。此其可疑者二也。隋氏藏书最多，其志所录，秦始皇刻石、婆罗门外国书皆有，而独无石鼓。遗近录远，不宜如此。此其可疑者三也。前世传记所载古远奇怪之事，类多虚诞而难信，况传记不载，不知韦、韩二君何据而知为文、宣之鼓也。隋唐古今书籍粗备，岂当时犹有所见，而今不见之邪？然退之好古不妄者，余姑取以为信尔。至于字画，亦非史籀不能作也。

庐陵欧阳某记，嘉祐八年六月十日书。

秦度量铭跋

右《秦度量铭》二。按《颜氏家训》，隋开皇二年，之推与李德林见长安官库中所藏秦铁称权，旁有镌铭二，其文正与此二铭同。之推因言司马迁《秦始皇帝本纪》书丞相“隗林”，当依此铭作“隗状”，遂录二铭，载之《家训》。

余之得此二铭也，乃在秘阁校理文同家。同，蜀人，自言尝游长安，买得二物，其上刻二铭，出以示余。其一乃铜镮，不知为何器，其上有铭，循环刻之，乃前一铭也。其一乃铜方版，可三四寸许，所刻乃后一铭也。考其文与《家训》所载正同，然之推所见是铁称权，而同所得乃二铜器。余意秦时兹二铭刻于器物者非一也。乃后又于集贤校理陆经家得一铜版，所刻与前一铭亦同，益知其然也。故并录之云。

嘉祐八年七月十日书。

秦昭和钟铭跋

右《秦昭和钟铭》，曰：“秦公曰：丕显朕皇祖，受天命奄有下国，十有二公。”按《史记·秦本纪》，自非子邑秦而秦仲始为大夫，卒，庄公立，卒，襄公、文公、宁公、出公、武公、德公、宣公、成公、穆公、康公、共公、桓公、景公相次立。太史公于《本纪》云，襄公始列为诸侯；于《诸侯年表》，则以秦仲为始。今据《年表》始秦仲，则至康公为十二公，此钟为共公时作也。据《本纪》自襄公始，则至桓公为十二公，而铭钟者当为景公也。故并列之，以俟博识君子。

治平元年二月社前一日书。

秦祀巫咸神文跋

右《秦祀巫咸神文》，今流俗谓之《诅楚文》。其言首述秦穆公与楚成王事，遂及楚王熊相之罪。按司马迁《史记·世家》，自成王以后，王名有熊良夫、熊商、熊槐、熊元，而无熊相。据文言，穆公与成王盟好，而后云倍十八世之诅盟。今以世家考之，自成王十八世为顷襄王，而顷襄王名横，不名熊相。又以《秦本纪》与《世家》参较，自楚平王娶妇于秦昭王，时吴伐楚而秦救之。其后历楚惠、简、声、悼、肃五王，皆寂不与秦相接，而宣王熊良夫时，秦始侵楚。至怀王熊槐、顷襄王熊横，当秦惠文王及昭襄王时，秦楚屡相攻伐。则此文所载，非怀王则顷襄王也，而名皆不同。又以十八世数之，则当是顷襄。然则相之名理不宜缪，但《史记》或失之尔，疑“相”传写为“横”也。

之罘山秦篆遗文跋

右秦篆遗文，才二十一字，曰：“于久远也，如后嗣焉，成功盛德。臣去疾、御史大夫臣德。”其文与峄山碑、泰山刻石二世诏语同，而字画皆异。惟泰山为真李斯篆尔，此遗者。或云麻温故学士于登州海上得片木，有此文，岂杜甫所谓“枣木传刻肥失真”者邪？

治平元年六月二十日书。

秦泰山刻石跋

右秦二世诏，李斯篆。天下之事固有出于不幸者矣，苟有可以用于世者，不必皆贤圣之作也。蚩尤作五兵，纣作漆器，不以二人之恶而废万世之利也。篆字之法，出于秦李斯。斯之相秦，焚弃典籍，遂欲灭先王之法，而独以己之所作刻石而示万世，何哉？

按《史记》，秦始皇帝行幸天下，凡六刻石，及二世立，又刻诏书于其旁，今皆亡矣。独泰山顶上二世诏仅在，所存数十字尔。今俗传《峄山碑》者，《史记》不载，又其字体差大，不类《泰山》。存者其本出于徐铉，又有别本，云出于夏竦家者，以今市人所鬻，校之无异。自唐封演已言《峄山碑》非真，而杜甫直谓“枣木传刻”尔，皆不足贵也。

余友江邻几谪官于奉符，尝自至泰山顶上，视秦所刻石处，云：“石顽不可镌凿，不知当时何以刻也，然而四面皆石，无草木，而野火不及，故能若此之久，然风雨所剥，其存者才此数十字而已。”本邻几遗余也，比今俗传《峄山碑》本特为真者尔。

嘉祐八年五月十日书。

秦峄山刻石跋 一

右《秦峄山碑》者，始皇帝东巡，群臣颂德之辞，至二世时丞相李斯始以刻石。今峄山实无此碑，而人家多有传者，各有所自来。昔徐铉在江南，以小篆驰名，郑文宝其门人也，尝受学于铉，亦见称于一时。此本文宝云是铉所摹，文宝又言尝亲至峄山访秦碑，莫获，遂以铉所摹刻石于长安，世多传之。余家《集录》别藏泰山李斯所书数十字尚存，以较摹本，则见真伪之相远也。

治平元年六月立秋日。

秦峄山刻石跋 二

右邹峄山秦二世刻石。以泰山所刻较之，字之存者颇多，而磨灭尤甚。其赵婴、杨樛姓名，以《史记》考之，乃微可辨。其文曰“大夫赵婴、五大夫杨樛。皇帝曰：金石刻尽始皇帝所为也，今袭号而金石刻”，凡二十九字，多于泰山存者，而泰山之石又灭“盛德”二字，其余则同。而峄山字差小，又不类泰山存者刻画完好。而附录于此者，古物难得，兼资博览尔。盖《集录》成书后八年，得此于青州而附之。

熙宁元年秋九月六日书。

前汉二器铭跋（林华宫行灯一、莲勺宫博山炉一）

右林华宫《行灯铭》一，莲勺宫《铜博山炉下盘铭》一，皆汉五凤中造。林华宫《汉书》不载，《宣帝本纪》云“困于莲勺卤中”，注云县也，亦不云有宫。盖秦汉离宫别馆不可胜数，非因事见之，则史家不能备载也。

余所集录古文，自周穆王以来莫不有之，而独无前汉时字，求之久而不获，每以为恨。嘉祐中，友人刘原甫出为永兴守。长安秦汉故都，多古物奇器，埋没于荒基败冢，往往为耕夫牧竖得之，遂复传于人间。而原甫又雅喜藏古器，由此所获颇多，而以余方集古文，故每以其铭刻为遗。既获此二铭，其后又得《谷口铜甬铭》，乃甘露中造。由是始有前汉时字，以足余之所阙，而大偿其素愿焉。

余所集录既博，而为日滋久，求之亦劳，得于人者颇多，而最后成余志者原甫也，故特志之。

嘉祐八年岁在癸卯七月二十日书。

前汉谷口铜甬铭跋

右汉谷口铜甬，原父在长安时得之。其前铭云：“谷口铜甬容十”，其下灭两字，“始元四年左冯翊造。”其后铭云“谷口铜甬容十斗，重四十斤，甘露元年十月，计掾章平、左冯翊府”，下灭一字。原父以今权量校之，容三斗，重十五斤。始元、甘露皆宣帝年号。余所集录千卷，前汉时文字，惟此与林华行灯、莲勺博山炉盘铭尔。

治平元年六月九日书。

前汉雁足灯铭跋

后三年，余出守亳社，而裴如晦以疾卒于京师。明年，原甫卒于南都。二人皆年壮气盛，相次以殁，而余独岿然而存也。

熙宁壬子四月。

后汉西岳华山庙碑跋

右汉《西岳华山庙碑》，文字尚完可读。其述自汉以来云：高祖初兴，改秦淫祀，太宗承循，各诏有司，其山川在诸侯者，以时祠之。孝武皇帝修封禅之礼，巡省五岳，立宫其下。宫曰集灵宫，殿曰存仙殿，门曰望仙门。中宗之世，使者持节岁一祷而三祠。后不承前，至于亡新，寖用丘虚。建武之元，事举其中，礼从其省，但使二千石岁时往祠。自是以来百有余年，所立碑石文字摩灭。延熹四年，弘农太守袁逢修废起顿，易碑饰阙。会迁京兆尹，孙府君到，钦若嘉业，遵而成之。孙府君讳璆。其大略如此。所谓集灵宫者，他书皆不见，惟见此碑，则余之《集录》不为无益矣。

治平元年闰五月十六日书。

后汉樊毅华岳碑跋　一

右汉《樊毅华岳碑》，云：泰华之山削成四方，其高五千仞，广十里。《周礼·职方氏》“华谓之西岳，祭视三公”者，以能兴云雨，产万物，通精气，有益于人，则祀之。故帝舜受尧，亲自巡省，暨夏、殷、周，未之有改。秦违其典，璧遗鄗池，二世以亡。汉祖应运，礼遵陶唐，祭则获福，亦世克昌。亡新滔逆，鬼神不享。建武之初，彗扫顽凶。光和二年，有汉元舅、五侯之胄、谢阳之孙曰樊府君，讳毅，字仲德，命守斯邦。

孟冬十月，斋祠西岳，以传窄狭不足处尊卑，庙舍旧久，墙屋倾亚，特部行事荀班、县令先说以渐补治，此其事也。又云功曹郭敏等遂刊玄石，铭勒鸿勋。其字画颇完，其文彬彬可喜，惟以《周礼》“职方氏”为“识方氏”，其字画分明，非讹缺，疑当时《周礼》之学自如此，盖识、志其义皆通也。

治平元年五月十日书。

后汉樊毅华岳碑跋 二

右汉《樊毅修华岳庙碑》，云惟光和元年岁在戊午，名曰咸池，季冬己巳，弘农太守河南樊君讳毅，字仲德，下车之初，恭肃神祀。西岳至尊，诏书奉祠，躬亲自往，斋室逼窄，法斋无所。于是与令巴郡朐忍先说图议缮。故二年正月己卯兴就，刻兹碑号，吏卒挟路。据此，碑乃即时所立，而太守生称“讳”者何哉？

治平元年末伏日书。

后汉修西岳庙复民赋碑跋

右汉《修西岳庙复民赋碑》，云：“光和二年十二月庚午朔十三日壬午，弘农太守臣毅顿首死罪上尚书。臣毅顿首顿首，死罪死罪。”谨按文书：“臣以去元年十一月到官，其十二月奉祠西岳华山，省视庙舍及斋衣祭器，率皆久远有垢。臣以神岳至尊，宜加恭肃，辄遣行事荀班与华阴令先说以渐缮治成就之。”又曰：“说言县当孔道，加奉尊岳，一岁四祠，养牲百，日用谷藁三千余斛。或有请雨斋祷，役费兼倍。小民不堪，有饥寒之窘，违宗神之敬。乞差诸赋复华下十里以内民租田口。臣辄听，尽力奉宣诏书，思惟惠利，增异复上。臣毅诚惶诚恐，顿首顿首，死罪死罪，上尚书。”汉家制度今不复见，惟余家《集录》汉碑颇多，故于摩灭之余，时见一二。而此碑粗完，故录其首尾以传。臣毅者，樊毅也。

治平元年六月十四日书。

后汉北岳碑跋

右汉《北岳碑》，文字残灭尤甚，莫详其所载何事，第其隐隐可见者曰“光和四年”，以此知为汉碑尔。其文断续不可次序，盖多言珪币牲酒、黍稷丰穰等事，似是祷赛之文。其后有二人姓名，偶可见，云南阳冠军冯巡字季祖，甘陵夏方字伯阳，其余则莫可考矣。

治平元年五月十日书。

后汉无极山神庙碑跋

右汉《无极山神庙碑》，文字摩灭断续，然寻绎次序，其可见者尚可成文，云：“太常臣耽、丞敏顿首上尚书。谨按文书，男子常山盖高、上党范迁，为元氏三公神山。去年五月常山相巡诣山请雨，山神即使高传言白国县，即与封龙灵山、无极山共兴云雨。常山相巡、元氏令王翊各以一白羊赛，复使高与迁俱诣太常，为无极山神索法食。臣疑高、迁言不实，辄移本国。今常山相巡书言，郡督邮言无极山体可三里所，立石为体，长二丈五尺所，山周匝二十余里。其三公封龙灵山，皆得法食。乞令无极山比三山祠，牲出王家，以珪璧为信。愚臣如巡言，请少府给珪璧。故事须报，臣耽愚戆，顿首顿首上尚书。制曰可。尚书令忠奏洛阳宫，太常承书从事。光和四年八月十七日丁酉，尚书令忠下太常耽、丞敏，下常山相。”其奏章如此，其后遂言造庙事而有铭，其文多不载。按汉奏章首尾皆言“臣某顿首顿首，死罪死罪，上尚书”，而此碑所载太常奏章首尾不称死罪，而丞敏又不称臣，莫晓其制。碑后又列常山官属，云常山相南阳冯巡字季祖、元氏令王翊字元辅云。

治平元年四月一日书。

后汉桐柏庙碑跋

右汉《桐柏庙碑》，摩灭虽不甚，而文字断续，粗可考次，盖南阳太守修庙碑也。其辞云“延熹六年正月乙酉，南阳太守中山卢奴口君”，“奴”下正阙一字，当是其姓。又云：“尊神敬祀，立庙桐柏，春秋宗禜，灾异告变，水旱请求，位比诸侯，圣汉所尊。太宗奉祀，二十余年，不复身至，遣丞行事，简略不敬，明神弗歆，灾害以生。五岳四渎，与天合德。仲尼慎祭，常若神在。君准则大圣，亲之桐柏，来见庙祠，崎岖逼狭。开拓神门，立阙四望，增广坛场。”又云：“执玉以沉，为民祈福，灵祇报祐，天地清和。”其大意止于如此，其后有颂，亦可读，第不见太守姓名尔。然不著他事，惟修庙祀神尔。桐柏，淮渎庙也。

治平元年六月十三日书。

后汉殽阬君神祠碑跋（光和四年）

右汉《殽阬君神祠碑》，在郑县。庆历中枢密直学士施君为陕西都转运使，为余摹此本，云：“碑文已摩灭，初不可辨，以面填其刻，稍寻其点画，命工镌治之，乃可读。”汉碑今在者类多摩灭不完，故斯碑历历可见也，惟裴晔姓名为乡人镵去矣。殽阬所以畜泄水患，据碑文云，自亡新以来废之，则前汉时已有之矣。光和中晔为郑县令，始修复之，事见《水经》及《华州图经》。淆阬君祠，今谓之五部神庙，其像有石堤、西戍、树谷、五楼先生、东台御史、王翦将军，皆莫晓其义。施君名昌言，今为泾原路安抚使。

治平元年二月一日书。

后汉尧母碑跋

右汉《尧母碑》，汉建宁五年造，其文略曰：尧母庆都感赤龙而生尧，遂以侯伯，恢践帝宫。庆都仙没，盖葬于兹。欲人莫知，名曰灵台，上立黄屋。尧所奉祠。三代改易，荒废不修。汉受濡期，兴灭继绝，如尧为之。遂遭亡新，礼祠绝矣。故廷尉（姓名磨灭不可读矣）深惟大汉尧之苗胄，当修尧祠，追远复旧。前后奏上，帝纳其谋，岁以春秋奉太牢祠。时济阴太守魏郡审晃、成阳令搏陵管遵，各遣大掾辅助，口君经之营之，不日成之。此其大概也。

按《皇览》云尧冢在济阴城阳，《吕氏春秋》云尧葬谷林，皇甫谧云谷林即城阳。然自《史记》、《地志》及《水经》诸书，无尧母葬处，惟见于此碑，盖亦葬城阳也。而诸书俗本多为城阳，独此碑为成阳，当以碑为正。碑后列当时人名氏，又云审晃字元让，管遵字君台。又云“汉受濡期”，莫晓其义也。

嘉祐元年三月二十九日书。

后汉尧祠碑跋

右汉《尧祠碑》，在济阴。碑云：“帝尧者，盖昔世之圣王也。”又曰：“圣汉龙兴，纂尧之绪，祠以上牺。至于王莽绝汉之业，而坛场夷替，屏慑无位。”大抵文字摩灭，字虽可见，而不复成文。其后有云：“李树连理，生于尧祠。太守河南张宠到官始初，出钱二千，敬致礼祠。”其余不能读也。碑后有年月，盖熹平四年建也。

治平元年五月晦日书。

后汉尧祠祈雨碑跋

右汉《尧祠祈雨碑》，首尾残灭，其仅可识者有云“股肱贤良，广祈多福，虔虔夙夜”，又云“常以甲子日，诏太常陈上古之礼，舞先王之乐”，又云“延熹十年仲春二月，阳气侵阴”，又云“享祀群神，仰瞻云汉”，又曰“嘉澍优霑，利茂万物”，又云“孟府君知尧精灵，与天通神，修治大殿”。以此知为祈雨于尧祠也。尧祠在汉济阴郡。孟府君者，当是济阴郡太守也。其余隶字完者颇多，亦往往成句，但断续不可次序尔。

治平元年六月六日书。

后汉老子铭跋

右汉《老子铭》。按《桓帝本纪》云：延熹八年正月，遣中常侍左悺之苦县祠老子。至十一月，又遣中常侍管霸祠之。而此碑云：“八月梦见老子而祠之。”世言碑铭蔡邕作，今检邕集无此文，皆不可知也。

后汉鲁相置孔子庙卒史碑跋

右汉《鲁相置孔子庙卒史碑》，云：“司徒臣雄、司空臣戒稽首言：‘鲁前相瑛书言，诏书崇圣道，孔子作《春秋》，制《孝经》，演《易·系辞》，经纬天地，故特立庙，褒成侯四时来祠，事已即去。庙有礼器，无常人掌领，请置百石卒史一人，典主守庙。谨问。太常祠曹掾冯牟、史郭玄辞对：故事，辟雍祠先圣，太宰、太祝各一人备爵，太常丞监祠，河南尹给牛羊豕，大司农给米。臣愚以为如瑛言可许。臣雄、臣戒愚戆，诚惶诚恐，顿首顿首，死罪死罪，臣稽首以闻。’制曰可。”按《汉书》，元嘉元年吴雄为司徒，二年赵戒为司空，即此云臣雄、臣戒是也。鲁相瑛者，据碑言姓乙，字仲卿。汉碑在者多摩灭，此幸完可读，录之以见汉制三公奏事如此，与群臣上尚书者小异也，又见汉祠孔子，其礼如此。

治平元年六月二十日书。

后汉修孔子庙器碑跋 （治平元年）

右汉《韩明府修孔子庙器碑》，云："永寿二年，青龙在涒滩，霜月之灵，皇极之日。"永寿，桓帝年号也。按《尔雅》云："岁在申曰涒滩。"桓帝永兴三年正月戊申大赦，改元永寿，明年丙申日"岁在涒滩"是矣。云"霜月之灵，皇极之日"，莫晓其义，疑是九月五日。

前汉文章之盛，庶几三代之纯深，自建武以后，顿尔衰薄。崔、蔡之徒，擅名当世，然其笔力辞气非出自然，与夫杨、马之言，醇醨异味矣。及其末也，不胜其弊，"霜月""皇极"是何等语？

韩明府者，名敕，字叔节。前世见于史传，未有名敕者，岂自余学之不博乎？《春秋左氏传》载古人命名之说，不以为名者颇多，故以敕为名者少也。

治平元年二月晦日书。

后汉鲁相晨孔子庙碑跋

右汉《鲁相上尚书章》，其略云："建宁二年三月癸卯朔七日己酉，鲁相臣晨、长史臣谦，顿首死罪，上尚书。臣晨顿首顿首，死罪死罪。臣以元年到官，行秋飨，饮酒泮宫，复礼孔子宅，而无公出酒脯之祠。臣辄依社稷，出王家谷，春秋行礼。"建宁，灵帝年号也。于此见汉制天子之尊，其辞称"顿首死罪"，而不敢斥至尊，因尚书以致达而已。余家《集录》汉碑颇多，亦有奏章，患其摩灭，独斯碑首尾完备，可见当时之制也。又云"孔子乾坤所挺，西狩获麟，为汉制作"，故《孝经援神契》曰"玄丘制命帝卯行"，又《尚书考灵耀》曰"丘生仓际，触期稽度为赤制"，谶纬不经，不待论而可知。甚矣，汉儒之狭陋也！孔子作《春秋》，岂区区为汉而已哉！

治平元年三月廿五日书。

后汉碑阴题名跋　一

右汉碑阴题名，不知为何人碑，余家集录古文既多，或失其所得之自。然汉碑存于今者，惟华岳与孔子庙最多，其阴往往列修庙人姓名，并记其所出钱数，不过三百至五百。今斯碑所题文字缺灭，而中间有“钱各五百”四字，则似是修庙人所记。其人可见者有济阴定陶蔡颢子盛、山阳金乡张谚季德、河南宛陵赵堂世苌、南阳南乡邓升升远、济阴成武周凤季节，而其余人姓名邑里多不完。又时时有“故吏”字，不知为何人祠庙，第以汉隶难得录之尔。

治平元年闰五月八日书。

后汉碑阴题名跋　二

右汉碑阴题名，不知为何碑之阴。盖余家集录既多，而或失其所得之处，又其文字摩灭，莫可考究。惟有“钱各五百”四字，似是汉时修庙人尔。汉碑今在者惟华岳与孔子庙中最多，其碑阴题名者，往往各书所出钱数，不过三百五百也。而此碑所列邑里姓名字完可见者尚十余人，然皆是济阴、山阳、彭城、汝南、陈留人，则疑为修孔子庙人也。今列于后，览者可以察焉：济阴定陶蔡颢子盛，济阴张翔季审，陈留酸枣李直显节，山阳金乡张谚季德，河南宛陵赵堂世苌，南阳南乡邓升升远，济阴成武周凤季节，山阳昌邑田胤元尊，济阴成武史楞世明，彭城朱翔元举。

后汉碑阴题名跋　三

右汉碑阴题名二，皆不知为何碑阴，其人各记所出钱数，似是汉时修庙人题名。余家集录华岳及孔子庙碑多如此，此亦疑是二庙中碑。前碑残灭尤甚，第时有“门生”、“济南”、“东郡”等字，而姓名无复完者。后碑则有议曹、功曹、骑吏，有莲勺左乡有秩、池阳左乡有秩、池阳集丞有秩，皆不知是何名号。又有夏阳候长、祋祤候长，则是县吏之名。其隶字不甚精，又无事实可考，姑录其名号以俟知者尔。

治平元年闰五月九日书。

后汉张公庙碑跋

右汉《张公庙碑》，在黎阳，而碑无题首，又其文字残灭不可考究，莫知为何碑。第时时得其字之可识而仅成文者，曰“惟和平元年正月丙寅”。和平，桓帝年号，以此知为汉碑也。又曰“丰碑庙堂之前”，又曰“于穆张公”，则又知为张公庙碑矣。又云：“国无灾寇，屡获丰年，作歌九章，颂公德芳。”其辞有云：“公与守相驾蜚鱼，往来倏忽远熹娱，祐此兆民宁厥居。”其余字画尚完者甚多，但不成文尔。

治平元年闰五月九日书。是日奏事垂拱，退，召赴延和，阅谢契丹礼物，遂归休。

后汉公昉碑跋

右汉《公昉碑》者，乃汉中太守南阳郭芝为公昉修庙记也。汉碑今在者类多摩灭，而此记文字仅存，可读。所谓公昉者，初不载其姓名，但云君字公昉尔。又云：“耆老相传，以为王莽居摄二年，君为郡吏，啖瓜，旁有真人，左右莫察，君独进美瓜，又从而敬礼之。真人者遂与期谷口山上，乃与君神药曰：‘服药以后，当移意万里，知鸟兽言语。’是时府君去家七百余里，休谒往来，转景即至。合郡惊焉，白之府君，徙为御史。鼠啮被具，君乃画地为狱，召鼠诛之，视其腹中果有被具。府君欲从学道，顷无所进，府君怒，敕尉部吏收公昉妻子。公昉呼其师告以厄，其师以药饮公昉妻子曰：“可去矣。”妻子恋家不忍去。于是乃以药涂屋柱，饮牛马六畜。须臾有大风云来迎公昉妻子，屋宅、六畜翛然与之俱去。”其说如此，可以为怪妄矣。

呜呼！自圣人殁而异端起，战国秦汉以来，奇辞怪说纷然争出，不可胜数。久而佛之徒来自西夷，老之徒起于中国，而二患交攻，为吾儒者往往牵而从之。其卓然不惑者，仅能自守而已，欲排其说而黜之，常患乎力不足也。如公昉之事，以语愚人竖子，皆知其妄矣，不待有力而后能破其惑也。然彼汉人乃刻之金石，以传后世，其意惟恐后世之不信，然后世之人未必不从而惑也。

治平元年四月二十三日，以旱开宫寺祈雨五日，中一日休务假书。

后汉析里桥郙阁颂跋

右汉《析里桥郙阁颂》，建宁五年立，云：“惟斯析里，处汉之右，溪源漂疾，横注于道。涉秋霖漉，稽滞商旅，休谒往还，常失日晷。行理咨嗟，郡县所苦。斯溪既然，郙阁尤甚。临深长渊，三百余丈，接木相连，号为万柱。遭遇隤纳，人物俱隋，沈没洪渊，酷烈为祸。于是太守阿阳李君讳会，字伯都，以建宁三年二月辛巳到官。思惟惠利，有以绥济。闻此为难，其日久矣，乃俾府掾仇审，改解危殆，即便求隐。析里大桥，于尔乃造。又醳散关之嶃漯，徙朝阳之平燦，减西口口高阁，就安宁之石道。禹导江河，以靖四海，经纪厥绩，艾康万里。乃作颂曰。”颂后又有诗，皆摩灭不完。其云“遭遇隤纳”，又云“醳散关之嶃漯，徙朝阳之平燦”，刻画适完，非其讹缪，而莫详其义。疑当时人语与今异，又疑汉人用字简略，假借不同尔。故录之以俟博识君子。

治平元年六月十日书。

后汉人阙铭跋

右汉人阙铭二：其一曰永乐少府贾君阙，其一曰洛阳令王君阙。二者皆不知为何人。按《汉书》，桓帝母孝崇匽皇后居永乐宫，和平元年诏置太仆少府如长乐故事。又按颜师古注《地里志》曰："鱼豢云汉火行，忌水，故去'洛'水加'隹'。师古谓光武以后始改为'雒'。"然则二人者皆后汉时人也。又按《汉官仪》，长乐少府以宦者为之，则贾君者盖亦宦者也。

治平元年九月十五日书。

后汉文翁石柱记跋

右汉《文翁石柱记》，云："汉初平五年仓龙甲戌旻天季月，修旧筑周公礼殿，始自文翁开建泮宫。"据颜有意《益州学馆庙堂记》云：按《华阳国志》，文翁为蜀郡守，造讲堂，作石室，一名玉堂。安帝永初间烈火为灾，堂及寺舍并皆焚燎，惟石室独存。至献帝兴平元年，太守高朕于玉堂东复造一石室，为周公礼殿。有意又谓献帝无初平五年，当是兴平元年。盖时天下丧乱，西蜀僻远，年号不通，故仍称旧号也。今检范晔《汉书》本纪，初平五年正月改为兴平，颜说是也。

治平元年六月十三日书。

后汉文翁学生题名跋

右汉文翁学生题名凡一百有八人：文学、祭酒、典学从事各一人，司仪、主事各二人，左生七十三人，右生三十人。文翁在蜀，教学之盛，为汉称首，其弟子著籍者何止于此。盖其摩灭之余，所存者此尔。

治平元年六月二十日书。

后汉泰山都尉孔君碑跋

右汉《泰山都尉孔君碑》，云：君讳宙，字季将，孔子十九世之孙也。年六十一，延熹四年正月乙未以疾卒。其序官阀甚简，又或残灭不完，但见其举孝廉为郎，迁元城令，遂为泰山都尉尔。其辞有云“躬忠恕以及人，兼禹汤之罪己”，宙人臣而引禹汤以为比，在今人于文为不类，盖汉世近古简质，犹如此也。

治平元年闰五月二十一日书。

后汉孔宙碑阴题名跋

右汉孔宙碑阴题名。汉世公卿多自教授，聚徒常数百人，其亲授业者为弟子，转相传授者为门生。今宙碑残缺，其姓名邑里仅可见者才六十二人：其称弟子者十人，门生者四十三人，故吏者八人，故民者一人。宙，孔子十九世孙，为泰山都尉，自有录。

治平元年闰五月二十一日书。

后汉孔君碑跋

右汉《孔君碑》，其名字摩灭不可见，而世次官阀粗可考，云：孔子十九代孙，颍川君之元子也。举孝廉，除郎中，博昌长。遭太守君忧，服竟，拜尚书侍郎、治书御史、博陵太守，迁下邳相、河东太守。建宁四年十月卒。其余文字历历可读，以其断绝处多，文理难续，故不复尽录。然其终始略可见矣。惟其名字皆亡，为可惜也。

治平元年五月十日书。

后汉孔德让碑跋

右汉《孔德让碑》，盖其名已摩灭，但云：字德让者，宣尼公二十世孙，都尉君之子也。仕历郡诸曹史，年二十，永兴二年七月遭疾不禄。碑在今兖州孔子墓林中。永兴，孝桓帝年号也。其人早卒，无事绩可考。余《集录》所藏独阙孔林中汉碑，最后得此，遂无遗者。盖以其文字简少，无事实，故世人遗而不取，独余家有之也。

治平元年闰五月二十日书。

后汉刘宽碑跋 （中平二年）

右汉《太尉、车骑将军、特进、逯乡昭烈侯刘公碑》。公讳宽，有两碑，皆在洛阳，余家《集录》皆得之。其一故吏李谦所立，而此碑门生殷包等所立。其所书与李谦等所载不异，惟汉隶难得，当录。汉公卿卒，故吏门生各自立碑，以伸感慕，惟见于此。今人家碑碣非其子孙，则他人不为立也。

治平元年六月十四日书。

后汉太尉刘宽碑跋 （中平二年）

右汉《太尉刘宽碑》。《汉书》有传，其官阀始卒与碑多同，而传载迁官次序颇略。盖史之所记，善恶大事，官次虽小略，不足为失，惟其缪误与阙其大节，不可不正。碑云大将军以礼胁命，拜侍御史，迁梁令，三府并用博士征，皆不就，司隶校尉举其有道，公车征拜议郎、司徒长史。而传但云大将军辟，五迁司徒长史。今据碑，止四迁尔，博士未尝拜也。碑于长史下遂云入登侍中，延熹八年地震，有诏询异而拜尚书，迁南阳太守，拜太中大夫，复拜侍中、屯骑校尉、宗正、光禄勋，遂授太尉。传至太中大夫，始云迁侍中，其前自长史入登侍中，史阙书也。碑又云固疾逊位，拜光禄大夫，迁卫尉，复作太尉。而传云以日食免，拜卫尉。以日食免当从传为正，而不书光禄大夫，史阙也。其余皆同，故不复录。

治平元年六月十四日书。

后汉太尉刘宽碑阴题名跋

右汉《太尉刘宽碑阴题名》。宽碑有二，其故吏门生各立其一也。此题名在故吏所立之碑阴，其别列于后者，在宽子松之碑阴也。宽以汉中平二年卒，至唐咸亨元年，其裔孙湖城公爽以碑岁久皆仆于野，为再立之，并记其世序。

呜呼！前世士大夫世家著之谱牒，故自中平至咸亨四百余年，而爽能知其世次如此之详也。盖自黄帝以来，子孙分国受姓，历尧舜三代数千岁间，诗书所纪，皆有次序，岂非谱系源流，传之百世而不绝欤！此古人所以为重也。不然，则士生于世，皆莫自知其所出，而昧其世德远近，其所以异于禽兽者，仅能识其父祖尔，其可忽哉！

唐世谱牒尤备，士大夫务以世家相高。至其弊也，或陷轻薄，婚姻附托，邀求货赂，君子患之。然而士子修饬，喜自树立，兢兢惟恐坠其世业，亦以有谱牒而能知其世也。今之谱学亡矣，虽名臣巨族，未尝有家谱者。然而俗习苟简，废失者非一，岂止家谱而已哉！

嘉祐八年七月二十九日书。

后汉杨震碑跋

右汉《杨震碑》，首题云《汉故太尉杨公神道碑铭》。文字残缺，首尾不完，其可见而仅成文者，云“圣汉龙兴，神祇降祉，乃生于公”，又云“穷神知变，与圣同符，鸿渐衡门，群英云集”，又云“贻我三鱼，以章懿德”，又云“大将军辟举茂材，除襄城令，迁荆州刺史，东莱、涿郡太守”，又云“司徒、太尉，立朝正色，恪勤竭忠”。其余字存者多，而不复成文矣。

治平元年六月十日书。

后汉杨震碑阴题名跋

右汉《杨震碑》阴题名者一百九十人，其余摩灭不完者又十余人。余家所录汉碑阴题名颇多，或称故吏、门生、弟子，或称从事、曹掾之类，其人皆著州县邑里、名字甚详。独此碑所书简略，直云河间贾伯锜、博陵刘显祖之类，凡百九十人者皆然。疑其所书皆是字尔，盖后汉时人见于史传者，未尝有名两字者也，汉隶世所难得，幸而在者多残灭不完，独此碑刻画完具，而隶法尤精妙，甚可喜也。

治平元年中伏日书。

后汉沛相杨君碑跋

右汉《沛相杨君碑》，在阌乡杨震墓侧，碑首尾不完，失其名字。按《后汉书》，震及中子秉，秉子赐，赐子彪，皆有传。又云：震长子牧富波相，牧孙奇侍中，奇子亮阳成亭侯。又云：少子奉，奉子敷，敷子众蓩亭侯，又有彪，彪子修。杨氏子孙载于史传者止此尔。不知沛相为何人也。碑云：孝顺皇帝西巡，以橡史召见，拜郎中，迁常山长史，换犍为府丞。宰司累辟，应于司徒。州察茂才，迁鲖阳侯相，后拜议郎、五宫中郎将，沛相。年五十六，建宁元年六月癸丑遘疾而卒。其终始尚可见，而惜其名字亡矣。

治平元年六月十日书。

后汉繁阳令杨君碑跋 （熹平中）

右汉《繁阳令杨君碑》，首尾不完，文字摩灭，可识者四百三十字，不可识者六十一字。碑云：君遭叔父太尉薨，委荣轻举，吏民攀辕守阙上书，运谷万斛，助官赈贫，以乞君还。又云富波君之子。按《汉书》杨震子牧为富波相，君乃牧子也。叔父太尉者，秉也。出米乞令，前史所无，惜其名字摩灭不可见矣。

嘉祐八年十月廿三日书。

后汉高阳令杨君碑跋

右汉《高阳令杨君碑》，首尾不完而文字尚可识，云：司隶从事、定颍侯相，最后为善侯相。“善”上一字摩灭不可见，盖其中间尝为高阳令，而碑首不书最后官者，不详其义也。按《杨震碑》，高阳令著，震孙也。今碑在震墓侧。

后汉杨君碑阴题名跋　一

右汉杨君碑阴题名，首尾不完，今可见者四十余人。杨震子孙葬阌乡者数世，碑多残缺，此不知为何人碑阴。其后有云右后公门生，又云右沛君门生。沛君疑是沛相者，自有碑而亡其名字矣。后公亦不知为何人也。

治平元年六月十日书。

后汉杨君碑阴题名跋　二

右汉杨君碑阴题名，凡一百三十一人，有称故吏者、故民者、处士者、故功曹史者、故门下佐者，类例不一，似当时人各随意书之，而文字摩灭仅可读其姓名。字俱完可识者八十三人，其余或在或亡。盖后汉杨震墓域中碑也。杨氏墓在阌乡，有碑数片，皆汉世所立。余家《集录》得其四：震及沛相、繁阳、高阳令碑，并得碑阴题名，然得时参错，不知为何碑之阴也。其名氏可见者当时皆无所称述，顾其人迹不足究考。第以汉隶真迹金石所传者至今类多摩灭可惜，故录之尔。

治平元年三月晦日书。

后汉碑阴题名跋

右汉碑阴题名，在阌乡杨震墓侧，文字磨灭不复可考。其仅可见者曰："候长汾阴赵遗子宣"，"候"上灭一字。又曰"故督邮曹史、县功曹乡部吏柏昱"等人名，"乡"上又灭一字。又曰"西乡亭长柏昱子政"，又曰"乡亭长翟国相如"，"乡"上又灭一字。又曰"麟都亭长阴定安定、谷口亭长方文雅"，"方"上又灭一字。"东门亭长梁忠子孝，四望亭长吴鸿子名，麟武亭长常鬲君宣"。其余缺裂不完。盖杨氏子孙当时皆葬阌乡，碑碣往往摩灭，此不知为谁碑也。

治平五年五月廿日，谢雨致斋于太社书。

后汉杨公碑阴题名跋

右汉杨公碑阴题名。杨氏世葬阌乡，墓侧皆有碑。今其存者四，余家《集录》皆得之，乃太尉、沛相、高阳、繁阳令也，此碑阴者不知为何人碑，文字残缺，其仅存者十五人，又灭其一。其在者十四人，曰：怀陵圉令相蒋禧字武仲，宜禄长萧刘瑞字仲祐，孝廉杼秋刘旭字子明，太官日丞谯曹臻字建国，辞曹史郸公孙银字山根，门下书佐史韩纯字子敬、丰毕珮字广世、郸孟纵字河洛，决曹书佐郸公孙旸字元旸，皆称故吏。又有故吏赞陈俊字仲显，蕲夏阳字仪公，蕲儿银字伯玉，杼秋刘顺字子选，沛周仪字帛民，凡五人皆不著职。而孟纵字河雒、周仪字帛民，文字皆完，非讹缪，而莫晓其义也。

治平元年六月十四日书。

后汉残碑阴跋

右汉残碑阴，前后磨灭，不知为何人碑。其知为汉碑者，盖其隶字非汉人莫能为也。其字仅可见者尚数十，而姓名完者九人，曰：王伯卿、赵仲方、贾元周、王景阳、贾元辅、宗石处、王仲宣、马安国、王通国，皆无官号邑里，莫知为何人。惟汉隶在者少，为难得，故录之。

治平元年五月十八日书。

后汉朔方太守碑阴跋

右汉朔方太守碑阴题名，云“永寿二年朔方太守上郡仇君察”，“察”下灭一字。“除郎中大曲长”，“大”下又灭一字。“延熹四年九月乙酉，诏书迁衙令，五年正月到官，奉见明府”，“见”下又灭一字。“立祠刊石，表章大圣之遗灵，永示来世之末”，“末”下又灭一字。“谨出钱千”，“千”下又灭两字者。下行因纪姓名，据此乃当时修庙出钱人尔。今其姓名往往可见，云：衙乡三老时勤伯秋、上官凤季方，录事史杨禹孟布，衙主记掾杨绶子长，门下功曹裴笃伯安，仓曹掾任就子优。又有集曹掾、军假司马之类，名字多不完。其所出钱不过三百至五百，盖汉世物轻币重，今华岳孔子庙碑阴所列亦皆如此。其所立祠，盖不知为何庙也。

治平元年夏至日书。

后汉刘曜碑跋

右汉《刘曜碑》，在今郓州界中，文字摩灭，仅有存者，云：讳曜，字季尼，年七十三。其余爵里、官阀、卒葬岁月皆不可见。字为汉隶，亦不甚工。惟其铭云“天临大汉，锡以明哲”，碑首题云《汉故光禄勋东平无盐刘府君之碑》，以此知为汉碑也。

治平元年四月一日书。

后汉北海相景君铭跋

右汉《北海相景君铭》，其碑首题云《汉故益州太守北海相景君铭》，其余文字虽往往可读，而漫灭多不成文，故君之名氏、邑里、官阀皆不可考。其可见者云“惟汉安二年，北海相任城府君卒”，“城”下一字不可识，当为“景”也。汉功臣景丹封栎阳侯，传子尚，尚传子苞，苞传子临，以无嗣绝。安帝永初中，邓太后绍封苞弟遽为监亭侯，以续丹后，自是而后，史不复书，而他景氏亦无显者。汉安，顺帝年号也。君卒于顺帝时，盖与遽同时人也。碑铭有云“不永麋寿”，余家《集录》三代古器铭有云“眉寿”者皆为“麋”，盖古字简少通用，至汉犹然也。

治平元年四月二十九日书。

后汉谒者景君碑跋

右汉《景君碑》，尤摩灭，惟“谒者任城景君”数字尚完，其余班班可见者皆不能成文。故其年世、寿考、功行、卒葬莫可考也。盖汉隶今尤难得，其摩灭之余可惜尔。

熙宁二年十月朔日山斋书。

后汉景君石郭铭跋

右《景君石郭铭》者，余既得前景君碑，又得此铭，皆在任城，不知一景君乎？将任城景氏之族多耶？文字摩灭不可考，故附于此。

熙宁三年正月朔日山斋记。

后汉袁良碑跋

右汉《袁良碑》，云“君讳良，字卿”，“卿”上一字摩灭。“陈国扶乐人也，厥先舜苗，世为封君。周兴，虞阏父”，自此而灭。又云“满为陈侯，至玄孙涛涂以字立姓曰袁”，自此又灭。又云：“当秦之乱，隐居河洛，高祖破项，实从其册。天下既定，还宅扶乐。”盖不知为何人也。又云“孝武征和三年，曾孙斩贼先勇，拜黄门郎”，“曾孙”灭其名，“贼”下亦灭一字。又曰：“封关内侯，食遗乡六百户。蕘，子经嗣。经蕘，子山嗣。传国三世，至王莽而绝。君即山之曾孙也。举孝廉、郎中、谒者、将作大匠、丞相令、广陵太守，讨江贼张路等，威震徐方，谢病归家，孝顺初”，“初”下数字灭。又云“府举君，拜议郎、符节令”，其后又云“永建六年二月卒”。其碑首题云《汉故国三老袁君碑》，而碑文有“使者持节安车”，又有“几杖之尊，袒割之养，君实飨之”之语，以此知良尝为三老矣。其余摩灭，虽时时可读而不能次第也。又云“帝御九龙殿，引对饮宴”，九龙殿名惟见于此。

治平元年五月二十九日夏至假书。

后汉张平子墓铭跋

右汉《张平子墓铭》，世传崔子玉撰并书。按范晔《汉书·张衡传赞》云：“崔子玉谓衡‘数术穷天地，制作侔造化’。”此铭有之，则真子玉作也。其刻石为二本，一在南阳，一在向城。天圣中有右班殿直赵球者，知南阳县事，因治县署，毁马台得一石，有文，验之乃斯铭也，遂龛于听事之壁。其文至“凡百君子”而止，其后亡矣。其在向城者，今尚书屯田员外郎谢景初得其半于向城之野，自“凡百君子”已上则亡矣。今以二本相补续，其文遂复完，而阙其最后四字。然则昔人为二本者，不为无意矣。据徐方回所记，二十一字乃赵球所得南阳石之亡者，今不复见，则又亡矣，惜哉！

嘉祐八年岁在癸卯十月十八日书。

后汉费凤碑跋

右汉《费凤碑》，云：“字伯萧，梁相之元子也，汉安二年举孝廉，拜郎中，除陈国新平长。”又云“试守故障长”。其文班班可见，而卒葬、年寿皆不载。其后悉为五言韵语，其略曰："不悟奄忽终，藏形而匿景。耕夫释耒耜，桑女投钩筥。道阻而且长，起坐泪如雨。"其文既非工，故不悉录。

熙宁二年十一月十六日，山斋书。

后汉武班碑跋

右汉班碑者，盖其字画残灭，不复成文，其氏族、州里、官阀、卒葬皆不可见，其仅见者曰"君讳班"尔。其首书云"建元年太岁在丁亥"，而"建"下一字不可识。以《汉书》考之，后汉自光武至献帝，以"建"名元者七，谓建武、建初、建光、建康、建和、建宁、建安也。以历推之，岁在丁亥乃章帝章和元年，后六十一年，桓帝即位之明年，改本初二年为建和元年，又岁在丁亥，则此碑所缺一字当为"和"字，乃建和元年也。碑文缺灭者十八九，惟亡者多而存者少，尤为可惜也，故录之。

治平元年四月二十日书。

后得别本，摹拓粗明，始辨其一二，云"武君讳班"，乃易去前本。熙宁二年九月朔日记。

后汉中常侍费亭侯曹腾碑跋

右汉《中常侍费亭侯曹腾碑》，文字摩灭，其粗可见者云："维建和元年七月二十二日己巳，皇帝若曰'其遣费亭侯之国'。"其余不可识也。建和，桓帝即位之元年也。后三十七年，献帝中平元年，腾养子操始为骑都尉，击黄巾矣。

治平元年六月十日书。

后汉司隶杨君碑跋

右汉《司隶校尉杨厥碑》，云："惟巛灵定位，川泽攸同。泽有所注，川有所通。余谷之川，其泽南隆。八方所达，益城为充。高祖受命，兴于汉中。道由子午，出散入秦。建定帝位，以汉诋焉。后以子午，涂路涩难，更随围谷，复通堂光。凡此四道，垓鬲允艰。至于永平，其有四年，诏书开余，凿通石门。中遭元二，西夷虐残，桥梁断绝，子谷复循。于是故司隶校尉、犍为武阳杨厥，字孟文，深执忠伉，数上奏请，废子由斯，得其度经。至建和二年，汉中太守王升，字稚纪，嘉君明知，美其仁贤，勒石颂德，以明厥勋。”其辞大略如此，其刻画尚完可读，大抵述厥修复斜谷路尔。但其用字简省，复多舛缪，惟以“巛”为“坤”，以“余”为“斜”，汉人皆尔，独“诋”字未详。永平，明帝；建和，桓帝年号也。

后汉樊常侍碑跋

右汉《樊常侍碑》，云：“君讳安，字子佑，南阳湖阳人也。君幼学，治《韩诗》、《论语》、《孝经》。历中黄门、拜小黄门、小黄门右史，迁藏府令、中常侍。年五十有六，永寿四年四月甲辰卒。”其先为中黄门，后为小黄门，又为小黄门右史，盖汉官之制今不详其次序也。

余少家汉东，天圣四年举进士，赴尚书礼部，道出湖阳，见此碑立道左，下马读之，徘徊碑下者久之。后三十年，始得而入《集录》。盖初不见录于世，自予集录古文，时人稍稍知为可贵，自此古碑渐见收采也。

嘉祐八年十月十四日书。

后汉郎中郑固碑跋

右汉《郎中郑固碑》，文字摩灭，其官阀、卒葬年月皆莫可考。其仅可见者云“君讳固，字伯坚。孝友著于闺门，至行立乎乡党，初授业于欧阳，仕郡诸曹掾、史、主簿、督邮、五官掾、功曹”，又曰“忠以卫上，清以自修”，其余残缺不复成文。又云“延熹元年二月诏拜”，而不见其官，惟其碑首题云“汉故郎中郑君之碑”，以此知其官至郎中尔。汉隶刻石存于今者少，惟余以集录之勤，所得为独多。然类多残缺不完，盖其难得而可喜者，其零落之余，尤为可惜也。

治平元年四月十二日书。

后汉田君碑跋

右汉《田君碑》，今在沂州，其名字皆已磨灭，惟云“其先出自帝舜之苗裔，自完适齐，因以为氏”，乃知为姓田尔。又云：“周秦之际，家于东平阳，君总角修《韩诗》、《京氏易》，究洞神变，穷奥极微，为五官掾、功曹、州从事，辟太尉。延熹二年辛亥诏书：泰山瑯耶盗贼未息，州郡吏有仁惠公清、拨烦整化者试守，满岁为真。州言名，时牧刘君知君宿操，表上试守费。”自此以后，残缺不可次第，而隐隐可见，盖无年寿、卒葬月日，而有故吏薛咸等立石勒铭之语，乃费县令长德政去思碑尔。

治平元年六月二十九日书。

后汉孙叔敖碑跋（延熹三年）

右汉《孙叔敖碑》，云“名饶，字叔敖”，而《史记》不著其名，而见于他书者亦皆曰叔敖而已。微斯碑，后世遂不复知其名饶也。此碑世亦罕传，余以《集录》，二十年间，求之博且勤，乃得之，然则世之未见此碑者，犹不知为名饶也。谓余集古为无益，可乎？

后汉王元赏碑跋

右汉《王元赏碑》，云：“君讳某，字元赏，御史君之孙、茂才君之子也。历秦及汉，有国有家，宰相牧守，踵武相袭。”又曰：“遭父丧，以孝立称，土堦环堵，兼业并受，门徒雨集，盛于洙泗。”又云：“郡察孝廉、郎中、谒者、宛陵丞、封丘令。母忧去官，服祥，辟司空府。延熹四年五月辛酉遭命而终。”其文字摩灭，隐隐可见者如此。其名既亡，又不序其姓，惟其铭云“于惟王君”，以此知其姓王尔。

治平元年五月二日书。

后汉祝睦碑跋

右汉《祝睦碑》，云“君讳睦，字元”，其下遂缺灭，不能成文。惟其官寿年月可见，云：“宾于王庭，除北海长史、颍川郾令，辟司空府，北军中候，拜大尚书、尚书仆射，迁常山相、山阳太守。年六十有八，延熹七年八月丁巳卒。”睦有二碑，皆在今南京虞城县。此碑不见世次，而隐隐有云“其先高辛”尔。其后碑则颇完，故录于次也。

治平元年六月立秋日书。

后汉祝睦后碑跋（延熹七年）

右汉《祝睦后碑》，其前碑不知所立人名氏，两碑所载官阀、寿考年月悉同。而此碑有立碑人名氏及睦世次，云“故吏王堂等窃闻下有述上之功，臣有叙君之德”，又曰“君兆自黎辛，祝融苗胄，郑有祝聃，君其胤也”。其余文字亦完，可读。二铭皆以三言为文，而后铭尤完，云“穆我君，邦之阳。资五就，闿道纲”，纲”下灭一字。“口表微，准枢衡。稽列宿，览四方。德合乾，道应皇。领二郡，曜重光。化流洽，绲幽昌。性天约，元用长。颂声作，谣令香。功烈著，遗椒芳。存觌荣，渝弗忘。”其后二句摩灭难详。故录其成文，以见其雅质，亦可佳也。

治平元年六月立秋日书。

后汉衡方碑跋

右汉《衡方碑》，云：“府君讳方，字兴祖。其先伊尹在殷，号称阿衡，因而氏焉。”又曰：“州举孝廉，除郎中、即丘侯相、胶东令。州举尤异，迁会稽东部都尉，又拜议郎、北平太守，迁颍川太守。”又曰：“拜步兵校尉。年六十有三，建宁元年二月五日癸丑卒。于是海内门生、故吏，采嘉石，树灵碑，镌茂伐，秘将来。”此其始终之大略，其余历历可见，而时亦摩灭。以其文多不备录也。

治平元年六月三日书。

后汉冀州从事张表碑跋

右汉《冀州从事张表碑》，云“君讳表，字元异”。其碑首题云《汉故冀州从事张君碑》，而文为韵语。叙其官阀不甚详，但云：春秋六十四，以建宁元年三月癸巳寝疾而终。其辞有云“仕郡为督邮，鹰撮卢击”，是以狗喻人。又有“畔桓利正”之语。盖汉人犹质，不嫌取类于鹰犬。“畔桓”疑是“盘桓”，文字简少假借尔。

治平元年六月廿九日书。

后汉竹邑侯相张寿碑跋

右汉《竹邑侯相张寿碑》，云：君讳寿，字仲吾。其先晋大夫张老盛德之裔。孝友恭懿，明允笃信。博物多识，猎涉传记，临疑独照，确然不挠，有孔甫之风。举孝廉，除郎中、给事、谒者，迁竹邑侯相。年八十，建宁元年五月辛酉卒。其大略可见者如此。其余残缺，或在或亡，亦班班可读尔。

治平元年端午日书。

后汉金乡守长侯君碑跋

右汉《金乡守长侯君碑》，云：君讳成，字伯盛，山阳防东人也。其先出自豳岐，周文之后，封于郑，郑共仲赐氏曰侯。厥胤宣多，以功佐国。汉之兴也，侯公纳策，济太上皇于鸿沟之厄，谥曰安国。君曾孙酺封明统侯。光武中兴，玄孙霸为临淮太守，转拜执法右刺奸、五威司命、大司徒公，封于陵侯，枝叶繁茂，或家河淯，或邑山济。君即上党太守之弟。郡请署主簿、督邮、五官掾、功曹，守金乡长。建宁二年四月癸酉卒，年八十一。碑文首尾皆完，故得详其世次。其云上党太守，不见其名。按《汉书》，执法左右刺奸、五威司命，皆王莽官名。《侯霸列传》云：霸，莽时为随令，迁执法刺奸，而未尝为五威司命。后事光武，代伏湛为大司徒，封关内侯。既薨，光武下诏，追封则乡侯。而此碑言封于陵侯，未知孰是？据碑言，刺奸、司命为光武时官，盖碑文之缪矣。

治平元年四月二十九日书。

后汉慎令刘君墓碑跋（建宁四年）

右汉《慎令刘君墓碑》，在今南京下邑。其名已摩灭，其字伯麟。少罹艰苦，身服田亩。举孝廉，除郎中，辟从事、司徒掾，迁慎令，卒年六十有二。其铭曰："于惟君德，忠孝正直。至行通洞，高明柔克。鬼神福谦，受兹介福。知命不延，引舆旋归。忽然轻举，志激拔葵。人皆有亡，贵终誉兮。殁而不朽，垂名著兮。"余家汉碑，常患其铭多缺灭，而斯铭偶完，故录之。

后汉北军中侯郭君碑跋

右汉《北军中候郭君碑》，其名字摩灭，云：元城君第四子也。其先盖周之胄绪，枝叶云布，列于州郡，自东郡卫国，家于河内汲。兄竹邑侯相，次尚书侍郎，次济北相，顺弟临沂长，次徐州刺史，次中山相，次雒阳令。君为五官掾、功曹、司隶中都官从事。三辟将军府，举廉比阳长，复辟司徒，拜北军中侯。年六十有六，建宁四年九月丙子卒。其于"兄竹邑侯相"上一字缺灭不完，疑是“惠”字。其下又云“顺弟”，莫晓其义，岂汉人谓兄弟为此语邪？故阙其疑，以俟知者。

治平元年六月廿九日书。

后汉司隶从事郭君碑跋

右汉《司隶从事郭君碑》云：君讳究，汲人也，元城君之孙、雒阳令之适。历主簿、督邮、五官掾、功曹、守令、长，辟司隶从事、部郡都官。春秋二十八而卒，中平元年岁在甲子三月而葬。据北军中候碑，为元城君子，而弟为雒阳令，考其世次皆同。前世碑碣但书子孙而不及兄弟，惟郭氏碑载其兄弟甚详。盖古人谱牒既完，而于碑碣又详如此，可见其以世家为重，不若今人之苟简也。

治平元年六月廿九日书。

后汉鲁峻碑跋

右汉《鲁峻碑》，云：君讳峻，字仲严，山阳昌邑人。监营谒者之孙、修武令之子。治《鲁诗》、《颜氏春秋》，举孝廉，除郎中、谒者、河内太守丞。辟司徒、司空府，举高第、御史、东郡顿丘令，迁九江太守，拜议郎、太尉长史、御史中丞、司隶校尉。遭母忧，自乞拜议郎。服竟，还拜屯骑校尉。以病逊位，熹平元年卒。门生于商等二百三十人谥曰“忠惠父”。其余文字亦粗完，故得迁拜次序颇详，以见汉官之制如此。惟云“遭母忧，自乞拜议郎”，又其最后为“屯骑校尉”，而碑首题云《汉故司隶校尉忠惠父鲁君碑》，二者莫晓其义。

治平元年四月二十三日。

后汉玄儒娄先生碑跋

右汉《玄儒娄先生碑》，云：“先生讳寿，字元考，南阳隆人也。祖太常博士，父安贫守贱，不可营以禄。先生童孩多奇，岐嶷有志，好学不厌，不饬小行，善与人交，久而能敬。荣沮溺之耦耕，甘山林之杳蔼。”又曰：“有朋自远，冕绅莘莘，讲习不倦。年七十有八，熹平三年二月甲子不禄。”今《光化军乾德县图经》载此碑，景祐中余自夷陵贬所再迁乾德令，按图求碑，而寿有墓在谷城界中。余率县学生亲拜其墓，见此碑在墓侧，遂据图经迁碑还县，立于敕书楼下，至今在焉。

治平元年六月十三日书。

后汉郭先生碑跋

右汉《郭先生碑》，云讳辅，字辅成。其先出于王季之中子，为文王卿士，食菜于虢，后世谓之郭。历战国、秦、汉，子孙流分，来居荆土。先生其少也，孝友而悦学；其长也，宽舒如好施。是以宗亲归怀，乡鄙高尚。年五十有二遇疾而终。其以“而”为“如”，及用“乡鄙”字，与《娄寿碑》同，盖汉人如此尔。

治平元年六月二十日书。

后汉桂阳太守周府君纪功铭跋 （熹平中）

此君检《汉书》无之，今碑石缺，不见其名，惜乎遂不见于世也。南人纪其所修泷水，即韩文公所谓昌乐泷者是也。至今以为利，祠宇甚严云。

后汉桂阳周府君碑跋 （熹平中）

右汉《桂阳周府君碑》。按《韶州图经》云：“后汉桂阳太守周府君碑，按庙在乐昌县西一百一十八里武溪上。武溪惊湍激石，流数百里。昔马援南征，其门人辕寄生善吹笛，援为作歌和之，名曰《武溪深》，其辞曰：‘滔滔武溪一何深，鸟飞不渡兽不能临，嗟哉武溪何毒淫！’周使君开此溪。下合真水，桂阳人便之，为立庙刻石。”又云；“碑在庙中，郭苍文。”今碑文摩灭，云府君字君光，而名已讹缺不可辨。《图经》但云周使君，亦不著其名。《后汉书》又无传，遂不知为何人也。按武水源出郴州临武县鸬鹚石，南流三百里入桂阳，而桂阳真水、庐溪、曹溪诸水皆与武水合流。其俗谓水湍峻为泷，韩退之诗云“南下昌乐泷”即此水也。碑首题云“神汉”者，如唐人云“圣唐”尔，盖当时已为此语，而史传他书无之，独见于此碑也。

后汉桂阳周府君碑后本跋 （熹平中）

右汉《桂阳周府君碑》。余初得前本，恨其名遂摩灭，后有国子监直讲刘仲章者，因出其碑而为余言前为乐昌令，因道府君事，云名憬。问其何以见之，云碑刻虽阙，尚可识也，乃以此碑并阴遗余。盖前本特摹者不工尔。又余初以韩集云“昌乐泷”疑其误，乃改从乐昌。仲章曰不然，县名乐昌，而泷名昌乐，其旧俗所传如是，韩集不误也。乃知古人传疑而慎于更改者，以此。

后汉费府君碑跋

右汉《梁相费府君碑》，其名字若云讳况，字仲虑，而“况”疑为“汎”，“虑”疑为“宽”。其官阀可见者：为萧令九年，沛有蝗，独不入其界，国以状闻，朝廷嘉诸，拜梁相。春秋八十卒。其铭颇简而文字粗完，云“穆穆显祖，厥德懿铄。播勋于前，丕硕基业。遗爱于民，福流于后胙。”自此磨灭不可识者八字。其卒章云“功烈休矣，来昆勠力。”而“穆”字为“穌”，古文多然。

熙宁二年十一月十六日山斋书。

后汉郎中王君碑跋（光和元年）

右汉《郎中王君碑》，文字摩灭，不复成文，而仅有存者，其名字、官阀、卒葬年月皆莫可考。惟其碑首题云《汉故郎中王君之铭》，知君为汉人，姓王氏，而官为郎中尔。盖夫有形之物，必有时而弊，是以君子之道无弊，而其垂世者与天地而无穷。颜回高卧于陋巷，而名与舜、禹同荣，是岂有托于物而后传邪？岂有为于事而后著邪？故曰：久而无弊者道，隐而终显者诚，此君子之所贵也。若汉王君者，托有形之物，欲垂无穷之名，及其弊也，金石何异乎瓦砾？

治平元年四月晦日书。

后汉太尉陈球碑跋

右汉《太尉陈球碑》，云君讳球，字伯真，广汉太守之元子也。又云除郎中、尚书符节郎、慎陵园令，换中东城门候，迁繁阳令，拜侍御史。其后又云拜将作大匠。其余摩灭仅存。按《后汉书》球传云：父亹，广汉太守。阳嘉中，球举孝廉，稍迁繁阳令。太尉杨秉表球零陵太守，后累拜司空。光和元年，迁太尉，坐日食免。复拜光禄大夫，与司徒刘郃等谋诛宦官曹节等，不果，下狱死。球在零陵，破贼胡兰、朱盖有功，威著南邦。今碑破兰、盖事班班可读，与传皆合，惟不著诛宦官事。至其卒时，文字摩灭不可识，惟云六十有二，亦与传合。予所集录古文，与史传多异，惟此碑所载与列传同也。

治平元年四月晦日书。

后汉敬仲碑跋

右汉《敬仲碑》者，其姓名字皆不可见，惟其初有“敬仲”二字尚可识，故以寓其名尔。盖疑其人姓田氏也。大抵文字摩灭，比其他汉碑尤甚，字可识者颇多，第不成文尔。惟云“州郡课最，临登大郡”，又云“居丧致哀”，又云“司隶从事、治书侍御史”，又云“光和四年闰月庚申”，此数句粗可读尔。其余字画廑完者，以汉隶今为难得，录之尔。

治平元年闰五月廿九日书。

后汉无名碑跋

右汉无名碑，文字摩灭，其姓氏名字皆不可见，其仅可见者，云“州郡课最，临登大郡”，又云“居丧致哀，曾参闵损”，又曰“辟司隶从事，拜治书侍御史”，又曰“奋乾刚之严威，扬哮虎之武节”，又曰“年六十三，光和四年闰月庚申遭疾而卒”。其余字画尚完者多，但不能成文尔。夫好古之士所藏之物，未必皆适世之用，惟其埋没零落之余，尤以为可惜，此好古之僻也。

治平元年六月五日书。

后汉稿长蔡君颂碑跋 （光和四年）

右汉《稿长蔡君颂碑》，在镇府。故天章阁待制杨畋尝为余言，汉时隶书在者此为最佳。畋自言平生惟学此字。余不甚识隶书，因畋言遽遣人之常山求得之，遂入于录。

后汉唐君碑跋

右汉《唐君碑》，其名已摩灭，其云字正南，颍川郾人也。其先出自庆都，感赤龙生尧，王有天下，苗胄枝分，相土视居，因氏唐焉。君父孝廉、郎中，早卒，君继厥绪，耽道好古，敦《书》味《诗》。守舞阳丞、颍阳令，察能治剧，迁豫章。其后遂复摩灭，虽文字班班可见，而不能得其次序。其后又云“换君昌阳令，吏民慕恋，牵君车轮，不得行。君臣流涕，道路琅玕，是故从事、郡掾刊石树颂，歌君之美”。据此盖县令去思碑尔。

其后又云“光和六年二月壬午朔二十五日丙午”，则知唐君为后汉时人矣。

治平元年闰五月二十八日。

后汉朱龟碑跋

右汉《朱龟碑》，云“字伯灵，察孝廉，除郎中、尚书侍郎。以将事去官，于时幽州”，“州”下灭一字，“夷侵寇，以君为御史中丞讨伐”，其后摩灭。又云鲜卑侵犯障塞，复举君，拜幽州刺史。年六十四，光和六年卒。龟之事迹不见史传，其仅见于此碑者如此。碑在今亳州界中。云“将事去官”，莫晓其语。

治平元年六月十四日书。

后余守亳州，徙碑置州学中。

后汉小黄门谯君碑跋

右汉《小黄门谯君碑》，云君讳敏，字汉达，年五十七，中平二年卒。其文不甚摩灭，而官阀无所称述，惟云“肃将王命，守静韬光，以远悔咎”而已。后汉宦者用事，灵帝时尤盛，敏卒之岁，张让等十二人封侯。于斯之时，能守静远悔，是亦可佳。然敏以一小黄门而立碑称颂，于此可见宦官之盛也。

治平元年四月三日书。

后汉熊君碑跋

右汉《熊君碑》，云“君讳乔，字举”，“举”上灭一字。其官阀不可详考，其仅可知者：刘表时为绥民校尉，后迁骑都尉。建安二十一年卒，享年七十有一。其云“治《欧羊尚书》”，其字非讹阙，而以“阳”为“羊”，盖古文字少，故须假借。至汉字已备而犹假用，何哉？后云“太岁在申”，“申”上灭一字，以历推之，当是丙申。又云“碑师春陵福造”，“福”上灭一字，当是其姓。其书“顯”字皆为“纍”，按许慎《说文》，顯从㬎声，而转为累，其失远矣，莫晓其义也。

熙宁二年十月晦日山斋书。

后汉俞乡侯季子碑跋

右汉《俞乡侯季子碑》云“君讳熊，字孟”，下阙一字，“广陵海西人也。厥祖天皇大帝垂精接感，笃生圣明。子孙享之，分源而流，枝叶扶疏，出王别胤，受爵列土，封侯载德。君光武皇帝之玄、广陵王之孙、俞乡侯之季子也。”由是而后，文字缺灭，其稍稍可读者，时得其一二，云：“六籍五典，如源如泉。既练州郡，卷舒委随，化流南城，政犹北辰。三祀有成，来臻我邦。仁恩如冬日，威猛烈夏日。吏民爱若慈父，畏如神明。”其后又云“采摭谣言，作诗三章。”据碑文无卒葬年月，而其辞若此，似是德政碑。

按《后汉书》光武皇帝子曰广陵思王荆，荆子元寿等四人皆封乡侯，史略而不载其名。俞乡侯者不知为谁也，思王荆之第几子也。“天皇大帝”之语，自汉以来有矣。

治平元年六月五日书。

后汉武荣碑跋

右汉《武荣碑》，云：“君讳荣，字含和。治《鲁诗经韦君章句》、《孝经》、《论语》、《汉书》、《史记》、《左氏》、《国语》，为州书佐、郡曹史、主簿、督邮、五官掾、功曹。年三十六，汝南蔡府君察举孝廉，执金吾丞。孝桓大忧，屯守玄武阙，加遇害气，遭疾殒灵。”其余文字残缺，不见其卒葬年月，又不著氏族所出。惟其碑首题云《汉故执金吾丞武君之碑》云。

治平元年五月六日书。

后汉秦君碑首跋

右汉熹平中碑，在南阳界中，字已摩灭不可识，独其碑首字大仅存。其笔画颇奇伟，蔡君谟甚爱之，此君谟过南都所题，乃皇祐三年也，今一纪矣。

嘉祐八年九月十七日书。

后汉元节碑跋

右汉《元节碑》，文字摩灭，不见其氏族，其可见者才数十字尔，云“君讳立，字元节，其先出自伊尹”，其余不复成文。其铭云“于穆从事”，疑其姓伊而为从事也。碑无年月而知为汉人者，以其隶体与他汉碑同尔。

治平元年五月三日书。

后汉残碑跋

右汉残碑，不知为何人，所存者才三十二字，不复成文，惟云“高字幼”，知其名高。又云“汉中兴”，复知为后汉时人。而隶字在者甚完，体质淳劲，非汉人莫能为也，故录之。

后汉天禄辟邪字跋

右汉“天禄辟邪”四字，在宗资墓前石兽膊上。按《后汉书》，宗资，南阳安众人也。今墓在邓州南阳界中，墓前有二石兽，刻其膊上，一曰天禄，一曰辟邪。余自天圣中举进士，往来穰邓间，见之道侧，迨今三十余年矣。其后集录古文，思得此字，屡求于人不能致。尚书职方员外郎谢景初家于邓，为余摹得之，然字画讹缺，不若余见时完也。

按《党锢传》云，资祖均，自有传。今《后汉书》有《宋均传》，云南阳安众人，而无宗均传，疑《党锢传》转写“宋”

为“宗”尔。《蜀志》有宗预，南阳安众人。岂安众当汉时有宗、宋二族，而字与音皆相近，遂至讹谬邪？史之失传如此者多矣。

嘉祐八年腊日书。

魏受禅碑跋

右魏《受禅碑》，世传为梁鹄书，而颜真卿又以为钟繇书，莫知孰是。按《汉献帝纪》，延康元年十月乙卯皇帝逊位，魏王称天子。又按《魏志》，是岁十一月葬士卒死亡者，犹称令，是月丙午汉帝使张愔奉玺绶，庚午王升坛受禅，又是月癸酉奉汉帝为山阳公。而此碑云十月辛未受禅于汉。三家之说皆不同。今据裴松之注《魏志》，备列汉魏禅代诏册书令、群臣奏议甚详，盖汉实以十月乙卯策诏魏王，使张愔奉玺绶，而魏王辞让往返三四而后受也。又据侍中刘廙奏，问太史令许芝今月十七日己未可治坛场。又据尚书令桓阶等奏，云辄下太史令择元辰，今月二十九日可登坛受命。盖自十七日己未至二十九日正得辛未。以此推之，汉、魏二《纪》皆缪而独此碑为是也。《汉纪》乙卯逊位者，书其初命而略其辞让往返，遂失其实尔；《魏志》十一月癸卯犹称令者，当是十月衍一字尔。丙午张愔奉玺绶者，辞让往反，容有之也。惟庚午升坛最为缪尔。癸卯去癸酉三十一日，不得同为十一月，此尤缪也。禅代大事也，而二纪所书如此，则史官之失以惑后世者，可胜道哉！

嘉祐八年九月十七日书。

魏公卿上尊号表跋　（黄初元年）

右《魏公卿上尊号表》，唐贤多传为梁鹄书，今人或谓非鹄也，乃钟繇书尔，未知孰是也。呜呼，汉魏之事，读其书者可为之流涕也！其巨碑伟字，其意惟恐传之不远也，岂以后世为可欺欤？不然，不知耻者无所不为乎！

魏钟繇表跋　一

右钟繇法帖者，曹公破关羽贺捷表也。其后书云："建安二十四年闰月九日，南蕃东武亭侯钟繇上。"集贤校理孙思恭精于历学，余问孙君建安二十四年闰在何月，思恭为余以汉家所用四分乾象历推之，是岁己亥，二历皆闰十月。而陈寿《三国志》所书时月虽为简略，然以思恭言考之则合。按《魏志》是岁冬十月军还洛阳，其下遂书孙权请讨关羽自效，于《吴志》则书闰月权讨羽。以魏、吴二志参较，是闰十月矣。《吴志》又书十二月权获羽及其子平，《魏志》明年正月乃书权传羽首至洛阳。盖二志相符，乃权以闰十月方征羽，至十二月获之，明年正月始传首至洛，理可不疑。然则钟繇安得于闰十月先贺捷也？由是此表可疑为非真。而今世盛行，复有两本，字大小不同，小字差类繇书，然不知其果是否。姑并存之，以俟识者。

治平元年七月廿六日书。

魏钟繇表跋　二

右魏钟繇书，其辞云"戎路兼行，履险冒寒"，因述曹仁、徐晃破关羽事。其后题云："建安二十四年闰月九日，南蕃东武亭侯臣繇上。"按：建安二十四年冬，曹公军于摩陂，而仁等破羽后，未尝出征履险冒寒之役。又古人笺启不书年。此二事可疑。又云，羽已被手刃，据《三国志》，羽围曹仁于樊，为仁所败而走，后为孙权兵斩于沮。与此帖不同。

魏刘熹学生冢碑跋

右魏《刘熹学生冢碑》，在襄州谷城县界中。余为乾德令时，尝以公事过谷城，见数荒冢在草间，傍有古碑倾侧，半埋土中，问其村人为何人冢，皆不能道，而碑文摩灭，不暇读而去。后数年在河北，始集录古文，思向所见谷城碑，疑为汉碑，求之又数年乃获。按《襄州图经》云，学生冢在县东北。《水经注》云，魏济南刘熹字德怡，博学好古，立碑载生徒百余人，其不终业而卒者葬于此，号学生冢。今碑虽残缺，而熹与生徒名字往往尚可见。盖余昔所见乃学生冢，而碑魏时碑也，熹谷城令也。

治平元年正月十日书。

魏贾逵碑跋

右魏《贾逵碑》。《魏志》逵传云：逵为绛邑长，为贼郭援所攻，绛人与援约不害逵乃降。而援欲以逵为将，怒逵不肯叩头，欲杀之。绛人乘城呼曰："负要杀我贤君，宁俱死。"援义之，遂不杀。又按裴松之注引《魏略》云：援捕得逵，怒不肯拜，促斩之，诸将覆护，囚于壶关土窖中。守者祝公道释其械而逸之。与《魏志》不同。而此碑但云为援所执，临以白刃，不屈而已，不载绛人约援事。如传所载，不独逵有德于绛人，而绛人临危能与逵生死，亦可谓贤矣。

自古碑碣称述功德，常患过实，如逵与绛人德义，碑不应略而不著，颇疑陈寿作传，好奇而所得非实也。松之又注《魏书》逵年五十五，而碑云五十有四，亦不以碑为正。

嘉祐八年十一月四日书。

魏邓艾碑跋

右《邓乂碑》，考其事迹终始，即魏邓艾碑也。艾尝为兖州刺史，据碑云，晋初尝发兖州兵讨叛羌，艾降巫者传言，授以用兵之法，因以破羌。兖人神之，遂为艾立庙建碑纪其事。艾于三国时为名将，尝有大功，其姓名闻于世甚显，史与兖人皆不应误。而"艾"、"乂"二名不同如此，此君子所以慎于传疑也。

余谓古人"艾"、"乂"常通用，《汉书》曰"黎民艾安"，与"惩艾""创艾"，注皆读为乂。岂非邓侯名艾音乂，而书碑者从省欤？后人读史无音注，乃直以为蒿艾之艾，而流俗转失，久而讹缪，遂不复正。此理或然，览者详之。

熙宁壬子正月晦日六一堂书。

吴九真太守谷府君碑跋　（凤皇元年四月）

右谷朗者，事吴，为九真太守。碑无书撰人名氏。其序云：府君讳朗，字义先，桂阳耒阳人。豫章府君之曾孙、公府君之孙、郎中君之子也。其先出自颛顼，益为舜虞，赐姓嬴氏。至于扉子，封于秦谷，因而氏焉。谷氏在吴不显，史传无所见，所谓豫章府君而下三世皆莫知其名字。按《秦本纪》，非子邑于秦，而此与朗子永宁侯相碑皆为"扉子"，莫详其义也。

治平元年四月廿六日书。

吴国山碑跋

右吴《国山碑》者，孙皓天册元年禅于国山，改元天玺，因纪其所获瑞物，刊石于山阴。是岁晋咸宁元年，后五年晋遂灭吴。以皓昏虐，其国将亡，而众瑞并出，不可胜数。后世之言祥瑞者，可以鉴矣。

熙宁元年中元后一日书。

晋南乡太守颂跋　（泰始中）

右《晋南乡太守颂》。南乡太守者，司马整也。按《晋书》，宣帝弟曰安平献王孚，孚次子曰义阳成王望，望第三子曰随穆王整。整先望卒，后武帝分义阳之随县封整为王，谥曰穆。整以魏咸熙二年为南乡太守，是岁晋武受禅，改元泰始。泰始三年徙整南阳，而南乡人为整建此碑。《晋书·地理志》，当魏末荆州分属三国，而南乡、南阳皆属魏，后晋武改南乡为顺阳。此碑今在光化军，军即襄州谷城县之阴城镇。阴城当魏晋时为南乡属县也。余贬乾德县令时得此碑，今二纪矣。

嘉祐八年九月二十六日书。

晋南乡太守碑跋 （泰始四年）

右《南乡太守碑》，不著书撰人名氏，题曰《宣威将军南乡太守司马府君纪德颂碑》。云："君讳整，字孔修，太宰安平王之孙、太尉义阳王之子。"按《晋书》宣帝弟曰安平献王孚，孚次子曰义阳成王望，望第三子随穆王整。整先望卒，后武帝分义阳之随县封整为王，谥曰穆。整以太始三年自南乡太守徙南阳，而南乡人共立此碑。今在光化军，军即襄州谷城县之阴城镇。按《晋志》不列南乡郡，据此碑所载县令名氏，有武陵、筑阳、丹水、阴城、顺阳、析六县，此盖南乡郡所治也。《晋志》但云南乡魏时属荆州，武帝平吴，改为顺阳郡，而不著顺阳治所、兴废、属县之名，而独此碑可见也。又整传但云整历南中郎将，封清泉侯，薨赠冠军将军，亦不言其为宣威将军、南乡、南阳二郡守，皆其所漏略也。

南乡太守碑阴跋

右南乡太守将吏三百五十人，分为二卷，其摩灭者犹有二十余人。人皆有邑姓名字，而无次序。其名号有令，有长，有南阁祭酒、门下督、主簿、部督邮、监汀督邮、部劝农、五官掾、文学掾、营军掾、军谋掾、府门亭长、主记史、待事掾、待事史、部曲将、部曲督，又有贼曹、功曹、议曹、户曹、金曹、水曹、科曹、仓曹、铠曹、左右兵曹，曹皆有掾，又有祭酒，有史，有书佐，有修行，有从掾位，有从史位，有史，有小史等。魏晋之际，太守官属之制盖如此，他书或时见一二，不能如此之备也。

晋陆喈碑跋

右晋《陆喈碑》。喈为宣威内史，建武元年卒。碑以咸和七年立，而碑后题云“咸和七年岁在庚辰”。咸和，成帝年号也。成帝以泰宁三年八月即位，是岁乙酉，明年改元咸和。据历七年当为壬辰，而此为庚辰者，缪也。陆氏有二碑，余家《集录》皆有之。据《陆讳碑》后题云“泰宁三年岁在乙酉”，与今历合，则当时历官不应至咸和而顿尔差失，然则庚辰特书碑者误尔。

治平元年六月二十九日书。

晋《兰亭修褉序》跋　（永和九年）

右《兰亭修褉序》，世所传本尤多，而皆不同。盖唐数家所临也，其转相传摹，失真弥远，然时时犹有可喜处，岂其笔法或得其一二邪？想其真迹，宜如何也哉！

世言真本葬在昭陵，唐末之乱，昭陵为温韬所发，其所藏书画皆剔取其装轴金玉而弃之。于是魏晋以来诸贤墨迹，遂复流落于人间。太宗皇帝时购募所得，集以为十卷，俾摹传之，数以分赐近臣，今公卿家所有法帖是也。然独《兰亭》真本亡矣，故不得列于法帖以传。

今予所得皆人家旧所藏者，虽笔画不同，聊并列之，以见其各有所得。至于真伪优劣，览者当自择焉。其前本流俗所传，不记其所得。其二得于殿中丞王广渊，其三得于故相王沂公家。又有别本在定州民家，二家各自有石，较其本纤毫不异，故不复录。其四得于三司蔡给事君谟。世所传本不出乎此，其或尚有所未传，更俟博采。

嘉祐八年六月十日书。

范文度摹本《兰亭序》跋 一

余尝集录前世遗文数千篇，因得悉览诸贤笔迹。比不识书，遂稍通其学。然则人之于学，其可不勉哉！今老矣，目昏手颤，虽不能挥翰，而开卷临几，便别精粗，若范君所书，在余《集录》实为难得也。窃幸览之 为之忘倦。

嘉祐七年夏五月二十八日，庐陵欧阳修书。

书虽列于六艺，非如百工之艺也。蔡君谟以书名当世，其称范君者如此，不为误矣。滁山醉翁题。

范文度摹本《兰亭序》跋 二

自唐末干戈之乱，儒学文章扫地而尽。宋兴百年之间，雄文硕儒比肩而出，独字学久而不振，未能比踪唐之人，余每以为恨。今乃获见范君笔法，信乎时不乏人，而患知之不博。不然，有于中必形于外。若范君者，笔迹不传于世，而独传其家，盖其潜光晦德，非止其书閟不传也。

晋《乐毅论》跋 （永和四年）

右晋《乐毅论》，石在故高绅学士家。绅死，家人初不知惜，好事者往往就阅，或摹传其本，其家遂秘藏之，渐为难得。后其子弟以其石质钱于富人，而富人家失火，遂焚其石，今无复有本矣，益为可惜也。后有“甚妙”二字，吾亡友圣俞书也。论与《文选》所载时时不同，考其文理，此本为是，惜其不完也。

晋王献之法帖跋 一

右王献之法帖。余尝喜览魏晋以来笔墨遗迹，而想前人之高致也。所谓法帖者，其事率皆吊哀候病、叙睽离、通讯问，施于家人朋友之间，不过数行而已。盖其初非用意，而逸笔余兴，淋漓挥洒，或妍或丑，百态横生，披卷发函，烂然在目，使人骤见惊绝。徐而视之，其意态愈无穷尽，故使后世得之以为奇玩，而想见其人也。至于高文大册，何尝用此！而今人不然，至或弃百事，弊精疲力，以学书为事业，用此终老而穷年者，是真可笑也。

治平甲辰秋社日书。

晋王献之法帖跋　二

献之帖盖唐人所临，其笔法类颜鲁公，更俟识者辨之。

晋贤法帖跋

右晋贤法帖。太宗皇帝万机之余，留精翰墨，尝诏天下购募钟、王真迹，集为法帖十卷，摹刻以赐群臣。往时故相刘公沆在长沙，以官法帖镂版，遂布于人间。后有尚书郎潘师旦者，又择其尤妙者别为卷第，与刘氏本并行。至余集录古文，不敢辄以官本参入私集，遂于师旦所传，又取其尤者，散入录中，俾夫启帙披卷者时一得之，把玩欣然，所以忘倦也。

治平元年五月十日书。

晋七贤帖跋

右晋七贤帖，得之李丕绪少卿家。丕绪多藏古书，然不知此为真否。七子书迹世罕传，故录之。

宋文帝神道碑跋

右《宋文帝神道碑》，云“太祖文皇帝之神道”，凡八大字而别无文辞，惟以此为表识尔。古人刻碑，正当如此，而后世镌刻功德、爵里、世系，惟恐不详。然自后汉以来，门生故吏多相与立碑颂德矣。余家《集古》所录三代以来钟鼎彝盘铭刻备有，至后汉以后始有碑文，欲求前汉时碑碣，卒不可得，是则冢墓碑自后汉以来始有也。此碑无文，疑非宋世立。盖自汉以来碑文务载世德，宋氏子孙未必能超然独见，复古简质。又南朝士人气尚卑弱，字书工者率以纤劲清媚为佳，未有伟然巨笔如此者，益疑后世所书。按《宋书》，文帝为元凶劭所弑，初谥曰景，庙号中宗。孝武立，改谥曰文，号太祖，其墓曰长宁陵也。

治平元年三月十六日书。

宋宗悫母夫人墓志跋

右《宗悫母夫人墓志》，不著书撰人名氏，有志无铭。其后云“谨牒子孙男女次第名位婚嫁如左”，盖一时之制也。按悫本传与此志历官终始不同。本传云：宋孝武即位，以悫为左卫将军，累迁豫州刺史，监五州诸军使，讨竟陵王诞，入为左卫将军。废帝即位，为宁蛮校尉、雍州刺史，卒。此志乃大明六年作，志云：为右卫将军，监交、广二州，湘州之始兴，冠军将军、平越中郎将、广州刺史，始迁豫州，监五州军事，又为散骑常侍、左卫将军，领太子中庶子、荆州大中正。而传皆略之也。悫，南阳涅阳人，而此志云涅阳县都乡安众里人，又云窆于秣陵县都乡石泉里。都乡之制，前史不载。

齐镇国大铭像碑跋 （天统三年）

右齐《镇国大铭像碑》。铭像文辞固无足取，所以录之者，欲知愚民当夷狄乱华之际，事佛尤笃尔。其字画颇异，虽为讹缪，亦其传习，时有与今不同者，其录之亦以此也。

南齐海陵王墓铭跋

右《南齐海陵王墓铭》，长兼中书侍郎谢朓撰。海陵王昭文者，文惠太子次子也。初，明帝鸾既废郁林王昭业，而立昭文，又废为海陵王而杀之，遂自立。按《谢朓传》，朓当海陵王时为骠骑谘议，领记室，又掌中书郎，后迁尚书吏部郎。此志题云“长兼中书侍郎”，而据传，朓未尝为中书侍郎，史之阙也。按《南齐书》，刘悛为长兼侍中，后魏临淮王彧为长兼御史中尉，南北史多有此名，盖当时兼官之称，如唐检校官之类也。

嘉祐八年九月十七日书。

梁智藏法师碑跋 （普通三年）

右梁《智藏法师碑》，梁湘东王萧绎撰铭，新安太守萧几作叙，尚书殿中郎萧挹书，世号“三萧碑”。法师者姓顾氏，几、挹皆称弟子，衰世之弊，遂至于斯。余于《集古录》而不忍遽弃者，以其字画粗可佳，舍其所短，取其所长，斯可矣。

嘉祐八年五月晦日书。

陈张慧湛墓志铭跋 （贞观二十三年立）

右陈《张慧湛墓志铭》，不著书撰人名氏。陈隋之间字书之法极于精妙，而文章颓坏，至于鄙俚，岂其时俗敝薄，士遗其本而逐其末乎？予家《集录》所见颇多，自开皇、仁寿而后至唐高宗已前，碑碣所刻，往往不减欧、虞。而多不著名氏，如《钳耳君清德颂》，或有名而其人不显，如丁道护之类，不可胜数也。慧湛陈人，至唐太宗时始改葬尔。其铭刻字画遒劲有法，玩之忘倦，惜乎不知为何人书也。

治平元年四月晦日书。

陈浮屠智永书《千字文》跋 一

右《千字文》，今流俗多传此本为浮屠智永书。考其字画，时时有笔法不类者杂于其间，疑其石有亡缺，后人妄补足之。虽识者览之，可以自择，然终汨其真，遂去其二百六十五字，其文既无所取，而世复多有，所佳者字尔，故辄去其伪者，不以文不足为嫌也。蔡君谟，今世知书者，犹云未能尽去也。

嘉祐八年十月十八日书。

陈浮屠智永书《千字文》跋　二

《梁书》言武帝得王羲之所书《千字》，命周兴嗣以韵次之。今官法帖有汉章帝所书百余字，其言有"海咸河淡"之类，盖前世学书者多为此语，不独始于羲之也。

大代修华岳庙碑跋

右《大代修华岳庙碑》。按《魏书》，文成帝兴光二年三月己亥改元为太安，故《魏书》兴光无二年，而此碑云"二年三月甲午立"者，盖立碑后六日始改元也。其曰"阐皇风于五叶"者，自道武、明元、太武，至于文成，才四世尔。太武之弑南安王余，立不逾年亦被弑，不得成君。而景穆太子文成父也，追尊为帝，立庙称宗，故以为世也。魏自道武天兴元年议定国号，群臣欲称代，而道武不许，乃仍称魏。自是之后无改国称代之事。今魏碑数数有之，碑石当时所刻不应妄，但史失其事尔。由是言之，史家阙缪可胜道哉！然予于史家非长，故书之以待博学君子也。

嘉祐八年岁在癸卯，七月三十日书。

后魏孝文北巡碑跋

右魏《孝文北巡碑》，云"太和二十一年，修省方之典，北临旧京"，又云"涉西河，出平阳，斜顺唐逵，指游咸栎，路迩龙门，遂纡雕轩"。按《后魏》本纪，是岁正月乙巳北巡，二月次太原，至平城。四月幸龙门，以太牢祭夏禹，遂幸长安，泛渭浮河，乃东归，与此碑所书皆合也。碑无题首，故依《本纪》为《北巡碑》也。

治平元年三月廿二日书。

后魏定鼎碑跋

右魏《定鼎碑》，景明三年建，在今怀州，流俗谓之《定鼎碑》也。景明，魏宣武年号也。碑云“定鼎迁中之十年”，按魏孝文以太和十七年迁都洛阳，至此景明三年盖十年矣。

后魏石门铭跋

右魏《石门铭》，云：此门盖汉永平中所穿，自晋氏南迁，斯路废矣。皇魏正始元年，汉中献地，褒斜遂开。假节龙骧将军、梁秦二州刺史羊祠开创旧路，诏遣左校令贾三德共成其事。起四年十月，讫永平二年正月毕功。其余文字尚完而其大略如此。石门在汉中，所谓汉永平中所穿者，乃明帝时司隶校尉杨厥所开也。厥自有碑，述其事甚详。正始、永平皆后魏宣武年号也。

治平元年五月十日书。

后魏神龟造碑像记跋

右《神龟造碑像记》，魏神龟三年立。余所集录自隋以前碑志，皆未尝辄弃者，以其时有所取于其间也。然患其文辞鄙浅，又多言浮屠，然独其字画往往工妙。惟后魏、北齐差劣，而又字法多异，不知其何从而得之，遂与诸家相戾。亦意其夷狄昧于学问，而所传讹缪尔，然录之以资广览也。此碑字画时时遒劲，尤可佳也。神龟，孝明年号。按《魏书》，三年七月辛卯改元正光，而此碑是月十五日立，不知辛卯是其月何日也，当俟治历者推之。

嘉祐八年七月十一日书。

东魏任城王造浮图记跋

右《任城王造浮图记》，不著其名，云“武定四年建”。武定，东魏孝静年号也，按《后魏书》，景穆皇帝子云，云子澄，相袭为任城王，其后国绝不封。其去孝静时差远，不知武定四年王任城者为谁也。

治平元年八月八日书。

东魏造石像记跋

右东魏《造石像记》，其碑云：“大魏武定七年岁次己巳。”武定，孝静年号也。今世所行历谱，惟龚颍《运历图》与今亳州宋退相《纪年通谱》为最详。而以颍所书推之，武定七年岁当己巳，与此碑合。而武定止于八年，是岁庚午东魏灭，其事与《东魏》、《北齐书》亦合。而《通谱》以七年为戊辰，八年为己巳，又有九年为庚午而东魏灭。按孝静以后魏永熙三年立，在位十七年，至大统十六年灭，是岁庚午，则知宋公所记甲子不缪。惟武定不当有九年，而七年不得为戊辰，此其失尔。盖孝静始即位改元天平，尽四年，而五年正月改为元象。今《通谱》天平止于三年，以四年为元象，盖自元象以后递差一年，故以武定七年为戊辰也。苟不见斯碑，则《运历图》与《通谱》二家得失，其何以决？然后知余之《集录》不为无益也。

治平元年闰五月九日书。

魏九级塔像铭跋

右魏《九级塔像铭》，不见书撰人名氏，盖北齐时人所作也。其年号见于文者三：曰真君九年者，后魏太武号也；又曰武定四年者，东魏孝静号也；又曰天保三年者，北齐文宣号也。按高洋以后周大统十六年受东魏禅，是岁庚午改元天保，三年壬申，此碑云“岁在涒滩”是矣。碑文浅陋，盖鄙俚之人所为，惟其字画多异，往往奇怪，故录之以备广览。

治平元年三月廿三日书。

北齐常山义七级碑跋　一

右不著书撰人名氏，文为声偶，颇奇怪，而字画亦佳，往往有古法。碑云：“常山太守、六州大都督、仪同三司綦连公以天保九年造浮图。”天保，齐文宣年号也。《北齐书》有綦连猛，而不为常山太守、都督、仪同等官，不知此所谓綦连公者何人也。

嘉祐八年九月二十日书。

北齐常山义七级碑跋　二

右《常山义七级碑》，不著书撰人名氏，文辞声偶而甚怪，书字颇有古法。其碑首题云《慕容仪同𪎭常山石氏诸邑义七级之碑》。其文云：“常山太守、六州大都督、仪同三司綦连公，以天保九年为国敬造七级浮图一区。至天统中，使持节都督瓜州诸军事、骠骑大将军、仪同三司、瓜州刺史、常山太守、六州大都督、频阳县开国子、乐平县开国男慕容乐，及散骑常侍郎、骠骑大将军、前给事黄门侍郎、缮州大中正、食新市县干、新除常山太守𪎭显贵，与功曹石子和等增成之。”盖北齐时碑也。綦连公不见其名。北齐有綦连猛，不为常山太守，不知此何人？而慕容乐官兼刺史、太守，并封两县，不可详也。“食县干”入官衔，盖当时之制，亦不可详也。义者，众成之名，犹若今谓义井之类也。

永乐十六角题名跋

右《永乐十六角题名》，不著年月，列名人甚多，皆无显者，莫可考究，不知为何时碑。其字画颇怪而不精，似是东魏、北齐人所书。十六角者，庸俗所造佛塔。其后又书云“造十六角镇国大浮图”，则知为塔矣。其谓之十六角，只见此碑，而后魏时又有《常山义七级碑》，盖当时俚俗语类皆如此。

治平元年八月八日书。

鲁孔子庙碑跋　（兴和三年）

右《鲁孔子庙碑》。后魏北齐时书多若此，笔画不甚佳，然亦不俗，而往往相类。疑其一时所尚，当自有法。又其点画多异，故录之以备广览。

北齐石浮图记跋

右齐《造石浮图记》，云“河清二年，岁在癸未”。河清，北齐高湛年号也。碑文鄙俚而镌刻讹缪，时时字有完者，笔画清婉可喜，故录之。又其前列题名甚多，而名特奇怪，如冯戬郎、冯贵买之类，皆莫晓其义。若名野义伽耶者，盖出于浮图尔。自胡夷乱华以来，中国人名如此者多矣。最后有冯黑太者，予谓太亦音挞，意隋末有刘黑闼、吴黑闼，皆以此为名者，太、闼转写不同尔。然隋去北齐不远，不知黑闼为何等语也。

后周大像碑跋　（大象三年）

右周《大像碑》，宇文氏之事迹无足采者，惟其字画不俗，亦有取焉，玩物以忘忧者。惟怪奇变态，真伪相杂，使览者自择，则可以忘倦焉。故余于《集古》所录者博矣。

嘉祐八年六月二日书。

隋老子庙碑跋　（开皇二年）

右《老子庙碑》，隋薛道衡撰。道衡文体卑弱，然名重当时。余所取者特其字画近古，故录之。唐人字皆不俗，亦可佳也。

隋尔朱敞碑跋　（开皇五年）

右《尔朱敞碑》。敞者，荣从弟彦伯之子也。按敞传云字乾罗，而此碑字天罗；传云为金州总管，而碑又为徐州总管。碑文虽残阙，然班班尚可读，其述徐州事颇多，事为史家不取可也，不书其官，盖阙缪也。其字不同，亦当以碑为是。余于《集录》正前史之阙缪者多矣。

治平元年二月十六日书。

隋龙藏寺碑跋　一（开皇六年）

右齐开府长兼行参军九门张公礼撰，不著书人名氏，字画遒劲，有欧、虞之体。隋开皇六年建，在今镇州。碑云：“太师、上柱国、大威公之世子，左威卫将军、上开府仪同三司、使持节恒州诸军事、恒州刺史、鄂国公、金城王孝仙奉敕劝奖州人一万，共造此寺。”其述孝仙云：“世业重于金、张，器识逾于许、郭。”然北齐、周、隋诸史不见其父子名氏，不详何人也。

隋龙藏寺碑跋　二（开皇六年）

右隋《龙藏寺碑》，齐张公礼撰。龙藏寺已废，此碑今在常山府署之门，书字颇佳，第不见其人姓名尔。碑以隋开皇六年立，后题张公礼，犹称齐。按周武帝建德六年虏齐幼主高常，齐遂灭，后四年隋建开皇之号，至六年齐灭，盖十年矣。公礼尚称齐官，何也？

嘉祐八年九月二十九日书

隋太平寺碑跋　（开皇九年）

右《太平寺碑》，不著书撰人名氏。南北文章至于陈隋，其弊极矣。以唐太宗之致治，几乎三王之盛，独于文章不能少变其体，岂其积习之势，其来也远，非久而众胜之，则不可以骤革也？是以群贤奋力，垦辟芟除，至于元和，然后芜秽荡平，嘉禾秀草争出，而葩华美实烂然在目矣。此碑在隋尤为文字浅陋者，疑其俚巷庸人所为，然视其字画又非常俗所能，盖当时流弊，以为文章止此为佳矣。文辞既尔无取，而浮图固吾侪所贬，所以录于此者，第不忍弃其书尔。

治平元年三月十六日书。

隋李康清德颂跋 （开皇十一年）

右《李康清德颂》，不著书撰人名氏，文为声偶，而字画奇古可爱。康，陇西狄道人也。其碑首题云《大隋冠军将军、太中帅、都督、恒州九门县令陇西李君清德之颂》。予在河北时，遣人于废九门县城中得此碑，字多讹阙。其后题“十一年岁在辛亥，大将军在酉，二月癸丑朔十二日甲子建”，“年”上有二字讹阙不可识。按《隋书》，开皇十一年岁，在辛亥，其二字乃“开皇”也。“大将军在酉”之说，出于阴阳家，前史不载，而此碑见之。

隋梁洋德政碑跋 （开皇十一年）

右隋《梁洋德政碑》，在今蔡州新息，隋开皇十一年，行参军事裴玉与州人为息州刺史梁洋建宝塔表德政碑。按《隋书》志，后周于新息置息州，至大业中州废也。

隋韩擒虎碑跋 （开皇十五年）

右《韩擒虎碑》，不著书撰人名氏，而以隋高祖为今上，乃隋人所撰碑文。屡言虎字，独于名下去之，若避唐讳，此不可知也。今以碑文考《隋书》列传，其家世、官勋大略多同，惟其在齐为河长防主、大都督、车骑大将军、开府仪同三司、白超防主，转洪超防主，传皆无之。又迁和州刺史，而传为利州。皆史官之阙误，当以碑为是。而传载阎罗王事甚怪，而碑无之，使其实有，碑不宜不书，以此见史家之妄也。

治平元年六月十日书。

隋陈茂碑跋　（开皇十八年）

右《陈茂碑》，不著书撰人名氏，而字画精劲可喜。《隋书》列传载茂事尤多阙缪。传云：高祖为隋国公，引为寮佐，及受禅，拜给事黄门侍郎，在官十余年，转益州总管司马，迁太府卿，后数载卒。而碑历叙为高祖寮佐时官，传虽不书可也。其自为黄门侍郎后，又为行军元帅长孙览司马，又为蜀王府长史、太仆卿、判黄门侍郎、上开府仪同三司、梁州刺史等官，史氏皆不书，盖其阙也。又据碑，茂为蜀王长史，而传为益州总管司马；碑为太仆卿，而传云太府，皆史家之缪也。碑云茂字延茂，史亦阙。

治平甲辰秋社日书。

隋蒙州普光寺碑跋　（仁寿元年）

右《蒙州普光寺碑》。蒙州者，汉南阳郡之育阳县也。应劭曰：育水出弘农卢氏，南入于沔，故于后人“育”加水为“淯阳”。西魏置蒙州。隋仁寿中改为淯州，又为淯阳郡。唐为县，属金州。碑仁寿元年建，犹曰蒙州，既而遂改淯州矣。碑无书撰人名氏，而笔画遒美，玩之亡倦。盖开皇仁寿以来碑碣，字画多妙，而往往不著名氏。惟丁道护所书，常自著之，然碑石在者尤少，余每与蔡君谟惜之。

隋丁道护启法寺碑跋　（仁寿二年）

右《启法寺碑》，丁道护书。

蔡君谟，博学君子也，于书尤称精鉴，余所藏书未有不更其品目者，其谓道护所书如此。隋之晚年，书学尤盛，吾家率更与虞世南皆当时人也，后显于唐，遂为绝笔。余所集录开皇、仁寿、大业时碑颇多，其笔画率皆精劲，而往往不著名氏，每执卷惘然，为之叹息。惟道护能自著之，然碑刻在者尤少，余家《集录》千卷，止有此尔。有太学官杨褒者，喜收书画，独得其所书《兴国寺碑》，是梁贞明中人所藏，君谟所谓杨家本者是也，欲求其本而不知碑所在。然不难得，则不足为佳物，古人亦云“百不为多，一不为少”者，正谓此也。

治平元年立春后一日大庙斋宫书。

隋钳耳君清德颂跋 （大业六年）

右，不著书撰人名氏，其碑首题云《大隋恒山郡九门县令钳耳君清德之颂》。大业六年建。字画有非欧、虞之学不能至也。碑云：君名文彻，华阴朝邑人也。本周王子晋之后，避地西戎，世为君长，因以地为姓。曾祖静，仕魏，为冯翊太守；祖朗，成、集二州刺史；父康，周荆、安、宁、邓四州总管别驾，安陆、龙门二郡守，而前史皆不载。碑在今废九门县中，余为河北转运使时求得之。

隋庐山西林道场碑跋

右《庐山西林道场碑》，渤海公撰。公为隋太常博士时作，不著书人名氏，而字法老劲，疑公之书也。西林道场者，伪赵将竺氏舍俗出家，名昙现，始居于此。晋太和二年，光禄卿陶范始为现弟子慧永造寺，而号西林。按《两京记》，隋尝更名佛寺为道场，此碑大业十三年建也。颜鲁公寓题碑阴百余字，尤奇伟，今附于碑后。

唐孔子庙堂碑跋 （武德九年）

右《孔子庙堂碑》，虞世南撰并书。余为童儿时，尝得此碑以学书，当时刻画完好，后二十余年复得斯本，则残缺如此。因感夫物之终敝，虽金石之坚不能以自久，于是始欲集录前世之遗文而藏之。殆今盖十有八年，而得千卷，可谓富哉！

嘉祐八年九月二十九日书。

千文后虞世南书

右虞世南所书，言不成文，乃信笔偶然尔。其字画精妙，平生所书碑刻多矣，皆莫及也。岂矜持与不用意，便有优劣耶？

熙宁辛亥续附。

唐德州长寿寺舍利碑跋 （武德六年）

右《德州长寿寺舍利碑》，不著书撰人名氏，碑武德中建而所述乃隋事也。其事迹文辞皆无取，独录其书尔。余屡叹文章至陈、隋，不胜其弊，而怪唐家能臻致治之盛，而不能遽革文弊，以谓积习成俗，难于骤变。及读斯碑有云“浮云共岭松张盖，明月与岩桂分丛”，乃知王勃云“落霞与孤鹜齐飞，秋水共长天一色”，当时士无贤愚以为警绝，岂非其余习乎？

治平元年三月十六日书。

唐豳州昭仁寺碑跋 （贞观二年）

右《昭仁寺碑》，在豳州唐太宗与薛举战处也。唐自起义，与群雄战处，后皆建佛寺，云为阵亡士荐福。汤、武之败桀、纣，杀人固亦多矣，而商、周享国各数百年，其荷天之祐者以其心存大公，为民除害也。唐之建寺，外虽托为战亡之士，其实自赎杀人之咎尔。其拨乱开基，有足壮者，及区区于此，不亦陋哉！碑文朱子奢撰，而不著书人名氏，字画甚工，此余所录也。

治平甲辰秋分后一日书。

唐吕州普济寺碑跋 （贞观二年许敬宗撰）

右《吕州晋济寺碑》。吕州者霍邑也，唐高祖义兵起太原，始破宋老生于此。义宁元年，乃以霍邑、赵城、汾西、灵石四县置霍山郡，武德元年更曰吕州，太宗十七年遂废也。

唐卫国公李靖碑跋 （显庆三年）

右《李靖碑》，许敬宗撰。唐初承陈隋文章衰敝之时，作者务以浮巧为工，故多失其事实，不若史传为详，惟其官封颇备，史云为抚慰使，而碑云安抚使，其义无异，而后世命官多袭古号，盖靖时未尝有抚慰使也。由是言之，不可不正。又靖为刑部尚书，时以本官行太子左卫率；其封卫国公也，授濮州刺史。盖太宗以功臣为世袭刺史，后虽不行，皆史宜书。其余略之可也，故聊志之。

治平元年三月二十二日书。

唐颜师古等慈寺碑跋 （贞观二年）

右《等慈寺碑》，颜师古撰。其寺在郑州汜水，唐太宗破王世充、窦建德，乃于其战处建寺，云为阵亡士荐福。唐初用兵破贼处多，大抵皆造寺。自古创业之君，其英豪智略，有非常人可及者矣，至其卓然信道而知义，则非积学诚明之士不能到也。太宗英雄智识，不世之主，而牵惑习俗之弊，犹崇信浮图，岂以其言浩博无穷，而好尽物理为可喜邪？盖自古文奸言以惑听者，虽聪明之主或不能免也。惟其可喜，乃能惑人。故余于本纪讥其牵于多爱者，谓此也。

治平元年清明后一日书。

隋郎茂碑跋 （贞观五年）

右隋《郎茂碑》，李百药撰。其弟颖亦有碑，在今镇府北大墓林中。余为都转运使时得之。《隋书》列传言茂卒于京师，此碑云从幸江都而卒。史氏之缪，当以碑为正。

唐郎颖碑跋 （贞观五年）

右唐《郎颖碑》，李百药撰，宋才书，字画甚伟。颖父名基，字世业，而李百药书颖世次，但云父世业，又书颖兄茂碑亦然。考其碑文，有“皇基缔构”之言，则“基”字当时公私无所讳避，而于书世次，字而不名，不详其义也。是以君子贵乎博学。

嘉祐八年九月二十四日书。

唐郎颖碑阴题名跋

右郎颖碑阴题名：柱国府僚佐三十二人，常山公府国官一百七人，合一百三十九人，为一卷。柱国府长史、司马、掾属各一人，谘议、记室、司仓、司功、司户、司兵、司铠、司法、司田、司士参军事各一人，又有参军事五人，行参军十人，典签三人。常山国官、国令、大农各一人，常侍、侍郎、国尉各二人，典卫六人，舍人四人，城局、庙长、学官各一人，食官、廐牧各四人，典府长一人，典府丞二人，亲事七十五人。颖以贞观四年卒，此盖唐制也。

唐九成宫醴泉铭跋 （贞观六年）

右《九成宫醴泉铭》，唐秘书监魏徵撰，欧阳率更书。九成宫即隋仁寿宫也。太宗避暑于宫中而乏水，以杖琢地，得水而甘，因名醴泉焉。

唐欧阳率更临帖跋

右率更临帖。吾家率更兰台世有清德，其笔法精妙，乃其余事。岂止士人模楷，虽海外夷狄，皆知为贵。而后裔所宜勉旃，庶几不殒其美也。

唐岑文本三龛记跋 （贞观十五年）

右《三龛记》，唐兼中书侍郎岑文本撰，起居郎褚遂良书，字画尤奇伟。在河南龙门山，山夹伊水，东西可爱，俗谓其东曰香山，其西曰龙门。龙门山壁间凿石为佛像，大小数百，多后魏及唐时所造。惟此三龛像最大，乃魏王泰为长孙皇后造也。

唐孟法师碑跋 （贞观十六年）

右《孟法师碑》，唐岑文本撰，褚遂良书。法师名静素，江夏安陆人也。少而好道，誓志不嫁，隋文帝居之京师至德宫。至唐太宗十二年卒，年九十七。

唐皇甫忠碑跋 （贞观十四年）

右《皇甫忠碑》，著作佐郎李俨撰。忠为泰州龙门令，岁满，县民前左勋卫裴公隐等一千三百人申省请留。八座报云："公等请来迟晚，县令今已替讫。好人堪用，县国共须，岂一县士庶独怀悕惜？所请不允。"忠以唐太宗时为令，当时台省文字如此，可爱。泰州者，义宁元年以河中之汾阴、龙门置，治汾阴，武德二年徙治龙门，太宗十七年州废。今碑后列县人姓名，有录事、乡长、乡老、里正、县博士、助教、佐史等。今之县吏，惟录事、里正其名在尔。

治平元年五月二日书。

唐辨法师碑跋 （显庆三年）

右《辨法师碑》，李俨撰，薛纯陀书。纯陀，唐太宗时人，其书有笔法，其遒劲精悍，不减吾家兰台。意其当时必为知名士，而今世人无知者，然其所书亦不传于后世。余家《集录》可谓博矣，所得纯陀书只此而已，如其所书，必不止此而已也。盖其不幸堙沉泯灭，非余偶录得之，则遂不见于世矣。乃知士有负绝学高世之名，而不幸不传于后者，可胜数哉！可胜叹哉！

治平元年闰五月晦日书。

唐孔颖达碑跋 （贞观二十二年）

右《孔颖达碑》，于志宁撰。其文摩灭，然尚可读。今以其可见者质于《唐书》列传，传所阙者，不载颖达卒时年寿，其与魏郑公奉敕共修《隋书》亦不著，又其字不同。传云字仲达，碑云字冲远，碑字多残缺，惟其名字特完，可以正传之缪不疑。以冲远为仲达，以此知文字转易失其真者，何可胜数？幸而因余《集录》所得，以正其讹舛者，亦不为少也。乃知余家所藏，非徒玩好而已，其益岂不博哉！

治平元年端午日书。

唐薛稷书跋 （贞观永徽之间）

薛稷书刻石者，余家《集录》颇多，与墨迹互有不同。唐世颜、柳诸家刻石者，字体时时不类，谓由模刻人有工拙。昨日见杨褒家所藏薛稷书，君谟以为不类，信矣。凡世人于事不可一概，有知而好者，有好而不知者，有不好而不知者，有不好而能知者。褒于书画好而不知者也。

画之为物，尤难识其精粗真伪，非一言可达。得者各以其意，披图所赏，未必是秉笔之意也。昔梅圣俞作诗，独以吾为知音，吾亦自谓举世之人知梅诗者莫吾若也。吾尝问渠最得意处，渠诵数句，皆非吾赏者，以此知披图所赏，未必得秉笔之人本意也。

唐益州学馆庙堂记跋 （永徽元年颜有意书）

高朕之名，于义不安。颇疑有意得于古碑之讹缺尔，存之以俟博学者。

唐徐王元礼碑跋 （咸亨三年）

右《徐王元礼碑》，崔行功撰，赵仙客书。元礼，唐高祖子也。以碑考传，年寿、官阀悉同。而碑云使持节徐谯泗三州诸军事、徐州刺史，又云赠太尉，使持节大都督、冀相贝沧德隶魏博等八州诸军事、冀州刺史。传云为徐州都督，又云赠冀州大都督。传既简略，又都无法，而碑之所书亦失也。盖刺史非兼州之官，都督非一州之号。碑云持节徐、谯、泗三州诸军事，而传独为徐一州刺史，此其失也。当如前史持节秦、凉州诸军事，秦、凉二州刺史，乃为得尔。其书赠官，则如碑之书是矣。盖为一州刺史而兼督八州军事尔。

都者，有所兼总之名也。此特小故，而余区区辩之者，前史失之久矣。又国朝自削方镇之权，而节度使、都督无复兼州，而旧名不除，是节度、都督自施于己，此不可不正其失也。

治平甲辰中元日书。

唐龙兴宫碧落碑跋 （咸亨元年）

右《碧落碑》，在绛州龙兴宫，宫有碧落尊像，篆文刻其背，故世传为《碧落碑》。据李璿之以为陈惟玉书，李汉以为黄公譔书，莫知孰是。《洛中纪异》云："碑文成而未刻，有二道士来，请刻之。闭户三日，不闻人声，人怪而破户，有二白鸽飞去，而篆刻宛然。”此说尤怪，世多不信也。碑文言“有唐五十三祀，龙集敦牂”，乃高宗总章三年，岁在庚午也。又云“哀子李训、谊、譔、谌为妣妃造石像”。按《唐书》，韩王元嘉有子训、谊、譔，而无谌，又有幼子讷。元嘉以则天垂拱四年见杀，在总章三年。后十八年，有子讷不足怪，而不应无谌。盖史官之阙也。

嘉祐八年十月四日书。

唐智乘寺碑跋　（咸亨四年）

右《智乘寺禅院碑》者，唐郑惠王所作也。惠王名元懿，高祖第十三子也。有子十人，列于碑后，而第五子乐陵公阙其名。按《唐书·宗室世系表》，乐陵公名球，不知何为独阙也。今《唐书》年表以嗣王敬为璥，乐平公珪为乐安公，新平公璲为遂，三者皆史家之失，当以碑为正。世系、谱牒岁久传失，尤难考正，而碑碣皆当时所刻，理不得差，故《集古》所录于前人世次，是正颇多也。

治平元年清明前一日书。

唐吴广碑跋　（总章二年）

右《吴广碑》，不著书、撰人名氏，而字画精劲可喜。广字黑闼，唐初与程知节、秦叔宝等俱从太宗征伐，后与杀建成有功。至高宗时，为洪州都督以卒。然《唐书》不见其名氏，惟《会要》列陪葬昭陵人，有洪州刺史吴黑闼，亦不知其名广也。其名字、事迹，幸见于后世者，以有斯碑也。碑字稍摩灭，世亦罕见，独余《集录》得之，遂以传者，以其笔画之工也。故余尝为蔡君谟言，书虽学者之余事，而有助于金石之传者，以此也。

治平元年八月八日书。

唐九门县西浮图碑跋 （上元三年）

右《九门县西浮图碑》，唐应诏四科举董行思文，清河傅德节书。题云《九门县合乡城人等为国建浮图之碑》。浮图在智矩寺中，寺今亦废，碑上元三年建。按唐有两上元，此碑云“岁在丙子”，乃高宗上元三年也。肃宗上元三年．岁在壬寅尔。

唐陶云德政碑跋 （永淳三年）

右唐申州录事张义感撰。云字大举，河南伊阙人也，高宗时为恒州刺史。碑永淳三年立。予为河北转运使，至真定府，见碑仆在府门外，半埋地中，命工掘出，立于庑下。字为行书，笔迹遒丽，而不著书者姓名，惜哉！

隋泛爱寺碑跋 （大业五年）

“李伯药”字仅存，其下摩灭，而“书”字犹可辨。疑此碑伯药自书，字画老劲可喜。秋暑郁然，览之可以忘倦。

治平丙午孟飨摄事斋宫书，南谯醉翁六一居士。

唐八都坛实录跋

右《八都坛实录》，撰人名元质，不见其姓，又不著书人名氏。其字画亦可爱。碑首题云《大唐八都坛神君之实录》。其文云：“都望八山之始坛也，此地名山，封龙之类有八，因坛立庙，遂为号焉。”封龙山在今镇州，其余七山不见其名。又云汉光和中有碑而今亡。此碑垂拱三年立。

唐魏载墓志铭跋

右《魏载墓志铭》，其序云：祖徵，谥曰文正。父叔玉，光禄卿。载以弘文生对策居甲，授太常寺奉礼郎，以疾谢职，寻调怀州司兵参军。属维扬诡道，不戢斯焚，谴及宗姻，旋加此累。以垂拱三年终于岭外，春秋三十有二。所谓“维扬诡道”者，乃徐敬业起兵于扬州，诛武后不克也。时敬业以前盩厔尉魏思温为军师。所谓“谴及宗姻”者，疑敬业败，载坐思温窜死岭南耳。今据《新唐书·宰相世系表》，郑公诸房都无思温及载，而叔玉但著一子膺，为秘书丞，岂载以官卑贬死无后，而殁不见耶？载死不幸，而家谱不录，史官不书，非事载斯志，而志录于余，其遂泯灭于无闻乎。

治平元年四月廿三日书。

唐乙速孤神庆碑跋　（载初元年）

右《乙速孤神庆碑》，弘文馆学士苗神客撰。神庆，唐初仕三卫，高宗时为太子右虞候副率，以卒。乙速孤氏在唐无显人，惟以其姓见于当时者，神庆一人而已。《元和姓纂》但云“代人，随魏南徙”而已，其叙神庆世次又多阙缪。而此碑所载颇详，云：其先王氏，太原人。五代祖显，为后魏骠骑大将军，赐姓乙速孤氏，遂为京兆醴泉人。曾祖贵，隋河州刺史、和仁郡公。祖安，隋益州都督。父晟，唐骠骑将军。乙速孤氏世无可称，而其姓出夷狄，莫究其详。惟见于此碑者可以补《姓纂》之略，以备考求，故特录之。

治平甲辰社日书。

唐薛仁贵碑跋　（天宝二年）

右《薛仁贵碑》，苗神客撰，云：公讳礼，字仁贵，河东汾阴人也。《唐书》列传云仁贵绛州龙门人，又不云名礼。余家《集录》薛氏碑尤多，据仁贵子楚玉碑亦云父仁贵尔。仁贵为唐名将，当时甚显著，往往见于他书，未尝有云薛礼者。仁贵本田家子，奋身行阵，其仅知姓名尔。其曰“名礼，字仁贵”者，疑后世文士或其子孙为增之也。列传又载仁贵降九姓事，云军中为之歌曰："将军三箭定天山，战士长歌入汉关。"仁贵卒于永淳中，碑以天宝中建，不载汉关之歌，不应遗略，疑时未有此歌，亦为后人所增尔。

治平元年端午日书。

唐尹氏阙文跋

右尹氏阙文，在襄州，题云"唐孝子尹仁恕阙，万岁通天二年旌表。"万岁通天，则天之年号也，可谓昏乱之世矣。然尹氏犹见旌表，孔子以谓忠信可行于蛮貊，信矣，孝悌见尊于昏乱也。

唐尹孝子旌表文跋

唐之致治之意深矣。呜呼！不得而见矣，此碑尤可惜也。

唐孝子张常洧旌表碣跋　（贞观五年）

右唐《孝子张常洧旌表碣》，文字摩灭，仅可见其仿佛。盖孝悌之为名，人之所甚慕，而旌表非为一世劝也。故特录之者，惜其将遂不见于后世也。其文辞笔画亦自可佳，然不专取乎此也。

唐渭南令李君碑跋　（圣历元年）

右《鸿州渭南县令李君清德碑》，马吉甫撰。按《唐书》，则天天授二年，析雍州之渭南、庆山置鸿门县，遂以庆山、鸿门、渭南、高陵、栎阳置鸿州，大足二年废。

治平二年正月十四日书。

唐《流杯亭侍宴诗》跋

右《流杯亭侍宴诗》者，唐武后久视元年幸临汝温汤，留宴群臣应制诗也，李峤序，殷仲容书。开元十年汝水坏亭，碑遂沉废。至贞元中，刺史陆长源以为峤之文、仲容之书，绝代之宝也，乃复立碑造亭，又自为记，刻其碑阴。武氏乱唐，毒流天下，其遗迹宜为唐人所弃。而长源当时号称贤者，乃独区区于此，何哉？然余今又录之，盖亦以仲容之书可惜，是以君子患乎多爱。

唐司刑寺大脚迹敕跋 （长安二年）

右司刑寺大脚迹并碑铭二，阎朝隐撰。附诗曰“匪手携之，言示之事”，盖谕昏愚者不可以理晓，而决疑惑者难用空言，虽示之已验之事，犹惧其不信也。此自古圣贤以为难。《语》曰“中人以下，不可以语上”者，圣人非弃之也，以其语之难也。

佛为中国大患，非止中人以下，聪明之智一有惑焉，有不能解者矣。方武氏之时，毒被天下，而刑狱惨烈，不可胜言，而彼佛者遂见光迹于其间，果何为哉？自古君臣事佛，未有如武氏之时盛也，视朝隐等碑铭可见矣。然祸及生民，毒流王室，亦未有若斯之甚也。碑铭文辞不足录，录之者所以有警也。俾览者知无佛之世，诗书雅颂之声，斯民蒙福者如彼；有佛之盛，其金石文章与其人之被祸者如此，可以少思焉。

嘉祐八年重阳后一日书。

唐韩覃《幽林思》跋 （武后时）

右《幽林思》，庐山林薮人韩覃撰。余为西京留守推官时，因游嵩山得此诗，爱其辞翰皆不俗。后十余年始集古金石之文，发箧得之，不胜其喜。

余在洛阳，凡再登嵩岳。其始往也，与梅圣俞、杨子聪俱；其再往也，与谢希深、尹师鲁、王几道、杨子聪俱。当发箧见此诗以入集时，谢希深、杨子聪已死，其后师鲁、几道、圣俞相继皆死。盖游嵩在天圣十年，是岁改元明道，余时年二十六，距今嘉祐八年盖三十一年矣。游嵩六人，独余在尔，感物追往，不胜怆然。

六月旬休日书。

唐武尽礼宁照寺钟铭跋 （景龙三年）

右武尽礼笔法精劲，当时宜自名家，而唐人未有称之见于文字者。岂其工书如尽礼者，往往皆是，特今人罕及尔？余每得唐人书，未尝不叹今人之废学也。

唐《韦维善政论》跋 （先天元年）

右《韦维善政论》，著作郎杨齐哲撰。维，先天中为坊州刺史，齐哲所撰，其实德政碑也，特异其名尔。余尝患文士不能有所发明以警未悟，而好为新奇以自异，欲以怪而取名，如元结之徒是也。至于樊宗师，遂不胜其弊矣。如齐哲之文，初无高致，第易碑铭为论赞尔。

治平元年秋社日书。

唐《令长新戒》跋 （开元中）

右《令长新戒》。唐开元之治盛矣，玄宗尝自择县令一百六十三人，赐以丁宁之戒。其后天下为县者皆以新戒刻石，今犹有存者。余之所得者六，世人皆忽不以为贵也。玄宗自除内难，遂致太平，世徒以为英豪之主，然不知其兴治之勤，用心如此，可谓为政知本末矣。然鲜克有终，明智所不免，惜哉！《新戒》凡六：其一河内，其二虞城，其三不知所得之处，其四汜水，其五穰，其六舞阳。

嘉祐八年六月十日书。

唐《华阳颂》跋 （天宝九年）

右《华阳颂》，唐玄宗诏附。玄宗尊号曰“圣文神武皇帝”，可谓盛矣，而其自称曰“上清弟子”者，何其陋哉！方其肆情奢淫，以极富贵之乐，盖穷天下之力，不足以赡其欲。使神仙道家之事为不无，亦非其所可冀，矧其实无可得哉。甚矣，佛老之为世惑也！

佛之徒曰无生者，是畏死之论也；老之徒曰不死者，是贪生之说也。彼其所以贪畏之意笃，则弃万事、绝人理而为之，然而终于无所得者，何哉？死生天地之常理，畏者不可以苟免，贪者不可以苟得也。惟积习之久者成其邪妄之心。佛之徒有临死而不惧者，妄意乎无生之可乐，而以其所乐胜其所可畏也。老之徒有死者，则相与讳之曰彼超去矣，彼解化矣，厚自诬而托之不可诘。或曰彼术未至，故死尔。前者苟以遂其非，后者从而惑之以为诚然也。

佛老二者同出于贪，而所习则异，然由必弃万事、绝人理而为之，其贪于彼者厚，则舍于此者果。若玄宗者，方溺于此，而又慕于彼，不胜其劳，是真可笑也。

治平元年正月四日书。

唐有道先生叶公碑跋 （开元五年）

右《有道先生叶公碑》，李邕撰并书。余《集古》所录李邕书颇多，最后得此碑于蔡君谟。君谟善论书，为余言邕之所书，此为最佳也。

唐李邕嵩岳寺碑跋 （开元二十七年）

右《嵩岳寺碑》，唐淄州刺史李邕撰，胡英书。英之书世所重也。其文云：“寺，后魏孝明帝之离宫，初名闲居寺，仁寿二年改为嵩岳寺也。

唐李邕《端州石室记》跋　（开元十五年）

右《端州石室记》，唐李邕撰，不著书人名氏。考其笔迹似张庭硅书，疑庭硅所书也。

唐独孤府君碑跋

右《独孤府君碑》，李邕撰，萧诚书。诚书世多有，而此尤佳。碑在岘山亭下，余自夷陵徙乾德令，尝登岘山读此碑。碑为四面而一面字完，今人家所传只有一面，而余所得有二面，故其一面颇有讹缺也。府君讳册，字伯谋，河南人也。其文不完，故不见其终始。

唐裴大智碑跋　（开元二十九年）

右《裴大智碑》，李邕撰，萧诚书。诚以书知名当时，今碑刻传于世者颇少，余《集录》所得才数本尔。以余之博采而得者止此，故知其不多也。然字画笔法多不同，疑摹刻之有工拙。惟此碑及《独孤册碑》字体同而最佳，册碑在襄阳而不完，可惜也。二碑皆李邕撰而诚书。

治平元年清明后一日书。

唐张嘉贞碑跋　（开元二十六年）

右《张嘉贞碑》，李邕撰，蔡有邻立书。李绛《论事集》言，吐突承璀欲于安国寺为宪宗立纪圣德碑，乃先立碑建楼，请学士撰文，绛疏论以为不可。宪宗遽命以牛百头拽碑倒，盖未撰文而先立碑建楼。此碑文云立书，亦应先立石矣。今人立碑须镌刻成文，然后建立，盖今昔所为不同，各从其便尔。

治平元年七月二十日书。

唐郭知运碑铭跋 （开元十年）

右《郭知运碑铭》，苏颋撰。其书知运子四人，皆有次第，曰英杰、英奇、英协、英彦，而张说亦为知运撰碑，其书知运子与颋正同。而《唐书·知运传》书其子二人，而无英奇、英协、英彦，但云二子英杰、英乂而已。英奇等三子在唐不显，史家阙略，尚或有之，英乂尝为西川节度，其事甚著，史官不应失其世家。而二公作铭在郭知运卒后不远，亦不应阙其子孙，莫可究其孰失也。姑志之，以俟知者。

嘉祐八年十月十八日书。

唐御史台精舍记跋 （开元十一年）

右《御史台精舍记》，崔湜撰，梁升卿书。读其文，则湜于佛可谓笃信者矣。《唐书》列传云，桓彦范等当国，畏武三思，使湜阴伺其奸。而三思恩宠日盛，湜反以彦范等计告之，遂劝三思速杀彦范等，以绝人望，因荐其外兄周利正以害彦范等。又云湜贬襄州刺史，以谯王事当死，赖刘幽求、张说救护得免。后为宰相，陷幽求岭表，讽周利正杀之不果，又与太平公主逐张说。其余倾邪险恶，不可胜纪。世言佛之徒能以祸福怖小人，使不为恶，又为虚语矣。以斯记之言，验湜所为可知也，故录之于此。其碑首题名多知名士，小字颇佳，可爱也。

治平元年三月九日书。

唐西岳大洞张尊师碑跋 （开元十四年）

右《西岳大洞张尊师碑》，王延龄撰，李慈书。尊师名敬忠，其事迹余无所取，所录者以慈书尔。慈之书体兼虞、褚，而遒丽可喜，然不知为何人。以其书当时未必不见称于世，盖唐人善书者多，遂不得独擅，既又无他可称，遂至泯然于后世。以余集录之博，慈所书碑只得此尔，尤为可惜也。

治平元年七月二十日书。

唐景阳井铭跋 （开元二十一年）

右景阳楼下《井铭》，不著撰人名氏，述隋灭陈，叔宝与张丽华等投井事，其后有铭以为戒。又有唐江宁县丞王震《井记》，云井在兴严寺。其《石槛铭》有序称“余”者，晋王广也。其文字皆摩灭，仅可识其十一二。叔宝事，前史书之甚详，不必见于此。然录之以见炀帝躬自灭陈，目见叔宝事，又尝自铭以为戒如此，及身为淫乱，则又过之，岂所谓下愚之不移者哉？今其铭文隐隐尚可读处，有云“前车已倾，负乘将没”者，又可叹也。

嘉祐八年十二月二十六日书。

唐华岳题名跋

右《华岳题名》。自唐开元二十三年，讫后唐清泰二年，实二百一年，题名者五百一人，再题者又三十一人。往往当时知名士也。或兄弟同游，或子侄并侍，或寮属将佐之咸在，或山人处士之相携。或奉使奔命，有行役之劳；或穷高望远，极登临之适。其富贵贫贱，欢乐忧悲，非惟人事百端，而亦世变多故。

开元二十三年丙午，是岁天子耕籍田，肆大赦，群臣方颂太平，请封禅，盖有唐极盛之时也。清泰二年乙未，废帝篡立之明年也。是岁石敬瑭以太原反，召契丹入自雁门，废帝自焚于洛阳，而晋高祖入立，盖五代极乱之时也。始终二百年间，或治或乱，或盛或衰。而往者、来者、先者、后者，虽穷达寿夭，参差不齐，而斯五百人者卒归于共尽也。其姓名岁月，风霜剥裂，亦或在或亡，其存者独五千仞之山石尔。故特录其题刻，每抚卷慨然，何异临长川而叹逝者也。

治平元年清明后一日书。

唐石台《道德经》跋

右老子《道德经》，唐玄宗注。开元二十三年，道门威仪司马秀等请于两京及天下应修官斋等州，皆立石台刊勒。其经文御书，其注皆诸王所书。此本在怀州。

唐群臣请立《道德经》台奏答跋

右群臣请立《道德经》台奏答并书注，诸王列名附。唐玄宗诸子三十人，其一是为肃宗，其七不及得封而早夭，《唐书》列传所载二十二人，以注经列名于此者十八人。按明皇既书《道德经》，道士尹愔奏请怀州依京样摹勒石台，乃开元二十五年也。皇太子瑛以二十五年废，二十六年始立忠王玙为皇太子，二十七年始更名绍，则当书注时不得有皇太子绍也。信王珵、义王玼、丰王珙、陈王珪、凉王璿、汴王璥，皆以二十一年封，当书注时皆年尚幼，未能书。而今经、注字皆一体，疑非诸王所书，而后人追寓其名尔。《旧唐书》以信王珵为瑝，济王环为瑰，寿王瑁为瑁。瑁名见于《武惠妃碑》为瑁，与此同，当为瑁也。此碑列名既可疑，则环、瑝二名未知孰是也。

嘉祐八年癸卯九月十日书。

唐陕州卢奂厅事赞跋　（开元二十四年）

右《卢奂厅事赞》，唐玄宗撰并书。奂为陕州刺史，玄宗行幸过陕州，书其厅壁而刻之。

唐《鹡鸰颂》跋

当皇祐、至和之间，余在广陵，有敕使黄元吉者，以唐明皇自书《鹡鸰颂》本示余，把玩久之。后二十年，获此石本于国子博士杨褒。又三年，来守青州，始知刻石在故相沂公宅。

熙宁三年五月二十八日书。

唐玄宗谒玄元庙诗跋

右《谒玄元庙诗》，唐玄宗撰并书。余尝见世有玄宗所书《鹡鸰颂》，与此字法正同。碑在北邙山上，洛阳人谓之老君庙也。

唐裴光庭碑跋

右《裴光庭碑》，张九龄撰，玄宗御书。按《唐书》列传云，光庭素与萧嵩不平，及卒，博士孙琬希嵩意，以其用循资格，非奖劝之谊。谥曰克平。帝闻，特赐谥曰忠宪。今碑及题额皆为忠献。传云撰《瑶山往则》，而碑云"往记"。光庭以开元二十一年薨，二十四年建此碑，玄宗自书，不应误，皆当以碑为是。

治平元年三月二十日书。

唐万回神迹记碑跋　（开元二十五年）

右《万回神迹记碑》，徐彦伯撰。其事固已怪矣。玄宗英伟之主，彦伯当时名臣也，而君臣相与尊宠称述之如此，欲使愚庸之人不信不惑，其可得乎？世传道士骂老子云："佛以神怪祸福恐动世人，俾皆信向。故僧尼得享丰饶，而尔徒高谈清净，遂使我曹寂寞。"此虽鄙语，有足采也。

治平元年三月八日书。

唐《安公美政颂》跋　（开元二十九年）

右《安公美政颂》，房璘妻高氏书。安公者名庭坚，其事迹非奇，而文辞亦匪佳作，惟其笔画遒丽，不类妇人所书。余所集录亦已博矣，而妇人之笔著于金石者，高氏一人而已。

然余常与蔡君谟论书，以谓书之盛莫盛于唐，书之废莫废于今。余之所录如于頔、高骈，下至楷书手陈游瑰等书皆有，盖武夫悍将暨楷书手辈字皆可爱。今文儒之盛，其书屈指可数者无三四人，非皆不能，盖忽不为尔。唐人书见于今而名不知于当时者，如张师丘、缪师愈之类，盖不可胜数也。非余录之，则将遂泯然于后世矣。余于《集古》不为无益也夫。

治平元年正月十三日书。

唐石壁寺铁弥勒像颂跋　（开元二十九年）

右太原府交城县《石壁寺铁弥勒像颂》者，林谔撰，参军房璘妻高氏书。余所集录古文，自周秦以下讫于显德，凡为千卷，唐居其十七八。其名臣显达，下至山林幽隐之士所书，莫不皆有，而妇人之书，惟此高氏一人尔。然其所书刻石存于今者，惟此颂与《安公美政颂》尔。二碑笔画字体远不相类，殆非一人之书。疑摹刻不同，亦不应相远如此，又疑好事者寓名以为奇也，识者当为辨之。

治平元年端午日书。

唐郎官石记跋

右，唐右司员外郎陈九言撰，张旭书。旭以草书知名，此字真楷，可爱。记云“自开元二十九年已后，郎官姓名列于次”，而此本止其序尔。

唐开元圣像碑跋　（天宝元年）

右《开元圣像碑》，陈知温书。唐开元之治盛矣，至于天宝而溢焉。方其盛时，人主意气之骄，超然遂欲追真仙于云表，其梦寐恍忽，云有见焉者。虽是非真伪难明于杳蔼，亦其注心于物，精神会通，志苟至焉，无不获也。《唐书》著玄宗事，至于神仙道家，颇不详悉，而此碑所载梦真容事最备，故特录之，以见其君臣吁俞，相与言语者止于如此。俾览者得以迹其盛衰治乱云。

嘉祐八年岁在癸卯初伏日书。

唐大照禅师碑跋

右《大照禅师碑》，唐吏部员外郎卢馔撰，伊阙县尉、集贤院待制兼校理史惟则书。碑天宝元年立。唐世分书名家者四人而已：韩择木、李潮、蔡有邻及惟则也。

唐舞阳侯祠堂碑跋

右《舞阳侯祠堂碑》，唐王利器撰，史惟则八分，徐浩篆额。天宝二年，县令张紫阳修樊哙庙。文及书篆皆可爱也。

唐崔潭龟诗跋　（天宝五年）

右崔潭龟诗，蔡有邻书。唐世以八分名家者四人：韩择木、蔡有邻、李潮、史惟则也。韩、史二家传于世者多矣，李潮仅有存者。有邻之书亦颇难得，而小字尤佳，若《石经藏赞》、《崔潭龟诗》，与三代彝鼎铭何异？

唐兴唐寺石经藏赞跋　（开元中）

右《兴唐寺石经藏赞》，皆其作者自书，而八分者数家，惟蔡有邻著其姓氏。有邻名重当世，杜甫尝称之于诗。其为苑咸所书小字，与三代器铭何异？可谓名实相称也。余家《集录》有邻书颇多，皆不若此赞，故尤宝之。余初不识书，因《集古》著录，所阅既多，遂稍识之，然则人其可不勉强于学也！

治平元年三月晦日书。

唐蔡有邻卢舍那珉像碑跋　（开元十六年）

右《卢舍那珉像碑》，蔡有邻书，在定州。唐世名能八分者四家，韩择木、史惟则世传颇多，而李潮及有邻特为难得。庆历中，今昭文韩公在定州为余得此本。余所集录，自非众君子共成之，不能若此之多也。

唐植柏颂跋　（天宝元年）

唐世八分，四家而已，韩择木、史惟则之书见于世者颇多，蔡有邻甚难得，而李潮仅有，亦皆后人莫及也。不惟笔法难工，亦近时学者罕复专精如前辈也。

唐美原夫子庙碑跋　（天宝八年）

右《美原夫子庙碑》，县令王噐字山甫撰并书。碑不知在何县。噐天宝时人，字画奇怪，初无笔法，而老逸不羁，时有可爱，故不忍弃之，盖书流之狂士也。

文字之学传自三代以来，其体随时变易，转相祖习，遂以名家，亦乌有定法邪？至魏晋以后，渐分真、草，而羲、献父子为一时所尚，后世言书者，非此二人皆不为法。其艺诚为精绝，然谓必为法，则初何所据？所谓天下孰知夫正法哉？噐书固自放于怪逸矣，聊存之以备传览。

治平元年八月十一日书。

唐郑预注《多心经》跋　（天宝九年）

右郑预注《多心经》，不著书人名氏，疑预自书。盖开元天宝之间书体类此者数家，如《搒练石》、《韩公井记》、《洛祠志》皆一体，而皆不见名氏。此经字体不减三记，而注尤精劲，盖他处未尝有，故录之而不忍弃。矧释氏之书，因字而见录者多矣，余每著其所以录之意，览者可以察也。

治平元年夏至日，大热，玩此以忘暑，因书。

唐开元金箓斋颂跋　（天宝九年卫包书撰）

右《开元金箓斋颂》，虽不著书人姓氏，而字为古文，实为包书也。唐世华山碑刻为古文者，皆包所书。包以古文见称，当时甚盛，盖古文世俗罕通，徒见其字画多奇而不知其笔法非工也。余以《集录》所见三代以来古字尤多，遂识之尔。

治平元年七月三十日。

唐龙兴七祖堂颂跋　（天宝十年）

右《龙兴寺七祖堂颂》，陈章甫撰，胡霈然书。霈然笔法虽未至，而媚熟可喜。今上党佛寺画壁有霈然所书，多为流俗取去，匣而藏之，以为奇玩。余数数于人家见之，其墨迹尤工，非石刻比也。

唐明禅师碑跋　（天宝十年，郑炅之撰，徐浩书）

秋暑困甚，览之醒然。

治平丙午孟飨，致斋东阁书。

唐徐浩玄隐塔铭跋　（天宝十一年）

右《玄隐塔铭》，徐浩撰并书，呜呼！物有幸不幸者，视其所托与其所遭如何尔。《诗》、《书》遭秦，不免煨烬，而浮图、老子以托于字画之善，遂见珍藏。余于《集录》屡志此言，盖虑后世以余为惑于邪说者也。比见当世知名士，方少壮时力排异说，及老病畏死，则归心释老，反恨得之晚者，往往如此也。可胜叹哉！

唐颜真卿书东方朔画赞跋 （天宝十三年）

右《东方朔画赞》，晋夏侯湛撰，唐颜真卿书。《赞》在《文选》中，今较《选》本，二字不同，而义无异也。《选》本曰“弃俗登仙”，而此云“弃世”；《选》本曰“神交造化”，而此云“神友”。

唐画赞碑阴跋

右《画赞》碑阴，唐颜真卿撰并书。湛赞，开元八年，德州刺史韩思复刻于庙，天宝十三年真卿始别书之。

唐颜鲁公题名跋

右《靖居寺题名》，唐颜真卿题。按《唐书》纪传，真卿当代宗时为检校刑部尚书，为宰相元载所恶，坐论祭器不修为诽谤，贬硖州员外别驾，抚州、湖州刺史。载诛，复为刑部尚书。而此题名云“永泰二年真卿以罪佐吉州”，与史不同。据真卿《湖州放生池碑阴》所序云“贬硖州旬余，再贬吉州”，盖真卿未尝至硖，遂贬吉，而史氏但据初贬书于纪传耳。真卿大历三年始移抚州，当游靖居时犹在吉也。

唐颜真卿麻姑坛记跋 （大历六年）

右《麻姑坛记》，颜真卿撰并书。颜公忠义之节，皎如日月，其为人尊严刚劲，象其笔画，而不免惑于神仙之说。释老之为斯民患也深矣！

唐颜真卿小字麻姑坛记跋

右小字《麻姑坛记》，颜真卿撰并书。或疑非鲁公书，鲁公喜书大字，余家所藏颜氏碑最多，未尝有小字者。惟《干禄字书》注最为小字，而其体法与此记不同。盖《干禄》之注持重舒和而不局蹙，此记遒峻紧结，尤为精悍。此所以或者疑之也。余初亦颇以为惑，及把玩久之，笔画巨细皆有法，愈看愈佳。然后知非鲁公不能书也。故聊志之，以释疑者。

治平元年二月六日书。

唐中兴颂跋 （大历六年）

右《大唐中兴颂》，元结撰，颜真卿书。书字尤奇伟，而文辞古雅，世多模以黄绢，为图障。碑在永州，摩崖石而刻之，模打既多，石亦残缺。今世人所传字画完好者，多是传模补足，非其真者。此本得自故西京留台御史李建中家，盖四十年前崖石真本也，尤为难得尔。

唐干禄字样跋 （大历九年）

右《干禄字样》，别有摹本，文注完全，可备检用。此本刻石残缺处多，直以鲁公所书真本而录之尔。鲁公书刻石者多，而绝少小字。惟此注最小，而笔力精劲可法，尤宜爱惜。而世俗多传摹本，此以残缺不传，独余家藏之。

治平丙午九月二十九日书。

唐干禄字样摹本跋

右《干禄字样》摹本，颜真卿书，杨汉公摹。真卿所书乃大历九年刻石，至开成中遽已讹缺。汉公以谓一二工人用为衣食之业，故摹多而速损者，非也。盖公笔法为世楷模，而字书辨正伪缪，尤为学者所资，故当时盛传于世，所以摹多尔，岂止工人为衣食业邪？今世人所传，乃汉公模本，而大历真本，以不完遂不复传。若颜公真迹今世在者，得其零落之余藏之，足以为宝，岂问其完不完也？故余并录二本并藏之，亦欲俾览者知摹本之多失真也。

唐欧阳琟碑跋　（大历十年）

右《欧阳琟碑》，颜真卿撰并书。余自皇祐、至和以来，颇求欧阳氏之遗文，以续家谱之阙。既得颜鲁公《欧阳琟碑》，又得郑真义《欧阳谌墓铭》，以与家所传旧谱及《陈书》、《元和姓纂》诸书参较，又问于吕学士夏卿。夏卿世称博学，精于史传，因为余考正讹舛，而家谱遂为定本。然独琟碑所失者四：颜公书穆公封山阳郡公，吕学士云陈无山阳郡，山阳今楚州是也，当梁陈时，自为南兖州，而以连州为阳山郡。然则《陈书》及旧谱皆云穆公封阳山公为是，而颜公所失者一也。旧谱皆云坚石子质南奔长沙，颜公云自景达始南迁，其所失者二也。欧阳生自前汉以来诸史皆云字和伯，而颜公独云字伯和。二字义虽不异，然当从众，又颜氏独异，初无所据，盖其缪尔。其所失者三也。《元和姓纂》及《谌铭》皆云胤，约之子，而颜公独以为纥子，其所失者四也。琟之世次不应舛乱如此，盖谌之卒葬在咸亨、上元之间，去率更未远，真义所志，宜得其实。琟卒大历中，唐之士族遭天宝之乱，失其谱系者多，颜公之失，当时所传如此，不足怪也。

治平元年夏至日书。铭阙其末数句，不补。

唐杜济神道碑跋　（大历十二年）

右《杜济神道碑》，颜真卿撰并书。艺之至者，如庖丁之刀，轮扁之斫，无不中也。颜鲁公之书刻于石者多矣，而有精有粗，虽他人皆莫可及，然在其一家，自有优劣，余意传摹镌刻之有工拙也。而此碑字画遒劲，岂传刻不失其真者皆若是欤！碑已残缺，铨次不能成文，第录其字法尔。

嘉祐八年中元假日书。

唐杜济墓志铭跋　（大历十二年）

右《杜济墓志铭》，但云颜真卿撰，而不云书，然其笔法非鲁公不能为也。盖世颇以为非颜氏书，更俟识者辨之。

唐颜真卿射堂记跋　（大历十二年）

右《射堂记》，颜真卿书。鲁公在湖州所书，刻于石者，余家《集录》多得之，惟《放生池碑》字画完好。如《干禄字书》之类，今已残阙，每为之叹惜。若《射堂记》者，最后得之。今仆射相公笔法精妙，为余称颜氏书《射堂记》最佳，遂以此本遗余。以余家素所藏诸书较之，惟张敬因碑与斯记为尤精劲，惜其皆残阙也。

治平元年七月二十二日中书东阁书。

唐张敬因碑跋　一（大历十四年）

右《张敬因碑》，颜真卿撰并书。碑在许州临颍县民田中。庆历初，有知此碑者稍稍往模之，民家患其践田稼，遂击碎之。余在滁阳，闻而遣人往求之，得其残阙者为七段矣。其文不可次第，独其名氏存焉，曰“君讳敬因，南阳人也，乃祖乃父曰澄、曰运”。其字画尤奇，甚可惜也。

唐张敬因碑跋　二

右鲁公之碑，世所奇重，此尤可珍赏也。

庐陵欧阳修书。

唐颜勤礼神道碑跋　（大历十四年）

右《颜勤礼神道碑》，颜真卿撰并书序。颜、温二家之盛，云思鲁、大雅，在隋俱仕东宫；愍楚、彦博，同直内史省；游秦、彦将，皆典秘阁。按《唐书》云，温大雅字彦弘，弟彦博字大临，弟大有字彦将。兄弟义当一体，而名大者字彦，名彦者字大，不应如此。盖唐世诸贤名字可疑者多，封德彝云名伦，房玄龄云名乔，高士廉云名俭，颜师古云名籀，而皆云以字行。伦、乔、俭、籀在唐无所讳，不知何避而行字。

余于中书见颜氏裔孙有献其家世所藏告身三卷以求官者：其一思鲁除仪同制，其一勤礼除詹事府主簿制，其一师古加正议大夫制。思鲁制云“内史令臣瑀宣”者，萧瑀也；“侍郎臣封德彝奉舍人臣彦将行”，不应内史令书名，而侍郎、舍人书字，又必不称臣而书字，则德彝、彦将皆当为名。师古制有“尚书左仆射、梁国公玄龄，右仆射、申国公士廉。”又有“吏部尚书君集”者，侯君集也；“侍郎纂”者，杨纂也。四人并列于后，不应二人书名，二人书字也，则玄龄、士廉亦皆当为名矣。又师古与令狐德棻同制，不应德棻书名，而师古书字，则师古亦当为名也。

然余家《集录》有《申文献公茔兆记》，是高宗时许敬宗撰，云“公讳俭，字士廉”。敬宗与士廉同时人，而为其家作记，必不缪误，则士廉又当为字也。然告身书字，在理岂安？今《新唐书》虽云房玄龄字乔，颜师古字籀，以高俭茔兆记为名，则乔、籀果为字乎？又按《元和姓纂》，封氏蓚人，隋通州刺史绣生四子，曰德润、德舆、德如、德彝，又云德彝更名伦，亦不知果是否。

唐去今未远，事载文字者未甚讹舛残缺，尚可考求，而纷乱如此。故余尝谓君子之学有所不知，虽圣人犹阙其疑以待来者，盖慎之至也。

治平元年二月二十八日书。

唐颜氏家庙碑跋　（建中元年）

右《颜氏家庙碑》，颜真卿撰并书。真卿父名惟贞，仕至薛王友。真卿，其第七子也。述其祖祢群从官爵甚详。

唐颜鲁公书残碑跋 一

右颜氏残碑，以《家庙碑》考之，是颜允南碑也。《家庙碑》云，允南历殿中、膳部、司封郎中、司业，金乡男。此碑云肃宗入中京，迁司封，寻封金乡县男，又云迁国子司业。此碑云二子颖、頵，頵好为五言诗，授校书郎，早卒；《家庙碑》亦云頵好五言，校书。而此碑又云与弟允臧同时台省，则为允南可知不疑。惟书颖事，《家庙碑》云侍郎蒋洌赏其判，此碑云为崔器所赏，小不同尔。

治平元年寒食日书。

唐颜鲁公书残碑跋 二

余谓颜公书如忠臣烈士、道德君子，其端严尊重，人初见而畏之，然愈久而愈可爱也。其见宝于世者不必多，然虽多而不厌也，故虽其残缺，不忍弃之。

唐湖州石记跋

右《湖州石记》，文字残缺，其存者仅可识读，考其所记，不可详也。惟其笔画奇伟，非颜鲁公不能书也。公忠义之节，明若日月而坚若金石，自可以光后世，传无穷，不待其书然后不朽。然公所至必有遗迹，故今处处有之，唐人笔迹见于今者，惟公为最多。视其钜书深刻，或托于山崖，其用意未尝不为无穷计也，盖亦有趣好所乐尔。其在湖州所书为世所传者，惟《干禄字》、《放生池碑》尚多见于人家。而《干禄字书》乃杨汉公摹本，其真本以讹缺遂不复传，独余《集录》有之。惟好古之士，知前人用意之深，则其堙沉摩灭之余，尤为可惜者也。

治平元年正月二十日书。

唐颜鲁公帖跋

右《蔡明远帖》，《寒食帖》附，皆颜鲁公书。鲁公后帖流俗多传。谓之《零食帖》，其印文曰“忠孝之家”者，钱文僖公自号也；“希圣”，钱公字也。又曰“化鹤之系”者，丁崖相印也；“润州观察使”者，钱惟济也。

唐颜鲁公二十二字帖跋

斯人忠义出于天性，故其字画刚劲独立，不袭前迹，挺然奇伟，有似其为人。

唐颜鲁公法帖跋 （虞世南帖附）

右颜真卿书二帖，并虞世南一帖，合为一卷。颜帖为刑部尚书时乞米于李大夫，云“拙于生事，举家食粥来已数月，今又罄乏，实用忧煎”，盖其贫如此。此本墨迹在予亡友王子野家。子野出于相家，而清苦甚于塞士，尝摹帖刻石以遗朋友故人，云：“鲁公为尚书，其贫如此，吾徒安得不思守约？”世南书七十八字，尤可爱，在智永《千字文》后，今附于此。

唐元次山铭跋

右《元次山铭》，颜真卿撰并书。唐自太宗致治之盛，几乎三代之隆，而惟文章独不能革五国之弊。既久而后，韩、柳之徒出，盖习俗难变，而文章变体又难也。次山当开元、天宝时，独作古文，其笔力雄健，意气超拔，不减韩之徒也，可谓特立之士哉！

唐吕谭表跋 （上元二年）

右《吕谭表》，元结撰，顾戒奢八分书。景祐三年，余谪夷陵，过荆南谒吕公祠堂，见此碑立庑下，碑无趺石，埋地中，势若将踣。惜其文翰，遂得斯本，而入于地处字多缺灭。今世传《元子文编》亦有此文，以碑考之，集本首尾不完，中间时时小异，当以石本为是。然石本亦自多亡缺，可不惜哉！

唐元结窪尊铭跋 （永泰二年）

右《窪尊铭》，元结撰，瞿令问书。次山喜名之士也，其所有为，惟恐不异于人，所以自传于后世者，亦惟恐不奇而无以动人之耳目也。视其辞翰，可以知矣。古之君子诚耻于无闻，然不如是之汲汲也。

唐元结阳华岩铭跋 （永泰二年）

右《阳华岩铭》，元结撰，瞿令问书。元结好奇之士也，其所居山水必自名之，惟恐不奇，而其文章用意亦然，而气力不足，故少遗韵。君子之欲著于不朽者，有诸其内而见于外者，必得于自然。颜子萧然卧于陋巷，人莫见其所为，而名高万世，所谓得之自然也。结之汲汲于后世之名，亦已劳矣。

嘉祐八年十二月二十六日书。

唐元结峿台铭跋 （大历二年）

右，斯人之作，非好古者不知为可爱也，然来者安知无同好也邪？

唐张中丞传跋

右《张中丞传》，李翰撰。呜呼！张巡、许远之事壮矣，秉笔之士皆喜为之称述也。然以翰所记，考《唐书》列传及韩退之所书，皆互有得失，而列传最为疏略。虽云史家当记大节，然其大小数百战，屡败贼兵，其智谋材力亦有过人可以示后者，史家皆灭而不著，甚可惜也。翰之所书，诚为太繁，然广记备言，所以备史官之采也。

唐李阳冰城隍神记跋 （乾元二年）

右《城隍神记》，唐李阳冰撰并书。阳冰为缙云令，遭旱祷雨，约以七日不雨，将焚其祠。既而雨，遂徙庙于西山。阳冰所记云：城隍神，祀典无之，吴越有尔。然今非止吴越，天下皆有，而县则少也。

唐李阳冰忘归台铭跋 （乾元二年）

右《忘归台铭》，唐李阳冰撰并书。铭及《孔子庙》、《城隍神记》三碑并在缙云，其篆刻比阳冰平生所篆最细瘦。世言此三石皆活，岁久渐生，刻处几合，故细尔。然时有数字笔画特伟劲者，乃真迹也。

唐缙云孔子庙记跋 （上元二年）

右《缙云孔子庙记》，李阳冰撰并书。孔子庙像之制，前史不载，开元八年国子司业郭瓘奏云："先圣孔宣父以先师颜子配，其像为立侍配享，宜坐。弟子十哲虽得列像，而不在祀享之位。按《祠令》，何休、范宁等二十二贤犹蒙从祀，十哲请列享在何休等上。"于是诏十哲皆为坐像。据阳冰记云"换夫子之容貌，增侍立者九人"，盖独颜回配坐，而闵损等九人为立像矣。阳冰修庙在肃宗上元二年，其不用开元之诏，何也？

嘉祐八年十二月十三日。

唐裴虬怡亭铭跋 （永泰元年）

右，怡亭在武昌江水中小岛上，武昌人谓其地为吴王散花滩亭。裴鶠造，李阳冰名而篆之，裴虬铭，李莒八分书，刻于岛石。常为江水所没，故世亦罕传。鹍，不知何人，虬，代宗时道州刺史。韩愈为其子复墓志云：虬为谏议大夫，有宠代宗朝，屡谏诤，数命以官，多辞不拜。然唐史不见其事。李莒，华弟也。

治平二年正月十日孟春荐飨摄事，致斋中书东阁书。

唐李阳冰庶子泉铭跋 （大历六年）

右《庶子泉铭》，李阳冰撰并书。庆历五年，余自河北都转运使贬滁阳，屡至阳冰刻石处，未尝不裴回其下。庶子泉昔为流溪，今为山僧填为平地，起屋于其上。问其泉，则指一大井示余，曰："此庶子泉也。"可不惜哉！

唐李阳冰阮客旧居诗跋

右李阳冰《阮客旧居诗》，云："阮客身何在，仙云洞口横。人间不到处，今日此中行。"阮客者，不见其名氏，盖缙云之隐者也。彼以遁俗为高，而终以无名于后世，可谓获其志矣。然圣人有所不取也。阳冰欲称其人而不显其名字，何哉？岂阮客见称于当时，而阳冰不虑于后世邪？夫士固有显闻于一时，而泯没于万世者矣，顾其道何如也。阳冰篆字世传多矣，此摩灭而仅存，尤可惜也。

治平元年四月二十有六日书。

唐裴公纪德碣铭跋

右《裴公纪德碣铭》，唐越州刺史王密撰，国子监丞、集贤院学士李阳冰篆。裴公儆为明州刺史，密代之，为作此文。其文云：皇唐御神器一百四十二年，天下大康，海隅小寇，结乱瓯越。因言明州当出兵之冲，民物残敝，儆抚绥有惠爱，而人思之尔。

按唐自戊寅武德元年受命，至己亥乾元二年，乃一百四十二年。是时肃宗新起灵武，上皇自蜀初还，史思明僭号于河北。是岁洛阳、汝、郑等州皆陷于贼，不得云“天下大康”而“海隅小寇”也。考于史传，又不见其事。惟台州贼袁晁攻陷浙东州郡，乃宝应元年，当云一百四十五年。又据密代徼为明州刺史，至大历十四年移湖州，则徼、密相继为刺史，宜在代宗时。然密当时人，推次唐年，不应有失。

余友王回深父曰：“唐自武德至大历八年，实一百五十六年，中间除则天称周十四年，则正得一百四十二年。是时天下粗定，文人著辞以为大康，理亦可通。是岁广州哥舒晃作乱，‘海隅小寇’岂谓此欤?”余以谓晃之乱，唐命江西路嗣恭讨平之，不当自明州出兵。深父曰：“然兵家出奇，明州海道，去广不远，亦或然也。”故并著之。

唐玄静先生碑跋 （大历七年）

右《玄静先生碑》，柳识撰，张从申书，李阳冰篆额。唐世工书之士多，故以书知名者难，自非有以过人者不能也。然而张从申以书得名于当时者何也?从申每所书碑，李阳冰多为之篆额，时人必称为“二绝”，其为世所重如此。

余以集录古文，阅书既多，故虽不能书，而稍识字法。从申所书，弃者多矣，而时录其一二者，以名取之也。夫非众人之所称，任独见以自信，君子于是慎之，故特录之，必待知者。

唐龙兴寺四绝碑首跋 （大历八年）

右《四绝碑首》者，李阳冰篆法慎律师碑额也。在扬州龙兴寺，唐李华文，张从申书，李阳冰篆额。律师者，淮南愚俗素信重之，谓此碑为《四绝碑》。律师非余所知，华文与从申书余亦不甚好，故独录此篆尔。

嘉祐八年夏至日书。

唐滑州新驿记跋　（大历九年）

右《新驿记》，李阳冰篆。碑在今滑州驿中，其阴有铭曰："斯去千载，冰生唐时。冰今又去，后来者谁？后千年有人，吾不知之；后千年无人，当尽于斯。呜呼郡人，为吾宝之。"不知作者为谁，然贾耽尝为李腾序《说文字源》，盛称阳冰此记。耽为滑州刺史，因见斯记而称之耳。阳冰所书，世固多有可爱者，不独斯记也。

嘉祐八年十二月廿六日书。

唐王师乾神道碑跋　（大历十三年）

右《王师乾神道碑》，张从申书。余初不甚以为佳，但怪唐人多称之，第录此碑，以俟识者。前岁在亳社，因与秦玠郎中论书，玠学书于李西台建中，而西台之名重于当世。余因问玠："西台学何人书？"云："学张从申也。"问玠识从申书否，云未尝见也，因以此碑示之。玠大惊曰："西台未能至也。"以此知世以鉴书为难者，诚然也。从申所书碑，今绝不行于世，惟予《集录》有之者，《吴季子碑阴记》、《崔圆颂德碑》，并此才三尔。

熙宁三年十月二十七日书。

唐徐方回西塘记跋　（宝应□年）

右《西塘记》，唐徐方回撰。方回云：宝应中为南阳令，得崔子玉所作《平子铭》，末二十一字陷于厅之西墉。按今西鄂石本末句见在，方回所得乃南阳半石之末也。今又亡矣，惜哉！

唐禹庙碑跋　（大历三年段季展书）

崔巨文传于今者绝少，皆不及此碑。季展他所书亦不伟于此。治平二年上元日书。

唐崇徽公主手痕诗跋 （大历四年）

右《崇徽公主手痕诗》，李山甫撰。崇徽公主者，仆固怀恩女也。怀恩在肃宗时先以二女嫁回纥：其一嫁毗伽可汗少子，后号登里可汗者是也；其一不知所嫁何人。《唐书·怀恩传》及《回纥传》皆不载，惟怀恩所上书自陈六罪，有云“二女远嫁，为国和亲。”以此知其又尝嫁一女尔。此所谓崇徽公主者，怀恩幼女也。怀恩既反，引羌浑奴剌为边患。永泰中，病死于灵武，其从子名臣以千骑降唐。大历四年，始以怀恩幼女为公主，又嫁回纥，即此也。

治平元年三月八日书。

唐僧怀素法帖跋 （大历十二年）

右，怀素，唐僧，字藏真，特以草书擅名当时，而尤见珍于今世。予尝谓法帖者乃魏晋时人施于家人、朋友，其逸笔余兴，初非用意而自然可喜。后人乃弃百事而以学书为事业，至终老而穷年，疲敝精神而不以为苦者，是真可笑也，怀素之徒是已。

治平元年八月八日书。

唐重摹吴季子墓铭跋 （大历十四年）

右《吴季子墓铭》，自前世相传，以为孔子所书。据张从绅记云：旧石堙灭，开元中玄宗命殷仲容模搭其书以传。然则开元之前已有本矣。至大历中，萧定又刊于石，则转相传摹，失其真远矣。

按孔子平生未尝至吴，以《史记》世家考之，其历聘诸侯，南不逾楚。推其岁月踪迹，未尝过吴，不得亲铭季子之墓。又其字特大，非古简牍所容。第以其名传之久，不可遽废，故录之以俟博识君子。

嘉祐八年五月晦日书。

唐窦叔蒙海涛志跋　（大历中）

右《海涛志》，窦叔蒙撰。其书六篇：一曰《海涛志》，二曰《涛历》，三曰《涛日时》，四曰《涛期》，五曰《朔望体象》，六曰《春秋仲月涨涛解》。余向在扬州得此志，甚爱之，张于座右之壁，冀于朝夕见也。已而夜为风雨所坏，其后求之凡十五年，而复得斯本。以示京师好事者，皆云未尝见也。

治平元年七月二十日书。

唐盐宗神祠记跋　（大历中）

右《盐宗神祠记》，钱义方撰。近时有尚书郎张席，自言家寓解州，为余言安邑、解县两池盐事，云：夏月盐南风来，池面紫色，须臾凝结如雪，土人谓之漫生盐。而两池岁役畦夫数百种盐，公私耗弊，而州县吏缘以为奸利，弃漫生盐不取，诬其苦不可食。席博学，能言汉唐事尤详，为余复言：前世盐皆自生，开元中姜师度为河中尹，而盐池涸，始置盐屯，故唐格自开元后遂有畦夫营种之课。席因上书论盐漫生之利，官遂罢畦夫，而公私皆以为然。

而议者或害其事，乃云漫生盐味苦不可食，或云暂结复销，不可畜，听者方惑其事。余因读义方所记，乃云："若阴阳调和，鬼神驱造，不劳人而擅其利，与夫凿泉煮海，不相为谋。"由是知唐世盐非营种为决可信。

义方大历时为榷盐使，余家集录古文，不独为传记正讹缪，亦可为朝廷决疑议也。

治平元年八月十一日书。

唐雁门王田氏神道碑跋 （代宗时）

右《唐魏博节度使雁门郡王田承嗣碑》，营田副使裴抗撰；子绪碑，节度判官丘绛撰。按《唐书》列传，承嗣十一子：维、朝、华、绎、纶、绾、绪、绘、纯、绅、缙，而绪次当第七。此二碑皆以绪为第六子，而无绾。自绪而下，有绘、纯、纷、缙，与史不同。二碑当时故吏所作，必不误，盖史之缪也。其文与字皆不嘉。故余特录其世次而已。

唐李憕碑跋 （大历四年）

右《李憕碑》，李纾撰。《新唐书》列传云：憕十余子，江、涵、沨、瀛等同被害，惟源、彭免。据李纾载，憕子见于碑者实十二人，曰：右补阙彭，汝州刺史深，华阴丞沨，左骁卫兵曹瀛，硖石丞沆，洪州别驾澥，洛阳尉渭，司农主簿汶。又云：公之薨也，彭从玄宗南狩，次公而殁，深授任他郡。其在洛阳者长子江、第三子涵，与华阴、骁卫而又少子合六人，皆从公歼于虏刃。硖石而下与众孙之在者，仅以孩提免。如纾所记，憕子尽于是矣，未尝有源也。纾但言众孙孩，亦不云有未名子也。

然则，源者史家何从而得之？据史言，源为司农主簿，以碑考之，源当为汶也。又据碑，方憕殁于贼也，彭、深、沆、澥、渭、汶六子获免，而史惟云源、彭，此当以碑为正。纾当代宗时为憕作碑，自云与憕有通家之好，幼奉升堂之庆，宜知憕事不缪也。

治平元年三月二十三日书。

唐甘棠馆题名跋

右《甘棠馆题名》。自唐德宗贞元以来，止于会昌，文字多已摩灭，惟高元裕、韦夏卿所书尚可读。

甚矣，人之好名也！其功德之盛，固已书竹帛、刻金石，以垂不朽矣；至于登高远望，行旅往来，慨然寓兴于一时，亦必勒其姓名，留于山石，非徒徘徊俯仰，以自悲其身世，亦欲来者想见其风流。夏卿所记，留连感怆，意不浅也。如高、韦二子，皆当时知名士也，史传载之详矣。昔杜预沉碑汉水，谓万世之后，谷或为陵，庶几复出，以见于世，其为虑深矣。然预之功业不待碑而自传，其区区于此者，好名之弊也。

故士或勤一生以自苦，或饿死空山之中，甚者蹈水火、赴刀锯，以就后世之名，为庄生所笑者有矣。故余于《集古》每得前世题名，未尝不录者，闵夫人之甚好名也。

治平元年清明前一日书。

唐汾阳王庙碑跋 （贞元二年）

右《郭子仪庙碑》，高参文。其叙子仪功业不甚详，而载破墨姓处木、讨沙陀处密事，则《唐书》列传无之。盖子仪微时所历，其后遂立大勋，宜乎史略不书也。然《唐书》有处密、处月、朱耶、孤注等，皆是西突厥薛延陀别部名号。余于《五代史》为李克用求沙陀种类，卒不见其本末，而参谓处密为沙陀，不知其何所据也。按陈翃《子仪家传》亦云讨沙陀处墨十二姓，与参所书颇同。《唐书》转“蜜”为“密”，当以碑为正。

治平甲辰七月十三日，以服药家居书。

唐郭忠武公将佐略跋 （贞元十二年）

右《忠武公将佐略》，陈翃撰。忠武公者，郭子仪也。翃之所书，亦为盛矣，犹言得其六七。盖其官至宰相者七人，为节度使者二十八人，尚书丞郎、京尹者十人，廉察使者五人。据翃所得而书者，实六十人，而显名于世者盖五十人。虽乔琳、周智光、李怀光、仆固怀恩等陷于祸败，然杜鸿渐、黄裳、李光弼、光进之徒，伟然名见于当时而垂称于后世者，亦不为少，岂惟得失相当而已哉！虽汾阳功业，士多喜附以成名，然其亦自有以得之也。其忠信之厚，固出其天性，至于处富贵、保功名，古人之所难者，谋谟之际，宜亦得其助也。

治平甲辰秋社前一日书。

唐济渎庙祭器铭跋　（贞元十三年）

右《济渎庙祭器铭》，张洗撰。碑云“置斋郎六人”，唐自高宗以后，官不胜其滥矣。洗之所记，乃开元时事，州县祠庙置斋郎六人，可知其滥官之弊。然史家不能详载，惟于碑刻偶见其一二尔。

治平甲辰秋分后一日，中书东阁雨中书。

唐神女庙诗跋　（贞元十四年）

右《神女庙诗》，李吉甫、丘玄素、李贻孙、敬骞等作。余贬夷陵令时，尝泛舟黄牛峡，至其祠下，又饮虾蟆碚水，览其江山，巉绝穷僻，独恨不得见巫山之奇秀。每读数子之诗，爱其辞翰，遂录之。

嘉祐八年十一月十四日。

唐马寔墓志铭跋　一（贞元十四年）

右《马寔墓志铭》，唐欧阳詹撰并书。其文辞不工而字法不俗，故录之。寔之事迹亦无足纪也。

唐马寔墓志铭跋　二

詹之文为韩退之所称，遂传于世，然其不幸早死，故其传者不多。刻石之文，只有此与《福州佛记》耳，尤可惜也。

唐石洪钟山林下集序跋 （贞元二十年）

右《钟山林下集序》者，石洪为浮图总悟作也。石洪为处士而名重当时者，以常为韩退之称道也。唐世号处士者为不少矣，洪终始无他可称于人者，而至今其名独在人耳目，由韩文盛行于世也。而洪之所为与韩道不同而势不相容也，然韩常叹籍、湜辈叛己而不绝之也。岂诸子驳杂，不能入于圣贤之域，而韩子区区诲诱，思援而出于所溺欤？此孔孟之用心也。

治平元年八月八日书。是日上以霖雨不止，分命群臣祈祷。余祈于太社，既归而雨遂止，某谨记。

唐房太尉遗爱碑阴记跋 （元和六年）

石洪文字罕见于后世，故特录之。

唐贺兰夫人墓志跋 （贞元七年）

右《贺兰夫人墓志》，唐陆贽撰，或云贽书也。题曰《秘书监陆公夫人墓志铭》，而贽自称侄曾孙，此石在常州。

唐《陆文学传》跋 （咸通十五年）

右《陆文学传》，鸿渐自撰。茶之见前史，盖自魏晋以来有之，而后世言茶者必本陆鸿渐，盖为茶著书自其始也。至今俚俗卖茶肆中，尝置一磁偶人于灶侧，云此号陆鸿渐。至饮茶客稀，则烹茶沃之，云可祝利市。

鸿渐以茶自名于世久矣，考其传，著书颇多，曰《君臣契》三卷、《源解》三十卷、《江表四姓谱》十卷、《南北人物志》十卷、《吴兴历官记》三卷、《潮州刺史记》一卷、《茶经》三卷、《占梦》三卷。其多如此，岂止《茶经》而已哉！然其他书皆不传。独《茶经》著于世，宜其自传于此名也。

治平元年七月二十日书。

唐辨正禅师塔院记跋 （贞元中）

右《辨正禅师塔院记》，徐岘书。诚能行笔，而少意思也。往时石曼卿屡称岘书。曼卿多得颜、柳笔，其书与岘不类而远过之，不知何故喜岘书也。余当曼卿在时，犹未见岘书，但闻其所称。曼卿殁已久，始得此书，遂录之尔

唐韩愈盘谷诗序跋 （贞元中）

右《送李愿归盘谷序》，韩愈撰。盘谷在孟州济源县，贞元中，县令刻石于其侧。令姓崔，其名浃，今已摩灭。其后书云"昌黎韩愈，知名士也"。当时退之官尚未显，其道未为当世所宗师，故但云"知名士"也。然当时送愿者为不少，而独刻此序，盖其文章已重于时也。以余家集本校之，或小不同，疑刻石误。集本世已大行，刻石乃当时物，存之以为佳玩尔，其小失不足较也。

治平元年中元日书。

唐韩退之题名跋 （元和四年）

右韩退之题名二，皆在洛阳。其一在嵩山天封宫石柱上刻之，记龙潭遇雷事。天圣中，余为西京留守推官，与梅圣俞游嵩山，入天封宫，裴回柱下而去。遂登山顶，至武后封禅处，有石记，戒人游龙潭者毋妄语笑，以黩神龙，龙怒则有雷恐。因念退之记遇雷，意其有所试也。其一在福先寺塔下，当时所见墨迹，不知其后何人摹刻于石也。

治平元年三月廿二日书。

唐田弘正家庙碑跋 （元和八年）

右《田弘正家庙碑》，昌黎先生撰。余家所藏书万卷，惟

《昌黎集》是余为进士时所有，最为旧物。自天圣以来，古学渐盛，学者多读韩文，而患集本讹舛。惟余家本屡更校正，时人共传，号为善本。及后集录古文，得韩文之刻石者如《罗池神》、《黄陵庙碑》之类，以校集本，舛缪犹多，若《田弘正碑》则又尤甚。盖由诸本不同，往往妄加改易。以碑校集印本，与刻石多同，当以为正。乃知文字之传，久而转失其真者多矣。则校雠之际，决于取舍，不可不慎也。

印本云“衎训事嗣，朝夕不怠”，往时用他本改云“衎训嗣事”。今碑文云“衎训事嗣”，与印本同，知其妄改也。印本云“以降命书”，用他本改为“降以命书”。今碑文云“以降命书”，与印本同，知为妄改也。印本云“奉我天明”，用他本改云“奉我王明”。今碑文云“奉我天明”，与印本同，知为妄改也。此类甚多，略举三事，要知改字当慎也。

治平元年三月八日书。

唐韩愈南海神庙碑跋　（元和十五年）

右《南海神庙碑》，韩愈撰，陈谏书。以余家旧藏集本校之皆同，惟集本云“蜿蜿蜒蜒”，而碑为“蜿蜿虵虵”，小异，当以碑为正。今世所行《昌黎集》类多讹舛，惟《南海碑》不舛者，以此刻石人家多有故也。其妄意改易者颇多，亦赖刻石为正也。

治平元年七月二十日书。

唐韩愈罗池庙碑跋　（长庆中）

右《罗池庙碑》，唐尚书吏部侍郎韩愈撰，中书舍人、史馆修撰沈传师书。碑后题云“长庆元年正月建”，按《穆宗实录》，长庆二年二月传师自尚书兵部郎中、翰林学士罢为中书舍人、史馆修撰，其九月，愈自兵部侍郎迁吏部。碑言柳侯死后三年庙成，明年愈为柳人书罗池事。子厚以元和十四年卒，至愈作碑时，当是长庆三年。考二君官与此碑亦同，但不应在元年正月，盖后人传模者误刻之尔。今世传《昌黎先生集》载此碑文多同，惟集本以“步有新船”为“涉”，“荔子丹兮蕉黄”，“蕉”下加“子”，当以碑为是。而碑云“春与猿吟而秋鹤与飞”，则疑碑之误也。

嘉祐八年六月二日书。

唐韩愈黄陵庙碑跋　（长庆元年）

右《黄陵庙碑》，韩愈撰，沈传师书。《昌黎集》今大行于世，而患本不真。余家所藏，最号善本，世多取以为正，然时时得刻石校之，犹不胜其舛缪，是知刻石之文可贵也，不独为玩好而已。《黄陵碑》以家本校之，不同者二十余事，如家本言“降小君为夫人”，而碑云“降小水”之类，皆当以碑为正也。

嘉祐八年十月十八日书。

唐胡良公碑跋　（长庆三年）

右《唐胡良公碑》，韩愈撰。良公者名珦，韩之门人张籍妻父也。今以碑校余家所藏《昌黎集》本，号为最精者，文字犹多不同，皆当以碑为正，兹不复纪。碑云“珦子逞、迺、巡、遇、述、迁、造”，而集本无巡，他流俗所传本有云遇或为巡者，皆非，当以碑为正。

治平元年七月晦日书。

唐韩文公与颠师书跋

右韩文公《与颠师书》，世所罕传，余以集录古文，其求之既勤且博，盖久而后获。其以《易·系辞》为《大传》，谓“著山林与著城郭无异”等语，宜为退之之言。其后书“吏部侍郎、潮州刺史”则非也，盖退之自刑部侍郎贬潮州，后移袁州，召为国子祭酒，迁兵部侍郎，久之始迁吏部，而流俗相传，但知为韩吏部尔。颠师遗记虽云长庆中立，盖并韩书皆国初重刻，故缪为附益尔。

治平元年三月十三日书。

唐高闲草书跋

高闲草书，审如此，则韩子之言为实录矣。永丰欧阳修。

唐武侯碑阴记跋 （开成二年）

右《武侯碑阴记》，崔备撰。唐剑南西川节度使武元衡及其将佐题名者二十九人，杨嗣复再题，及其僚属又六人，并嗣复、汝士诗两首，合为一卷。唐诸方镇以辟士相高，故当时布衣韦带之士，或行著乡闾，或名闻场屋者，莫不为方镇所取。至登朝廷，位将相，为时伟人者，亦皆出诸侯之幕。如元衡所记，裴度、柳公绰、杨嗣复皆相继去为本朝名将相，亦可谓盛矣哉！

治平元年初伏休假雨中书。

唐卢顼祷聪明山记跋 （元和三年）

右《祷聪明山记》，卢顼撰，乃卢从史祷山神之记也。阅从史官属题名，见孔戡与乌重胤俱列于后，而感韩退之记戡事，云戡屡谏从史，不听，卒为重胤所缚，掩卷叹息者久之。呜呼！祸福成败之理甚明，而先事而言则罕见从，事至而言则不及矣。自古败乱之国，未始不如此也。

唐侯喜复黄陂记跋

右《复黄陂记》，唐侯喜撰。黄陂在汝州，汝州有三十六陂，黄陂最大，溉田千顷，始作于隋。记云：“至贞元辛未刺史卢虔始复之。”辛未，贞元七年也，碑元和三年建。喜之文辞尝为韩退之所称，而世罕传者，余之所得，此碑而已。

唐柳宗元般舟和尚碑跋　（元和三年）

右《般舟和尚碑》，柳宗元撰并书。子厚所书碑世颇多有，书既非工，而字画多不同，疑喜子厚者窃借其名以为重。

子厚与退之皆以文章知名一时，而后世称为韩柳者，盖流俗之相传也，其为道不同犹夷夏也。然退之于文章每极称子厚者，岂以其名并显于世，不欲有所贬毁，以避争名之嫌，而其为道不同，虽不言，顾后世当自知欤？不然，退之以力排释老为己任，于子厚不得无言也。

治平元年三月廿二日书。

唐南岳弥陀和尚碑跋　（元和五年）

右《南岳弥陀和尚碑》，柳宗元撰并书。自唐以来，言文章者惟韩柳，柳岂韩之徒哉？真韩门之罪人也。盖世俗不知其所学之非，第以当时辈流言之尔。今余又多录其文，惧益后人之惑也，故书以见余意。

唐元稹修桐柏宫碑跋　（大和四年）

右，唐元稹撰文并书。其题云《修桐柏宫碑》，又其文以四言为韵语，既牵声韵，有述事不能详者，则自为注以解之。为文自注，非作者之法。且碑者石柱尔，古者刻石为碑，谓之碑铭、碑文之类可也。后世伐石刻文，既非因柱石，不宜谓之碑文，然习俗相传，理犹可考，今特题云《修桐柏宫碑》者，甚无谓也。此在文章，诚为小瑕病，前人时有忽略，然而后之学者不可不知。自汉以来，墓碑多题云某人之碑者，此乃无害，盖目此石为某人之墓柱，非谓自题其文目也。今稹云《修桐柏宫碑》，则于理何稽也?

唐虞城李令去思颂跋 (元和四年)

右《虞城李令去思颂》，李白撰文，王遹篆。唐世以书自名者多，而小篆之学不数家，自阳冰独擅，后无继者，其前惟有《碧落碑》而不见名氏。遹，开元、天宝时人，在阳冰前而相去不远，然当时不甚知名。虽字画不为工，而一时未有及者，所书篆字惟有此尔，世亦罕传。余以《集录》求之勤且博，廑得此尔。今世以小篆名家，如邵不疑、杨南仲、章友直，问之，皆云未尝见也。

治平元年二月七日书。

唐阳公旧隐碣跋 (元和中)

右《阳公旧隐碣》，胡证撰，黎煟书，李灵省篆额。唐世篆法，自李阳冰后，寂然未有显于当世而能自名家者。灵省所书《阳公碣》，笔画甚可佳，既不显闻于时，亦不见于他处。以余家所藏之博，而见于录者惟此，虽未为绝笔，亦可惜哉！呜呼，士有负其能而不为人所知者，可胜道哉！

唐于夐神道碑跋 (元和中)

右《于夐神道碑》，卢景亮撰。其文辞虽不甚雅，而书事能不没其实。夐之为人，如其所书，盖笃于信道者也。碑云“司马迁儒之外五家，班固儒之外八流”，其语虽拙，盖言其学不驳杂也，然则非徒贬去释老而已，自儒术之外，余皆不学尔。碑又云：“其弟可封好释氏，夐每非之。”夐，于頔父也，然可封之后不大显，而夐之后甚盛，以此见释氏之教信向者未必获福，毁贬者未必有祸也。碑言“夐笃于孝悌，守节安贫，不可动以势利”，其所履如此，足以兴其后世矣。

治平元年八月十一日书。

唐昭懿公主碑跋 （元和中）

右《昭懿公主碑》，孟简撰，皇甫镈书。公主，代宗女也，号升平公主，嫁郭氏。公主之号，自汉以来始有，谓天子之女礼不自主婚，以公主之，因以为名尔。后世号某国公主者，虽实不以国公为主，而各犹不失其义。唐世始别择佳名以加之，如升平之类是也，已失其本义矣。今此碑乃云“讳升平公主”，“字升平公主”，斯莫可晓也已。

治平元年八月八日书。

唐李光进碑跋 （元和中）

右《李光进碑》，杨炎撰，韩秀实书。唐有两李光进：其一光颜之兄，其一光弼之弟也。此碑乃光弼弟也。唐史书此两人事多误，《新书》各为传以附颜、弼，遂得其正。

治平元年夏至日书。

唐樊宗师绛守居园池记跋 （长庆三年）

右《绛守居园池记》，唐樊宗师撰，或云此石宗师自书。呜呼！元和之际，文章之盛极矣，其怪奇至于如此！

唐张九龄碑跋 （长庆三年）

右《张九龄碑》。按《唐书》列传所载，大节多同，而时时小异。传云寿六十八，而碑云六十三。传自左补阙改司勋员外郎，而碑云迁礼部。传言张说卒，召为秘书少监、集贤院学士、知院事，碑云副知，至后作相迁中书令，始云知院事。其载张守珪请诛安禄山事，传云九龄判守珪状，碑云守珪所请留中不行，而公以状谏，然其为语则略同。碑长庆中立，而公薨在开元二十八年，至长庆三年实八十四年。所传或有同异，而至于年寿、官爵，其子孙宜不缪，当以碑为是也。

治平元年二月十日书。

唐田布碑跋 （长庆四年）

右《田布碑》，庾承宣撰。布之事壮矣，承宣不能发于文也，盖其力不足尔。布之风烈，非得左丘明、司马迁笔不能书也。故士有不顾其死，以成后世之名者，有幸不幸，各视其所遭如何尔。今有道《史》、《汉》时事者，其人伟然甚著，而市儿俚妪犹能道之。自魏晋以下不为无人，而其显赫不及于前者，无左丘明、司马迁之笔以起其文也。

治平甲辰秋社日书。

唐沈传师游道林岳麓寺诗跋 （长庆中）

右《岳麓寺诗》，沈传师撰并书。题云《酬唐侍御、姚员外》，而二人之诗不见，不知为何人也，独此诗以字画传于世，而诗亦自佳。传师书非一体，此尤放逸可爱也。

唐崔能神道碑跋 （长庆三年）

右《崔能神道碑》，李宗闵撰，能弟从书。碑云“拜御史中丞，持节观察黔中，仍赐紫衣金印”，按唐世无赐金印者。官制古今沿革不同，而其名号尚或相袭。自汉以来，有银青、金紫之号。当时所谓青紫者，绶也；金银者，乃其所佩印章尔。绶所以系印者也，后世官不佩印，此名虚设矣。隋唐以来，有随身鱼，而青紫为服色，所谓金紫者，乃服紫衣而佩金鱼尔。宗闵谓赐金印者，缪也。今世自以赐绯银鱼袋、赐紫金鱼袋结入官衔，而阶至金紫光禄大夫者，遂于结衔去赐紫金鱼袋，皆流俗相承，不复讨正久矣。故因宗闵之失并记之。

治平元年七月二十日书。

唐李德裕茅山三像记跋 （宝历二年）

右《茅山三像记》，李德裕撰。德裕自号上清玄都大洞三景弟子，上为九庙圣主，次为七代先灵，下为一切含识，敬造老君、孔子、尹真人像三躯。此固俚巷庸鄙人之所常为，德裕为之有不足怪。然以孔子与老君为伍，而又居其下，此岂止德裕之独可罪耶？今《史记》载孔子问礼于老聃，聃戒孔子去其骄气多欲，而孔子叹其道犹龙之语著于耳目。自汉以来学者未有以为非者，岂止德裕之罪哉！

治平元年八月八日书。

唐李德裕平泉草木记跋 （开成五年）

右《平泉草木记》，李德裕撰。余尝读《鬼谷子》书，见其驰说诸侯之国，必视其为人材性贤愚、刚柔缓急，而因其好恶喜惧忧乐而捭阖之，阳开阴塞，变化无穷，顾天下诸侯无不在其术中者；惟不见其所好者，不可得而说也。以此知君子宜慎其所好。盖泊然无欲，而祸福不能动，其利害不能诱，此鬼谷之术所不能为者，圣贤之高致也。其次简其所欲，不溺于所好，斯可矣。若德裕者，处富贵，招权利，而好奇贪得之心不已，至或疲弊精神于草木，斯其所以败也。其遗戒有云“坏一草一木者非吾子孙”，此又近乎愚矣。

治平元年七月十四日，中书东厅后阁书。

唐李文饶平泉山居诗跋 （开成五年）

读《山居诗》，见文饶梦寐不忘于平泉，而终不得少偿其志者，人事固多如此也。余闻释子有云“出家是大丈夫事”，盖勇决者人之所难也。而文饶诗亦云“自是功高临尽处，祸来名灭不由人”者，诚哉是言也！

熙宁壬子正月二十九日书。

唐李德裕大孤山赋跋 （会昌五年）

赞皇文辞甚可爱也。其所及祸，或责其不能自免。然古今聪明贤智之士不能免者多矣，岂独斯人也哉！

唐大孤山赋跋

右字画颇佳，而伤于柔媚。世传墀工小篆，此岂其笔耶？

唐辨石钟山记跋 （大和元年）

右《辨石钟山记》，并《善权寺诗》、《游灵岩记》附。览三子之文，皆有幽人之思，迹其风尚，想见其人。至于书画，亦皆可喜。盖自唐以前，贤杰之士，莫不工于字书，其残篇断稿为世所宝，传于今者，何可胜数？彼其事业，超然高爽，不当留精于此小艺。岂其习俗承流，家为常事，抑学者犹有师法，而后世偷薄，渐趋苟简，久而遂至于废绝欤？

今士大夫务以远自高，忽书为不足学，往往仅能执笔，而间有以书自名者，世亦不甚知为贵也。至于荒林败冢，时得埋没之余，皆前世碌碌无名子，然其笔画有法，往往今人不及，兹甚可叹也。

《石钟山记》字画在二者间颇为劣，而亦不为俗态，皆忘忧之佳玩也。

治平元年二月六日书。

唐法华寺诗跋 （大和八年）

右《法华寺诗》，唐越州刺史李绅撰。其后自序题云“大和甲寅岁游寺，刻诗于壁”，详自序所言，似绅自书。然以《端州题名》较之，字体殊不类。甲寅，大和八年也。

唐薛苹唱和诗跋 （大和中）

右薛苹《唱和诗》，其间冯宿、冯定、李绅皆唐显人，灵澈以诗名后世，皆人所想见者。然诗皆不及苹，岂唱者得于自然，和者牵于强作邪？

唐僧灵澈诗跋 （元和四年）

右灵澈诗，云“相逢尽道休官去，林下何曾见一人”，世俗相传以为俚谚。庆历中天章阁待制许元为江淮发运使，因修江岸得斯石于池阳江水中，始知为灵澈诗也。澈以诗称于唐，故其与相唱和者皆当时知名之士。包侍郎者，佶也；徐广州者，浩也，代宗时为岭南节度使。

唐李藏用碑跋 （大和四年）

右《李藏用碑》，王源中撰，唐玄度书。玄度以书自名于一时，其笔法柔弱，非复前人之体，而流俗妄称借之尔。故存之以俟识者。

唐玄度十体书跋

右唐玄度十体书，前本得于苏氏，后本得于李丕绪少卿。丕绪长安人，名家子，喜收碑文。二家之本大体则同，而文有得失，故并存之，览者得以自择焉。

嘉祐癸卯七月二十五日书。

唐郑澣《阴符经序》跋 一（开成二年）

右《阴符经序》，郑澣撰，柳公权书。唐世碑碣，颜、柳二家书最多，而笔法往往不同。虽其意趣或出于临时，而模勒镌刻亦有工拙。公权书《高重碑》，余特爱模者不失其真，而锋铓皆在。至《阴符经序》，则蔡君谟以为柳书之最精者，云善藏笔锋，与余之说正相反。然君谟书擅当世，其论必精，故为志之。

治平元年二月六日书。

唐郑澣《阴符经序》跋　二

余自皇祐中得公权所书《阴符经序》，遂求其经，云石已亡矣。常意必有藏于人间者，求之十余年，莫可得。治平三年，有镌工张景儒忽以此遗余家小吏，遽录之。信乎，余所谓物常聚于所好也。

唐山南西道驿路记跋　（开成四年）

公权书往往以模刻失其真，虽然，其体骨终在也。

唐何进滔德政碑跋　（开成五年）

右《何进滔德政碑》，唐翰林学士承旨兼侍书柳公权撰并书。进滔，《唐书》有传。开成五年立，其高数丈，制度甚闳伟，在今河北都转运使公廨园中。

唐李听神道碑跋　（开成五年柳公权书）

右《李听神道碑》，李石撰。听父子为唐名将，其勋业昭彰，故以碑考传，少所差异。而史家当著其大节，其微时所历官多不书，于体宜然。惟其自安州刺史迁神武将军，史不宜略而不书者，盖阙也。

治平元年七月三十日书。

唐李石神道碑跋　（会昌三年）

右《李石碑》，柳公权书。余家集录颜、柳书尤多，惟碑石不完者，则其字尤佳，非字之然也。譬夫金玉，埋没于泥滓，时时发见其一二，则粲然在目，特为可喜尔。

熙宁三年季夏既望书。

唐高重碑跋 （会昌四年）

右《高重碑》，元裕撰，柳公权书。唐世碑刻，颜、柳二公书尤多，而字体笔画往往不同。虽其意趣或出于临时，而亦系于模勒之工拙，然其大法则常在也。此碑字画锋力俱完，故特为佳，矧其墨迹，想宜如何也！

治平元年正月廿五日书。

唐康约言碑跋 （大中七年）

右《康约言碑》，柳公权撰并书。约言宦者，为河东监军。唐自开元以后，职官益滥，始有置使之名。历五代迄今，多因而不废，世徒知今之使额非古官，袭唐旧号，而不知皆唐宦者之职。约言在太和、开成间尝为鸿胪礼宾使，又为内外客省使。以此见今之使名，自枢密、宣徽而下，皆唐宦官职也，又以见鸿胪卿寺亦以宦者为使于其间。约言又为宣徽北院副使，又见当时南、北院宣徽皆有副使也。

治平甲辰秋社前一日书。

唐复东林寺碑跋 （大中十一年）

右唐湖州观察使崔黯撰，柳公权书。东林寺会昌中废之，大中初黯为江州刺史而复之。黯之文辞甚遒丽可爱，而世罕有之。

唐王质神道碑跋 （开成四年）

右《王质神道碑》，唐太子宾客刘禹锡撰并书。质字华卿，王通之后也，开成中为宣、歙、池等州观察使。

唐会昌投龙文跋 （会昌五年）

右《会昌投龙文》。余修唐本纪至武宗，以谓奋然除去浮图锐矣，而躬受道家之箓，服药以求长年，以此知其非明智之不惑者，特其好恶有所不同尔。及得《会昌投龙文》，见其自称“承道继玄昭明三光弟子、南岳炎上真人”，则又益以前言为不缪矣。盖其所自称号者与夫所谓菩萨戒弟子者，亦何以异？余尝谓佛言无生，老言不死，二者同出于贪，信矣。会昌之政，临事明果，有足过人者，至其心有所贪，则其所为与庸夫何异？

治平元年五月五日书。

唐俞珣书陈果仁告身并舍宅造寺疏跋（大中八年）

右陈果仁告身，并妻轸静缘舍宅造寺疏附。疏后题云“明政二年”。按《隋唐·炀帝本纪》，大业十一年十月东海贼帅李子通拥众渡淮，僭称楚王，建元明政。则明政二年，乃大业十二年也。《唐高祖实录》，武德二年四月隋御卫将军陈稜以江都降，即以稜为总管。九月李子通败稜，陷江都，国号吴，建元明政。则明政二年是武德三年矣。二说不同如此。吕夏卿为余言，若以大业十二年为子通僭号之二年，则江都方乱，炀帝安得南幸？而唐《实录》陈稜事可据，则明政二年当为武德三年也，《隋书》缪矣。

果仁终始事迹不显，略见于《隋书》，云：唐初为隋太仆丞元祐将，炀帝已遇弑，沈法兴、果仁共杀祐，起兵据江表。法兴自称总管、大司马、录尚书事，承制置百官，以果仁为司徒。其事止见此尔。开元中，僧德宣为果仁记舍宅造寺，载其世家颇详，而其功阀、官爵、岁月多缪。德宣言中毒以死，而宅疏言见屠戮，当以宅疏为是。德宣文辞不足录，独采其世次事迹终始著之，俾览者核其真伪，而少益于广闻。

《炀帝本纪》、《高祖实录》皆唐初人所撰，而不同如此，何哉？

嘉祐八年岁在癸卯八月十一日书。

唐圭峰禅师碑跋　（大中九年）

右《圭峰禅师碑》，唐相裴休撰并书。其文辞事迹无足采，而其字法世所重也，故录之云。

唐濠州劝民栽桑敕碑跋　一（大中十年）

余得刘莒《修兖州文王庙碑》，见大中时中书门下牒，又得此碑，见大中时敕，乃知平章事非署敕之官。今世止见中书门下牒，便呼为敕，惟告身之制仅存焉。

唐濠州劝民栽桑敕碑跋　二

皇祐元年春，余自扬移颍，舟过濠梁，得此碑于今枢密使张公昪。唐之制敕之文，今不复见，盖官失其职久矣。此大中时敕也，尚可见其遗制焉。

唐闽迁新社记跋　一

右《闽迁新社记》，唐濮阳宁撰。其辞云：大中十年夏六月，关西公命迁社于州坤，凡筑四坛：坛社稷，其广倍丈有五尺，其高倍尺有五寸，主以石；坛风师，广丈有五尺，高尺有五寸；坛雨师，广丈而高尺云。文字古雅，甚可爱。呜呼！唐之礼乐盛矣，其遗文有足采焉。州县社稷有主，见于此记，盖大中时其礼犹在也。按《唐书》，杨发自苏州刺史为福建观察使，至大中十二年迁岭南节度。以岁月推之，关西公者杨发也。

唐闽迁新社记跋　二

唐时州县社稷有主，独此碑见之。《开元定礼》至大中时犹仅存也，礼乐废坏久矣，故录此记以著之。

唐令狐楚登白楼赋跋 （咸通二年）

右《登白楼赋》，令狐楚撰。白楼在河中，至楚子绹为河中节度使，乃刻于石。绹父子为唐显人，仍世宰相，而楚尤以文章见称。世传绹为文喜以语简为工，常饭僧，僧判斋，绹于佛前跪炉谛听，而僧倡言曰："令狐绹设斋，佛知。"盖以此议其好简。楚之此赋，文无他意，而至千有六百余言，何其繁也！其父子之性相反如此，信乎尧、朱之善恶异也。

治平元年八月八日，祈晴于太社，晨归，遂书。

唐百岩大师怀晖碑跋

右《百岩大师怀晖碑》，权德舆撰文，郑余庆书，归登篆额。又有别碑，令狐楚撰文，郑絪书。怀晖者吾不知为何人，而彼五君者皆唐世名臣，其喜为之传道如此，欲使愚庸之人不信不惑，其可得乎？民之无知，惟上所好恶是从，是以君子之所慎者在乎所学。楚之文曰："大师泥洹荼毗之六年，余以门下侍郎、平章事摄太尉。""泥洹荼毗"是何等语？宰相坐庙堂之上，而口为斯言。皋、夔、稷、契居尧、舜之朝，其语言《尚书》载之矣，异乎此也。

治平元年七月十三日雨中书。

唐孔府君神道碑跋 （咸通十二年）

右《孔岑父碑》，郑絪撰，柳知微书。其碑云：有子五人，载、戣、戡、戢、戵。按《新唐书·宰相世系表》，岑父六子，戵之下又有威。表据孔氏谱，谱其家所藏。碑文郑絪撰，絪自言与孔氏有世旧，作碑文时戣等尚在。然则谱与碑文皆不应有失，而不同者何也？余所集录与史传不同者多，其功过难以碑碣为正者，铭志所称有褒有讳，疑其不实；至于世系、子孙、官封、名字，无情增损，故每据碑以正史。惟岑父碑文及其家谱二者皆为可据，故并存之，以俟来者。

治平元年三月廿二日侍上御崇政疏决系囚，退，遂家居谢客，因书。

唐白敏中碑跋　（咸通三年）

右《白敏中碑》，毕诚撰。其事与《唐书》列传多同。而传载敏中由李德裕荐进以获用，及德裕贬，抵之甚力，以此为甚恶。而碑云会昌中德裕起刑狱，陷五宰相，窜之岭外，公承是之后一年，冤者皆复其位，以此为能。其为毁誉难信盖如此，故余于碑志，惟取其世次、官、寿、乡里为正，至于功过善恶，未尝为据者以此也。碑又言桑道茂事，云“桑道慕”，不知孰是。

治平元年七月二十日。

唐于僧翰尊胜经跋　（咸通五年）

右《尊胜经》，于僧翰书。僧翰笔画虽遒劲，然失分隶之法远矣。所以录者，亦自成一家，而为流俗所贵，故聊著之，庶知博采之不遗尔。

唐张将军新庙记跋　（龙纪元年）

右《张将军新庙记》，李巨川撰，唐彦谦书。张鲁事，史传详矣，巨川文辞匪工，所录者彦谦书尔。彦谦书颇知名于世，故略存其笔迹也。

唐王重荣德政碑跋　（中和四年）

右《王重荣德政碑》，归仁泽撰，唐彦谦书。重荣当唐之末，再逐其帅，遂据河中。虽破黄巢，平朱玫之叛，有功于一时，而阻兵召乱，为唐患者多矣。碑文辞非工，而事实无可采，所以录者，俾世知求名莫如自修，善誉不能掩恶也。考重荣之碑，岂不欲垂美名于千载，而其恶终暴于后世者，毁誉善恶不可诬故也。彦谦以诗知名，而诗鄙俚，字画不甚工，皆非余所取也。

治平元年清明前一日书。

唐磻溪庙记跋　（咸通二年）

右《磻溪庙记》，张翔撰，高骈书。骈为将，尝立战功，威惠著于蛮蜀，笔研固非其所事，然书虽非工，字亦不俗。盖其明爽豪隽，终异庸人。至其惑妖人吕用之、诸葛殷等，信其左道，以冀长年，乃骑木鹤而习凌虚仙去之势，此至愚下品皆知为可笑，而骈为之惟恐不至者，何哉？盖其贪心已动于内，故邪说可诱于外，内贪外诱，则其何所不为哉？

治平元年中秋日书。

唐梁公儒碑跋　（天祐中）

右《梁公儒碑》，于广撰，王说书。公儒者，世为成德军将，公儒当王镕时为冀州刺史以卒。其碑首题云“唐故成德军内中门枢密使、特进检校太保、使持节冀州诸军事、冀州刺史、团练守捉等使、军器作坊使”，其余所领事职甚多，皆当时方镇常事，不足书。惟枢密使，唐之末年内官之职，其后方镇遂亦僭置，于此见之。军器作坊，五代之际号内诸司使，皆朝廷官，然不见其始置时，而今见于此。岂方镇之职，朝廷因而用之耶，将方镇之盛，亦僭置也？公儒事迹无所取，特以此录之。

治平元年五月十八日书。

唐花林宴别记跋

右《花林宴别记》，唐窦常撰。花林寺在滁州全椒县。余在滁阳，遣推官陈诜以事至县，见寺旁石涧岸土崩出石岩，隐隐有字，亟命模得之。

唐阳武复县记跋　（贞元十九年）

唐衢文世罕传者，余家《集录》千卷，唐贤之文十居七八，而衢文只获此尔。然其气格不俗，亦足佳也。

唐崔敬嗣碑跋　（景龙二年）

右《唐崔敬嗣碑》，胡皓撰，郭谦光书。崔氏为唐名族，而敬嗣不显，皓为昭文馆学士，然亦无闻。其事实文辞皆不足多采，而余录之者，以谦光书也。其字画笔法不减韩、蔡、李、史四家，而名独不著。此余屡以为叹也。

治平元年七月三十日。

唐润州陀罗尼经幢跋

右《陀罗尼经幢》，今在润州宝墨亭中，唐云阳野夫王奂之书。字画颇为世俗所重，故录之以备广采。

唐夔州都督府记跋　（会昌五年）

余尝谓唐世人人工书，故其名堙没者不可胜数，每与君谟叹息于斯也。如贝灵该、缪师愈，今人尚不知其姓名，况其书乎！余以《集录》之博，仅各得其一尔。

唐郑权碑跋　（宝历二年）

右姚向书，笔力精劲，虽唐人工于书者多，而及此者亦少，惜其不传于世，而今人莫有知者。惟余以《集录》之博，得此而已。

熙宁辛亥孟夏清心堂书。

唐王蕊诗跋 （沈传师、李德裕唱和）

惠泉在今荆门军。余贬夷陵，道荆门，裴回泉上，得二子之诗，佳其词翰，遂录之。逮今盖三十年矣。

嘉祐八年十一月二十日书。

唐人书杨公史传记跋

右《杨公史传记》。文字讹缺，原作者之意，所以刻之金石者，欲为公不朽计也。碑无年月，不知何时，然其字画之法，乃唐人所书尔。今才几时，而摩灭若此，然则金石果能传不朽邪？杨公之所以不朽者，果待金石之传邪？凡物有形必有终敝，自古圣贤之传也，非皆托于物，固能无穷也，乃知为善之坚，坚于金石也。

嘉祐八年十一月廿日书。

唐放生池碑跋 （天宝十年）

右《放生池碑》，不著书撰人名氏。放生池，唐世处处有之。王者仁泽及于草木昆虫，使一物必遂其生，而不为私惠也。惟天地生万物，所以资于人，然代天而治物者常为之节，使其足用而取之不过，故物得遂其生而不夭。三代之政如斯而已。《易大传》曰："庖牺氏之王也，能通神明之德，以类万物之情，作结绳而为网罟，以佃以渔。"盖言其始教民取物资生而为万世之利，此所以为圣人也。浮图氏之说，乃谓杀物者有罪而放生者得福。苟如其言，则庖牺氏遂为人间之圣人、地下之罪人矣。

治平元年八月十日书。

瘗鹤铭跋

右《瘗鹤铭》，题云"华阳真逸撰"，刻于焦山之足，常为江水所没。好事者伺水落时模而传之，往往只得其数字，云“鹤寿不知其几”而已，世以其难得，尤以为奇。惟余所得六百余字，独为多也。按《润州图经》以为王羲之书，字亦奇特，然不类羲之笔法，而类颜鲁公，不知何人书也。华阳真逸是顾况道号，今不敢遂以为况者，碑无年月，不知何时，疑前后有人同斯号者也。

《黄庭经》跋　一（永和十二年）

右《黄庭经》一篇，晋永和中刻石，世传王羲之书。书虽可喜，而笔法非羲之所为。《黄庭经》者，魏晋时道士养生之书也。今《道藏》别有三十六章者，名曰《内景》，而谓此一篇为《外景》，又分为上、中、下三部者，皆非也。盖《内景》者乃此一篇之义疏尔。流俗又有一篇，名曰《中景》者，尤为繁杂，鄙俚之所传也。余尝患世人不识其真，多以《内景》三十六章为本经，因取永和刻石一篇为之注解。余非学异说者，哀世人之惑于缪妄尔。

《黄庭经》跋　二

右《黄庭》别本，续得之京师书肆。不知此石刻在何处，其字画颇类颜鲁公，甚可爱而不完，更俟求访以足之。

治平丁未闰月三日书。

《黄庭经》跋　三

右《黄庭经》二篇，皆不著书人姓名。余初得后本，已爱其字不俗，遂录之。既而又得前本于殿中丞裴造。造，好古君子也，自言家藏此本数世矣，与其藏于家，不若附见余之《集录》，可以传之不朽也。余因以旧本较其优劣而并存之，使览者得以自择焉。世传王羲之尝写《黄庭经》，此岂其遗法欤？

治平元年十月十三日致斋东阁书。

《遗教经》跋

右《遗教经》，相传云羲之书，伪也，盖唐世写经手所书。唐时佛书今在者，大抵书体皆类此，第其精粗不同尔。近有得唐人所书经，题其一云薛稷，一云僧行敦书者，皆与二人他所书不类，而与此颇同，即知写经手所书也。然其字亦可爱，故录之，盖今士大夫笔画能仿佛乎此者鲜矣。

小字《道德经》跋 （开元二十七年）

右小字八分《道德经》，不著书人名氏，亦不知其所自来。或云在明州，其石今亡矣。问今藏书之家，皆云未尝见也。其字画精妙，见者多疑为明皇书，而知非者，以其但题御注，而不云御书也。

唐人临帖跋

右唐人所临诸家法帖一卷。其前数帖类真卿所书，盖其笔画精劲，他人未易臻此。按《唐书》言褚无量尝请以当时所藏奇书名画命宰相以下跋尾，而玄宗不许。此乃有宋璟等列名于后，又颇多讹缪，岂后人妄增加之也？然要为可玩，何必穷较其真伪！今流俗所传钟王遗迹多不同，然时时各有所得，故虽小小转写失真，不害为佳物。由是悉取前后所得诸家法帖，分入《集录》，盖以资博览云。此本得于李丕绪少卿。

治平元年夏至日书。

小字法帖跋 一

右小字法帖者。近时有尚书郎潘师旦者，以官法帖私自摹刻于家，为别本以行于世。余因分以为类，散入《集录》诸帙，而程邈、卫夫人、钟繇、王廙、宋儋皆以小字为一类于此。余尝辨钟繇《贺捷表》为非真，而此帖字画笔法皆不同。传摹不能不失本体，以此真伪尤为难辨也。

治平元年七月三十日书。

小字法帖跋　二

近时有尚书郎潘师旦者，窃取官法帖中数十帖，别自刻石以遗人。而传写字多转失，然亦时有可佳者。因又择其可录者，分为十余卷，以入集目，聊为一时之玩尔。其小字尤精，故录于此。

十八家法帖跋

右世传十八帖者，实二十五帖，盖书者十八家尔。而流俗又自有羲之十八帖，然皆出于官法帖也。太宗皇帝时，尝遣使者天下购募前贤真迹，集以为法帖十卷，镂板而藏之。每有大臣进登二府者，则赐以一本，其后不赐。或传板本在御书院，往时禁中火灾，板被焚，遂不复赐。或云板今在，但不赐尔。故人间尤以官法帖为难得，此十八家者盖官法帖之尤精者也。余得自薛公期，云是家藏旧本，颇真。今世人所有，皆转相传摹者也。

杂法帖跋　一

向于薛十三处得法帖一部，阙其第一，久而始获。

南朝诸帝笔法虽不同，大率意思不远，眇然都不复有豪气，但清婉若可佳耳。

杂法帖跋　二

学书不必惫精疲神于笔砚，多阅古人遗迹，求其用意，所得

宜多。

杂法帖跋 三

羲、献世以书自名，而笔法相去远甚。父子之间不同如此，然皆有足喜也。

杂法帖跋 四

吾有《集古录》一千卷，晚又得此法帖，归老之计足矣。寓心于此，其乐可涯？

嘉祐壬寅大雩摄事致斋闲题。

杂法帖跋 五

古今事异，一时人语亦多不同，传模之际，又多转失，时有难识处，惟当以意求之尔。

嘉祐七年大飨明堂，致斋于中书东阁偶题。

杂法帖跋 六

老年病目，不能读书，又艰于执笔。惟此与《集古录》可以把玩，而不欲屡阅者，留为归颍销日之乐也。盖物维不足，然后其乐无穷，使其力至于劳，则有时而厌尔。然内乐犹有待于外物，则退之所谓“著山林与著城郭何异”，宜为有道者所笑也。

熙宁辛亥清心堂书。

怀州孔子庙记跋 （后魏太和中）

右《宣尼庙记》，文辞事实皆不足采，其书亦非佳。独其字画多异，故特录之，以备博览。

景福遗文跋

余在夷陵时得之民家，见当时县有驱使、官衔、直典，然云“米不”者，莫详其语。

嘉祐七年五月二十六日。

《浮槎寺八记诗》跋

右《浮槎寺八记诗》者，自云雁门释僧皎字广明作。诗虽非工，而所载事迹皆《图经》所无，可以资博览。

浮槎山在今庐州慎县，其上有泉，其味与无锡惠山水相上下。而鸿渐《茶经》及张又新等《水记》皆不载。嘉祐中李留后端愿守庐州，以其水遗余，因为之记其事。余甚爱山泉，而浮槎水特佳，颇怪前世遗而不录。及得僧皎纪浮槎八事亦无之，乃知物之晦显有时也。

治平元年七月三十日书。

福州永泰县无名篆跋

右在福州永泰县观音院后山上，世俗多传以为仙篆。太常博士黄孝立，闽人也，尝为余言：“其山无名，上多顽石，无复镌刻之迹，如人以手指画泥而成文。文随圆石之形环布之，如车轮循环，莫知其首尾。”又言：“孝立尝至广州，见南蕃人以夷法事天，日夕焚香，拜金书字，号为天篆者，正类此，然不能晓也。”今人亦有以道家之言译之者，曰“勤道守三一，中有不死术”，亦莫知其是非也。

谢仙火跋

右“谢仙火”字，在今岳州华容县废玉真宫柱上，倒书而刻之，不知何人书也。传云大中祥符中玉真宫为天火所焚，惟留一柱，有此字，好事者遂模于石。

庆历中，衡山女子号何仙姑者，绝粒轻身，人皆以为仙也。有以此字问之者，辄曰：谢仙者，雷部中鬼也，夫妇皆长三尺，其色如玉，掌行火于世间。后有闻其说者，于道藏中检之，云实有谢仙名字，主行火，而余说则无之。由是益以仙姑为真仙矣。近见衡州奏云：仙姑死矣，都无神异。客有自衡来者，云仙姑晚年羸瘦，面皮皱黑，第一衰媪也。

向时苏州有一丐者卧道中，相传云是得仙者也。自天圣中余已闻之，后二十余年尚在。其人姓沈，举世皆传为“沈卧仙”，云卧而饮食不漏。州县吏屡使人监守，或潜伺察之，皆实卧而不起，亦不漏，遂相传以为神。既而亦以病死，虽素信惑其事，喜为之称说者，亦不云死时有异也。斯二人者皆今世人以为仙者如此，故并载之。

治平元年上元日书。

张龙公碑跋　（乾宁元年）

右《张龙公碑》，赵耕撰。云君讳路斯，颍上百社人也。隋初明经登第，景龙中为宣城令。夫人关州石氏，生九子。公罢令归，每夕出，自戌至丑归，常体冷且湿。石氏异而询之，公曰：“吾龙也，蓼人郑祥远亦龙也。骑白牛据吾池，自谓郑公池。吾屡与战，未胜，明日取决。可令吾子挟弓矢射之，系鬣以青绡者郑也，绛绡者吾也。”子遂射中青绡，郑怒东北去，投合肥西山死，今龙穴山是也，由是公与九子俱复为龙。亦可谓怪矣。余尝以事至百社村，过其祠下，见其林树阴蔚，池水窈然，诚异物之所托。岁时祷雨屡获其应，汝阴人尤以为神也。

周伯著碑跋

右《周伯著碑》者，在今宿州，出于近岁。盖官部春夫开汴渠，于泥沙中掘得之。其文字古怪，而摩灭无首尾，了不可读。伯著不知为何人，其仅可见者云“渤海君玄孙，季景长子也。”其事迹不可考，文辞莫晓，而字画不工，徒以其古怪而录之。此诚好古之弊也。

治平元年七月三十日书。

卫秀书梁思楚碑跋　（上元元年）

秀，笔工之善摹者也，其自谓集书，信矣，无足多取也。书譬君子，皆学乎圣人，而其所施为未必同也。

裴夫人志跋　（天宝四年）

右《裴夫人志》，辞翰潇洒，固多清思，惜乎不见其名氏。石在长安之万年。《矮槐文》亦佳，在亳州法相寺。二者皆后得，故续附于此。

熙宁二年六月二十有八日，青州山斋书。

五代时人署字跋

右五代时帝王将相等署字，合一卷。前人遗迹往往因人家告身、庄宅券契，故后世传之，犹在。此署字乃北京人家好事者类而摹传之尔。

杨凝式题名跋　李西台诗附

右杨凝式题名，并李西台诗附。自唐亡道丧，四海困于兵戈。及圣宋兴，天下复归于治，盖百有五十余年。而五代之际有杨少师，建隆以后称李西台，二人者笔法不同，而书名皆为一时之绝，故并录于此。

徐铉《双溪院记》跋

右《双溪院记》，徐铉书。铉与其弟锴皆能八分、小篆，而笔法颇少力，其在江南皆以文翰知名，号“二徐”，为学者所宗。盖五代干戈之乱，儒学道丧，而二君能自奋然为当时名臣。而中国既苦于兵，四方僭伪割裂，皆褊迫扰攘不暇，独江南粗有文物，而二君者优游其间。及宋兴，违命侯来朝，二徐得为王臣，中朝人士皆倾慕其风采。盖亦有以过人者，故特录其书尔。若小篆，则与铉同时有王文秉者，其笔甚精劲，然其人无足称也。

治平元年上元日书。

王文秉小篆《千字文》跋

右小篆《千字文》者，江南人王文秉书。其后题云“大唐庚申岁”者，建隆元年也。伪唐李煜自周师取淮南，画江为界以称臣，遂削去年号，奉周正朔。然世宗特许其称帝，故文秉犹称唐，而不书年号，直云“庚申岁”也。

文秉在江南篆书远过徐铉，而铉以文学名重当时，文秉人罕知者，学者皆云铉笔虽未工而有字学，一点一画皆有法也。文秉所书独余《集录》屡得之，此本得于太学杨南仲。《紫阳石磬铭》者，张献撰，亦文秉书也。

治平元年四月九日书。

王文秉紫阳石磬铭跋

右《紫阳石磬铭》。余独录于此而不附他书者，文秉之书罕见于今也。小篆自李阳冰后未见工者，文秉江南人，其字画之精远过徐铉，而中朝之士不知文秉，但称徐常侍者，铉以文章有重名于当时故也。“岁在辛酉”，晋天福六年，李昪之升元五年也。五代干戈之际，士之艺有至于斯者，太平之世，学者可不勉哉！

郭忠恕小字《说文字源》跋

右小字《说文字源》，郭忠恕书。忠恕者，五代汉周之际为湘阴公从事。及事皇朝，其事见《实录》。颇奇怪世人但知小篆，而不知其楷法尤精。然其楷字亦不见刻石者，盖惟有此耳，故尤可惜也。五代干戈之际，学校废，是谓君子道消之时，然犹有如忠恕者。国家为国百年，天下无事，儒学盛矣，独于字书忽废，几于中绝。今求如忠恕小楷不可得也，故余每与君谟叹息于此也。石在徐州。

嘉祐八年十二月廿日书。

郭忠恕书《阴符经》跋

右《阴符经》，郭忠恕书。篆法自唐李阳冰后，未有臻于斯者。近时颇有学者，曾未得其仿佛也。《实录》言忠恕死时甚怪，岂亦异人乎？其楷书尤精也。

嘉祐六年九月十五日，宴后歇泊假闲览，因题。

太清石阙题名跋

余自至亳，始得悉阅太清之碑，其佳者皆已入余《集古录》矣，乃知余之《集录》所得多矣。惟两石阙题名未有，今续录于此。

熙宁元年二月十九日书。

太清东阙题名跋

熙宁元年二月十八日，余率僚属谒太清诸殿。裴回两阙之下，周视八桧之异，窥九井禹步之奇，酌其水以烹茶而归。

十九日书。

赛阳山文跋 （大和九年）

右跋尾者六人，皆知名士也。时余在翰林，以孟飨致斋《唐书》局中，六人者相与饮奕欢然，终日而去，盖一时之盛集也。明年夏，邻几、圣俞卒，又九年而原甫、长文卒。自嘉祐己亥至今熙宁辛亥，一纪之间，亡者四，存者三，而择之遭酷吏以罪废，景仁亦以言事得罪。独余顽然蒙上保全，贪冒宠荣，不知休止。然筋骸惫矣，尚此勉强，而交游零落，无复情悰。其盛衰之际，可以悲夫！

是时同修书者七人，今亡者五：宋子京、王景彝、吕缙叔、刘仲更与圣俞也；存者二：余与次道尔。次道去年为知制诰，亦以封还李定词头夺职。因感夫存亡今昔之可叹者，遂并书之。

熙宁四年三月十五日病告中书。

五　赠序

送方希则序

蒙庄以绅笏为柴栅，班伯以名声为缰锁。夫轩裳、辉华，人之所甚欲，彼岂恶之邪？盖将有激云尔。是以君子轻去就，随卷舒，富贵不可诱。故其气浩然，勇过乎贲、育，毁誉不以屑，其量恬然不见于喜愠。能及是者，达人之节而大方之家乎！希则茂才入官，三举进士不利，命乎数奇。时不见用，宜其夷然拂衣，师心自往，推《否》、《泰》以消息，轻寄物之去来，渊乎其大雅之君子，而几类于昔贤者乎！

余自来上都，寓谒舍，化衣京尘、穿履金门者，再见春矣。会天子方向儒学，招徕俊良，开贤科，命乡举，而四方之杰赍贡函诣公车者，十百千数。余虽后进晚出，而掎裳摩趺攘臂以游其间，交者固已多矣。晚方得君，倾盖道涂，一笑相乐，形忘乎外，心照乎内，虽濠梁之游不若是也。

未几，君召试中台，以枉于有司，夺席见罢。搢绅议者咸伤冤之，君方澹乎冲襟，竟于使人不能窥也。后数日，赍装具舟，泛然东下。以余辱交者，索言以为赠。夫恢识宇以见乎远，穷倚伏以至于命，此非可为浅见寡闻者道也。希则，达人尔，可一言之。

昔公孙尝退归，乡人再推，射策遂第一；更生书数十上，每闻报罢，而终为汉名臣。以希则之资材识业而沈冥郁堙者，岂非天将张之而固翕之邪？不然，何邅回而若此也？夫良工晚成者器之大，后发先至者骥之良。异日垂光虹蜺，濯发云汉，使诸儒后生企仰而不暇，此固希则褚囊中所畜尔，岂假予详言之哉？

觞行酒半，坐者皆欲去，操觚率然，辞不逮意。同年景山、钦之、识之亦赋诗以为别，则祖离道旧之情备之矣，此不复云。

【解题】

作于天圣八年（1030），时作者科举中第，授西京留守推官，尚未赴任。方希则，以茂才入官，三举进士失利，与欧阳修交于京都。文章作于饯别宴席，作者以“达人之节”、“大方之家”开导朋友，又以“良工晚成”、“后发先至”勉慰朋友。言发由衷，情真意挚，非敷衍之作。

送孙屯田序

良金美玉藏乎矿石，而追师冶工莫不孜孜攻且炼焉，吾诚有以利其用也。况材臣贤士世不众出，而物官者得不贪以为利乎！故今兹屯田孙公，始以尚书郎来贰洛政。未逾岁，则复乘两马之传东上，将冠惠文以肃台宪。居不皇暖席，行不及具驾，盖被知者之用，且祇君命之速也。

御史本为秦官，出入殿中，督察监视，事无大小皆得以法绳之。至按章举劾，发奸治狱，以清风轨，则朝廷之得失，御史系焉。然过者为之，至有伺求以为察，刚讦以为直，惊愚激俗以速名誉，至于纪纲大政则蔑乎无闻也。故于是选，必要以文儒，沉正闳达大体，然后謇謇王廷，为天子司直之臣。况乎白笔霜简，吾家旧物，握兰卧锦，为世名郎，缘饰以儒雅，济之以文敏。

余知夫振颓纲，举旧典，嗣先声，扬休闻，在此行也。而洛之士君子，故相与翘足企耸，东向而望，俟闻凛然之余风矣。盍各赋《棫朴》以歌能官，且贺举者之得人也。犯軷长道，掺袪为别，又乌足效儿女之悲哉！

【解题】

原无系年，当作于天圣九年（1031）。孙屯田，即孙祖德，字延仲。据《宋史》本传，钱惟演为西京留守时，“以尚书屯田员外郎通判西京留守司，入为殿中侍御史。”梅尧臣天圣九年有《孙屯田召为御史》诗，与本文“贰洛政，未逾岁，……将冠惠文以肃台宪”相合。文章以“朝廷之得失，御史系焉”勉励朋友为政。以比喻说理，形象生动；杂用骈句，语言更具美感。

送陈经秀才序

伊出陆浑，略国南，绝山而下，东以会河。山夹水东西，北直国门，当双阙。隋炀帝初营宫洛阳，登邙山南望，曰：“此岂非龙门邪！”世因谓之龙门，非《禹贡》所谓导河自积石而号龙门者也。然山形中断，岩崖缺呀，若断若鑱。当禹之治水九州，披山斩木，遍行天下，凡水之破山而出之者，皆禹凿之，岂必龙门？

然伊之流最清浅，水溅溅鸣石间。刺舟随波，可为浮泛；钓鲂擉鳖，可供膳羞。山两麓浸流，中无岩崭颓怪盘绝之险，而可以登高顾望。自长夏而往，才十八里，可以朝游而暮归。故人之游此者，欣然得山水之乐，而未尝有筋骸之劳，虽数至不厌也。

然洛阳西都，来此者多达官尊重，不可辄轻出。幸时一往，则驺奴从骑，吏属遮道，唱呵后先，前傧旁扶，登览未周，意已怠矣。故非有激流上下，与鱼鸟相傲然徙倚之适也。然能得此者，惟卑且闲者宜之。

修为从事，子聪参军，应之主县簿，秀才陈生旅游，皆卑且闲者，因相与期于兹。夜宿西峰，步月松林间，登山上方，路穷而返。明日，上香山石楼，听八节滩，晚泛舟，傍山足夷犹而下，赋诗饮酒，暮已归。后三日，陈生告予且西。予方得生，喜与之游也，又遽去，因书其所以游以赠其行。

【解题】

作于明道元年（1032），时作者在洛阳任西京留守推官。陈经，又作陆经，字子履。据《长编》卷一三四附注，陈经本姓陆，其母再嫁陈见素，随后父改姓，后父死后，还归本姓。陈氏游学经洛阳，结识作者。欧阳修等与他共游龙门、伊水，作此赠别。本文名为赠序，实为一篇优美的游记。作者在记游描景中，叙写了刚劲畅达的人生感慨。骈散相间，情景交融。结构逶迤转折，形成跌宕多姿的文势和一唱三叹的韵调。

送梅圣俞归河阳序

至宝潜乎山川之幽，而能先群物以贵于世者，负其有异而已。故珠潜于泥，玉潜于璞，不与夫蜃蛤、珉石混而弃者，其先膺美泽之气，辉然特见于外也。士固有潜乎卑位，而与夫庸庸之流俯仰上下，然卒不混者，其文章才美之光气，亦有辉然而特见者矣。然求珠者必之乎海，求玉者必之乎蓝田，求贤士者必之乎通邑大都，据其会，就其名，而择其精焉尔。

洛阳，天子之西都，距京师不数驿，搢绅仕宦杂然而处，其亦珠玉之渊海欤！予方据是而择之，独得于梅君圣俞，其所谓辉然特见而精者邪！圣俞志高而行洁，气秀而色和，崭然独出于众人中。初为河南主簿，以亲嫌移佐河阳，常喜与洛之士游，故因吏事而至于此。余尝与之徜徉于嵩洛之下，每得绝崖倒壑、深林古宇，则必相与吟哦其间。始而欢然以相得，终则畅然觉乎薰蒸浸渍之为益也，故久而不厌。既而以吏事讫，言归。余且惜其去，又悲夫潜乎下邑，混于庸庸。然所谓能先群物而贵于世者，特其异而已，则光气之辉然者，岂能掩之哉！

【解题】

作于明道元年。梅尧臣因妻兄谢绛出任河南府通判，去年秋避亲嫌由河南县主簿调任河阳县主簿，本年春因公事来洛阳，欧阳修与他同游嵩山。辞归河阳时，为作此序。文章赞美梅尧臣志高行洁，气秀色和，是“辉然特见而精者”。全文以珠玉设喻，对比梅尧臣人品才华，形象生动，相得益彰。

送廖倚归衡山序

元气之融结为山川，山川之秀丽称衡湘，其蒸为云霓，其生为杞梓，人居其间得之为俊杰。秀才生于衡山之阳，而秀丽之精英者得之尤多，故其文则云霓，其材则杞梓。始以乡进士举于有司，不中，遂游公卿间，所至无不虚馆设席，争以礼下之。今永兴太原公雅识沈正，器君尤深。初其镇秦川也，请君与俱行，遂趋函关以览秦都，则西方士君子得以承望乎风采矣。凡居秦几岁而东，将过京师以归。

予尝以上计吏客都中，识君于交逵，辱之以友益。当君之西也，获饯于国门。及夫斯来，又相见于洛，道语故旧，数日乃行。

夫山川固能产异物，而不能畜之者，诚有利其用者尔。今君之行也，予疑夫不能久畜于衡山之阿也。

【解题】

作于明道二年（1033）。廖倚，衡山人，博学能文，科举不第，去年与作者在京都结识。其兄廖偁，亦与欧阳修友好，此次廖倚从永兴军南归故里，途经洛阳。欧阳修留住数日，作本序送行。

送杨子聪户曹序

士之仕于州郡者，必视其地大小高下之望以为轻重。河南，大府也，参军虽卑，以望而高下之，固与他州郡异矣。然地大望高，居者皆将相、名臣、达官，居又不久，率一二岁，而甚者半岁而易。故河南吏民间坐而偶语，道某相、某将、某官者，常名斥而一二岁数之。至于郎官、御史、方镇、牧守、使人、贵客由河南出者，入不候于疆，去不饯于郊，途逢而不避，市坐者不起，岂素慢哉？盖其见之习也。彼视公卿、大臣、要官其易如此，矧所谓参军者邪！其不群嘲而随侮之，幸也。

参军每上府，望门而趋，吏摩以肩，过不揖。反就焉，持刺执版，求通姓名。虽心负其所有，欲进自达，不可得。其势郁郁，卑且贱，反甚于他州郡，故为之者未尝乐也。

然其间能自以头角颀然而出者鲜矣，其才能之美非有异乎众，莫能也。户曹参军杨子聪居府中，常衣青衫，骑破虎鞯，出入府门下，人固辈视而概易之。居一岁，相国彭城公荐之，集贤学士谢公又荐之，士之有文而贤者尽交之，其能出其头角矣。若去而之他州郡，不特颀然而出矣，遂特杰然以独立也。

子聪南人，乐其土风，今秩满调于吏部，必吏于南也。吾见南之州郡有杰然而独出者，必杨子聪也。

【解题】

作于明道二年冬。杨子聪，名不详，河南府户曹参军，为欧阳修洛阳任上的同僚。本年冬，杨氏秩满赴京师，欧阳修为作此序。文章以参军卑贱起议，称赞杨氏独能以卑职出其头角，表达了对朋友的由衷敬重之情。平易行文，对比论事，文章亲切自然。

送陈子履赴绛州翼城序

予昔过郑，遇子履于管城。其后二岁，子履西自冯翊，会予于洛阳而去。又明年，复来，遂与乡进士，自河南贡于京师。又明年，予方解官洛阳以来，则子履中甲科，为校书郎。其冬，得翼城于绛。又明年春，西拜其亲于洛而后行。

自郑之遇及兹行，凡六岁而四见之焉。其始也，纯然气和而貌野。再见之，则道所学问，出其文辞，炜然有出于众人矣。又见之，则挟其艺以较于群士，而以其能胜之。今之行也，又曰我将试其为政于绛，而且力广其学，当尽落其华而成其实，直取古人之所以尚。以距今之为者，其修已力行之道屡见而屡进，进且不已，而志又大焉，孔子曰“未见其止”、孟子曰“孰能御之”者欤!

夫年少者心锐，气盛者好刚，苟有志焉，无不至也。然君子之于临政也，欲果其行，必审其思，审而后果，则不可易而后悔。而学者亦在一朝其所趋，而后博其闻，其致思必精，其发辞必易，待其足于中，而后见于外。予友河南富彦国常与予语于此，今彦国在绛，而子履往焉，又从而辨之。后之复见子履，岂特若前之见者乎，将有骇然者矣。

【解题】

作于景祐二年（1035）春，时作者在京都任馆阁校勘，预修《崇文总目》。陈子履，即陈经，去年进士及第，为校书郎。今春赴翼城任，欧阳修作此序。文章追述与陈经结识的经过，并以“欲果其行，必审其思”勉其为政。

送王圣纪赴扶风主簿序

前年五月，大霖雨杀麦，河溢东畿，浸下田。已而不雨，至于八月，菽粟死高田。三司有言："前时溢博州，民冒河为言，得免租者盖万计。今岁秋当租，惧民幸水旱，因缘得妄免，以亏兵食，慎敕有司谨之。"朝廷因举田令，约束州县吏。吏无远近，皆望风恶民言水旱，一以农田敕限，甚者笞而绝之。

畿之民诉其县，不听；则诉于开封，又不听；则相与聚立宣德门外，诉于宰相。于是遣吏四出视诸县。视者还，而或言灾，或言否，然言否者十七八。最后视者还，言民实灾，而吏徒畏约束以苟自免尔。天子闻之恻然，尽蠲畿民之租。

余尝窃叹曰：民生幸而为畿民，有缓急，近而易知也。雨降于天，河溢于地，与赤日之出，是三者物之易见也。前二三岁，旱蝗相连，朝廷岁岁随其灾之厚薄，蠲其赋之多少，至兵食不足，则岁籴或入粟以爵而充之。是在上者之爱人，而仁人之心易恻也。以易知之近，言易见之事，告易恻之仁，然吏一壅之，几不得达。况四海之大，几万里而远，事之难知，不若霖潦赤日之易见者何数！使上有恻之之心不得达于下，下有思告之苦不得通于上者，吏居其间而壅之尔，可胜叹哉！

扶风为县，限关之西，距京师在千里外，民之不幸而事有隐微者何限，其能生死曲直之者，令与主簿、尉三人。而民之志得不壅而闻于州，州不壅而闻于上，县不壅而民志通者，令与主簿、尉达之而已。

王君圣纪主簿于其县。圣纪好学有文，佐是县也，始试其为政焉，故以夫素所叹者告之。

景祐三年二月二十四日，庐陵欧阳修序。

【解题】

作于景祐三年（1036）二月，时作者在京师任馆阁校勘，预修《崇文总目》。王圣纪，新中进士，即将出任扶风县主簿，欧阳修作本序为他送行。作者慨叹政弊来自基层官吏望风希旨，压制民情，报喜不报忧；勉励王氏为政不壅民志，善通民情。文章摆事实，讲道理，剖析细致，颇具说服力。

送田画秀才宁亲万州序

五代之初，天下分为十三四。及建隆之际，或灭或微，其在者犹七国，而蜀与江南地最大。以周世宗之雄，三至淮上，不能举李氏。而蜀亦恃险为阻，秦陇、山南皆被侵夺，而荆人缩手归、峡，不敢西窥以争故地。及太祖受天命，用兵不过万人，举两国如一郡县吏，何其伟欤！

当此时，文初之祖从诸将西平成都及南攻金陵，功最多，于时语名将者，称田氏。田氏功书史官，禄世于家，至今而不绝。及天下已定，将率无所用其武，士君子争以文儒进。故文初将家子，反衣白衣，从乡进士举于有司。彼此一时，亦各遭其势而然也。

文初辞业通敏，为人敦洁可喜。岁之仲春，自荆南西拜其亲于万州，维舟夷陵。予与之登高以远望，遂游东山，窥绿萝溪，坐磐石。文初爱之，留数日乃去。

夷陵者，其地志云，北有夷山，以为名；或曰，巴峡之险，至此地始平夷。盖今文初所见，尚未为山川之胜者。由此而上，溯江湍，入三峡，险怪奇绝，乃可爱也。当王师伐蜀时，兵出两道，一自凤州以入，一自归州以取忠、万以西。今之所经，皆王师向所用武处，览其山川，可以慨然而赋矣。

【解题】

作于景祐四年（1037）。田画，字文初，自荆南赴万州省亲，行经夷陵时与作者结识，临别欧阳修作此序相送。作者与田画萍水相逢，回避正面写人，突出叙写田画的光荣家世，并由夷陵山水引出三峡奇险风光，衬托万州的江山之美。人情应酬之中，透露世事沧桑之感。文意曲折，却处处紧扣题目；以小见大，于无文章处写出好文章。全文腾挪多气，茅坤誉为“风韵跌宕”，刘大櫆称赞为“有苍古雄迈之气”。（《古文辞类纂·诸家集评》）

送太原秀才序

仲尼之徒子思伋记中庸事，列于曲台学。欲服圆冠、习矩步者，皆造次必于《中庸》。闻太原生得之矣，生之履行无改是也。

月旅析木，地居轸斿，霜风动天，万窍号怒，摇鞭长跋，强饭自重。

时宝元二年十月初七日，乾德令尹欧阳修序。

【解题】

作于宝元元年（1039）十月。文末所署“宝元二年十月”与“乾德令尹”矛盾，《欧集》卷末编者按语：“是年六、月，公改武成判官。明年二月当上，此犹系旧阶，疑未受命时作。”今从之，改系元年，时欧阳修在“乾德令尹”任。

送张唐民归青州序

予读《周礼》至于教民兴学、选贤命士之法，未尝不辍而叹息，以谓三代之际，士岂皆素贤哉？当其王道备而习俗成，仁义礼乐达于学，孝慈友悌达于家，居有教养之渐，进有爵禄之劝，苟一不勉，则又有屏黜不齿戮辱之羞。然则士生其间，其势不得不至于为善也，岂必生知之贤？及后世道缺学废，苟伪之俗成，而忘其教养之具，至于爵禄黜辱之法，又失其方而不足以劝惧。然则士生其间，能自为善，卓然而不惑者，非其生知之性、天所赋予，其孰能至哉？则凡所谓贤者，其可贵于三代之士远矣。故善人尤少。幸而有，则往往饥寒困踣之不暇，其幸者，或艰而后通。夫贤者岂必困且艰欤？盖高世则难合，违俗则多穷，亦其势然也。

呜呼！人事修，则天下之人皆可使为善士；废则虽天所赋予，其贤亦困于时。夫天非不好善，其不胜于人力者，其势之然欤！此所谓天人之理，在于《周易》“否”“泰”消长之卦。能通其说，则自古贤圣穷达而祸福，皆可知而不足怪。

秀才张生居青州，其母贤而知书，三子丧其二，独生最贤，行义闻于乡，而好学，力为古文，是谓卓然而不惑者也。今年举进士，黜于有司，母老而贫无以养，可谓困且艰矣。嗟乎！予力既不能周于生，而生尤好《易》，常以讲于予。若归而卒其业，则天命之理，人事之势，穷达祸福，可以不动于其心。虽然，若生者岂必穷也哉？安知其不艰而后通也哉？

庆历二年三月十九日序。

【解题】

作于庆历二年（1041）三月，时作者在京任集贤校理，管勾三馆秘阁。张唐民，青州人。其父张思，欧阳修为作墓志铭。本年春天，张氏举进士落第东归，欧阳修作此序送行。作者感叹张氏贤而好学，却困于时事，勉励他善处穷通，穷而后通。文章以天人关系立说，一唱三叹，情深意挚。

送王陶序

六经皆载圣人之道，而《易》著圣人之用。吉凶、得失、动静、进退，《易》之事也。其所以为之用者，刚与柔也。《乾》健《坤》顺，刚柔之大用也。至于八卦之变，六爻之错，刚与柔迭居其位，而吉、亨、利、无咎、凶、厉、悔吝之象生焉。盖刚为阳、为德、为君子，柔为阴、为险、为小人。自《乾》之初九为《姤》，而上至于《剥》，其卦五，皆阴剥阳之卦也，小人之道长、君子静以退之时也。自《坤》之初六为《复》，而上至于《夬》，其卦五，皆刚决柔之卦也，小人之道消、君子动以进而用事之时也。夫刚之为德，君子之常用也，庇民利物，功莫大焉。其为卦过《泰》之三而四为《大壮》；五为《夬》。《壮》者，壮也；《夬》者，决也。四阳虽盛而犹有二阴，然阳众而阴寡，则可用壮以攻之，故其卦为《壮》；五阳而一阴，阴不足为，直可决之而已，故其卦为《夬》。然则君子之用其刚也，审其力，视其时，知阴险小人之必可去，然后以壮而决之。

夫勇者可犯也，强者可诎也，圣人于壮、决之用，必有戒焉。故《大壮》之《彖》辞曰："大壮利正。"其《象》辞曰："君子非礼弗履。"《夬》之《彖》辞曰："健而说，决而和。"其《象》辞曰："居德则忌。"以明夫刚之不可独任也。故《复》始而亨，《临》浸而长，《泰》交而大壮，以众攻其寡，《夬》乘其衰而决之。夫君子之用其刚也，有渐而不失其时，又不独任，必以正、以礼、以说、以和而济之，则功可成，此君子动以进而用事之方也。

太原王陶，字乐道，好刚之士也。常嫉夫君子少而小人多，居京师，不妄与人游，力学好古，以自信自守。今其初仕，于

《易》得君子动以进之象，故予为《刚说》以赠之。《大壮》之初九曰：“壮于趾，征凶。”《夬》之初九亦曰：“壮于趾，往不胜为咎。”以此见圣人之戒用刚也，不独于其《彖》、《象》，而又常深戒于其初。

呜呼！世之君子少而小人多。君之力学好刚以蓄其志，未始施之于事也，今其往，尤宜慎乎其初！

【解题】

原无系年，当作于庆历二年。王陶，字乐道，京兆万年人，据范镇《王尚书陶墓志铭》：“庆历二年举进士甲科，调岳州军事判官。……初为小官时，欧阳文忠公作《刚说》赠公。”（《琬琰集删存》卷二）所谓《刚说》，即指本文，本文又题为《作刚说从王先辈之岳阳》。王陶性格刚烈，文章以《易》八卦刚柔之变立说，勉励他谨慎为政，戒用其刚。宋人吕祖谦《古文关键》评述说：“凡文字用《易》象，多失之陈，此篇使得疏通不陈，窒塞处能疏通。”

送曾巩秀才序

广文曾生来自南丰，入太学，与其诸生群进于有司。有司敛群材，操尺度，概以一法，考其不中者而弃之。虽有魁垒拔出之材，其一累黍不中尺度，则弃不敢取。幸而得良有司，不过反同众人叹嗟爱惜，若取舍非己事者，诿曰：“有司有法，奈不中何？”有司固不自任其责，而天下之人亦不以责有司，皆曰：“其不中，法也。”不幸有司尺度一失手，则往往失多而得少。呜呼！有司所操，果良法邪？何其久而不思革也。

况若曾生之业，其大者固已魁垒，其于小者亦可以中尺度，而有司弃之，可怪也。然曾生不非同进，不罪有司，告予以归，思广其学而坚其守。予初骇其文，又壮其志。夫农不咎岁而菑播是勤，其水旱则已，使一有获，则岂不多邪？

曾生橐其文数十万言来京师，京师之人无求曾生者，然曾生亦不以干也。予岂敢求生，而生辱以顾予。是京师之人既不求之，而有司又失之，而独余得也。于其行也，遂见于文，使知生者可以吊有司，而贺余之独得也。

【解题】

作于庆历二年。曾巩科举落第，离开京师时欧阳修为作此序。文章批评礼部考试方法与标准的不合理，指斥考官囿于成法，废弃有用之才，慨叹“何其久而不思革也”，赞扬曾巩“不非同进，不罪有司”、“思广其学而坚其守”的志向，体现作者的改革思想和重视人材、奖掖后进的作风。全文夹叙夹议，语言质朴，气势酣畅，有强烈的艺术感染力。

送杨寘序

予尝有幽忧之疾，退而闲居，不能治也。既而学琴于友人孙道滋，受宫声数引，久而乐之，不知疾之在其体也。夫疾，生乎忧者也。药之毒者，能攻其疾之聚，不若声之至者，能和其心之所不平。心而平，不和者和，则疾之忘也宜哉。

夫琴之为技小矣，及其至也，大者为宫，细者为羽，操弦骤作，忽然变之，急者凄然以促，缓者舒然以和。如崩崖裂石，高山出泉，而风雨夜至也；如怨夫寡妇之叹息，雌雄雍雍之相鸣也。其忧深思远，则舜与文王、孔子之遗音也；悲愁感愤，则伯奇孤子、屈原忠臣之所叹也。喜怒哀乐，动人心深。而纯古淡泊，与夫尧、舜、三代之言语，孔子之文章，《易》之忧患，《诗》之怨刺，无以异。其能听之以耳，应之以手，取其和者，道其堙郁，写其忧思，则感人之际亦有至者焉，是不可以不学也。

予友杨君，好学有文，累以进士举，不得志。反从荫调为尉于剑浦，区区在东南数千里外，是其心固有不平者。且少又多疾，而南方少医药，风俗饮食异宜。以多疾之体，有不平之心，居异宜之俗，其能郁郁以久乎？然欲平其心以养其疾，于琴亦将有得焉。故予作《琴说》以赠其行，且邀道滋酌酒进琴以为别。

【解题】

作于庆历七年（1047），时作者知滁州。此杨寘与庆历二年状元杨寘名同而实异，据《长编》卷一三五，状元杨寘为杨察弟，授官未至任所而病卒。作者自称本文为《琴说》，文末揭示写琴声、述琴理旨在劝勉杨寘寄情于琴，解其郁郁，表达了对朋友的一片挚爱真情。文章布局别具一格，出人意表，文意迂曲婉转，情韵绵邈。关于琴声的描写，备极形容，清人储欣评述说："予不知音，每读之，仿佛琴声铿铿。"（《唐宋八大家类选》卷十一）

送秘书丞宋君归太学序

陋巷之士，甘藜藿而修仁义，毁誉不干其守，饥寒不累其心，此众人以为难，而君子以为易。生于高门，世袭轩冕，而躬布衣韦带之行，其骄荣佚欲之乐，生长于其间而不溺其习，日见于其外而不动乎其中，此虽君子，犹或难之。学行足以立身而进不止，材能足以高人而志愈下，此虽圣人，亦以为难也。《书》曰："不自满假。"又曰："汝惟不矜不伐。"以舜、禹之明，犹以是为相戒惧，况其下者哉！此诚可谓难也已。

广平宋君，宣献公之子。公以文章为当世宗师，显于朝廷，登于辅弼，清德著于一时，令名垂于后世。君少自立，不以门地骄于人。既长，学问好古为文章。天下贤士大夫皆称慕其为人，而君慊然常若不足于己者。守官太学，甘寂寞以自处，日与寒士往来，而从先生、国子讲论道德，以求其益。

夫生而不溺其习，此盖出其天性。其见焉而不动于中者，由性之明，学之而后至也。学而不止，高而愈下。予自其幼见其长，行而不倦，久而愈笃，可知其将无所不至焉也。孟子所谓"孰能御之"者欤！予，陋巷之士也，遭时奋身，窃位于朝，守其贫贱之节，其临利害祸福之际，常恐其夺也。以予行君子之所易者犹若是，知君行圣贤之所难者为难能也！

岁之三月，来自京师，拜其舅氏。予得延之南斋，听其论议，而慕其为人，虽与之终身久处而不厌也。留之数日而去。于其去也，不能忘言，遂为之序。

庐陵欧阳修述。

【解题】

作于皇祐元年（1049）三月，时作者知颍州。宋君，即宋敏修。宣献公宋竣长子敏求，字次道；次子敏修，字中道。据苏颂所撰宋敏求神道碑及《宋史》本传，宋敏求未曾官太学。王珪《华阳集》卷二十七及蔡襄《蔡忠惠集》卷十，有《秘书丞宋敏修可太常博士制》，可知此位"官太学"的"秘书丞宋君"即宋敏修。文章赞扬宋君出于轩冕高门，却自甘寂寞，好古为文，实属难能而可贵。运用比喻手法，又设身处地，以己作比，使文章畅叙衷肠，感慨多气。

送徐无党南归序

草木鸟兽之为物，众人之为人，其为生虽异，而为死则同，一归于腐坏、澌尽、泯灭而已。而众人之中有圣贤者，固亦生且死于其间，而独异于草木鸟兽众人者，虽死而不朽，逾远而弥存也。其所以为圣贤者，修之于身，施之于事，见之于言，是三者所以能不朽而存也。

修于身者，无所不获；施于事者，有得有不得焉；其见于言者，则又有能有不能也。施于事矣，不见于言可也。自《诗》、《书》、《史记》所传，其人岂必皆能言之士哉？修于身矣，而不施于事、不见于言，亦可也。孔子弟子有能政事者矣，有能言语者矣。若颜回者，在陋巷，曲肱饥卧而已，其群居则默然终日如愚人。然自当时群弟子皆推尊之，以为不敢望而及，而后世更百千岁，亦未有能及之者。其不朽而存者，固不待施于事，况于言乎？

予读班固《艺文志》、唐《四库书目》，见其所列，自三代、秦、汉以来，著书之士多者至百余篇，少者犹三四十篇，其人不可胜数，而散亡磨灭，百不一二存焉。予窃悲其人，文章丽矣，言语工矣，无异草木荣华之飘风，鸟兽好音之过耳也。方其用心与力之劳，亦何异众人之汲汲营营？而忽焉以死者，虽有迟有速，而卒与三者同归于泯灭。夫言之不可恃也盖如此。今之学者，莫不慕古圣贤之不朽，而勤一世以尽心于文字间者，皆可悲也。

东阳徐生，少从予学，为文章，稍稍见称于人。既去，而与群士试于礼部，得高第，由是知名。其文辞日进，如水涌而山出。予欲摧其盛气而勉其思也，故于其归，告以是言。然予固亦喜为文辞者，亦因以自警焉。

【解题】

作于至和元年（1054），时作者在京都任翰林学士，兼史馆修撰。徐无党南归婺州，欧阳修撰此赠序。文章以“三不朽”立说，对“勤一世尽心于文字间”不以为然。强调立功，尤其是立德，以此自警并勉励徐无党。文章广征博引，层层递进，反复感叹，抑扬顿挫，具有较强的感染力。清人刘大櫆评议说："欧公赠送序，当以杨寘、田画为第一，而徐无党次之。"（《古文辞类纂·诸家集评》）

六 传记

桑怿传

桑怿，开封雍丘人。其兄慥，本举进士有名。怿亦举进士，再不中。去游汝、颍间，得龙城废田数顷，退而力耕。

岁凶，汝旁诸县多盗。怿白令，愿为耆长，往来里中察奸民。因召里中少年，戒曰：“盗不可为也，吾在此，不汝容也。”少年皆诺。里老父子死未敛，盗夜脱其衣。里老父怯，无他子，不敢告县，裸其尸不能葬。怿闻而悲之，然疑少年王生者。夜入其家，探其箧，不使之知觉。明日遇之，问曰：“尔诺我不为盗矣，今又盗里父子尸者，非尔邪?”少年色动。即推仆地，缚之。诘共盗者，王生指某少年。怿呼壮丁守王生，又自驰取少年者送县。皆伏法。

又尝之郏城，遇尉方出捕盗，招怿饮酒，遂与俱行。至贼所藏，尉怯，阳为不知以过。怿曰：“贼在此，何之乎?”下马独格杀数人，因尽缚之。又闻襄城有盗十许人，独提一剑以往，杀数人，缚其余。汝旁县为之无盗。京西转运使奏其事，授郏城尉。

天圣中，河南诸县多盗，转运奏移渑池尉。崤，古险地，多深山，而青灰山尤阻险，为盗所恃。恶盗王伯者，藏此山，时出为近县害。当此时，王伯名闻朝廷，为巡检者皆授名以捕之。既怿至，巡检者伪为宣头以示怿，将谋招出之。怿信之，不疑其伪也，因谍知伯所在，挺身入贼中招之，与伯同卧起十余日。信之，乃出。巡检者反以兵邀于山口，怿几不自免。怿曰："巡检授名，惧无功尔。"即以伯与巡检，使自为功，不复自言。巡检俘献京师，朝廷知其实，罪黜巡检。

怿为尉岁余，改授右班殿直、永安县巡检。明道、景祐之交，天下旱蝗，盗贼稍稍起其间，有恶贼二十三人不能捕。枢密院以传召怿至京，授二十三人名，使往捕。怿谋曰："盗畏吾名，必已溃，溃则难得矣，宜先示之以怯。"至则闭栅，戒军吏，无一人得辄出。居数日，军吏不知所为，数请出自效，辄不许。既而夜与数卒变为盗服以出，迹盗所尝行处。入民家，民皆走，独有一媪留，为作饮食馈之如盗。乃归，复闭栅。三日又往，则携其具就媪馔，而以其余遗媪，媪待以为真盗矣。乃稍就媪，与语及群盗辈。媪曰："彼闻桑怿来，始畏之，皆遁矣。又闻怿闭营不出，知其不足畏，今皆还也。某在某处，某在某所矣。"怿尽钩得之。复三日，又往厚遗之，遂以实告曰："我，桑怿也。烦媪为察其实而慎勿泄，后三日，我复来矣。"后又三日往，媪察其实审矣。明旦，部分军士，用甲若干人于某所取某盗，卒若干人于某处取某盗。其尤强者在某所，则自驰马以往，士卒不及从，惟四骑追之，遂与贼遇，手杀三人。凡二十三人者，一日皆获。二十八日，复命京师。

枢密吏谓曰："与我银，为君致阁职。"怿曰："用赂得官，非我欲。况贫无银；有，固不可也。"吏怒，匿其阀，以免短使送三班。三班用例，与兵马监押。未行，会交趾獠叛，杀海上巡检，昭化诸州皆警，往者数辈不能定。因命怿往，尽手杀之。还，乃授阁门祗候。怿曰："是行也，非独吾功，位有居吾上者，吾乃其佐也。今彼留而我还，我赏厚而彼轻，得不疑我盖其功而自伐乎？受之，徒惭吾心。"将让其赏归已上者，以奏稿示予。予谓曰："让之，必不听，徒以好名与诈取讥也。"怿叹曰："亦思之，然士顾其心何如尔，当自信其心以行，讥何累也！若欲避名，则善皆不可为也已。”余惭其言。卒让之，不听。怿虽举进士而不甚知书，然其所为皆合道理，多此类。

始居雍丘，遭大水，有粟二廪，将以舟载之，见民走避溺者，遂弃其粟，以舟载之。见民荒岁，聚其里人饲之，粟尽乃止。怿善剑及铁简，力过数人，而有谋略。遇人常畏，若不自足。其为人不甚长大，亦自修为威仪，言语如不出其口，卒然遇，人不知其健且勇也。

庐陵欧阳修曰：勇力人所有，而能知用其勇者少矣。若怿，可谓义勇之士。其学问不深而能者，盖天性也。余固喜传人事，尤爱司马迁善传，而其所书皆伟烈奇节，士喜读之。欲学其作，而怪今人如迁所书者何少也，乃疑迁特雄文，善壮其说，而古人未必然也。及得桑怿事，乃知古之人有然焉，迁书不诬也，知今人固有而但不尽知也。怿所为壮矣，而不知予文能如迁书使人读而喜否？姑次第之。

【解题】

作于皇祐二年（1050），时作者知颍州。这是一篇杰出的人物传记，主要描写桑怿的捕盗和安良，其中有对农民起义的诬蔑不实之词，客观上全面反映了当时的社会现实。作者选择最能表现人物性格的材料，精心组织。语言朴质无华，结构跌宕有致，运用多种手法刻划人物形象，一介武夫的音容笑貌，栩栩如生。

六一居士传

六一居士初谪滁山，自号醉翁。既老而衰且病，将退休于颍水之上，则又更号六一居士。

客有问曰：“六一，何谓也？”居士曰：“吾家藏书一万卷，集录三代以来金石遗文一千卷，有琴一张，有棋一局，而常置酒一壶。”客曰：“是为五一尔，奈何?”居士曰：“以吾一翁，老于此五物之间，是岂不为六一乎?”客笑曰：“子欲逃名者乎，而屡易其号，此庄生所诮畏影而走乎日中者也。余将见子疾走大喘渴死，而名不得逃也。”居士曰：“吾固知名之不可逃，然亦知夫不必逃也。吾为此名，聊以志吾之乐尔。”客曰：“其乐如何?”居士曰：“吾之乐可胜道哉！方其得意于五物也，太山在前而不见，疾雷破柱而不惊。虽响九奏于洞庭之野，阅大战于涿鹿之原，未足喻其乐且适也。然常患不得极吾乐于其间者，世事之为吾累者众也。其大者有二焉，轩裳珪组劳吾形于外，忧患思虑劳吾心于内，使吾形不病而已悴，心未老而先衰，尚何暇于五物哉?虽然，吾自乞其身于朝者三年矣。一日天子恻然哀之，赐其骸骨，使得与此五物偕返于田庐，庶几偿其夙愿焉。此吾之所以志也。”客复笑曰：“子知轩裳珪组之累其形，而不知五物之累其心乎?”居士曰：“不然。累于彼者已劳矣，又多忧；累于此者既佚矣，幸无患。吾其何择哉?”于是与客俱起，握手大笑曰：“置之，区区不足较也。”

已而叹曰：“夫士少而仕，老而休，盖有不待七十者矣。吾素慕之，宜去一也。吾尝用于时矣，而讫无称焉，宜去二也。壮犹如此，今既老且病矣，乃以难强之筋骸，贪过分之荣禄，是将违其素志而自食其言，宜去三也。吾负三宜去，虽无五物，其去宜矣，复何道哉!”

熙宁三年九月七日，六一居士自传。

【解题】

熙宁三年（1070）八月，作者赴蔡州任，途中因脚病滞留颍州一月有余，本文作于滞颍期间。作者自传以明志，极力渲染退居之乐，渲染沉溺于琴、棋、书、酒、金石遗文的生活情趣，表述急流勇退的心态。文章采用汉赋主客问答的形式，结构跌宕有致，感情真挚动人。表面上悠闲纡缓，字里行间却透露出无可奈

何的时代苦闷感。茅坤评述说："文旨旷达，欧阳公所自解脱在此。"（《宋大家欧阳文忠公文 钞》卷十九）

尚书户部侍郎赠兵部尚书蔡公行状

公讳齐，字子思。其先洛阳人，皇祖以下，始著籍于胶东。公幼依外舅刘氏，能自力为学，初作诗已有动人语。今相国李公见之大惊，谓公之皇考曰："儿有大志，宜善视之。"州举进士第一，以书荐其里人史防，而居其次。祥符八年，真宗皇帝采贾谊置器之说，试礼部所奏士，读至公赋，有安天下意，叹曰："此宰相器也。"凡贡士当赐第者，考定，必召其高第数人并见，又参择其材质可者，然后赐第一。及公召见，衣冠伟然，进对有法，天子为无能过者，亟以第一赐之。

初拜将仕郎、将作监丞，通判兖州。太守王臻治政严急，喜以察尽为明。公务为裁损，济之以宽，狱讼为之不冤。逾年，通判潍州。民有告某氏刻伪税印为奸利者，已逾十年，踪迹连蔓，至数百人。公叹曰："尽利于民，民无所逃，此所谓法出而奸生者邪？是为政者之过也。"为缓其狱，得减死者十余人，余皆释而不问。潍人皆曰："公德于我，使我自新为善人。"由是风化大行。

天禧二年，还京师，当召试。时大臣有用事者，意不悦公。居数月，不得召。久而天子记其姓名，趣使召试。拜著作佐郎，直集贤院，阶再加为宣德郎，勋骑都尉，主判三司开拆司，赐绯衣银鱼。迁右正言，阶朝奉郎，勋上骑都尉。

今天子即位，迁右司谏。真宗新弃天下，天子谅阴不言。丁晋公用事专权，欲邀致公，许以知制诰，公拒不往，益坚。已而寇莱公、王文康公皆以不附己连黜。公归叹曰："吾受先帝之知而至于此，岂宜为权臣所胁？得罪，非吾惧也。"既而晋公败，士尝为其用者皆恐惧，独公终无所屈。未几，同修起居注，又拜尚书礼部员外郎兼侍御史知杂事，判流内铨，赐服金紫。改三司户部、度支二副使，转勋轻车都尉，借给事中，奉使契丹。

天圣八年，拜起居舍人、知制诰、同知审官院、会灵宫判官，充翰林学士，加侍读学士，赐爵汝南县开国子，食邑五百户。太后修景德寺成，诏公为记。而宦者罗崇勋主营寺事，使人阴谓公曰："善为记，当得参知政事。"公故迟之，颇久，使者数趣，终不以进。崇勋怒，谗之太后，迁礼部郎中，改龙图阁直学士，出为西京留守。是时鲁肃简公方参知政事，争之太后前，卒不能留。以亲便，求改密州。遭岁旱，除其公田之租数千石，又请悉除京东民租，弛其盐禁，使民得贾海易食，以救其饥。东人至今赖之，皆曰："使吾人百万口活而不饥者，蔡公也。"

徙南京留守，进爵侯，增邑户五百为一千，阶朝散大夫。召还，拜右谏议大夫，权御史中丞，判吏部流内铨，迁给事中，勋护军，增邑五百为千五百户。庄献明肃皇太后崩，议尊杨太妃为太后，垂帘听政。议决，召百官贺。公曰："天子明圣，奉太后十余年，今始躬亲万事，以慰天下之心，岂宜女后相继称制？且自古无有。"固止不追班。太妃卒不预政，止称太后于宫中。

复为龙图阁直学士、权三司使。京师有指荆王为飞语者，内侍省得三司小吏，鞫之，连及数百人。上闻之大怒，诏公穷治。迹其所来，无端。而上督责愈急，有司不知所为，京师为之恐动。公以谓缪妄之说起于小人，不足穷治，且无以慰安荆王危疑之心，奏疏论之，一夕三上。上大悟，乃可其奏，止笞数人而已，中外之情乃安。

拜枢密副使，进爵公，增邑户五百为二千。南海蛮酋虐其部人，部人款宜州自归者八百余人。议者以为叛蛮不可纳，宜还其部。公独以为蛮去残酷而归有德，且以求生，宜内之荆湖，赐以闲田，使自营；今纵却之，必不复还其部，苟散入山谷，当为后患。争之不能得。其后数年，蛮果为乱，杀将吏十余人，宜、桂以西皆警，朝廷颇以为忧。

景祐元年，迁礼部侍郎、参知政事。二年，赐号推忠佐理功臣，进阶正奉大夫，勋柱国。郭皇后废，京师富人陈氏女有色，选入宫为后。公争之，以为不可，自辰至巳，辨论不已。上意稍悟，遂还其家。河决横垅，改而北流，议者以为当塞。公曰："水性下，而河北地卑，顺其所趣以导之，可无澶、滑壅溃之患，而贝、博数州得在河南，于国家便，但理堤护魏州而已。"从之，澶、滑果无患。契丹祭天于幽州，以兵屯界上，界上惊骚。议者欲发大军以备边，公独料其必不动，后卒无事。公在大位，临事不回，无所牵畏，而恭谨谦退，未尝自伐，天下推之为正人，搢绅之士倚以为朝廷重。

三年，频表求解职，不许。明年，遂罢，以户部侍郎归班，改赐推诚保德功臣，勋上柱国。久之，出知颍州。宝元二年四月四日，以疾卒于官。

公在颍州，闻西方用兵，恻然有忧国心，自以待罪外邦，不得尽其所怀，使其弟禀言西事甚详。公之卒，故吏朱宷至颍，颍之吏民见宷，号泣拜于马前，指公尝所更历施为曰："此公之迹也。"其为政有仁恩，所至如此。

平生喜荐士，如杨偕、郭劝、刘随、庞籍、段少连，比比为当世名臣。公为人神色明秀，须眉如画。精学博闻，宽大沉默，一言之出，终身可复。

其莅官行己出处始终之大节，可考不诬如此。谨按赠兵部尚书，于令为三品，其法当谥，敢告有司。

谨状。

【解题】

作于宝元二年（1039）。文章赞扬蔡齐精学博识、刚正宽厚、乐于荐贤等高风亮节。丁谓专权，拉蔡氏附己，拒而不往，见其忠义正直；潍州伪税案及京师飞语案，见其宽和仁爱。茅坤评述

说："蔡公宽重正直处，摹写有生气。"（《宋大家欧阳文忠公文钞》卷三十一）

司封员外郎许公行状

君讳逖，字景山，世家歙州。少仕伪唐，为监察御史。李氏国除，以族北迁。献其文若干篇，得召试，为汲县尉、冠氏主簿。凡主簿二岁，县民七百人诣京师，愿得君为令。迁秘书省校书郎、知县事，数上书论北边事。是时赵普为相，四方奏疏不可其意者，悉投二瓮中，瓮满辄出而焚之，未尝有所肯可，独称君为能，曰："其言与我多合。"

又二岁，徙江华令，未行，转运使樊知古荐其材，拜太仆寺丞，磨勘钱帛粮草，监永城和籴，知海陵监。三岁，用盐最，迁大理寺丞，赐绯衣银鱼，监泗州排岸司。迁赞善大夫、监永兴军榷货务，迁太常丞、知鼎州。州杂蛮蜑，喜以攻劫为生，少年百余人私自署为名号，常伺夜出掠居人，居人恶之，莫敢指。君至而叹曰："夫政，民之庇也。威不先去其恶，则惠亦不能及人。"君政既行，盗皆亡入他境，约君去乃还。

迁国子博士，奉使两浙、江南，言茶盐利害，省州县之役，皆称旨。出知兴元府，大修山河堰。堰水旧溉民田四万余顷，世传汉萧何所为。君行坏堰，顾其属曰："酂侯方佐汉取天下，乃暇为此以溉其农，古之圣贤，有以利人，无不为也。今吾岂宜惮一时之劳，而废古人万世之利？"乃率工徒躬治木石。石坠，伤其左足，君益不懈。堰成，岁谷大丰，得嘉禾十二茎以献。

迁尚书主客员外郎、京西转运使，徙荆湖南路。荆湖南接谿洞诸蛮，岁出为州县患。君曰："鸟兽可驯，况蛮亦人乎！"乃召其酋豪，谕以祸福，诸蛮皆以君言为可信。讫三岁，不以蛮事闻朝廷。君罢来朝．真宗面称其能。会有司言荆南久不治，真宗拜君度支员外郎、知府事。荆南钤辖北路兵马，于荆湖为大府，故常用重人。至君特选以材，用员外郎自君而始。

明年，迁司封员外郎，赐金紫，徙知扬州。州居南方之会，世之仕宦于南与其死而无归者，皆寓其家于扬州。故其子弟杂居民间，往往倚权贵，恃法得赎，出入里巷为不法，至或破亡其家。君捕其甚者笞之，曰："此非吏法，乃吾代汝父兄教也。"子弟羞愧自悔，稍就学问为善人，风俗大化。岁满，在道得疾，卒于高邮。

君少孤，事其母兄，以孝谨闻。常戒其妻事嫂如姑，而未尝敢先其兄食，衣虽弊，兄不易衣，不敢易。

初，违命侯遣其弟朝京师，君之故友全惟岳当从，以其家属托君。惟岳果留不返，君善抚其家，为嫁其女数人。李氏国亡，君载其家北归京师，以还惟岳。

历官四十年，不问家事。好学，尤喜孙、吴兵法。初在伪唐，数上书言事，得校书郎，遂迁御史。王师围金陵，李氏大将李雄拥兵数万，留上江，阴持两端。李氏患之，以谓非君不能召雄。君走上江，以语动雄，雄即听命。已而李氏以蜡书止雄于溧水，君曰："此非栅兵之地，留之必败。"乃戒雄曰："兵来，慎无动，待我一夕。吾当入白，可与公兵俱入城。"君去，王师挑之，雄辄出战，果败死。君至，收其余卒千人而去。

君少慷慨，卒能自立于时。其孝谨闻于其族，其信义著于其友，其材能称于其官，是皆可书以传。

谨状。

【解题】

作于宝元二年。文章叙述许逖一生行为大节，赞扬许氏孝谨闻于其族，信义著于其友，材能称于其官。叙事简而有法，人物形象鲜明生动。茅坤称述本文"叙事中有矩矱"（《宋大家欧阳文忠公文钞》卷三十一）。